Knaur.

Knaur.

Im Knaur Taschenbuch Verlag sind bereits folgende Bücher der Autorin erschienen:
Bleiche Knochen
Haut und Knochen

Über die Autorin:
Gay Longworth studierte in Birmingham und arbeitete einige Jahre als Brokerin, bevor sie sich ganz auf das Schreiben konzentrierte. Heute lebt sie mit ihrem Mann, einem Theaterproduzenten, und einer kleinen Tochter in London.
Weitere Informationen zu Buch und Autorin finden Sie unter: www.knaur.de

Gay Longworth

Am Anfang war die Täuschung

Thriller

Aus dem Englischen von
Karl-Heinz Ebnet

Knaur Taschenbuch Verlag

Originaltitel: Wicked Peace
Originalverlag: Pan Books, Macmillan Publishers Ltd., London

Besuchen Sie uns im Internet:
www.knaur.de

Vollständige Taschenbuchausgabe Febraur 2009
Knaur Taschenbuch.
Ein Unternehmen der Droemerschen Verlagsanstalt
Th. Knaur Nachf. GmbH & Co. KG, München.

Redaktion: Claudia Alt
Umschlaggestaltung: ZERO Werbeagentur, München
Umschlagabbildung: FinePic, München
Satz: Adobe InDesign im Verlag
Druck und Bindung: Norhaven A/S
Printed in Denmark
ISBN 978-3-426-63701-2

2 4 5 3 1

Für Adam Spiegel
Im freien Fall?

Prolog

Jane Wellby stand vor dem Spiegel und betrachtete ihren nackten Körper. Ihre Eltern wussten nichts über diese lebende Skulptur, die sie aus dem Spiegel heraus anstarrte. Sie würden auch nie etwas davon erfahren, was wahrscheinlich besser so war. Illusionen sollten Illusionen bleiben. Und Eltern eben Eltern. Sie streichelte sich, ließ die Hände über den Brustkorb gleiten, über die Brüste, den Bauch, bevor sie kurz oberhalb des Schamhaars verharrten. Nie hatten ihren Eltern mit ihr über Sex gesprochen. Oder über Drogen. Oder über irgendetwas anderes. Sie wusste schon, warum. Es war so offensichtlich. Jane sah sich in ihrem ausladenden, rosafarbenen und mit Blumenmustern geschmückten Zimmer um. Sie hasste Rosa, sie hasste Blumen. Es war der Geschmack ihrer Stiefmutter. Nicht ihrer. Nicht der ihres Vaters noch der ihrer Mutter, nur der von Sandie. Wohin ihr Auge fiel, überall Sandie. Die Frau hatte ihre Familie zerstört, sie entzweigerissen, und die drei Menschen, aus der diese Familie bestanden hatte, taumelten nun jeder für sich durchs Leben. Und sie, dem schwachen, ahnungslosen Kind, war zu früh zu viel zugemutet worden. Ihre Stiefmutter hatte sie alle von Anfang an vergiftet. Und jetzt war von ihr, dem Mädchen, nichts mehr übrig außer dem Spiegelbild. Sowie das überwältigende Gefühl von Angst. Unsicherheit. Bis jetzt. Es war an der Zeit, allen zu sagen, wer Sandie Wellby wirklich war. Jane zog ein blaues Kleid mit aufgedruckten Gänseblümchen an. Ihr Vater hatte es ihr gekauft. Es war knielang, kurzärmelig.

Darüber eine blassrosa Strickjacke, dazu weiße Turnschuhe, dann trat sie zurück. Perfekt.
Auf dem Weg nach unten nahm sie zwei Stufen auf einmal, das Kleid bauschte sich um ihre Knie. Die letzten drei Stufen übersprang sie wie eine Katze und landete auf dem auf Hochglanz polierten Holzparkett. Die Gummisohlen quietschten, als sie durch den Flur hopste. Sie sah zurück und lächelte über die Spuren, die sie hinterließ. Sie klopfte an die Tür und öffnete sie, ohne auf eine Antwort zu warten. Der Mann am Schreibtisch drehte sich um, lächelte und legte seinen Stift weg. Jane rannte zu ihrem Vater und küsste ihn auf die Wange.
»Guten Morgen!«
»Du bist früh auf.«
»Ich wollte mich von dir verabschieden.«
»Deine Mutter hat angerufen. Ich dachte, du würdest noch schlafen«, sagte er.
»Du hast mit ihr gesprochen?«, fragte sie aufgeregt.
»Natürlich.«
»Worüber?«
»Über dich. Wie lange du bleibst.«
»Bis Sonntag«, sagte sie und tätschelte ihrem Vater die Wange.
»Du wirst dich nicht langweilen?«
»Nein. Du hast gesagt, du würdest heute früher zurück sein, damit wir noch Tennis spielen können, außerdem kommen morgen die Whittons«, sagte sie lächelnd.
»Dann wird es ein gutes Wochenende.«
Die Tür des Arbeitszimmers ging auf. Eine gutgekleidete Frau stand im Türrahmen, die Hand fest um die Klinke gelegt.

Jane beugte sich an das Ohr ihres Vaters. »Sie hat nicht angeklopft.« Der Mann stupste sie spielerisch an.
»Jane, deine Mutter hat angerufen.«
»Ich weiß. Mein Daddy hat lange und nett mit ihr geplaudert.«
Die Augen der Frau verengten sich unmerklich. Was Jane nicht entging, sie hatte gelernt, die Zeichen zu deuten.
»Jane, würdest du uns entschuldigen, ich möchte mit deinem Vater reden, bevor er zur Arbeit fährt.«
»Daddy?«
»Geh schon, Liebes. Und vergiss nicht – unser Tennis.«
Jane küsste ihren Vater. »Ich werde auf dich warten.« Jane schloss die Tür hinter sich und rannte durch den Flur. Abrupt blieb sie stehen.
Sandie lauschte auf die sich entfernenden Schritte ihrer Stieftochter. »Ich wünschte, du würdest das nicht tun«, sagte sie in gedämpftem Tonfall.
»Was tun?«
»Du weißt, was ich meine.«
Jane schlich sich leise zur Tür zurück.
»Es macht es nur einfacher.«
»Für dich vielleicht.«
»Sandie, ich muss los.«
»Wir müssen reden.«
»Jetzt nicht, sonst komme ich zu spät.« Er gab ihr einen flüchtigen Kuss auf den Mund und verließ das Zimmer.
Einige Minuten später, als sich ihr Zorn wieder gelegt hatte, folgte Sandie ihrem Ehemann.
Abrupt tauchte Jane vor ihr auf. Unwillkürlich fasste sich Sandie ans Herz. »Jane!«
Jane zwinkerte ihr zu, rannte zur Treppe, nahm zwei Stufen

auf einmal und verschwand um die Ecke. Sandie konnte das Lächeln auf dem Gesicht ihrer Stieftochter nicht sehen, aber sie spürte es. Ihr Blick fiel auf das vor kurzem gebohnerte Parkett und die Streifen.

»Scheiße«, entfuhr es ihr leise.

1

Cat hielt das Mikro tiefer und wartete auf die Antwort.
»Überhaupt nicht. Nur weil wir alt sind, heißt das noch lange nicht, dass wir mit Sex nichts am Hut hätten«, sagte die ältere Dame. »Und lass dich vom Rollstuhl nicht täuschen.«
Cat lächelte nervös.
»Was? Darf man im Radio das Wort ›Sex‹ nicht benutzen?«
»Doch, es ist nur …« Cat drückte auf die Pause-Taste ihres Minidisc-Recorders. »Vielleicht ist das Thema doch nicht so gut.«
»Liebes, es ist brillant. Die alten Klatschweiber haben doch Tag und Nacht nichts anderes im Kopf. Seit Oxford hab ich nicht mehr so oft die Betten ruckeln hören.«
»Das gab's aber noch nicht, als du auf der Uni warst«, warf Cat ein.
Amelia schüttelte den Kopf. »Du hast recht, wir waren allesamt Jungfrauen, bis deine Generation kam und das alles erst erfunden hat.«
»Wie geistreich.«
»Die Wände sind so dünn, dass ich mit der Nagelschere durchstechen und dabei zuschauen könnte. Heutzutage baut man einfach keine vernünftigen Häuser mehr. Wie wär's, wenn wir uns eine Spionagekamera besorgen und es im Fernsehen zeigen?«
»Das ist keine gute Idee, kommt nicht in Frage.«
»Noch besser, wir würden es mit einer Live-Webcam im Internet übertragen.«

»Was?«
»Wir haben Kurse.«
»Das reicht jetzt! Du wirst zu einer Gefahr für die Allgemeinheit.«
»Komm schon, Cat, die Idee ist großartig. Sex über siebzig. Die alten Kerle haben jahrelang ohne Viagra überlebt. Ein topaktuelles Thema, Liebes.
Dem Gentleman gegenüber ist erst neulich von einem gutgekleideten Herrn an der Bushaltestelle eine Packung angeboten worden. Drogendealerei in der Altenpflege, das muss die Medien doch interessieren.«
»Was geschieht dann erst, wenn das Zeug ihnen wirklich in die Hände fällt«, sagte Cat lachend. »Dann kommen sie überhaupt nicht mehr zum Schlafen.«
»Wenn man alt ist, schläft man sowieso nicht mehr«, sagte Amelia. »Womit wir wieder beim Ausgangspunkt wären. Was ist dir lieber: sich zwischen den Laken zu wälzen oder eine weitere Solitaire-Partie?«
»Ich hoffe, ihr betreibt Safer Sex.«
»Um Gottes willen, nein. Man macht es doch nur, damit man einen Herzinfarkt bekommt.«
»Ein schneller Exitus.«
»Genau. Apropos, man könnte das Heim in einen Reiseführer setzen und die alten Knacker mit denen aus anderen Altenheimen austauschen. Die meisten wissen sowieso nicht mehr, wo sie sind, aber sie kriegen noch einen …«
»Großmutter!«
»Sie werden alle fürchterlich enttäuscht sein. Ich hab schon eine Menge Freiwilliger, die warten nur darauf, dass sie vor dir angeben dürfen.«
»Was ist mit Schwester Cleveland?«, fragte Cat.

»Die hatte noch nie Sex, hätte also keinen Sinn, sie zu interviewen.«
»Das habe ich nicht gemeint.«
Amelia zwinkerte ihr zu.
»Verbreite unter den alten Lustmolchen bloß nicht das Gerücht, dass im Sonntagsprogramm jetzt ein Swinger-Club angeboten wird«, beharrte Cat. »Sonst gibt es noch einen Aufstand.«
»Meine Lippen sind versiegelt.«
Cat sah auf ihre Uhr. »Scheiße.« Sie küsste Amelia. »Ich bin spät dran.«

In Gedanken war sie bereits im Schneideraum, als sie aus dem Parkplatz des Altenheims bog. Der Höhepunkt der unbezahlten Praktikumswoche bei BBC Chelmsford. Es würde ihr längster Einzelbeitrag werden – falls sie es noch rechtzeitig in den Schneideraum schaffte. Unwillkürlich gab sie Gas. Wenn sie vor Ablauf ihres Studiums zur Rundfunkjournalistin keinen Job an Land zog, wäre sie gescheitert. Und was dann? Dann war sie achtundzwanzig Jahre alt und arbeitslos. Sie sah auf die Uhr. Viertel nach eins. Wenn sie sich schon mal die Aufzeichnung anhörte, könnte sie bereits jetzt die Schnitte planen. Mit der linken Hand fasste sie auf den Rücksitz und tastete nach dem Minidisc-Recorder. Sie fand ihn nicht. Kurz drehte sie sich um, entdeckte ihn schließlich und griff nach dem Umhängeband. Als sie wieder nach vorn sah, nahm sie vor dem Wagen nur noch eine huschende Bewegung wahr. Panisch trat sie auf die Bremse und riss den Lenker herum. Zu spät. Sie spürte keinen Aufprall, aber einen fürchterlichen Laut. Der Wagen schleuderte quer über die Straße, krachte gegen die steile Grasböschung, dann starb der Motor ab. Mit pochendem Herzen hielt sie den Atem an. Sie wagte es nicht, sich umzudrehen und nachzusehen, wen sie überfahren hatte. Ein Kind? Einen Fuchs? Einen Fasan? Ein Kind? Ein Kind? »Bitte, lieber Gott, lass es kein Kind sein.« Sie öffnete die Tür, setzte ein Bein nach draußen und schwang sich dann, den Blick noch immer nach vorn gewandt, nach rechts. Sie zögerte das Unvermeidliche hinaus. »Du musst nachsehen.« Cat drehte sich um und runzelte die Stirn. Der Schleuderweg des Wagens war ziemlich lang. Etwas lag auf der Straße. Blond. Ihr wurde schlecht. Ein Kopf? Schnell sah sie sich um. Kein Leichnam. Kein Kopf. Ein Tier? Sie ging darauf zu. Wenigstens war sie keine Kindsmörderin. Ein Fuchs? Was auch immer, es bewegte sich nicht. Cat stand über dem Fellbündel.

»Scheiße«, sagte sie, als sie den Farbstreifen erkannte. Ein Halsband. Sie hatte ein Haustier überfahren.

»Komm schon, heb ihn auf, er kann dir nichts tun.« *Jedenfalls jetzt nicht.* Als sie den kleinen Hund ins Gras trug, hörte sie das metallische Klingeln. Zwei silberfarbene Plättchen baumelten am Lederhalsband. Scheiße, sie wollte nicht, dass der Hund eine Identität hatte, ein Zuhause, Menschen, die ihn liebten. Tu so, als sei es ein Hase, dachte sie sich, stell dir einfach vor, es wäre ein Hase. Die werden ständig überfahren und trocknen dann in den Straßenbelag ein. Sofort sprang ihr der Weiße Hase aus *Alice im Wunderland* ins Gedächtnis und raunzte ihr ein »zu spät« zu. Sie legte den Hund ins Gras. Es nützte nichts, verstörende Bilder schwirrten ihr durch den Kopf, Bilder von Mädchen mit Pferdeschwanz und Baumwollkleidchen, die mit herzzerreißender Stimme »Toto! Toto! Wo bist du, Toto?« riefen. Selbst die Größe des Hundes nagte an ihrem Gewissen. Sie hatte einen Welpen überfahren. Vielleicht war dem Mädchen mit Pferdeschwanz ein Welpe geschenkt worden, weil die Eltern gestorben waren. Jetzt hatte Cat auch noch das Tier getötet, das Mädchen würde heranwachsen, sich nie auf andere einlassen können und ein einsames, sorgenvolles Leben führen und Stofftiere sammeln, die ihr nicht wegsterben konnten …

Schluss mit dem morbiden Scheiß! Das Baumwollkleidchen verblich, und Cat wusste, dass sie sich nicht aus dem Staub machen konnte. Sie kauerte sich neben das Tier und tastete das Lederhalsband ab, bis sie das Gesuchte gefunden hatte.
»Lucy«, las Cat. »Scheiße.« Auf alle Fälle der Hund eines kleinen Mädchens. Die Schuldgefühle schnürten ihr die Kehle zu. Lucy hatte, bevor Cat sie mit der Stoßstange ins Jenseits befördert hatte, in Cedar Hall gewohnt, Old Harlow, Essex. Eine Telefonnummer wurde nicht mitgeliefert, wodurch die anonyme Anrufoption hinfällig wurde. Ihr blieb keine andere Wahl, als den Welpen dem rechtmäßigen Besitzer zurückzubringen, auch wenn sie dann als Haustiermörderin angefeindet werden sollte. Chelmsford musste also auf ihren faszinierenden Bus-Beitrag warten. Cat ging zum Wagen zurück und rief die Redaktion des Senders an. Es meldete sich die fette Redaktionsleiterin. Die Frau hatte sich noch nie für sie erwärmen können. Cat erklärte ihr die missliche Lage.
»Sie haben also einen Hund überfahren«, sagte die Frau, die ihr ganz offensichtlich nicht glaubte.
»Ich will nur zu den Besitzern, dann komme ich in den Sender, Sie können die Sache ja für später …«
»Später haben wir keine Zeit.«
»Aber …«

»Hören Sie, Sie sind doch schon halb zu Hause, wenn es stimmt, was Sie mir sagen – auch wenn es eine komische Strecke ist vom Busbahnhof in Colchester. Wir werden dem College aber Ihr Zeugnis zukommen lassen.«

»Aber ...«

»Aber was? Wir können Nachrichtenbeiträge nicht verschieben, nur weil Sie meinen, in der Gegend rumgondeln zu müssen. Ich werde es der Busgesellschaft erklären. Wir werden einen unserer festen Mitarbeiter hinschicken, der macht den Beitrag noch mal. Er ist gerade auf der anderen Leitung.«

Damit legte sie auf.

»Miststück«, sagte Cat und starrte auf ihr Handy. Seit fünf Tagen hatte sie wie eine Sklavin geschuftet, hatte kaum gegessen und in der BBC-Unterkunft schlecht geschlafen, nur um jetzt wie ein verantwortungsloses Schulmädchen abgefertigt zu werden. Hätte man ihr ein wenig Sympathie entgegengebracht, dann hätte man ihr auch ein wenig Spielraum eingeräumt. Deprimiert kehrte Cat um und fuhr ins Herzland von Essex zurück. Sie fand ein Dorf, das sich an der Straße entlangzog, aber nichts von einem Haus, das groß genug gewesen wäre, um sich als Hall bezeichnen zu dürfen. Sie fragte in einem Pub nach, erwartete, unverständliche Richtungsangaben zu erhalten, was dieser traurigen Geschichte ein Ende gesetzt hätte, aber der Wirt erwies sich als äußerst hilfsbereit.

»Folgen Sie dem Weg hinter dem Pub, Sie können es nicht verfehlen.«

Cat kehrte zum Wagen zurück und fuhr den einspurigen Weg entlang. Der Wirt musste sich getäuscht haben, von einem Herrenhaus war weit und breit keine Spur. Dann bog

sie um eine Ecke, und dort waren sie, nicht zu übersehen: Steinsäulen. Mit Löwen drauf. Unwillkürlich legte sie den Rückwärtsgang ein. Das Getriebe kreischte auf. Cat presste den Fuß auf das Kupplungspedal und würgte den Motor ab. Die Löwen starrten sie finster an. Das hatte sie jetzt davon, wenn sie meinte, die gute Samariterin spielen zu müssen. Sie könnte den Hund einfach den Löwen zu Füßen legen und abhauen. Leute, die sich mit fünf Meter hohen Toren und herrschaftlichen Katzen schützen mussten, würden sie höchstwahrscheinlich kaum mit einem verständnisvollen Winken wieder fortschicken. Der Unfall tat ihr wirklich leid, aber sie würde sich wegen eines toten privilegierten Köters nicht den Löwen zum Fraß vorwerfen. Sie öffnete die Fahrertür und stieg aus. Das Erste, was sie erblickte, war der Pub-Wirt. Er sah ihr nach.
»Verflucht.« Sie stieg wieder ein.

Der Kies knirschte unter ihren Reifen, als sie durch das Tor fuhr. Zedern flankierten die lange Anfahrt. Der Rasen war akkurat geschnitten.
»Scheiße«, sagte Cat laut. Der Wirt schrumpfte im Rückspiegel zusammen, während sie ihrer sicheren Exekution entgegenfuhr. Sie bog um eine weitere Kurve, und dann sah sie das Haus vor sich. Ein wunderschönes helles, dreigeschossiges Sandsteingebäude. Breite Fenster, um die sich blühende Glyzinen rankten, erstreckten sich zu beiden Seiten des Säuleneingangs. Widerstrebend stellte Cat den Motor aus und spähte durch die Windschutzscheibe. Vielleicht war es ja ein Fitnessclub für reiche, selbstsüchtige Frauen, und der Hund gehörte einer alternden Romanschriftstellerin, die zur vierten Oberschenkelstraffung im Jahr hier war. Allerdings erschie-

nen keine Frauen in weißen, wallenden Morgenmänteln, vor dem Haus waren auch keine Autos geparkt. Cat verwarf die Theorie. Vielleicht das Anwesen eines vermögenden, alten Witwers, der den Westflügel mit Rollstuhlrampen ausstatten und ihrer Großmutter die immerwährende Grießpudding-Kost ersparen könnte. Cat stieg aus und wartete eine Weile, nur für den Fall, dass ein Butler auftauchen sollte, doch nichts geschah. Das Tier wie ein Geschenk auf den Armen, näherte sie sich der großen zweiflügeligen Haustür. Zwei Steinhunde saßen gehorsam am Fuß der Säulen. Vielleicht konnte sie Lucy neben sie legen, damit sie wie die anderen versteinerte. Auf immer und ewig versteinerte. Vielleicht sollte sie sich gleich selbst dazulegen? Um dem heutigen Tag doch noch etwas Gutes abzugewinnen. Sie entdeckte den Keramikknopf mit dem eingravierten Wort *»Drücken«*. Sie befingerte die glatte, kühle Oberfläche und kam sich vor, als hätte man ihr soeben eine Flasche mit der Aufschrift »Trinken« gereicht. Schließlich holte sie tief Luft und drückte. Noch immer nichts. Sie klingelte ein weiteres Mal, und als sich daraufhin immer noch niemand meldete, beschloss sie, ihrer moralischen Pflicht der Familie gegenüber Genüge getan zu haben. Mehr blieb für sie nicht zu tun. Sie legte den Hund auf die Stufe. Ein Zettel musste reichen. Sie ging zum Wagen, um sich einen Stift zu suchen. Dann stand sie da, kaute auf dem Kugelschreiberende herum und entwarf in Gedanken einige tröstende, reuevolle Worte. Sie hatte nur eine leere Seite. »Lieber«, schrieb sie und hielt inne. Lieber wer? Sie riss den Abschnitt weg. »Betreff«. Zu formell; auch diesen Streifen trennte sie ab. »An Lucys Besitzer. Schweren Herzens schreibe ich diese Notiz …« Erneut trennte sie das Stück ab. Eine schlechte Formulierung. Noch zwei solcher Versuche, und sie hätte nur noch Platz für einige wenige Worte. Sie suchte in der Haustür nach einem Briefschlitz, fand aber keinen. Sie konnte den Zettel doch schlecht ins Halsband des Hundes stecken. Auf dem Weg zum Wagen, um noch einen Umschlag zu suchen, entdeckte sie ein handgemaltes Hinweisschild: Lieferanteneingang. Sie hatte zwar nichts anzuliefern, aber es war einen Versuch wert. Sie faltete den Zettel zusammen, steckte ihn sich in die Hosentasche und folgte der Kieseinfahrt um die Hausecke. Das Knirschen der kleinen, scharfkantigen Flintsteine begleitete jeden ihrer Schritte zur Rückseite des Anwesens, wo der Kies aufhörte und damit auch das beruhigende Knirschen. Sie stand auf sauberen, grauen Schieferplatten und betrachtete die weitläufigen Stallungen. Nichts rührte sich, vor ihr zeichnete sich das vollkommene Bild des Landlebens ab, allerdings ohne das geringste Anzeichen von Leben. Cat hatte erwartet, schlammverspritzte Stiefel vorzufinden, kaputte Fahrräder, Gartenwerkzeuge, Spielsachen. Irgendwas. Irgendwen. Aber nichts rührte sich. In den Bäumen nicht das laueste Lüftchen. Kein Gurren der Ringeltauben, die auf dem Dach hockten. Kurz blieb ihr das Herz stehen, als sie, mittlerweile an die Stille gewohnt, ein vages Geräusch aufschnappte. Eigentlich weniger ein Geräusch als ein Vibrieren. Sie drehte sich zum Hof hin, lauschte und streckte den Rücken durch.

»Hallo!«

Die Gebäude ringsum verschluckten ihre Stimme.

»Ist hier jemand?«

Nichts. Sie ging zu einem Fenster und erblickte drinnen eine makellose Küche. Nicht ein schmutziges Geschirrteil war zu sehen, nichts auf dem Abtropfständer. An der Wand stand ein breiter Küchenschrank mit einem dazu passenden umfangreichen Service. Sie zählte zwanzig Teile jedes Gegenstands – was ihr mehr Angst einjagte als die Löwen. Entweder handelte es sich hier um ein Filmset, oder die Anwohnerin litt unter obsessivem Putz- und Ordnungswahn, und das Geräusch, das sie hörte, stammte von einem Staubsauger, der zum fünften Mal an diesem Tag über die Teppiche geschoben wurde. Cat überquerte den Hof und steckte den Kopf zu einer offen stehenden Stalltür hinein. Alles war vollgestellt mit trocknenden Blumen, durchdringender Moschusgeruch erfüllte den Raum. Die Frau hatte ganz klar zu viel Zeit. Cat versuchte sie sich vorzustellen. Definitiv neurotisch, Gattin eines alten Ekels, unter dem sie seit langem zu leiden hatte und der ihr ständig Ausflüchte auftischte, warum er mal wieder nicht nach Hause kommen konnte. Unter diesen Umständen, wenn der Ehemann sich durch die Gegend vögelte, war es geradezu überlebenswichtig, ein Hobby zu haben. Die beiden hatten keine Kinder, wofür er ihr Vorhaltungen machte. Alles, was sie hatte, war das Haus. Ihre Burg. Alternativ könnte sie eine breithüftige dreifache Mutter sein, die nach einem Gin Tonic knallrote Bäckchen bekam. Mungo, Flora und Cosmo waren schon lange aus dem Nest ausgeflogen, hatten ihre schlammverkrusteten Stiefel und alten Räder mitgenommen und ihr diese überbordende Fülle zurückgelassen. Eine Frau ohne Sex, die sich für wohltätige Zwecke einsetzte. Cat lehnte sich gegen das Garagentor. Wie auch immer, sie beneidete sie nicht um ihr großes, perfektes Haus und den getrimmten Garten. Die arme Frau, wahrscheinlich hatte sie sich völlig für die Familie aufgeopfert und war darüber lebendig begraben worden … Cat riss sich aus ihren Fantasien. Das Garagentor vibrierte. Sie trat zur Seite und starrte es an. Die Frau staubsaugte doch nicht in der

Garage, oder? Leicht legte sie die Hand aufs Tor und breitete die Finger aus. Unwillkürlich zitterten sie.

Ob nun aus sprichwörtlicher Neugier oder dem Gefühl heraus, dass etwas nicht stimme, jedenfalls fasste Cat zum T-förmigen Griff. Er ließ sich leicht drehen, und nach einem kräftigen Ruck schwang das Tor ein Stück nach oben.

Sie beugte sich nach unten, hustete und wurde von einer Abgaswolke eingehüllt. Mit der Hand vor dem Mund kroch sie vom Rauch weg, der aus der halb geöffneten Garage quoll. Den Auspuff konnte sie nicht sehen, hörte aber den Motor, der noch immer seine tödlichen Abgase produzierte. Ihre Haut kribbelte. Tödliche Abgase? Warum ging ihr das durch den Kopf? Man hatte doch bestimmt aus Versehen den Motor laufen lassen? Bilder schossen ihr durch den Kopf. Alles aufgeräumt. Keine Unordnung. Keiner da. Wie ausgestorben.

»O Gott.« Ohne einen weiteren Gedanken schob sie das Garagentor ganz nach oben, holte tief Luft, zog sich das T-Shirt vor Mund und Nase und tauchte in die Abgasschwaden. Sie schaffte es nicht beim ersten Mal. Aber beim zweiten.

Intuitiv riss sie den Schlauch aus dem Auspuff, verrußtes Papier löste sich dabei. Sie starrte darauf, bis ihr die Augen brannten. Der Schlauch war leuchtend grün, auf dem Rasen leicht zu übersehen, aber im Qualm der Garage ein praktischer Führer. Mit vor Angst und Tränen halbgeschlossenen Augen tastete sie sich daran entlang zur Fahrertür. Im Wageninneren hing dick der Rauch, aber sie musste nichts sehen, um zu wissen, was sich darin befand. Die Wahrscheinlichkeit, dort keine arme Seele vorzufinden, die die aus dem Schlauchende strömenden Abgase einsog, stand bei eins zu einer Million. Einige Augenblicke lang war Cat wie versteinert. Dann zog sie hastig am Schlauch, der zu ihren Füßen auf den Boden fiel. Sie tastete nach dem Türgriff, aber ihre Hand weigerte sich, die Tür aufzureißen. Angst und Schuld. Sollte sie Hilfe holen? Hier war niemand. Außer ihr, und sie verschwendete wertvolle Sekunden. Mit angehaltenem Atem zwang sie sich dazu, die Tür zu öffnen, nach dem Zündschlüssel zu tasten und den Motor abzuwürgen. Als sich Cat in den Wagen beugte, zeichnete sich bereits ein schattenhafter Umriss ab, trotzdem stieß sie einen Schrei aus, als vor ihr ein Gesicht auftauchte.

»Du lebst noch, du lebst noch, einfach weiteratmen! Ich schaff dich hier raus«, schrie Cat, die nun vollends die Nerven zu verlieren drohte, den Sicherheitsgurt ergriff und ihn löste. »Einfach weiteratmen.« Aber die Person bewegte sich nicht mehr. »Wach auf! Du bist …« Cat verstummte. Der sich auflösende Rauch erzeugte die Illusion von Bewegung, während die Person im beengten Wageninneren allmählich angsteinflößende Gestalt annahm. Es war eine Frau. Eine junge Frau. Hübsch. Hübsch tot, verdammt noch mal. Schrecklich tot. Blau und tot. Mit ihren unbeweglichen, starren Augen stierte sie Cat an. Du bist verdammt noch mal zu spät gekommen. Cat hatte keine Ahnung, ob es den Bruchteil einer Sekunde oder eine volle Stunde gedauert hatte, bis sie losrannte. Sie wusste nur, dass sie rannte.

2

»Polizei, nein, einen Krankenwagen. Beides, Scheiße, ich weiß es nicht. Polizei.«

»Beschreiben Sie die Situation.« Die Stimme eines Mannes.

»Was meinen Sie?« Cat war den Tränen nah.

»Sind Sie verletzt, Madam?«

»Nein, ich bin …«

»Wo befinden Sie sich?«

»Da ist ein Mädchen in der Garage. Ich glaube, sie ist, na ja, sie ist …« Ein Geräusch. Über ihr.

»Madam, in welcher Situation befinden Sie sich?« Zum ersten Mal, seitdem sie der Garage entkommen war, wurde sich Cat ihrer Umgebung bewusst. Sie befand sich in einem weitläufigen Flur, war über einen runden Mahagonitisch gebeugt, das Gesicht fünf Zentimeter von einer Schale mit Trockenblumen entfernt. Erneut war dieses Geräusch zu hören. Eine Tür, die geschlossen wurde. Sie sah auf. Eine majestätische Treppe wand sich vom Flur in den ersten Stock. Sie umklammerte einen Telefonhörer, von dem sie nicht wusste, wie sie im vermeintlich leeren Haus zu ihm gekommen war.

»Wo befinden Sie sich?«

»Psst«, antwortete sie dem Beamten in der Leitung und legte die Hand über den Hörer. Jemand war im Haus, der zuvor nicht da gewesen war und der jetzt die Treppe herunterkam.

»Ist sie in der Garage eingesperrt? Ist das Mädchen verletzt? Sie müssen es mir sagen, sonst kann ich Ihnen nicht helfen. Hallo? Hallo?«

Ein hochhackiger Schuh. Dann noch einer. Zwei Waden. Zwei Knie, eines gebeugt, das andere gestreckt. Schöne Beine. Eine Hand. Rote Fingernägel. Ein großer Ring. Der gegen das Treppengeländer klackte.
»Was ist mit dem Mädchen?«
Die beiden Frauen starrten sich an. Die auf der Treppe sprach zuerst.
»Was tun Sie in meinem Haus?« *Getrocknete Blumen.*
»Was ist mit dem Mädchen?« *Hat sich umgebracht.*
»Sind Sie eine Freundin von Jane?« *Nein.*
»Wer ist dieses Mädchen?«
»Jane«, sagte Cat.
»Mit wem sprechen Sie?«, fragten der Mann und die Frau gleichzeitig.
Mit Janes Mutter. Mit der Polizei. Mit Janes Mutter, die nichts davon weiß. »Mit der Polizei«, antwortete Cat leise. Eine Mutter durfte es nicht auf diese Weise erfahren.
»Steckt sie in Schwierigkeiten?« *Steckte.*
Langsam und deutlich redete Cat zu beiden: »Ich bin in Cedar Hall, Old Harlow, Essex. Ich brauche so schnell wie möglich einen Krankenwagen und eine Polizeistreife.« Die Frau auf der Treppe erbleichte, rührte sich aber nicht vom Fleck.
»Was ist passiert?«, kam es von der Stimme in der Leitung.
Cat und die Frau starrten sich an. »Tut mir leid«, sagte sie zu Janes Mutter.
»Was tut Ihnen leid?«, fragte die Stimme.
»Alles«, erwiderte Cat. Sie schloss die Augen; sie wollte die Frau nicht ansehen, wenn sie ihr mitteilte, was geschehen war.
»In der Garage ist ein Mädchen. Es hat sich umgebracht.«
Janes Mutter rang hörbar nach Luft.

Cat stieg die Treppe hoch zu Janes Mutter, die ins Leere starrte. Sie setzte sich neben sie, lange Zeit sprach keine der beiden. Cat wusste nicht, was sie tun sollte, weshalb sie nur wartete.

Als die Frau das Wort ergriff, kam von ihr nur ein Flüstern. »Sind Sie sicher, dass es Jane ist?«

»Nein.«

Wieder eine lange Pause. »Dann sollte ich es wohl nachprüfen?«, sagte sie und sah fragend zu Cat.

Cat glaubte nicht, dass die Frau sie wirklich sah. »Vielleicht sollten Sie warten, es ist wahrscheinlich einfacher, wenn noch jemand da ist.«

»Sie sind da«, sagte die Frau.

»Ja, aber …« *Das geht mich doch alles nichts an.* Abrupt stand die Frau auf und wartete. Widerstrebend folgte Cat. Sie hatte recht: Sie war ja da, sie steckte mit drin, auch wenn sie sich das bis zu diesem Zeitpunkt nicht eingestanden hatte. Bewusst nahm sie das gebohnerte Parkett unter ihren Füßen wahr, als sie der Frau die Treppe hinunter und durch den Flur folgte. Das Gewicht der Tür, als sie diese aufhielt. Die makellose Küche, an die sie keine Erinnerung hatte. Die Hintertür stand offen, aber sie konnte sich nicht erinnern, sie geöffnet zu haben. Cat folgte der Frau hinaus in die frische Luft. Sie war wirklich frisch. Der Wind hatte die Abgase vertrieben. Aber beim Anblick des grünen Gartenschlauchs auf dem Betonboden der Garage zog sich ihr Brustkorb zusammen. Der Rauch im Wageninneren hatte sich verflüchtigt. Sie konnte die braunen Locken sehen, die seitlich über den Ledersitz gefallen waren. Kurz verspürte sie Brechreiz. Sie konnte nicht mehr hinsehen, senkte den Kopf und konzentrierte sich auf den ersten Gegenstand, auf den ihr Blick fiel. Sie starrte ihn so lange an, bis die Frau die Tote identifiziert hatte und sie wieder draußen waren. Ja. Es war Jane.

Auf dem Rückweg zur Küche begann das Telefon zu klingeln. Die Mutter des toten Mädchens ging in den Flur und starrte auf den Apparat neben den getrockneten Blumen. Sie drehte sich zu Cat um.

Cat runzelte die Stirn, aber die Frau starrte sie weiterhin nur an. Ihre Untätigkeit war für Cat zermürbender als das klingelnde Telefon.

»Soll ich rangehen?«, fragte Cat vorsichtig. Die Frau nickte. Gegen ihren Willen wurde Cat immer weiter in diese unwirkliche Sache gezogen, aber aus Mitleid mit der verwirrten Frau nahm sie den Hörer ab.

»Cedar Hall?«

»Jane?«

Cat schluckte.

»Wer ist am Apparat?«

»Oh, tut mir leid, ist Sandie, ähm, Mrs. Wellby, ist sie da?«

Eine Frau, die ist da …

»Wer ist am Apparat?«, wiederholte Cat.

»Simon. Simon Proudlove. Mit wem spreche ich?« Cat bedeckte den Hörer mit der Hand.

»Ein Simon Proudlove«, sagte Cat zu der Frau. Cat sah, wie sie den Arm ausstreckte und dann zum Telefon ging. Sie nahm den Hörer. Ihre Hand war ruhig. Eine Weile lang sagte die Frau nichts. Cat wartete.

»Simon, Jane ist tot.« Cat hörte die Erwiderung nicht, aber es dauerte eine Weile, bis die Frau wieder etwas sagte. »Gib Robert Bescheid, ich kann es ihm nicht am Telefon sagen. Bitte, bring ihn hierher.« Wieder Stille, bevor sie losbrüllte:

»Natürlich bin ich mir sicher, dass sie es ist, sie hat sich in der verdammten Karre vergast!«
Cat trat eine paar Schritte zurück und verzog sich in die Küche. Die Frau war ihrem Akzent nach Amerikanerin. Cat ging weiter, sie wollte nicht wissen, wer Jane Wellby war oder Sandie oder Robert, sie kannte diese Leute nicht. Draußen im Hof aber war ein Krankenwagen eingetroffen, gefolgt von einigen Streifenwagen. Zu spät, dachte sich Cat. Verdammt noch mal zu spät. Ein bulliger Mann trat auf sie zu und befahl ihr zu warten. Sein gebieterisches Wesen duldete keine Widerrede. Sie saß jetzt hier fest, hatte nichts zu tun, außer der methodischen Entfernung eines Leichnams zuzusehen und über ihren enttäuschenden Abgang vom Radiosender nachzudenken. Sie hätte den verfluchten Hund liegen lassen sollen, Jane würde ihn jetzt sowieso nicht mehr vermissen. Ein Arzt kam, erklärte Jane für tot und fuhr wieder davon. Hunde und ihre Besitzer, ging es Cat durch den Kopf. Die Polizisten wuselten um Mrs. Wellby herum, die zwischen ihnen zu schweben schien. Irgendwann bot sie ihnen Getränke an, entschuldigte sich dabei, als hätte sie ihre guten Manieren vergessen. Alle lehnten ab, trotzdem ging sie ins Haus. Eine kleine, untersetzte Polizistin folgte ihr nach drinnen. Sie warteten auf den Augenblick, an dem ihr alles klar werden würde, dachte sich Cat. Aber so lief das bei Selbstmorden nicht. Es war kein gewöhnlicher Tod. Sie musste es wissen. Als ihr Vater Selbstmord begangen hatte, war sie nicht geschockt gewesen, es hatte kein hysterisches Getue gegeben, keine Tränen. So fühlt sie sich, dachte sich Cat, es war allen ihren Bewegungen abzulesen. Als die Polizistin und Mrs. Wellby zurückkehrten, schafften sie einen Picknicktisch und ein Tablett mit Kaffee nach draußen. Trotz der ursprüng-

lichen Ablehnung nahm sich jeder dankbar eine Tasse. Leichname wegzuschaffen machte durstig. Cat betrachtete die Tassen. Sie gehörten alle zu einem Service. Sie erinnerte sich an die Küche. Zwanzig Teile. Ausgestellt.
Plötzlich entfuhr Cat ein hörbarer Laut. Ein Polizist beäugte sie misstrauisch, worauf sie die Hand vor den Mund legte und so tat, als müsste sie husten. So lange hatte sie hier herumgeschnüffelt, gezaudert, getrödelt – und in der Zwischenzeit hatte sich das Mädchen umgebracht, und sie hätte es verhindern können. Panik stieg in ihr auf wie ein Geysir. Erneut hustete sie, blinzelnd wischte sie die Tränen weg, die ihr in den Augen brannten. Aber in der Garage hatte dick der Rauch gestanden. Der Motor musste über Stunden hinweg gelaufen sein. Kurz sah sie wieder das Bild vor sich. Ja, das Mädchen hatte ausgesehen, als wäre es schon lange tot gewesen. Die gelblich-graue ledrige Haut an ihrem Schädel hatte nichts Menschliches mehr an sich gehabt, es war nur noch etwas, was die Knochen zusammenhielt. Was Cat zu Gesicht bekommen hatte, war kein Lebewesen gewesen, sondern eine Leiche. Sie hätte sie nicht mehr retten können. Aus der Garage kamen Polizisten mit Plastikbeuteln, in denen der Schlauch und die verkohlten Papierfetzen lagen. Sie wollte nicht hier sein, wenn sie den Leichnam in einen Plastiksack legten und auch diesen herausbrachten.

Reifen knirschten auf dem Kies. Noch bevor der Wagen zum Stehen kam, stieg ein Mann aus. Sandie rannte bereits auf ihn zu. Als er sie sah, rief er mit einer Stimme, die einem in der Seele wehtat, ihren Namen. Sie umarmten sich. Fremde hatten hier nichts verloren, sie sollte sich entschuldigen und gehen. Minuten vergingen, in denen alle nur stumm dastanden und dem Schluchzen des Mannes lauschten. Cat hatte sich auf einem steinernen Aufsitzblock niedergelassen, die Knie umfasst und versucht, sich so unsichtbar wie möglich zu machen. Seit drei Stunden war sie mittlerweile hier. Als Janes Vater hörte, wie seine Tochter auf einer Rollbahre aus der Garage geschafft wurde, löste er sich von der Schulter seiner Frau. Schlechtes Timing. Mr. Wellby deutete auf den Leichensack und ging langsam darauf zu. Tränen liefen ihm über die Wangen, sein Mund bewegte sich, ohne dass ein Laut über seine Lippen kam. Er blieb erst stehen, als sein Zeigefinger die dicke Plastikhülle berührte.

»Öffnen Sie ihn«, hörte Cat ihn sagen. Der Wind hatte aufgefrischt, es war kälter geworden, über den blauen Himmel hatte sich eine dünne graue Decke gelegt. Er wiederholte seine Aufforderung, und dann, als niemand reagierte, sagte er: »Bitte?« Seine Stimme klang wie die eines Siebenjährigen. Cat sah wieder weg. Das Geräusch des Plastikreißverschlusses hallte von den drei Wänden des Hofes wider. Mr. Wellby nahm den Leichnam seiner Tochter auf und wiegte ihn unbeholfen in den Händen.

»Nein, Janey, nein.« Unwillkürlich sah Cat wieder hin. Wieder die Locken, die jetzt allerdings ihm über den Arm fielen. Cat wurde schlecht. Janes Vater sah zum wartenden Sanitäter, der voller Mitgefühl den Kopf schüttelte, dann ließ er den Blick über die übrigen Umstehenden schweifen. Die meisten sahen zu Boden, einige zuckten mit den Achseln, schließlich blieb sein Blick an seiner Frau hängen. »Sag es ihnen«, flehte er sie an. »Sag es ihnen, Sandie. Sag ihnen, dass die kleine Janey sich niemals umbringen würde. Sie hatte keinen Grund dazu. Nicht den geringsten. Sie war glücklich, ein vollkommen normales, glückliches kleines Mädchen. *Sag es ihnen.*«

Alle Blicke waren auf Sandie gerichtet, die so fest die Lippen zusammenpresste, dass es aussah, als hätte sie weißen Lipliner aufgetragen. »Ich weiß nicht, Liebling«, sagte sie schließlich, »ich weiß nicht, was passiert ist.« Sie nahm ihn am Arm und führte ihn von der Bahre fort. Der Sanitäter zog schnell den Reißverschluss zu. Mr. Wellbys Beine gaben nach. Zwei Polizisten waren nötig, um ihn ins Haus zu schaffen.
Cat sah, wie Robert Wellby die Polizisten am Arm packte und zu sich heranzog. »Mit meiner Tochter war alles in Ordnung«, schrie er ihnen ins Gesicht. »Alles!«
Cat sah zu Sandie Wellby. Ihr Gesichtsausdruck war unergründlich. Simon Proudlove, der Mann, mit dem sie telefoniert, der Mann, der die erschütternde Nachricht überbracht hatte, trat von hinten an Mrs. Wellby heran und drückte ihr die Schulter. »Sie ist so stark«, murmelte Cat zu sich selbst.
»Wer?«, fragte ein Polizist, der sich ihr genähert hatte.
Cat sah auf. Seit Stunden hatte niemand mit ihr geredet. »Janes Mutter.«
»Sie«, sagte er und deutete auf Mrs. Wellby. Cat konnte es kaum glauben, dass er in Gegenwart all der anderen einfach so auf sie zeigte. »Sie ist nicht Janes Mutter. Sie ist die zweite Mrs. Wellby. Janes *Stiefmutter.*«
»Oh«, sagte Cat. Das erklärte einiges.

Die Polizisten verschwanden im Haus und ließen Cat allein. Sie sah mit an, wie Jane Wellbys Leichnam ohne viel Federlesens fortgeschafft wurde. Schon einmal hatte sie einen Leichnam gesehen, in Indien, aufgebahrt neben einem Scheiterhaufen. Damals war er ihr als schön erschienen, damals hatte sie aber auch in der ersten Reihe eines über den Ganges schaukelnden Touristenbootes gesessen, das sich der Zeremonie so weit genähert hatte, damit Fotos gemacht werden konnten, aber trotzdem weit genug weggeblieben war, um der Szene etwas Irreales zu verleihen. Hier war es anders. Janes Gesicht hatte sich ihr für immer eingeprägt. Der Leichensack konnte Jane Wellbys Körper nicht verbergen. Jeder wusste, was darin war. Cat sah zum Haus, das in Zellophan gehüllte Haus, und schüttelte bedächtig den Kopf. Die Sanitäter schlossen die Türen des Krankenwagens. Es war an der Zeit, dass auch sie ging. Die Wellbys hatten ihr schon genug Scherereien eingebrockt. Als sie den Hof überquerte, hörte sie aus der Küche wütende Stimmen.

»Natürlich bin ich in der Lage zu fahren!« Cat drehte sich um. Mr. Wellby kam aus der Küche gestürmt, dicht gefolgt von seiner Frau. »Es kann jeder gewesen sein, verdammt noch mal, irgendein Fremder. Sie war unsere einzige Tochter, natürlich muss ich es ihr selbst sagen.« Dem Akzent nach war er Engländer. Durch und durch. Und er war sehr wütend.

»Ich verstehe dich ja, Robert. Ich will nur nicht, dass du selbst fährst. Bitte, Liebling, lass mich fahren. Oder Simon, wenn dir das lieber ist.« Fragend sah sie zu dem Mann, der Robert nach Hause gebracht hatte.

»Ich fahr dich hin«, sagte Simon und nickte.

»Was soll das, dann sitzt du in London fest.«

»Mein anderer Wagen steht in London, ist also überhaupt kein Problem.« Hoffnungsvoll sahen Sandie und Simon zu Robert.

»Mr. Wellby«, sprach ihn der leitende Polizeibeamte an, »ich muss Ihnen noch einige Fragen stellen.«

Robert drehte sich zu ihm um. »Was?«

»Ich weiß, es ist schwierig für Sie, Sir, aber …«

»Wie können Sie es wagen. Meine Tochter ist tot. Es gibt keine Fragen.«
»Leider müssen wir sie stellen, Sir. Reine Routine«, erwiderte der Polizist ungerührt.
»Scheiß auf die Routine. Wer zum Teufel sind Sie überhaupt?«
Sandie wies auf den Polizisten. »Das ist Detective Chief Inspector Bramley, Liebling ... Du hast ihn vor wenigen Minuten ...«
»Ich lasse mich nicht davon abhalten, meiner Ex-Frau persönlich mitzuteilen, dass unsere Tochter tot ist.« Cat war sich nicht sicher, ob Robert Wellby zu seiner Frau oder zu dem Polizeibeamten sprach.
»Sicherlich nicht«, antwortete der Beamte und trat ein wenig zurück.
»Gut.« Robert drehte sich um, doch statt zum Wagen ging er ins Haus zurück.
»Liebling? Wo willst du hin?«
»Ich kann mir ihre verdammte Adresse nie merken.«
»Was?«, rief Sandie ihm hinterher, bevor er verschwand.
»Hatte Mr. Wellby das Sorgerecht?«, fragte Bramley Sandie.
»Nein. Jane hat bei ihrer Mutter gewohnt«, sagte Sandie. »Na ja, die meiste Zeit jedenfalls.«
»Aber Mr. Wellby weiß die Adresse nicht?«
»Der Schock«, sagte Sandie. »Das ist der Schock.«
Bramley und Sandie gingen langsam zum aufgebauten Picknicktisch und schenkten sich jeweils Kaffee ein. Die Tasse in beiden Händen, starrte Sandie auf die Garage.
»Wie war sie denn so, Ihre Stieftochter?«
Sandie zog die Augenbrauen hoch. »Ich bin nicht unbedingt die richtige Person für diese Frage.«

»Stiefkinder können eine ziemliche Plage sein.«
»Sie haben ja keine Ahnung.«

Robert erschien mit einem Straßenatlas. Sofort stellte Sandie die Tasse ab, ging zu ihm, blätterte durch die Seiten und zeigte ihm die schnellste Route. Robert riss den Atlas wieder an sich. »Ich weiß«, kam es ungeduldig von ihm, bevor er zum Wagen eilte.
Bramley trat dazwischen. »Ich muss darauf bestehen, dass jemand Sie hinfährt.«
»Ich bin durchaus in der Lage zu fahren.«
»Sir, ich würde meiner Pflicht nicht nachkommen, wenn ich Sie nicht …«
»Ich fahr dich hin«, sagte Simon und legte Robert die Hand auf die Schulter.
»Nein«, erwiderte er und riss sich los.
»Robert, das ist doch das Wenigste, was ich tun kann.«
»Warum?«
»Was?«
»Warum ist es das Wenigste, was du tun kannst, Simon? Dich geht das hier alles nichts an. Es ist nicht deine Familie.«
»Robert!«
»Keine Sorge, Sandie.«
»Ich will, dass hier alle verschwinden«, sagte Robert wütend.
»Bitte, beruhige dich, Robert«, sagte Simon nervös.
»Beruhigen! Mein Gott!«, schrie Robert Wellby und richtete den Blick zum Himmel, bevor er sich Simon zuwandte. »Meine Tochter ist tot. Tot! Was soll ich deiner Meinung nach tun? Ein verdammtes Grillfest schmeißen?« Cat zuckte

zusammen. Robert fuhr herum und zeigte mit dem Finger auf Bramley. »Ich werde Ihre Fragen nicht beantworten.« Er sah zu den vier noch anwesenden Polizisten. »Verschwinden Sie aus meinem Haus, Sie alle – sofort.« Laut atmete er aus und entdeckte nun Cat. Sie versuchte mitfühlend zu lächeln.
»Wer zum Teufel sind Sie denn?« Alle drehten sich ihr zu.
Cats Augen weiteten sich. »Catherine Amelia Torrant«, erwiderte sie, als wäre sie wieder in der Schule.
»Wer?«, blaffte er und machte einen bedrohlichen Schritt auf sie zu.
Cat hustete nervös, sah sich nach Unterstützung um, dann zu Sandie, die sie erst jetzt wieder zu registrieren schien.
»Catherine Amel…«
»Das habe ich gehört, danke«, schrie er. »Aber wer sind Sie, und was verdammt noch mal tun Sie hier?«
Argwöhnisch sah Bramley zu ihr. Er wusste, sie war die Frau, die Jane gefunden hatte, aber ihm war nie der Gedanke gekommen, dass sie die Wellbys nicht kannte. Alle, er eingeschlossen, hatten angenommen, sie sei mit der Familie befreundet, sie sei eine Freundin der Tochter, eine Angestellte, die Tochter einer Angestellten oder was auch immer.
»Sie war im Haus«, sagte die zweite Mrs. Wellby. »Am Telefon.« Cat nickte. »Sie hat mit der Polizei telefoniert. Und ihr von Jane erzählt. Ich meine, mir, sie hat es mir erzählt.« Fragend blickte Robert zu seiner Frau. Cat entspannte sich, etwas voreilig, wie sich zeigte. Denn plötzlich ging er wieder auf sie los. »Wohnen Sie hier irgendwo?« Cat schüttelte den Kopf. »Wo wohnen Sie?«
»Aubrey Street 15, Angel.«
»Angel?«

»In London«, sagte Cat.
»Ich weiß verdammt noch mal, wo Angel liegt, wie sind Sie in mein Haus gekommen?«
»Ich … ich kann mich nicht erinnern.«
»Was?«, brüllte Robert Wellby.
»Durch die Tür, nehme ich an. Hören Sie, ich kann mich nicht mehr erinnern. Ich habe Jane gefunden und bin losgerannt. Das Nächste, was ich weiß, war, dass ich die Polizei gerufen habe.«
»Sie sind also eine Freundin von Janey aus London. Natürlich, Angel ist nicht weit vom Haus ihrer Mutter entfernt«, sagte Mr. Wellby, nun weniger aggressiv. »Sie hat mir nicht gesagt, dass Sie zu Besuch kommen. Hat sie dir was gesagt?«, fragte er Sandie. Sandie reagierte nicht, sie rührte sich noch nicht mal, sondern starrte nur auf Cat.
»Ich bin nicht zu Besuch gekommen«, sagte Cat leise. »Eigentlich, äh, kenne ich Ihre Tochter gar nicht.« Cat wünschte sich, sie wäre auf dem Mars. »Ich …«
»Warum sind Sie dann hier?«
Cat schluckte.
»Was haben Sie hier gemacht, Miss Torrant?«, fragte Bramley.
Cat sah zu Robert. »Ich fürchte, ich habe noch eine schlechte Nachricht für Sie.«
Robert Wellby brach in Gelächter aus. »Sie meinen, es gäbe noch *schlimmere* Nachrichten?«
Sie hatte »noch eine schlechte« Nachricht gesagt, nicht »schlimmere«, hielt es aber nicht unbedingt für den rechten Zeitpunkt, mit ihm über den genauen Wortlaut zu diskutieren. Alle musterten sie. Langsam fuhr sie fort: »Ich hatte einen Autounfall. Ich bin hier, um es Ihnen zu melden.«

»Warum um alles in der Welt sollten wir das erfahren?«
Cat sah ihm in die Augen und setzte sie so ruhig wie möglich über den zweiten Todesfall in der Familie in Kenntnis.

Jetzt brach Sandie Wellby in Tränen aus.

Robert stieg in Simons Wagen. Bramley beugte sich durch das geöffnete Beifahrerfenster.
»Und jetzt?«
»Ich danke Ihnen, dass Sie sich fahren lassen. Richten Sie Janes Mutter bitte mein Beileid aus.«
Robert ließ sich etwas erweichen. Schließlich machte der Mann nur seinen Job. »Danke«, antwortete er.
»Es muss schwierig für Sie sein. Ihre Frau und Ihre Tochter haben sich nicht besonders gut verstanden?«
»Wovon reden Sie? Simon! Fahren wir!«
»Keine Probleme zu Hause?«, beharrte Bramley.
Robert zeigte wieder mit dem Finger auf ihn. »Ich weiß, worauf Sie hinauswollen. Jane und Sandie sind gute Freundinnen. Sehr gute Freundinnen. Simon!«
Bramley trat vom Wagen zurück. Simon löste sich von Sandie, die er umarmt hatte.
»Wer ist Mr. Proudlove?«
»Der Partner meiner Frau. Geschäftspartner.«
Als Bramley den Jüngeren in den Wagen steigen sah, überkam ihn ein ungutes Gefühl. Er rief seinen Kumpel, Detective Sergeant Mike Chambers, und flüsterte ihm etwas ins Ohr. Zusammen sahen sie dem Mercedes nach, bevor sie zum Picknicktisch zurückkehrten.
Misstrauisch beäugte Robert den leuchtend gelben Ford Fiesta, während Cedar Hall im Seitenspiegel zurückblieb.

Seine Tochter war tot, und eine *Fremde* hatte sie gefunden? Nein, dachte sich Robert, Catherine Amelia Torrant musste damit zu tun haben. Aber was? Und warum? Seine Gedanken rasten, während sich der große Wagen vom Schauplatz des Todes seiner Tochter entfernte. Die Schuld aber, die würde immer bleiben. Mit beiden Händen schlug er gegen das Armaturenbrett.

»Halt an, Simon!«

»Was?«

»Halt verdammt noch mal an. *Sofort!*« Kurz vor der Kreuzung brachte Simon den Wagen zum Stehen. Robert war alle Farbe aus dem Gesicht gewichen. »Ich kann mich nicht von dir zu Fiona fahren lassen. Bitte …«

»Wir müssen darüber reden, was davor geschehen ist …«

»Nein, das müssen wir nicht.«

»Robert, was ist los?«

Robert sah ihn wie einen Schwachsinnigen an. »Jane ist tot. Alles andere zählt nicht.« Er stieg aus, ging um den Wagen herum und öffnete die Fahrertür. Simon rührte sich nicht. »Du würdest es sowieso nicht verstehen. Du hast keine Familie. Du hast keine Kinder.«

»Robert, ich …« Er hielt inne. »Deine Familie ist auch meine Familie.«

»Simon, du hast mit meiner Frau ein Unternehmen, du bist ihr Freund – aber du gehörst nicht zur Familie. Ihr beide habt keine Tochter verloren. Sie war meine Tochter. Ich habe sie verloren. *Ich*, verstehst du. Wenn ich dich also bitte, mich allein zu lassen, dann erwarte ich, dass du mich verdammt noch mal auch allein lässt!«

»Natürlich«, erwiderte Simon leise.

»Entschuldige.« Er schwang ein Bein aus dem Wagen. »Fahr

bitte vorsichtig. Wenn dir was zustößt, würde Sandie mich umbringen.«

»Sag ihr nichts. Nicht, solange alles so ist, wie es ist.«

Simon stieg aus. »Du weißt, du kannst mir vertrauen. Aber sie sollte es erfahren. Wie lange geht das schon …«

»Sag ihr nur, sie soll den Whittons absagen.« Simon nickte und sah dem sich entfernenden Wagen hinterher, lauschte auf das Motorengeräusch, bis es im Rascheln der Bäume unterging. Dann drehte er sich um und machte sich auf den gut eineinhalb Kilometer langen Rückweg zu Cedar Hall. Seiner Ersatzheimat. Seiner Ersatzfamilie. Sie bedeuteten ihm mehr, als ihnen jemals bewusst war. Und jetzt das. Robert vertraute ihm – was sollte er Sandie nur erzählen? Was konnte er Sandie erzählen?

Die Tachonadel zeigte 225 Stundenkilometer. Robert überholte jeden Wagen, manche hupten, andere blendeten auf. Es war ihm egal, er wollte nur schneller vorankommen, bis ans Ende der Welt. Alles, nur nicht Fiona sagen, dass ihre einzige Tochter tot war. Tot. Dreiundzwanzig kurze Jahre. Selbstmord? Wer glaubte das denn? Er schüttelte den Kopf. Keiner. Warum? Weil sie nicht hätte sterben sollen. Nicht seine Tochter. Nicht seine Kleine. Über London ging die Sonne unter. Die verspiegelten Gebäude der City glitzerten orangerot.

Ungerührt, fast spöttisch warfen sie ihren grellen Schein auf die Sterblichen. Canary Wharf, hoch aufragend, lächerlich. Noch immer zum größten Teil leerstehend. Verschwendung von Platz, Verschwendung von Zeit. Von Leben. Auf diesen Quadratkilometern hatte er mehr Zeit verbracht, als seine Tochter in ihrem ganzen Leben hatte bewusst wahrnehmen dürfen. Und wofür? Damit seine Familie auseinanderbrach. Um in Ungnade zu fallen. Aber Selbstmord? Wenn jemand in seiner Familie so etwas machte … Robert hielt am Straßenrand an und stieg aus. Er befand sich auf einer Überführung, allein. Unter ihm breitete sich das East End aus, schimmerte im rötlichen Licht, Kanäle und Kräne, leerstehende Gebäude, Firmen, die schon lange pleitegegangen waren. Sinnlos, völlig sinnlos. Dort stand er, rang mit seiner Verwirrung, beugte sich dann vor, breitete die Arme aus und schrie aus Leibeskräften, damit es ganz London hören konnte:

»Es ist meine Schuld! Verdammt noch mal, es ist meine Schuld!«

Detective Chief Inspector Bramley von der Kriminaldienststelle Harlow ließ sich die Geschichte dreimal wiederholen. Cat war erschöpft, genervt, sie hatte es bewusst darauf abgesehen, ihm nicht zu helfen, aber er wollte es einfach nicht kapieren.

»Sie sind also eine Journalistin, die zufällig an dem Tag den Hund der Wellbys überfährt, an dem ihre Tochter beschließt, Selbstmord zu begehen?«

»Warum sollte ich lügen?«

»Niemand hat gesagt, dass Sie lügen. Wir wollen nur die Fakten auf die Reihe kriegen.«

»Mit Verlaub, Officer …«

»Detective Chief Inspector.«

»Mit Verlaub, Detective Chief Inspector, ich habe Ihnen die Fakten genannt.«

Bramley wandte sich ab.

»Ich hätte den verdammten Köter liegen lassen sollen«, murmelte sie.

»Wie bitte?«

»Nichts. Kann ich jetzt gehen?«

»Solange wir wissen, wo wir Sie erreichen können.«

»Ich habe Ihnen meine Adresse schon gegeben.« Aus dem Haus erschien ein weiterer Polizist.

»Ist mir zu hoch, ein Mädchen bringt sich zu Hause um, ihr Vater ist darüber fassungslos, aber sie hinterlässt keinen Abschiedsbrief.«

»Vorsicht«, sagte ein anderer. »So werden Gerüchte in die Welt gesetzt.«

»Kein Abschiedsbrief? Sicher? Warum hat mir das noch keiner gesagt?« Cat sah neugierig von einem zum anderen. »Mein Gott, ihr Trottel, und was geht uns eurer Meinung nach jetzt noch ab?«

»Ein toter Hund«, sagte die Polizistin, die um die Ecke bog.

3

Ein Blick auf ihren Ex-Mann genügte. Etwas war mit ihrer Tochter. Einen anderen Grund gab es nicht, warum er in ihrer Tür stehen sollte. Als er nichts sagte, wusste sie, dass es schlimm sein musste. Sehr schlimm. Fiona knallte ihm die Tür vor der Nase zu. Ein Reflex. Sie wartete, dass seine hinter dem Glas verschwommene Gestalt verschwand, dass die Zeit zurückgedreht werden konnte, dass das Unmögliche geschah. Er blieb vor ihrer Tür. Das konnte nur eines bedeuten: Jane war tot.

»Wie?«, fragte Fiona durch die Tür.

»Lass mich rein, Fiona.«

»Wie?«, schrie sie.

Robert antwortete nicht sofort. Die Umrisse seiner Gestalt wurden klarer, als er sich gegen das Glas lehnte. »Sie war im Wagen …«

»Ich hab dir gesagt, das Auto ist zu schnell für sie«, sagte Fiona und riss wütend die Tür auf.

Robert richtete sich auf. »Du verstehst nicht, es war mein Wagen.«

»Wie kannst du sie nur in deinem Wagen …«

»Sie ist nicht gefahren«, sagte er und brachte sie zum Verstummen.

Fiona versuchte die Information zu verdauen. Robert wartete darauf, dass sie von allein draufkam. Aber das geschah nicht. »O mein Gott – Sandie! Sag mir nicht, dass sie tot sind. Bitte!«

»Sandie saß nicht im Wagen«, sagte er und verharrte auf der Schwelle zur Wahrheit.

»Was?«, kam es von Fiona. »Wer hat dann am Steuer gesessen?«

»Ich weiß nicht, wie ich es dir sagen soll …« Schon der Tod war unvorstellbar, aber Selbstmord –, es war einfach undenkbar.

»Mir was sagen?«, drängte Fiona und packte ihn an beiden Oberarmen. »Wo ist Jane? Was ist passiert?«

»Anscheinend«, sagte Robert, »anscheinend hat Jane …«

»Was?«

»Sie hat sich umgebracht, Fi.«

»Mach dich nicht lächerlich. Was zum Teufel willst du mir sagen?«

Robert umfasste ihre Hände. Er hatte ganz vergessen, wie klein sie waren. »Ich wünschte mir, es wäre nicht wahr, Fi, aber es ist so …«

»Halt den Mund. Wo ist sie? Wo ist Jane?« Die Tränen verrieten sie, die Tränen, die ihren ungläubigen Blick verschleierten.

»Sie hat sich das Leben genommen, in meinem Wagen. Ich wünschte mir, es wäre nicht wahr, aber es ist …«

»Halt den Mund.«

Robert reagierte nicht.

»Sag das nicht mehr«, wiederholte Fiona wütend und wandte sich ab.

Leise schloss Robert die Tür hinter sich und folgte ihr durch den Flur in die Küche.

»Ich weiß nicht, warum du das tust, aber ich will, dass du damit aufhörst.«

Robert starrte sie an.

»Was hast du mit ihr gemacht, Robert, was hast du ihr angetan?«
Robert schüttelte sie. »Ich weiß nicht, was passiert ist. Ich war nicht da. Simon ist aufgetaucht und hat mir erzählt, es hätte einen Unfall gegeben. Das waren seine Worte. Einen beschissenen Unfall! Wahrscheinlich meint er, Jane hätte sich *versehentlich* den Schlauch vom Auspuff in den Wagen gelegt.«
»Was?«
»Sie hat die Abgase in den Wagen geleitet, in meinen Wagen.«
»Jane?«
»Ja, Jane!«, schrie Robert. »Warum hast du mir nicht gesagt, dass etwas nicht in Ordnung war?«
»Was?«
»Hör auf, ständig ›was‹ zu sagen. Hörst du mir nicht zu? Jane hat sich umgebracht, du bist ihre Mutter …«
»Mit meiner Tochter war alles in Ordnung. Du weißt nicht, was du sagst. Sie würde so was nie tun.«
Das Schweigen war lauter als das Gebrüll.
»Ich habe sie gesehen, Fiona«, flüsterte er.
Fiona sackte auf einen Stuhl. »Wer hat sie gefunden?«
»Eine junge Frau. Ich weiß nicht, wer sie ist.«
»Warum?«
»Sie sagt, sie …«
»Nein. Warum Jane? Warum Jane?«
»Ich weiß es nicht. Wir sind ihre Eltern, was haben wir übersehen? Was haben wir falsch gemacht?«
Fiona runzelte die Stirn. »Falsch gemacht?«
»Wir sind ihre Eltern.«
Fiona sah zum Kalender an der Küchenwand. »O nein!«, ent-

fuhr es ihr, dann sackte sie über dem Tisch in sich zusammen.

Robert sah zum Kalender. »Was?«

»Das Datum, Robert.«

»Was ist damit?«

Fiona starrte ihn entgeistert an. »Es ist zehn Jahre her.«

»Nein«, sagte er vehement.

»Auf den Tag genau, Robert«, erwiderte sie verbittert und zeigte zum Kalender.

»Fiona, damit hat es nichts zu tun.«

»Was sollte es denn sonst sein?«

»Fiona, Mädchen bringen sich nicht um, weil sich ihre Eltern zehn Jahre zuvor haben scheiden lassen.«

Fiona blickte zu ihm auf. »Auf den Tag genau, verdammt noch mal.«

Wütend sah Robert zu seiner Ex-Frau. »Damit hat es *nichts* zu tun!«

»Hören Sie, ich weiß nicht, wo der verfluchte Köter ist. Er war tot. Mein Gott, vielleicht war er nur betäubt. Das passiert hin und wieder. Ich kenne jemanden, der hat in Australien ein Känguru überfahren, dann haben sie dem Tier eine Jeansjacke angezogen und eine Sonnenbrille aufgesetzt und Fotos gemacht, bis das dumme Vieh plötzlich wieder zu sich kam und sich mitsamt ihren Reiseschecks und Pässen davongemacht hat.« Keiner lächelte. »*Denen* hat die Polizei auch nicht geglaubt«, fügte sie hinzu.

»Okay«, sagte Bramley, »Noch mal ganz vorn vorn.«

Cat kam sich vor, als würde sie einen Stepptanz aufführen, *fünf, sechs, sieben, acht* … »Ich war für einen Rundfunkbeitrag in Colchester. Wenn Sie wollen, können Sie ihn sich anhö-

ren. Auf dem Rückweg zum Sender habe ich das Tier überfahren.«
»Wie sind Sie ins Haus gekommen?«
»Weiß ich nicht.«
»Sind Sie eingebrochen?«
»Nein.«
»Woher wollen Sie das wissen, wenn Sie sich nicht mehr daran erinnern.«
»Daran würde ich mich erinnern.« Er notierte sich etwas in seinem Block. »Dann habe ich die Polizei gerufen.«
»Oh, ja, das haben wir auf Band.«
»Warum?«
»Vorschriften.«
»Das ist doch lächerlich, Sie stellen mir Fragen, als hätte ich Ihrer Meinung nach irgendwas damit zu tun. Es ist tragisch, dass sich eine junge Frau das Leben nimmt, aber ich weiß nicht, was das mit mir zu tun haben soll.«
»Sie sind sich sicher, dass Sie die Verstorbene nicht gekannt haben?«
»Ganz sicher.«
»Und die Familie?«
»Ja.«
»Ja, dass Sie sich sicher sind, oder ja, dass Sie sie kennen?«
»Das Erstere.«
»Sie kannten die Erstere?«
Cat schnitt eine Grimasse. »Haben Sie nicht auch das Gefühl, dass das alles langsam absurd wird, oder geht es nur mir so?«
»Ich wäre etwas kleinlauter, wenn ich in Ihrer Haut stecken würde.«
Er war alles andere als ein schmächtiger Mann, eher unwahrscheinlich, dass er in ihre Haut passte. »Ja, vermutlich.«

Er wollte bereits von neuem über sie herfallen, als die Beamtin nach ihm rief. »Wir haben alles, was wir brauchen, ich denke, wir können Schluss machen.«
Er nickte und wandte sich wieder zu Cat. »Genau, wir haben Ihr Autokennzeichen, Ihre Adresse, die Telefonnummer, und wir wissen, wo Ihre Großmutter wohnt.«
»Ich weiß.« Sie seufzte. »Ich habe sie Ihnen gegeben, Sie erinnern sich?«
Seine Augen wurden schmal. »Sie haben doch nicht vor, in nächster Zeit das Land zu verlassen?«
Ihr fielen eine Menge vorwitziger Antworten darauf ein, die ihr aber unter den gegebenen Umständen nicht unbedingt angebracht erschienen. Ein kleines Angst-Ungeheuer zerrte an ihrem Hosenbein. Die Polizei nahm die Sache ernst. Sie glaubten wirklich, sie könnte irgendwas damit zu schaffen haben. Ein leichtes Opfer. Belangt für ein Verbrechen, das sie nicht begangen hatte. Nachdem sie zwanzig Jahre im Gefängnis vor sich hin schmorte, würde ein toller junger Anwalt aus den USA ihre Unschuld beweisen, sie freibekommen, sich Hals über Kopf in sie verlieben, und dann würde man ihr eine Million Dollar für die Filmrechte bieten.
Nicht unbedingt Cats Vorstellung, schnell an Kohle zu kommen.

»Die Schleuderspuren!«, rief sie aus. Alle starrten sie an. »Auf der Straße! Von den Reifen!« Noch immer wollte es keiner kapieren. »Ich bin ins Schleudern geraten, als ich den Hund überfahren habe.« Ein einhelliges »Ahh« vom Publikum, als ihm endlich ein Licht aufging. »Das sollte meine Version der Geschichte beweisen.«
»Dann müssten Hundehaare an der Stoßstange sein, aber

wir haben keine gefunden«, sagte die uniformierte Polizistin.
»WPC Clement«, sagte Bramley mit Blick auf Cat, »rufen Sie den Coroner.«
Cat tat der Kopf weh, sie hatte genug von den versteckten Anspielungen. »Kann ich bitte gehen?« Bramley nickte. Von niemandem begleitet, begab sie sich zum Eingang, und dann, als sie gerade die Klinke in der Hand hatte, klingelte es an der Tür. Sie fuhr zusammen. Wäre Mrs. Wellby gleich an die Tür gekommen, wäre ihr einziges Problem jetzt ein toter Hund.
»Hallo«, wurde sie von einer lächelnden Rothaarigen begrüßt, »Sie müssen Jane sein.« Cat klappte der Mund auf. Die Rothaarige neigte den Kopf zur Seite. »Hmm, Sandie hat von Ihnen erzählt.« Cat machte den Mund wieder zu. »Könnten Sie Ihrer Stiefmutter sagen, falls sie den für heute abgesagten Friseurtermin nachholen will, könnte ich jederzeit am Wochenende vorbeischauen.« Cat nickte unwillkürlich. »Danke. Bis dann.« Die Rothaarige machte auf dem Absatz kehrt und schwang sich in ihren roten Mazda MX5. Eines ihrer nackten sonnenstudiogebräunten Beine hatte sie noch draußen auf dem Boden, als sie Cat, die noch immer wie angewurzelt in der Haustür stand, zurief: »Ich bin übrigens Suzie.« Sie winkte, zog das Bein in den Wagen, schloss die Tür und rauschte auf der Kieseinfahrt davon. Als sich Cat in ihr Auto setzte, fiel ihr Blick wieder auf das Haus. In einem Fenster im ersten Stock stand Sandie Wellby. Ihr leerer Gesichtsausdruck von vorhin war verschwunden – genau wie ihr Hund. Finster starrte sie Cat an, ein Blick, so hart wie Granit und voller Zorn.

WPC Clement klopfte an Mrs. Wellbys Tür und trat ein. Mrs. Wellby stand am Fenster und klammerte sich an den dicken Chintz-Vorhang.
»Mrs. Wellby?«, fragte die Polizistin, als diese nicht reagierte. »Alles in Ordnung?«
Sandie Wellby schüttelte den Kopf.
»Warum legen Sie sich nicht für eine Weile hin?«
Erneut schüttelte sie den Kopf. »Ich kann es einfach nicht glauben …«
»Es kommt häufig vor, Mrs. Wellby, dass die Eltern vom Selbstmord ihrer Kinder völlig unvorbereitet getroffen werden.«
»Sie war nicht mein Kind«, sagte Sandie und drehte sich um.
»Ich meine, es wird für Ihren Mann wahrscheinlich sehr schwer sein.«
»Ach ja?«
Clement ignorierte den Kommentar. »Durch einen Selbstmord werden oft schmerzhafte Wahrheiten offenbar. Wenn Sie möchten, gebe ich Ihnen ein paar Telefonnummern.«
»Mir geht es gut, danke.«
»Ich dachte eher an Mr. Wellby.«
Sandie starrte sie an. »Ach, ja, natürlich.« Sandie nahm die Broschüren entgegen und kehrte zu ihrem Platz am Fenster zurück.
»Noch etwas, Mrs. Wellby …«
Langsam drehte sich Sandie der Polizistin zu.
»Gibt es eine Stelle, einen Ort, an dem Jane vielleicht einen Abschiedsbrief an ihren Vater hinterlassen haben könnte?«
»Einen Abschiedsbrief?«
»Kommt gewöhnlich bei Selbstmorden vor, vor allem bei jüngeren Personen.«

Sandie antwortete nicht sofort. »Vielleicht hat sie ihn in die Post gegeben.«
Die Polizistin lächelte höflich. »Wir werden gleich fahren. Kann ich noch irgendwas für Sie tun – gibt es jemanden, den ich informieren soll?«
»Nein danke.«
»Sie kommen zurecht, Mrs. Wellby?«
Sie nickte, sah der Polizistin hinterher, die sich entfernte, und stützte sich dann am Fensterbrett ab. »Ich weiß nicht«, flüsterte sie, als die Tür geschlossen wurde.

4

Fünf Minuten nachdem der letzte Streifenwagen das Grundstück verlassen hatte, sah Sandie Simon in der Biegung der Einfahrt. Sie rannte die Treppe hinunter, riss die schwere Holztür auf und stürzte ihm entgegen.

»Was ist passiert?«

»Tut mir leid, Sandie, er wollte allein fahren. Es war ihm wichtig.«

»Du hast ihn fahren lassen?« Sie klang, als stünde sie kurz vor einem Nervenzusammenbruch.

»Tut mir leid«, wiederholte Simon.

»Wahrscheinlich bringt er sich auch noch um.«

»Es war also wirklich Selbstmord? Die Polizei ist sich dessen sicher?«

»Natürlich«, antwortete Sandie. »Was soll es sonst sein?«

Simon zögerte. »Ich weiß nicht, na ja, bei der Polizei, da weiß man ja nie.«

»Um Gottes willen, Simon, das Letzte, was wir in einer Situation wie dieser brauchen, sind fadenscheinige Verdächtigungen. Wir müssen jetzt alle einen kühlen Kopf bewahren.«

»Ja, natürlich. Tut mir leid.«

»Und hör auf, ständig ›tut mir leid‹ zu sagen, Simon! Du bist nicht schuld dran, dass Jane sich umgebracht hat.«

»Ja … ja, klar. Kann ich irgendwas für dich tun?«

»Nein. Ich habe dich nur um eines gebeten, und dem bist du nicht nachgekommen.« Es fiel ihr schwer, ihre Wut zu verbergen. Simon sah zu Boden. »Du musst dich ums Geschäft kümmern«, sagte sie und bemühte sich, die Fassung zu wahren.

»Natürlich«, antwortete Simon. Das machte er doch sowieso.

»Ich muss hierbleiben. Für Robert. O Gott, was werden bloß die Leute sagen? Wie sind die Reaktionen in seinem Büro?«

»Keiner wird irgendwas sagen. Offensichtlich hatte Jane Probleme, von denen wir alle nichts wussten.«

»Simon, wir wohnen in einem großen Haus in einem kleinen Dorf. Ich bin Amerikanerin, Robert ist ein angesehener Banker. Die Leute werden sich das Maul zerreißen.«

»Du solltest von hier fortgehen«, kam es umgehend von Simon.

»Was – und Robert und Fiona miteinander allein lassen?«

»Ich meine, du mit Robert, ihr beide zusammen. Der Tod ist eine gewaltige emotionale Belastung. Robert wird Zeit für sich brauchen.«

»Das *Leben* ist eine gewaltige emotionale Belastung. Der Tod ist leicht, und außerdem wird ihn sein Büro nicht gehen lassen.« Sie rieb sich die Augen. Simon war erleichtert, dass sie seine Miene nicht sehen konnte.

Sie erreichten das Haus. »Ich soll dir ausrichten, dass du den Whittons noch absagen sollst«, sagte Simon.

»Was?«

»Den Whittons?«

Verständnislos starrte Sandie ihn an.

»Kommen Sie zum Abendessen?«, fragte er.

»Wer?«

»Die Whittons.« Simon runzelte die Stirn. »Sandie, alles in Ordnung mit dir?«

»Oh, verdammt! Das verfluchte Barbecue.« Simon wirkte verwirrt. »Jane zuliebe.«
»Kann ich dir irgendwie behilflich sein?«
»Nein. Ich muss sowieso ein paar Telefonate führen. Nach dem Gespräch mit dem Krematorium sind die Whittons ein Kinderspiel.«
»Keine Beerdigung?«
»Nein. Jane wollte nicht begraben werden.«
»Ach?«
Sandie nickte. »Sie hat es mir selbst gesagt. Vor ein paar Wochen.« Sandie stutzte. »Großer Gott, Simon, meinst du, sie hat damit etwas andeuten wollen? Etwas, was ich nicht kapiert habe?«
»Nein, komm schon, vielleicht wollte sie nur, dass jemand davon weiß. Hat sie es geplant? Ich weiß es nicht.« Nachdem von Sandie keine Antwort kam, fuhr Simon fort. »Hör zu, am besten rufst du Robert an. Er ist bei Fiona. Wäre vielleicht nett, wenn er sie mitbringen würde. Sie sollte jetzt nicht allein sein.«
»Ja«, erwiderte Sandie lächelnd. »Ja, eine wunderbare Idee. Ich werde sofort anrufen. Danke, Simon.« So konnte sie beide im Auge behalten.
»Es tut mir leid, Sandie.«
»Was tut dir leid?«
»Dass dir das passiert ist. Das hast du nicht verdient.«
»Keiner hat so etwas verdient. Solche Sachen passieren eben.«
»Das stimmt nicht. Solche Sache passieren immer den falschen Leuten.«
Sandie lächelte traurig und schüttelte den Kopf.
»Du bist zu gut für mich«, sagte sie, »einfach zu gut.«

Mitten auf dem Heimweg überkam Cat die Erschöpfung. Sie legte an einer Tankstelle einen Zwischenstopp ein und verbrühte sich an dem starken, schwarzen Kaffee einige Male die Zunge. Es half nichts. Als sie vor ihrem Haus in Angel den Wagen abstellte, fühlte sie sich wie ein Wrack. Sie schleppte sich die Treppe hoch, mühte sich mit dem Schloss ab und kroch durch den Flur in ihr kleines Wohnzimmer. Der Fernseher lief. Dan musste da sein. Dann ließ sie sich aufs Sofa fallen, rollte sich zusammen und schloss die Augen. Sie hatte noch nicht mal mehr die Energie, seinen Namen zu rufen.

»Hallo, Schlafmütze«, hörte sie eine ferne Stimme. Sie lächelte, öffnete langsam die Augen und drehte sich auf den Rücken. Dan beugte sich über die Sofalehne und schmatzte ihr einen feuchten Kuss auf die Lippen. »Wo hast du so lange gesteckt?«

Cat blinzelte. »Ich bin froh, dass du da bist.«

»Alles in Ordnung?« Er legte ihr die Hand, seine teuer versicherte Hand, auf die Stirn. »Du siehst schrecklich aus.«

Cat legte die Arme um seinen Nacken und zog sich an ihm hoch. »Ich habe ein totes Mädchen gefunden.«

»Gibt guten Finderlohn.« Dan lächelte nervös. »Aber ich glaube nicht, dass Anna und du hier dafür noch Platz habt.«

»Nein, ich meine, ich habe *wirklich* eine Tote gefunden.« Ihre Unterlippe begann zu zittern, noch bevor sie die Worte herausgebracht hatte. »Sie hat die Abgase in den Wagen ihres Vaters geleitet.«

»O mein Gott, Cat.« Dan rutschte neben sie und nahm sie in den Arm. »Du Ärmste.«

Sie begann zu weinen, während er ihr langes, dunkles Haar streichelte. »Und ich hab's mir mit dem Sender verschissen.

Nur weil ich den Beitrag nicht rangeschafft habe, die Drecksäcke. Die Polizei hat mich nicht gehen lassen. Was bin ich angearscht!« Er ließ sie weinen. Sollte sie dem Sender die Schuld an den Tränen geben. Er würde sie bei einem so heiklen Thema wie Selbstmord zu nichts drängen.

Ein Taxi kam, um ihn abzuholen und nach Hause zu bringen. Sandie war erleichtert, als er sich verabschiedete. Sie brauchte Zeit zum Nachdenken. Sie begann die Küche zu putzen, langweilige, alltägliche Tätigkeiten. Sie schaltete den Fernseher an und wieder aus und wusste kaum, was sie tun sollte, jetzt, da niemand mehr sie beobachtete. Sie fragte sich, ob sie für ihre Stieftochter jemals eine Träne vergießen würde. Sie bezweifelte es. Schließlich, als sie meinte, ihnen beiden genügend Zeit gelassen zu haben, rief sie bei Fiona an und erreichte nur den Anrufbeantworter.

»Fiona, hier ist Sandie, hallo? Bist du da? Ich wollte wissen, ob ihr beide …«

»Hallo, Sandie«, meldete sich Fiona.

»Fiona, es tut mir ja so leid, ich weiß gar nicht, was ich sagen soll …«

»Ich weiß. Ein fürchterlicher Schock. Ich hatte ja keine Ahnung, dass es ihr so schlecht ging.«

»Nein?«

»Ging es ihr so schlecht?« Fiona sah zu Robert. Er ließ in seinen Händen ein Glas Whisky kreisen, immer und immer wieder, schließlich sah er auf. »Sandie sagt, es ging ihr schlecht.« Robert runzelte die Stirn. »Warum ging es ihr schlecht?«, sprach Fiona ins Telefon.

Dafür war nicht der rechte Zeitpunkt. »Fiona, es war ein schrecklicher Tag. Wir sind alle mit den Nerven am Ende.«

»Aber es muss doch was geben, einen Anhaltspunkt … Hat sie einen Abschiedsbrief hinterlassen?«
Sandie lauschte auf Fionas Atem. »Die Polizei meint, sie könnte ihn an dich geschickt haben. Oder sie hat ihn irgendwo hinterlegt, irgendwas, eine Nachricht, die nur du als solche erkennen würdest.«
»Das Datum«, erwiderte Fiona umgehend.
»Was ist mit dem Datum, Fiona?«
»Vor zehn Jahren haben wir es ihr mitgeteilt«, sagte sie und begann erneut zu weinen.
»Ihr was mitgeteilt, Fiona?«
»Dass wir uns scheiden lassen werden.«
»Ja?«, erwiderte Sandie.
»Auf den Tag genau«, wiederholte Fiona.
Plötzlich kippte Robert seinen Drink und knallte das Glas auf den Tisch. Finster starrte er zum Telefon.
»Wir werden uns darüber unterhalten«, sagte Sandie, »aber nicht jetzt. Es ist spät.« Sie sah auf die Uhr. Zwanzig nach elf. Der Tag kam ihr wie ein Jahr vor. »Wollt ihr beide zu uns kommen. Hier ist genügend Platz. Ich kann mich um euch beide kümmern. Bitte?«
»Das ist sehr freundlich von dir, aber ich möchte lieber zu Hause bleiben. Hier sind all ihre Sachen, verstehst du?«
»Findest du es wirklich so gut, wenn du jetzt allein bist, Fiona? Denk bitte darüber nach.«
»Okay.«
Es folgte eine Pause. »Kann ich kurz mit Robert reden?« Fiona hielt ihrem Ex-Mann den Hörer hin. Er erhob sich vom Sofa und verließ das Zimmer. Fiona schloss die Augen. Das alles war zu viel für sie.
»Sandie, ihm ist nicht nach Telefonieren zumute. Ich werde

mit ihm reden, mal sehen, vielleicht kann ich ihn dazu bringen, dass er zurückruft. Wirst du auf sein?«
Sandie war verwirrt. »Auf sein? Was soll … Natürlich, ja. Lass dir Zeit. Ich bin froh, dass ihr beide einander habt.« Es war jetzt nicht die Situation, den eigenen Gefühlen nachzugeben, dafür würde noch genügend Zeit bleiben.

Fiona saß auf dem Sofa. Es war warm. Sie rückte auf das danebenliegende Kissen. Warum brachte sich eine gesunde, glückliche Dreiundzwanzigjährige in einem Auto um? Es musste doch Anzeichen dafür gegeben haben. Doch sosehr sie sich auch bemühte, sie konnte sich an nichts erinnern, was darauf hingewiesen hätte, dass ihre Tochter, ihr einziges Kind, sich in einem so tiefen, so erdrückenden Loch befunden hatte, dass der Tod der einzige Ausweg daraus war. Sie hätte es wissen müssen, oder? Depressionen konnten in vielen Formen auftreten – aber bei einem glücklichen, geselligen, unterhaltsamen, selbstbewussten Mädchen? Jane war andauernd ausgegangen, sie schien viele Freunde gehabt zu haben, hatte stundenlang Pläne geschmiedet, hatte immerzu irgendwelche Ideen – zu reisen, Geld zu verdienen, ihr Leben zu gestalten. Zu leben, verdammt noch mal. Fiona hatte sich stets gerühmt, dass Robert und sie trotz der Scheidung ihre Rolle als Eltern erfolgreich ausgefüllt hatten. Die Trennung schien auf das dreizehnjährige Mädchen kaum einen Einfluss gehabt zu haben. Ganz bestimmt war sie niemals vernachlässigt worden. Robert war sogar unter der Woche gekommen, um mit ihr die Hausaufgaben zu machen. Das war mehr, als die meisten Väter von sich behaupten konnten. Auch wenn es stimmen mochte, dass Sandie bereits die Bühne betreten hatte, noch bevor die Tinte auf der Scheidungsurkunde trocken war. Aber sie war nicht der Grund für die Scheidung gewesen. Sie und Robert wussten das. Sie ging die Treppe zum Zimmer ihrer Tochter hinauf. Eine Weile lang starrte sie auf die Holztür und erinnerte sich.

»Mum, ich hab dir die Bettwäsche in den Wäschekorb gelegt, aber ich hab keinen sauberen Bezug gefunden.«
Fiona stand unten an der Treppe und sah zu ihrer Tochter hinauf. »Hast du nicht den alten zu deinem Vater mitgenommen?«
»Ach ja, verdammt.«
»Macht nichts, ich werde den hier waschen. Bis du wieder da bist, ist dein Bett damit bezogen.«
»Es macht dir nichts aus?«
»Nein, natürlich nicht.«
»Du beziehst das Bett, wenn ich weg bin?«
»Ja. Wahrscheinlich sollte ich dir sowieso einen neuen Bezug kaufen.«
»Und Winnie-der-Pu wegwerfen? Auf keinen Fall«, sagte Jane lachend.
»Verrücktes Huhn, er ist schon so alt, dass er ganz fadenscheinig ist.«
»Wäre reine Geldverschwendung, einen neuen zu kaufen, den ich sowieso nie benutzen werde. Versprich mir, dass du ihn nicht wegwirfst, wenn ich bei Dad bin!«
»Würde ich nie wagen. Und jetzt komm runter, ich hab ein paar abscheulich gute Donuts, die ich guten Gewissens nur im Haus haben kann, wenn du da bist.«
»Komme schon.«

Fiona drückte die Tür auf. Das Bett war mit der frisch gewaschenen Winnie-der-Pu-Wäsche bezogen, genau so, wie sie es ihr versprochen hatte. Nur ihre Tochter hatte sich nicht an die Vereinbarung gehalten. Sie war nicht zurückgekehrt. Sie hatte gewusst, dass sie nicht mehr nach Hause kommen würde, weshalb sie darauf bestanden hatte, die Bettwäsche nicht wegzuwerfen. Ihretwegen hatte Jane sie aufheben wollen – als Erinnerung an das kleine Mädchen, das dem Bezug längst entwachsen war. Fiona starrte auf den ausgewaschenen Bär, dessen Hand im Honigtopf steckte. Kein besonders guter Tausch. Ansonsten war das Zimmer sehr ordentlich. So wie immer. Jane hinterließ kein Chaos. Eine seltsame Form der Kommunikation, aber sie hatte funktioniert. Jane waren von klein auf viele Freiheiten erlaubt worden. Was notwendig gewesen war, wenn sie ihre Zeit zwischen ihrem Vater und ihrer Mutter aufteilte. Nachdem sie gleich beim ersten Mal ihre Führerscheinprüfung bestanden hatte, war sie seitdem ständig zwischen den beiden Häusern hin und her gependelt. Ja, es hatte funktioniert. War sie nur für eine Nacht fort, hinterließ sie ihr Zimmer unaufgeräumt, das Bett war nicht gemacht, Handtücher blieben nass auf dem Boden liegen, überall waren ihre Sachen verstreut. Das Gleiche, wenn sie zwei Nächte weg war. Bis auf die nassen Handtücher. Bei drei Nächten bis eine Woche war das Bett gemacht, die Kleidung lag aufgetürmt auf dem Sessel in der Ecke, und die Hälfte der Fläschchen war vom Toilettentisch verschwunden. Bei einem noch längeren Zeitraum war das Zimmer vollständig aufgeräumt, die Kleidung war im Schrank verstaut. Das Zimmer, in dem Fiona jetzt stand, war so makellos sauber, dass es fast steril wirkte. Wäre sie in den letzten Tagen nur einmal hier hereingekommen, hätte sie bemerken können, dass etwas nicht stimmte. Jane hätte am nächsten Tag nach Hause kommen sollen. Zum sonntäglichen Mittagessen. Einige von Fionas Freunden, so der Plan, sollten vorbeikommen. Jane hatte davon gewusst. Fiona spielte es in Gedanken durch. Fünf Nächte. Fünf Nächte hießen nicht, dass das Zimmer makellos aufgeräumt war. Sondern fast ordentlich. Manchmal ordentlicher, manchmal weniger, aber nicht makellos. Warum hatte sie das verdammte Zimmer nicht betreten? Fiona setzte sich auf den kleinen blauen Sessel am Fenster. Das Zimmer schrie sie an.

»War das ein Zeichen, Jane? Hast du gedacht, ich würde ins Zimmer kommen und wissen, dass du vorhast, für lange, lange Zeit fortzubleiben? Hast du gedacht, ich würde darauf reagieren?« Erneut traten ihr Tränen in die Augen. »Ich hätte es getan, Liebling, ich hätte es getan. Wenn ich nur in dein verdammtes Zimmer gekommen wäre.« Sie hatte nicht mehr die Kraft zu weinen, matt glitten ihr die Tränen über die Wangen. Anklagend starrte sie auf das peinlich saubere Zimmer, als wäre jede glänzende Oberfläche, jedes in Reih und Glied gestellte Fläschchen und Döschen, jedes symmetrisch auf dem Bett plazierte Kissen, jede akkurat eingeräumte CD verantwortlich für den Tod ihrer Tochter. Sie wischte sich das Gesicht am Vorhang ab, einem Material, das, einst so penibel ausgesucht, jetzt nur beleidigend wirkte. Beleidigend, weil ihm einst eine so große Bedeutung beigemessen worden war. Sie richtete sich im Sessel auf. Sie musste versuchen, wenigstens den Anschein von Vernunft zu wahren, schließlich konnte Jane es doch nicht zugelassen haben, dass sie ihr Leben an etwas so Fragwürdigem wie einem aufgeräumten Zimmer festmachte.

»… Mum, ich hab dir die Bettwäsche in den Wäschekorb gelegt, aber ich hab keinen sauberen Bezug gefunden.«

Fiona stand unten an der Treppe und sah zu ihrer Tochter hinauf. »Hast du nicht den alten zu deinem Vater mitgenommen?«

»Ach ja, verdammt.«

»Macht nichts, ich werde den hier waschen. Bis du wieder da bist, ist dein Bett damit bezogen.«

»Es macht dir nichts aus?«

»Nein, natürlich nicht.«

»Du beziehst das Bett, wenn ich weg bin?«

»Ja …«

»Du beziehst das Bett, wenn ich weg bin?«

»Ja …«

»Du beziehst das Bett, wenn ich weg bin?«

»Ja …«

»Nein …« Fiona sank zu Boden. »Ich war müde, Jane, es war ein langer Tag gewesen. Ich wusste, dieser Dienstag würde ein langer Tag werden, ich war im Laden, du weißt schon, dem Antiquitätenladen meiner Freundin, um ihr einen Gefallen zu tun. Ich musste zwei Rahmen fertig machen und dann noch einkaufen. Verstehst du, ich hatte nicht die Zeit, das Bett selbst zu beziehen, Jane. Ich habe Rosa darum gebeten. Du weißt doch, die liebe Rosa, die jede zweite Woche zum Putzen kommt. Sie hat es getan. Sie hat Pu gebügelt und dein Bett bezogen. Nicht ich. Ich bin kein einziges Mal in deinem Zimmer gewesen. Es hat keine Veranlassung gegeben, verstehst du, Jane. Es tut mir leid, es tut mir leid …« Fiona kroch über den Teppich, kniete sich neben das frisch gemachte Bett und legte den Kopf darauf. Es roch noch nicht mal nach ihrem kleinen Mädchen, es roch nach einer verdammten Frühlingswiese.

Cat saß kerzengerade im Bett, ihr Blick schweifte durch die Dunkelheit und suchte nach etwas, worauf sie sich konzentrieren konnte, während sich ganz langsam das Bild von Jane Wellby verflüchtigte. Sie sah auf die Uhr. Es war drei Uhr morgens. Dan musste sie ins Bett gebracht haben. Sie hatte noch immer ihre Sachen an. Die Bettdecke neben ihr hob und senkte sich, sie beneidete ihn um seinen Schlaf. Sie schob die Decke weg und setzte sich auf die Bettkante. Die Jeans hafteten ihr an den klammen Oberschenkeln, das Haar klebte im Nacken. Sie zog sich in der Dunkelheit aus, warf einen Frotteebademantel über und ging ins Wohnzimmer. Das grüne Licht ihres Computers blinkte ihr zu. Ohne nachzudenken, schaltete sie ihn an. Beruhigend glühte der Monitor, tauchte alles in ein trübes elektronisches Licht und überredete sie dazu, die Geister auszutreiben. Sie begann damit, die Ereignisse des Tages aufzuschreiben, aber es half nichts. Jane Wellbys Tod hatte sie an einer äußerst verwundbaren Stelle getroffen, und jetzt wusste sie nicht, wie sie damit umgehen sollte. Sie ging in die kleine Küche, setzte den Wasserkocher auf und wählte die Nummer der einzigen Person, von der sie wusste, dass sie nie vor Morgengrauen schlafen ging.
»Cat?«
Sie war erleichtert. »Woher weißt du, dass ich es bin?«
»Entgegen meiner Aussage, Liebes, gibt es seit meiner Hüftfraktur leider nicht mehr so viele Liebhaber, mit denen ich spätnachts noch plaudern könnte, und außerdem bist du die Einzige, die meine Durchwahl hat.«

»Ich habe dich nicht geweckt?«
»Kaum, die besten Stunden stehen doch jetzt erst an. Wie auch immer, ich bin gerade nur ein wenig durch den Gang gerollt.«
»Ich dachte, du sagtest …«
»Schhh, nicht das. Hab nur an den Türen ein paar Namensschilder ausgetauscht und Recherchen für deinen Radiobeitrag betrieben. Ich wette, Radio Four wird ihn sich nicht entgehen lassen.«
»Das bezweifle ich«, sagte Cat. »Pass bloß auf und lass dich nicht erwischen.«
»Sonst muss ich hundertmal den gleichen Satz schreiben. Und mir wird der Battenburg-Kuchen vorenthalten und das Taschengeld gestrichen.« Amelia hielt inne. Cat lachte nicht.
»Du bist nüchtern. Was ist los?«
Cat lachte. »Ich liebe dich.«
»Du bist nicht nüchtern.«
»Doch, doch.«
»Also«, sagte Amelia, »wenn du nicht angerufen hast, um betrunken ins Telefon zu lallen, was ist passiert?«
Cat erzählte ihr von der Heimfahrt. Amelia schwieg. Das Wasser hatte gekocht. Cat starrte auf die Dampfwolken, die sich im Licht der Glühbirne kräuselten. Dampf. Abgase. Ersticken. Tod.
»Bist du noch da?«, fragte Cat schließlich.
»Ich habe an Angelo Romano denken müssen.«
»Gran, nein! Das hat mit ihm nichts zu tun.«
Amelia seufzte. »Ist so ein Auslösemechanismus.«
»Wovon sprichst du?«
»Damit ich dich dazu bringen kann, mal über Angelo, Clara und Dan nachzudenken.«

»Dan? Was hat er mit den Leuten zu tun, die fälschlicherweise als meine Eltern gelten?«
»Siehst du!«
»Ich habe dich nicht angerufen, um über sie zu reden.«
»Du redest nie über sie.«
»Es gibt da nichts zu reden.« Sie hörte Amelia einen tiefen Seufzer ausstoßen. »Lass das! Ich bin völlig durch den Wind, weil ich in einer Garage eine Tote gefunden habe. Wäre ich früher hingekommen, hätte ich sie vielleicht noch retten können.«
»Wer bist du, um sagen zu können, dass sie gerettet werden wollte?«
»Sie war doch noch so jung. Wie schlimm muss es bei ihr gewesen sein? Sie hatte ein wunderschönes Haus, einen Hund, eine Familie, die meisten würden alles dafür geben, um genau das zu haben.«
»Alles, Cat?«, fragte Amelia.
»Ich spreche nicht von mir. Ich habe eine perfekte Familie. Dich. Das ist zufällig alles, was ich brauche …«
»Cat?«, hörte sie eine Stimme hinter sich.
Erschreckt drehte sie sich um. Vor ihr stand Dan. Blinzelnd sah er ins grelle Küchenlicht.
»Mit wem redest du?«, fragte er.
»Gran.« *Dan. Der Polizei. Der Mutter des toten Mädchens. Dem toten Mädchen.*
»Ja, Liebes?«
»Was ist denn los?«, fragte Dan.
»Ich konnte nicht schlafen.«
»Ich weiß«, sagte Amelia.
Cat seufzte. Nicht schon wieder eine Unterhaltung mit zwei Personen. »Ich habe mit Dan geredet«, sagte sie in den Hörer.

»Sag ihm, er soll dir eine heiße Schokolade machen und dir eine Geschichte vorlesen.«

Cat lächelte. »Das funktioniert, oder?«

»Hat es, als du klein warst.«

»Gut. Tut mir leid, dass ich dich mitten in der Nacht angerufen habe.«

»Hör zu, mein kostbarer Schatz, du rufst mich an, wann immer du mich brauchst, tagsüber oder nachts, ganz egal.«

»Okay, Gran. Ich liebe dich.«

Langsam legte Cat den Hörer auf und sah zu Dan. Er deutete auf sich.

»Was?«, fragte sie.

»Ich bin hier, Cat. Ich.«

»Du hast geschlafen.«

»Du hättest mich wecken können.« Er machte sich an einer Packung Kräutertee zu schaffen und sprach mit dem Rücken zu ihr. »Du hast in meinen Armen geweint, bis du vor Erschöpfung einfach weggekippt bist. Aber wenn dir nach Reden ist, wendest du dich an Amelia.«

Sie wand sich innerlich, als sie sich an ihre Tränen erinnerte. »Tut mir leid, das vorhin.«

»Cat, das meine ich nicht.« Unsicher sah sie ihn an. »Oh, spielt keine Rolle«, sagte er und reichte ihr den Tee.

»Danke.« Sie nahm die Tasse entgegen und blies sacht auf die Oberfläche. Dan beobachtete sie, schüttelte den Kopf, während er sich durch den Urwald seiner eigenen Gedanken schwang.

»Genau davon rede ich«, sagte er leise. »Du schließt mich vollkommen aus und merkst es noch nicht mal.«

»Was?«, fragte sie und sah zu ihm auf.

»Vergiss es!«

»Was hast du gesagt, Dan?«

»Vergiss es. Ich mach mir nur Sorgen.«

»Ich war ziemlich fertig wegen dieser blöden Bus-Geschichte. Es geht schon wieder.«

Dan ergriff ihre Hand, zog sie zu sich heran und küsste ihr die Stirn. Sie entspannte sich, als sie seine Lippen auf ihrer Haut spürte. Dann schloss sie die Augen. Jane Wellby starrte sie an. Cat zuckte zusammen.

»Was ist?«

»Nichts. Gehen wir ins Bett.«

»Cat, bitte, rede mit mir …«

»Doch«, sagte Cat und zwang sich zu einem Lächeln, »es geht schon wieder.«

5

An der Kühlschranktür klebte unter ihrem Elvis-Presley-Magneten ein Zettel.

BIN FRÜHSTÜCK HOLEN –
IN 5 MIN. WIEDER DA

Sie öffnete den Kühlschrank und starrte hinein, ohne irgendwas wahrzunehmen, schloss ihn, setzte sich an den Tisch und wartete. Es fehlte ihr an Energie, den Wasserkocher aufzusetzen. Sie wollte Ablenkung. Sie wollte, dass man sich um sie kümmerte. Sie wusste nicht, was sie wollte.

»Wie geht es dir, Schlafmütze?«, fragte Dan, der, zwei Stufen auf einmal nehmend, die Treppe hochkam, in der Hand eine rosa-weiß gestreifte Plastiktüte. Er war also nicht weiter als bis zum Laden an der Ecke gewesen. Cat sah zu, wie er Weißbrot, Butter und Marmelade auf dem Tisch ausbreitete. Zwei Blocks weiter hätte er ihnen Cappuccino und frische Croissants besorgen können, aber sie sagte nichts. Er schüttete Instant-Kaffee in die Tassen und füllte mit kochendem Wasser auf. Cat sah ihm zu. Er war groß, sehr viel größer als sie, und hatte dichtes, leicht gewelltes braunes Haar. Seine Nase war gerade und schmal, um seinen Kiefer hätte man ihn beneiden können. Die Augen hatten die Farbe von Kastanien.

»Tut mir leid wegen letzter Nacht«, sagte sie, »das war wohl nicht das romantische Wiedersehen.«

»Einfache Kopfschmerzen würden auch reichen, wenn du nicht in Stimmung bist.«

»Damit mir dann zwei Nurofen angedroht werden?«

Dan verdrehte die Augen.

»Weißt du was«, sagte Cat, pulte das weiche Innere einer Weißbrotscheibe heraus und rollte es zwischen den Handflächen hin und her. »Wir sollten raus, ein bisschen von dem Geld ausgeben, das du mit deinen Händen verdienst, und unseren Spaß haben.«

Dan sah zu, wie sie das Teigbällchen aß.

»Was?«, sagte Cat.

Er schüttelte den Kopf. »Liebend gern … aber ich muss dir was beichten.«

»Tu's nicht«, sagte Cat und legte ihm die Hand auf den Mund. »Unwissenheit ist ein Segen, hat mir Gran gesagt.«

»Unwissenheit ist ein Segen, das Leben ist ungerecht, und die Wahrheit ist stärker als die Lüge …«

»Schon gut, Dan, alles klar. Beichte. Beichte alles.«

»Ich muss an die Uni.«

»An einem Samstag?«

»Ich kam nicht dazu, es dir letzte Nacht zu sagen.«

Ihr wurde seltsam heiß im Kopf.

»Ein Wochenendseminar meines Tutors für die Doktoranden. Ich muss hin.«

»Gut. Gut, wenn du hin musst«, sagte sie und biss sich auf die Lippen.

»Tut mir wirklich leid. Ich lass dich nur ungern allein.«

»Schon in Ordnung, es geht schon wieder. Wirklich. Ich war nur müde.«

»Wenn es ein Model-Job wäre, würde ich absagen. Aber hier geht es einfach nicht.«

»Meine Schuld, wenn ich Grips und Muckis haben will.«
Dan stellte Kaffee und mit Marmelade bestrichenen Toast auf den Tisch und drückte sie sacht auf den Stuhl.
»Iss was«, sagte er. »Ich werde dir ein Bad einlassen, um damit ein bisschen mein schlechtes Gewissen zu beruhigen, falls du nichts dagegen hast.«
Cat nickte.

Nachdem er Cat im Lavendelbad untergebracht hatte, in ihrer Reichweite frischen Kaffee und eine ganze Festung von Toastscheiben, überquerte Dan die Demarkationslinie und betrat Annas Teil des Hauses. Die Territoriumsgrenze wurde nur von den Farben und der Beschaffenheit des Schnickschnacks markiert. In Annas Reich dominierte eine Mischung aus Rosa und Lila, bei Cat waren es Grün und Blau. In Annas Badezimmer herrschte eine erschreckende Überfülle von Kosmetikprodukten, in Cats Badezimmer fand sich nur das Nötigste. Bei Anna waren die Sofas und Stühle mit Kunstpelz und PVC bezogen, bei Cat … na ja, die meiste Zeit hielt sie sich eben bei Anna auf. Dan und Anna hatten zusammen Cambridge besucht, wo Anna als die berühmteste Transvestiten-Nummer galt, die die Universität jemals hervorgebracht hatte. Anna wurde daraufhin von einem Casino-Betreiber entdeckt, nach Las Vegas eingeladen und dort als großer Star herausgebracht. Sein offizieller Namenswechsel zu Anna Prokton hatte seine Eltern nur kurzzeitig in Aufruhr versetzt, ansonsten aber hatte er einen geradlinigen kometenhaften Aufstieg zur ganz großen Diva hingelegt. Dan und Cat liebten ihn fast genauso sehr, wie er die beiden liebte. Anna lag ausgestreckt auf dem Sofa, auf den Augen einen kalten Umschlag.

»Verkatert?«, fragte Dan, als er sich neben ihm niederließ.
»Oh, Danny-Boy.« Anna schälte sich die Gelmaske vom Gesicht. »Was verschafft mir die Ehre deines Besuchs an diesem wunderschönen Morgen?«
»Ich muss dich um einen Gefallen bitten.«
Anna setzte sich auf. »Na, hoffentlich nichts allzu Schlimmes. Ich hab Hyänen im Kopf.«
»Könntest du dich heute ein bisschen um Cat kümmern?«
»Mein Hals, Liebling, ich kann es mir nicht leisten, mir eine Erkältung einzufangen.«
»Sie ist nicht erkältet, sie ist nur etwas durch den Wind. Sie ist gestern zufällig über ein Selbstmordopfer gestolpert.«
Anna zog fragend eine Augenbraue hoch.
»Stimmt wirklich. Die Polizei hat sie daraufhin in die Mangel genommen.«
»Ich hätte gedacht, das seien genau die Neuigkeiten, auf die deine Lois Lane so steht«, sagte Anna und sackte in gespielter Erschöpfung wieder aufs Sofa.
»Anna, du weißt es wahrscheinlich nicht, aber Cats Vater hat sich ebenfalls umgebracht.«
»Cat hat keinen Vater. Denk dir was anderes aus.«
Dan erhob sich und ging zum Erkerfenster, von dem die schmale Straße zu überblicken war.
»Tut mir leid«, kam es von Anna, während er sich hochrappelte. »War dumm von mir. Ich weiß, ihre Mum hat sich nach Australien verpisst, deshalb habe ich angenommen, es wäre ein One-Night-Stand gewesen. Ich dachte, sie hätte ihren Vater nie kennengelernt.«
Dan starrte weiter aus dem Fenster. »Hat sie auch nicht. Er war so eine Art italienischer Playboy. Die genauen Einzelheiten kenne ich nicht, aber irgendwas ist vorgefallen, worauf er

die Abgase in seinen Sportwagen geleitet hat. Er hat ihr nie auch nur einen Brief geschrieben, nichts. Dieses Mädchen war jedenfalls gestern auch in einem Wagen, und ich kann mir vorstellen, dass …« Dan räusperte sich. »Ich muss heute weg.« Er wandte sich Anna zu. »Bitte, es ist wichtig.«

Anna kam auf seinen alten Zimmergenossen zu und legte ihm den Arm um die Schultern. Er wunderte sich oft über den Fluch, der auf den Männern lastete. Schließlich hatte er über Jahre hinweg miterleben dürfen, wie Dan damit zu kämpfen hatte. So vieles brodelte in ihm, aber so wenig kam an die Oberfläche.

»Warum hast du mir das nicht früher erzählt?«

»Sie will nicht, dass andere davon erfahren, sie meint, man hätte dann Mitleid mit ihr. Erzähl ihr nichts davon, Anna, schau einfach bei ihr vorbei und kümmre dich ein wenig um sie. Okay?«

»Süßer, ich hab genau das Richtige dafür.«

»Für Tequila ist es noch zu früh«, erwiderte Dan und ging zur Tür.

»Igitt, nimm das Wort nicht in den Mund. Ich bin in einer Minute oben.«

Dan lächelte. Anna war noch nie unter einer Stunde fertig geworden. Diesmal jedoch übertraf er sich selbst. Zwanzig Minuten später, gerade als Cat dick in Badetücher eingemümmelt erschien, klopfte Anna an die Tür. Unter dem Arm trug er einen Korb mit Videos, Gesichtspackungen, Epiliergerätschaften, die aussahen, als kämen sie direkt aus dem Mittelalter, und seinen eigenen, speziell zusammengemixten Kräutertee.

»Einen Gerstenschleim-Heiltrunk gefällig, ihr Lieben?«, rief Anna aus der Tür zur Küche. Dan sah Cat lächeln, dann

starrte sie ihn vielsagend an. Er küsste sie, bevor sie ihm weismachen wollte, dass es ihr wirklich, *wirklich* gut gehe, packte sich seine Jacke, zwinkerte Anna zu und ging.
»Was hat er dir erzählt?«, fragte Cat, gab Anna zur Begrüßung einen Kuss und starrte auf den Korb.
»Nichts, Liebes. Ich dachte mir, wir könnten mal einen Schönheitstag einlegen. Ich hab hier ein paar Sachen dabei, denen kannst du unmöglich widerstehen.«
Cat ignorierte die Videokassette, mit der Anna vor ihr herumfuchtelte. »Quatsch. Ich weiß, dass er mit dir geredet hat. Das mit dem Bad war nur ein Trick.«
»Mein liebes Püppchen, Jungs führen keine verschwörerischen Unterhaltungen.«
»Du bist kein Junge, also schieß los.« Cat schnippte mit den Fingern.
»Miststück. Ich bin ganz sicher ein Junge, daher weiß ich auch, dass sie sich nichts erzählen.« Anna lächelte. »Deine Poren sind verstopft, höchste Zeit für einen Mädelstag.«
»Du suchst dir immer das Geschlecht aus, das dir gerade in den Kram passt, Anna Prokton.«
»Du kannst mir nichts erzählen, ich bin ein zweiunddreißigjähriger Mann mit den Ängsten einer zweiunddreißigjährigen Frau. Also, breite den ganzen Kram hier auf deiner Couch aus und mach dich darüber her.«
»Ich brauche keinen Babysitter, ganz egal, was Dan dir erzählt hat.«
»Ich habe die erste Remington-Steel-Staffel auf Video dabei«, sagte er spöttisch.
Cat gab nach. »Okay, setz dich.«
Anna hauchte ihr einen Handkuss zu. »Baby.«

Sie hatte die neunte Stufe gewählt, das Intervall-Programm, eingestellt auf eine halbe Stunde. Sieben Minuten lagen noch vor ihr, und trotz der schmerzenden Beine und der brennenden Lunge würde sie nicht aufhören. Sie würde sich von so einem beschissenen Stepper nicht unterkriegen lassen. Und dann würde sie fünfzig Bahnen im Pool schwimmen, vielleicht auch sechzig, sie würde alles tun, damit die ausgeschütteten Endorphine sie von der Betäubung befreiten, die sich auf sie gelegt hatte wie der Smog auf L.A. Sandie machte weiter, Tritt für Tritt. Sie wusste, es gäbe Wichtigeres zu tun, aber sie kam mit dem damit verbundenen Stress nicht zurecht. Robert konnte noch nicht mal die Verantwortung für seine Tochter übernehmen, wenn diese tot war. In den sieben Jahren ihrer Ehe war Jane ihr einziges Problem gewesen. Seiner Tochter gegenüber hatte er blind, ignorant und dumm sein können. Was er im Grunde überhaupt nicht war. Und was es noch schwieriger gemacht hatte, damit zurechtzukommen. Sie war seine Achillesferse gewesen. Seine Schwäche. Sandie hatte ihn in dieser Beziehung nie kritisieren können, schließlich war sie nicht die Mutter, was wusste sie also schon? Nun, zumindest wusste sie Folgendes: Eltern, die an ihrem Kind nichts verkehrt fanden, waren schlechte Eltern. Und setzten gefährliche Kinder in die Welt. Sie liebte Robert, aber Jane … Wieder sah sie Janes Leichnam vor sich. Seit Jahren hatte sie ihre Familie vergiftet. Tod durch giftige Abgase – ironischer hätte ihr Abgang nicht sein können. Es war *fast* zum Lachen. Wenn man es aus ihrer speziellen Perspektive betrachtete. Natürlich konnten die anderen das nicht wissen. Sie würde alles richtig machen müssen, die richtigen Dinge zu den richtigen Leuten sagen, die für ihre Stellung richtige Trauermiene aufsetzen. Würde sie zu wenig trauern, wäre sie offener Kritik ausgesetzt, zu viel, und man würde noch mehr über sie herfallen. Schließlich war sie doch nur die *Stiefmutter*. Sandie marschierte weiter. Sie musste alles richtig machen. Noch zwei Minuten. Fast konnte sie an den Schmerzen Vergnügen finden.

»Komm schon«, trieb sie sich an. Die erste Stimme, die sie den ganzen Tag lang gehört hatte. Sie klang gut, auch wenn es nur die eigene Stimme war. Im Haus war es so verdammt still. »Komm schon, Mrs. Wellby«, sagte sie noch einmal und lächelte beinahe, »du machst solche Dinge nicht zum ersten Mal, du schaffst das schon.« Noch dreißig Sekunden. Sie schloss die Augen, senkte den Kopf, Schweiß tropfte auf die Digitalanzeige, nicht mehr lange, nur ein paar Sekunden noch … drei, zwei, eins. Der letzte Tritt, langsam ging ihr Bein in die Ruhestellung. Sie atmete schwer, während die Maschine ihr gratulierte. Sie verließ den Fitnessraum, joggte die Treppe hinunter, durch die Terrassentür hinaus über den Rasen in den umschlossenen Rosengarten zum Swimmingpool.

Robert beobachtete sie.

Sie strampelte die Turnschuhe los, schälte die Socken von den Füßen, warf sie zur Seite und zog in einem Rutsch Radhose und G-String aus, zog das Sport-Top über den Kopf, warf auch diese weg, machte drei lange Schritte und sprang Kopf voraus in das flache Ende des Pools. Sie sollte das nicht tun, damit gab sie Jane ein schlechtes Beispiel. Freunde von ihnen hatten ein Kind, das im Rollstuhl saß, weil es kopfüber ins flache Ende gesprungen war. Deshalb war es in Cedar Hall streng verboten. Robert wollte nicht, dass seiner kostbaren Tochter irgendwas zustieß. Gott behüte, es könnte ein

Unfall geschehen. Aber vielleicht wäre ein Unfall besser gewesen. Er würde vielleicht als unbegreiflich gelten, aber niemand wäre dann dafür verantwortlich gewesen. Man könnte nur dem Schicksal die Schuld zuschieben. Sandie tauchte die gesamte Bahn durch und brach schließlich am tiefen Ende durch die Wasseroberfläche.

»Was zum Teufel treibst du da?«

»Robert!« Es war ein Schock, ihn plötzlich vor sich zu sehen, als wäre er aus dem Nichts aufgetaucht. »Seit wann bist du wieder hier?«

»Was zum Teufel treibst du?«

»Ich, ich …« Es war ihr peinlich. Sie kam sich bloßgestellt vor. »Tut mir leid, ich musste den Kopf freibekommen. Den ganzen Morgen habe ich mich so schrecklich gefühlt. Du hättest anrufen sollen, ich habe mir Sorgen gemacht.«

»Du hast nichts an.« Robert klang angewidert.

»Tut mir leid«, wiederholte sie und drängte sich an den Beckenrand, als versuchte sie, ihre Nacktheit zu verbergen. »Ich dachte, es sei keiner da.«

»Sehr gut, Liebling, es ist keiner da, das stimmt, es ist überhaupt keiner mehr da, und warum? Weil Jane tot ist. Jane ist tot, Sandie, und du gehst nackt baden. Große Klasse, wirklich.«

»Robert?«, sagte sie, »bitte, es tut mir leid. Du hast recht, es ist nicht besonders sensibel.«

»Nicht besonders sensibel?« Er lachte. »Es ist verdammt noch mal unentschuldbar!« Er stapfte auf dem Pfad durch die Rosensträucher zum schmalen, bogenförmigen, schmiedeeisernen Tor, dort drehte er sich um und schrie: »Warum hat sie es getan?« Er schrie nicht sie an, wusste sie, er brüllte sich selbst an, Gott, das allgegenwärtige Wesen, das für jeden, der ihm zuhörte, und auch für Jane die Antworten parat haben sollte. Sandie sah ihm hinterher, dann tauchte sie zum Grund des Beckens und sah hinauf zu den verschwommenen Sonnenstrahlen, die über ihr tanzten. Sie würde ihnen ein paar Sachen über Jane sagen müssen. Ihnen ein paar Hinweise darauf geben, dass Jane alles andere als glücklich war. Dann würden sie vielleicht ihren Tod akzeptieren und es dabei bewenden lassen.

Amelia sah zu Anna, der in einem schwarzen Bleistiftrock, Highheels und einem an der Taille geknoteten rosa T-Shirt handtäschchenschwingend auf sie zustöckelte und ihren Namen rief. Cat, in Jeans und einem T-Shirt, schlenderte einige Schritt hinter ihm her.

»Amelia!«, rief Anna lauter, als notwendig gewesen wäre. »Liebling!« Amelia sah zu ihren Mitbewohnern. Sie konnte sich immer darauf verlassen, dass Anna einige der gravitätischen älteren Ladys in Rage versetzte und den alten Herren ein wenig frisches Leben einhauchte.

»Was für eine Überraschung«, sagte Amelia und gab Anna einen Kuss.

»Du wirst nicht glauben, was geschehen ist, deine Enkeltochter hat den Dreh raus, sie hat's einfach raus, sage ich dir. Sie ist ein Genie, sie ist brillant. Jon Snow kann einpacken, Cat Torrant übernimmt jetzt die Sache.«

Amelia sah am gestikulierenden Anna Prokton vorbei zu Cat, die mit den Händen in den Hüften darauf wartete, dass die Show ihr Ende fand.

»Hallo, Gran.«

»Drogen?«, fragte Amelia.

»Die könnten helfen.«

»Alles in Ordnung?«, formte Amelia lautlos mit den Lippen. Cat nickte. Aber Anna war mit seinem Gekreische noch nicht fertig. »Sag es ihr, los, sag es ihr schon! Ach, ich sag es ihr selber. Da haben wir es uns also glücklich vor dem schnuckeligen Pierce Brosnan bequem gemacht, und wer platzt mitten in die Story hinein: unsere böse amerikanische Stiefmutter.«

Erneut beugte sich Amelia um Anna herum. »Übersetzung bitte!«

»Scheint, dass die Stiefmutter des toten Mädchens eine Schauspielerin ist.«

»Und?«

»*Und?!* Amelia, sie hat Pierce geküsst. Braucht es noch weitere Beweise? Sie muss hängen.«

»Cat, ruf eine Schwester, Anna checkt hier ein.«

Anna sah sie an, als wären beide Vollidioten. »Es gibt keinen Abschiedsbrief.«

»Sie haben noch keinen Abschiedsbrief gefunden«, korrigierte Cat ihn.

»Das Mädchen war ausgesprochen hässlich«, sagte Anna, als wäre dies Grund genug für eine attraktive amerikanische Schauspielerin, die Stieftochter um die Ecke zu bringen.

»Das habe ich nicht gesagt«, widersprach Cat.

»Du hast gesagt, sie sah schrecklich aus.«

»Anna, Kohlenmonoxid stellt komische Dinge mit dem Körper an, und wenn du nichts dagegen hast, würde ich es vorziehen, wenn du jetzt das Thema wechselst.«

»Chelmsford hat sie abgekanzelt, weil sie einen Termin nicht eingehalten hat. Aber jetzt wird sie ihnen zeigen, aus welchem Holz sie geschnitzt ist, wenn sie ihnen den Wellby-Skandal auf den Tisch knallt.«

»Amerikanische Schauspielerin übertreibt in ihrer Rolle als böse Stiefmutter, Cat Torrant für Channel Four News, aus der Todeszelle.«
»Perfekt.«
»Schmierenpresse-Junky«, entgegnete Cat und nahm neben ihrer Großmutter Platz.
»Ich glaube nicht, dass sich Cat in diese Geschichte reinziehen lassen sollte«, sagte Amelia leise.
»Warum nicht?«, fragte Anna.
Amelia sah zu Cat.
»Schon okay, das schändliche Geheimnis ist gelüftet.«
»Es ist nicht schändlich.«
»Gran, ich hab doch nur Spaß gemacht.«
»Selbstmord ist nichts Witziges.«
»Gran, ich komme damit zurecht.«
»Anna«, sagte Amelia, »würde es dir was ausmachen, uns Tee zu holen?«
»Gran, hör auf!«
»Kein Problem«, sagte Anna.
»Bleib, wo du bist«, fuhr Cat ihn an. »Es geht nicht um ihn. Es hat nichts mit ihm zu tun.«
»Er war dein Vater, Cat.«
Cat wand sich. »Er war nicht mein Vater. Ich habe keinen Vater. Ich habe ja kaum eine Mutter. Anna hat recht, ich brauche etwas, damit BBC Chelmsford die übereilte Entscheidung bedauert. Was ist diese Bus-Geschichte schon gegenüber einem hinterhältigen Mord?«
»Ich dachte, es wäre Selbstmord gewesen«, beharrte Amelia.
»Es wurde der Coroner gerufen«, erwiderte Cat.
Amelia schwieg eine Weile. Sie erinnerte sich an die Beerdigung, als sei sie erst gestern gewesen. Es kam mit dem Alter,

dass man einfach so zwischen den Jahrzehnten hin und her springen konnte. Sie war damals allein nach Italien gefahren, allein hatte sie miterlebt, wie der Spender der Hälfte von Cats Genen in die Erde gelassen wurde. Sie hatte gedacht, sie würde den Mann, der so wenig Interesse an seiner Tochter gezeigt hatte, besser verstehen, aber sie hätte auf ihre innere Stimme hören sollen. Unwissenheit *ist* ein Segen. Es stellte sich nämlich heraus, dass er nichts weiter als ein egoistischer Gigolo war, der sich schließlich umbrachte, nachdem bei ihm Prostatakrebs diagnostiziert worden war. Cat war ohne ihn besser dran, freilich war ihr kaum eine andere Wahl geblieben. Und freilich hatte ursprünglich sie selbst daran mitgewirkt, dass ihre Enkeltochter ihrer Eltern beraubt wurde, nachdem sie ihre Tochter Clara mit dem kümmerlichen Ratschlag nach Italien geschickt hatte: *Italiener sind ausgezeichnete Liebhaber, aber egal, was du machst, denk nicht im Traum dran, einen zu heiraten!* Sie hätte nie gedacht, dass ihre Tochter das so wörtlich nehmen würde. Clara hatte von einer Abtreibung nichts gehalten – und ebenso wenig von ihrer Mutterrolle. Das Baby sollte zur Adoption freigegeben werden, bis Amelia sie, Catherine Amelia, zu Gesicht bekam und das Ganze abblies. Clara blieb bei ihnen, bis sie wieder ihre alte Figur hatte, dann machte sie sich aus dem Staub. Amelia wurde zu Cats Mutter, Vater, Schwester, Bruder, Tante und Onkel. Sie war Cats ganze Familie. Cat legte Amelia die Hand auf den Arm. »Komm schon, Gran, du hast mich mein ganzes Leben lang nicht beschützt. Jetzt ist es dafür doch ein bisschen zu spät.«

Falsch, dachte sich Amelia, ich habe mein Leben lang nichts anderes gemacht, als dich zu beschützen.

Cat wandte sich an Anna. »Als man mich in der Schule gepiesackt hat, hat sie mich mit den Worten wieder hingeschickt: Schlag zu, wenn es sein muss. Sie hat mich gezwungen, drei Jobs gleichzeitig anzunehmen, damit ich meine Uni-Schulden abbezahlen konnte. Und meine flehentlichen Bitten, wie erschöpft ich sei, sind auf taube Ohren gestoßen.«

»Genau richtig so«, sagte Anna.

»Es geht mir gut, Gran, wirklich. Alles, was mich interessiert, ist ein gutes Stück investigativer Journalismus, um meinen Ruf wieder aufzupolieren.«

Amelia wollte zu einer Erwiderung ansetzen, als eine junge Schwester an ihren Tisch auf der Steinterrasse kam. »Entschuldigen Sie?« Cat kannte sie nicht. »Mrs. Torrant, ich … oh, entschuldigen Sie, ich wusste nicht, dass Sie Besuch haben.« Stirnrunzelnd konsultierte sie ihre Liste. »Tut mir leid, aber Sie sind nicht eingetragen, ich habe Sie beide nicht auf der Liste, ich muss darauf bestehen …«

»Ach, scheren Sie sich weg, Sie sehen doch, dass wir mitten im Gespräch sind.«

»Mrs. Torrant, Sie sollten wirklich …«

»Hören Sie nicht?«, fuhr Amelia unbeirrt fort, »Sie sollen sich zum Teufel scheren!«

»Man hat mich ja vor Ihnen gewarnt«, sagte sie. »Unterlassen Sie bitte das Fluchen.«

»Ich kann nichts dafür. Ich leide am Tourette-Syndrom.«

»Sparen Sie sich den Scheiß«, gab die junge Schwester zurück.

Anna lachte. Amelia warf ihm einen vernichtenden Blick zu, worauf er abrupt verstummte. »Hat Ihnen niemand beigebracht, älteren Menschen Respekt entgegenzubringen? Und jetzt verschwinden Sie, bevor ich Flüche ausstoße, die Sie mit Ihrem beschränkten Verstand gar nicht verstehen würden.«

Die junge Frau trat einige Schritte zurück, bevor sie sich umdrehte und zum Haupthaus zurückeilte.
»Diese freche Göre.«
»Sie hat es wenigstens versucht, das musst du ihr lassen.«
»So übel scheint sie doch gar nicht zu sein«, sagte Cat.
»Das verstehst du nicht. Wenn man den neuen nicht gleich bei der ersten Runde eine Heidenangst einjagt, fallen sie einem ständig auf die Nerven.« Und mit hoher, geifernder Stimme fuhr sie fort: »Kommen Sie, Mrs. Torrant, ein Wissensquiz wird Ihrem Gehirn auf die Sprünge helfen. Wir brauchen noch einen Teilnehmer für das Rollstuhl-Staffelrennen. Krocket? Booooole? Mrs. Ticklebottom braucht eine Partnerin für den Squaredance ...« Sie reckte die Arme in die Höhe. »Ihr werdet mich nicht dabei erwischen, wie ich mit diesen inkontinenten alten Schachteln tanze. Dann dauert es nicht mehr lange, bis ich mir das Nachthemd in die Unterhose stopfe, einen Teewärmer über den Kopf ziehe und mir Schokoladen-Biskuit ins Gesicht schmiere. Vergesst es.« Cat gab ihr einen Kuss, Amelia hielt ihr die Hand und drückte sie.
»Tanzen die Männer auch zusammen?«, fragte Anna.
»Anna, die meisten Männer, die hier sind, haben sich schon vor Jahren die Beine weggeraucht. Und die, auf die das nicht zutrifft, können nicht tanzen. Zuletzt lacht eben immer Gott. Die Maler werden blind, Musiker taub und ...« Amelia fasste sich. »Wie auch immer, zumindest wird dieses nörgelnde kleine Flittchen« – ein großer Schatten fiel auf ihren Tisch – »nicht mehr zurückkommen.«
Aber da irrte sie. Und das kleine Flittchen hatte Verstärkung der schlimmsten Sorte mitgebracht: Schwester Cleveland.
»Okay, Mrs. Torrant, jetzt tragen wir Ihre Gäste ein, und

wenn wir schon dabei sind, können wir Sie auch gleich für eines der Sonntagsprogramme einschreiben«, sagte die neue Schwester, unterstützt von der unerschütterlichen Gegenwart Schwester Clevelands.

»Machen Sie sich doch nicht lächerlich, Mädchen!«

»Jeder muss was tun, das hält das Gehirn in Schwung.« Amelia sah zu Anna, der mitfühlend nickte und den Schwestern gegenüber eine Schnute zog.

»Cat, Sie kennen wir, aber Sie, Madam, sind ...?« Anna zwinkerte Amelia zu. Cat sprach für sich ein Stoßgebet und befürchtete, dass nun endgültig der Augenblick ihres Rauswurfs gekommen war.

»Das«, sagte ihre Großmutter und spielte sich als die große Gastgeberin auf, »ist Miss Anna Prokton. Eine Größe, an der an den Bühnen des Londoner West End niemand vorbeikommt.«

»Oh, eine Schauspielerin«, erwiderte die jüngere Schwester mit einigem Respekt.

»Nein«, widersprach ihr Amelia, »eine Drag Queen.«

Anna nahm seine blonde Perücke ab und verbeugte sich. »Wie entzückend. Fantastische Uniform«, sagte er bewundernd. »Welche Größe haben Sie? Nein. Wird nicht passen. Ihre Brüste sind kleiner als meine.«

»Bitte, Sir«, ermahnte ihn Schwester Cleveland.

»Was, Liebes? Wir sind doch alles Mädels hier.« Er beäugte die große Schwester von Kopf bis Fuß. »Na ja, fast alle.« Wieder zog er seinen Schmollmund. »Nun lassen Sie mich Ihnen aber auf Ihrem kleinen Ordner ein Autogramm geben.« Er kritzelte mit weitausholender Geste seinen Namen auf die Seite und hielt sie von sich weg, um sie eingehend zu bewundern. »Na, das sollte doch einiges wert sein.« Er gab ihn

Schwester Cleveland zurück. »Haben wir uns nicht schon mal irgendwo gesehen, Schwester?« Sie schüttelte den Kopf. »Sie kommen mir nämlich fürchterlich bekannt vor.« Sie schüttelte noch heftiger den Kopf. »Waren Sie schon mal im Madame JoJo's?«

»Nein.«

»Im Climax?«

»Ganz bestimmt nicht.«

»Captain Pugwash?«

»Was?«

»Im Tool Shed?«

»Raus!«

Anna kratzte sich am Kinn. »Nein, ich glaube nicht, dass ich da schon mal aufgetreten bin.«

»Gehen Sie!« Schwester Cleveland zeigte zum Parkplatz.

»In den Arsch!«, rief Amelia ausgelassen.

»Das reicht. Sie verlassen auf der Stelle dieses Heim!«

»Warum?«

»Wegen Ihres ungehobelten und aufwieglerischen Betragens, Mrs. Torrant.«

»Schwester Cleveland, Sie haben mich missverstanden. Das ist Annas Name. Na ja, das, was er bedeutet. *Anaprokton*, das ist nämlich Griechisch.«

Verzweifelt sah Schwester Cleveland zu Cat. »Altgriechisch, um genau zu sein«, fiel Cat mit ein, die das Spielchen bereits kannte.

»Habe ich in Cambridge studiert«, sagte Anna.

Schwester Cleveland gab sich geschlagen, sie machte auf dem Absatz kehrt und eilte zum Hauptgebäude zurück. Nach zweihundert Metern aber drehte sie sich abrupt um und rief mit lauter Stimme: »Deuteronomium, Kapitel zweiundzwan-

zig, Vers fünf!« Der bunt zusammengewürfelte Haufen starrte ihr verdutzt hinterher.
»Mein Gott«, sagte die junge Schwester, »das erinnert mich an das Gewäsch der Nonnen, das sie mir in der Klosterschule immer an den Kopf geworfen haben.«
»Was bedeutet es?«, fragte Anna.
»Das Alte Testament hat mich nie sonderlich interessiert«, sagte die Schwester.
»Ich«, sagte Anna zwinkernd, »kann mich nur an die Stelle erinnern, an der zwei Engel den alten Lot besuchen und die Männer von Sodom allesamt brüllen: ›Bring sie raus, auf dass wir Geschlechtsverkehr mit ihnen haben.‹ Danach wird es ziemlich düster. Für meinen Geschmack regnet es dann zu viel Schwefel und Feuer vom Himmel.«
Die Schwester kicherte.
»Was uns hübsch zum Sonntagsprogramm und den vorgesehenen Aktivitäten zurückbringt, die, soweit ich weiß, in den Augen des Herrn verboten sind«, sagte Amelia hoffnungsfroh. »Was haben Sie damit jetzt vor?«
Die Schwester gab sich zerknirscht, bevor sie ein breites Grinsen aufsetzte. »Nichts.« Alle lächelten.
»Wie heißen Sie, Liebes?«, fragte Anna.
»Katie O'Leary.«
»Also, Katie, vielen Dank.«
»Also, Anna, ist schon okay.« Mit einem süßen Lächeln marschierte sie davon.
»Nun, für mich nicht«, sagte Amelia und schwang den Rollstuhl wieder zum Tisch. »Aber vielleicht haben wir an diesem von Gott verlassenen Ort doch noch einen Verbündeten gefunden.«

Sandie fand Robert auf der Wiese. Er war auf den Knien und in Tränen aufgelöst. Sein Anblick versetzte ihr einen Stich, was aber schnell von Wut abgelöst wurde. Es war alles Janes Schuld.

»Liebling«, sagte sie und kniete sich vor ihn.

Robert umfasste ihr Gesicht. »Es tut mir so leid.«

»Schon okay, mir tut es auch leid, ich weiß nicht, was ich mir dabei gedacht habe. Der Schock.«

»Ich weiß«, sagte Robert. »Ich hätte hierbleiben sollen. Sandie, ich habe so viele Fehler gemacht, ich weiß nicht, wie ich es dir erzählen soll.«

»Schhh«, sagte sie und streichelte ihm über den Kopf. »Du warst Jane ein wunderbarer Vater, es ist nicht deine Schuld.«

Robert sah auf. Eine ganze Minute lang starrte er seine Frau an. »Ich habe dich nicht verdient.«

»Robert, Liebling, du hast mich glücklicher gemacht, als ich jemals für möglich gehalten habe. Seit kurzem ist alles so …« Sie seufzte. »Vielleicht sollten wir wegziehen. Es wird alles sehr schwierig werden, aber wir werden es durchstehen. Ich liebe dich. Wir werden es schaffen.«

»Aber Sandie, du verstehst nicht. Es ist meine Schuld, dass sie tot ist …« Wieder begann er zu weinen.

»Es ist nicht deine Schuld, du hast ihr alles gegeben.«

»Du verstehst nicht, ich …«

»Hör mir zu, du stehst unter Schock. Eltern neigen dazu, sich selbst die Schuld zu geben. Du hast ihr nichts getan. Du kannst niemandem wehtun. Robert, du bist ein guter Mensch, wir brauchen Zeit, um wieder dahin zu kommen, wo wir waren.« Sandie zog sein Gesicht zu sich heran und küsste ihm die Tränen von den Wangen. Sein Schluchzen steigerte sich noch, als er ihre Küsse erwiderte. Sandie verlagerte das Gewicht, und beide fielen ins ungemähte Gras.

Abermals erschien Schwester Cleveland.
»O nein, der Drachen, ist wieder da.« Sie drehten sich um. Aber diesmal wurde sie von Polizisten begleitet.
»Sie werden mich hier zwangsausweisen«, sagte Amelia. »Kindchen, bereite dich schon mal auf eine richtige Story vor. Hat jemand eine Kamera dabei?«
»Gran, lass den melodramatischen Scheiß. Sie sind nicht deinetwegen hier. Das tote Mädchen, du erinnerst dich, deswegen sind sie wahrscheinlich gekommen.« Sie sahen sich an, bevor sie sich den Polizisten zuwandten.
Bramley, der hinter einem seiner Beamten stand, beäugte misstrauisch die Gruppe. Eine alte Frau, ein Transvestit und eine potenzielle Mörderin. Da konnte er sich jederzeit seinen Mörder aussuchen.
»Catherine Amelia Torrant?«, fragte der junge Beamte.
»Ja?«, kam es von Cat und Amelia gleichzeitig.
»Also, welche von Ihnen nun?«
»Nun, Officer, ich bin Amelia Torrant, und diese reizende junge Dame ist meine Enkeltochter Catherine.«
Cat wandte sich an Bramley. »Arbeiten Sie immer samstags?«, fragte sie und versuchte, die Nerven zu bewahren.
»Das hängt davon ab, ob die kriminellen Elemente mich auf Trab halten, Miss Torrant.«
Bramley warf einen verächtlichen Blick in die Runde, bevor er sich an Amelia wandte.
»Wir möchten Ihre Enkeltochter bitten, uns zur Polizeidienststelle in Harlow zu begleiten, es gibt im Zusammenhang mit dem Tod von Jane Wellby noch ein paar ungeklärte Fragen.«

Cats Augen weiteten sich.
»Wozu brauchen Sie mich?«
»Darüber reden wir am besten auf der Dienststelle.«
»Aber ich hab Ihnen doch schon alles gesagt.«
»Scheint, dass hinsichtlich des Selbstmords einige Unstimmigkeiten aufgetaucht sind. Wir brauchen Ihre Fingerabdrücke, Catherine.«
»Nennen Sie mich bitte Cat«, sagte sie. »Wenn man mich Catherine nennt, habe ich immer das Gefühl, dass ich in Schwierigkeiten stecke.«
»Na, was für ein Zufall«, sagte Bramley. »Vielleicht stecken Sie ja wirklich in Schwierigkeiten.«

6

Cat betrachtete die schwarze Tinte an ihren Fingerspitzen und hörte das Band zurückspulen. Mit einem lauten Klicken schaltete es sich aus. Die Tür zum Befragungsraum wurde geöffnet, und ein Mann in Jeans und einem gelben Ralph-Lauren-Shirt kam herein.

»Cat, das ist Detective Sergeant Mike Chambers, ich will, dass er sich ebenfalls das Band anhört. Nehmen Sie Platz, Mike.« Bramley drückte auf »Play«. Erneut hallte ihre Stimme durch den kleinen, nackten Raum in der Polizeidienststelle, die wie so viele moderne Gebäude ein reiner Zweckbau war. Wenn die Architekten es darauf abgesehen hatten, den Gefangenen das Gefühl der Isolation und Einschüchterung zu vermitteln, dann hatten sie verdammt gute Arbeit geleistet. Sie sah zum Gerät auf dem Tisch und lauschte ihrer eigenen, fremd klingenden Stimme.

»Wer ist dieses Mädchen?«

»Jane.«

»Steckt sie in Schwierigkeiten?«

»Ich bin in Cedar Hall, Old Harlow, Essex. Ich brauche so schnell wie möglich einen Krankenwagen und eine Polizeistreife.«

»Was ist passiert?« Es folgte eine dramatische Pause.

»Tut mir leid«, hörte man Cats klägliche Stimme. Cat wand sich.

»Was tut Ihnen leid?«

»Alles.«

Der Polizist drückte auf »Stop« und musterte Cat. Sie kam ihm zuvor: »Na, wenn Sie das Band an der Stelle anhalten, klingt das natürlich komisch. Aber ich habe nicht zu der Person am Telefon gesprochen. Sondern mit der Frau, die ich für Janes Mutter gehalten habe und der ich sagen wollte, dass ihre Tochter tot ist. Das würde Ihnen doch auch leid tun.« Verzweifelt sah sie zu dem anderen Polizisten. »Oder?« Die beiden starrten sie an. »Warum sollte ich jemandem was antun, den ich doch gar nicht gekannt habe?«

»Wir haben nur Ihr Wort, dass Sie sie nicht gekannt haben, Miss Torrant. Jane Wellby weilt leider nicht mehr unter uns, um das bestätigen zu können.«

»Das«, erwiderte Cat, zutiefst erschreckt über Bramleys unterschwelige Andeutung, »ist eine völlig unangemessene Bemerkung.«

»Am Telefon haben Sie jedenfalls ihren Namen genannt.«

»Ich habe es Ihnen doch erklärt.« *Sind Sie taub?* Es klopfte an der Tür.

»WPC Clement betritt um« – der Beamte sah auf seine Uhr – »fünfzehn Uhr drei den Raum und reicht DCI Bramley einen Zettel.«

Bramley las die Notiz, blickte argwöhnisch zu Cat und reichte sie an den Polizisten neben ihm weiter. Cat wollte das alles nicht wahrhaben, sie versuchte die Realität auszublenden – genauso gut hätte sie sich eine der vielen TV-Krimis ansehen können, mit dem Unterschied allerdings, dass sie hier nicht in ihren eigenen vier Wänden saß.

»Auf dem Schlauch fanden sich Ihre Fingerabdrücke, Miss Torrant. Er ist über und über damit bedeckt.«

»Klar, ich habe ihn ja rausgezogen.«

»Rausgezogen oder reingesteckt?«

Cat schüttelte den Kopf. »Rausgezogen.«
»Und die Leiche, haben Sie die auch rausgezogen, oder haben Sie sie reingesteckt?«
»Weder noch.«
»Komisch, dass auch Janes Leichnam über und über mit Ihren Fingerabdrücken bedeckt ist.«
»Ich …«
»Und der Sicherheitsgurt ebenfalls.«
»Weil ich ihn gelöst habe.«
»Selbstmordopfer schnallen sich normalerweise nicht an – haben Sie deshalb den Gurt gelöst?«
»Ich habe ihn nicht gelöst …«
»Das haben Sie aber soeben gesagt.«
»Ich habe ihn doch nur gelöst, weil ich dachte, sie könnte noch am Leben sein. Ich habe versucht, sie rauszuholen.«
»Es fiele leichter, das zu glauben, wenn sich außer Ihren noch andere Fingerabdrücke darauf finden ließen. Aber es gibt sonst keine.«
Cat wusste nicht, was sie darauf sagen sollte.
»Sie könnten ihn angelegt und wieder gelöst haben.«
»Warum hätte ich das tun sollen?«
»Genau das versuchen wir an diesem schönen Samstagnachmittag herauszufinden. Es gibt eine Menge Ungereimtheiten in Ihrer Version der Geschichte, unter anderem den zeitlichen Ablauf.
Der Wirt vom Pub an der Abzweigung zur Anfahrt hat mir gesagt, Sie hätten ihn so gegen zwei Uhr nach der Richtung zu Cedar Hall gefragt. Aber Ihr Anruf bei der Polizei ist erst drei Minuten vor drei Uhr eingegangen. Was haben Sie in dieser Stunde getan?«
Cat erinnerte sich an die Löwen … dass sie versucht gewe-

sen war, umzukehren, wie sie geklingelt, gewartet, den Zettel geschrieben, herumgeschnüffelt hatte.
»Gehen wir einen Schritt weiter«, fuhr er fort und beugte sich über den Schreibtisch zu Cat.
WPC Clement sah nervös zu Bramley.
»Sie haben Jane Wellby umgebracht. Später sind Sie zurückkehrt, um die Tote zu ›finden‹, aber Sie haben noch ihren Puls gespürt. Also haben Sie warten müssen, bis Sie die Polizei alarmieren konnten.«
Bramley atmete schwer. Cat starrte ihn an. Aber alles, was ihr vor Augen trat, waren die Ereignisse in Cedar Hall, die Küche, die getrockneten Blumen.
»Wann ist sie gestorben?«
»Eine seltsame Frage aus Ihrem Mund«, erwiderte Bramley.
»Wann ist sie gestorben?«
»Zwischen eins und halb drei.«
Cat schob sich vom Tisch weg, sie spürte, wie ihr schlecht wurde. »Es war meine Schuld.«
»In welcher Hinsicht, Catherine.«
»Weil«, *Sie Idiot*, »ich da war. Ich war da und hab mir um einen toten Hund Sorgen gemacht, während ein paar Schritte entfernt ein Mädchen erstickt ist. Ich hätte sie retten können.«
»Beruhigen Sie sich«, sagte Bramley, »kein Grund, hysterisch zu werden.«
»Nein? Ständig sagen Sie mir, ich hätte sie umgebracht, nein, ich habe sie nicht umgebracht.«
»Sie haben sie aber auch nicht gerettet.«
Cat wusste auf diese ätzende Bemerkung nichts zu erwidern. Erneut klopfte es an der Tür. Ein Polizist steckte den Kopf herein, in seiner ausgestreckten Hand hielt er einen braunen

Umschlag. Bramley deutete ihm an, ihn herüberzubringen. Wieder sah er zu Cat.

»Sagen Sie mir, welchen Eindruck Sie von Mrs. Wellby hatten.«

Cat ertrug es nicht mehr. »Na ja, als Ihre Leute aufgetaucht sind, hat sie ganz die schmerzerfüllte Stiefmutter gegeben. Aber als ich es ihr erzählt habe, hat sie es ganz ruhig aufgenommen.«

»Warum hätte sie uns was vormachen sollen?«

»Na, weil sie eine Schauspielerin ist.« Die Polizeibeamten sahen sich an. »Das haben Sie nicht gewusst?« Erleichterung überkam Cat. »Eine amerikanische Fernsehschauspielerin. Sandie-Ann Surly, so heißt sie. Ich hab's im Internet nachgesehen. Hat in den Siebzigern und frühen Achtzigern in einigen bekannten TV-Serien mitgespielt. Das hat sie dann wohl aufgegeben, um ihre neue Rolle als die Dame des Hauses anzutreten. Was ich ihr nicht verdenken kann, es ist ein schönes Haus, neben Beachy Head wie dafür geschaffen, um Selbstmord zu begehen. Sie war da, wissen sie. Ich habe geklingelt, aber es hat keiner aufgemacht. Deshalb bin ich zur Rückseite des Hauses gegangen. Und dann hat sich herausgestellt, dass sie die ganze Zeit über da gewesen sein musste.«

»Vielleicht ist sie gerade zurückgekehrt, als Sie versucht haben, ins Haus einzudringen«, kam es von Bramley auf seine selbstzufriedene Art.

»Ich habe nicht versucht, ins Haus einzudringen. Ich habe nach jemandem gesucht, dem ich Lucy geben konnte.«

»Wer ist Lucy?«

»Der Hund, den ich überfahren habe.«

»Was, wenn ich Ihnen sage, dass Mrs. Wellby behauptet, sie wäre mit dem Hund spazieren gewesen?«

»Unmöglich. Ich habe den Hund überfahren.«
»Ist das derselbe Hund, der auf so mysteriöse Weise verschwunden ist?«
Eine Weile lang herrschte Schweigen. Bramley schlug die Akte auf, blätterte die Seiten durch, bis sein Blick an einer hängen blieb.
»Scheiße«, sagte er leise.
»Ich schwöre, ich habe mit dem Selbstmord des Mädchens nichts zu tun«, flehte Cat.
Bramley sah auf. »Und sie auch nicht.«

Cats Großmutter und Anna, die auf sie gewartet hatten, bestürmten sie mit Fragen, aber Cat brachte sie zum Schweigen. In Begleitung der beiden Polizeibeamten gingen sie durch den Flur. Anna schob Amelias Rollstuhl, seine hohen Absätze klackten auf dem Linoleumboden. Amelia hielt die Hand ihrer Enkelin. Cat sah zu ihr hinunter. Das Licht der Neonröhren fiel auf Amelias Ring und wurde von dort zurückgeworfen. Cat blinzelte, aber das Bild wollte ihr nicht aus dem Kopf. Ein Diamantring. Cat ließ Amelias Hand los und blieb stehen. Langsam drehte sie sich zu den beiden Polizeibeamten um.
»Mrs. Wellby trägt einen Diamantring.«
»Möglich. Sie ist eine sehr wohlhabende Lady.«
»Das ist mir als Erstes aufgefallen, an ihrer Hand auf dem Treppengeländer.« Sie schloss die Augen und rief sich die Einzelheiten ins Gedächtnis. »Die Hand auf dem Treppengeländer. Und rote, hochhackige Schuhe.« Sie schlug die Augen auf. »Das sind doch keine Schuhe, um einen Hund auszuführen.«
»Cat«, kam es warnend von Amelia.

»Was ist geschehen, nachdem Sie es ihr erzählt haben?«
»Wir sind beide in die Garage gegangen, um uns zu vergewissern, dass es Jane ist.«
»Haben Sie den Schlauch da noch einmal angefasst?«
»Nein«, sagte Cat. »Ich konnte ihren Anblick nicht ertragen. Ich habe mich auf Mrs. Wellbys Ring konzentriert. Sie hatte die Hände auf dem Rücken verschränkt.«
»Mrs. Wellby hat den Schlauch also *nicht* berührt, als Sie beide in der Garage waren?«
»Cat!«, kam es erneut von Amelia.
»Lassen Sie Ihre Enkelin die Frage beantworten!«
Cat musterte den Polizisten. »Sie haben mir gesagt, Sie hätten nur *meine* Fingerabdrücke auf dem Schlauch gefunden?«
»Ich habe nichts dergleichen gesagt. Nur, dass Ihre Abdrücke die einzigen auf dem Sicherheitsgurt sind. Vom Schlauch habe ich nichts gesagt.«
»Na ja, vielleicht hat sie ihn angefasst, und ich habe es nicht gesehen.«
»Aber Sie haben mir gerade gesagt, Sie hätten auf nichts anderes geachtet als den Diamantring an ihrer Hand, die sie auf dem Rücken hatte. Also hat sie den Schlauch nicht berührt, solange Sie beide in der Garage waren?«
Cat konnte nicht antworten.
»Jane Wellby hatte eine Schwellung am Kopf, wahrscheinlich war sie bewusstlos, als sie in den Wagen gebracht wurde. Mord ist eine sehr ernste Angelegenheit.«
Cat sah zu Amelia, während der Polizist sie bedrängte. »Beantworte die Frage, Cat«, sagte Amelia.
»Schon gut«, erwiderte Bramley, »sie hat sie bereits beantwortet.«

Sandie hakte sich bei Robert ein, beide sahen zum Wagen seiner ersten Ehefrau, der die Anfahrt entlangkam. Er starrte vor sich hin, nach einer Weile ergriff er das Wort.

»Tut mir leid wegen vorhin. Ich dachte einfach …«

Sie drückte ihm den Arm, während sein Blick auf das näher kommende Auto gerichtet war. »Es war zu früh, ich hätte dich nicht drängen sollen.«

»Du hast mich nicht gedrängt, ich …«

»Spielt keine Rolle. Solange wir zusammen sind und uns lieben, ist alles in Ordnung.«

»Ich kann nicht so tun, als wäre nichts vorgefallen. Sich im Freien zu wälzen … was, wenn uns jemand gesehen hat?«

Als der Wagen anhielt, trat Robert einen Schritt vor und winkte Fiona zu.

»Ich wollte, dass es dir besser geht, Robert.«

Er drehte sich halb zu ihr um. »Mach dir keine Sorgen, Liebling, nicht jetzt … Fiona.« Er öffnete ihr die Tür. Sie stieg aus, sie umarmten sich. Sandie sah mit einem traurigen Lächeln auf den Lippen zu und wartete darauf, dass sie an die Reihe kam. *Was ist mit mir?*, hätte sie am liebsten laut herausgeschrien, als die Umarmung sich hinzog. *Was zum Teufel ist mit mir?* Aber es ging nicht, sie wusste es. Es war nicht der rechte Augenblick. Sie sah zum Himmel und fragte sich, ob dieser Augenblick jemals kommen würde.

»Lasst uns besser ins Haus gehen. Wahrscheinlich braucht ihr beide einen Drink.«

Fiona sah ihrem Ex-Mann über die Schulter und nickte. »Ist schon ziemlich lange her, dass ich am Nachmittag was getrunken habe.«

»Ich mach dir auch einen Tee, wenn dir das lieber ist«, erwiderte Sandie. Immer bereit und willens zu helfen.

»Ich brauche ganz dringend einen Drink, ich wollte nur nicht allein damit anfangen. Ich fürchte, ich kann dann nicht mehr aufhören.«

»Robert war doch bei dir«, sagte Sandie.

Fiona wollte etwas darauf erwidern, doch als sie Roberts Blick sah, ließ sie es bleiben.

»Gehen wir rein, Fi«, sagte er und ließ beiden Frauen ein gezwungenes Lächeln zukommen. Als Sandie den beiden ins Haus folgte, stieß sie Robert sanft gegen den Rücken. Er wandte den Kopf. »Nicht jetzt, Liebling.«

Sie standen um die Kochinsel herum, in den Händen Tassen mit Kaffee, der mit Whisky versetzt war. Fiona sah durch das Fenster zum Garagentor. »Es war nötig, dass ich komme«, sagte sie.

»Wir sind froh, dass du hier bist«, erwiderte Sandie.

»Eigentlich wollte ich nicht, aber heute Morgen ist die Polizei bei mir gewesen«, sagte sie nach einer Weile und sah zu Sandie und Robert. »Sie haben mir Angst eingejagt.«

»Wie können sie es wagen? Ich habe mich geweigert, ihre Fragen zu beantworten …«

»Warum sollten sie keine Fragen stellen?«, sagte Fiona. »Oder bin ich allein mit meiner Meinung, dass die Vorstellung, Jane könnte Selbstmord begangen haben, das Absurdeste ist, was mir jemals untergekommen ist?«

»Was haben sie dich gefragt?«, wollte Sandie wissen. Ihr war nicht entgangen, wie sich ihr Ehemann vor Anspannung versteifte.

Fiona drehte sich wieder zur Garage hin. »Ach, eigentlich hab ich sie ausgefragt. Ich wollte wissen, was ich vielleicht übersehen habe. Mit ist lediglich aufgefallen, dass Jane ihr

Zimmer tadellos aufgeräumt hat. Die Polizistin sagte mir, Selbstmordopfer würden häufig so etwas tun, so muss ich mich jetzt nicht mehr damit herumschlagen. Jane hat es mir erspart, ihre Sachen durchzugehen.«

Sandie ergriff Fionas Hand. »Ich weiß, es ist schwer. Vielleicht wäre es leichter, wenn du sie noch einmal gesehen hättest, wenn du, verstehst du, dich von ihr hättest verabschieden können. Das ist angeblich sehr wichtig, Fiona. Es hilft bei der Trauerarbeit und unterstützt dich darin, dich in der Situation zurechtfinden.«

»Ich will mich darin nicht zurechtfinden, Sandie. Ich war ihre Mutter.«

»Nicht jetzt, aber …«

»Es reicht, Liebling«, unterbrach Robert und legte Sandie die Hand auf den Arm. Sie starrte ihn finster an. »Sollten wir uns nicht auf die Beerdigung konzentrieren, Vorbereitungen treffen? Uns um alles kümmern? Ein Familiengrab im Friedhof einrichten?«

»Das geht nicht, Robert«, sagte Fiona. »Wir sind keine Familie, wir leben getrennt. Wir können nicht wegen einer Toten auf glückliche Familie machen.«

Warum nicht, das habt ihr doch auch getan, als sie noch am Leben war, dachte sich Sandie.

»Nein«, fuhr Fiona fort. »Wir müssen uns entscheiden. Natürlich wäre es mir lieber, wenn ihr Grab bei mir in der Nähe wäre. Es gibt einige schöne Kirchen in Islington.«

Robert machte Anstalten, etwas zu sagen, wandte sich dann aber wortlos ab. Fiona starrte wieder aus dem Fenster.

»Ich glaube«, begann Sandie vorsichtig, »dass sie eingeäschert werden wollte.« Janes Eltern zuckten zusammen, unsicher, fragend sahen sie sich an. »Es gibt verschiedene Möglich-

keiten, ich habe mit den Leuten im Krematorium gesprochen. Ich dachte, du und Robert, ihr seht euch mal die verschiedenen Optionen an … na ja, nachher vielleicht.«
»Einäschern?« Robert sah zu seiner Frau.
»Woher weißt du das, Sandie? Woher weißt du das?«
»Na ja«, erwiderte sie, sich der heiklen Situation durchaus bewusst, »sie hat es mir gegenüber ein paar Mal erwähnt.«
»Wann?«, fragte Fiona, den Tränen nahe.
»Ich weiß es nicht mehr … wenn man sich eben über solche Dinge unterhält. Bei Gesprächen über das Leben, den Tod, den Glauben.« Sie sprach vor allem zu Robert, in der Hoffnung, er würde sie dabei unterstützen, was er aber nicht tat.
»Warum habt ihr solche Gespräche geführt? Um Gottes willen, sie war doch noch ein Kind.«
»Robert, sie ist … tut mir leid.« Sandie holte tief Luft. »Sie war dreiundzwanzig Jahre alt. Sie war eine erwachsene Frau, die sich über viele Dinge ihre Meinung gebildet hatte. Dezidierte Meinungen.«
»Du hättest ihr nichts vom Tod erzählen sollen«, sagte er.
»Ich habe *ihr* nichts erzählt, *wir* haben uns darüber unterhalten. Sie hat mir gesagt, sie würde lieber verbrannt als beerdigt werden, worin ich ihr zustimmen musste. Ist noch gar nicht so lange her …« Sie hielt inne.

»… Diese ekelhaften Maden.« Jane verzog das Gesicht. »Nein danke. Schiebt mich in den Ofen, aber werft mich nicht in die Erde.«
»Da stimme ich dir zu. Später wird man dann bloß wieder ausgebuddelt, damit Platz für ein mehrstöckiges Parkhaus geschaffen werden kann.«
Jane lachte, was eine willkommene Abwechslung

darstellte. »Wenn mir mal was zustoßen sollte, dann weißt du, was ich gesagt habe, nicht wahr? Ich möchte verbrannt werden. Du weißt ja, wie Dad und Mum so sind, die wollen einen hübschen Erdhügel mit einem großen Grabstein, wo sie dann hinlatschen können. Aber mir wäre es lieber, wenn meine Asche wie ein Feuerwerk in den Himmel steigt, da kann man dann noch seinen Spaß dran haben.«

»Na, das werde ich wohl nicht mehr erleben. Ich bin dann schon längst gestorben.« Sandie versuchte das Thema zu wechseln.

»Ich rede davon, wenn mir was zustoßen sollte. Ein Unfall. Würdest du es tun, Sandie? Würdest du meine Asche in eine Feuerwerksrakete füllen, für Mum und Dad eine Party geben und meine Asche in den Himmel schießen, damit alle sie sehen können?«

»Nichts wird dir zustoßen, das ist alles sinnloses Gerede.«

»Ja, aber falls es geschieht.«

»Es wird nicht geschehen.«

»Ich sage nicht, dass es geschehen wird, sondern falls es geschieht. Versprichst du mir, dass du es machst? Damit die anderen wieder bessere Laune haben. Versprichst du es mir?«

»Gut, ich verspreche es.«

Sandie sah zu Fiona. »Vielleicht wollte sie mir damit was sagen.« Die Idee mit der Feuerwerksrakete war natürlich völlig unangemessen, an der Einäscherung aber würden sie alle nicht vorbeikommen. »Ich habe ihr versprechen müssen, dass sie verbrannt wird, falls ihr was zustößt.«

»Na dann«, sagte Fiona, »soll sie verbrannt werden.« Sandie war zufrieden. »Und außerdem«, fuhr Fiona trocken fort, »können wir dann ihre Asche ja unter uns aufteilen.«

Bramley sprach in Begleitung von DS Mike Chambers zu seinem Team.
»Also, Jungs«, begann er. Clement spürte, wie ihr Blutdruck augenblicklich nach oben schnellte. »Der Coroner pflichtet den ersten Ergebnissen des Rechtsmediziners bei. Die Fingerabdrücke stammen nicht von Jane, am Kopf weist sie eine Schwellung auf. Es liegen also durchaus verdächtige Umstände vor.«
»Und was jetzt?«
»Die gerichtliche Klärung der Todesursache wird vorerst aufgeschoben zugunsten weiterer polizeilicher Untersuchungen, die im unmittelbaren Familienumfeld beginnen. Mrs. Wellby war die letzte Person, die die Tote lebend gesehen hat, also fangen wir mit ihr an. Persönlich bin ich der Ansicht, dass wir auch nicht viel weiter zu suchen haben.«
»Es zeugt nicht von besonderer Intelligenz, wenn man überall am Schlauch seine Fingerabdrücke hinterlässt«, warf Chambers ein.
»Mörder sind dumm, deshalb werden sie gefasst.«
»Aber, Sir, Sie wissen doch gar nicht, dass es ihre Fingerabdrücke sind«, sagte Clement.
»Im Grunde …«
Bramley unterbrach Chambers. »Nein, Clement, das weiß ich nicht. Aber ich wette, es sind ihre.«
»Warum?«
»Ich habe auch eine Stiefmutter gehabt. Das hinterlässt einen bleibenden Eindruck.«

»Oh.«
»Clement, schauen Sie mich nicht so an. Rufen Sie bei der Zeitung an und geben Sie denen Bescheid, dass wir hier so was wie einen O.J.-Simpson-Fall haben.«
»Was ist mit der Pressestelle?«, fragte sie, ihre Irritation verbergend.
»Das ist ein inoffizieller Wink. Folgen Sie meinen Anweisungen und halten Sie den Mund, dann lernen Sie vielleicht auch mal was. Also, Jungs, wir legen eine tolle Show hin.«
WPC Clement hielt den Mund, nahm ihre Mütze und folgte ihrem Boss und den drei anderen hinaus auf den Parkplatz. Zum wohl hundertsten Mal fragte sie sich, was sie verbrochen hatte, um einen Chef wie Bramley verdient zu haben. Als sich hinter ihr die Tür schloss, begann drinnen das Telefon zu klingeln. Nach dem vierzehnten Klingeln hörte es auf.

Sandie legte den Hörer auf. Wie sollte sie eine Kremation organisieren ohne Leichnam? Fiona erschien oben auf der Treppe. Sandie sah zu ihr hinauf. »Ich dachte, du wolltest dich ein wenig schlafen legen. Willst du eine Valium?«
»Nein danke. Ich hab nur an das denken müssen, was du mir letzte Nacht am Telefon gesagt hast.«
Sandie wusste genau, worum es ging, und fürchtete, was als Nächstes kommen würde. »Was meinst du?«
»Über Jane … Du hast gesagt, sie sei unglücklich gewesen, so, als hättest *du* gewusst, dass sie unglücklich war.«
»Komm, gehen wir in den Rosengarten. Dann erzähle ich dir, was ich weiß. Das meiste wirst du sowieso schon wissen, schließlich bist du ihre Mutter.«
»War.«

»Nein, du bist noch immer ihre Mutter. Das wirst du immer sein.«
Sie traten durch die Terrassentür.
»Sommer. Eine schrecklichere Jahreszeit kann man sich zum Sterben nicht aussuchen.«
»Ich bezweifle, dass es irgendeine gute Jahreszeit dafür gibt«, sagte Sandie.
»Mag sein, im Winter aber kann man es wenigstens aufs Wetter schieben.«
»Fiona, Menschen bringen sich nicht wegen des Wetters um.«
Fiona blieb stehen. »Warum nicht? Einen anderen Grund hat es für sie doch nicht gegeben.«
Sandie öffnete das Tor zum ummauerten Garten und drehte sich zu Fiona um.
»Jane hat das Leben geliebt«, sagte Fiona. Sie klang nicht sonderlich überzeugend.
Schweigend gingen sie über den Kiesweg und ließen sich an der Kreuzung der beiden Wege nieder. Die Steinbank war noch warm von der Sonne. Fiona griff sich einige Kiesel und ließ sie einzeln durch die Finger gleiten. Sandie schloss die Augen und lauschte dem Geräusch. Sie würde das Gespräch nicht beginnen. Fiona musste es tun.
»Die Polizistin, die bei mir war, hat gesagt, sie hätte mit dir gesprochen.«
»Niemand hat mit mir gesprochen«, antwortete Sandie. »Zumindest nicht offiziell.«
»Sie wollte mir sagen, dass wir, Robert und ich, na ja, sie meint, man ist bei einem Selbstmord immer furchtbar geschockt …« Fiona ließ den letzten Kiesel fallen und schüttelte den Kopf, als wollte sie, dass sich der Anblick, der sich ihr

darbot, von Grund auf veränderte. »Der Garten sieht wunderschön aus, Sandie. Du hast da Erstaunliches geleistet.«
»Danke.«
»Wann hast du die Rosen gepflanzt?«
»Fiona …«
»Nein, im Ernst, die sind doch neu, oder?«
»Wir haben sie seit drei Jahren, Fiona.«
»So lange schon?« Abrupt drehte sie sich Sandie zu, die starr vor sich hin blickte. »Warum kommt mir alles so unwirklich vor? Ist das hier alles wirklich? Ist es wirklich geschehen?«
Ganz langsam wandte sich Sandie der ersten Frau ihres Mannes zu, der Mutter ihrer Stieftochter.
»Ich halte das nicht aus«, sagte Fiona.
»Es muss ein gewaltiger Schock für dich sein, ich kann mir noch nicht mal in Ansätzen vorstellen, wie du dich fühlen musst. Ich weiß noch nicht mal, was ich sagen soll.«
Fiona musterte sie. »Einerseits will ich, dass du gar nichts sagst.«
»Verstehe.«
»Nein, das verstehst du nicht. Der Grund, warum ich nicht über Jane reden will und das, was sie getan hat …« Fiona stand auf und ging einige Schritte vor der Bank auf und ab. »Ich will gar nicht wissen, warum Jane es getan hat. Genau wie Robert will ich nichts damit zu tun haben. Je mehr ich darüber spreche, umso weniger kann ich mir einreden, Jane hätte es nicht getan, alles sei nur ein Spaß, ein Missverständnis. Es kann nicht die Wirklichkeit sein, es kann einfach nicht sein.« Fiona schritt einen kleinen Kreis ab, ihre Stimme hob sich zu einem schmerzerfüllten Crescendo. »Vergangene Nacht, da habe ich in ihrem Zimmer gesessen und mir einreden wollen, all das sei gar nicht geschehen. Warum? Weil ich

niemandem erzählen möchte, dass meine Tochter Selbstmord begangen hat. Mir ist schon der Gedanke unerträglich, sie könnten sich um mich scharen, mich mit ihrem Tee und ihrer Hühnersuppe beruhigen, als würde das irgendwas ändern, als würde es meine Schuld mindern, weil ich, ihre Mutter, nicht gewusst habe, dass sie unglücklich war.«

Fiona blieb stehen und richtete ihren verstörten Blick auf Sandie. »Aber du hast es gewusst, oder?«

»Setz dich«, sagte Sandie und streckte der Frau die Hand entgegen.

»Warum hast du es mir nicht gesagt?«

»Fiona, setz dich.«

»Warum?«

Sandie zog Fiona mit einem Ruck zu sich herab. »Nichts, was deine Tochter getan hat, hat mich glauben lassen, sie könnte sich das Leben nehmen. Nichts, und glaub mir, es gab eine Menge über Jane, worüber ich mich mit Robert unterhalten habe. Wenn ich jemals geglaubt hätte, sie könnte so etwas tun … sie ist ja auch ein Teil von Robert …«

»Du hast recht. Es tut mir leid, es tut mir leid.« Fiona bemühte sich, die Beherrschung wiederzufinden.

»Es tut mir auch leid.« Die beiden Frauen starrten zu den Rosenbüschen.

»Aber das heißt nicht«, fuhr Sandie fort und hielt Fionas Hand, »dass Jane keine Probleme gehabt hätte. Die hatte sie. Sie hatte Probleme.«

»Welche Probleme? Warum habe ich nichts davon gewusst?«

»Du hast die Polizistin gehört: Kinder können auch Dinge vor ihren Eltern geheim halten, vielleicht sogar noch besser als Eltern, die ihren Kindern etwas verheimlichen.«

»Wir haben uns in ihrem Beisein nie gestritten, kein einziges Mal«, sagte Fiona. »Wir haben darauf geachtet, dass die Trennung sie nicht belastet. Ich bezweifle, dass sie überhaupt gewusst hat, was vor sich gegangen ist. Wir waren ziemlich gut darin.«
Sandie seufzte. Wie konnte man einen Blinden zum Sehen bringen?
Sandies Reaktion ging an Fiona nicht spurlos vorüber. Erneut versuchte sie, sich ihrer Angst vor der Wahrheit zu stellen. »Was waren das für Probleme?«
»Ich glaube nicht, dass dafür jetzt der richtige Zeitpunkt ist, Fiona. Du solltest es langsam angehen, eins nach dem anderen.«
Fiona riss sich zusammen, in Gedanken ging sie die Liste mit den schlimmsten Dingen durch, die ihr einfielen. *Drogen? Mobbing? Abtreibung? Vergewaltigung? Die Scheidung? Die Scheidung? Die Scheidung?* »Sag es mir«, flehte sie. »Ich muss es wissen.«
Sandie verharrte. Die Stille vor dem Sturm. »Jane hatte große Probleme mit ihrem Aussehen«, sagte sie schließlich.
»Was? Das kann ich nicht glauben.« Fiona musterte Sandie. »Ihr Aussehen, sie hat sich umgebracht wegen ihres Aussehens?«
»Ich sage dir nur, was ich weiß. Ihr Gewicht hat ihr Kummer bereitet.«
»Mach dich nicht lächerlich, sie hat kein Übergewicht.« Sandie korrigierte ihren Gebrauch des Präsens nicht.
»Das habe ich ihr auch gesagt. Großer Gott, ich komme aus einem Land, in dem die Menschen wie in keinem zweiten auf ihr Körpergewicht fixiert sind. Es hat mich rasend gemacht.«

»Jane war nicht so.«
»Ich sage nicht, dass sie so war, aber sie hat gelegentlich unter ihrem Aussehen gelitten. Vielleicht ist etwas passiert, wodurch ihr Gefühl in Verzweiflung umschlug.«
»Nein, das würden wir doch wissen.«
»Woher? Du hast gehört, was die Polizistin gesagt hat. Eltern haben oft keine Ahnung.«
Fiona dachte darüber nach. Sie hatte Jane, wenn sie bei ihr war, immer ihre Lieblingsspeisen besorgt, es war ihre Art gewesen, zu sagen, »hallo, Liebling, schön, dich wieder hier zu haben«. Vielleicht hatte sie dabei auch ein wenig Druck ausgeübt …

» … Liebling, Essen ist fertig.«
»Komme schon … ach, Mum, du hast dich doch nicht schon wieder am Herd abgerackert?«
»Kaum. Ist doch nur Lammeintopf mit Kartoffelbrei. Und nachher gibt es Brot-und-Butter-Pudding.«
»Tut mir leid, dass du extra für mich kochen musst.«
»Ich koche gern für dich. Für mich allein mach ich es doch nicht. Ist mal eine nette Abwechslung. Also hör auf zu nörgeln, wasch dir die Hände und komm zum Essen.«
»Es sollten noch andere da sein, so viel kann ja keiner essen.«
»Quatsch, das schaffst du locker. Jetzt setz dich und hau rein …«

»… jetzt komm runter, ich hab ein paar abscheulich gute Donuts, die ich guten Gewissens nur im Haus haben kann, wenn du da bist …«

Konnte man ihr das im Zweifelsfall so auslegen, als habe sie Jane unkontrolliert mit Essen vollgestopft? Aber ihre Tochter hatte sich nie beschwert, dennoch, dieses eine Mal …

»Diätpillen«, sagte sie entsetzt.

»Du hast sie Diätpillen nehmen lassen?«

Wütend erhob sich Fiona. »Du hast sie ihr doch gegeben!«

»Was?«

»Etwa vor einem Jahr, erinnere ich mich, habe ich sie in ihrer Hosentasche gefunden.«

»Diätpillen?«

»So kleine gelbe. Natürlich habe ich sie deswegen zur Rede gestellt. Sie hat mir gesagt, welche das sind und dass du sie ihr gegeben hättest.«

»Warum um alles in der Welt hast du mir nichts gesagt?«

Peinlich berührt sah sich Fiona um. »Sie hat gesagt, sie wären auf rein pflanzlicher Basis, und ich dachte mir, na ja, wenn du sie nimmst …«

»Um Gottes willen, Fiona, warum, glaubst du, quäle ich mich auf dem Stepper ab, wenn ich wüsste, dass es dafür eine Wunderdroge gibt?«

Fiona sah aus, als hätte Sandie ihr eine Ohrfeige verpasst.

»Ich nehme keine Tabletten, Fiona.«

»Komm schon, du hast mir eben eine Valium angeboten, dabei bin ich erst seit ein paar Stunden hier.«

»Die ist für extreme Umstände. Ich wollte dir nur helfen.«

»Und was war mit dem Melatonin?«, fuhr Fiona fort.

»Ich nehme kein Melatonin. Ich nehme keine Diätpillen.«

Fiona biss sich auf die Lippen. »Scheiße«, flüsterte sie.

»Was?«

»Jane hat noch andere Tabletten gehabt, weiße, angeblich Melatonin, sie würden während des Schlafes die Zellregene-

ration fördern.« Noch bevor sie den Satz zu Eende gesprochen hatte, wurde ihr bewusst, wie unplausibel alles klang.
»Deine Tochter hatte eine ganze Drogensammlung, und du hast dagegen nichts unternommen?«, fragte Sandie verblüfft.
»Es war doch nicht zur gleichen Zeit, und außerdem hat sie gesagt, dass du sie ihr gegeben hättest.«
»Fiona, ich reagiere allergisch auf Melatonin. Du hättest Jane die Tabletten auf der Stelle wegnehmen und sie untersuchen lassen sollen. Ich wette, es waren keine Diätpillen oder Melatonin.«
»Was willst du damit sagen? Dass Jane Drogen genommen hat?«
Sandie runzelte die Stirn und legte Fiona die Hand auf den Oberschenkel. »Ich habe ihr diese Tabletten nicht gegeben, Fiona. Ich schwöre es.«
»Noch nicht mal die Diätpillen?«
»Fiona, wenn sie Diätpillen nahm, warum sollte sie sich dann hier beim örtlichen Calorie Carers Club anmelden?«
»Was?« Fiona mochte kaum glauben, was sie soeben gehört hatte.
»Das hat sie dir nicht gesagt?«
»Was gesagt?«
Sandie schüttelte den Kopf. Was war sie nur für eine Idiotin, dem Mädchen jemals vertraut zu haben. »Jane hat es unbedingt gewollt«, sagte Sandie wütend. »Ich habe ihr gesagt, es sei doch lächerlich, darauf ist sie in Tränen ausgebrochen und hat mir gesagt, woher ich wissen will, wie man sich als kleiner Elefant fühlt, wenn ich doch so groß und so schlank sei. Ich habe schließlich zugestimmt …« Fiona schnappte hörbar nach Luft. »Nicht darin, dass sie übergewichtig wäre.

Aber ich habe mich bereit erklärt, sie hinzubringen. Ich dachte mir, wenn sie Leute sieht, die wirklich unter Gewichtsproblemen leiden, würde sie vielleicht zu der Einsicht gelangen, dass sie vollkommen in Ordnung ist. Ich habe sogar mit einer Frau im Club gesprochen, die meinte, ich solle Jane zu einer Beratungsstunde vorbeibringen. Rückblickend war das wohl ziemlich dämlich, natürlich haben sie ihr ein Aufbauprogramm vorgeschlagen, wie sollen sie ja sonst ihr Geld verdienen. Jane fand es eine ganz großartige Idee, und außerdem wäre es nett, jemanden zu haben, mit dem sie reden konnte. Also habe ich bezahlt.«

»Du hast für Jane die Calorie Carers bezahlt?«

Sandie nickte. »Sie hat mir gesagt, du hättest nichts dagegen, solange ich mitgehe. Das habe ich getan. Es schien ihr wirklich zu helfen. Ich weiß nicht, vielleicht waren alle dort auch nur zu nachsichtig und haben alles nur noch schlimmer gemacht.«

»Wann war das?«

»Der Kurs ist vor drei Monaten zu Ende gegangen. Sie hat ihn nicht mehr erwähnt, nur sich bedankt und gesagt, es hätte geholfen. Äußerlich konnte ich an ihr natürlich keinen Unterschied feststellen, aber es kommt ja immer nur darauf an, wie man sich selbst wahrnimmt. Ich habe versucht, mit Robert darüber zu reden, aber er wollte nichts davon hören. Seiner Meinung nach sind solche Dinge nur was für Verrückte, aber nicht für seine Tochter … die im Grunde ja vollkommen ist.«

»Du klingst wütend.« Erneut hob Fiona einige Kiesel auf und warf sie, einen nach dem anderen, so weit sie konnte, fort.

»Nein, ich bin traurig. Als ich Robert kennenlernte, war mir klar, dass Jane das wichtigste Mädchen in seinem Leben ist.

Ich habe ihn nur darum gebeten, dass ich die wichtigste Frau werde. Der Unterschied ist gewaltig – es hätte genügend Platz für uns beide geben können.« Sie brauchte Fiona auf ihrer Seite. Jetzt mehr als zuvor. »Ich wollte nur, dass jeder glücklich ist.«

»Ich weiß, Sandie, tut mir leid. Es ist mir nur völlig schleierhaft, dass sie zu einer Einrichtung wie dieser wollte …«

»Welcher?« Es war Robert. Er stand vor ihnen, in einer Hand ein großes Whiskyglas, mit der anderen fummelte er an seiner Sonnenbrille herum. Die Sonne war hinter den Bäumen verschwunden. Fionas Reaktion bestand darin, dass sie sich einen Schluck von Roberts Whisky nahm.

»Ich hab die verdammte Frau heimgeschickt«, sagte Robert zu Sandie. »Sie wollte doch glatt staubwischen.«

»Oh, Mist«, erwiderte Sandie. »Tut mir leid. Wahrscheinlich weiß sie noch nicht mal davon.«

»Ich will niemanden hier haben, Sandie, verstehst du? Sie stecken nur überall ihre Nase rein, schnüffeln herum und plaudern mit den Dorfbewohnern.«

»Mrs. Daniels würde nie …«

»Ich meine es ernst, Sandie, hol sie nicht mehr ins Haus. Und deinen verdammten Gärtner auch nicht.«

»Er ist …«

»Mein Gott, Sandie, kannst du nicht wenigstens einmal …«

»Robert«, kam Fiona Sandie zu Hilfe, »wir haben über Jane gesprochen und ihre Besuche bei den Calorie Carers.« Fiona bemerkte Sandies verzweifelten Blick nicht, der kurz aufflackerte, bevor sie den Kopf senkte.

Robert zündete sich eine Zigarette an und warf das Streichholz auf den Boden, bevor er von Fiona seinen Drink zurückforderte. »Blanker Unsinn«, sagte er. »Sandie meinte, sie

hätte ein Problem, aber, Gott im Himmel, das hätte ich doch bemerkt.« Sandie starrte nur auf ihre lackierten Zehennägel.
»Sie hat es dir gegenüber erwähnt, aber du scheinst dich nicht sonderlich dafür interessiert zu haben.«
»Was soll das heißen, Fi? Dass ich mich nicht genügend um meine Tochter gekümmert habe?«
»Nein, nur dass … ich weiß es nicht. Vielleicht waren wir, die Eltern, ihr einfach zu nah, um es zu sehen.«
Nur wenn man nicht hinschaut, dachte sich Sandie.
»Unsinn! Wenn ihr meine Meinung hören wollt – wenn jemand Jane irgendwelche abstrusen Vorstellungen wegen ihres Gewichts in den Kopf gesetzt hat, dann du«, sagte er und deutete mit der Zigarette auf Sandie. »Ständig auf diesem verdammten Stepper!« Sandie wollte etwas erwidern, war aber nicht schnell genug. »Du hättest sie nie zu den Calorie Carers bringen dürfen, sie war doch noch ein Kind. Kinder sind nicht einfach nur kleine Erwachsene, Fi weiß das. Klar, du hast keine eigenen Kinder, aber irgendwo in dir müssen doch auch mütterliche Instinkte verborgen sein.« Die Zigarette kam ihrer Brust gefährlich nahe. »Die Kinder zu schützen, darum geht es den Eltern. Kinder vor der harten Wirklichkeit zu behüten. Und was machst du? Schleppst sie zu diesen fetten verzweifelten Frauen, die alles dafür tun, damit sie sich an irgendeinen Strohhalm klammern können.«
»Wie kannst du es wagen?«, erwiderte Sandie leise. »Jane war eine dreiundzwanzigjährige junge Frau mit ausgeprägten Vorstellungen. Nicht die quietschende Siebenjährige, die du gern gehabt hättest. Das Problem mit euch Engländern ist doch, dass ihr über nichts reden wollt, bis es verdammt noch mal zu spät ist. Wenn ich mich nicht mit ihr unterhalten hätte, wen hätte sie denn sonst gehabt? Euch beide sicherlich

nicht. Oder wäre es eurer Meinung nach besser gewesen, wenn ich so wie ihr beide überhaupt nicht mit ihr geredet hätte? Tolle Eltern.«
»Das ist doch lächerlich. Ich habe eine Menge Zeit mit ihr verbracht …«
»O ja, mit ihr, sicherlich. Keiner kann dir vorwerfen, dass du deine Zeit nicht mit ihr verbracht hättest, aber hast du auch mit ihr geredet? *Wirklich* mit ihr geredet?« Voller Wut wandte sie sich an Fiona und zählte die einzelnen Punkte an den Fingern ab: »Theater, Kino, Swimmingpool.« Sie wandte sich ihrem Ehemann zu. »Alles Sachen, bei denen ihr nicht miteinander reden musstet!«
»Das ist doch lächerlich!«, brüllte Robert.
»Sie hätte eine professionelle Therapie nötig gehabt.«
»O Gott«, erwiderte Robert. »Wie durchschaubar ihr Amerikaner seid. Immer ganz versessen auf dieses Psychogelaber«, sagte er an Fiona gewandt. Die herablassenden Worte hingen schwer zwischen ihnen.
Fiona sah, wie Sandie tief durchatmete. Sie kannte Sandie gut, sie wusste, dass Robert ihr mit seinen Worten genügend Angriffsfläche bot. Aber sie hatte nicht gedacht, dass Sandies Erwiderung so schroff ausfallen würde.
»Meinst du? Für dich ist dieses Psychogelaber nur Zeitverschwendung, du hast ja alles unter Kontrolle, nicht wahr, Robert? Einen sicheren Job, eine attraktive Frau, die dir ein wunderbares Haus gekauft hat. Du hast ja keine Ahnung. Du kannst dir nicht vorstellen, wie es ist, wenn die Welt draußen einen so in Panik versetzt, dass man nicht mehr das Haus verlassen kann, weil das Elend so zunimmt und dir keiner mehr zuhören will und keiner dich versteht. Menschen gehen zu Psychiatern, weil sie sonst niemanden zum

Reden haben. Weil sie jemanden brauchen, der sich um ihre Verletzungen kümmert. Weil sie sich ein bisschen Aufmerksamkeit wünschen. Man sagt, Selbstmord sei das letzte Mittel, um Aufmerksamkeit zu erringen. Na, jetzt hat sie jedenfalls deine Aufmerksamkeit«, schleuderte ihm Sandie entgegen.

Fiona rang nach Luft, ihre Hand ging zum Mund.

»Ich störe doch nicht etwa?« Alle fuhren herum. Im Tor zum Rosengarten stand Chief Inspector Bramley.

»Ganz und gar nicht«, antwortete Sandie und erhob sich. »Wir wollten sowieso gerade reingehen.« Sie marschierte an ihrem Mann vorbei, ohne ihn anzusehen.

»Na, so ein Zufall. Ich bräuchte Sie nämlich auch drinnen«, kam es lächelnd von Bramley.

»Wunderbar. Gehen wir. Im Grunde bin ich froh, dass Sie hier sind«, sagte Sandie. »Ich habe versucht, Sie anzurufen. Aber ich hatte kein Glück, also habe ich dem Krematorium Ihre Nummer gegeben.«

»Wie praktisch.« Und lächelnd fügte er dann an: »Das hilft dem Heilungsprozess.«

Sandie runzelte die Stirn und glaubte sich verhört zu haben. Bramley stieß einen Laut aus, der sich wie ein Lachen anhörte und der selbst Robert nicht entging. »Sandie kümmert sich um alles. Ich fürchte, Fiona und ich sind momentan dazu nicht in der Verfassung. Ich kann mich nicht …« Er kam ins Stocken. Sandie kehrte um und hakte sich bei ihm unter.

»Das erklärt vielleicht auch, warum Sie nicht auf der Polizeidienststelle erschienen sind, Mr. Wellby. Es würde unseren Ermittlungen sehr zugute kommen.«

»Ermittlungen?« Fiona musterte den Polizeibeamten.

»Ja, Madam. Darf ich fragen, wer Sie sind?«
»Das ist Mrs. Wellby, Janes Mutter«, erklärte WPC Clement, während sie vortrat. Die beiden Frauen begrüßten sich. Bramley sah von Robert zu Sandie und von ihr zu Fiona. Welch trautes Trio.
»Tut mir sehr leid, was mit Ihrer Tochter geschehen ist, *Mrs.* Wellby.« Er warf einen spöttischen Blick in Sandies Richtung. »Leider habe ich einige weitere, beunruhigende Neuigkeiten. Sollen wir reingehen?«
»Warum?«, sagte Robert.
»Worum geht es?«, fragte Fiona. Sie klammerte sich an die abgeschrägte Kante der Bank, in ihrer Stimme lag Panik.
Mitfühlend sah WPC Clement zu ihr. »Drinnen fällt es vielleicht ein wenig leichter.«
»Sagen Sie es mir, auf der Stelle! Ich weiß, dass Jane Probleme gehabt hat, Sandie hat es mir erzählt. Es ist in Ordnung, ich weiß davon.«
WPC Clement sah zu ihrem Chef. »Ich fürchte, so einfach ist es nicht. Tut mir leid …«
»Mrs. Wellby«, unterbrach Bramley und schob Clement zur Seite. Er verachtete ihr Mitgefühl, betrachtete es als Schwäche. »Der Tod Ihrer Tochter ist kein Selbstmord.«
Die Steinbank unter Fiona wurde schlagartig kalt.
»Ich habe es gewusst«, sagte Robert. »Es war ein Unfall.«
»Möglich«, sagte Bramley. »Wir werden mehr wissen, wenn wir uns das Grundstück vorgenommen haben. Ich habe einen Durchsuchungsbefehl.«
»Wozu?«, fragte Robert.
»Um die Waffe zu finden, mit der Ihre Tochter ermordet worden ist, Mr. Wellby.«
Fassungsloses Schweigen. Robert und Sandie starrten sich

an, dann stieß er sie weg und marschierte mit ausgestreckten Armen auf Bramley los, als wollte er ihn am Kragen packen. Zwei Polizisten traten vor, aber Bramley befahl ihnen, zur Seite zu treten. »Lasst ihn nur kommen«, flüsterte er. Robert ging allerdings nicht auf Bramley los, sondern hatte es lediglich auf den Durchsuchungsbefehl abgesehen. Nur wenige Zentimeter vor Bramleys Gesicht überflog er das Dokument.

»Großer Gott, aber warum?«

»Aus einer ganzen Reihe von Gründen.«

»Einer Reihe von Gründen? Wovon sprechen Sie? Wer sollte mein kleines Mädchen umbringen wollen? Eine Reihe von Gründen?« Robert drehte sich zu seiner Frau und Ex-Frau um. »Sandie? Fi?« Fiona hatte sich nach vorn gebeugt, die Übelkeit stand ihr im Gesicht. Sandie war verschwunden. WPC Clement sah noch, wie die Holztür in der Seitenmauer in den Angeln schwankte. Sie deutete darauf.

»Ihr nach, holt sie zurück!«, schrie Bramley. Einer der Beamten rannte zur Tür, der zweite zum schmiedeeisernen Tor, durch das sie gekommen waren. WPC Clement kümmerte sich um Fiona Wellby und zog ein Taschentuch aus der Tasche ihres Rocks. Robert Wellby rührte sich nicht, mit leerem Gesichtsausdruck starrte er auf das Erbrochene.

»Kommen Sie«, sagte sie und schob Robert aus dem Weg, »hier, säubern Sie sich ein wenig.« Fiona reagierte nicht. WPC Clement zog ihr die dunkelrosafarbenen Wildleder-Mokassins aus und setzte ihre Füße auf eine saubere Stelle. Nach vorne gebeugt, wischte sie ihr anschließend den Mund ab. Die Frau schien völlig in Trance versunken. Erst als das Taschentuch ihre Wange berührte, schnellte ihr Arm nach oben. Sie packte WPC Clement am Handgelenk und sagte, den Blick noch immer zu Boden gerichtet, mit fester Stimme: »Sandie räumt auf.« Dann schloss sie die Augen und begann zu schluchzen. WPC Clement ließ Fiona Wellby auf der Bank sitzen, rannte über den Kiesweg und wünschte sich nicht zum ersten Mal, sie würde eine Hose tragen.

7

Cat stieg aus dem Wagen und sah Dan am Ende der Straße. Perfektes Timing. Sie lief auf ihn zu und warf sich in seine ausgebreiteten Arme.

»Wo hast du gesteckt? Ich habe dich angerufen.«

»Bei der Polizei, ich bin wegen des toten Mädchens befragt worden. Man nimmt an, sie wurde ermordet.«

Über die Schulter seiner Freundin sah Dan zu Anna, der sich dem Paar näherte.

»Du bist ja ein tolles Kindermädchen«, sagte er und zwinkerte Anna zu.

»Püppchen, wenn deine Freundin meint, überall am Tatort ihre Fingerabdrücke hinterlassen zu müssen, ist das nicht meine Schuld. So sind nun mal diese Journalisten, für eine Story tun sie alles.«

»Miststück«, murmelte Cat an Dans Schulter.

»Sie haben dich aber gehen lassen?«, sagte Dan und hob Cats Kinn.

»Aber nur, weil ich die Amerikanerin mit reingezogen habe.«

»Was?«

»Sie übertreibt mal wieder«, sagte Anna.

»Das musst ausgerechnet du sagen«, hielt ihm Cat entgegen und wandte sich wieder an Dan. »Sie bringt doch nicht ihre eigene Stieftochter um, hinterlässt überall ihre Fingerabdrücke und hat dazu noch nicht einmal ein Alibi. Das ist doch idiotisch.«

»Na ja, wahrscheinlich hat sie nicht damit gerechnet, dass du auftauchst und ihr Alibi über den Haufen wirfst.«
»Okay, ihr beiden, das reicht jetzt. Rein«, sagte Dan. »Es ist Samstagabend. Ich habe einen der langweiligsten Tage meines Lebens hinter mir und brauche was zu trinken.«
»Wahrscheinlich war sie mit Wodka und Valium vollgepumpt, wie es alle gescheiterten Schauspielerinnen sind.«
»Genau das, was ich jetzt auch brauche«, sagte Dan und hielt den anderen die Haustür auf.
»Sie hat wirklich ausgesehen, als wäre sie ziemlich daneben.«
»Siehst du, sie hat sich volllaufen lassen, sich mit Jane gestritten, ihr eins über die Rübe gezogen und ist dann in Panik geraten. Ganz einfach.« Anna lächelte triumphierend.
Dan stieß Anna an. »Schreib das Drehbuch, ergäbe einen tollen Film.«
»Vielleicht ist das ihre Masche.«
»Rein!«
»Weißt du, was wir jetzt alle nötig haben«, sagte Anna, der direkt in sein Wohnzimmer ging und die ganze Palette herzförmiger Lampen anstellte. Cat ließ sich auf das mit Leopardenfell bezogene Sofa fallen, und Dan ging die schmale Treppe zum Badezimmer hinauf.
»Klapp die Klobrille wieder runter!«, rief ihm Anna hinterher.
»Was haben wir jetzt alle nötig?«, fragte Cat.
»Einen in der Stadt draufzumachen.« Cat stöhnte. »Cat Torrant …« – er schnippte mit den Fingern – »… jetzt ist die Zeit dafür.«
Cat sah sich nervös um. »Zeit wofür?«
»Dass du dich endlich aus deinen Jeans schälst.« Anna stand

auf. »Dass wir unseren Spaß haben, es uns gut gehen lassen und uns so richtig wie Damen benehmen.«
»Kommt nicht in Frage«, wiegelte Cat entschieden ab.
»Komm schon, eine Nacht im Madame JoJo's, dann wirst du diese morbiden Gedanken wieder los.«
»Ich habe keine morbiden Gedanken.«
»Es steht dir ins Gesicht geschrieben. Da gibt es nur eine Antwort darauf: Glitzer und Glamour.«
»Gut«, sagte Cat und stand auf. »Aber du machst aus mir keine Barbie-Puppe. Ich bin ganz zufrieden in meinen ...«
»Jeans und T-Shirt, ja, ja.« Anna gähnte. »Ich weiß.«
»Sag Dan, ich bin oben, ich brauche nicht lange.«
»Beeil dich nicht, ich werde eine Ewigkeit brauchen.«
Anna öffnete die Badezimmertür, während Dan gerade die Klospülung betätigte.
»Würde es dir was aufmachen ...«, sagte er spröde.
»Süßer, du hast nicht so viel zu verbergen. Cat zieht sich um, wir haben abgestimmt, ihr beide kommt heute Abend mit zur Show.«
»Ist sie dazu in der Lage?«
»Klar. Ich glaube, du hast es mit deinem Beschützerinstinkt etwas übertrieben. Sie nimmt die Sache ziemlich gelassen.«
»Ich weiß nicht, was mich mehr beunruhigt.«
Anna begann sich die Kriegsbemalung für tagsüber zu entfernen. »Obwohl sie angeblich von Familien nicht viel hält, hat sie auf dem Rückweg von nichts anderem als den Wellbys gesprochen.«
»Was hat sie gesagt?«
»Dass die Regel, in der Gemeinschaft sei man stärker, auf Familien nicht zutrifft. Sie und Amelia sind eine starke, übersichtliche Einheit, tote Dreiundzwanzigjährige und tödliche

blonde Stiefmütter beweisen nur, dass Familien nicht glücklich sind.«

»Ich glaube nicht, dass sie sich das selbst beweisen muss. Cat ist nicht der Typ, der Nestchen baut.« Er sah sich im Spiegel an. »Da lässt sie keinen Zweifel aufkommen.«

Anna drückte Zahnpasta auf eine Bürste und reichte sie an Dan weiter. »Dein Atem riecht nach Vorlesung«, sagte er und wedelte ihm mit der Hand vor der Nase.

»Cheers.«

Anna wartete, bis Dan den Mund voller Schaum hatte, bevor er mit seinen Ausführungen fortfuhr. »Es sei denn, sie bekommt es mit der Angst zu tun, weil ihre innere Uhr sie betrügt … oder ihr Herz, weshalb sie nach einem Gegengift Ausschau hält.«

Mit offenem Mund und Zahnpastaschaum in den Mundwinkeln drehte sich Dan zu Anna hin.

»Spuck's aus«, sagte Anna. »Weißt du, was sie sich bei Kindern denkt?«

»Dammriss, das denk ich mir bei Kindern«, kam es von Cat, die in der Tür lehnte. Dan spie Anna die Zahnpasta in die Hand.

Unterhalb der Tür zu Roberts Arbeitszimmer war ein Lichtstreifen zu erkennen. Fiona sah auf ihre Uhr. Es war mittlerweile nach ein Uhr morgens. Die Polizei hatte drei Stunden lang das Haus durchsucht. Sie hatten von allen Fingerabdrücke genommen, auch von Sam Clough, dem Gärtner, und hatten die Haushaltshilfe zurückgerufen. Robert war wütend und sah ihre Privatsphäre gefährdet. Als die Polizei endlich fertig war, hinterließ sie eine Stimmung des Argwohns. Keiner sprach von den Fragen, die ihnen gestellt worden waren.

Sandie verschwand umgehend im Fitnessraum, um »die Spannung abzuarbeiten«, und Robert verkroch sich in seinem Arbeitszimmer. Sie konnten sich nicht ewig verstecken. Antworten mussten gefunden werden. Fiona klopfte vorsichtig an die Tür und öffnete sie einen Spaltbreit. Robert lag mit dem Kopf auf dem Schreibtisch. Beim Anblick der regungslosen Gestalt wurde Fiona von Panik erfasst. »Robert?« Er rührte sich.

»Sei nicht albern«, ermahnte sie sich halblaut, während sie eintrat.

»Muss eingeschlafen sein«, sagte Robert und rieb sich das Gesicht.

Im Papierkorb entdeckte sie die leere Whiskyflasche.

»Einen Drink gefällig?«, fragte er und hielt eine weitere hoch. Sie schüttelte den Kopf. »Was dagegen, wenn ich einen nehme?« Erneut schüttelte sie den Kopf und schloss hinter sich die Tür.

»Hast du«, begann sie, »irgendwas aus ihnen herausbekommen können, als sie dich befragt haben?«

»Warum? Was haben sie dich gefragt?«

»Sie haben mich wohl mit Samthandschuhen angefasst.« Sie verstummte. Samthandschuhe. Extra für Mütter, die ein Kind verloren hatten. »Sie wollten wissen, wo ich am Freitagnachmittag gewesen bin.«

»Tatsächlich?« Robert war dieser Frage ausgewichen.

»Ja.«

»Und?«

»Und was?«

»Wo warst du?«

Kurz sah Fiona verlegen auf ihre Füße. »Bei Jo«, antwortete sie.

»Deiner Bekanntschaft?«, fragte er in einem Ton, den sie nicht einordnen konnte.
»Ja, Robert, meiner Bekanntschaft.« Erneut herrschte zwischen ihnen betretenes Schweigen. Sie wollte nicht darüber reden, was sie und Jo am Freitagnachmittag getan hatten. Ihr würde schlecht werden. »Was haben sie dich gefragt, Robert? Die Beamten.«
Er lehnte am Schreibtisch, in einer Hand das Whiskyglas. »Im Grunde nur, ob Jane glücklich gewesen sei.«
»Was hast du geantwortet?«
»Dass sie es war. Ich meine, Fiona, sie war doch glücklich, oder?«
»Das habe ich immer gedacht«, antwortete sie, klang aber weniger überzeugt als ihr Ex-Mann. »Sie wollten wissen, ob es zwischen ihr und Sandie Spannungen gegeben habe. Aber ich konnte nur sagen, dass sie bei mir in London immer sehr glücklich war. Ich meine, klar, sie hatte auch mal schlechte Laune und hat geschmollt. Und sie hat die Sprachenschule in Paris abgebrochen, aber das war ja nichts Ernstes, nur Heimweh, oder?« Fiona hielt inne. »Sie war glücklich … im Grunde war sie glücklich. Glaube ich.«
»Ja, da hast du recht. Und ich weiß nicht, warum Sandie verdammt noch mal von Jane spricht, als hätte sie unter Depressionen gelitten. Dass sie versucht hätte, Probleme zwischen uns zu schaffen. Das hat sie alles der Polizei erzählt. Warum macht sie so was, warum erzählt sie solche Lügen?«
»Woher weißt du, was sie gesagt hat? Hast du mit ihr gesprochen?«
Er schüttelte den Kopf. »Der Polizeibeamte hat mir sehr deutlich zu verstehen gegeben, welche Ansichten meine Frau vertritt. Nur verstehe ich es nicht.«

»Komm schon, Robert, wenn es zwischen Sandie und unserer Tochter Probleme gegeben hätte, würden wir davon wissen. Jane hätte es mir erzählt.«
»Aber mir nicht – willst du mir das damit sagen?«
Fiona seufzte. »Du arbeitest sehr hart, Robert ...«
»Ich arbeite sehr hart«, sagte er und hob die Stimme, »um meiner Familie alles zu geben, damit alle glücklich sind, damit alle ...« Er knallte das Glas auf den Schreibtisch.
»Damit alle versorgt sind, Robert?« Sie hatte den Schwachsinn oft genug gehört. »Das musst du jetzt nicht mehr.«
»Was zum Teufel soll das heißen? Meinst du, ich habe sie des Geldes wegen geheiratet?«
Fiona war entsetzt. »Großer Gott, nein, ich ...« Sie verstummte. »Es tut mir leid.«
»Mir kannst du die Schuld daran nicht geben, ich habe nichts Falsches getan. Ich wollte immer nur, dass alle glücklich sind. Und Jane war glücklich. Fiona, ich habe in meinem Leben vielleicht nicht so viele großartige Sachen gemacht, aber ...« – seine Stimme wurde heiser – »... meine Tochter war glücklich. Das habe ich verdammt noch mal geschafft. Jawohl.«
Fiona trat näher. »Schh«, sagte sie und legte ihm den Arm um die Schulter. Es sollte ihnen doch zumindest gelingen, sich über den Tod ihrer Tochter gegenseitig zu stärken. »Wir werden der Sache auf den Grund gehen«, sagte sie, während er den Kopf auf ihre Schulter legte.
»Genau davor habe ich Angst«, flüsterte er.

Das Licht aus dem Arbeitszimmer fiel über den Rasen bis hin zu ihren Füßen. Sandie lehnte am Stamm einer Zeder und sah, wie sich ihr Mann und die erste Mrs. Wellby umarmten. Robert würde es noch bereuen. Sie würden es alle bereuen.

Anna hatte seinen Auftritt. Die Menge grölte. Aufgedonnert stolzierte er auf die Bühne des illustren Madame JoJo's.
»Du siehst toll aus«, sagte Dan.
»Was?«, schrie Cat, die Hand ans Ohr gelegt.
»Vergiss es«, sagte er kopfschüttelnd. Es hatte keinen Sinn, jetzt zu reden, Anna war verdammt noch mal zu laut. Er führte eine besonders bizarre Version von »Lola« auf.
Cat nahm einen weiteren Schluck von ihrem leuchtend rosafarbenen Drink und stach sich am Schirmchen fast das Auge aus, aber wenigstens ging es ihr besser; besser jedenfalls als nach dem Verlassen der Polizeidienststelle. Dan lachte und nahm einen langen Zug von seinem Bier. Wie männlich. Er mochte die Schirmchen nicht und fürchtete womöglich, seine sexuelle Veranlagung könnte missinterpretiert werden.
Sie verfolgten den Auftritt seines alten Zimmergenossen, der über die Bühne stolzierte, im Schlepp einen ganzen Transvestiten-Harem, der mit in die L-O-L-A-Lolas einstimmte. Das Publikum liebte ihn. »Noch einen?«, schrie Dan. Cat nickte überschwänglich. Sie stellte sich auf die Zehenspitzen und küsste Dan auf den Mund. Er lächelte. Sie erwiderte das Lächeln. Er hob sie hoch und umarmte sie.
»Du bist ein seltsames Mädchen, Cat Torrant«, sagte er ihr laut ins Ohr.
»Nicht so seltsam wie manche andere«, erwiderte sie und sah sich um. Die Musik erstarb. Anna verbeugte sich, während die Menge vor Begeisterung lauthals grölte.
»Tut mir leid, dass ich heute nicht bei dir war.«
»Amelia und Anna waren da, ist schon okay, wirklich.«
»Cat?«
»Ja, Dan«, sagte sie und lachte.
»Willst du mir was versprechen?«

Cat spitzte die Lippen. »Ist das eine Fangfrage?«

»Natürlich.«

»Dann schieß los«, sagte sie und schob die Hände in die Hosentaschen ihrer Jeans.

»Stell den Wellbys nicht nach, lass die Story, Cat.«

»Ich hatte nicht vor, ihnen nachzustellen. Das klingt ja, als hätte ich es nur auf die Kohle abgesehen.«

»So habe ich das nicht gemeint«, sagte er.

»Wie hast du es dann gemeint?«

Dan rieb sich mit Zeigefinger und Daumen die Augen. Schlechtes Timing.

»Wie hast du es gemeint?«, wiederholte sie ungeduldig.

»Eine junge Frau ist gestorben, Cat. Ich mach mir Sorgen. Ich will nicht, dass du dir das so reinziehst.«

»Aber ich bin mit reingezogen worden. Ich kann sie vor mir sehen, verstehst du, genau vor deinem Gesicht.«

»So meine ich das auch nicht.«

»Anna hat recht, es war völlig ausgeschlossen, es noch rechtzeitig zum Radiosender zu schaffen, ich musste doch auf der Polizeistation warten. Die Frau im Sender hat mir gesagt, ich soll mich verziehen, als wäre alles mein Fehler gewesen. Wenn ich die Story mache, dann wissen sie wenigstens, dass es nicht an meiner Unfähigkeit lag, warum ich nicht mehr im Sender aufgetaucht bin.«

»Cat, ich glaube, es geht ein bisschen weiter.«

»Es geht um meine Karriere, Dan, das ist alles, worüber ich mir Sorgen mache. Ich bin achtundzwanzig, die meisten in meinem Seminar sind viel jünger, ich mache jetzt seit fast einem Jahr diese Ausbildung und brauche verdammt noch mal einen Job. Chelmsford wird mir kaum ein tolles Zeugnis ausstellen, oder?«

»Du weißt, was ich dir zu sagen versuche, du willst es nur nicht sehen.«
Cat runzelte die Stirn. »Können wir bitte das Thema wechseln?«
»Gut. Ich gehe zur Bar.«

Dan kam gerade mit den Drinks zurück, als Anna auftauchte, glänzend vor Schweiß und aufgekratzt von seinem Auftritt.
»Das war verdammt noch mal fantastisch!«, rief er ihnen zu.
»Welch reizende Bescheidenheit«, entgegnete Dan und reichte ihm einen Cocktail von dubioser Farbe.
Anna grinste breit und klimperte mit seinen falschen Wimpern. »In einem solchen Fummel fällt es schwer, bescheiden zu sein.«
»Ich würde dich ja küssen«, sagte Cat, »aber ich habe Angst, dass dein Make-up Risse bekommt.«
Anna scheuchte sie theatralisch fort. »Ich werde eure Drinks entgegennehmen, aber nicht eure Beleidigungen. Die Nacht ist dazu da, mich zu verehren, und wenn ihr darauf keine Lust habt, kenne ich bereits einen gaaanz Süßen, der das übernimmt.«
»Wen?«, kam es von Cat und Dan gleichzeitig. Sie kannten Anna zu gut.
»Der Junge dort drüben«, flüsterte er. Beide drehten sich um. »Doch nicht so auffällig, mein Gott, ihr Tölpel.« Er klatschte Dan mit seinem Fächer auf die Hand. »Der neben dem Lautsprecher, der ganz allein ist. Aber ich brauche was Stärkeres als dieses schwule Gesöff, bevor ich mich zu irgendwas aufraffen kann.« Er schnippte mit den Fingern dem Barmann zu. »Tequila. Pur. Drei Stück.« Darauf wandte er sich an Cat,

die nur den Kopf schüttelte über seine Arroganz. »Liebling«, sagte er, »das erwartet man hier so. Also, was meinst du, ist er nicht sexy?«
»Anna, er trägt lederne Beinschützer und einen rosa Fell-String. Da fragst du die falsche Person.«
»Dan?«, fragte er, während er sich in theatralischer Verzweiflung von Cat abwandte.
Dan musterte kurz den Jungen. »Ein wenig knochig für meinen Geschmack.«
»So liebe ich meinen Mann«, sagte Cat lächelnd.
»Jawoll!«, rief Anna aus. »Mir stockt der Atem bei eurer Heterosexualität. Aus dem Weg, ich mach mich auf in rosafarbenere Gefilde.«
Cat packte ihn am Arm. »Lass es sein, okay?«
»Püppchen, das verlange ich nicht von dir. Also verlange du es auch nicht von mir. *Comprendez?*«
»Sieht aus«, sagte Dan, nachdem er sich die Beute betrachtet hatte, »als wäre er zu einer Village-People-Fete unterwegs. Keiner kleidet sich so.«
»Liebling«, schnurrte Anna, »es interessiert mich nicht, wie er angezogen aussieht, ihr alten Lästermäuler. Für euch beide mag das angehen, aber ich bin Single. Er ist jung, männlich und wartet nur darauf, befriedigt zu werden.« Wenn es um sein Sexualleben ging, konnte Anna sehr pragmatisch werden. »Außerdem ist es nicht das erste Mal, dass er zu einer Show erscheint.«
»Das macht ihn noch verdächtiger«, sagte Cat.
»Hey, Cat, pinkel nicht in mein Feuer. Er ist hinreißend oder wird es jedenfalls sein.« Ihre Drinks kamen. Sie kippten den Tequila wie Profis, Anna spuckte die Zitronenscheibe weg und atmete hörbar aus. »Jetzt bin ich bereit!«

»Dann mal los!«, sagte Dan und verzog das Gesicht, als er die Zitrone aussaugte. Anna lächelte ihn an und stürzte davon.

»Du hättest ihn nicht dazu ermutigen sollen. Der Junge sieht mir eher wie ein Junkie aus«, meinte Cat.

»Anna kann ganz gut auf sich selber aufpassen.«

»Ich weiß, nur ...«

Dan umfasste ihre Hüfte. »Hast du schon vergessen, wie wir uns kennengelernt haben, du verruchtes Weib?«

»Das war was anderes«, erwiderte Cat scharf. »Ich habe keinen pelzbesetzten rosafarbenen G-String getragen, noch habe ich mich dir an den Hals geworfen.«

»Das glaubst aber auch nur du ...«

Sie wurden von Anna unterbrochen, der mit seinem kleinen Verehrer im Schlepp wieder auftauchte. Es dauerte keine drei Sekunden, und Cat wusste, dass sie ihn nicht mochte. Was nicht nur an seinem rosa String lag. Er war zu anbiedernd, zu schweifwedelnd. Sie mochte Anna, wenn er ein Mädchen war, und sie mochte ihn, wenn er ein Junge war. Aber wenn er beides zugleich war, konnte sie damit nicht umgehen. Sie machte sich Sorgen. Der Junge bemerkte ihren durchdringenden Blick. Ihr vorsichtiges Lächeln wurde nicht erwidert. Cat zerrte an Dans Schulter, er sah zu ihr und wusste sofort, dass sie fort wollte. Er setzte seine Bierflasche an, trank das letzte Viertel aus, stellte die Flasche auf den Tisch vor ihnen und nahm Cat an der Hand.

»Hey, Anna«, sagte er, »wir werden aufbrechen. Kommst du mit?« Keine glückliche Formulierung, dachte sich Cat, als sie sah, wie Annas Lächeln immer breiter wurde.

»O ja, aber nicht mit euch, ihr Lieben. Trottet schon mal davon, wir sehen uns dann morgen«, sagte er mit einem

Seitenblick auf seinen Begleiter in dem rosa G-String, »vielleicht.« Der Junge trat einen Schritt zurück und drehte ihnen den Rücken zu. Anna seufzte. »Wie schüchtern er ist.« Cat hatte da so ihre Zweifel. Für sie war er alles andere als schüchtern. Männer in Leder-Beinschützer und rosa Pelz-Strings hatten nicht unter plötzlichen Anfällen von Schüchternheit zu leiden. Er war nicht schüchtern, er lauerte nur im Schatten. Beim Abschiedskuss flüsterte sie Anna ins Ohr: »Du bist dir sicher, dass du nicht mit uns mitkommen willst?«

»Absolut.«

»Bitte!«

Anna kippte einen weiteren großen Tequila. »Nein. Catariina, das ist meine Nacht. Geh mit Dan nach Hause und mach mit ihm schmutzige Sachen. Wir sehen uns morgen.« Dan nickte. Der Junge in dem rosa String starrte sie an, und Anna scheuchte sie aus dem Club. Sie war drei zu eins in der Unterzahl.

Der Radiowecker schimmerte grünlich, während er müßig die Minuten bis zur Morgendämmerung abzählte. Kein Ticken, das sie wie ein Metronom in den Schlaf wiegen könnte. Fiona mochte keine Uhren, die nicht tickten. Sie hörte gern das Verrinnen der Zeit. Digitaluhren bedeuteten, dass man gelegentlich hinsah und bemerkte, dass wieder einige Minuten verstrichen waren. Genau wie so vieles im Leben. Sie war fünfzig Jahre alt. Unzählige Minuten waren vergangen, die sie noch nicht einmal wahrgenommen hatte. Sie starrte auf die leuchtenden Ziffern. Wieder eine unwiederbringliche Minute vorüber. Sie richtete sich im Bett auf. Sie hatte die Vorhänge offen gelassen, damit mehr Luft hereinkam, es war eine stickige Nacht, doch es hatte nicht viel genutzt. Die Schatten beunruhigten sie. Sie schob die Decke weg und schwang sich aus dem Bett. Ihre nackten Füße versanken im tiefen Wollteppich. Cremefarben, der Lichtschein von Harlow allerdings verlieh dem Himmel eine seltsame Farbe, so dass der Teppich orange-purpurn erschien. Das ganze Zimmer war in diese grelle Farbe getaucht. Der Chintzstoff konnte dagegen nichts ausrichten. Alles in Cedar Hall war durchdesigned. Die aufeinander abgestimmten Farbpaletten weckten in Fiona das Bedürfnis, sich leuchtend rote Lackfarbe zu besorgen und auf die Wandtapeten einen Jackson Pollock zu werfen. Nichts Deplaziertes fand sich hier. Nichts Hässliches. *Außer meine Tochter*. Das Baumwollnachthemd rutschte ihr über die Schulter, während sie im Gästezimmer auf und ab ging. Cedar Hall war Sandies Haus, Jane hatte darin nicht viele Spuren hinterlassen. In ihrem Haus in Islington gab es wenigstens Spielsachen aus der Kinderzeit, pubertäres Chaos, Individualität. Krümel, Kaffeetassen, Fotos, alte Mäntel. Am liebsten wäre sie in ihren Wagen gestiegen und nach Hause gefahren, um sich Jane näher zu fühlen. Die Polizei allerdings hatte darauf gedrängt, dass sie nirgendwohin fuhr. Fiona öffnete die Tür und tappte leise durch den Flur. Das Absperrband der Polizei hing noch immer vor der Tür zu Janes Zimmer. Sie schlüpfte darunter durch und schloss hinter sich die Tür. Das Zimmer war unaufgeräumt. Nicht sehr, aber immerhin. Trotzdem sah es nicht wie ein Zimmer aus, in dem ihre Tochter eine gewisse Zeit verbracht hatte. Es war so … niedlich. Musste Sandies Geschmack sein. Fiona runzelte die Stirn. Sie war noch nie in diesem Zimmer gewesen. War das nicht seltsam? Das Zimmer eines Kindes war sehr wichtig. Es war sein Territorium, sein Rückzugsort. Fiona zitterte. Es fühlte sich so leer an.

»Lächerlich«, sagte sie sich, durchquerte das Zimmer und öffnete einen Schrank. Ein nagelneues Paar Turnschuhe lag noch im Karton auf dem Boden. Wahrscheinlich hatte Robert sie ihr gekauft. Er verwöhnte sie. Sie hatte keinen Einfluss mehr darauf, wie er seine Elternrolle auffasste, sie konnte also nichts dagegen tun. Trotzdem, es sah Robert nicht gleich, Jane Turnschuhe zu kaufen. Er sah es nicht gern, wenn sie sich wie ein Junge aufführte. Vielleicht hatte Jane sie sich selbst gekauft. Fiona nahm sie in die Hand. Sie waren nie getragen worden. Anschließend ging sie den Schrank durch. Ein Rip-Curl-T-Shirt, eine Combat-Trouser, beide waren ungetragen, an beiden steckte noch das Etikett. Sie rieb den steifen Baumwollstoff zwischen den Fingern und runzelte die Stirn. Ungetragen; sie würden nie getragen werden. Angst keimte in ihr auf. Nie getragen werden. Plötzlich ging die Tür auf. Fiona stieß einen erschreckten Schrei aus.

»Es ist dir nicht erlaubt, dich hier aufzuhalten«, sagte Sandie.

»Verdammt, du hast mich zu Tode erschreckt!«

»Die Polizei hat es untersagt.«

»Sie war auf einer Einkaufstour«, sagte Fiona und hielt ihr die Sachen hin. »Warum geht ein Mädchen, das sich mit Selbstmordabsichten trägt, einkaufen?«

»Du solltest im Bett sein.«

»Ich kann nicht schlafen«, erwiderte Fiona wütend. »Schau dir diese Sachen an. Sie hatte eine Schwellung am Kopf, Sandie, sie hat einen ganzen Schrank voller neuer Sachen, was zum Teufel bedeutet das?«

»Ich habe ihr die Sachen gekauft«, sagte Sandie, nun weniger aggressiv.

Fiona sah sie entgeistert an. »Du hast sie ihr gekauft?«

»Du brauchst deinen Schlaf«, sagte Sandie in ihrem bestimmenden Ton.
»Du hast ihr das alles gekauft?«
»Was ist damit, Fiona? Robert neigt zum Laura-Ashley-Stil, wenn du verstehst, was ich meine. Also dachte ich mir, vielleicht will sie ein paar Sachen, die …« Sandie sah zu den Kleidungsstücken und zuckte mit den Achseln, »… die ein bisschen trendiger sind.«
»Offensichtlich nicht. Nichts davon ist getragen worden.«
Sandie nahm ihr die Sachen ab. »Offensichtlich«, stimmte sie zu.
Erneut spürte Fiona ihre Überreiztheit. »Wann hast du sie ihr gekauft?«
»Fiona, wir haben alle ein paar lange Tage hinter uns. Du bist müde, ich bin müde. Nimm diese Tablette und geh ins Bett.« Sandie zog aus der Tasche ihres Morgenmantels ein Fläschchen mit Tabletten. Fiona schüttelte den Kopf. »Wenn du nicht schlafen kannst, wirst du nicht genügend Kraft haben.«
»Ich will sie nicht.«
»Fiona, du musst stark sein. Du musst schlafen, damit du stark sein kannst. Nimm sie und geh ins Bett. Und alles wird dir am Morgen weniger schlimm erscheinen.«
Fiona spürte, wir ihr Widerstand schmolz. Sandie hatte recht, sie war müde. Erschöpft. Ausgelaugt. Eine Nacht voll Schlaf, und es würde ihr ein wenig besser gehen. Sie ließ sich von Sandie in ihr Zimmer führen. Das Fläschchen stellte Sandie auf den Nachttisch. »Nimm noch ein paar, wenn du aufwachen solltest«, sagte sie und zog die schweren Vorhänge zu. Das einzige Licht, das hereinfiel, stammte vom Flur und beleuchtete Sandie, die sich in eine Ecke des Raumes setzte und

Fiona davon erzählte, wie sie mit Jane beim Indoor-Skilaufen gewesen war. Ein Nachmittag, an dem sie wirklich ihren Spaß gehabt hatten. Ein seltener Moment. Fiona spürte, wie ihr nach dem Valium die Glieder schwer wurden. Ihr Körper sank in die Matratze. Als ihr die Augen zufielen, sah sie Jane hinter Sandie stehen, die Hände um den Hals ihrer Stiefmutter gelegt. Sandie lachte oder war am Ersticken, Fiona vermochte es nicht mehr zu sagen. Sie schlief vierzehn Stunden.

»Was ist hinter diesem geheimnisvollen Perlenvorhang?«, fragte Anna, als sie das Studio-Apartment des Jungen betraten.
»Das gelobte Land«, sagte der Junge mit einem schiefen Lächeln.
»Dann führ mich dahin, Moses!« Anna war sich durchaus bewusst, dass er die Worte verschliff. Er drehte dem Vorhang den Rücken zu und stolperte über das Schlafsofa. Seine Beine waren wie aus Gummi.
»Erst noch ein Drink.« Der Junge reichte ihm ein Glas mit einer klaren Flüssigkeit. Anna hatte Schwierigkeiten, das Glas zu halten, ganz davon zu schweigen, den Inhalt zu leeren. Aber sein Verehrer kam ihm zu Hilfe. Und während ihm der Junge das Glas mit dem dickflüssigen Getränk an den Mund hielt, bemerkte Anna die Fixernarben an seinem Arm. Anna schluckte schwer, um die Flüssigkeit unten zu behalten.
»Scheiße«, sagte er, während er den vernarbten Arm vor sich hielt. »Du bescheuerter Idiot!«
»Ich? Du bist doch derjenige, der hier ist.«
»Was? Ich nehme keine Drogen.«

»Vielleicht nicht wissentlich«, sagte der andere lachend.
Das Gesicht des Jungen verschwamm Anna vor den Augen.
»Mir geht's nicht besonders.«
»Und, wer ist jetzt der bescheuerte Idiot, du Schwuchtel?«
Anna setzte ein Lächeln auf, sein Bühnenlächeln.
»Hast du mich gehört? Du bist am Arsch, was gibt's hier also verdammt noch mal zu lachen?« Anna bekam einen Schlag ab und sackte zu Boden. Er musste würgen. Nichts kam heraus.
»Bitte«, lallte Anna, »tu mir nicht weh.«
»Das hast du dir schon selber eingebrockt.«
»Geld, nimm es, nimm alles.«
»Oh, das werde ich, keine Sorge.«
Anna versuchte sich aufzustützen und aufzustehen. Er hoffte, er schaffte es noch die Treppe hinunter, bevor er ohnmächtig wurde. Es waren eine Menge Stufen gewesen, und ihm war nur allzu klar, dass die Minuten, die er noch bei Bewusstsein wäre, gezählt waren. Er wusste, wie es sich anfühlte, wenn man betrunken war – das hier jedenfalls war etwas anderes. Das heftige Brennen in der Magengrube, das Kribbeln in den Fingerspitzen, die Unfähigkeit, sich zu erbrechen, dieses »andersweltliche« Gefühl, das ihn in periodischen Abständen überkam, die Gefühllosigkeit an manchen Stellen, die Hypersensibilität an anderen. Er versuchte etwas zu sagen, um Hilfe zu rufen, aber es gelang ihm nicht mehr. Der Junge beobachtete ihn.
»Showtime«, sagte er, trat dann über den niedrigen Beistelltisch und hob Anna hoch, zerrte ihn über den Holzboden und stieß ihn durch den Perlenvorhang. Anna fiel nach vorn auf die Knie. Er brachte noch die Hände nach vorn, um nicht aufs Gesicht zu fallen, und spürte unter sich eine Plastik-

plane. Anna begann zu beten. Aus den Schatten tauchten drei Männer auf. Sofort hörte er mit dem Beten auf. Er war ein totes Mädchen.

»Zieh ihn aus«, sagte einer der Männer.

In seiner Fantasie stand Anna auf, er war groß und stark, und lief los, gekleidet in ein smaragdgrünes, mit Kristallen behängtes Gewand. Er trug wunderschöne lange Grace-Kelly-Handschuhe. Er rannte über grüne Wiesen, sprang über Bäume, schwebte über Seen und hopste über Berge. Die Absätze bereiteten ihm überhaupt keine Probleme, und nicht das kleinste Härchen verrutschte. Immer wieder fiel er in Bewusstlosigkeit und erwachte wieder daraus, spürte nur sehr wenig, aber alles, was sich ereignete, wurde zerebral und auf Zelluloid gebannt. Wobei ein Film wenigstens wieder gelöscht werden konnte.

Hätte sie nicht den Albtraum gehabt, hätte sie den Wagen gesehen. Alles, was sie erkennen konnte, war leider nur der Rücken eines elegant gekleideten Mannes, der sich auf den Fahrersitz einer schwarzen Limousine niederließ und ohne besondere Eile davonfuhr. Sie sah auf die Uhr. Schlimmes Mädchen, dachte sich Cat, wenn es so spät noch unterwegs war. Wenigstens bewies Anna so viel Verstand, sich von einem verlässlichen Taxiunternehmen nach Hause kutschieren zu lassen. Ohne Zweifel würde er sie zum örtlichen Bioladen schicken, damit sie ihm Gemüse- und Vitaminsaft besorgte als Friedensangebot an seine Leber. Cat sah aus dem Fenster, presste sich das Kissen gegen den Körper gegen potenzielle Spanner. Es war Frühsommer, gegen sechs Uhr wurde es hell, ein leichter grauer Dunst lag über Angel, kühl, aber mit dem Versprechen, sich aufzulösen. Sie würde nicht mehr einschlafen, nie und nimmer. Nicht nur waren die Vorhänge zu dünn, um das Licht fernzuhalten, sondern Dan schnarchte auch auf seine unnachahmliche Weise wie ein Nilpferd. Sie beschloss, etwas zu machen, was sie noch nie getan hatte. Sie würde joggen gehen. Sie holte sich aus dem Schlafzimmer die nötigen Sachen. Als die Schranktür knarrte, drehte sich Dan im Schlaf um und strampelte dabei fast die ganze Decke von sich. Er lag auf der Seite, die Beine breit von sich gestreckt, und reckte ihr auf der einen Seite einen runden weißen Hintern entgegen, auf der anderen seine handlichen Eier. Eine Speichelspur zog sich von seinem Mundwinkel hinunter zum Kissen. Cat neigte den Kopf. Er bildete zweifellos einen höchst unattraktiven Anblick, noch mehr aber beunruhigte sie die Tatsache, dass sie ihn dabei auch noch liebenswert fand. Nach gutem Sex war sie immer rührselig. Und den hatten sie gehabt. Bekleidet mit ihrer Radhose, in der sie nie Rad fuhr, und Dans T-Shirt, verließ sie die Wohnung.

Im ersten Moment glaubte sie, es handelte sich um einen Penner, der sich in eine Plastikplane gewickelt hatte. Der Obdachlose, der in der Gegend lebte, ließ sich jedoch meist in größeren Hauseingängen nieder. Erst als sie den rosa flauschigen Stoff sah, der zwischen seine Finger geklemmt war, wusste sie, dass es sich um Anna handelte.

»Scheiße«, entfuhr es ihr. Sie kniete sich neben ihn. »Anna«, flüsterte sie ihm ins Ohr. »Wach auf, Anna, ich bin's.« Er versteifte sich am ganzen Körper. »Anna, versuch aufzustehen, ich schaff dich rein.« Anna schlug die Augen auf, sah Cat und schloss sie wieder. Unter der Plastikplane war er nackt. Mehr Schrecken jagte ihr allerdings der Blick ein, mit dem er sie ansah. Sie stand auf und drückte auf die Klingel, einmal lang, gefolgt von vielen kurzen. Beim dritten langen Klingeln meldete sich knarzend Dans verschlafene Stimme.

»Wer zum …«

»Dan, ich bin's, ich bin unten, ich brauch Hilfe.«

»Cat, was zum Teufel treibst du?«

»Komm runter und bring Annas Schlüssel mit.« Dan erwiderte nichts, aber zwölf Sekunden später ging die Tür auf. Er hatte keine Zeit verloren, um sich anzuziehen. Dan hob Anna hoch, der sich nach wie vor weigerte, seine Embryonalstellung aufzugeben, und trug ihn nach drinnen. Einige Male öffnete er die Augen, sagte aber nichts. Als Dan ihn aufs Sofa legte, glitt die Plastikplane von ihm.

»Was zum Teufel ist passiert?«, fragte Dan Cat, als sie ihm einen von Annas Kimonos reichte und eine Decke über ihn breitete. Cat deutete auf den rosa Pelz, den Anna noch immer umklammert hielt.

»Der rosa String«, flüsterte Cat. »Der Typ hat so was getragen. Ich hab's gewusst. Er war eine Ratte. Annas Uhr ist weg, seine Brieftasche, sogar die Ohrringe.« Sie konnte sich ihrer Tränen nicht erwehren. »Sie haben alles genommen.«

»Komm schon, Cat, beruhige dich. Wir sollten ihn ins Bad schaffen«, sagte Dan. »Er riecht, als käme er direkt aus der Kanalisation.«

Anna wand sich wie eine mit Zitronensaft beträufelte Auster.

»Ich glaube nicht, dass das eine gute Idee ist, Dan«, flüsterte sie.

»Na ja, anscheinend hat er sich übergeben.«

Sie nahm ihn am Arm. »Es ist nicht nur das Erbrochene, das man riecht.«

»Oh, bitte …«

»Um Gottes willen, schau ihn dir doch an. Er ist vergewaltigt worden … das Schlimmste, was wir ihm antun können, ist, ihn in ein Bad zu stecken. Wir sollten die Polizei verständigen.«

»Nein, warte. Wir sollten erst mit ihm reden.« Dan setzte sich neben ihn aufs Sofa. Instinktiv rollte sich Anna noch weiter zusammen. Er hatte den Kopf auf den Knien, die Beine fest mit den Armen umklammert, die Decke über die Schultern gezogen. Als sich jedoch Cat neben ihm niederließ, setzte er sich abrupt auf und starrte sie an.

»Look what the Cat's dragged in«, lachte er hysterisch. *»Look what the Cat's dragged in, Cat's dragged in, Cat's dragged in, dragged in, dragged in the Drag Queen, the Drag Queen …«*

»Hör auf!«, rief Dan. Anna starrte ihn an.

»Ich bin ein ganz Schlimmer. Bestraft mich, bestraft mich, los, stoßt mich, stoßt zu, stoßt zu, härter, härter, härter. *Hört auf!*« Plötzlich stierte Anna zur Decke und begann zu stöhnen. Volle zwei Minuten lang. Es war kaum auszuhalten.

»Hol einen Krankenwagen, Dan«, sagte Cat. Er nickte stumm. Erst als er zum Telefonhörer griff, schien Anna sich ihnen zuzuwenden.

»Bitte nicht«, flüsterte er. Mit der Hand, die nicht den G-String umklammert hielt, packte er Cat am Handgelenk. »Bitte.«

Cat sah zu Dan, der ihr zunickte. »Okay, Anna, kein Krankenwagen, aber du erzählst uns, was vorgefallen ist.«

»Ich will ein Bad.«

»Sagte ich dir doch«, kam es von Dan.

»Kein Bad, Anna, bis du uns sagst, was passiert ist.«

Anna begann zu weinen. »Komm mir nicht zu nahe, Cat, sonst bring ich dich um.«

»Wer hat dich vergewaltigt?«
»Cat!«, rief Dan.
»Es war der Junge, oder? Ich hab's dir verdammt noch mal gesagt.«
»Hör auf.«
Cat packte Anna am Arm. »Wir müssen zur Polizei.«
»Lass ihn in Ruhe, Cat!« Dan entwand Annas Arm aus Cats Griff und trat zwischen die beiden.
»Er wird es bereuen«, sagte Cat.
»Ich weiß besser als du, was in einer solchen Situation angebracht ist«, sagte Dan unerklärlicherweise.
»Was soll das heißen?«
»Siehst du nicht, dass er dazu nicht in der Lage ist.«
»Er ist dazu nicht in der Lage, weil jemand über ihn hergefallen ist, und solange wir nicht wissen, was passiert ist, wird der Arsch es wieder tun. Es war der Typ, oder, Anna? Mein Gott, sie haben ihm sogar die Sachen geklaut.« Cat war zu zornig, um noch zu weinen.
»Cat, das reicht! Wir bringen dich in die Wanne.« Dankbar lächelte Anna.
»Der Typ wird damit davonkommen.« Cat wollte ihnen den Weg verstellen, aber Dan stieß sie zur Seite.
»Es gibt Dinge, die sind wichtiger, Cat.«

8

Sandie Wellby starrte auf den Hammer in dem Plastikbeutel. Sie hatten ihn bei der Durchsuchung von Cedar Hall in ihrer Gärtnerschürze im Schuppen gefunden. Die Polizei war mit zwei ausgezeichneten Neuigkeiten zurückgekehrt. Sie seufzte. Erstens, die Schlagfläche stimmte exakt mit der Verletzung am Kopf ihrer Stieftochter überein, und zweitens, das Werkzeug war mit ihren Fingerabdrücken übersät. Sie hätte ihnen selbst sagen können, dass es ihre Fingerabdrücke seien, aber sie waren ja zu sehr beschäftigt gewesen, um sie danach zu fragen – waren wie Käfer im gesamten Haus herumgekrochen und hatten es mit ihren Vorurteilen und ihrer Scheinheiligkeit beschmutzt. Sie beobachtete sie jetzt, wie sie wertvolle Vasen anhoben, ignorant die Stempel der Künstler beäugten und die Gegenstände mit einem lauten Knall und verachtenswerten Blicken wieder hinstellten. Niemand mochte Amerikaner. Man musste kein Genie sein, um sich ihren Grad an Beliebtheit auszumalen; allein wie sie sie anstarrten, war Beweis genug – als wäre *sie* der Abschaum der Welt. Sie wusste, was sie hier taten, sie warteten nur darauf, dass sie zusammenbrach und gestand. Den Mord an ihrer Stieftochter gestand. Es war absurd. Sie würde nie etwas sagen, was sie selbst belasten könnte. Sie hatte in genügend billigen Gerichtsserien mitgespielt, um alle Fallstricke zu kennen. Sie mussten ihr schon mit mehr kommen als einem lausigen Hammer, wenn sie sie verhaften wollten. Was erklärte, warum die informelle Panikmache in ihrem Haus stattfand und nicht auf der Polizeidienststelle. Bramley konnte sie nicht verhaften, aber, Junge, Junge, wie allzu gern hätte er es getan.

Bramley steckte in einer verzwickten Lage. Sein Problem war: Der Hammer gehörte Mrs. Wellby und war in ihrem Schurz gefunden worden. Ihre Fingerabdrücke würden allerdings keinesfalls eindeutig beweisen, dass sie damit ihrer Stieftochter den Schädel eingeschlagen hatte, bevor sie sie ins Auto schaffte, sie anschnallte, die Zündung umdrehe und sie sterben ließ. Das Mädchen war nicht mehr aufgewacht und friedlich in den Tod hinübergeschlummert. Kein Kampf, kein Fluchtversuch. Ein einfacher mörderischer Selbstmord. Es gab eine Verletzung, ja, die von einem stumpfen Gegenstand wie einem Hammer herrührte, aber es handelte sich weder *unbedingt* um diesen Hammer, noch war sie damit getötet worden – laut der Autopsie war der Tod eindeutig durch eine Kohlenmonoxidvergiftung eingetreten. Sandie Wellby konnte sich dessen jedoch nicht sicher sein, warum hätte sie sonst aus dem Garten fliehen sollen? Sie war schuldig. Dessen war *er* sich sicher. WPC Clement, für eine Frau doch erstaunlich fit, hatte sie an der Küchentür gestellt. Sandie hatte ein Tuch in der Hand gehalten und behauptet, zum Rosengarten zurückkehren zu wollen. Über den Hof hinten? Für wie blöd hielt sie ihn denn?

Fiona stand noch immer unter Schock. Ihre Tochter – ermordet? Die Polizei erwog nun ganz ernsthaft diese Möglichkeit. Außerdem war klar, dass die Beamten glaubten, Sandie hätte damit zu tun. Einfach lächerlich. Sandie hätte Jane nie was zuleide tun können. Allein der Gedanke war obszön. Klar, sie

hatte einen anderen Blick auf das Kind, welche Stiefeltern hatten das nicht? Aber es war lächerlich, überhaupt daran zu denken, sie sei in irgendeiner Weise am Tod ihrer Tochter beteiligt gewesen. Vor nicht allzu langer Zeit hatte sich Fiona gewünscht, Jane möge sich nicht umgebracht haben; jetzt wünschte sie sich, sie hätte diesen Wunsch nie geäußert. Allein die Tatsache, dass die Eltern anderer Kinder in so einem Fall ebenso niedergeschmettert waren, hatte für Janes Selbstmord irgendwie eine Erklärung geliefert. Wahrscheinlich war ihnen sehr viel über Jane verborgen geblieben. Genau wie anderen Eltern auch. Sie hätte es mit der Zeit vielleicht herausfinden können. Aber jetzt? Jetzt konnte sie den verwirrenden, vorzeitigen Abschied ihrer Tochter nicht betrauern, weil sich Jane ihren Tod nicht selbst ausgesucht hatte. Das Leben war ihr geraubt worden. Jetzt war es ein Mordfall, und die Polizei sprach über Jane, als wäre sie nie etwas anderes gewesen als eine Leiche. Und Sandie nie etwas anderes als die Ursache dessen, die Täterin. Sie hatten sich noch nicht einmal die Mühe gemacht, festzustellen, wo sie sich, Fiona, am Freitagnachmittag aufgehalten hatte. Warum sollten sie auch? Sie war Janes Mutter. Nach der Statistik brauchte sie wahrscheinlich noch nicht mal ein Alibi. Wenn sie Glück hatte, würde niemand erfahren, dass sie sich zum Zeitpunkt von Janes Ermordung in den Laken … Fiona lief die Treppe hinauf, weg von den Anklagen und Anschuldigungen. Weg von ihrem unentschuldbaren, aber durch nichts zu erschütternden Schweigen.
Keiner hielt sie auf. Vor Janes Zimmer zerrte sie am Absperrband, bis es riss, dann knallte sie hinter sich die Tür zu. Erst jetzt bemerkte sie den Schlüssel. So wie Jane unzählige Male zuvor, drehte sie ihn um und schloss sich vom übrigen Cedar Hall aus.

Sandie sah Fiona hinterher, als diese davonlief. Auch ihr fiel auf, dass niemand sie aufzuhalten versuchte, dass niemand ihr folgte, niemand sie im Auge behielt. Nein, nur zu gut war zu verstehen, warum sie eigentlich ins Bett gehörte, warum man sie allein lassen sollte, damit sie trauern konnte. Ihr selbst war nur Hilfe angeboten worden, als einige irregeleitete Polizisten meinten, Jane sei ihr eigenes Fleisch und Blut. Das alles hatte sich geändert, als die Beamten die Wahrheit erfuhren. Warum sollten sie sie trösten, sie war ja nur die *Stiefmutter*. Sandie sah sich in der Küche um, all diese Menschen, dachte sie sich, all diese Menschen starrten sie aus keinem anderen Grund an, als dass sie die Stiefmutter war. Sie hatte von ihnen nichts anderes erwartet, diesen Ignoranten mit ihrer Voreingenommenheit. Aber nie hätte sie gedacht, dass Robert, ihr Ehemann, der Mann, den sie liebte, der Schlimmste von allen sein würde. Unter dem Vorwand dringlicher Geschäfte war er in seinem Arbeitszimmer verschwunden. Was konnte dringlicher sein, als die eigene Frau zu verteidigen, dachte Sandie verbittert. Hatte sie ihn falsch eingeschätzt? Es käme sie teuer zu stehen, wenn es so sein sollte.

»Okay, Mrs. Wellby, nachdem wir nun alle hier sind, wollen wir noch mal durchgehen, wo Sie am Freitag gewesen sind.«

»Schon wieder?«

»Ja, schon wieder.«

»Robert ist zur Arbeit gefahren, Jane war zu Hause. Ihr Seminar war eines der ersten, das die Examensprüfungen abgelegt hat, deshalb musste sie nicht mehr ans College. Also war sie hier, solange das schöne Wetter anhielt. Nach meinem Fitnessprogramm habe ich mich etwa eine Stunde lang in meinem Arbeitszimmer aufgehalten, um einige Musterbücher zusammenzustellen, die an den Laden in Colchester gehen sollten. Ich habe auf meine Friseurin gewartet, die allerdings nicht erschienen ist«, sagte Sandie und erinnerte sich daran, Suzies roten Mazda von ihrem Fenster aus gesehen zu haben. »Sie ist dann erst am späten Nachmittag aufgetaucht und hat mit diesem Mädchen geredet. Sie muss den Termin durcheinandergebracht haben.«

»Wo arbeitet sie?« Sandie zog eine Visitenkarte aus ihrer Brieftasche und reichte sie dem Polizisten.

»Und dann?«

»Jane und ich haben zusammen Kaffee getrunken.« Das zumindest stimmte, dachte sich Bramley, man hatte im Magen der Toten Spuren davon gefunden. »Da war es fast ein Uhr. Ich muss länger als beabsichtigt gearbeitet haben, denn es war schon spät, um mit Lucy mittags spazieren zu gehen. Relativ früh bin ich wieder zurückgekommen, ich hatte schreckliche Kopfschmerzen und dachte, eine Erkältung sei im Anzug. Deshalb habe ich mich auf ein Nickerchen hingelegt. Als ich dann aufgewacht und nach unten gegangen bin, habe ich die junge Frau am Telefon gesehen.«

»Wann sind Sie von Ihrem Spaziergang zurückgekommen? Haben Sie da Jane noch gesehen?«

»Nein. Im Flur lag ein Zettel, auf dem hat sie mir mitgeteilt, sie wäre zum Videoladen und komme gleich wieder zurück. Ich bin daraufhin sofort in mein Zimmer.«

»Um wie viel Uhr war das?«

»Um zwei Uhr. Auf die Minute genau.«

»Ein sehr genaue Angabe für jemanden, der keine Uhr trägt.« Sandie deutete Bramley an, ihr zu folgen. Im Flur stand eine reich verzierte Mahagoni-Standuhr. »Gleich werden Sie erleben, warum ich die Zeit so genau weiß.« Um Viertel nach ertönte der melodische Schlag, der durch den ganzen Flur hallte. Herablassend lächelte sie ihn an. »So viel zu Ihrem detektivischen Spürsinn, Detective Chief Inspector Bramley.« Sie machte auf dem Absatz kehrt und ging in die Küche zurück.

»Ich nehme nicht an, dass Sie Janes Zettel noch haben.« Bramley würde die Frau mit ihrem hochmütigen Gebaren nicht davonkommen lassen. Sie mochte alles gut geplant haben, aber Mörder machten immer Fehler. Über kurz oder lang.

Sandie sah ihn verächtlich an. »Sie wissen sehr gut, dass ich ihn nicht mehr habe. Er muss in der Aufregung danach weggeworfen worden sein.«

»Einer meiner Beamten hat dem Videoladen einen Besuch abgestattet. Jane ist dort nicht aufgetaucht.«

»Ach, in der Tat?«

»Mrs. Wellby, das ist eine ernste Angelegenheit.«

»Dann nehmen Sie sie auch ernst!«

Bramley wartete, bis sich seine Wut gelegt hatte. »Catherine Torrant hat mit Ihrem Hund auf den Armen kurz nach zwei an der Tür geklingelt. Hören Sie die Klingel von Ihrem Zimmer aus?«

»Ja.«

»Aber nicht am Freitag.«

»Ich habe es Ihnen schon gesagt, ich hatte Kopfschmerzen, ich brauchte Ruhe. Ich habe zwei Schmerztabletten genommen und bin sehr schnell eingeschlafen. Wo ist Lucy, wenn dieses Mädchen sie wirklich überfahren hat?«

»Wir gehen der Sache noch nach, Mrs. Wellby.«

»Nein, das tun Sie nicht, Sie befragen mich. Wenn es so weitergeht, werde ich meinen Anwalt einschalten.«

»Haben Sie das Gefühl, Sie brauchen einen Anwalt, Mrs. Wellby?«, fragte Bramley.

»In Ihrer Nähe ja.«

Draußen waren Autoreifen zu hören, eine Wagentür wurde geöffnet und zugeknallt. Sandie sah nicht auf: Noch so ein »Geschenk« eines besorgten Nachbarn, und sie würde ihnen wirklich den Hammer über den Schädel ziehen. Vielleicht war es aber auch nur ein übereifriger Polizist, der mit Handschellen und dem toten Hund ankam und nur darauf wartete, sie festzunehmen und ein Exempel an ihr zu statuieren. Wenn man in diesem Land reich war und noch dazu Amerikaner, dann stand man automatisch auf der Abschussliste. Sie sollte ihren wenigen amerikanischen Freunden im Land eine E-Mail schicken und sie davor warnen, Mordgedanken zu hegen. Britische Polizeibeamte mochten fett sein und dämlich aussehen, aber sie erwiesen sich als hartnäckiger, als man glaubte. Die Küchentür ging auf. Sandie machte sich nicht die Mühe aufzublicken. Die einzige Person, die sie sehen wollte, war Robert. Doch der hatte sein Arbeitszimmer nicht verlassen.

»Sandie, was ist hier los?« Simon kam auf sie zugerannt und ging vor ihr in die Hocke.

»Simon, o Gott, wo bist du gewesen?« Zum ersten Mal glaubte Bramley in ihrer Stimme so etwas wie Verletzlichkeit zu hören.

»Es tut mir leid.«

»Warum bist du nicht gekommen?«

»Ich habe doch von nichts gewusst, ich war im Lake District. Ich dachte, du wolltest allein sein.«

»Wo? Warum?«

Simon antwortete nicht, stattdessen wandte er sich ab und musterte die versammelten Polizisten.

»Simon?«

Er ließ ihre Hand los und ging auf Bramley zu. »Sie müssen verrückt sein, Sandie kann keiner Fliege was zuleide tun. Das ist absurd.«

»Was ist absurd?«, fragte Bramley herablassend.

»Dass Sandie irgendwas mit Janes Tod zu tun hat.«

Bramleys Mundwinkel zuckte kurz. »Was veranlasst Sie zu dieser Annahme?«

»Die örtliche Zeitung ruft ständig im Büro an. Was immer Jane auch getan hat – Sandie hat damit nichts zu schaffen.«

»Ist dem so, Mr. …?«

»Proudlove. Sie würde nie Beihilfe zu einem Selbstmord leisten.« Er sah zu Sandie. »Ich kenne sie.«

Sandie lächelte ihn an. »Danke, Simon.« Das war mehr, als ihr geliebter Ehemann für sie getan hatte.

»Na, Mr. Proudlove, das ist ja alles sehr hübsch«, entgegnete Bramley. »Aber ich fürchte, wir haben es hier nicht mehr mit einem Selbstmord zu tun.«

Simon sah zu Sandie, dann zum Polizeibeamten. Bramley musterte ihn, während dieser die neue Information verdaute.

»Ein Unfall?«, fragte er nach kurzem Zögern.

»Ich glaube nicht, Mr. Proudlove. Bleibt also nur Tod durch Ermordung, und ich fürchte, genau damit haben wir es zu tun.«

»Wo ist Robert?«, fragte Simon.

»Wollen Sie nicht wissen, wer es war oder warum es dazu kam?«, fragte der Beamte und schritt auf ihn zu.

Simon sah sich im Raum um. »Wo ist Robert?«

»In seinem Zimmer, beim Arbeiten«, sagte Sandie.

»Großer Gott, kann er den Unsinn nicht mal lassen. Geh und hol ihn, sofort.«

Sandie ging zur Küchentür.
»Wer genau sind Sie, Mr. Proudlove, dass Sie es als Ihre Pflicht ansehen, sich in die Angelegenheit der Familie Wellby zu mischen? Gehören Sie zur Familie?«
»Sie haben die Informationen an die Presse durchsickern lassen, nicht wahr? Sie haben eine Hexenjagd angezettelt, die auf nichts und wieder nichts basiert.«
»Wo waren Sie am Freitagnachmittag zwischen ein und drei Uhr?«
»Ich beantworte Ihre Fragen nicht. Jane hat sich selbst getötet.«
»Nein, Mr. Proudlove, auf dem Schlauch fanden sich Fingerabdrücke von zwei Personen, von Mrs. Wellby und von Cat Torrant. Wir hatten es *zu keinem Zeitpunkt* mit Selbstmord zu tun.«
»Dieses Mädchen?«, kam es von Sandie, die noch immer im Türrahmen stand.
Bramley fuhr herum, wütend auf sich selbst. »Ich denke, wir sollten das Gespräch auf der Dienststelle weiterführen.«
»Wann haben Sie ihre Fingerabdrücke genommen?«, fragte Sandie.
»Ich wette, sie ist kriminalpolizeilich registriert«, sagte Simon.
»Wir sollten uns mit Mr. Proudlove allein unterhalten, DS Chambers«, entgegnete Bramley und versuchte, die Aufmerksamkeit von diesem Schlauch abzulenken.
»Ich habe es gewusst«, sagte Sandie. »Sie hat auch im Fall von Lucy gelogen. Sie ist für alles verantwortlich.«
»Mrs. Wellby, wir haben ihre Fingerabdrücke genommen und sie verglichen. Sie ist nicht vorbestraft«, sagte DS Chambers.

»Wann?«
»Wo waren Sie am Freitag, Mr. Proudlove?«, insistierte Bramley.
»Wann?«, schrie Sandie.
»Am Samstagmorgen«, antwortete DS Chambers.
Langsam kehrte Sandie in die Küche zurück und trat vor WPC Clement. »Warum sind Sie mir nachgerannt?«
»Pardon?«
»Sie sind mir hinterhergerannt, als wäre ich ein entlaufener Sträfling. Warum?«
»Weil sie vermutet hat, dass sich auch Ihre Fingerabdrücke auf dem Schlauch finden«, sagte Bramley. »Womit sie auch recht hatte.«
Langsam drehte sich Sandie um. »Sie hatten meine Fingerabdrücke zu diesem Zeitpunkt noch gar nicht, Detective Chief Inspector. Es gab für Sie keinen Grund, mich zu verdächtigen, trotzdem hat Ihr Batgirl mir nachgestellt und mich in den Polizeigriff genommen, bis die Kavallerie eingetroffen ist. Ich möchte wissen, warum!«
»Mrs. Wellby, ich bin mir sicher, sie wollte Sie nicht in Panik versetzen, sie hat nur Vorsichtsmaßnahmen ergriffen.«
»Blödsinn! Ich will mit Ihren Vorgesetzten reden. Ich will wissen, mit welcher Begründung Sie den Durchsuchungsbefehl erwirkt haben.«
»Ihre Stieftochter hatte eine Abschürfung am Kopf und keinen Abschiedsbrief hinterlassen. Deswegen haben wir einen Durchsuchungsbefehl beantragt und ihn auch erhalten. So, bitte, drohen Sie mir nicht, Mrs. Wellby. Ich weiß, Sie haben den Schlauch nicht angefasst, als Sie mit Miss Torrant in der Garage waren, also müssen Sie ihn vorher in der Hand gehalten haben.«

»Und woher wissen Sie das? Ich kann mich nicht erinnern, dass Sie mit dabei waren.«
»Weil Cat Torrant mir gesagt hat, dass Sie die gesamte Zeit die Hände auf dem Rücken verschränkt hatten.«
»Und Sie glauben ihr, einer jungen Frau in einer verbeulten alten Karre, die ohne überzeugenden Grund hier aufgekreuzt ist?«
»Sie hat Ihren Hund überfahren, Mrs. Wellby, und war anständig genug, Ihnen Bescheid geben zu wollen.«
»Und wo ist der Hund, Detective Chief Inspector Bramley? Sagen Sie es mir!«
»Wir werden ihn finden.«
»Sie. Lucy ist eine Hündin.«
»Na, Sie wissen ja, was man so über Hunde und ihre Besitzer sagt.«
»Verschwinden Sie aus meinem Haus! Wenn Sie glauben sollten, ich werde es Ihnen leicht machen, dann haben Sie sich gründlich geschnitten.«
»Cat Torrant ist bereit, unter Eid zu bezeugen, dass Sie die gesamte Zeit in der Garage die Hände auf dem Rücken hatten. Sie ist bereit, einen Eid zu schwören. Du sollst nicht falsches Zeugnis ablegen wider deinen Nächsten. Sie erinnern sich an das Gebot?«
»Wäre ich ein religiöser Mensch – was ich nicht bin – und würde ich hinsichtlich des Schlauchs einen Meineid ablegen, dann nur, weil ich schuldig wäre. In diesem Fall aber dürfte ich ganz andere Sorgen haben als irgendwelche religiösen Gewissensbisse. Ich habe den Schlauch angefasst, als ich die Garage betreten habe, genau wie dieses Mädchen es laut ihrer Aussage getan hat. So steht ihr Wort gegen meines. Sie sind am Samstag einzig und allein aus dem Grund gekom-

men, um Beweise gegen mich zu finden. Ich möchte wissen, warum. Was habe ich getan?«

»Jeder ist verdächtig.«

»Quatsch! Niemandem ist sonst nachgejagt worden.«

»Niemand ist sonst davongerannt«, erwiderte Bramley.

»Ich bin nicht davongerannt. Sie haben sich das nur gedacht, weil Sie mich schon für schuldig befunden haben, bevor Sie überhaupt hier waren, Sie engstirniger …« Sandie hielt inne. »Es sei denn … es sei denn, Sie haben bereits davor gewusst, dass es meine Fingerabdrücke sind.« Sie sah zu Bramley. »Was haben Sie gemacht? Etwas *ohne* meine Einwilligung aus dem Haus mitgenommen? Helfen Sie mir auf die Sprünge, wie lautet das neunte Gebot?« Bramley antwortete nicht. »Irgendwas mit ›stehlen‹, glaube ich. Sind Sie ein religiöser Mensch?«, fragte sie. »Falls ja, sollten Sie sich vor der Hand Gottes in Acht nehmen.«

»Was geht hier vor sich?« Robert stand schwankend in der Tür.

Simon näherte sich ihm und flüsterte ihm etwas zu. Robert schob ihn weg.

»Die Polizei ist gerade im Aufbruch begriffen, Liebling«, sagte Sandie und eilte an seine Seite. »Du kannst in dein Arbeitszimmer zurück, ich komme schon zurecht.« Es war ihr klar, dass sie mit ihm wie mit einem Dreijährigen sprach. Aber sie wollte keine Szene. Robert war im betrunkenen Zustand nur schwer einzuschätzen. Nicht weil er dann unvorhersehbar reagierte, sondern weil er noch nie viel getrunken hatte. Sie nahm ihn am Arm und sah herausfordernd zu Bramley. »Sie brechen auf, bevor ich meine Meinung noch ändere und Anzeige wegen Belästigung erstatte. Und Sie werden nichts mit sich fortnehmen. Am allerwenigsten mich.« Ernst sah sie zu ihrem Mann. »Jane hat Selbstmord begangen.« Ihre Stimme klang schmerzerfüllt. »Es war Selbstmord.« Nun mit Überzeugung.

Die Polizeibeamten verließen das Haus. Robert begleitete Bramley zum Eingang. Sandie und Simon blieben allein in der Küche zurück.

»Gott sei Dank, dass du aufgetaucht bist«, sagte sie. »Dieses verdammte Mädchen, wer ist sie? Kannst du das herausfinden?«

Simon legte den Finger an die Lippen. »Tut mir leid, dass ich nicht schon früher gekommen bin. Ich dachte, du und Robert wolltet allein sein.«

»Simon, was hast du im Lake District gemacht?«

Er ging zur Küchentür, von wo er Robert im Gespräch mit Bramley sah.

»Wandern«, antwortete er gedankenverloren.

»Du hasst Wandern. Warum warst du wandern?«

»Hmm?«

»Warst du allein dort.«

Kurz drehte er sich ihr zu. »Ähm, ja.« Dann sah er wieder in den Flur.

»Simon, wen beobachtest du da?«

»Ah, nichts. Ich muss mit Robert reden. Setz dich, du brauchst Ruhe.«

Robert und Bramley standen auf den Steinstufen zur Haustür.

»Ich weiß, es ist für Sie nicht leicht, Sir, aber Ihre Tochter war doch nicht selbstmordgefährdet, oder? In meiner gesamten Laufbahn als Polizist ist mir noch nie untergekommen, dass

Kinder sich selbst umgebracht haben, ohne ihren Eltern eine Erklärung zu hinterlassen. Nie. Denken Sie nach. Wenn es etwas gibt, was Sie mir erzählen möchten, sichere ich Ihnen absolute Diskretion zu.«

»Sie sprechen von meiner Frau«, stieß Robert zwischen zusammengepressten Zähnen hervor.

»Nein, ich spreche von ihrer dreiundzwanzigjährigen Tochter. Von Jane.«

Robert zuckte bei ihrem Namen zusammen. »Sie war ein wunderbares Mädchen. Eine wunderbare Tochter.«

»Und Mrs. Wellby, ist sie eine wunderbare Frau?«

Robert starrte ihn an. »Absolut.«

»Schwierig zu wissen, wem man seine Loyalität schuldet, nicht wahr?«, sagte Bramley und wandte sich von der Tür ab. »Wahrscheinlich fühlen Sie sich innerlich zerrissen.«

»Sandie hätte Jane nie etwas angetan.«

»Kein Abschiedsbrief. Keine Fingerabdrücke«, sagte Bramley lakonisch.

»Dann war es ein Unfall.«

»Mr. Wellby, ein Unfall, wenn man einen Schlauch in den Auspuff stopft und das anderen Ende ins Wagenfenster klemmt, einsteigt, sich anschnallt und den Zündschlüssel umdreht?«

Robert Wellby wurde bleich. »Ich weiß nicht«, sagte er leise.

»Meinen Sie wirklich, Mr. Wellby?« Bramley tippte sich an seine Mütze und ging. Robert sah den letzten Streifenwagen nach, die um die Kurve in der Anfahrt bogen. Als der Staub sich gelegt hatte, wandte er sich um und wollte ins Haus. Simon stand direkt hinter ihm.

»Großer Gott!«, rief Robert aus. »Was verdammt noch mal tust du hier?«

»Robert, du hast Sandie nichts erzählt. Was ist los? Alles in Ordnung?«
»Was soll die bescheuerte Frage? Nein, Simon, nichts ist in Ordnung.« Robert legte die Hand ans Herz und atmete langsam ein und aus.
»Ich wollte dich nicht erschrecken.«
»Du hast mich nicht erschreckt.«
»Hör zu, Robert, die Polizei versucht dich zu verunsichern, verwehr dich dagegen.«
Ungläubig sah Robert ihn an. »Was machst du hier eigentlich?«
»Ich versuche zu helfen. Es läuft hier doch alles aus dem Ruder. Du und Sandie, ihr braucht jetzt einander.«
Robert seufzte, seine Schultern sackten um einige Zentimeter nach unten.
»Robert?« Sandie stand in der Tür zur Küche.
»Was ist los?«, fragte er sie.
Sandie eilte nach draußen. »Ich weiß nicht, mein Lieber, ich weiß es nicht. Aber wir werden die Antworten finden. Gemeinsam.«
»Es tut mir leid, es …«
»Schon okay, ich bin für dich da.«
»Tut mir leid«, wiederholte er. Sandie zog ihn zu sich heran.
»Du weißt, dass ich Jane niemals etwas angetan hätte, oder?«
Robert nickte. Sandie seufzte erleichtert. »Gut«, sagte sie und hielt ihn an sich gepresst. »Dann ist es gut.«
Simon ließ das Paar allein und ging zur Treppe. Oben stand Fiona, den Blick auf die beiden gerichtet. Als sie ihn entdeckte, sprang sie zurück und verschwand. Simon hörte noch ihre schnellen Schritte im Flur. Er sah zu Robert und Sandie,

die von alledem nichts mitbekommen hatten, und stieg die Treppe hinauf. Auf halber Höhe des Flurs lag Robert und Sandies Schlafzimmer. Die Tür stand offen. Simon sah hinein. Am Erkerfenster stand Fiona, starrte mit aufgerissenen Augen auf die Anfahrt hinunter und hielt ein dickes blaues Notizbuch umklammert.

»Fiona?«

Sie fuhr herum und hielt das Notizbuch vor sich wie ein Kreuz. »Geh weg«, schrie sie.

»Was ist? Was ist das?«

Fionas Gesicht lief dunkelrot an, während sie ihn anstarrte. Sie antwortete nicht.

»Einfach ruhig durchatmen«, sagte er leise. Fiona begann zu zittern. Ganz langsam ging Simon zum Nachttisch, nahm den Hörer ab und wählte die Notrufnummer 999. Leise fragte er nach einem Krankenwagen, doch bevor er durchgestellt werden konnte, hörte er das ferne Heulen von Sirenen. Vier Streifenwagen kamen die Anfahrt entlanggeschossen. Fiona ließ das Notizbuch fallen. Simon erkannte sofort die Handschrift. Er las die ersten paar Zeilen, hob das Buch auf und blätterte hektisch die Seiten durch.

»Oh, Scheiße!« Die Streifenwagen hielten vor der Tür an. Als er aus dem Zimmer stürzte, hörte er die Türklingel.

»Nicht aufmachen!«, schrie er oben auf der Treppe. Er kam zu spät. Sandie war bereits in Handschellen. Jemand unterzog sie der Rechtsbelehrung.

»Nehmt ihr die Handschellen ab!«, schrie Robert.

»Wo ist sie?«, sagte Bramley zu Simon, als dieser die Treppe heruntergerannt kam.

»Ruf einen Anwalt, Robert«, schrie Simon und ignorierte den Polizisten. »Auf der Stelle!«

»Was zum Teufel ist los?« Sandie versuchte sich aus dem festen Griff von WPC Clement zu lösen. Trotz ihres Fitnessprogramms kam sie gegen dieses Dickerchen von Polizistin nicht an. »Das«, schrie sie Bramley ins Gesicht, »wird Sie Ihr verdammtes Abzeichen kosten.«
Bramley warf Sandie nur ein dreckiges Grinsen zu und wandte sich an seine Beamten. »Sucht Fiona Wellby! Und bringt das Notizbuch mit!«
»Sie haben hoffentlich eine sehr gute Erklärung für dieses abscheuliche Benehmen.« Robert wandte sich an seine Frau. »Schon gut, Liebling. Es wird alles wieder in Ordnung kommen.«
Aber Sandie hörte ihm gar nicht mehr zu. Sie sah zu Fiona, die von zwei Polizisten die Treppe hinunterbegleitet wurde.
»Großer Gott«, kam es von Robert, als er dem Blick seiner Frau folgte. »Was ist mit ihr?«
»Alles in Ordnung, Mr. Wellby, sie steht nur ein wenig unter Schock.«
Robert starrte Bramley an. »Wovon sprechen Sie?«
Ein weiterer Polizist lief an Fiona vorbei und reichte Bramley das dicke blaue Buch. »Scheint«, sagte Bramley und klopfte mit der Hand gegen das Notizbuch, »dass Ihre Tochter doch einen Abschiedsbrief hinterlassen hat.« Er sah zu Sandie.
Robert versuchte es ihm zu entreißen, wurde aber von Simon zurückgehalten. »Was ist das?«
Bramley sah zu Fiona, die mit schreckgeweiteten Augen von den Versammelten zurückwich. »Alles in Ordnung, Mrs. Wellby, niemand wird Ihnen was tun. Sie haben ganz richtig gehandelt, als sie uns angerufen haben.«
»Sie angerufen?«, kam es von Sandie.
»Fiona?«, sagte Robert.

»Das ist lächerlich, lösen Sie die Handschellen!«
Fiona zuckte beim Klang von Sandies Stimme zusammen.
»Was ist los mit ihr?«, fragte Robert.
»Scheiße, Sandie«, murmelte Simon.
»Was?«
Bramley deutete auf einen der Beamten. »Bringen Sie Mrs. Wellby nach Hause. Und passen Sie auf, dass sie nicht allein ist.«
»Was, verdammt noch mal, ist hier los?« Sandies Stimme hallte wie ein Donner durch den Flur. Alles verstummte. Dann schlug der Blitz ein.
Fiona hob den rechten Arm und zeigte auf Sandie. »Du hast meine Tochter umgebracht.«
Robert sah aus, als hätte er einen unsichtbaren Schlag gegen den Kopf bekommen. Taumelnd richtete er sich auf. »Wovon sprichst du?«
»Sie hat Jane umgebracht, und *du* hast es zugelassen.«
»Halt den Mund, halt den Mund, Fiona!«, schrie Simon.
»Du hast meine Tochter umgebracht, du hast meine Tochter umgebracht, meine Tochter umgebracht, hast meine Tochter umgebracht …«
Sandie starrte zu Fiona. Ins Auge des Sturms.

9

Drei Tage lang wachten Dan und Cat über Anna. Er schreckte aus dem Schlaf hoch und schlief wieder ein, übergab sich regelmäßig und beschmutzte das Laken mit Blut. Dennoch widersetzte er sich ärztlicher Hilfe und weigerte sich zu reden. Voller Wut und Frust hatte Cat die Plane und den rosafarbenen Pelz-String genommen und beides in ihrem Wagen verstaut. Sie wollte, dass jemand dafür büßte, aber mit diesem Wunsch war sie allein. Sie stand am kleinen Küchenherd und rührte in der selbstgemachten Hühnersuppe. Anna würde die nächste Zeit kaum das Haus verlassen, sie konnte aber auch nicht auf unbestimmte Zeit immer nur bei ihm bleiben. Sie hinkte dem letzten Teil ihres Radio-Seminars hinterher, dann hatte sie eine Woche frei, bevor das dreiwöchige TV-Seminar losging. Erst jetzt, als sie gezwungen war, für fünf Minuten innezuhalten, wurde ihr bewusst, wie verdammt eingespannt sie mit dem College war. Perfektionismus war eine Plage, aber wenn sie an Chelmsford dachte, das ihre harte Arbeit mit einem Schlag zunichte gemacht hatte, wurde ihr schlecht. Es waren selbstsüchtige Gedanken, die ihr auch noch Schuldgefühle einflößten, wenn sie mit ansehen musste, wie Anna am Morgen nur mit Mühe aus dem Bett kam. Sie wollte sich bei Dan anlehnen, der allerdings hatte bereits genug um die Ohren. Er musste sich nicht auch noch um sie Sorgen machen. Trübselig starrte sie in den Topf, als das Telefon klingelte.

»Ich bin's.«

»Hallo, Gran.«
»Wie geht's ihm?«
Cat stellte die Temperatur niedriger und setzte sich an den Küchentisch.
»Etwas besser heute Morgen. Nur mich kommt es ziemlich hart an. Nach dem letzten Telefonat mit dir habe ich wie ein Kleinkind geheult«, sagte sie. »Wenn ich seinen Gesichtsausdruck sehe … es ist so traurig.«
»Du musst aufpassen, dass er nicht in eine Depression rutscht, aus der er nicht mehr rauskommt. Das muss im Keim erstickt werden, Cat.«
»Es ist nicht so, als wäre er von einem Liebhaber verlassen worden, Gran.« Sie versuchte, nicht frustriert zu klingen. Amelias Lebenseinstellung war manchmal nur schwer zu ertragen, auch nach achtundzwanzig Jahren.
»Ist mir durchaus bewusst, Liebling, aber wenn du erst mal unten bist, ist es sehr schwer, wieder hochzukommen.« Cat knetete sich den Nasenrücken.
Wie konnte sich das Leben nur so schnell ändern? Den einen Augenblick kippte man Tequila, den nächsten hing die geistige Gesundheit an einem seidenen Faden. Den einen Augenblick hatte man eine Mutter, im nächsten verpisste sie sich nach Australien. Der Unterschied zwischen seliger Unwissenheit und unerschütterlicher Wahrheit lag im Bruchteil einer Sekunde.
»Also, was hältst du davon?«
»Was?«, sagte Cat.
»Von meinem Vorschlag. Hast du mir nicht zugehört?«
»Tut mir leid.«
»Liebes, schaff dich und Anna hierher, ich werde es dir dann erklären. Ich muss los, ich habe nämlich ein Date.« Die Lei-

tung war tot. Anna zum Aufstehen zu bewegen hatte achtundvierzig Stunden gedauert, damit er sich etwas anzog, weitere vierundzwanzig, und ihn jetzt dazu zu bringen, das Haus zu verlassen …

Dan und Anna saßen vor dem Fernseher, als sie nach unten kam. »Hey«, tadelte sie Dan, »ich dachte, du müsstest zu einer Vorlesung.«
Sein Blick schweifte zu Anna. »War nicht so wichtig«, antwortete er. Amelia hatte recht. Es konnte nicht ewig so weitergehen.
»Anna«, sagte sie und zwängte sich zwischen ihnen aufs Sofa, »wie wär's damit, mal die Wohnung zu verlassen?« Anna zuckte die Achseln. »Könnte dir vielleicht helfen«, fuhr sie fort.
Anna sah zu Dan. »Keine schlechte Idee«, sagte Dan. »Uns gehen sowieso bald die Lebensmittel aus.«
»Okay«, kam es lustlos von Anna. »Wenn ihr meint.«
»Gutes Mädchen«, sagte Dan.
»Kaum«, antwortete er, während er aufstand und die schmale Treppe zum Badezimmer hochging. Dan und Cat beobachteten seine vorsichtigen Schritte, bevor er sich oben zu ihnen umdrehte. »Das wird nicht einfach werden, nicht wahr?«
Cat schüttelte den Kopf. »Aber du hast uns, und wir tun alles, was in unserer Macht steht, um dir zu helfen.« Dan nickte, worauf Anna verschwand, um sich anzuziehen.
»Der arme Kerl«, sagte Dan. »Es macht mich ganz krank … wie kann jemand nur so was tun, einen Kerl vergewaltigen, um Gottes willen.«
»Dan, in diesem Land wird alle fünf Minuten eine Frau vergewaltigt. Die Zeitungen sind voll davon, sag mir nicht, es

wäre dir nicht aufgefallen. Natürlich passiert das auch Männern.«

»Klar, aber irgendwie finde ich es schlimmer, wenn Typen andere Typen vergewaltigen.«

Cat runzelte die Stirn. »Ich verstehe nicht ganz, was du meinst.«

»Na ja, stell dir doch vor, mich hätte es erwischt. Stell dir das doch einfach nur mal vor …«

»Das wäre genauso schlimm.«

»Ja, aber wenn man es nicht gewohnt ist …« Dan zuckte mit den Schultern. »Vergiss es.«

Cat stand auf. »Willst du mir sagen, eine Vergewaltigung ist für einen Hetero schlimmer als für einen Schwulen oder für eine Hetero-Frau, weil er es nicht gewohnt ist, wenn ihm was reingeschoben wird?«

Dan wand sich. »Du weißt, was ich meine, so eine Sache versaut dir die Psyche.«

»Das ist das Dümmste, was ich je aus deinem Mund gehört habe, Dan. Du solltest erst nachdenken, bevor du mit so was rausplatzt.«

»Warum bist du so genervt?«, fragte er verwirrt.

»Dass du mich überhaupt danach fragen musst, macht alles nur noch schlimmer.« Sie schüttelte den Kopf.

»Ich versuch doch nur, es intellektuell anzugehen …«

»Die Penetration?« Cat verlor die Geduld. »Wahnsinnig sensibel, Dan.«

»*Sensibel?* Und das aus deinem Mund!«

»Was willst du damit sagen?«

»Das weißt du ganz genau.«

»Nein«, erwiderte Cat und verschränkte ostentativ die Arme. »Ich weiß es nicht.«

»Spielt keine Rolle. Wir sind alle schon viel zu lange hier drin. Ich muss raus.«
Als er an ihr vorbei wollte, packte Cat ihn am Arm. »Es hat mich ebenfalls mitgenommen, so sehr, dass ich mich fortgestohlen und mir ein Bad eingelassen habe, damit ich mich mal ausheulen kann, ohne dass ihr es hört.«
»Warum bist du nicht zu mir gekommen?«
»Zu dir? Du warst doch vollauf damit beschäftigt, dich um Anna zu kümmern.«
»Also hast du Amelia angerufen.«
»Nicht das schon wieder, Dan!«
»Es ist dir lieber, in einem kalten Bad zu sitzen als zuzugeben, dass du jemanden zum Reden brauchst.«
»Ich habe jemanden zum Reden.«
»Sie wird nicht ewig leben, und was machst du dann? Vielleicht solltest du mal langsam mit dem Üben anfangen, bevor ...«
»Was, Dan, rede nur weiter! Bevor was?«
Dan sagte nichts mehr.
»Arschloch«, flüsterte Cat.
»Cat, ich ...«
»Halt den Mund.« Wie benommen stürzte sie nach draußen zu ihrem Wagen. Als Anna durch die Tür trat, trug er Jeans und ein T-Shirt, mit bestürzter Miene starrte er sie an.

»... 4. Sept. 1992. Ich kämpfe ums Überleben. Das weiß ich jetzt. Es ist so offensichtlich, dass sie mich hasst. Schlimmer noch, sie verachtet, verabscheut mich, das ist die einzige Erklärung für ihr Verhalten. Aber keiner weiß davon, keiner sieht es. Sie ist eine bessere Schauspielerin, als wir wahrhaben wollen. Ich erlebe sie mit ihren Freunden, höre sie am

Telefon mit Mummy. Wenn man sie so sieht, könnte man meinen, dass sie mir sehr zugetan ist. Aber das ist sie nicht. Ich liebe Daddy, aber er ist blind, und ich habe Angst, es ihm zu sagen, weil er sie liebt, und was soll ich dann tun, wenn er mir nicht glaubt. Ich kann es auch Mummy nicht erzählen, ich will sie nicht noch mehr belasten, sie ist so voller Sorgen, bemüht sich so sehr, es mir recht zu machen – wenn ich ihr sage, dass meine Stiefmutter eine Teufelin ist, würde sie sich nur selbst die Schuld daran geben. Was soll ich machen? Herr, gib mir die Stärke, um mit den abscheulichen Dingen zurechtzukommen, die sie tut und sagt. Sie ist gerissen, sie verletzt mich nur innerlich, manchmal wünsche ich mir, sie würde wirklich diese scheußlichen Dinge tun, die sie mir immer androht. Dann könnte ich Beweise vorlegen. Aber was wäre das Leben dann noch? Es wäre verunstaltet, entstellt. Nicht mehr lebenswert. Ich war doch erst vierzehn, als mein Leben zur Hölle wurde. Oh, wie war sie nett, als sie hier ankam. Geschenke aus Amerika, die neuesten Spielsachen, und wie dumm ich damals war, ich ließ mich davon einwickeln. Ich dachte, sie wäre mir eine Freundin, die mir bleiben würde. Für immer. Die Dads Geld ausgab. In unserem Haus lebte. Ich wusste, ihr wäre es lieber, wenn ich nicht zu Besuch käme, aber dann hätte sie gewonnen. Und das werde ich nicht zulassen. Ich will mein Leben zurück. Hilf mir, Gott.«

Bramley legte das Tagebuch auf den Schreibtisch und sah zu seinen Beamten. »Das ist einer der wenigen Abschnitte, die ich laut vorlesen kann. Jane Wellby ist von dieser Frau seit Jahren gequält worden. Der letzte Eintrag fasst alles zusammen.« Er reichte Fotokopien herum.

»… 28. Mai. Ich habe Angst, richtige Angst. Wenn mir irgendwas zustößt, möchte ich, dass ich auf dem Friedhof der Kirche begraben

werde, in der meine Eltern geheiratet haben. Das waren glücklichere Zeiten. Aber wer weiß das schon zu sagen? Keiner will mir glauben. Ich glaube, meine Stiefmutter will mich umbringen. Nur allzu gut kann ich mir vorstellen, wie man mich auslachen würde …«

»So viel zu ihrem Wunsch, eingeäschert zu werden«, sagte DS Mike Chambers. »Sieht so aus, als wollte Mrs. Wellby die Beweise verschwinden lassen.«

»Sehr gut. Nun, die Misshandlungen sind anscheinend in unregelmäßigen Abständen erfolgt, es war nichts Kontinuierliches. Wir sollten uns also das Muster ansehen. Mr. Wellby sagt, er hatte absolut keine Ahnung, was da vor sich gegangen ist, er ist Banker, wir sollten feststellen, wann er geschäftlich unterwegs war. Dann können wir die Daten abgleichen. Das würde seine Unwissenheit erklären.«

Er las weiter vor: *»… 12. Februar. Heute war einer der schlimmsten Tage in meinem Leben. Die Demütigung könnte nicht schlimmer sein. Am liebsten wäre ich gestorben. Sie zerrte mich in einen schrecklichen Laden, die Calorie Carers, sie sagte der Frau dort, ich hätte Probleme, und verglich mich mit den schrecklichen fetten Frauen. ›Meine Tochter hat ein kleines Problem‹ – wie kann sie es wagen, so zu tun, als wäre sie meine Mutter? Das einzige Problem, das ich habe, ist sie. Sie ist diejenige, die mir einredet, ich sei dick, hässlich, nutzlos. Steht in ihrem abstoßenden G-String und ihren Radshorts vor mir, beugt sich nach vorn und streckt mir ihren amerikanischen Knackarsch ins Gesicht und fragt mich, ob sie toll aussehe. Natürlich sieht sie toll aus, ist ja alles aus Plastik. Sie ließ mich dort bei den Dicken und sagte mir, ich solle mich ausziehen, dann wurde ich gemessen und gewogen, sie sagten nur ›hmm‹ und ›äh‹, stachen mir mit einer Pinzette in die Taille und brachten mich in Verlegenheit. Wie konnte sie mir das bloß antun? Ich dachte, wir würden einkaufen gehen. Sie versucht mich zu zerstören. Ich muss stark sein …«*

Bramley sah sich im Raum um. »Clement, Sie sind eine Frau, gehen Sie morgen als Erstes zu den Calorie Carers – vielleicht schreiben Sie sich ja auch gleich ein.« Er lachte.
»Was ist mit der Friseurin, Sir, soll ich der auch gleich noch einen Besuch abstatten?« Sie hatte sich fest vorgenommen, auf seine Kommentare nicht einzugehen, trotzdem spürte sie, wie sich ihr der Magen zusammenzog.
»Wozu? Wenn Sie sich die Haare machen lassen wollen, dann bitte nicht auf Kosten der Steuerzahler.«
»Um herauszufinden, warum sie den Termin bei Mrs. Wellby nicht eingehalten hat.«
»Haben Sie das nicht gelesen?«, sagte er und fuchtelte mit den A4-Blättern herum.
Clement nickte.
»Dann sollten Sie wissen, dass dieses Mädchen von Mrs. Wellby mit unaussprechlicher sexueller Gewalt bedroht worden ist. Es interessiert mich einen Scheiß, dass sie sich nicht die Haare hat machen lassen. Also, bringen Sie das zügig hinter sich. Wir wissen, wer für den Mord an Jane verantwortlich ist, wir brauchen nur genügend Beweise, um sie wegsperren zu können. Kapiert?«
Jeder hatte es kapiert. Sogar Clement. Sie wusste, wie es war, wenn man herumgestoßen, lächerlich gemacht, gequält wurde. Wie es war, wenn man niemanden hatte, der einem beistand.
Nun, sie würde nicht so enden wie Jane Wellby, eingesperrt, unfähig, sich selbst zu verteidigen. Sie würde kämpfen, Männern wie Bramley musste Einhalt geboten werden. Janes Tod war das traurige Ende jahrelanger Misshandlung.
Sie würde alles tun, um sicherzustellen, dass Sandie Wellby für das, was sie ihrer Stieftochter angetan hatte, bestraft wür-

de. Und wenn es vorbei war, würde sie sich Bramley vorknöpfen.

»Ihr Lieben, ist das nicht aufregend – Anna, du siehst einfach umwerfend aus als Mann, aber bitte, zieh den Hosenbund nicht bis zu den Brustwarzen hoch.« Anna schob seine Jeans nach unten. »Viel besser. Also, ich glaube, es steckt mehr dahinter, als es den Anschein hat.«
»Als wenn du das nicht wüsstest«, sagte Anna und warf einen Blick zu Cat, die ihm nur ein lautloses »tut mir leid« zuraunte.
»Nun, sicherlich weiß ich nicht alles, aber es hilft, wenn man geübt ist im Lauschen.«
Das war nicht die Antwort, die Anna oder Cat erwartet hatten. »Wovon sprichst du, Amelia?«
»Von dem toten Mädchen natürlich.« Weitere verwirrte Blicke. »Um Himmels willen, lest ihr nicht das örtliche Käseblatt?«
»Wie oft habe ich dir schon gesagt, Gran, das ist keine Zeitung …«
»Liebes, unsere Führerin Cleveland hat es so angeordnet. Wegen der großen Lettern und der besänftigenden Geschichten«, sagte sie und ahmte dabei den Tonfall der Schwester nach. »Alles, was ein wenig hochgestochener ist, muss ich hier reinschmuggeln. Na, das tut jetzt nichts zur Sache. Jedenfalls hat ihre Unfähigkeit, die Feinheiten des Lebens zu verstehen, zu etwas überaus Aufregendem geführt.«
Cat starrte ihre Großmutter an. Hatte sie jetzt den Verstand verloren?
»Oh, bitte, sieh mich nicht so an, junge Dame. Ich bin nicht plemplem geworden. Aber ich habe dir eine richtige Story

aufgetan, eine, die deine Gegner für immer zum Schweigen bringen und dir einen Radiobeitrag liefern wird, mit dem du dich an die Spitze deines Seminars katapultierst. Und vielleicht erfährst du dabei sogar noch etwas über dich selbst.«

»Holt die Schwester«, sagte Cat.

»Okay, okay. Ganz von vorn also.«

Anna setzte sich auf einen Stuhl, schlug die Beine übereinander, ruckelte ein wenig und setzte sich dann gerade hin, die Beine parallel. Warum Cat Jeans trug, war ihm schleierhaft. Sie waren höchst unbequem, drückten und kneiften immer an den falschen Stellen.

»Wenn du mit deinem nervösen Gezappel aufhören könntest?«

»'tschuldigung.«

»Ich habe in aller Ruhe eine Zigarette am See genossen, als ich zufällig hörte …«

»Gran?« Schon jetzt glaubte sie ihrer Großmutter kein Wort.

»Okay, als ich zufällig zu nah an Mr. Blaine heranrollte, dessen Tochter Camilla Simpson zu Besuch war«, korrigierte sie sich und schweifte ab: »Mr. Blaine, ein überaus reizender Mann, Witwer, anscheinend mag er seine Tochter sehr, sie ist Lehrerin, müsst ihr wissen.« Cat verzog das Gesicht. »Wie auch immer, das Lokalblatt hat von Janes Tod berichtet, ein kleiner Artikel nur, aber die beiden haben sich darüber unterhalten, über unseren Fall.« Cat und Anna sahen sich an. *Unseren* Fall? »Es gebot schon die Höflichkeit, ihnen von meiner Verstrickung darin zu berichten, worauf Camilla und ich uns ausführlich darüber austauschten. Sie hat nämlich Jane im Unterricht gehabt, versteht ihr …«

»Ah«, sagte Cat, nachdem sie endlich sah, worauf es hinauslief.

»Zweimal sogar. In der Grundschule, als Jane noch ein kleines Mädchen war, und dann später bei der weiterführenden Ausbildung. Camilla ist jetzt Rektorin von Janes College. Der erste und wichtigste Punkt nun: Camilla hat nicht gewusst, dass Janes Eltern geschieden sind, bis sie von Sandie wegen eines Seminars angerufen wurde. Camilla war zunächst ziemlich verwirrt, bis ihr klar wurde, dass Sandie Janes Stiefmutter ist. Natürlich war sie zu diskret, um nachzufragen, seit wann die Eltern denn geschieden seien. Sie nahm an, es musste erst vor kurzer Zeit gewesen sein, denn Jane hat in der Schule immer ziemlich viel Aufhebens um ihre Mummy und ihren Daddy gemacht und welch tolle Familie sie wären.«

»Hat sie Sandie Wellby persönlich getroffen?«

»Na ja, das ist ja das Seltsame«, sagte Amelia. »Sie hat häufig mit Janes Mutter und Vater zu tun gehabt, sie sind immer zu den Aufführungen des Schultheaters, den Elternsprechabenden gekommen, und immer gemeinsam, Fiona und Robert. Ist anscheinend so eine ›moderne Auffassung‹, jeden gleich beim Vornamen anzusprechen. Respektlos, wenn ihr mich fragt, aber so ist es nun mal. Camilla Simpson hat Fiona und Robert für ein glückliches Ehepaar gehalten, was Jane nie korrigiert hat. Aber Robert und Sandie Wellby waren bereits seit sieben Jahren verheiratet, was bedeutet, dass Jane die ganze Zeit gelogen hat. Und was macht eine Lüge?«, fragte Amelia und breitete theatralisch die Arme aus. Cat kannte die Antwort darauf, sie war damit aufgewachsen, weshalb sie ihre Großmutter anlächelte.

»Sie verbirgt die Wahrheit«, kam es von beiden unisono.

Anna sah sie perplex an. Cat erklärte es: »Als ich klein war, hat Gran mir immer gesagt, man soll nicht lügen, weil Lügen ein Eigenleben entwickeln. Zweck einer Lüge ist es, die Wahrheit zu verbergen, aber die Wahrheit ist stärker als die Lüge, und die Lüge kann sie nie vollständig verdecken, weil sie schwach ist. Irgendwann wird sie sich davonstehlen, und die Wahrheit wird zum Vorschein kommen. Statt also zu schummeln, sollte man sich gleich an die Wahrheit halten, bevor sie einen hinterrücks erwischt.« Sie hielt inne. »Na ja, jedenfalls so in der Richtung.«

Anna wusste genau, wovon sie sprach, und das hatte nichts mit Jane Wellby zu tun.

»Du meinst also, Jane hatte was zu verbergen?«

»Und es ist nun an euch, das herauszufinden«, sagte Amelia und nickte.

»Ich glaube nicht, dass das mein Ding ist, Amelia. Danke.«

Amelia legte Anna ihre knochige Hand aufs Knie. »Nimm von einer alten Lady einen Rat an. Konzentrier dich darauf. Es wird dir guttun.«

Annas Unterlippe begann zu zittern. »Was hast du ihr erzählt«, fragte er Cat. Cat klappte lediglich der Mund auf.

»Anna«, kam es mit sanfter Stimme von Amelia. »Ich habe einen Krieg miterlebt, ich habe Männer auf vielfältige Weise zusammenbrechen sehen. Cat hat mir überhaupt nichts erzählt, ich sehe es mit eigenen Augen. Du brauchst Zeit, bis es wieder heilt.« Tränen traten ihm in die Augen, als Amelia ihm über den Kopf strich. »Wäre doch ganz gut, mal was anderes zu haben, woran man denken kann? Einen Grund, morgens aus dem Bett zu kommen!«

Anna schniefte. »Wie bist du zu einer so klugen Frau geworden?«

Amelia ergriff seine Hand. »Dafür müssen wir Cat danken.«

»Ich hab damit nichts zu tun.«

»Doch, doch. Während du älter geworden bist, bin ich immer jünger geworden. Wärst du nicht gewesen und hättest mir nicht eine Menge beigebracht, hätte mich diese verrückte moderne Welt ziemlich aufgerieben.«

»Mich jedenfalls hat sie aufgerieben«, meinte Anna.

»Und mich auch«, sagte Cat.

»Aber das werden wir ändern«, sagte Amelia fröhlich. »Findet ein paar Antworten und verschafft Cat ein großartiges Finale für ihr Seminar. Die Sache ist jedenfalls verdammt noch mal wesentlich besser als Sex über siebzig.«

»Was?«, fragte Anna.

»Mach dir darüber keine Gedanken«, sagte Cat.

»Und vielleicht lösen wir sogar einen Mord, wer weiß – was für ein Spaß.«

»Ein seltsamer Spaß«, sagte Cat.

»Liebes, ich habe da an dich gedacht.«

»Was meinst du damit?«, fragte Cat.

»Vertrau mir in der Sache. Bitte!«

»Immerhin hast du die Leiche gefunden …«, sagte Anna.

»Und es kann kein Zufall sein, dass ich die Lehrerin kennengelernt habe …«, stimmte Amelia mit ein.

»Oder dass wir Sandie-Ann Surly auf dem Video gesehen haben …«, bestätigte Anna.

»Und dass ich einen Hund überfahren habe, der scheinbar verschwunden ist …«, sagte Cat.

»Und dass ihr beide Paris so gut kennt.« Anna und Cat sahen zu Amelia. »Ich habe euch doch gesagt, schaut mich nicht so an …«

»Bitte, Robert«, flehte Simon, »fahr zur Polizeidienststelle und gib ihr zu erkennen, dass du auf ihrer Seite stehst.«

Robert schüttelte den Kopf. »Das habe ich getan, bis Fiona das Tagebuch gefunden hat.«
»Sie ist deine Frau!«
Robert sah auf. »Und Jane war meine Tochter, Simon, willst du das nicht verstehen?«
»Um eure Ehe haben euch alle beneidet. Wie kannst du es einfach so abtun? Setz dich für die Lebenden ein, Robert.«
»Auch wenn diese die Toten auf dem Gewissen haben?«
Simon fluchte insgeheim. Er trat hinter Robert und legte ihm die Hände auf die Schultern. So standen sie eine Weile lang nur da und sahen aus dem Fenster des Arbeitszimmers hinaus zum gepflegten Garten. Roberts Schultern fühlten sich unter dem Hemd wie ein Felsblock an.
»Du glaubst doch nicht wirklich, dass Sandie Jane etwas angetan hat?«
»Du hast das Tagebuch nicht gelesen, Simon.«
»Jane ist wie jedes andere Kind, sie hat sich eben einfach was ausgedacht.«
»Aber nicht das.«
»Was?«
»Lass mich in Ruhe, Simon!«
»Um Himmels willen«, sagte Simon leise, »die Frau sammelt die Marienkäfer auf der Anfahrt ein, damit sie nicht unter den Reifen zerquetscht werden. Sie hat sich jahrelang um dich und Jane gekümmert. Sie hätte einen Orden dafür verdient, es mit dir und Fiona so lange ausgehalten zu haben, während ihr immer die stolzen Eltern vorgegaukelt habt.« Roberts Schultern verspannten sich noch mehr. »Sie ist eine Heilige, aber du willst es nicht sehen. Sie würde deiner Tochter kein Leid zufügen. Denk darüber nach, Robert. Denk an die Sandie, die du kennst und liebst.«

Er antwortete nicht sofort. »Kenne ich sie wirklich? Kennst du sie? Sie ist Schauspielerin, Simon, vergiss das nicht.«
»Das darf doch nicht wahr sein! Wie lange seid ihr schon verheiratet?« Simon ging zum Schreibtisch. »Sieben Jahre, Robert, sieben verdammte Jahre. Zählt das überhaupt nicht?«
Robert schwieg.
»Gut, ich werde dir mal was sagen: Wenn sie meine Frau wäre, würde ich ein bisschen mehr tun, als nur meinen Anwalt schicken.«
»Thomas Hallifax ist der beste.«
»Großartig! Aber sie braucht deine Unterstützung, sie muss wissen, dass du für sie da bist. Erinnere dich doch an sie, so wie du sie seit all den Jahren kennst.« Simon schloss die Augen. »Diese attraktive, intelligente, witzige Frau, deine Frau, die immer bereit ist, für alle da zu sein. Sie unterstützt dich, Robert, so wie sie auch deine Tochter unterstützt hat, aber sie tut es mit solcher Anmut und solch guter Laune, dass du es noch nicht mal wahrnimmst.« Er schlug die Augen auf. »Sie hat deinen Zuspruch verdient.«
Robert sah ihn an. »Sie hat auf jeden Fall deinen Zuspruch, was, Simon? Aber das ist noch lange nicht alles, oder? Sie hat auch dich. Und deine Liebe.« Er stieß ein gehässiges Lachen aus. »Natürlich, und die ganze Zeit habe ich gedacht, du wärst nichts weiter als ein zufriedener Junggeselle. Du bist in meine Frau verliebt. Großer Gott, es ist so offensichtlich, ich kann gar nicht glauben, dass ich es nie gesehen habe.« Er lachte noch immer.
»Was zum Teufel gibt es da zu lachen?«
Robert verstummte und drehte sich abrupt weg. »O mein Gott.«

»Was?«
»Verlass mein Haus!«
»Warum um alles in der Welt?«
Robert schritt vor dem Fenster auf und ab. »Jane hat versucht, es mir zu sagen.« Er sah auf, öffnete den Mund; tausend Gedanken schossen ihm durch den Kopf.
»Was hat sie versucht, dir zu sagen?«, fragte Simon mit leicht zitternder Stimme.
»Du bist nervös.«
»Weil du kurz davorstehst, durchzudrehen.«
»Ich drehe nicht durch. Zum ersten Mal seit sehr langer Zeit sind meine Gedanken ganz klar.«
Simon ging zur Tür. »Hör zu, du bist ziemlich durch den Wind, wir reden morgen noch mal darüber. Aber fahr zur Polizei.«
»Jane hat es gewusst, stimmt's?« Simon blieb stehen. »Jetzt habe ich deine Aufmerksamkeit, was?«, sagte Robert.
»Ich weiß nicht, wovon du redest. Du solltest dich hinlegen.«
»In welchem Zimmer soll ich mich deiner Meinung nach hinlegen? Du kennst dich hier wahrscheinlich besser aus als ich.«
Simon rührte sich nicht.
»Wie konnte ich nur so dumm sein? Jane hat es mir erzählt, jedes Mal, wenn du da warst, hat sie es mir gesagt. Jane hat es gewusst, sie hat mich vor euch und eurem Treiben warnen wollen.« Er stieß ein tiefes, kehliges Lachen aus. »›Warum ist Simon die ganze Zeit da, Daddy?‹«
»Quatsch, Robert. Ich war nie hier.«
»Du redest sogar wie sie. So oft bin ich nach Hause gekommen, und du warst da. Mit deinen kleinen Musterbüchern. Sehr raffiniert. Ich wette, ihr habt euch darüber totgelacht.«

»Was glaubst du, was deine Frau tut, Robert? *Ich* arbeite die ganze Zeit, sie trifft sich von Zeit zu Zeit mit einem vermögenden Pärchen, und damit hat es sich mit ihrem Interesse an dem Geschäft. Ich mag ihr Spielzeug sein, aber nicht so, wie du dir denkst. Ich war nie hier, ohne von euch beiden eingeladen worden zu sein.«

»Jane hat dich als ihren Gespielen bezeichnet. Ich dachte, es wäre ein Scherz …«

»Vergiss es. Tut mir leid, dass ich jemals hierhergekommen bin. Es tut mir leid, dass ich geschickt wurde, um dich von der Arbeit abzuholen, *Arbeit*, Robert. Erinnerst du dich an den Tag, als ich dich in deinem *Büro* angetroffen habe? Du erwartest von mir, dass ich dir gegenüber loyal bin, dass ich dein kleines Geheimnis wahre, und dann hast du nichts Besseres zu tun, als mir vorzuwerfen, ich würde deine Frau ficken.«

»Verschwinde aus meinem Haus!«

»Deinem Haus! Mach dich nicht lächerlich!«

»Wie kannst du es wagen …«

»Spar dir den scheinheiligen Scheiß, Robert. Sieh dir lieber mal etwas genauer dein eigenes Leben an, bevor du andere verdammst. Sandie hat mit dem Tod deiner Tochter nicht das Geringste zu tun, und ich auch nicht. Aber du, Robert, alter Kumpel, du bist vielleicht nicht so frei von aller Schuld. Sie war nicht das Kind, das du zu kennen meintest, ganz und gar nicht.«

Robert griff sich das Whiskyglas auf seinem Schreibtisch. Simon schloss hinter sich noch die Tür, bevor das Glas daran zersplitterte. Robert sank auf seinen Sessel.

»Dad, Dad.« Seine Tochter rief ihn. »Bist du zu Hause?« Die Tür ging auf, seine Tochter stand im Rahmen

und lächelte. »Du bist ja doch da. Ich glaube, du wirst langsam taub.«

»Na, vielen Dank. Komm rein, ich will mit dir reden.«

»Ja.«

»Pläne. Was willst du am Wochenende machen …?«

»Ich werde am Sonntag nicht hier sein. Da bin ich wieder bei Mum.«

»Ah ja. Und am Samstag? Willst du ein paar Freunde einladen?«

»Eigentlich nicht. Wir könnten doch einfach hierbleiben, zusammen.«

»Sollen wir zur Gokart-Bahn fahren?«

»Na ja, wenn du willst, aber ich wäre lieber hier.«

»Dann lade ich die Whittons zum Tennis ein. Du magst deren Jungs doch, oder?«

»Ja, aber …«

»Wir könnten ja ein Barbecue veranstalten, laden noch ein paar dazu ein, machen uns einen hübschen Tag.« Jane zuckte mit den Schultern.

»Sandie macht so ein tolles Barbecue, ich bin mir sicher, sie wird nichts dagegen haben«, fuhr er fort.

»Okay, Dad, wenn du willst«, kam es von Jane mit tonloser Stimme.

Robert wandte sich seinem Schreibtisch zu. »Gut, gut, also abgemacht. Ich rufe gleich ein paar Leute an.« Jane war noch nicht ganz aus dem Zimmer, als sie zögerte.

»Noch was, Püppchen?«, rief er über seine Schulter. Er hatte bereits den Hörer in der Hand.

»Du musst es nicht für mich tun, Dad, ich bin ganz glücklich, wenn ich nur …«

»Ich mach doch alles, damit du glücklich bist«. Er lä-

chelte und wählte eine der Nummern aus seinem Adressbuch. »Hallo, Veronica. Hier ist Robert Wellby. Gut, ja, Sandie ist so wundervoll wie immer, wie geht es dir?«
»Ist sie nicht.«
Robert verdrehte leicht den Oberkörper. »Einen Moment, Veronica.« Er legte die Hand auf den Hörer. »Was hast du gesagt?«
Jane sah zu ihren Vater. »Nichts.«
»Oh.« Er nahm die Hand weg. »Nein, nur Jane«, sprach er ins Telefon. »Sie hätte gern am Samstag ein Barbecue, habt ihr denn schon was vor? Toll …«
Jane schloss hinter sich die Tür.

Robert Wellby ging in den Hof und setzte sich auf den Aufsitzblock. Er starrte auf die Garage, Tränen liefen ihm übers Gesicht, bis das Tageslicht vollständig verschwunden war.

10

»Schön, Sie zu sehen, Mrs. Simpson.«

»Ist mir eine Freude, bitte, kommen Sie rein. Und nennen Sie mich Camilla.«

»Ich bin Cat, und das ist An…«

»…drew. Andrew. Ich bin Cats Rechercheur, ihr Laufbursche, ähm …«

»Schön, Sie kennenzulernen, Andrew, Cat.« Sie gaben sich die Hand. »Kommen Sie rein.«

»Also«, sagte Camilla Simpson, als sie die beiden in ihr Wohnzimmer führte. »Ihre Großmutter hat mir erzählt, Sie seien Rundfunkjournalistin.«

»Nicht ganz. Ich bin noch in der Ausbildung, am London College of Printing.«

»Na, das ist eine gute Uni. Schwierig, reinzukommen, oder?«

»Hab dafür drei Anläufe gebraucht.«

»Das nenne ich Ausdauer. Sehr beeindruckend. Aber das überrascht mich nicht, Ihre Großmutter ist eine außergewöhnliche Frau. Mit ihr aufzuwachsen muss doch ein ziemlicher Drill gewesen sein?«

»Sie hat es Ihnen erzählt?« Cat war sehr stolz darauf, von Amelia erzogen worden zu sein, hängte es aber nicht an die große Glocke. Sie hatte auf die harte Tour erfahren, dass manche, die es eigentlich hätten besser wissen können, sie für sonderbar hielten, weil sie keinen Daddy und keine Mummy und keinen Goldfisch hatte.

»Eigentlich, Cat, hat sie es meinem Vater erzählt. Ich glaube, er hat sich in sie verknallt.«
»Der alte Schlawiner«, sagte Anna.
»Sie hat mir gesagt, sie hätte ein Date. Ich hab's nicht so ernst genommen.« Cat sah auf dem Kaminsims das Foto eines lächelnden Ehepaars zwischen sechzig und siebzig. »Ich glaube nicht, dass es ein richtiges Date war.«
Camilla folgte Cats Blick. »Das ist schon okay, Mum ist schließlich schon vor ein paar Jahren gestorben. Ich bin froh, wenn er eine ebenso temperamentvolle Freundin gefunden hat. Er ist ja nur ins Heim gezogen, weil er es zu Hause nicht mehr ausgehalten hat, es war ihm zu einsam. Wir hielten es zunächst für einen Fehler, aber dann ist ihm Amelia aufgefallen.«
Cat sagte nichts.
»Mrs. Simpson …?«, begann Anna, um das Thema zu wechseln. »Haben Sie was dagegen, wenn Cat das Interview aufzeichnet?«
Die Frau zögerte.
»Es wird doch nicht gesendet werden, oder, Cat?«
Cat löste sich von dem Foto. »O nein. Na ja, höchst unwahrscheinlich.«
»Worum geht es?«
»Um Jane Wellby. Ich möchte herausfinden, was mit ihr passiert ist.«
Camilla drehte ihren Ehering am Finger hin und her.
»Ich habe nicht vor, irgendjemandem die Schuld zuzuschieben«, sagte Cat, um die Frau zu beruhigen.
»Warum machen Sie es dann? Ob sie nun ermordet wurde oder Selbstmord begangen hat, in jedem Fall trägt jemand die Schuld.«

»Mrs. Simpson, niemand trägt die Schuld, wenn sich jemand umbringt, außer die betreffende Person selbst …«

»Cat«, beschwichtigte Anna.

»Wie auch immer«, fuhr Cat fort, ohne zu Anna zu sehen, »die Polizei ist davon überzeugt, dass sie sich nicht selbst das Leben genommen hat.«

Camilla Simpson seufzte. »Ich fürchte, ich muss ihr zustimmen. Jane Wellby gehörte nicht zu den Mädchen, die sich umbringen.«

»Dann haben Sie also nichts dagegen«, sagte Cat und schob die Mini-Disc in das Gerät. Camilla nickte.

Sie hielt das Mikrofon zwischen sich und Camilla und drückte auf »Aufnahme«.

»Mrs. Simpson, Sie sind die Rektorin des neugeschaffenen Harlow College. Davor haben Sie an der höheren Schule in Stoke Newington unterrichtet. An beiden Einrichtungen hatten sie Jane Wellby als Schülerin?«

»Ja«, antwortete Camilla.

»Wie war es, Jane zu unterrichten?«

»Na ja, im eigentlichen Sinn habe ich sie nur unterrichtet, als sie so zehn Jahre alt war …« Cat wartete, dass sie den Satz vollendete. Sie tat es nicht.

Cat fuhr fort: »War sie ein glückliches Kind?«

»Ja, von einem starken Willen geprägt. Sie hat sich gegenüber kleineren Schülern gern aufgespielt, aber das war nichts Ernstes. Das findet sich bei jedem Kind. Es kam zu einigen Vorfällen, Kinder wurden schikaniert, aber es stellte sich heraus, dass Jane damit nichts zu schaffen hatte.«

»War sie intelligent?«

»Sehr. Obwohl davon nicht viel übrig geblieben ist. Ich meine …« Camilla biss sich auf die Lippen. »Tut mir leid …«

»Schon okay, fahren Sie fort.«
»Sie war ein intelligentes Kind, aber keine gute Schülerin. Sie ist schließlich auf dem Harlow College gelandet, weil sie ihre Hochschulreife nicht geschafft hat. Sie ist zweimal durchgefallen. Was nicht nötig gewesen wäre.«
»Sind ihre Leistungen dramatisch schlechter geworden?«
»Ihre Zeugnisse künden von einer steten Verschlechterung. Aber wie gesagt, zwischen zehn und dreiundzwanzig hatte ich sie selbst nicht mehr im Unterricht.«
»Aber sie hat Unruhe gestiftet?«
»Man sollte vielleicht eher sagen, dass sie Aufmerksamkeit gesucht hat. Sie hat ausführlich von den unglaublichen Urlaubsreisen ihrer Eltern erzählt, was ihr nicht unbedingt viele Freunde eingetragen hat, fürchte ich.«
»Aber ihre Eltern waren doch geschieden«, sagte Cat überrascht.
Camilla zuckte mit den Schultern. »Ich weiß nicht, seit wann das so war. Offensichtlich hat Jane es so nicht sehen wollen.«
»Was hat die Schule in Stoke Newington wegen ihrer Noten unternommen?«
»Fiona Wellby ist wahrscheinlich auf das häusliche Umfeld angesprochen worden. Sie war völlig bestürzt und hat kategorisch behauptet, Jane sei zu Hause die reine Freude, ergo müssten die Probleme in der Schule eben an der Schule liegen. Etwa um diese Zeit habe ich dann die Schule verlassen.«
»Aber sagen das nicht alle Eltern?«, fragte Anna.
»Nein, die meisten Eltern würden alles tun, um ein weiteres Abrutschen der schulischen Leistungen zu verhindern.«
»Könnte es sein, dass sie etwas verheimlicht hat?«, fragte Cat. »Misshandlungen etwa?«

»Nein. Ich glaube nicht, dass Jane misshandelt wurde. Misshandelte Kinder gehen nicht so aus sich heraus wie Jane. Selbst im Alter von zehn Jahren hatte sie einen starken Willen und war sehr eigensinnig. Sie wuchs zu einer jungen Frau heran, die andere stark manipulierte. Ich will ja nicht schlecht über Tote reden, aber sie war …« Camilla hielt kurz inne. »… na ja, sie war nicht unbedingt eine der nettesten Schülerinnen.«

»Was meinen Sie damit?«

»Sie ging schnell hoch. Bis zum Schluss. Einige Lehrer beschwerten sich bei mir darüber. Sie war launisch, ungeduldig, die ganze Zeit müde. Jemand hat mal Drogen erwähnt, aber es lässt sich schwer sagen, was oder wie viel sie genommen hat. Viele Schüler experimentieren damit. Als ich in diesem Fall mit Fiona darüber zu reden versuchte, erhielt ich die gleiche Reaktion.«

»Obwohl Sie wussten, dass es vorher schon Probleme gegeben hat?«

»Es klingt seltsam, aber Jane oder auch Fiona wussten nicht, dass sich unsere Wege schon mal gekreuzt hatten. Ich hatte in der Zwischenzeit geheiratet, hatte Kinder, mein Mann starb.« Sie machte eine kurze Pause. »Manchmal erkenne ich mich selbst nicht mehr. Ich habe nie erwähnt, dass ich in Stoke Newington unterrichtet habe. Ich wollte sie damit nicht belasten.«

»Tut mir leid, das von Ihrem Mann zu hören.«

»Er war krank«, sagte sie. »Wollen Sie vielleicht einen Tee?«

Cat schaltete das Band ab. »Ja, bitte.« Sie sahen ihr hinterher, als sie aus dem Wohnzimmer ging.

»Die arme Mrs. Simpson.«

»Die arme Jane Wellby«, sagte Anna. »Offensichtlich hatte

sie ernsthafte Probleme. Kaum zu glauben, dass da nie jemand was unternommen hat. Ihre Launen, die Müdigkeit, klassische Symptome der Depression.«

»Und warum hat es die Eltern nicht interessiert, was die Schule zu sagen hatte? Muss man da von Verdrängung reden? Ich musste mir nur das Knie aufschürfen, schon kam Gran angerast und achtete darauf, dass die Schule es nicht unter den Teppich kehrte.«

»Für mich klingt es so, als wäre zu Hause eine ganze Menge schiefgelaufen, und jeder hat es verdrängt. Selbst Jane. Deswegen ihre Geschichten. Sie war wohl ziemlich durch den Wind.«

Camilla kam mit einem Tablett zurück. »Ich weiß, was Sie sich denken« – erneut drückte Cat auf den Aufnahmeknopf – »dass Jane ein Opfer war, dass die Schule und das College sie im Stich gelassen haben. Aber sie war kein Opfer. Nie und nimmer. Sie hatte immer alles beschönigt, und ihr gefiel die Aufmerksamkeit, die sie bekam, wenn sie die neuen Spielsachen herzeigte, die sie von ihren *Eltern* geschenkt bekommen hatte. Die Lehrer haben im Aufenthaltsraum darüber geredet.«

»Na ja, ihre Eltern sind reich.«

»Ich will ja nicht taktlos erscheinen, aber das Geld in der Familie ist das von Sandie. Damals in Stoke Newington waren Fiona und Robert nicht reich.« Camilla schenkte den Tee ein.

»Was waren das für Spielsachen?«

Camilla zuckte mit den Schultern. »Sie war die Erste, die einen CD-Spieler hatte, eine Playstation, solche Dinge. Geschiedene Eltern kompensieren vieles, indem sie ihre Kinder mit Geschenken überhäufen. Vielleicht wäre ich darauf gekommen, was los war, aber da war sie nicht mehr in meiner Klasse.«

»Mrs. Simpson, Sie waren uns eine große Hilfe«, sagte Cat. »Niemand konnte wissen, was geschehen würde.«

»Ich nehme an, die Polizei verdächtigt Sandie Wellby, Janes Stiefmutter.«

Cat zuckte nur mit den Schultern. Sie wollte nicht offenbaren, dass sie selbst Anteil daran hatte.

»Also, wenn sie mich fragen, würde ich ihnen erzählen, dass Sandie Wellby die Einzige war, die sich über Janes schulische Laufbahn Sorgen machte. Robert und Fiona teilten dem College mit, Jane wäre bei der Abschlussprüfung durchgefallen, weil sie schlechten Umgang hatte. Als sie das zweite Mal durchfiel, wurde sie mit einem Aufenthalt an der La-Croix-Sprachenschule in Paris belohnt. Die alles andere als billig ist. Aber das funktionierte auch nicht. Früher als erwartet war sie wieder hier. Schließlich wurde ich von Mrs. Wellby angerufen: ›Hilfe, was können wir mit Jane tun?‹ Ich habe mich gewundert, warum Fiona plötzlich mit einem amerikanischen Akzent sprach. So habe ich herausgefunden, dass es sie gibt – als sie mich anrief und um Hilfe bat, weil sie sich Sorgen um Jane machte. Nicht ihre Mutter oder ihr Vater, sondern ihre Stiefmutter. Wahrscheinlich ist sie die einzige Vernünftige von allen. Sie hat Jane nicht umgebracht. Nie und nimmer.«

»Ich habe Sie schon erwartet.«

WPC Clement betrachtete argwöhnisch die Frau. Sollte Bramley bei den Calorie Carers angerufen und für sie spaßeshalber einen Termin ausgemacht haben, würde sie nicht eher ruhen, bis sie seinen Posten hatte. »Wie bitte?«

»Sie kommen doch wegen dem Wellby-Mädchen. Ich hab's in der Zeitung gelesen. Absolut tragisch. Ich nehme an, Sie haben sie verhaftet.«

»Wen, Madam?«

»Na, die Stiefmutter natürlich. Das arme Ding, wir haben alles für sie getan, was in unserer Macht stand, sie war ja völlig fertig. Fertig und voller Angst.« Lynne Reed war ganz aus dem Häuschen, mal mit was anderem als Kalorienzählen zu tun zu haben.

»Wir sollten uns lieber mal hinsetzen und ganz von vorn anfangen. Sie sind?«

»Miss Reed, ich bin die Leiterin von Calorie Carers, wir sind stolz darauf …«

»Danke, gibt es irgendwo hier einen Platz, an dem wir uns unterhalten können?«

»Ja, sicherlich«, antwortete Lynne Reed, von der jungen Polizistin etwas aus der Fassung gebracht. »Kommen Sie mit in mein Büro.« WPC Clement nahm zwischen einer furchteinflößenden Sammlung kalorienreduzierter Produkte Platz und spürte, wie sie sofort der Hunger überkam. Außergewöhnliche *Vorher-* und *Nachher-*Aufnahmen zierten Miss Reeds Schreibtisch. Ihre »Lieblingsschüler«, wie sie in missionarischem Tonfall verkündete. Clement starrte auf die Bilder und war nicht ganz davon überzeugt, dass zwischen dem *Nachher* und *Vorher* irgendein biologischer Zusammenhang bestand.

»Haben Sie unsere Dienste schon mal in Anspruch genommen?«

Clement sah an sich hinab; sie hatte nicht gedacht, dass sie es nötig hätte, doch wenn sie sich so betrachtete, kam es ihr vor, als wuchsen ihre Oberschenkel unaufhörlich in die Breite. Schnell sah sie wieder auf. »War sie nicht noch ein wenig jung, um hierherzukommen?«

»Wir haben Klienten, die sind erst sechzehn.«

»Sechzehn«, wiederholte Clement entsetzt.

»Man ist nie zu jung, um sich eine ausgewogene Ernährungsweise anzugewöhnen.« Erneut sah sich Clement in dem Raum um; neben der Tür stapelten sich in einem Einkaufswagen, genau auf Griffhöhe, Sojariegel mit Schokogeschmack, absolut fettfrei. Die kulinarische Köstlichkeit kostete nur 2,98 Pfund. Wieder richtete Clement den Blick auf die Frau vor sich und musste sich ehrlicherweise eingestehen, dass sie Miss Reed nicht mochte.

Sie würde glatt eine Pizza bei Deep Pan darauf wetten, dass sie in der untersten Schublade einige Milchschokolade-Hob-Nobs versteckte hatte. Schließlich war sie selbst ja gar nicht so dünn.

»Sie sind im Februar gekommen, zu zweit, um sich zum ›Aufhübschen‹ anzumelden, um was gegen das nachweihnachtliche Gemampfe zu tun.« Lynne Reed prustete aus irgendeinem Grund. »Kein schlechtes Geschäft. Zuerst hab ich sie für Mutter und Tochter gehalten, dann ist mir aufgefallen, dass sie jedes Gespräch an sich gerissen und meiner Assistentin erzählt hat, dass Jane sehr nervös sei und ein paar Ratschläge bräuchte.«

Clement notierte sich alles in Pitmans Kurzschrift, dem wertvollsten Werkzeug ihres Gewerbes.

»Waren Sie damals bei diesem Gespräch persönlich anwesend?«

»Ich war im Zimmer.« Clement sah zu der Frau. »Ich habe alles mitbekommen.« Clement sagte nichts. »Ich bin direkt daneben gestanden. Und habe die Aufsicht geführt. Ich bin nämlich die Leiterin hier.« Clement nickte, lächelte und zog einen dicken Strich quer über ihre bisherigen Notizen. Der Frau war nicht zu trauen.

»Erinnern Sie sich, wie Mrs. Wellby Jane vorgestellt hat?«

»Was meinen Sie damit genau?«

»Wie hat sie sie genannt?« Sie sah Lynnes Stirnrunzeln. »Tochter, Stieftochter, Freundin?«

»Oh.« Lynne dachte nach; die Polizistin würde die Frage nicht stellen, wenn nicht was dahintersteckte. Also probierte sie es aufs Geratewohl. Was konnte es schon schaden? Sie hatte ja noch sehr viel pikantere Informationen, die sie unbedingt loswerden wollte. »Tochter.«

»Sicher?«

»O ja«, sagte Lynne, überzeugt, richtig geantwortet zu haben. »Ziemlich. Natürlich habe ich schnell herausgefunden, dass das ja gar nicht stimmt. Jane Wellby hat sich noch ganz anderer Dinge erwehren müssen als ihrer Pfunde.« Diesen Witz hatte sie sorgsam gehegt, seitdem die Neuigkeiten bekannt geworden waren.

»Könnten Sie da etwas mehr in die Breite gehen?«

»In die Breite gehen!« Lynne stieß ein nasales Lachen aus. »Gutes Wortspiel.«

Clement verzog die Lippen zu einem Lächeln. »Sie sagten also?«

Nun, dachte sich Lynne, wenn die Frau schon keinen Sinn für ihren Humor hatte, würde sie dann ihre Geheimnisse über die Wellbys preisgeben? Es waren doch so sensible Informationen. »Was ich Ihnen erzählen muss, wird Sie wahrscheinlich richtiggehend entsetzen, WPC Clement. Sie sind für Ihren Fall *sehr* bedeutsam. Sollten wir nicht auf der Dienststelle mit Ihrem Boss reden, Detective Chief Inspector Bramley, das ist er doch, oder? Er hat mir bei einigen Problemen mit äußerst unangenehmen Nachbarn geholfen.«

»Wirklich?« Clement seufzte innerlich. Das Letzte, was sie jetzt hören wollte, waren Lobhudeleien über dieses Schwein. Nein, das Letzte nahm sie zurück. Schweine wurden am Ende doch immer nur in die Pfanne gehauen.

»Eine indische Familie, immerzu am Kochen, ständig hat es nach Curry gerochen. Es hat sich dann herausgestellt, dass die Papiere der Alten nicht in Ordnung waren. Deshalb hat man sie nach Hause geschickt. Die war wohl dankbar für den Flug, stell ich mir vor. Die anderen sind dann bald darauf gefolgt. Ein ganz erstaunlicher Mann.«

»Ja, das ist er. Wie lautet Ihre Adresse, Miss Reed?«

»Chalk Row, Nummer sechsundzwanzig. Ist das wichtig?«

»Nur für die Akte.« Clement notierte sich die Adresse mit dem Vermerk, sich mal Bramleys Ausweisungsbescheid anzusehen.

Lynne Reed erhob sich. »Gehen wir also?«

»Das ist nicht notwendig, die Informationen, die ich brauche, sollte ich doch auch hier bekommen.« Widerstrebend nahm Lynne wieder Platz. »Wie ist sie Ihnen vorgekommen – Jane Wellby?«

»Sehr bekümmert. Sobald ihre Mutter, huch, tut mir leid, Stiefmutter …« Clement sah sie mitleidig an. »… fort war und wir Jane zum Reden gebracht haben …«

»Wer ist wir?«

»Meine Assistentin, die hat sie hier aufgenommen.«

»Kann ich mit ihr sprechen?«

»Nicht nötig, wir waren beide anwesend.«

Clement lächelte. »Es ist aber trotzdem nötig. Vorschriften. Verstehen Sie, Jane hat in ihrem Tagebuch geschrieben, dass sie das Messen und Wiegen als sehr demütigend empfunden hat. Ist das eine angemessene Beschreibung, was meinen Sie, Miss Reed?«

Lynne sagte eine Weile lang nichts.

»… werfen Sie das einfach hier hin, wir nehmen schnell mal Ihre Maße und machen Ihnen eine kleine Skala. So können wir dann das Ziel bestimmen, auf das wir es abgesehen haben, und Sie in die Richtung bringen, in die Sie wollen. Zum vollkommenen Selbst.«

»Hier drin?«

»Genau. Werfen Sie einfach Ihre Kleidung auf den Stuhl. Ich bin gleich wieder da.« Lynne holte ihre Messinstrumente. Sekunden später war sie wieder da, um die Heizung aufzudrehen. Sie warf noch einen Blick auf Jane und ging dann, um ihre Assistentin zu holen. »Weiß nicht, warum du die aufgenommen hast, ihre Figur ist in Ordnung, kaum überschüssige Pfunde. Wer will sie denn sein, Twiggy?« Reed hinkte ihrer Zeit eben etwas hinterher.

»Was meinst du?«

»Komm mit, ich zeig es dir.« Lynne und Carla traten wieder ein. Jane stand mitten im Raum auf einem Podium, eine Hand auf der Hüfte, umgeben von Spiegeln.

»Jane, Liebes.« Lynne hielt inne. Es kam nicht oft vor, dass sie einen vollständig nackten Menschen zu Gesicht bekam. Jane drehte sich zu ihnen um. Ihr Blick verschlug Lynne die Sprache.

Carla, von etwas robusterer Natur, vollendete an ihrer Stelle den Satz: »Es ist nicht notwendig, sich ganz zu entkleiden, Jane. Sie können Ihre Unterwäsche wieder anziehen.«

»Oh«, sagte Jane und fügte dann weniger herablassend hinzu: »Ich habe das ja auch noch nie gemacht.«

»Schon gut, Liebes«, sagte Lynne, »jeder ist am Anfang etwas verunsichert.«

»Nun, Jane«, sagte Carla, »viel Arbeit werden wir mit Ihnen nicht bekommen. Wir wiegen Sie, aber es reicht schon ein Blick, um sagen zu können, dass Sie kaum Übergewicht haben. Wenn überhaupt.« Jane starrte sie mit leerer Miene an, während sie ein Bein durch die Öffnung ihrer Unterhose schob. Erst als sie ihren BH geschlossen hatte, änderte sich ihr Verhalten. Plötzlich fiel sie vor ihren Augen in sich zusammen. »Ich hab's ihr ja gesagt«, flüsterte sie.

»Wie bitte?«

»Sie hat gesagt, ich muss hierherkommen und mich neben die Dicken stellen, weil ich auch so dick bin, so dick und hässlich.« Augenblicklich begann sie zu weinen. Lynne eilte zu ihr und ließ sie, an ihre Schulter gelehnt, reden und weinen.

»... Irgendwann ist meine Assistentin gegangen, ich glaube nicht, dass sie viel von Janes schrecklicher Geschichte mitbekommen hat. Ihre Stiefmutter hat ihr eingeredet, sie sei hässlich, eine wertlose Kuh, zu nichts nütze. Wahrscheinlich hat sie gedacht, wir werden dem noch Vorschub leisten, indem wir sie aufnehmen ...«

»Was Sie ja getan haben.«

»Nein, nun ja, ja und nein, kommt drauf an, wie Sie das sehen wollen. Sie hat Hilfe gebraucht, so viel war klar, und die haben wir ihr meiner Meinung nach auch gegeben.«

»Verstehe«, sagte WPC Clement.
»Ich habe schwören müssen, es niemandem zu erzählen.«
»Hatten Sie das Gefühl, dass sie sich in Gefahr befand?«
»Nun, ja und nein. Rückblickend muss man wohl sagen, dass sie sich in Todesgefahr befunden hat, sie hat es mir bei verschiedenen Gelegenheit sagen wollen, es aber nicht über sich gebracht. Und nein, weil ich denke, in unserem Geschäft hat man es immer mit Mädchen zu tun, die nichts anderes als Aufmerksamkeit wollen. Übermäßiges Essen ist nur eine Art, das zum Ausdruck zu bringen. Ich werde es mir nie verzeihen«, verkündete sie plötzlich in theatralischem Tonfall, »dass ich dem Hilfeschrei des armen Dings nicht genug Beachtung geschenkt habe.« Clement sah die Kanzel, von der herab Miss Reed predigte, richtiggehend vor sich.
»Nehmen Sie es sich nicht so sehr zu Herzen, Miss Reed. Ich würde Sie gern um einen Gefallen bitten …« Sie machte eine dramatische Pause. »… Jane zuliebe.« Miss Reed nickte lebhaft. »Könnten Sie alles aufschreiben, woran Sie sich bei den Gesprächen mit Jane erinnern, und es uns so schnell wie möglich auf die Dienststelle bringen?«
»Ich werde Tag und Nacht nicht ruhen, ich werde …«
»Irgendwann im Lauf des nächsten Tages, das reicht schon.«
»Ja.«
Clement erhob sich. »Wo kann ich Ihre Assistentin finden?«
»Ist im Urlaub. Zwei Wochen lang«, antwortete sie schnell.
»Verstehe. Und ihr Name?«
Lynne hielt inne. Sie wollte auf keinen Fall, dass sich jemand in ihren Fall einmischte. »Carla Hammond«, sagte sie schließlich. Carla konnte wahnsinnig schlecht mit Leuten umgehen, sie war eine schlechte Menschenkennerin, ganz anders als sie

selbst. Lynne sah der Polizistin hinterher, als diese ging. Sie musste auf jeden Fall dafür sorgen, dass sie DCI Bramley von den Vorfällen erzählen konnte. Schließlich war er doch so ein netter, bescheidener Mann mit traditionellen Wertvorstellungen und Ehrgefühl, er würde ihre Geschichte sicherlich ernst nehmen. Er würde es nicht zulassen, dass eine Frau wie Sandie Wellby ungeschoren davonkam. Geschah ihr ganz recht, was musste die auch so verdammt perfekt sein. Lynne zog die unterste Schublade auf und nahm eine angebrochene Kekspackung heraus. Sie brach einen der Kekse in der Mitte durch und schob sich die Hälfte davon in den Mund. »Mrs. Lynne Bramley«, sagte sie, den Mund voll mit einem Milchschokoladen-HobNob.

11

Langsam fuhren Cat und Anna von Camilla Simpsons Haus zurück nach Harlow.
»Jetzt bin ich vollends verwirrt«, sagte Cat.
»Hm«, kam es von Anna geistesabwesend.
»Alles in Ordnung mit dir?«
»Ja, nur müde. Weißt du, was ich mir denke: Es stecken alle mit drin. Alle waren so sehr damit beschäftigt, auf glückliche Familie zu machen, dass sich keiner mehr mit Janes Problemen in der Schule beschäftigen konnte. Was für ein Quatsch. Die ganze Sache stinkt doch nach Kinderpornographie. Wahrscheinlich war sie auch noch auf Drogen.«
»Ganz sicher nicht, sie sind doch so …«
»Angesehen? Vielleicht ist eines ihrer Spielchen aus dem Ruder gelaufen, sie sind in Panik geraten und haben sie in den Wagen verfrachtet. Deshalb gibt es keinen Abschiedsbrief.«
»Das ist doch krankhaft! Du bist krank!«
»Die Menschen *sind* krank, Cat. Nur weil sie eine nette Familie aus der Mittelschicht sind, heißt das noch lange nicht, dass so was nicht vorkommt.«
»Aber Camilla hat doch gesagt, sie sei kein Opfer gewesen …«
Anna hörte ihr nicht mehr zu. Er war wieder in dem Raum.
»… das Leben ist hart. Hier drinnen bist du mir ausgeliefert, gnadenlos ausgeliefert. Du bist nichts. Niemand liebt dich. Niemand wird dir helfen. Du musst bestraft werden. Wir werden dich zu einem Nichts machen. Und wenn wir fertig sind mit dir, wirst du eine Wunde haben,

die so tief geht, dass du dich nie mehr davon erholen wirst. Wir werden dich zu dem gemacht haben, was du bist. Deine Seele gehört uns, deine Loyalität gehört uns, du wirst uns nie verraten …«

»Anna, alles in Ordnung?«

Er schüttelte den Kopf. »Halt an, ich muss an die frische Luft.« Er öffnete die Beifahrertür, noch bevor Cat überhaupt abbremsen konnte.

»Mach die Tür zu!«, schrie sie. »Ich halte an.« Sie bog in eine Wohnstraße ein und bremste scharf ab.

»Ich muss raus!« Wieder spürte er den Geschmack des rosa Pelzes im Mund. Er stürzte aus dem Wagen, hielt sich an einem Laternenpfahl fest und rang schluchzend nach Atem. Vorsichtig näherte sich Cat und legte ihm die Hand auf die Schultern.

»Das kommt alles zu früh, mir ist übel«, flüsterte er. »Furchtbar übel!«

»Komm her.« Cat versuchte ihn dazu zu bewegen, dass er sich zu ihr umdrehte.

»Fass mich nicht an! Ich bin beschmutzt.«

»Nein, das bist du nicht!«

»Es ist meine Schuld, Cat, ich habe es mir selbst angetan.«

»Was?«

»Ich habe den Vers nachgeschlagen, weißt du, den uns die dicke Schwester an den Kopf geworfen hat.«

»Und?«

»*Eine Frau soll nicht Männersachen tragen, und ein Mann soll nicht Frauenkleider anziehen; denn wer das tut, der ist dem Herrn, deinem Gott, ein Greuel.*«

Cat betrachtete sich und ihre Jeans. »Sieht aus, als stünde uns beiden ein höllischer Teufelsritt bevor«, sagte sie und umarmte Anna.

Er stieß sie weg. »Lass mich in Ruhe!«
Cat packte ihn an den Schultern und schüttelte ihn sacht. »Wir kriegen das schon hin, es gibt Leute, die können dir helfen.«
»Nein.« Anna sah weg. Er würde sich dagegen wehren, sobald er die Kraft dazu hatte. »Diese Wellby-Sache, es geht nicht, sie sind schlechte Menschen, ich kann damit nicht umgehen. Tut mir leid.«
»Nein, mir tut es leid. Ich habe nicht gedacht, dass wir in so einen Sumpf geraten könnten.«
»Das Mädchen ist tot. Es kann nicht alles eitel Sonnenschein gewesen sein. Cat, das ist alles Scheiße. Die Welt ist ein beschissener Ort, an dem beschissene Dinge geschehen. Weiß Gott, was dem Mädchen alles zugestoßen ist. Vielleicht ist es wirklich besser, dass sie jetzt tot ist.«
Sie glaubte nicht, dass er noch immer von Jane Wellby sprach.
»Anna, sag das nicht. Es stimmt nicht.«
»Es wird wieder geschehen, Cat, und du wirst es nicht verhindern können.«
»Man kann es versuchen, Anna.«
»Was soll das heißen?«
»Nichts.« Cat wandte sich ab.
»Du meinst, ich könnte zur Polizei gehen. Cat, du hast mich gesehen. Ich bin mit dem Typen freiwillig mitgegangen. Jeder hat es gesehen, ich konnte ja kaum die Finger von ihm lassen.«
»Das ist noch lange keine Entschuldigung, dich …« Cat konnte es nicht aussprechen, nicht wenn er vor ihr stand. »Vergiss es.«
»Cat, er hat mich nicht vergewaltigt.«
»Was meinst du?«

»Er war es nicht.«
Cat packte ihn an den Schultern. »Was willst du damit sagen?«
Sie wurden von einer Stimme unterbrochen. Wäre nicht der Name gewesen, der gerufen wurde, hätten beide kaum Notiz davon genommen.
»Jane! Jane Wellby! Huhu!« Eine Frau kam auf sie zu. Cat sah die Straße hoch, dann drehte sie sich um, aber außer ihnen war niemand zu sehen. Wieder richtete sie den Blick auf die rothaarige lächelnde Frau, die sich ihnen winkend näherte, starrte sie an, und dann erinnerte sie sich.
»Oh, Scheiße!«, sagte sie zu Anna. »Schnell, versteck mich!«
»Zu spät«, sagte Anna.
»Sie ist die Friseurin aus dem Wellby-Haus, Suzie. Sie hält mich für Jane.« Anna runzelte die Stirn. »Ist eine lange Geschichte.« Nervös sah sie sich um. »Scheiße, ich muss es ihr sagen.«
»Sie muss doch wissen, dass Jane tot ist.«
»Jane!«, schrie die Rothaarige erneut.
»Wer weiß, vielleicht auch nicht«, sagte Anna. »Cat, wenn du mehr über Sandie Wellby und Jane herausfinden willst, dann ist es vielleicht ganz gut, wenn sie dich noch immer für Jane hält.«
Cat blieb der Mund offen. »Das kann ich nicht tun!«
Anna drehte sie an den Schultern herum. »Willst du die Wahrheit herausfinden?«
»Aber …«
»Willst du?« Sie nickte. »Dann nur zu!« Anna gab ihr einen sachten Schubs.
»Suzie, hallo, wie geht's?«, sagte sie mit leicht erstickter Stimme.

»Oh, ich platz doch hoffentlich nicht in einen Beziehungskrach hinein, oder?«
»Nur Heuschnupfen«, kam es von Anna. Er wischte sich über die Augen.
»Oh, ich hätte da ein wunderbares Aromatherapie-Öl, das hilft bestimmt, kommen Sie doch mit in meinen Salon, der liegt gleich um die Ecke.« Cat sah zu Anna, der unmerklich nickte.
»Danke.« Sie setzten sich in Bewegung. »Ähm, arbeiten Sie die meiste Zeit im Salon?«
»Halb und halb. Ich mag die Hausbesuche, die bringen hier in der Gegend gutes Geld, huch, tut mir leid, das sollte ich Ihnen wohl lieber nicht sagen.«
Cat lächelte sie an. »Kein Problem.«
»Drei Tage in der Woche bin ich im Salon. In London könnte ich nicht leben, ist mir zu groß. Und die Typen, die einigermaßen nach was aussehen, sind alle schwul«, sagte sie und lächelte Anna an. »Da kommt man als Single nicht weit. Hier gefällt es mir besser. Also, mal sehen, ob wir das Öl haben. Geben Sie davon was ins Badewasser, es hilft Ihnen beim Atmen.« Sie führte sie in den Friseur- und Manikürsalon. »Klein, aber mein.«
»Wie haben Sie mich erkannt?«, fragte Cat.
»Als Erstes am Wagen. Man sieht nicht so viele knallgelbe Fiestas, eigentlich hab ich Sie ja eher für so einen Clio-Typ gehalten.« Sie kicherte. »Dann hab ich gesehen, wie Sie diesen attraktiven Mann umarmt haben.« Erneut lächelte sie Anna zu. »Und ich hab mir gedacht, na, hallo, Mrs. Wellby hat mir doch nie was von einem Freund erzählt.«
»Dann haben Sie sich anscheinend häufiger über Männer unterhalten.«

»Aber nicht *so*, immer nur … na ja, es stört Sie doch nicht, oder? Sie hat mich gefragt, ob ich Ihnen auch das Haar machen könnte, anscheinend mögen Sie Ihr Haar nicht, was ich mir aber gar nicht vorstellen kann«, sagte sie an Cat gewandt. »Es ist doch so schön, so dunkel.«

»Ich werde langsam grau.«

»Das kann nicht sein!«, kam es entsetzt von Anna.

»Ich hab eine Menge Wundermittel, die lassen ein paar graue Haare schnell wieder verschwinden. Zeigen Sie mal!« Cat senkte den Kopf und ließ ihr Haar zu beiden Seiten nach vorn fallen. »Hinter den Ohren ist es verfilzt.« Anna und Suzie begutachteten ihren Kopf.

»Großer Gott, Mädel«, entrüstete sich Anna in bester Anna-Prokton-Manier. »Das ist ja überall so.«

»Hmm«, pflichtete Suzie in ihrer sehr viel professionelleren Art bei. »Verstehe, was Sandie meint. Für Ihr Alter ist das nicht in Ordnung.«

»Was hat meine Stiefmutter noch gesagt?«

»Hören Sie, wenn Sie mit Ihrer Stiefmutter Probleme haben, dann sollten Sie mit ihr selber reden.«

»Woher wollen Sie wissen, dass ich Probleme mit ihr hätte?«

Suzie wirkte verwirrt. »Meine ich ja gar nicht. Sie mag Sie sehr gern, Jane, das sollten Sie wissen. Ich kenne Stiefeltern, mit denen ist es kein Spaß, aber sie, sie ist eine liebe Frau. Wenn sie nur nicht mit Ihrem Dad verheiratet wäre. Ich wette, Sie kommen mit ihr wunderbar zurecht.« Cat sah zu Boden und überlegte, was sie als Nächstes sagen sollte. »Hören Sie, wenn Sandie vielleicht mal was Falsches tut, dann doch nur, weil sie sich Sorgen um Sie macht. Das ist alles.« Suzie ging zu einem Schrank und kramte zwischen verschiedenen Haartonika herum.

»Woher wissen Sie das alles?«
»Ich mach ihr einmal in der Woche die Haare. Sie wohnt in diesem großen Haus, Ihr Vater arbeitet ununterbrochen, wahrscheinlich ist sie einsam. Zum Job einer Friseurin gehört es nicht nur, die Haare zu schneiden. Ich schnüffel nicht herum, aber ich höre zu.«
»Sie haben recht, tut mir leid, ich möchte nicht aufdringlich erscheinen.«
»Schon gut, ich habe ein ziemlich dickes Fell.« Anna grinste Cat an. Anna Prokton hätte darauf etwas zu erwidern gehabt, aber ohne die entsprechenden Klamotten sah er sich außerstande dazu. Langsam schien er diesen Andrew zu mögen, den weichen, sensiblen Typen … »Also, Sie haben gesagt, dieser grandios aussehende Kerl hier ist nicht Ihr Freund«, sagte Suzie und fixierte dabei unumwunden Anna.
»Ähm.« Cat bemerkte Annas Blick aus dem Augenwinkel. »Nein, ist er nicht.«
»Sie haben also nichts dagegen, wenn ich ihn auf einen Drink einlade?«, sagte sie, den Blick noch immer auf Anna gerichtet.
»Aber gern, Suzie, nur zu!« Hätte Suzie nur für eine Sekunde ihren Raubtierblick von Anna genommen, hätte er Cat den Stinkefinger gezeigt. Stattdessen lächelte er nur und musste mit ansehen, wie Cat, die hinter Suzie stand, sich fast in die Hosen machte.
»Also, wie steht's, Big Boy?«
Anna erlitt beinahe einen Erstickungsanfall. »Ich, na ja, ich bin im Moment für eine Beziehung nicht so sehr zu haben.«
»Süßer, wer redet denn von einer Beziehung?«
»Suzie?«, kam es von Cat, die merkte, dass sie Anna aus den Klauen der Rothaarigen befreien musste.

»Hmmm?«, antwortete Suzie, ohne sich umzudrehen.
»Warum hat Sandie am Freitag ihren Termin abgesagt?«
»Na, Sie sollten das doch wissen«, sagte Suzie und drehte sich endlich um. »Sie selbst haben doch angerufen und abgesagt.«

Fiona ließ ihre Tasche und Leinenjacke auf den Boden fallen, schloss mit einem Tritt die Haustür hinter sich und ging langsam durch den schmalen Flur. Es hatte Tage gedauert, bis sie nach Hause kommen konnte. Robert war ein Wrack, die Polizei hatte alles wissen wollen, was sie jemals gemacht, alles, was Sandie und Jane zusammen getan hatten, sie wollten Beweise, die die Anschuldigungen aus dem Tagebuch untermauerten. *Ihnen muss doch was aufgefallen sein*, hatte DCI Bramley zu ihr gesagt. *Irgendetwas?* An der Treppe sah sie nach oben, wartete einen Augenblick und ging in die Küche. Noch immer war ihr, als müsste jeden Moment Jane auftauchen. Die das Tagebuch erklärte. Die allen sagte, es sei nur ein Spaß gewesen, ein Projekt. Irgendetwas. Warum hatte sie es nicht gesehen? Auf dem Anrufbeantworter waren einundzwanzig Nachrichten, sie war vier Tage lang weg gewesen, es hatte sich herumgesprochen, die Buschtrommeln hatten es weitergetragen. Sie wollte sich jetzt mit ihnen nicht befassen. Sie griff sich die Espressokanne, gab mit dem Löffel den letzten Rest Kaffee in den Filter, füllte die Kanne mit Wasser und wartete auf das tröstende Gurgeln. Sie konnte sich nicht erinnern, wann sie zum letzten Mal etwas Normales getan hatte, wie Einkaufen zum Beispiel. In ihrem Kopf trieben noch Valiumwolken, sie hatte jegliches Zeitgefühl verloren. Sandie hatte ihr vor ihrer Verhaftung eine große Dosis verabreicht, sie konnte sich kaum noch daran erinnern, was an jenem Tag geschehen war. War das auch Teil von Sandies Plan gewesen, sie einzuschläfern, unaufmerksam zu machen, damit sie nicht zu viele Fragen über den Tod ihres Kindes stellte? Wie zum Beispiel: Woher hatte sie diese Schwellung? Oder: Wo zum Teufel warst du, während sie erstickte? Ungeduldig sah sie zu, wie sich die Kaffeekanne füllte. Sie brauchte das Koffein wie eine Süchtige. Sie nahm eine Tasse aus dem Schrank und schenkte sich ein, was bereits durchgelaufen war. Kaffee tropfte auf die heiße Herdplatte. Es zischte. Fiona spürte den unwiderstehlichen Drang, die Hand auf die Platte zu legen, sie so fest dagegenzudrücken, bis sie schließlich weggeschmolzen wäre. Sie konnte sich nicht vorstellen, wie es sich anfühlen würde, aber sie wollte es wissen. Zentimeter für Zentimeter näherte sich die Hand der Platte, schwebte über ihr, während die Versuchung wuchs. Was machte sie hier? Schnell stellte sie die Espressokanne darauf. Ihr Verstand schlug Kapriolen. Was auch schon während der Rückfahrt von Cedar Hall vorgekommen war, der Mittelstreifen hatte so einladend ausgesehen. Das Steuer herumreißen, den Aufprall spüren … Aber sie hatte widerstanden, war auf der linken Spur nach Hause gefahren und hatte den Impuls ignoriert, sich noch größeren Schmerz zuzufügen als den, der jetzt ihre Seele auffraß. Der Kaffee war stark, sie setzte sich an den Tisch, umfasste mit beiden Händen die Tasse und nippte in kleinen, schnellen Schlucken daran. Dabei dachte sie an Jane, an Sandie und Robert, versuchte sich an etwas zu erinnern, irgendetwas; irgendeinen Hinweis darauf, was vor sich gegangen war.

»Ich dachte, ich ruf schon mal an, um dir schöne Ostern zu wünschen, wir werden den Tag über auf der Piste sein.«

»Mum! Wie schön, deine Stimme zu hören. Wie ist der Schnee?«

»Perfekt. Die Sonne scheint, ich sehe schon wie ein Panda aus, nur mit umgekehrtem Farbmuster. Wie geht es allen in Cedar?«

»Dad bestens. Sieht sehr gut aus, er hat sogar abgenommen.«

»Dann macht Sandie ihre Sache gut.« Fiona lachte.

»Er hat es von allein hingekriegt. Bei euch ist alles in Ordnung?«

»O ja, aber Jo Attlewood hat uns bei unseren Mädels-Ferien doch einen ziemlichen Strich durch die Rechnung gemacht. Er ist mit der Familie seines Bruders hier. Erinnerst du dich an ihn? Wir waren vor langer Zeit mal gute Freunde. Er lebt jetzt in Argentinien.«

»Nein.«

»Doch, doch, du erinnerst dich. Er ist groß, attraktiv, hat uns mal im Sommer zum Segeln auf dem Solent eingeladen.«

»Ah, ja, du hast recht. Ein Blödmann. Hab ihn nie leiden können. Segeln ist langweilig.«

Fiona schwieg. »Na ja, er reist morgen wieder ab.«

»Ich würde gern mit dir zum Skifahren. Vielleicht könnte Dad ja auch mitkommen.«

»Wen du bräuchtest, wäre Sandie. Sie fährt am besten.«

»Die will ich aber nicht.«

»Stimmt etwas nicht, Liebling?«

»Nein, nein, alles bestens, ich verstehe nur nicht, warum immer alle meinen, Sandie könnte alles so verdammt gut.«

»Wir könnten ja nächstes Jahr einen Ausflug planen,

Liebling, wie wär's damit? Du kannst eine Freundin mit einladen.«

»Großartig. Dad ist gerade reingekommen, ich soll dir Grüße ausrichten. Wir vermissen dich. Ostern ohne dich ist nicht das Gleiche.«

»Kann ich kurz mit deinem Vater sprechen?«

»Ist schon wieder raus, tut mir leid. Er muss zum Golf.«

»Na, wenn was langweilig ist, dann das.«

»Er spielt ja nur, damit er mal rauskommt. Du weißt schon, was ich meine.«

»Klar. Ich muss jetzt los, die Mädels warten.«

»Bis dann, pass auf dich auf.«

»Du auf dich auch, und richte Grüße an Robert und …«

»Mach ich. Bis dann, Mum.«

Als sie die Haustür hörte, wurde Fiona aus dem Tagtraum gerissen. Mit leerem Blick lauschte sie den Schritten auf den Dielen. Ihr Magen zog sich zusammen.

»Jane?«, rief sie zögerlich.

»Ola, Misses Wellby.«

Fiona biss sich auf die Unterlippe und schluckte die Enttäuschung hinunter. Würde das jemals vorübergehen? »Rosa«, sagte sie und wartete, bis die kleine, stämmige Frau in die Küche kam.

»Misses Wellby, Ihnen nicht gut?«

»Setzen Sie sich, Rosa. Ich habe Ihnen schreckliche Neuigkeiten zu erzählen.« Die Spanierin bekreuzigte sich, nahm Platz und ergriff intuitiv Fionas Hand. Fiona brachte keinen Ton heraus.

»Jane …« Die Worte blieben ihr im Hals stecken. Sie konnte es noch nicht mal ihrer Putzfrau erzählen, wie zum Teufel sollte sie dann mit dem Rest der Welt klarkommen?
»Jane?«, wiederholte Rosa. Fiona nickte. »Ist sie krank?« Erneut biss sich Fiona auf die Lippen, langsam schüttelte sie den Kopf. Rosa bekreuzigte sich ein zweites Mal. »Großer Gott. Sie wird doch wieder gesund?« Fiona schüttelte den Kopf, heftiger, während ihr große Tränen in den Schoß tropften.
»O nein!« Rosa bedeckte mit den Händen den Mund, sprach still ein Gebet, beugte sich schließlich vor, zog Fiona in ihre Arme und ließ sie an ihrer Schulter weinen.
»Sie ruht jetzt in Frieden, Misses Wellby. Der Herr beschützt sie jetzt.«
Fiona löste sich, mit starrem Blick sah sie die Frau an. »Aber er hat sie früher nicht beschützt, oder? Und ich auch nicht.«
Rosa runzelte die Stirn. »Misses Wellby, Sie sind eine sehr gute Mutter. Sie war nicht einfach, Sie können sich nicht die ganze Zeit um sie kümmern.«
»Sie verstehen nicht. Sie ist getötet, sie ist ermordet worden.«
Erneut bekreuzigte sich Rosa. »Gehen Sie rauf, Sie brauchen Ruhe. Ich bring frischen Kaffee. Sie legen sich hin.«
Die Erschöpfung umfing sie wie ein Anzug aus Blei. Rosa hatte recht, sie brauchte Ruhe. Damit sie wieder zu sich kommen konnte. An der Küchentür drehte sie sich um. »Aber die Polizei wird auftauchen, sie wollen Janes Zimmer sehen …«
Rosa bekreuzigte sich.
»Was ist, Rosa?«
»Ich … ich …«
»Was?«

»Ich hab aufgeräumt. Tut mir leid …«

Fiona musste sich am Türrahmen festhalten. »*Sie* haben aufgeräumt?«

»Tut mir sehr leid, Misses Wellby, ich wollte nur …«

»War es sehr unordentlich?«

Rosa zögerte. Sie wollte nichts Schlechtes über Jane erzählen, aber sie wollte auch nicht lügen. »Habe deswegen aufgeräumt und geputzt. Es war sehr unordentlich.«

»O Gott!« Fionas Knie gaben nach. Rosa rannte zu ihr, als sie zu Boden sackte.

»Tut mir leid …«

Fiona hielt sich den Bauch und schluchzte. Rosa zog einen Rosenkranz aus der Tasche und begann ein »Gegrüßet seist du Maria« zu sprechen.

Amelia stellte die Narzissen in eine Vase und lächelte. Das Telefon klingelte.

»Bin gerade erst reingekommen«, sagte sie ohne weitere Begrüßung.

»Wo warst du?«

»Ah, Liebes, tut mir leid, ich dachte, du wärst jemand anderes.«

»Ach. Hast du mir was zu erzählen?«

»Nein. Wie war es bei Camilla Simpson?«

»Du weißt, dass ihr Vater ein Auge auf dich geworfen hat?«

Amelia sah zu den sattgelben Blumen. »Erzähl mir lieber etwas, was ich noch nicht weiß.«

»Gran, ein wenig Bescheidenheit, bitte.«

»Er sabbert jedes Mal, wenn ich in seine Nähe komme, so vernarrt ist er.«

»Wenn du den Speichelfluss als Maßstab nimmst, müssten

alle Bewohner von Heaven's Gate bei deinem Anblick liebestoll werden.«
»Kommt immer noch drauf an, was da gerade so herausspritzt.« Amelia gluckste.
»Du wirst von Jahr zu Jahr schlimmer.«
»Ich sehe es eher so, dass es mit zunehmendem Alter besser wird. Wie bei gutem Wein. Apropos, wie entwickeln sich deine Pläne für Paris?«
»Ich würde gern dieser Sprachenschule einen Besuch abstatten. Ich meine, wenn Jane zu Hause wirklich misshandelt worden ist, warum sollte sie dann vorzeitig zurückkehren? Ergibt doch keinen Sinn. Das Problem ist nur, Anna fühlt sich wahrscheinlich noch nicht dazu in der Lage, und mit Dan habe ich mich gestritten. Im Moment reden wir nicht miteinander.«
»Na, um Himmels willen, bring das wieder in Ordnung. Ich werde nächstes Jahr siebenundsiebzig und möchte noch die Geburt meiner Urenkel miterleben.«
»Ich dachte, ich breche mit der Familientradition und bekomme erst ein Kind, wenn ich verheiratet bin.«
»Habe ich dich zu einem so frechen Gör erzogen?«
»Eigentlich …«
»Das war eine rhetorische Frage, junge Dame. Wie auch immer, ich glaube nicht, dass du aufs Heiraten sonderlich erpicht bist.«
»Bin ich auch nicht.«
Amelia pfiff durch die Zähne. »Was die Sache ein wenig kompliziert macht, nicht wahr?«
»Gran, halt den Mund!«
»Wie reizend. Dabei wollte ich euch ein Wochenende in Paris anbieten.«

»Wir können es uns nicht leisten.«
Amelias verruchtes Lachen schepperte in der Leitung. Cat fürchtete dieses Lachen. »Was hast du getan?«
»Etwas Schreckliches.«
»Nicht deine Diamantbrosche, ich habe dir gesagt …«
»Schlimmer.«
»Du hast nicht damit angefangen, irgendwelche Körperteile von dir zu verkaufen?«
»Die kann ich nicht weggeben. Nein, ich habe das ganze Geld vom Einlagenkonto deiner Mutter auf meines überwiesen.«
»Hast du nicht!«
»Sie hat es seit Jahren nicht angerührt, es liegt dort nur so rum. Wenn sie das nächste Mal nach England kommt, dann wahrscheinlich zu meiner Beerdigung, falls ihr dieses Ereignis so viel wert ist, und dann ist es zu spät.«
»Wie um alles in der Welt hast du das geschafft?« Cat wusste nicht, ob sie wütend oder beeindruckt sein sollte.
»Ich war ja schließlich diejenige, die es eingerichtet hat. Ich habe alle Namen und Zahlen, und sie stellen ja auch solche dämlichen Fragen. Geburtsdatum, als ob ich das vergessen würde, den Mädchennamen deiner Mutter, ich bitte dich, und wann ich das Konto zum letzten Mal benutzt habe. Ganz klar, sie war vor vier Jahren zum letzten Mal hier.«
»Du bist grauenhaft.«
»Ich sehe es eher so, dass …«
»Gran, wie viel?«
»Kinkerlitzchen.«
»Gran!«
»Genug für vier Eurostar-Tickets und eine Schüssel Moule Marinière.«

»Gran!«

»Siebenhundertdreiundvierzig Pfund und einundachtzig Pence. Uns sind drei Monate Zinsen entgangen, weil ich nicht rechtzeitig Bescheid gegeben habe.«

»Na ja«, sagte Cat nach einigem Nachdenken, »wahrscheinlich ist es höchste Zeit, dass meine Mutter uns mal einen Urlaub spendiert.«

»Ich muss es nicht wieder zurücküberweisen?«

»Nein. Du hast absolut recht, es wird uns allen guttun.«

»Olé!«

»Das ist Spanisch.«

»Ist doch das Gleiche.«

»Ich glaube nicht, dass dir die Franzosen da zustimmen werden.«

12

WPC Clement ging auf der Suche nach dem Salon durch die Straße. Nervös sah sie auf ihre Uhr. Wenn sie sich beeilte, könnte sie es noch schaffen. Bramley hatte sie für eine Routineüberprüfung zu einer Werkstatt geschickt, die im Verdacht stand, gestohlene Autos zu verschieben. Eine nicht allzu große Polizistin und sieben Jungs mit nacktem Oberkörper, die vor Motorenöl und Unverschämtheit nur so strotzten. Das Leben war zu kurz, weshalb sie beschloss, sich in die entgegengesetzte Richtung davonzumachen. Sie würde Bramley erzählen, in der Werkstatt niemanden angetroffen zu haben. An der Tür zum Friseursalon prangte ein schwarzgoldenes Schild mit der Aufschrift »Geschlossen«, drinnen aber war ganz deutlich jemand zu sehen. Ganz offensichtlich kein Schönheitssalon für berufstätige Frauen, da er erst um zehn Uhr auf- und um halb sechs schon wieder zumachte. WPC Clement seufzte; wäre nett, wenn ihr das Glück mal ein wenig hold wäre. Sie klopfte gegen die Tür. Die rothaarige Frau im Salon drehte sich um, deutete auf ihre Uhr und zuckte mit den Achseln. Clement klopfte erneut, diesmal hielt sie ihren Polizeiausweis gegen die Glasscheibe. Suzie runzelte die Stirn und näherte sich vorsichtig.

»Ja?«

»Ich würde gern reinkommen und Ihnen ein paar Fragen stellen, reine Routine.«

»Ich hab nichts angestellt.«

»Das weiß ich, es geht um eine Ihrer Kundinnen.« Suzie nick-

te und öffnete die Tür. Clement trat ein. Sofort fuhr ihr der durchdringende Geruch von Haarspray und anderer Chemikalien in die Nase. Sie musste niesen.
»Gesundheit. Ich hab gerade Wasser aufgesetzt, wollen Sie eine Tasse?«
»Danke.«
Suzie machte sich am Tee zu schaffen. »Geht's um Mrs. Baker. Ich hab ihr gesagt, sie soll Kastanien-Rosé nicht nehmen, das passt nicht zu einer Frau ihres Alters, aber nein, nein, sie hat darauf bestanden, und dann schreit sie Zeter und Mordio, weil sie wie ein Sommerpudding aussieht …«
»Es geht nicht um Mrs. Baker.«
»Oh.« Erneut runzelte Suzie die Stirn. »Also«, sagte sie, reichte Clement die Tasse und nahm Platz. »Um wen dann?«
Die Polizistin wartete ein wenig. Suzie glaubte schon, sie hätte die Frage vergessen.
»Mrs. Wellby.«
»Sandie«, rief Suzie liebevoll aus. »Der habe ich nie eine Blauspülung verpasst, wenn Sie wissen, was ich meine.« Clement wusste es nicht.
»Ist Ihnen bekannt, dass sie festgenommen und verhört wurde?«
»Von wem?« Suzie hatte die Intelligenz anscheinend nicht mit Löffeln gefressen.
»Der Polizei. In Verbindung mit dem Tod ihrer Stieftochter.«
Suzie sprang auf, warf dabei ihren Stuhl um und verschüttete Tee. »Sie wollen mich auf den Arm nehmen?« Sie ignorierte den brühheißen nassen Fleck auf ihrem Kleid. »Jane? Jane Wellby? O mein Gott.« Ihre langen roten Fingernägel krallten sich in ihre Wangen. »Das ist ja schrecklich!«

»Das haben Sie nicht gewusst?«, fragte Clement, während sie auf allen vieren die Teelache am Boden aufzuwischen versuchte.
»Woher soll *ich* das denn wissen? Jane, tot, der Herr hab Erbarmen!«
»Setzen Sie sich!« Clement packte sich mit einer Hand den Stuhl, schwang ihn in einem Bogen über den Kopf und stellte ihn auf trockenen Grund.
Suzie starrte mit leerem Blick an die Wand und schüttelte den Kopf. »Seltsam. Ich meine, mir kommt es so vor, als hätte ich mich erst vor fünf Minuten mit ihr unterhalten.«
»Unter diesen Umständen zu sterben ist immer für alle ein Schock.«
»Unter welchen Umständen?«
»Haben Sie es denn nicht in der Zeitung gelesen?«
»In welcher Zeitung?«
WPC Clement schüttelte den Kopf. »Spielt keine Rolle.«
»Tot, das muss man sich mal vorstellen, und ich bin nie dazu gekommen, ihr die Haare zu machen.«
»Jane?«, fragte WPC Clement stirnrunzelnd.
»Ihr auch, ja, oh, sie mag es nicht, wenn man deswegen so viel Aufhebens macht. Wissen Sie, Jane ist mir so ein bisschen sonderbar vorgekommen, aber wie, sagten Sie noch mal, ist sie gestorben?«
»Ich habe gar nichts gesagt.« Clement wusste nicht, wer im Moment die Verwirrtere war.
»Oh. Sandie wollte immer, dass ich Jane die Haare mache, es sei ganz schrecklich, ganz spröde, meint sie. Ich muss sagen, als ich sie gesehen habe, war ich überrascht, ich meine, sie hat doch so wunderbares Haar, oder? So langes, dunkles Haar.«

WPC Clement, die im Leichenschauhaus gewesen war, runzelte die Stirn. »Sie reden hier wirklich von Jane Wellby?«
»Natürlich, sie war doch hier und hat mir Fragen gestellt. Über Sandie. Ich hab ihr gesagt, wenn sie mit ihrer Stiefmutter Probleme hat, dann muss sie sie schon selber mit ihr reden.«
»Was für Probleme?«, fragte WPC Clement und schlug schnell ihren Notizblock auf.
»Das hat sie nicht gesagt.« Suzie seufzte. »Ich kann es einfach nicht glauben, es war doch erst gestern.«
»Das kommt einem manchmal so vor«, erwiderte WPC Clement mitfühlend. Ihre Worte schienen nicht den erwünschten Effekt zu haben. Suzie wirkte immer verwirrter. Die Polizistin kam sich zunehmend dämlicher vor, überhaupt hierhergekommen zu sein. Die Friseurin konnte ihr ganz offensichtlich nichts über die Angeklagte erzählen, was über deren Lieblingsshampoo hinausging.
»Ist sie eine gute Kundin?«, fragte sie, um das Geplauder auf freundliche Art und Weise zu beenden und sich doch noch zur Werkstatt auf den Weg zu machen.
»Sandie? O ja, meine beste. Immer höflich und zuvorkommend. Sie wird der Polizei alles erzählen, damit die Sache mit Jane aufgeklärt werden kann. Darauf können Sie Gift nehmen. Was ist Jane eigentlich zugestoßen?«
»Man hat sie im Wagen ihres Vaters gefunden, erstickt.«
»Nein! Sie hat sich zufällig darin eingesperrt?«
WPC Clement war fasziniert, wie schwer die Frau von Begriff war. »Eigentlich sah es so aus, als hätte sie es bewusst getan.« Suzie legte die Stirn in Falten. »Sie hat sich umgebracht, so sieht es zumindest aus«, fuhr Clement fort.
»Sie nehmen mich auf den Arm? Sich umgebracht?« Clement

nickte. »Jane Wellby?« Clement nickte erneut. »Nie und nimmer. Verzeihen Sie mir, aber ich glaube Ihnen kein Wort.«
»Warum nicht?«
»Weil sie völlig in Ordnung war, als ich sie gesehen habe, richtig glücklich. Sie hat einen Typen, mit dem ist sie durch die Gegend gegondelt.«
»Ein Mann? Wie sah er aus?«
»Groß, attraktiv. Es sei nichts zwischen ihnen, hat sie gesagt, aber ich habe gesehen, wie sie sich umklammert haben, als würde ihr Leben davon abhängen. Vielleicht hat er mit ihr Schluss gemacht!«
»Sparen wir uns solche voreiligen Schlüsse«, warf Clement ein. »Wie alt war dieser Mann?«
»Schwer zu sagen, hat eine gute Haut, schöne blaue Augen. Zwischen dreißig und vierzig, würde ich sagen.« Erneut runzelte sie die Stirn. »Nein, seinetwegen hätte sie sich ganz bestimmt nicht umgebracht. Es muss ein Unfall gewesen sein.«
»Allem Anschein nach sieht es so aus, als hätte jemand sie umgebracht und es als Selbstmord hinzudrehen versucht.«
Suzie starrte die Polizistin an. »Ein Mord?«, sagte sie nach mehreren Sekunden.
»Ich fürchte ja.«
»Mein Gott, heutzutage ist man einfach nicht mehr sicher, könnte also ein Einbrecher oder ein entlaufener Irrer gewesen sein. Ich sage Ihnen, heutzutage ist man nicht mehr …«
»Suzie, tut mir leid, aber ich muss Ihnen sagen, dass Sandie Wellby hinsichtlich Janes Tod von uns verhört wird.«
»Na ja, ist doch klar, schließlich ist sie ja die Mutter des toten Mädchens.«
»Ich meine, hinsichtlich der Art und Weise, wie sie ums

Leben gekommen ist.« Suzie starrte sie an. WPC Clement versuchte ihre Miene zu entschlüsseln. Suzie ließ ihr keine Alternative, als es unverblümt auszusprechen. »Sandie Wellby ist wegen Mordes an ihrer Stieftochter Jane verhaftet worden.« Damit, hoffte sie, war nun wirklich kein Platz mehr für Missverständnisse. Trotzdem überraschte sie Suzies Reaktion.

»Sie müssen verrückt sein!«, rief sie im Brustton der Überzeugung. »Diese Frau wollte ja noch nicht mal eine Tönung in ihrem Haar.«

WPC Clement steckte in der Zwickmühle. Suzie hatte Jane in Begleitung eines Mannes gesehen. Damit eröffnete sich ein Feld für weitere Ermittlungen, die Bramley jedoch nur immer mehr eingrenzen wollte. Im Tagebuch war von einem Freund keine Rede, tatsächlich behauptete sie, überhaupt keine Freunde zu haben, weil es ihr an Selbstbewusstsein mangelte. Bramley würde Suzie in Stücke reißen. Suzie, die nur Haare auf und im Kopf hatte, würde keine Minute durchstehen. Und dann würde Bramley sie, Clement, fertigmachen, weil sie nicht zur Werkstatt gegangen war. Schon jetzt konnte sie seine bissigen Kommentare hören. Meinen Sie, Sie sehen besser aus, nur weil Sie bei einer Friseuse waren? Ha, ha! Damit wäre sie wieder am Ausgangspunkt. War es alles wahrscheinlich nicht wert. Clement ging zu ihrem Wagen. Hätte sie lange, gebräunte Beine und ein Gehirn in Erbsengröße, würde Bramley sie wahrscheinlich anders behandeln. Hätte sie Sandie Wellbys beneidenswerte Figur, Brüste, die zwar fünfzehn Jahre älter waren, der Schwerkraft aber mehr entgegenzusetzen hatten, als es bei ihr selbst jemals der Fall gewesen war, dann würden die Männer ihr zu

Füßen liegen, statt über die eigenen Beine zu stolpern, weil sie nicht schnell genug vor ihr Reißaus nehmen konnten. Sie war es leid, sich ihr Selbstbewusstsein immer wieder mühsam hochzupäppeln. Sie beneidete die Cat Torrants dieser Welt, diese freundlichen, attraktiven, intelligenten Frauen mit langen, dunklen … WPC Clement blieb stehen. Langsam drehte sie sich um und sah zum Salon zurück. Haare wie ihre blieben im Gedächtnis haften, sie machten Eindruck, stahlen anderen die Show. Clement kehrte um. Sie wollte darauf wetten: Das von Suzie beschriebene Haar gehörte nicht der armen unglücklichen Brünetten, die jetzt auf einer Bahre lag und deren Brustkorb von Metallklammern zusammengehalten wurde, nachdem das Skalpell des Rechtsmediziners ihn aufgeschlitzt hatte, sondern Cat Torrant. Der jungen Frau, der der tote Hund fehlte, die kein Alibi hatte, dafür die unglückselige Angewohnheit, an Orten aufzukreuzen, wo sie nichts verloren hatte.

Als WPC Clement erneut durch die Tür des Salons trat, lackierte Suzie gerade ihre Fingernägel schwarz. Als Zeichen der Trauer, wie sie sagte.

»Ich habe für heute alle Termine abgesagt«, erklärte sie der Polizistin.

»Entschuldigen Sie, dass ich Sie nochmals störe, aber ich hab da noch ein paar Fragen.«

»Ja?«

»Sie sagten, Jane hätte langes, dunkles Haar.«

»Richtig, bis etwa hierher.« Suzie deutete auf die Mitte ihres Oberarms. »Wunderschönes Haar. Kaum zu glauben, dass sie es so gehasst haben soll.«

»Hat sie Ihnen das gesagt?«

»Nein. Sandie hat es gesagt. Sie war davon überzeugt, dass Jane ihr Haar hasst.«

»Was können Sie noch über Jane sagen?«

»Meine Größe.«

»Um die einsfünfundsiebzig?«, fragte Clement und musterte Suzie von Kopf bis Fuß.

»Leider nicht im richtigen Leben, es liegt an den Schuhen. Darum geht es nun mal bei der Schönheit, man muss Illusionen schaffen.« Suzie lächelte über ihren weisen Spruch. »Eigentlich bin ich ziemlich klein.«

Clement sah nach unten. Die Schuhe, die die Füße der Rothaarigen schmückten, waren eher ein Baugerüst als Fußbekleidung. WPC Clement rutschte das Herz in die Hose. Zehn Zentimeter hohe Absätze. Jane war einsfünfundsechzig. Suzies Größe minus die Absätze. Cat war die Große. Die Pizza konnte sie sich wohl abschreiben.

»Natürlich meine ich mich mit Absätzen. Jane war so groß wie ich mit Absätzen. Ohne Absätze verlasse ich nie das Haus.« Sie lächelte vielsagend. »Niemals.«

»Hat Jane sie auch getragen, die hohen Absätze?«

»Nein. Sie ist eher so der Jeans-und-T-Shirt-Typ, na ja, gestern jedenfalls.«

»Gestern?«

»Ja, sagte ich doch, es war erst gestern.«

WPC Clement lächelte. Voll ins Schwarze getroffen. Ab zu Deep Pan. Cat Torrant hatte sich als das tote Mädchen ausgegeben. Kaum das unbeteiligte Verhalten einer jungen Frau, die zufällig ein Haustier überfahren hatte. Eine wirklich große Pizza kam in Reichweite. »Suzie, wollen Sie mit mir auf die Dienststelle kommen. Ich muss Ihnen ein paar Fotos zeigen.«

»So Styling-Sachen?«
»Nein. Nicht ganz. Ich erkläre es Ihnen unterwegs.« WPC Clement legte Suzie den Arm um die Schultern und führte sie zur Tür, griff sich an ihrer Stelle den Schlüsselbund und reichte ihn der Friseurin.
»Oh, passen Sie auf meine Nägel auf.«

Der Gärtner las den Zettel. Das Mädchen hatte sich ihm gegenüber immer abscheulich benommen. All die Jahre, in denen er für die Wellbys nun tätig war, hatte sie immer nur für Probleme gesorgt und es dabei immer geschafft, dafür nicht belangt zu werden. Und jetzt das. Mr. Wellby wollte keine Angestellten im Haus haben, noch nicht einmal die Haushälterin durfte rein. Mrs. Wellby hatte das deutlich zu verstehen gegeben, bevor man sie abtransportiert hatte. Mr. Wellby würde trauern, hatte sie gesagt, und hätte viel zu arbeiten. Na ja, Sam Clough konnte vom Garten aus direkt in sein Arbeitszimmer sehen, und Mr. Wellby hatte nichts von beidem getan. Er starrte auf die verwaschene Schrift auf dem zerknüllten Zettel und verfluchte sich leise, dass er ausgerechnet heute gemeint hatte, die Abflussrinnen im Hof säubern zu müssen. Hätte er doch bloß den Rasen gemäht, dann müsste er jetzt nicht rein und mit dem Chef reden. Erneut las er die wenigen Worte; ihm blieb keine andere Wahl. Sam betrat Cedar Hall durch die Küchentür. Ausgiebig putzte er sich die Stiefel auf dem Metallgitter, dann trat er vorsichtig in den von der Sonne erhellten Raum. Ihm schauderte. Er würde den Zettel übergeben und dann sofort wieder in den Garten hinausmarschieren. So würde er kaum auffallen. Und Mr. Wellby würde dann schon das Richtige tun. Hoffte er. Wie das Haus innen aussah, wusste er nur, weil er Gott weiß wie oft durch die Fenster nach drinnen gespäht hatte. Mr. Wellbys Arbeitszimmer lag hinter dem ersten Erkerfenster über dem Kräuterbeet links von den Terrassentüren. Von dort hatte er einen Blick über die größte der drei Zedern. Er stand vor der Tür und klopfte an.

»Ja.« Robert legte den Hörer auf und drehte sich um. Einen Augenblick glaubte er, Simon stehe vor ihm. Er hatte gehofft, sein alter Freund würde zurückkommen, ihm in die Augen sehen und alle Anschuldigungen abstreiten.

»Tut mir leid, Sie zu stören, Mr. Wellby.«

»Was gibt es?«

»Ich habe das hier im Abfluss im Hof gefunden.« Robert Wellby runzelte die Stirn. Hieß es, wenn seine Frau fort war, dass er sich neben dem leeren Bett, dem einsamen Abendessen, der Stille und dem Alleinsein auch noch mit dem Dienstpersonal herumschlagen musste? Er würde ihn entlassen müssen. Und die Frau auch. Sandies Vermögenswerte würden sowieso bald eingefroren werden. Dann würde es ihm ebenfalls an den Kragen gehen. Es glaubte ihm doch keiner, dass er keine Ahnung gehabt hatte, was hier vor sich gegangen war. Er würde genau wie seine Frau verurteilt werden. Alles, was er zusammenhalten wollte, fiel nun auseinander.

»Mr. Wellby?«

»Was?«

»Er lag neben Ihrer Garage, Sir.« Noch immer streckte er ihm den Zettel hin.

Robert sah ihn nun zum ersten Mal an. »Was haben Sie gesagt?«

»Es ist eine Nachricht. Ich denke, Sie sollten sie lesen.« Robert stürzte aus seinem Schreibtischsessel und hatte Sam den Zettel entrissen, bevor dieser seinen Satz vollendet hatte.

»Mein Gott, warum haben Sie das nicht gleich gesagt?« Er hielt das Stück Papier in beiden Händen, als fürchtete er, es könnte sich vor seinen Augen auflösen, und starrte auf die verschmierten Buchstaben. Er machte drei Schritte hin zum Schreibtisch, legte den Zettel auf die Oberfläche, stützte sich mit den Händen ab und beugte sich darüber. Der Gärtner senkte den Kopf und wartete darauf, entlassen zu werden. Er bekam überhaupt nicht mit, wie Robert auf ihn zustürzte. Plötzlich fand sich Sam Clough einen halben Meter in die Höhe gewuchtet und von den Armen seines Arbeitgebers umfasst.

»O Gott!«, rief Robert. Tränen standen ihm im Gesicht. »Ich danke Ihnen!«

Einer seiner Gummistiefel rutschte Sam vom Fuß. Er hatte keinen Dank, keine Aufmerksamkeit gewollt, sondern nur, dass Robert Wellby wenigstens einmal das Richtige tat.

»Wie kann ich Ihnen jemals danken?«, schrie er Sam Clough ins Ohr. Sam drehte den Kopf weg, er fürchtete, sein Tinnitus könnte sich wieder bemerkbar machen. Schließlich ließ Robert seinen Gärtner wieder zu Boden. »Ich werde sie rausholen, Mr. Clough. Damit werde ich es schaffen!«

Darren White zahlte den Lohn auf sein Konto ein. Wer hätte gedacht, dass er jemals ein Konto haben würde? Beschwingt entfernte er sich von der Barclays Bank auf dem Soho Square. Er würde es noch weit bringen. Zwar kaum auf der Angestellten-Karriereleiter, aber er war in eine Richtung unterwegs, die sein beschissenes kleines Leben bislang nicht gekannt hatte. Geradewegs in die Hölle. Jetzt hatte er einen Job, natürlich keinen, für den er Sozialabgaben entrichten müsste, aber es war ein Job. Er ging an einem heruntergekommenen Mädchen vorbei, das unter einem Geldautomaten saß. *Kleingeld übrig?* Um dem Arsch, der diesen Abschnitt kontrollierte, Kohle in den Rachen zu schieben, du machst Witze, was? Er ging an ihr vorbei. Sie würde auf der Straße nicht lange überleben, wenn sie sich in eine Scheiße wie diese reinritt. Junkie *und* »abgabenpflichtig«, da würde vom erbettelten Geld nie und nimmer genügend übrig bleiben, um sich noch anständiges Dope zu besorgen. Bevor der Sommer vorbei war, würde sie auf Meth und Kleber sein. Und vor dem Winter war sie tot. Oder Schlimmeres. Seit Jahren sah er sie kommen und gehen. Er war ebenfalls drauf, ja, aber die Sache war okay. Sein Boss hatte ihm Qualität besorgt. Mein Gott, er hatte sich diese Nebeneinkünfte wahrlich verdient, war ja nicht so, dass sein Leben nur eine Aneinanderreihung unbeschwerter Augenblicke gewesen wäre. Darren trat nach einer leeren Bierdose. Daran wollte er jetzt nicht denken. Seine Familie hatte ihn verflucht. Ein ehrenwertes Mitglied der Gesslschaft würde er wohl nicht mehr werden, aber er konnte sich bessern, und er musste nicht so sein wie sie. Er würde mit dem, was er jetzt hatte, weitermachen, bis er genügend Geld auf seinem netten kleinen Bankkonto hatte, um sich ein Ticket zu kaufen, dann würde er sich aus dieser schäbigen Stadt absetzen. Hatte er ein schlechtes Gewissen wegen dem, was er getan hatte? Beantworte die Frage mit einer Gegenfrage, Darren. Hatten sie ein schlechtes Gewissen? Hatte seine liebe, sorgende Mutter ein schlechtes Gewissen wegen dem, was sie getan hatte? Hatten ihre Kunden ein schlechtes Gewissen? Hatten es die Behörden? *Nein.* Hatten sie nicht. Also, warum verdammt noch mal sollte er eins haben?

13

Simon saß in seinem Wagen auf dem Parkplatz vor der Polizeidienststelle. Seit zwanzig Minuten war er bereits hier und hatte sich bislang nicht von der Stelle gerührt. Wie konnte er sie besuchen, ohne ihr eine Nachricht von ihrem Ehemann zu bringen? Und wie sollte er ihr die Wahrheit sagen? Damals, in L.A., als er es erfolglos mit der Schauspielerei versucht hatte, waren sie Freunde gewesen. Sandie hatte ihm immer geholfen. Und so vergalt er es ihr jetzt – indem er sie im Stich ließ. Simon fasste zum Zündschlüssel und drehte ihn um. Der Motor sprang gehorsam an. Er schob den Schaltknüppel nach links und nach unten. In den Rückwärtsgang. Er würde rückwärts rausfahren und so tun, als wäre er nie da gewesen. Er starrte auf den Schaltknüppel. Er war ein Feigling. Aber damit würde er nicht durchkommen. Sandie würde erwarten, dass zumindest einer von ihnen zu Besuch käme. Doch weder er noch Robert konnten oder wollten sich dem stellen. Wer sagte, Männer seien Feiglinge, der hatte verdammt noch mal recht. Leider. Es war zum Weinen. Simon umklammerte das Lenkrad, bis sich die Fingernägel in die Handfläche gruben. Der Schmerz minderte kaum den Abscheu, den er vor sich selbst empfand. Er konnte Sandie genauso wenig in die Augen sehen wie sich selbst. Er musste nur den Fuß von der Kupplung nehmen und sich rückwärts vom Gebäude und der Verantwortung davonstehlen. Er schloss die Augen. Sein linkes Bein war wie aus Zement, das Knie verharrte in dieser Stellung. Über sich hörte er etwas,

erschreckt blickte er auf. Schwarze Klauen fuhren auf ihn nieder und klopften anklagend gegen die Windschutzscheibe, worauf sich ein flammend rotes Gespinst über ihn breitete, um ihn ins Höllenfeuer zu befördern. Und ihn für seine Sünden zu bestrafen.
»Passen Sie auf, Sir!« Suzie lächelte ihn durch die Scheibe an.
Simon war so erstaunt über ihren Anblick, dass sein Fuß von der Kupplung rutschte; der Wagen machte einen Satz nach hinten, ruckelte, dann starb der Motor ab. Die roten Lichter am Armaturenbrett leuchteten wütend auf, aber er brauchte die moderne Technologie nicht, um aufgeschreckt zu werden. Der dumpfe Aufprall hatte vollkommen ausgereicht. Simon taumelte aus den Wagen und stürzte nach hinten, wo WPC Clement mit kreidebleichem Gesicht am Boden lag und sich das Knie hielt. Er erinnerte sich an sie, am Tag von Janes Tod war sie ebenfalls in Cedar Hall gewesen. Keine besonders große Frau, ihr Knie musste genau auf Höhe der Stoßstange gewesen sein. Der plötzliche Schlag durch den abgewürgten Mercedes hatte ihr die linke Kniescheibe verdreht. Mit jeder Sekunde schwoll das Knie vor seinen Augen immer mehr an. Das arme Mädchen schien Schmerzen zu haben, wer jedoch brüllte, das war Suzie. Simon zog sein Jackett aus und legte es Clement unter den Fuß. Irgendwo hatte er gelesen, dass es gut sei, das Bein höher zu legen. Die arme Frau gab keinen Laut von sich.
»Suzie, um Gottes willen, rufen Sie doch einen Krankenwagen, holen Sie Hilfe!«
Er ging neben WPC Clement in die Hocke und ergriff ihre Hand. »Es tut mir so leid, ich weiß nicht, was ich mir dabei gedacht habe. Wie konnte ich nur so blöd sein!«

Er sah sich auf dem leeren Parkplatz um. »Kann hier jemand helfen?«
Suzie kehrte mit Bramley im Schlepp zurück.
»Clement, was haben Sie denn jetzt schon wieder angestellt?«
Clement versteifte ihren Griff um Simons Hand. Er sah zu ihr. Sie lächelte ihn an. Ein verstecktes Lächeln. Simon drückte ihr die Hand.
»Wo zum Teufel haben Sie den ganzen Morgen gesteckt? Ich habe Sie gebeten, einen Blick auf diese Werkstatt zu werfen, nicht, um dort einen verdammten Kundendienst durchführen zu lassen.«
»Das arme Mädchen liegt am Boden, weil ich sie fast überfahren habe.«
»Oh, Sie sind das, Mr. Proudlove«, sagte Bramley. »Wissen Sie, dass ich den Parkplatz von meinem Büro aus einsehen kann?«
»Ach«, erwiderte Simon. »Wo bleibt der Krankenwagen?«
»Ja. Sie sind hier angekommen, haben eine gute Viertelstunde im Wagen gesessen und sind dann rückwärts wieder rausgefahren. Sie haben dabei keinen besonders glücklichen Eindruck gemacht, Mr. Proudlove. Wohl dem Mann, der nicht dem Rat der Frevler folgt – liegt Ihnen vielleicht was auf dem Herzen, was Sie loswerden möchten?«
Langsam erhob sich Simon. Er spürte nun doch, dass er den Vierzigern näher war, als er sich gemeinhin eingestehen wollte, aber er war fit, und er war groß. Im Vergleich zu Bramley sah er wie ein Sportler aus. Und er machte keinen Hehl daraus, wie sehr er den Polizisten verachtete.
»Ich hätte diese junge Frau umbringen können, und alles, was Sie interessiert, sind unangemessene Fragen zu meinem

Privatleben. Das zeugt wohl kaum von dem Anstand, den man von einem Polizeibeamten erwarten könnte, oder?«

Bramley lächelte triumphierend. »Anstand, denke ich mir, ist wohl nicht das Thema, mit dem Sie sich im Augenblick eingehender befassen wollen.«

»Und was«, entgegnete Simon, der langsam die Geduld verlor, »soll das heißen?«

Bramley ließ ihm ein fast aufreizendes Zwinkern zukommen. »Ich dachte, Sie würden ziemlich genau wissen, was ich meine.« Die beiden Männer starrten sich an.

»Entschuldigen Sie mich?«

Simon drehte sich um, sah zu Clement und kniete sich neben sie.

»Ich glaube, ich werde ohnmächtig«, flüsterte Clement mit zusammengepressten Zähnen.

»Großer Gott«, blaffte Bramley, »und alles wegen eines kleinen Kratzers, und erzählen Sie mir nicht, es ist mal wieder wegen der Tage, die Sie mindestens zweimal im Monat bekommen.«

»Ich hole Eis und sehe nach, wo der Krankenwagen bleibt«, sagte Suzie, alles andere als erfreut. Bramley sah ihr hinterher. »Was für ein Mädchen.« Und dann, den Blick wieder auf Clement gerichtet: »Um Himmels willen, stehen Sie endlich auf!«

»Sie sollte jetzt sicherlich nicht stehen.«

»Mr. Proudlove, es gibt wichtigere Dinge, über die wir uns zu unterhalten haben. Folgen Sie mir bitte, und, Clement, ich bin mir zwar sicher, dass es Ihre Lieblingsstellung ist, wenn sie flach auf dem Boden liegen und die Beine spreizen, aber ich will nicht, dass meine Beamten dieses Bild der Öffentlichkeit präsentieren. Sie stehen jetzt auf! Das ist ein Befehl!«

»Großer Gott …«
Bramley zeigte mit dem Finger auf Simon. »Sie sind nicht in der Position, um das beurteilen zu können. Ich an Ihrer Stelle würde den Blick senken, den Mund halten und darauf hoffen, dass der CDI in der Stimmung ist, zu verzeihen. Also, gehen wir!« Bramley machte sich in Richtung Dienststelle davon. Clement streckte Simon den Arm hin.
»Sie sollten sich jetzt wirklich nicht bewegen.«
»Ich werde auf die Beine kommen, und wenn ich dabei draufgehen sollte.«
Simon lachte. »Sie erinnern mich an jemanden.«
»Sagen Sie mir nicht, an Ihre Mutter.«
»O nein, die war eine ängstliche kleine Frau. Und sehr sanft.«
»Ich weiß nicht recht, ob mir gefällt, wohin das alles führt.« Sie lächelte, ihre Schmerzen aber waren unübersehbar.
»Warten Sie doch einfach, bis der Krankenwagen eingetroffen ist.«
»Um zu riskieren, dass Bramley wieder über mir steht? Auf keinen Fall.«
»Gut, kommen Sie.« Er fasste sie unter den Armen und hob sie vom Boden hoch. Sie wurde noch blasser.
»Sie haben sich das Knie verrenkt, ich spüre es ganz deutlich.« Clement schien nur unter Mühen die Tränen zurückhalten zu können. »Es tut mir so leid.«
»Es war ein Unfall.« Sie stand jetzt auf einem Bein. »Großer Gott!«
»Was?«, rief Simon.
»Was zum Teufel macht *die* hier?«
Simon sah in Richtung Parkplatzeinfahrt. Ein gelber Ford Fiesta bog von der Straße ab. »Was ist mit ihr?«

»Wo zum Teufel steckt Suzie?«
»Alles in Ordnung? Könnte ein verspäteter Schock sein.«
»Suzie!«, rief Clement, ohne auf Simon zu hören.
»Ich brauche hier Hilfe!«, schrie Simon in Richtung der versammelten Wagen. »Hallo!« Clement schien von Sekunde zu Sekunde in seinen Armen schwerer zu werden. Er sah zu ihr. Ihre Lider klappten auf und zu, und jedes Mal, wenn sie sich öffneten, schien die braune Iris weiter nach hinten zu rutschen. Simon rüttelte sie.
»Bleiben Sie bei Bewusstsein, kommen Sie!«
Noch einmal schlug sie die Augen auf. »Sehen Sie, langes, schwarzes Haar.« Dann wurde sie endgültig bewusstlos.
Als Cat ausstieg, sah sie nur noch, wie WPC Clement in Simon Proudloves Armen zusammensackte. Fast wäre er mit ihr zu Boden gegangen. Cat rannte zu ihnen. Simon beäugte sie argwöhnisch. Soweit er wusste, wäre alles in Ordnung, wenn sie nicht auf der Bildfläche erschienen wäre.
»Was ist passiert?«, fragte Cat.
»Was kümmert Sie das?«
»Wie bitte?«, sagte sie, bevor ihr bewusst wurde, dass er an dem Tag, an dem sie Jane gefunden hatte, in Cedar Hall gewesen war. »Oh«, entfuhr es ihr.
»Oh, in der Tat. Was wollen Sie hier? Und überhaupt, warum tauchen Sie ständig auf?«
»Was?«
»Los, holen Sie Hilfe, oder verschwinden Sie, ich will mit Ihnen nicht reden.« Cat rührte sich nicht. »Los!«
»Was?«
»Gehen Sie!«
Cat machte einen Schritt zurück. »Ich hole Hilfe.« Simon erwiderte nichts darauf. Cat rannte zum Seiteneingang des Gebäu-

des, erreichte einen langen, dunklen Flur und stieß schließlich auf die Rezeption. Die einzigen Anwesenden waren zwei ältere Männer.
»Entschuldigen Sie?«, sagte einer von ihnen.
Cat sah zu ihm. Er schob einen altmodischen Kinderwagen vor sich her. Sie runzelte die Stirn.
»Können Sie mir helfen?«
»Mit dem Baby?«
»O nein, es ist kein Baby.«
»Hören Sie, ich kann nicht, ich bin …«
»Der andere Beamte ist gerade fort, mit so 'nem hübschen Ding. Eine Schande!«
»Ich bin keine Polizistin. Ich fürchte, Sie werden warten müssen.«
»Wer sind Sie dann?«
»Catherine Amelia Torrant«, ertönte eine Stimme. Cat drehte sich um, als sie ihren Namen hörte. In der Tür, durch die sie soeben gekommen war, stand Bramley.
»Detective Chief Inspector, wie schön, Sie wiederzusehen.« Er winkte sie zu sich heran. Cat seufzte. Sie hatte sich doch nur in aller Ruhe mit der Polizistin unterhalten wollen. »Das spart mir die Fahrt nach London. Warten Sie bitte im Befragungsraum eins, den Weg kennen Sie hoffentlich noch«, sagte er herablassend. »Es gibt noch ein paar Fragen, die ich Ihnen stellen möchte, sie betreffen …«
»Danke, ich kann es mir denken.«
Er hielt ihr die Tür auf. »Hier entlang.« Cat trat wieder in den Flur und verzog sich darauf in den Befragungsraum.
»Wo zum Teufel steckt eigentlich der diensthabende Beamte?«, fragte Bramley.
»Ist rausgegangen.«

Bramley betrachtete die beiden alten Männer. »Was?«, entfuhr es ihm barsch.
»Und der andere ist mit einer Lady auf und davon. Ich nehme an, Sie können uns weiterhelfen?« Er wollte etwas aus dem Kinderwagen heben.
»Wer hat Ihnen denn ein Baby anvertraut?«
»O nein«, erwiderte der Alte, »das ist kein Baby.«
»Gott sei Dank«, sagte Bramley. Tote Kleinkinder sind nicht gut für die PR. Er verschwand hinter Cat.
Die beiden Alten sahen sich nur an und zuckten mit den Achseln.

Simon stand kurz davor, einen Krampf im Bein zu bekommen. WPC Clement befand sich noch immer im Reich der Träume, und die verdammte junge Frau war auch nicht mehr zurückgekehrt. Als er ein Fahrzeug hörte, das mit quietschenden Reifen auf den Parkplatz einbog, glaubte er, der Krankenwagen sei endlich eingetroffen. Aus Angst, Clement fallen zu lassen, wagte er nicht, sich umdrehen. Aber er wartete und hoffte, bald werde ihm jemand beruhigend auf die Schulter klopfen, und ein Ärztekoffer würde mit einem satten, beruhigenden Ton neben seinen Füßen abgestellt werden. Nichts dergleichen geschah.
»Simon, Simon! Alles wird gut! Ich habe die Antwort. Ich kann beweisen, dass Sandie damit nichts zu schaffen hat. Nichts. Schau her!« Robert Wellby rannte mit dem zerknüllten Zettel auf seinen Freund zu. Simon konnte sich nicht zu ihm umdrehen und hatte absolut keine Ahnung, wovon Robert schwafelte. »Sei mir bitte nicht böse«, fuhr Robert fort, »es tut mir leid, ich hab's nicht so gemeint, ich war eben wütend.« Er trat vor ihn. Noch immer war ihm die Frau, die

Simon in den Armen lag, keinen Kommentar wert. »Sie hat einen Zettel hinterlassen, und jetzt werde ich Sandie holen.« Damit lief Robert davon. Erst Bramley, dann Cat Torrant, jetzt Robert. So viel zu dem Spruch, aller guten Dinge seien drei. Die Schmerzen in seinem Bein wurden immer stechender.

»Ich will meine Frau sehen! Ich bestehe darauf, meine Frau zu sehen! Wo ist Bramley?«
»Stellen Sie sich bitte an«, erwiderte einer der beiden Alten ganz ruhig. Wellby starrte die beiden nur an, dann sah er wieder zum leeren Empfangsschalter.
»Hallo! Hallo?« Er beugte sich über den Schalter. »Sandie!«, rief er. »Sandie!«
In diesem Moment kam Bramley zurück. »Was zum Teufel … oh, Mr. Wellby, ich schlage vor, Sie kommen gleich mit. Ich habe einige Dinge herausgefunden, die Sie wissen sollten.«
»Nein, ich habe etwas für Sie. Wir haben uns geirrt, was das Tagebuch angeht.«
»Ach, in der Tat?«, sagte er, ohne sich die Mühe zu machen, seinen Sarkasmus zu verbergen. »Kommen Sie mit!«
»Entschuldigung?«
»Was!« Bramley drehte sich zu dem Alten um.
»Könnten wir vielleicht mit dem Vorgesetzten hier sprechen?«
Bramley schaute ihn an, als nähme er ihn jetzt zum ersten Mal wahr. Seinem Eindruck nach gehörten sie eindeutig zur Sorte der alten Nörgler.
»Nein.« Nach Robert Wellby verließ auch er den Raum.

Simon sah dem Krankenwagen nach, der WPC Clement wegbrachte. Sie hatte das Bewusstsein nicht mehr wiedererlangt. Simon fürchtete, die äußere Verletzung könne eine potenziell tödliche innere Verletzung verdecken, eine Wunde, die unerkannt vor sich hin blutete. Ein innerer Schaden, der von der Haut kaschiert wurde. Der Teufel, der im Inneren steckte. Seit kurzem wurde er von der Notwendigkeit des Glaubens geplagt. Zu glauben, dies alles summiere sich zu etwas, was größer war als die einzelnen Teile. Er hatte sich an Gott gewandt, und Gott hatte auf die Bibel verwiesen, und die Bibel hatte ihn verdammt, noch bevor er am Ende der Genesis angekommen war. Langsam ging er auf das Gebäude zu. Er wollte gerade die Stufen zum Eingang hinaufgehen, als er das Geschrei hörte. Er betrat den Empfangsraum und eilte von dort direkt zur Seitentür.

»Sie können da nicht rein«, sagte einer der älteren Gentlemen.

»Dann passen Sie mal auf!«

Am Ende des langen Flurs entdeckte er Sandie in Begleitung einer Vollzugsbeamtin. Sein Magen zog sich zusammen. Sie sah faszinierend aus. Auf ihrem Gesicht nur die leiseste Andeutung von Make-up, das Haar nach hinten gebunden, der teure Schnickschnack, der sonst Hals und Finger verzierte, war verschwunden. Nichts funkelte, und dennoch sah sie in diesem Augenblick kostbarer aus als jemals zuvor. Er bemerkte weder, dass Robert ihn beobachtete, während er Sandie anstarrte, noch bemerkte er, dass Bramley wiederum Robert beobachtete, wie dieser ihn beobachtete. Bramley war der einzige der drei, dessen Lippen ein Lächeln umspielte.

Cat beobachtete alles durch den Türspalt zum Befragungsraum. Sandie Wellby war verhaftet worden, und das war einzig und allein ihre Schuld.

Robert wandte sich seiner Frau zu. »Meine Liebe«, sagte er, »alles wird gut. Ich bringe dich nach Hause.« Sandie war sichtlich verwirrt. Das entsprach nicht dem, was man ihr mitgeteilt hatte. »Nehmt ihr diese Dinger ab«, sagte Robert und zeigte auf die Handschellen.

»Das ist leider nicht möglich, Mr. Wellby«, sagte Bramley.

»Sie hat einen Abschiedsbrief geschrieben, was wollen Sie denn noch?«

»Einen Abschiedsbrief?«, kam es von Simon.

Sandie am dunklen Flurende hatte ihn bislang nicht bemerkt. »Simon, bist du das?«

»Ich bin hier.«

»Du solltest doch früher kommen, was hat dich aufgehalten?«

Simon erinnerte sich, dass er im Wagen gesessen hatte. »Ähm, im Büro war plötzlich noch viel zu tun, das ist alles.« Bramley zog eine Augenbraue hoch.

»Heißt das, unsere Kunden sind uns treu geblieben?«, fragte Sandie. »Ich dachte, ich wäre jetzt allgemein geächtet.«

»O nein, fast alle Kunden haben angerufen und dir ihren Beistand ausgesprochen.« Das war eine noch größere Lüge als die soeben. Sandie lächelte. *Danke.*

»Wie auch immer«, mischte sich Robert ein, »das alles zählt jetzt nicht mehr, denn bald wirst du wieder persönlich mit ihnen sprechen können.«

»Wie gesagt, Mr. Wellby, ich glaube nicht, dass dies möglich sein wird.«

»Warum nicht? Sie haben sie abgeführt, und ich habe dem tatenlos zugesehen, und jetzt sage ich Ihnen, Sie sollen sie freilassen.« Er wandte sich wieder an Sandie. »Bitte, verzeih mir, ich halte es ohne dich nicht aus. Sag, dass du mir verzeihst.«

Schmerz und das Gefühl, verraten worden zu sein, lagen in Sandies Stimme. In den vergangenen achtundvierzig Stunden hatte sie sich diese Szene immer wieder ausgemalt, ihre Unschuldsbeteuerungen, die Worte, die sein Herz berühren und sie beide wiedervereinen würden. Er war der Einzige, der sie hier rausholen konnte. Ohne ihn hatte sie keine Chance.

»Bitte, Sandie, bitte! Ich war wie betäubt von Janes Tod, ich war keines Gedankens mehr fähig, ich war so weit, alles zu glauben, was man mir sagte. Großer Gott, Sandie, es tut mir leid! Meine Tochter bringt sich um, und ich habe mich geweigert, wahrzunehmen, was alles falsch gelaufen ist, du hast versucht, es mir zu sagen, die ganze Sache mit den Calorie Carers, jetzt sehe ich es, jetzt sehe ich es ein. Aber sie hat einen Abschiedsbrief geschrieben, meine Liebe, sie hat einen Abschiedsbrief geschrieben.«

»Mr. Wellby«, sagte Bramley, »ich finde, wir sollten mal einen Blick auf diesen Zettel werfen.«

»Verzeihst du mir?« Robert Wellby versagte beinahe die Stimme. »Bitte, Sandie!« Er stürzte an Bramley vorbei und rannte durch den Gang zu seiner Frau. Einen Augenblick lang überlegte die Vollzugsbeamtin, ob sie nicht eine hübsche Kickbox-Einlage zur Aufführung bringen sollte, um ihn von seinem Ziel abzubringen, doch je näher er kam, umso mehr entspannte sie sich – das alles war ja noch besser als eine Liebesschmonzette.

Durch den Türspalt konnte Cat Simons Hinterkopf erkennen, Bramleys Profil sowie Sandie und Robert am anderen Gangende, die sich umarmten, wie es Leute am Flughafen tun. Das Herz voll der Liebe, im Kopf aber die Bilder von brennenden Metallteilen, während die Maschine aus zehntausend Metern Höhe in die Tiefe rast. Man hält sich aneinander fest, es könnte ja das letzte Mal sein.

»Dieser sogenannte Abschiedsbrief«, sagte Bramley, als er sich dem aneinanderklammernden Paar näherte. Robert fasste in seine Tasche und streckte die Hand nach hinten. Weder sah Sandie auf, noch drehte Robert sich um. Blinzelnd hielt sich Bramley den Zettel vors Gesicht. »Haben wir hier denn kein Licht?« Die Vollzugsbeamtin zog hinter sich die Jalousien hoch. Sonnenlicht strömte in den Gang, beleuchtete Bramley und Simon, der Lichtschein fiel sogar bis zu Cats Füßen.

»Wo, sagten Sie, haben Sie den gefunden?«, fragte Bramley.

»Der Gärtner hat ihn gefunden, draußen irgendwo in den Abflussrinnen« – er hielt inne und dachte nach – »bei der Garage. Jane muss ihn ans Tor geheftet haben, vielleicht hat sie gedacht, meine Frau würde runterkommen, ihn entdecken und sie aufhalten. Vielleicht hat der Wind ihn weggeweht. Man sagt doch, die meisten Selbstmordversuche sind nur ein Hilfeschrei, ich glaube, sie wollte gar nicht sterben.«

Bramley schüttelte den Kopf. »Wie traurig«, kam es in ätzendem Tonfall von ihm. Cat in ihrem Versteck hätte fast ihren Kommentar dazu abgegeben. »Sie sind überzeugt, dass das die Handschrift Ihrer Tochter ist?«

»Ja«, sagte Robert. »Absolut.«

»Die gleiche Handschrift wie im Tagebuch, oder, Sir?« Robert nickte. »Die gleiche Handschrift, mit der Ihre Tochter in den zurückliegenden Jahren die Zeitpunkte und Ereignisse aufgezeichnet hat, bei denen sie von Ihrer Frau misshandelt und gequält worden ist?« Er legte eine theatralische Pause ein. »Glauben Sie, das könnte vielleicht der Grund dafür sein, dass sie sich schließlich umgebracht hat?« Sein sanfter Tonfall konnte die Härte seiner Worte nicht verbergen. Robert ballte die Hand zur Faust. Sein rechter Arm schoss vor und wurde von Sandie abgefangen.

»Ich bin davon überzeugt, dass meine Frau zu einer solchen Tat nicht fähig ist«, sagte er mit zusammengepressten Zähnen.

»Sie werden verstehen, dass wir uns das hier ansehen müssen, Mr. Wellby.«

»Machen Sie, was Sie wollen, nur geben Sie mir verdammt noch mal meine Frau zurück. Meine Tochter hat einen Abschiedsbrief hinterlassen, Detective Chief Inspector.«

»Was ist mit dem Tagebuch?« Er wollte davon nicht lassen. Cat schüttelte den Kopf. Das war sicherlich nicht die Art, um Mordermittlungen voranzutreiben.

»Sie war verwirrt«, sagte Robert. Sandie nahm nun doch den Kopf von Roberts Schultern, seufzte und lächelte ihn an.

»Das glauben Sie wirklich, Mr. Wellby, nicht wahr?« Robert starrte auf Sandie. Er nickte. »Verstehe. Nun, dann wollen wir doch mal sehen, wie ihre Abschiedsworte lauten.« Cat hätte ihn für sein unsensibles Benehmen umbringen können. Er fuhr fort: »›An alle, denen dieses Leben etwas bedeutet: Man möge mir bitte meine Schwäche verzeihen, wenn ich mich so feige davonmache.‹« Bramley sah auf. »Sehr bewegend.«

Simon ging auf den Polizisten zu. »Sie haben diese Familie schon genug zerrüttet, Bramley. Lassen Sie Sandie nach Hause!«

»Das würde Ihnen so passen, Mr. Proudlove, nicht wahr? Aber ich weiß alles über Sie, und wenn sich jemand der Zerrüttung schuldig gemacht hat, dann sicherlich nicht ich.«

»Wie können Sie es wagen!« Sandie hatte schließlich ihre Stimme wiedergefunden. »Sie sind in mein Haus eingedrungen, haben falsche Anschuldigungen gegen mich vorgebracht, mich weggeschleppt, meine Familie und Freunde von mir ferngehalten, und das zu einer Zeit, in der wir uns unter diesen tragischen Umständen hätten gegenseitig stützen sollen. Und wenn Ihnen Beweise vorgelegt werden, logische Beweise, die die Wahrheit erklären, gehen Sie auf jene los, die nichts anderes tun, als meine Unschuld zu beteuern. Jane hat sich selbst umgebracht, Detective Chief Inspector, und *das* ist ihr Abschiedsbrief.«

Eine Tür knarrte. Ein neuer Lichtstreifen fiel in den Korridor. Cat erschien.

»Was zum Teufel haben Sie hier verloren?«, fragte Robert, aber Cat achtete nicht auf ihn. Sie starrte auf Sandie. Simon versuchte sie aufzuhalten, aber sie riss sich los und legte die Hände an die Brust. Sie wollte einfach nicht glauben, dass sie es ein zweites Mal tat.

»Was ist?«, fragte Sandie. »Was ist los?«

»Es tut mir so leid«, sagte Cat nicht zum ersten Mal.

»Was tut Ihnen diesmal leid?«, fragte Sandie, die unter den gegebenen Umständen äußerst ruhig wirkte.

»Der Zettel«, sagte sie. Sandie, Robert und Simon nickten. Cat biss sich auf die Lippen, sah zu Boden, atmete durch, hob den Kopf und sah Sandie Wellby in die Augen. »Ich habe ihn geschrieben.«

»Sie haben was?«, rief Sandie aus.

»Es tut mir leid, er muss mir rausgeruscht sein, als ich Jane gefunden habe. Ich wollte ihn beim Hund zurücklassen.«

Sandie brach in Gelächter aus. »Der Hund, natürlich. Der Hund, mit dem ich spazieren gegangen bin, während Sie ihn überfahren haben. Was ist los mit Ihnen – haben Sie kein eigenes Leben, müssen Sie immer nur meines kaputtmachen? Großer Gott, wie oft habe ich mich gefragt, als ich in dieser abscheulichen kleinen Zelle saß, was zum Teufel Sie vorhaben. Warum waren Sie verdammt noch mal überhaupt in der Garage meines Mannes? Was haben Sie dort getrieben? Und sparen Sie sich den Mist mit Lucy. Sie haben behauptet, ich hätte den Schlauch nicht angefasst, und jetzt behaupten Sie, Jane hätte den Zettel nicht geschrieben. Sie sind schuld daran, dass ich in dieses Rattenloch gebracht worden bin, und ich will wissen, warum, verdammt noch mal …«

»Hey, ich habe doch damit eigentlich nichts zu tun.«

»Nur dass Sie die Tochter meines Mannes tot aufgefunden haben und jetzt auch noch behaupten, den Abschiedsbrief verfasst zu haben.« Sandie wandte sich an Bramley. »Sie werden ihr doch nicht glauben, oder?«

»Warum? Machen Sie sich darüber Sorgen, Mrs. Wellby?« Sein Tonfall war alles andere als freundlich. »Sorgen Sie sich um Ihren Ruf, hmm? Denn wenn Jane diese Zeilen nicht verfasst hat, haben wir schließlich nichts mehr, was erklären würde, warum sie sich freiwillig am Tatort aufgehalten haben sollte. Wenn Sie verstehen, was ich meine.«

»Gegen mich spricht genauso viel wie gegen sie«, sagte Sandie und zeigte auf Cat. »Mein Gott, schließlich hätte doch auch sie Jane umbringen können. Das alles könnte Teil eines durchgeknallten Plans sein, der nur darauf abzielt, mir was anzuhängen.«

»Dieses Mädchen lügt«, sagte Simon. »Das liegt doch auf der Hand.«

»Mr. Proudlove, bei allem Respekt, halten Sie den Mund!«

Simon runzelte die Stirn. »Wollen Sie nicht die Wahrheit herausfinden?«

»Oh, doch, doch, das Problem ist nur, Menschen wie Sie machen das ziemlich schwierig.«

»Das sollten Sie lieber mal ihr sagen, nicht mir.« Simon zeigte auf Cat.

»Ja? Mr. Proudlove, wo waren Sie am vergangenen Freitag zwischen halb eins und halb zwei Uhr nachmittags?«

»Das habe ich Ihnen gesagt.«

»Dann sagen Sie es mir noch einmal!«

»Auf Kundenbesuch.«

»Bei einer Mrs. Dewhurst. Sie haben erzählt, Sie hätten Sandie mit dem Hund auf der Wiese gesehen, als Sie vorbeigefahren sind.« Simon nickte. Robert musterte ihn eindringlich. »Aber das kann nicht sein, nicht wahr, Sir?« Simon verengte die Augen. »Mrs. Wellby hat sich angeblich zwischen ein Uhr fünfzehn und ein Uhr dreißig auf der Wiese aufgehalten. Aber Sie sind um ein Uhr dreißig bei Mrs. Dewhurst eingetroffen. Die Fahrt dorthin schaffen Sie unmöglich unter vierzig Minuten, auch wenn Sie mit überhöhter Geschwindigkeit unterwegs gewesen wären. Ich glaube nicht, dass in diesem Punkt Cat Torrant die Lügnerin ist. Nein, Mr. Proudlove, wenn jemand gelogen hat, dann Sie.«

Robert trat einen Schritt von seiner Frau zurück. Sie griff nach seinem Arm.

»Ich verzeihe dir, Robert«, beteuerte Sandie. »Ich verzeihe dir dein Verhalten, aber ich brauche dich jetzt, du musst mir glauben. Ich bin mit Lucy spazieren gegangen und habe mich nach meiner Rückkehr sofort ins Bett gelegt. Ich habe Jane nicht umgebracht, Robert. Ich könnte niemandem was antun, der ein Teil von dir ist, Robert. Ich liebe dich, aber jetzt unterstütze mich, unterstütze mich jetzt, Robert, oder es ist für uns alle vorbei. Dieses Mädchen hat genauso wenig Lucy getötet wie ich Jane getötet habe, um Gottes willen, du musst mir glauben, ich liebe dich …«

»Entschuldigung?« Alle drehten sich um. Der Alte mit dem Kinderwagen trat in den Gang.

»Ach ja«, sagte der Alte und besah sich die Versammelten. »Na, ich werde nicht lange bleiben. Ich dachte mir nur, ich lasse Sie wissen, dass ich noch nie von sogenannten Autoritätspersonen so in Verzweiflung getrieben oder von dem hier üblichen Mangel an Intelligenz so erschreckt worden bin wie in diesem Gebäude. Wenn ich Sie mir so ansehe und das alles ist, was wir noch haben, bedauere ich es, so lange und so hart für Großbritanniens zukünftige Generationen gekämpft zu haben. Ich habe fast mein Leben für Sie gegeben, jetzt zahle ich für Sie, und jetzt erwarte ich, dass Sie mich wenigstens zur Kenntnis nehmen.« Keiner sprach ein Wort. Der Mann machte mit dem Kinderwagen kehrt und wollte bereits gehen.

»Was ist in dem Wagen, Sir?«, fragte Bramley nervös.

»Das geht Sie nichts an! Ich möchte Ihnen kein Lebewesen anvertrauen, genauso wenig wie ich Ihnen einen in der Schlacht Verwundeten anvertrauen würde. Guten Tag.«

»Ein verletztes Tier?«, sagte Cat.

Sandie schüttelte den Kopf.

»Ja.« Der Alte sah Cat mit müden Augen an.

»Ein Hund?«

»Eine Hündin, um genau zu sein.«

Cat nickte. »Ein Norwich-Terrier?«

»Was haben Sie getan, meinen Hund entführt?«, rief Sandie, den wütenden Blick noch immer auf Cat gerichtet.

»Gehört er Ihnen?«, fragte der Alte. Cat, unfähig, Sandie anzusehen, schüttelte den Kopf. »Ein schönes, nettes Tier, unheimlich freundlich. Es muss sehr geliebt worden sein, deshalb würde ich gern den Besitzer finden, um ihn aus seinem Elend zu erlösen.« Er hob das Tier aus dem Kinderwagen und stellte es auf den Boden. Eines der Beine war verbunden.

»Lucy!«, rief Sandie, »komm her, meine Kleine.« Der Hund humpelte, so gut es ging, durch den Flur. »Ich habe doch gesagt, dieses Mädchen hat den Hund nicht umgebracht, ich habe es gesagt! Ich war mit ihr spazieren, sie muss weggelaufen sein, als der Kranken- und die Streifenwagen erschienen sind. Sehen Sie!« Sie hielt den Hund hoch. Erst jetzt schien sie den Verband zu bemerken. »Was haben Sie ihr nur angetan! Was sind Sie nur für ein Mensch?«

Der Alte starrte die Frau an, in seinem Blick loderte Entrüstung. »Wie bitte?«

»Was zum Teufel haben Sie mit meinem Hund gemacht?« Aber Sandies Entschlossenheit und Stärke bröckelten bereits. »Was habe ich nur verbrochen, damit Sie mir das antun!«

»Madam, ich habe nicht die geringste Ahnung, wovon Sie reden. Als wir Ihren Hund gefunden haben, war er fast tot. Er hat sich unter einem umgestürzten Baum verkrochen und auf den Tod gewartet – der sicherlich auch eingetreten wäre, wenn wir ihn nicht gefunden hätten. Er hatte einige ziemlich üble Verletzungen, ein gebrochenes Bein, und er war kurz vorm Verdursten. Sah aus, als wäre er von einem Auto angefahren worden. Die ersten Tage fiel er immer wieder in Bewusstlosigkeit, wachte auf und wurde wieder bewusstlos. Es ging auf und ab, Madam, auf und ab. Alles, was ich Ihrem Hund angetan habe, ist, ihn wieder gesund zu pflegen. Wenn

Sie jemandem die Schuld zuschieben wollen, dann der Person, die ihn überfahren hat.« Plötzlich wusste Cat, wie Sandie sich fühlte. Alle Augen waren auf die Hundemörderin gerichtet.
»Es tut mir leid«, murmelte Cat.
Der Alte kapierte es am schnellsten. »Sie?«, sagte er. Cat nickte.
»Eine Schande!«
Sie hatte sich noch nie so geschämt. »Es tut mir leid«, wiederholte sie.
»Es braucht Ihnen nicht leid zu tun«, mischte sich Bramley ein, mit einer Stimme, die nichts Versöhnliches an sich hatte. »Ein verletzter Hund ist ein kleiner Preis für die Gerechtigkeit.« Cat war verwirrt. Sandie überhaupt nicht. »Na, Mrs. Wellby, damit ist Ihr Alibi dahin, und das gerade noch rechtzeitig.« Er sah auf seine Uhr. »Unsere zusätzlichen vierundzwanzig Stunden sind vorbei. Noch fünf Minuten, und ich hätte Sie gehen lassen müssen. Was für eine Schande, nicht wahr?« Robert Wellby musste sich an die Wand lehnen. »Cat, Ihnen sei Dank, dass das Colchester Prison seine Pforten für seine erste Berühmtheit doch noch öffnen wird. Irgendwelche letzten Worte noch?«
Keiner sagte etwas.
»Keine Presse«, kam es von Robert schließlich.

Schweigend verließen Robert und Simon das Gebäude, begleitet von einem gut aufgelegten Bramley, der sie zum Parkplatz begleitete. Cat, die Aussätzige, folgte ihnen. Sandie Wellby befand sich weiterhin in Gewahrsam. Sie würde am darauffolgenden Morgen offiziell des Mordes an Jane Wellby angeklagt und nach Colchester gebracht werden, wo sie ihre

Verhandlung erwarten würde. Lucy war den beiden Alten zurückgegeben worden. Es war Sandies Entscheidung gewesen. Robert sah genauso aus wie am Tag von Janes Tod – er war ein gebrochener Mann. Simon versuchte ihn zu trösten, wurde von Robert aber weggestoßen. Worauf Simon mit dem Finger auf Cat zeigte und sie verächtlich ansah. »Das ist alles Ihre Schuld.«

»Ich weiß, so sieht es aus, aber ich bin wirklich nur ganz zufällig in die Sache hineingerutscht.«

»Und das soll Ihnen jemand abnehmen?«

»Es ist die Wahrheit, ich schwöre es.«

Simon wandte sich ab und schritt eilig die Treppe hinunter. Unten tauchte um die Ecke des Gebäudes ein kicherndes Pärchen auf.

»DS Chambers? Was ist hier los?«

Das Pärchen sah nervös auf.

»Sir?«, sagte er und richtete seine Uniform. »Ich habe mich um Miss Moore gekümmert, sie hatte einen Schock.«

»Scheiße«, flüsterte Cat und versuchte noch, sich umzudrehen. Wieder einmal war sie zu spät dran.

»Jane!« Durch die Versammelten ging ein Ruck. »Jane, Gott sei Dank«, rief Suzie atemlos und kam die Treppe hochgerannt. »Man hat mir gesagt, Sie wären tot.« Suzie legte ihr den Arm um die Schultern. »Oh, Mr. Wellby, Sie müssen doch überglücklich sein, dass Sie Ihre Tochter wiederhaben! Weiß es Sandie schon?« Suzie starrte ihn an. »Oh, nicht weinen, bitte nicht!«

Cat konnte es nicht mehr ertragen.

»Ganz zufällig, was?«, sagte Simon. »Bramley, los, unternehmen Sie was!«

»Gehen Sie nach Hause, Mr. Proudlove!«

»Aber …«
»Gehen Sie nach Hause!«
»Das alles hier ist verdammt noch mal eine Farce!«
»Ich sagte, gehen Sie nach Hause!«
Simon starrte Cat eine volle Minute lang an, bevor er sich abwandte.

14

Darren sah zu, wie der Dicke starb. Es fiel ihm nicht leicht, aber er hatte keine andere Wahl. Er konnte weder den Notarzt rufen noch ihn in ein Krankenhaus schaffen. Außerdem hätte er sowieso nicht überlebt. In wenigen Sekunden war alles vorüber. Darren kniete sich neben ihn, legte sich den Kopf des Toten auf die Oberschenkel und wickelte daraufhin den Läufer am Boden um den fast nackten Körper. Er hatte gehofft, das alles überstehen zu können, ohne der Versuchung zu erliegen, einen Menschen zu töten. Er hatte früher bereits Gelegenheit und Grund dazu gehabt, aber nicht den Willen. Darren starrte auf die unförmige Leiche, die Fettwülste, die in konzentrischen Ringen den Torso des Mannes umgaben. Er hatte sich selbst vorzeitig ins Grab gefressen. Sein Herz war ihm wahrscheinlich dankbar dafür, es war es leid, fettbeladenes Blut durch die von Cholesterin verklumpten Arterien zu pumpen.

»Mit deiner Gier hast du dir ein schönes Leben gemacht. Manche haben verdammt noch mal alles Glück der Welt.«

Den Großteil seines Lebens hatte Darren nie gewusst, wann er wieder zu essen bekommen würde. In seiner Kindheit hatte das Frühstück zu Hause aus einer Kippe und einer Ohrfeige bestanden. Reichhaltige Mahlzeiten bekamen ihm noch immer nicht. Darren stieß den Kopf des Toten vom Schoß und stand auf. Er konnte nicht mehr zurück, er wollte deutschen Geschäftsleuten nicht mehr im obersten Geschoss eines mehrstöckigen Parkhauses für einen Fünfer einen blasen. Er hatte jetzt einen Schlüssel für eine Wohnung. Die wenigsten wussten, wie wertvoll so was war. Und jetzt bestand die Gefahr, den wieder zu verlieren, weil irgendein Fettarsch nicht am Leben bleiben konnte. Er trat gegen die Leiche.

»Das war's mit meinem Sparkonto, du Arsch!« Immer war in Darrens beschissenem kleinen Leben irgendjemand gekommen und hatte alles ruiniert. Wenn die anderen ihn nur verdammt noch mal in Ruhe gelassen hätten, wäre alles wunderbar gelaufen. Jetzt ging es nicht mehr. Jetzt war es zu spät. Er spürte, wie er am ganzen Körper kalt wurde, während sich die Wut in seine Seele fraß. Den Bruchteil einer Sekunde schwankte er auf der Grenze zur Vernunft, dann wurde er von seinem Zorn überwältigt. Noch einmal trat er gegen den Toten, der sich nicht mehr verteidigen konnte. Und noch einmal. Er bohrte den Fuß in den Schädel des Toten, der jetzt sein Vater war. Der Mann, der ihn weiß Gott wie oft verprügelt hatte. Dann in den Brustkorb seines Stiefvaters. Auch einer, der ihn ständig verprügelt hatte. Daraufhin sah er seine »Onkel« vor sich, einen nach dem anderen. Er trat einen Schritt zurück. Das Wabbelfleisch unter seinen Füßen nahm die Gestalt seiner Mutter an. Seiner liebenden Mutter, die ihn ihren Freiern überlassen hatte. Auch ihr trat er gegen den Schädel. Und dann seinem »Vormund«, der ihn in den Schrank gesperrt hatte, und den Angestellten im Heim und seiner Ex-Freundin, der Drogendealerin, die ihn auf Heroin gebracht hatte und mit seinem Geld verschwunden war. Er trat sein Leben in Stücke. Sein beschissenes kleines Leben.

Fiona saß in ihrer Küche. Auf dem Tisch stapelten sich Kondolenzschreiben, aber sie brachte es nicht über sich, sie zu lesen, geschweige denn, darauf zu antworten. Liebe Cousine Sue, ist es nicht tragisch, dass die Frau, in der ich meine Retterin sah, die mir meine Familie abgenommen hatte, das alles nun auch zerstört hat …? Liebe Gillian, die Frau, mit der ich seit Jahren kein Wort gewechselt habe, die einen hämischen Brief über die Gefahren der Scheidung geschrieben hat … Scheiß drauf, ich hatte ein Leben, ich war stolz darauf. Liebster Nachbar, nein, ich glaube nicht, dass Sandie das alles wirklich getan hat. Liebe Fiona Wellby, danke für deinen Brief, ich hoffe auch, dass das alles ein schrecklicher Fehler ist und Sandie dir den Anruf verzeihen wird. Lieber Dad, ich kann dir leider noch nicht das Datum der Beerdigung nennen, sie wollen den Leichnam nicht freigeben, verstehst du … Nicht, dass sie nicht wüssten, wo sie Jane bestatten sollten. Laut ihrem Tagebuch hatte sie darum gebeten, im Friedhof der Kirche begraben zu werden, wo sie, Fiona und Robert, geheiratet hatten. Was ein wenig seltsam war, schließlich waren sie doch im Standesamt von Reading getraut worden, dort hatten ihre Eltern gewohnt. Kaum die Märchenhochzeit. Es war Anfang der Siebziger gewesen; sie hatte noch nicht einmal Weiß getragen, sondern Beige. Wie vielsagend. Ihr schauderte beim Gedanken daran, noch mehr aber schauderte ihr, als sie an ihre Tochter dachte, die steifgefroren in einer Metallnische lag mit einem Plastikanhänger am Zeh. Höchstwahrscheinlich nackt. Nackt, damit die Medizinstudenten sie ausgiebig begaffen konnten. Sie hatten sich nie über Sex unterhalten. Sie wusste noch nicht einmal, ob Jane überhaupt Sex gehabt hatte. Sie war dreiundzwanzig Jahre alt, man konnte also davon ausgehen, aber sicher wusste sie es nicht. Sie hatte immer gedacht, dieses Gespräch würde sich von allein ergeben, wenn die Zeit dafür reif war. Nun, die Zeit war nicht gekommen – und würde jetzt auch nie mehr kommen. Mit wem hatte Jane Sex gehabt? Wem hätte sie es erzählt? Fiona versuchte sich an intime Details aus dem Leben ihrer Tochter zu erinnern. Ihr wollte nichts einfallen. Schlimmer noch, sie konnte sich nicht erinnern, ob es überhaupt etwas Erinnerungswürdiges gab. War das immer so zwischen Müttern und ihren Kindern, gab es immer diese große Leere zwischen Eltern und ihrem Nachwuchs? Warum kannte sie ihre Tochter nicht? War sie religiös gewesen? Glaubte sie an die Wiederauferstehung? An das Leben nach dem Tod? Hatte sie mit Drogen experimentiert? War ihr jemals das Frühstück ans Bett gebracht worden? Was hatte sie werden wollen, wenn sie erwachsen war? Fiona fielen die Haare aus, mit jedem Tag wurden es mehr. Sie starrte auf das Büschel in der Hand. Ihre Tochter war tot, und sie war diejenige, die sich auflöste. Das Telefon klingelte. Fiona lauschte, als sich der Anrufbeantworter anschaltete.

»Hör zu, ich mach mir langsam Sorgen. Bitte, bitte ruf mich im Hotel an. Du bist nie da, auf deinem Anrufbeantworter müssen tausend Anrufe sein, auch im Atelier meldet sich niemand. Wo steckst du? Bist du krank, mein Liebling, ich werde noch verrückt vor Sorgen …« Fiona hielt sich die Ohren zu, als sie Jos Stimme hörte, und rannte aus dem Zimmer, knallte die Tür zu und lehnte sich dagegen. Die Klingel an der Tür ließ sie zusammenzucken. Kurz dachte sie daran, sich oben zu verstecken, sich tot zu stellen, doch das wäre eine Beleidigung für jene gewesen, denen das Leben geraubt worden war. Sie hatte ihr Leben noch, dann sollte sie es auch leben. Oder war es eine Beleidigung, wenn man einfach weitermachte, als wäre nichts geschehen? Sollte sie es der Zeit überlassen? Die alle Wunden heilt. Würde das Leben mit der Zeit irgendwann erträglich werden, würde sie es vergessen können? Aber zu vergessen wäre eine Beleidigung für … Was zum Teufel sollte man machen, wenn einem die Tochter stirbt, deren Aufgabe es doch war, ihr Antworten auf diese Fragen zu geben? Erneut klingelte es an der Tür, gleichzeitig begann das Telefon zu schrillen. Sie ging zur Tür.

»Mrs. Wellby?«

»Ja.«

»Eine Sendung von Sun Travel, würden Sie bitte hier unterschreiben?«

Fiona runzelte die Stirn. »Sie müssen sich irren, ich erwarte nichts vom Reisebüro.«

»Trotzdem, hier sind zwei Tickets, ausgestellt auf Ihren Namen, bereits bezahlt, so wie es aussieht. An Ihrer Stelle würde ich sie nehmen, Sie haben ja nichts zu verlieren.«

»Sie sind sich sicher, die richtige …«

»Mrs. Wellby, vielleicht ist es eine Überraschung, irgendein Jahrestag, keine Ahnung. Ich bin nur der Bote, wenn es ein Problem geben sollte, schlage ich Ihnen vor, bei Sun Travel anzurufen.«

Sie nahm den dicken Umschlag entgegen, unterschrieb die Empfangsquittung und ging in die Küche zurück. Nachdem sie ihn schließlich geöffnet hatte, entnahm sie dem beiliegenden Reiseplan, dass eine F. Wellby, Mrs., und eine J. S. Wellby, Miss, am folgenden Tag um 14.35 Uhr am Stansted Airport erwartet würden, elf Tage nach Janes Tod, zu einem Flug nach Lissabon, Portugal. Die vier Wörter unten auf der Seite erschreckten sie. *Alles Gute zum Fünfzigsten.* Zwei Tickets. Eines für sie, als Geschenk, die fünfzig geschafft zu haben, und eines für ihre Tochter, der das nicht mehr vergönnt war.

Fiona nahm den Hörer ab und wählte die Nummer von Sun Travel. Sie buchte dort immer ihre Reisen, länger schon, als sie sich zu erinnern wagte. Eine der vielen Vorteile ihrer Stellung als unabhängige Frau mittleren Alters: Sie konnten wann immer und sooft sie wollten verreisen. Die meisten ihrer Freundinnen mussten ihren Urlaub um den ihrer Ehemänner oder Kinder legen. Sie hatte keinen Mann, um den herum sie ihr Leben ausrichten musste. Und Jane hatte sie stets nach Cedar Hall schicken können. Ganz einfach. Für sie. Jane hatte sich nie beschwert. Oder hatte sie es nur nicht gehört?

»Sun Travel, guten Morgen. Sie sprechen mit Vanessa, womit kann ich Ihnen dienen?«

»Vanessa, hier ist Fiona Wellby.«

»Hallo, was kann ich für Sie tun?«

Es war sonderbar, mit einem normalen Menschen zu sprechen. Einem Menschen, der es nicht wusste. »Ich habe soeben Tickets für Portugal erhalten. Meiner Meinung muss es sich dabei um einen Irrtum handeln.«

»Nein, nein, soweit ich weiß, ist es ein Geburtstagsgeschenk.«

Fiona war wie vor den Kopf gestoßen. »Von Ihnen, aber das ist doch lächerlich großzügig …«

»Fiona, Sie sind eine gute Kundin, aber so gut nun auch wieder nicht.«

»Dann muss es von Robert sein, wahrscheinlich hat er vergessen, es mir zu sagen – nach allem, was in letzter Zeit passiert ist.«

»Was ist denn in letzter Zeit passiert?«

»Oh, Gott, es fällt mir schwer …« Sie hielt inne.

»Alles in Ordnung, Fiona?«

»Es ist nur …«

»Hören Sie zu«, sagte Vanessa, die der Frau nicht zu aufdringlich erscheinen wollte, »nicht Robert hat die Tickets gebucht, sondern Jane. Vor etwa einem Monat.«
»Jane?«
»Sie hat mit Ihrem Ersparten bezahlt. Das löst dann wohl das Rätsel.«
»Jane?«
»Ja. Sollte eine Überraschung sein, sie wollte Ihnen einen ganz besonderen Geburtstag bereiten. Schließlich ist es ja Ihr Fünfzigster. Sie hat mir gesagt – ich hoffe nicht, Sie haben da was dagegen …«
»Aber Jane ist tot.«
»Sie sehen …« Vanessa hielt inne. »Wie bitte?«
»Sie ist tot. Man hat sie letzten Freitag im Wagen meines Ex-Mannes gefunden.«
»Gefunden?«
»In der Garage«, sagte Fiona und starrte auf die Tickets. »Sie wissen ganz bestimmt, dass Jane die Tickets gekauft hat?«
»Fiona«, antwortete Vanessa, »ich habe ihr die Tickets persönlich ausgestellt.«
Sie legte den Hörer auf und ging wie in Trance zu einem Foto von Robert und Sandie, das auf dem Kaminsims stand. Jane war ursprünglich ebenfalls zu sehen gewesen, doch sie hatte sich weggeschnitten – ihr Haar, so ihre Aussage, würde so struppig aussehen. Nur Janes Arm war noch zu erkennen, den sie bei ihrem Vater eingehakt hatte. Wenn sie sich konzentrierte, konnte sie Jane auf dem Foto noch vor sich sehen – als wäre es ein Traum, den sie wieder wachrief. Sandie mit ihrem strahlenden Lächeln sah so schön aus wie immer. Je länger Fiona auf das Bild starrte, umso stärker allerdings wandelte sich dieses Lächeln. Vom ehrlichen Lächeln zu

einem schuldbehafteten, vom willkommenen zu einem verschlagenen, vom mütterlichen zu dem einer Mörderin. Der Rahmen zerbarst in der Küchenecke, auf den Kacheln splitterte das Glas, bevor Fiona auch nur mitbekam, dass das Bild ihrer Hand entglitten war. Erneut klingelte es an der Tür, gefolgt von lautem Pochen und, als sie darauf nicht reagierte, lautem Rufen. Es war Robert.

»Fiona! Ich weiß, dass du da bist. Fiona! Ich bin's, lass mich rein.«

»Verschwinde!«

Das brachte ihn für einige Sekunden zum Schweigen. Aber er ließ nicht locker. »Fiona, mach die Tür auf, oder ich trete sie ein.«

Fiona rutschte an der Wand zu Boden und hielt sich mit beiden Händen die Ohren zu. »Lass mich in Ruhe!«

»Bitte«, kam es von ihm, leiser nun. »Bitte, es geht um Jane. Komm mit mir zum Gericht. Ohne dich schaff ich es nicht.«

Anna lachte. Es war das erste Mal seit dem Überfall, dass Cat ihn hatte lachen sehen. »Mein Gott«, sagte Cat und schüttelte den Kopf, »ich wollte doch auf dem Rückweg von Gran nur noch zu der Polizistin. Ich habe noch nicht mal gewusst, dass Sandie verhaftet worden ist. Ich kann es noch immer nicht fassen.«

»Na ja, wenigstens ist dabei auch was Gutes rausgekommen, denk an die Informationen, die wir jetzt haben, über die Calorie Carers, den Hund …« Die Tür zu seinem Zimmer ging auf; er hatte sie nicht abgesperrt. Ein weiteres gutes Zeichen.

»Dan«, sagte Anna überrascht. »Hallo?«

Cat verspannte sich. Seit ihrem Streit hatten sie nicht mehr miteinander geredet.

»Komm schon rein, deine schreckliche Freundin hat mir gerade von dem Chaos erzählt, in das sie geraten ist. Das Herumschnüffeln macht ihr anscheinend ziemlich viel Spaß.«

»Ja? Was für ein Chaos?« Er ging zu Anna und drückte ihm die Schulter. Männliche Zuneigung. Ihre Schulter drückte er nicht.

»Sie war auf der Polizeidienststelle in Harlow, wollte ein paar Informationen einholen, und dann taucht die ganze Wellby-Sippe auf, und sie mittendrin. Robert Wellby, Janes Dad – sollen wir eine Flasche Wein aufmachen? Cat, sei doch so gut …«

Sie ging in die Küche, ohne Blickkontakt mit Dan aufzunehmen, holte eine Flasche gekühlten Rotwein und nahm den Korkenzieher aus der zweiten Schublade rechts vom Kochfeld. Dort war er immer. Anna war in solchen Sachen sehr pingelig. Sie öffnete die Flasche, griff sich die drei Weingläser am Stile und kehrte zum Sofa zurück. Anna, der soeben von Suzie, der Friseuse, erzählte, schüttelte sich schon wieder vor Lachen.

»Unglaublich, dass du so was abziehst«, sagte Dan. Er sah zu Cat.

»Ich hab kein Problem damit. Du?«

»Sie ist erst ein paar Tage tot, und du läufst rum und gibst dich als ihre Person aus. Das ist abscheulich. Stell dir vor, jemand macht das mit dir. Tut so, als wäre er Amelia, nachdem sie gestorben ist.«

»Hör verdammt …«

»Oh«, sagte er und erhob sich, »du darfst also rumlaufen und dich als die tote Tochter von jemandem ausgeben, aber Gott behüte, wenn das jemand mit dir tun würde!«

»Es war Zufall«, sagte Cat.

»Ist es das nicht immer?«
»Was ist los mit dir?«
»Und Anna ziehst du auch noch mit rein. Meinst du nicht auch, dass er schon genug durchgemacht hat?«
Anna unterbrach das Einschenken des Weins. »Einen Moment, Dan … aber, mit Verlaub, du bist ein Arschloch. So, jetzt habe ich mein Sprüchlein aufgesagt, jetzt lass mich aus der Sache raus.«
»Na, scheint ja ziemlich schnell gegangen zu sein mit deiner Erholung.«
»Genau aus diesem Grund habe ich davon abgesehen, sie zu begleiten, aber ich wünsche mir, ich hätte es getan. Ich war den ganzen Tag allein, was nicht sehr schön war. Das nächste Mal fahre ich wieder mit ihr mit.«
Anna erhob sich vom Sofa. Dan und Anna starrten sich an. »Hätte ich nämlich Gesellschaft gehabt, wäre das alles vielleicht nicht nötig.« In seinen hochhackigen Schuhen überragte er Dan normalerweise, jetzt aber waren sie auf einer Augenhöhe.
»Na, toll, emotional erpresst zu werden«, wich Dan aus.
»Und? Wo warst du?«
»Ich habe drei Tage lang die Wohnung nicht verlassen, wenn du dich erinnern möchtest.«
»Entschuldigung, wenn ich dir Unannehmlichkeiten bereitet habe, aber es dauert vielleicht länger als drei Tage, um mit diesem kleinen Problem fertig zu werden, also mach das, was mir zugestoßen ist, nicht kleiner, indem du es mit eurem Beziehungskram vermischst.«
Cat biss sich auf die Lippen. Dan sah aus, als wäre ihm eine Ohrfeige verpasst worden. »Du hast es ihm also erzählt?«, fragte er Cat.

»Natürlich nicht.«
»Was hast du mir nicht erzählt?«, wollte Anna wissen.
»Spielt keine Rolle«, antwortete Cat. Sie hasste solche Auseinandersetzungen.
»Na, das bringt die Sache ja wunderbar auf den Punkt«, sagte Dan.
»Dan«, sagte Cat, »du hast damit angefangen. Nicht ich.«
»Den Wellbys hinterherzuschnüffeln, damit hat es angefangen.«
Cat runzelte die Stirn. »Das ist nicht wahr, und das weißt du«, sagte Cat, erstaunt, wie sehr er die Dinge doch verdrehen konnte.
»Womit hat es dann angefangen?«, fragte Anna und nahm einen großen Schluck.
»Das solltest du lieber nicht wissen«, antwortete Cat und warf Dan einen scharfen Blick zu.
»Ich sage doch nur, diese Sache mit den Wellbys geht euch beide nichts an.«
»Dan, beehrst du uns heute mit deiner Anwesenheit, weil du meinst, du müsstest mal wieder den Wichser spielen?«, sagte Anna.
Dan und Cat sahen ihn an.
»Ich denke, es ist besser, wenn du gehst«, fuhr Anna fort. »Du verbreitest negative Stimmung und gehst einem gehörig auf den Sack.«
»Wunderbar«, sagte Dan.
»Gut.«
Dan wandte sich zur Tür. Cat warf Anna einen verzweifelten Blick zu, der ihr zu verstehen gab, auf keinen Fall zu protestieren. Verblüfft und schweigend sah sie, wie hinter Dan die Tür ins Schloss fiel.

»Ich kann nicht glauben, was er soeben gemacht hat«, sagte Cat und ging zum Fenster.
»Ich schon«, sagte Anna. Cat wartete auf weitere Erklärungen. Aber die kamen nicht.

Wie Ehemann und Ehefrau saßen sie Seite an Seite und warteten auf die Eröffnung des Verfahrens. Der Raum war in Beigetönen gehalten. Genau wie ihr Hochzeitskleid. Fionas Geschmack hatte sich gewandelt, mittlerweile zog sie Rubinrot, Purpur und Flaschengrün vor. Beige war wie die Haut eines Menschen. Eine schwammige Farbe.
»Meinst du nicht, du solltest mit ihr reden!«, sagte Fiona. »Um ihre Version der Geschichte zu hören.«
»Ich kann nicht.«
»Du musst.«
»Ich kann es nicht. Ich kann es nicht über mich bringen, sie anzusehen.«
Fiona konnte es. Sandie starrte auf Robert. Was für ein Durcheinander. Wenn sie als Zeugin aussagen sollte, was würde sie dann berichten? Dass sie Sandie immer bewundert hatte? Dass sie ihren Sinn für Humor schätzte? Dass sie ihr das Leben ihrer Tochter anvertraute? Pardon, anvertraut *hatte*. Robert drückte ihr noch immer die Hand. Sie zog sie weg und wünschte sich zum wiederholten Mal, dass das alles nicht wahr wäre, dass Jane einen gewaltigen Streich abzog und jeden Moment mit schallendem Gelächter auftauchte. Hinter ihnen ging eine Tür auf. Ein makellos gekleideter junger Mann betrat den Gerichtssaal.
Er hatte ein markantes Kinn, durchdringend blaue Augen, sein Hemd war gestärkt, sein Jackett mit türkisfarbener Seide gefüttert. L.A. traf auf Essex. Fiona sah zu Sandie. Mach

keine Show draus, gab Fiona ihr mit einem Blick zu verstehen. Zwing mich nicht dazu, erwiderte Sandie wortlos im Gegenzug. Zwei alte Gentlemen saßen in der letzten Reihe. Fiona bemerkte sie nur wegen des Hundes. Er steckte unter dem Mantel eines der Alten. Ein ruhiges kleines Ding, es fiel kaum auf.
Und was, wenn Lucy nicht auf die Straße gelaufen wäre? Dann wäre Cat Torrant nicht nach Cedar Hall gekommen. Dann müsste das alles jetzt vielleicht nicht geschehen. Sandies Geschichte über das Leid ihrer Tochter wäre nicht nachgeprüft worden. Die Polizei hätte sich nicht in Cedar Hall einquartiert, und sie selbst hätte nicht Zuflucht in Janes Zimmer gesucht. Sie hätte das Tagebuch nicht gefunden. Was hätte sie dann mit den Tickets gemacht? Fiona stellte sich vor, wie sie allein nach Portugal geflogen wäre. Und das zweite Ticket verbrannt hätte. Ihr schauderte. Robert legte ihr beruhigend den Arm auf die Schulter. Es fühlte sich an wie die Hand Gottes. Sie versteifte sich unter dem Gewicht. Beschämt von ihren eigenen Gedanken. Sie war für die Mutterrolle nicht geschaffen.

Der Barrister der britischen Staatsanwaltschaft erhob sich. »Wir bitten das Gericht, die Verhaftung von Mrs. Sandie-Ann Wellby für den Mord an ihrer dreiundzwanzigjährigen Stieftochter Jane Sara Wellby zur Kenntnis zu nehmen. Dem Mord gingen keinerlei schuldmindernde Umstände voraus, tatsächlich wird sich bei näherer Betrachtung der Faktenlage herausstellen, dass er den Höhepunkt und das Ende von langjährigen Misshandlungen markiert, unter der die Verstorbene durch die Angeklagte zu leiden gehabt hatte. Wir ersuchen darum, sie im Gefängnis Ihrer Majestät in Colches-

ter in Haft zu belassen, bis der Termin der Verhandlung festgelegt ist.« Der Richter nickte, der Barrister setzte sich. Der Mann mit dem maßgeschneiderten Anzug und den blauen Augen erhob sich.
Er stellte sich als Marcus England vor, Kronanwalt der Verteidigung, Sandies Anwalt.
Robert zuckte zusammen, als er den amerikanischen Akzent bemerkte.
»Es ist nicht zu fassen.«
Die Bestürzung in seiner Stimme schreckte Fiona auf. »Was ist?«
»Warum ausgerechnet er? Wo steckt Hallifax, ich habe sie zu Hallifax geschickt.«
»Wer ist er?«
»Ein aalglatter Yankee, schau ihn dir nur an, was zum Teufel denkt sich Sandie dabei?«
Fiona sah wieder zu Marcus England, der dem Richter seine Aussage vortrug.
»Was hast du gegen ihn?«, fragte sie.
»Schhh, lass mich zuhören.«
Warum hatte sie sich von ihm nur dazu überreden lassen, mitzukommen, dachte sich Fiona, während sich Robert auf seinem Platz vorbeugte und während der gesamten Verhandlung Marcus England nicht aus den Augen ließ.
»Ich beantrage, die Anklage gegen meine Mandantin mit sofortiger Wirkung fallenzulassen, da sie sich ausschließlich auf irreführende Anschuldigungen oder Indizien stützt. Detective Chief Inspector Bramley und seine Männer haben Mrs. Wellby in ihrem Haus belästigt, bevor überhaupt ihr Aufenthalt am Tatort nachgewiesen werden konnte. Dieser Nachweis ist bis jetzt nicht erbracht.«

»Ich habe die Akte gelesen, Mr. England. Wir werden das Verfahren einleiten.«

»In diesem Fall beantrage ich ihre umgehende Freilassung gegen Kaution.«

Der Barrister erhob sich. »Euer Ehren, die Staatsanwaltschaft würde es zutiefst bedauern, falls Mrs. Wellby gegen Kaution auf freien Fuß gesetzt würde. Sie ist eine wohlhabende Frau, besitzt zwei Pässe, falls sie untertauchen wollte, würde ihr das zweifellos gelingen.«

»Euer Ehren, Mrs. Wellby hat große Geldsummen in diesem Land investiert, nicht zuletzt in Cedar Hall und ihrem Inneneinrichtungsgeschäft in Colchester. Sie hat nicht die Absicht, dies aufzugeben. Ganz im Gegenteil, sie muss um ihre nicht unbeträchtlichen Vermögenswerte fürchten, die ihrem Ehemann zufallen könnten.« Robert ließ den Blick durch den Gerichtssaal schweifen, entdeckte Simon und sah schnell wieder weg. Hass spiegelte sich in dessen Miene. »Sie ist unschuldig, aber sie ist auch wohlhabend, Euer Ehren, und glaubt außerdem, Opfer einer Intrige geworden zu sein. Wenn das der Fall ist, Euer Ehren, stellt sich die Frage, wer dahintersteckt. Allgemein gesprochen sollten wir nach der Person Ausschau halten, die von Mrs. Wellbys Inhaftierung profitieren würde.« Kurz sah Marcus England zu Robert Wellby, eine unscheinbare Bewegung, die allerdings keinem der Zuschauer entging. »Wir werden ihre Unschuld beweisen. Gewähren Sie die Kaution, Euer Ehren, damit sie wenigstens noch eine Zuflucht hat, in die sie sich zurückziehen kann, wenn diese schreckliche Prüfung vorbei ist.« Robert sah aus, als müsste er sich jeden Moment übergeben, niemand aber wirkte besorgter als Sandie. Der Richter schwieg. In den Raum, der so fad gewirkt hatte, schien plötzlich Le-

ben zu kehren, eine Spannung war zu spüren. Der Richter wandte sich an Sandie.
»Mrs. Wellby, Sie haben keine kriminelle Vergangenheit, die gegen Sie vorliegenden Beweise können nicht unbedingt als eindeutig bezeichnet werden, aber ich habe die Worte eines jungen Mädchens gelesen, dessen Leben scheinbar nur aus Leid bestanden hat. Sie benennt Sie als die Schuldige. Niemand hat diese Neigungen an Ihnen bislang beobachtet, und aus diesem Grund werde ich Ihnen Kaution gewähren, unter folgenden Bedingungen: Sie werden sich jeden Tag auf der Polizeidienststelle melden, und Sie werden Ihre Pässe dem Gericht übergeben.«
»Danke, Euer Ehren«, sagte Marcus England.
»Nichts zu danken, Mr. England, aber ich bin noch nicht fertig. Die Kaution wird auf zweihundertfünfzigtausend Pfund festgesetzt. Die Sitzung ist geschlossen.«
Sandie sah zu Marcus, er nickte; es war gut gelaufen. Er hatte nicht erwartet, sie unter fünfhunderttausend freizukriegen. Für zweifünfzig hätte er sich den Bankwechsel sparen können. Die Zuschauer verließen den Saal, dessen Ödnis mit jedem, der ihn verließ, größer wurde. DCI Bramley kam zu Fiona und Robert. »Ich denke, es ist an der Zeit, dass Sie sich ebenfalls einen Anwalt besorgen.«
»Wie bitte?«
»Einen Anwalt. Ihre Gattin wird bestimmt schmutzige Spielchen treiben. Am besten, Sie bereiten sich schon mal darauf vor.«
»Wie bitte?«, wiederholte Robert. Bramley sah zu Fiona. Sie mochte den Polizisten nicht, aber sie wusste, was er mit seiner Aussage meinte.
»Er will dir sagen, dass Sandies Verteidigung die Aufmerk-

samkeit auf jemand anderen lenken wird.« Roberts Blick wanderte zwischen dem Polizeibeamten und seiner Ex-Frau hin und her. Komisch, dachte sich Fiona, so dämlich war er sonst doch auch nicht. »Auf dich, Robert«, sagte sie. »Sandie wird dir die Schuld anzulasten versuchen.«

15

Der Arzt sah zum Foto auf Amelias Nachtkästchen, das Cat und Amelia in schallendem Gelächter zeigte. Er bewunderte sie und die Art und Weise, wie sie Cat erzogen hatte. Er sah sie nicht als alte Frau in einem Rollstuhl, sondern als junge, reife Mutter. Was erklärte, warum er ihren Untersuchungen stets mit größerer Beklemmung entgegensah als bei den meisten anderen. Die Tür ging auf.

»Oh, Entschuldigung, Herr Doktor, ich wollte Sie nicht stören.«

»Schwester O'Leary, kommen Sie ruhig rein. Wir sind schon fertig.«

»Alles in Ordnung?«

»Stark wie ein Ochse.«

Die Tür zu Amelias Badezimmer ging auf. »Katie, Gott sei Dank sind Sie hier. Ich werde immer gebrechlicher, ich kann mir noch nicht mal mehr die Strümpfe selbst anziehen.«

»Amelia«, sagte der Arzt. »Warum haben Sie mich nicht darum gebeten?«

»O mein Lieber, ein Mann kann sie einem ausziehen, aber er sollte nie dabei zusehen, wie sie angezogen werden. Das zerstört ihre geheimnisvolle Aura. Vergessen Sie das nicht«, sagte sie mit erhobenem Zeigefinger in Richtung Katie.

Katie nickte ernst. »Warum um alles in der Welt haben Sie zu dieser Tageszeit Ihre Strümpfe ausgezogen?«

»Der gute Doktor bittet mich immer, das eine oder andere Kleidungsstück auszuziehen.«

Katie sah zum Arzt, der ihr zublinzelte. »Das ist so der Vorteil meiner Stellung. Schließlich hat Amelia die schönsten Beine von ganz Heaven's Gate.«
Amelia zuckte die Achseln. »Und er meint doch glatt, er würde mir damit schmeicheln. Allein bei dem Gedanken wird einem schwindlig.«
»Ich weiß nicht«, sagte Katie, »Mrs. McCrons Stelzen sind auch nicht schlecht.«
»Mrs. McCron«, protestierte Amelia, »haben Sie sich schon mal deren Krampfadern angesehen?«
»Jetzt aber, Amelia«, sagte Katie. »Fahren Sie die Krallen wieder ein. Außerdem habe ich die schönsten Beine von ganz Heaven's Gate.« Sie lüpfte ihren Rock. »Mit Abstand.«
»Flittchen«, beschied die alte Dame. »Aber warten Sie nur. Schwestern bekommen immer eine ganz eigenartige Figur. Sie fangen in ihren knappen weißen Uniformen und schwarzen Strümpfen schlank und hübsch an, aber ehe man sich's versieht, sehen sie aus wie eine kolossale Cleveland mit gewaltigen Brüsten, die über die Obertaille und darüber hinaus quellen.«
»Und dabei«, sagte Katie, »bin ich nur gekommen, um Ihnen mitzuteilen, dass ein gewisser Gentleman am Brunnen auf Sie wartet.«
Amelia sah auf ihre Uhr. »Verdammt, ich komme zu spät. Katie, meine Strümpfe, bitte!«
»Junge Liebe?«, sagte der Arzt.
»Um Gottes willen, das möchte ich nicht mehr durchmachen. Das hier ist alte Lust, die ist sehr viel weniger schmerzhaft.«
Katie half Amelia beim Ankleiden und rollte sie dann hinaus zum Brunnen. Mr. Blaine wartete bereits, in Rosarot geklei-

det, in der Hand eine Rose. Amelia lächelte. Ihre Enkelin war nicht die Einzige, deren Leben durch den Fall Jane Wellby gehörig aufgemischt wurde. Dankbar lächelnd nahm sie die Rose entgegen.
»Wohin heute?«, fragte Mr. Blaine.
»Ich habe auf dem Rückweg von meinem Hydronochwas-Programm einen neuen Italiener entdeckt. Fühlen Sie sich stark genug, um mich zwei Meilen weit zu schieben?«
»Der Zufall, Mrs. Torrant, will es, dass ich ausgerechnet heute herkulische Kräfte in mir verspüre.«
»Wissen Sie was, Mr. Blaine, mir ergeht es genauso, ganz genauso«, sagte sie, während er den Rollstuhl in Richtung Parkplatz richtete. »Und übrigens, nennen Sie mich Amelia. Ich denke, die Luft ist rein, lassen Sie uns von hier verschwinden.«
»Ich habe mich schon gefragt, wie ein so schelmisches Wesen wie Sie an einem Ort wie diesem hier gelandet ist.«
»Ich glaube nicht, dass Sie das wirklich hören wollen, Mr. Blaine.«
»Nennen Sie mich Bertie, und falsch, ich will es wirklich hören. Tatsächlich würde ich gern alles über Sie erfahren.« Amelia lächelte. Sein Timing war perfekt.
»Nun, die Sache ist so«, sagte sie, während er sie den Weg hinunterrollte, »ich scheine ein Problem mit Küchenherden zu haben …«
»Küchenherde?«
Sie lächelte. »Diese schrecklichen modernen Dinger. Heutzutage haben die ja so viele Knöpfe, die eigentlich gar nicht notwendig sind.«
»Und was ist geschehen?«
»Ich habe mein Haus abgefackelt, als ich für meine Bridge-

Runde ein warmes Hors d'œuvre zubereiten wollte. Glücklicherweise bewahre ich meine kostbarsten Besitztümer in einem Kosmetikkoffer auf, der für den Notfall immer gepackt ist. Das war nun einer dieser Notfälle. Die Küche war schon ziemlich hinüber, als wir es bemerkten. Meine Bridge-Partnerinnen halfen mir noch, die wenigen sperrigen Dinge rauszuschaffen, die mir notwendig erschienen. Als die Feuerwehr eintraf, hatten wir den Spieltisch bereits im Garten aufgebaut. Um meine Möbel machte ich mir keine Sorgen.« Sie drehte sich um und zwinkerte ihm zu. »Die guten Sachen waren schon Jahre zuvor alle weggetrunken worden.«

»Das ist ja schrecklich. Sie müssen doch alles verloren haben.«

»O nein, ich habe einen Karo-Grand-Slam angesagt, und nachdem ich verdoppelt und von meiner Partnerin erneut verdoppelt wurde, konnte ich die Ansage triumphierend gewinnen. Ich habe dabei also noch einen Profit gemacht.«

»Und dann sind Sie hierhergekommen?«, sagte Mr. Blaine, der kurz stehengeblieben war und sich die Stirn mit einem Taschentuch abtupfte. Einem rosafarbenen.

»Nicht ganz ...« Erst kam ein anderes Haus und ein weiterer Brand, schließlich musste sie sich eingestehen, dass Küchenherde nichts mehr für sie waren. Sie stellte schreckliche Dinge mit der Mikrowelle an, die Cat ihr besorgt hatte, und beschwerte sich nachher, sie habe doch ihre Kartoffeln immer in Alufolie eineinhalb Stunden lang gebacken. Unnötig zu sagen, dass weder die Kartoffeln noch die Mikrowelle das Experiment überstanden hatten. Das endgültige Aus kam dann, als sie zwei Treppenfluchten hinunterstürzte und unten liegen blieb, bis Cat sie schließlich fand. Bei ihrem Krankenhausaufenthalt wegen ihres Beckenbruchs entdeckte man auch eine verdächtig aussehende Wucherung im Dickdarm, von dem zu allem Unglück daraufhin ein großer Teil entfernt und ihr ein künstlicher Darmausgang eingesetzt wurde.

»Der Rollstuhl und Kolostomie-Beutel haben mich hierhergebracht. Ich wollte meiner Enkelin nicht zur Last fallen, und außerdem war mir klar, dass meine Zeit für Liebeleien wahrscheinlich vorbei war. Zu humpeln ist eine Sache«, sagte sie lächelnd, »aber mit einem Abfallbeutel zu humpeln eine ganz andere.«

»Ach, ich weiß nicht«, erwiderte Mr. Blaine, »Sie rollen sich einfach wunderbar.«

»Wissen Sie was, Mr. Blaine, vielleicht freut es mich sogar, dass ich in diesem abscheulichen Todesloch gelandet bin.«

»Darauf trinke ich einen. Sobald ich einen vollmundigen Chianti in der Hand halte.«

»Was ist mit Ihnen, Bertie, wie sind Sie hierhergekommen?«

»Die Familie«, sagte er. »Aber darüber wollen wir jetzt nicht reden.«

Marcus England hielt Sandie die Tür auf. Sie wartete kurz, hatte Angst, einzutreten. Aber das hier war ihr Zuhause. Ihre Festung. Von hier aus würde sie ihren Angriff starten. Sie hatte nicht all das auf sich genommen, um jetzt klein beizugeben. Auf keinen Fall. Sie würde nicht alles verlieren, wofür sie so hart gearbeitet hatte. Ihre Stilettos klackten befriedigend über das Parkett des Flurs. Sofort bemerkte sie die Blumen und nahm sich vor, Sam Clough dafür zu danken. Wenigstens einer hatte ihre Rückkehr erwartet. Auch wenn es nicht ihr Ehemann gewesen war. Verdammt sei er. Er und seine beschissene Tochter. Jedes Bedauern, jegliches Schuldgefühl, das sie ihnen gegenüber empfunden hatte, war in der

Zelle zurückgeblieben. Marcus folgte ihr. Wieder sah sie das Bild aus ihrer Erinnerung vor sich, Fiona, die von zwei Polizeibeamten die Treppe hinuntergeführt wurde. Er legte ihr den Arm auf die Schulter. Es sollte Roberts Arm sein. Warum hatte sie nicht daran gedacht, in Janes Zimmer nachzusehen? Sie hatte gewusst, dass Jane ihr etwas verheimlichte, aber ein Tagebuch – großer Gott! –, es war ihr nie auch nur in den Sinn gekommen, dass sie eins führen könnte. Jetzt war sie an der Reihe. Rache der mörderischen Stiefmutter. Das perfekte B-Movie. Ihre frühere Agentin hätte ihre helle Freude dran gehabt. Durch Marcus würde sie ihren Anklägern mitteilen, wer Jane Wellby wirklich gewesen war. Robert würde sich noch wünschen, dass er von Anfang an zu ihr gehalten hätte. Das Telefon klingelte. Marcus versuchte sie davon abzuhalten, ranzugehen. Sie wusste, wer dran sein würde.
»Robert?«
»Mrs. Wellby, hier ist die *Essex Daily Press* …«
Sandie knallte den Hörer auf. Marcus trat hinter sie und massierte ihr die Schultern.
»Die Presse?«
Sandie nickte und lehnte sich gegen seine starken Hände. Es tat gut.
»Wir sollten vielleicht lieber die Nummer ändern lassen.«
»Was ist mit meinen Freunden? Ich werde sie mehr als jemals zuvor brauchen.«
»Sandie, wenn das Telefon klingelt, dann ist es immer die Presse. Oder verrückte Weiber, die von Mord und Kindesmisshandlung kreischen oder Bibelstellen zitieren.«
Sandie drehte sich um. »Von meinen Freunden hat niemand angerufen?« Er schüttelte den Kopf. »Briefe?«

Die schlimmsten hatte er weggeworfen.
»Bekomme ich Hass-Briefe? Ich will es einfach nicht glauben. Von mir aus sollen sie alle zur Hölle fahren.« Erneut klingelte das Telefon. Sandie hatte den Hörer in der Hand, bevor Marcus dazwischengehen konnte. »Ja!«, schrie sie wütend ins Telefon. »Klar bin ich hier!« Wieder knallte der Hörer.
»Hältst du das für eine gute Idee?«, fragte Marcus. Sandie zog ihn zu sich heran und legte sich seine Hände auf die Schultern. Er begann sie zu massieren. »Du kümmerst dich um die juristische Seite, den Rest überlässt du mir. Und bring mir eine Kopie dieses Tagebuchs, ich werde es zerpflücken, bis nichts mehr davon übrig ist.«

Simon starrte durch das Fenster auf die beiden. Er hatte den Wagen beim Pub abgestellt und war die gut einen halben Kilometer lange Anfahrt zu Fuß gegangen. Zeit, um sich noch mal durch den Kopf gehen zu lassen, was er sagen wollte … was er Sandie mitteilen musste, bevor alles noch schlimmer wurde. Was durchaus möglich war. Als er sie in den Armen des anderen sah, wünschte er sich, er wäre laut hupend die Anfahrt entlanggedonnert und hätte mit der Handbremse eine halbe Drehung hingelegt, um laut schleudernd vor dem Eingang zum Stehen zu kommen. Er wollte es nicht sehen. Geheimnisse sollten Geheimnisse bleiben. So und nur so überlebte man.

Marcus hörte den Kies knirschen, als Simon sich umdrehte und wieder verschwinden wollte. Kurz trafen sich ihre Blicke, dann erfasste Sandie, dass sich die Stimmung verändert hatte. Sie hob den Kopf. Sobald sie Simon entdeckte, eilte sie zum Eingang.

»Simon! Warum zum Teufel hast du bei der Polizei gelogen? Mein Gott, wenn du mich irgendwie kennen würdest, solltest du wissen, dass ich sehr gut allein auf mich aufpassen kann.«

»Ich wollte dir nur helfen«, sagte er, ohne sie richtig anzusehen.

»Wenn du mir das nächste Mal helfen willst, dann halt die Klappe. Ist dir klar, wie es aussieht, wenn du für mich lügst?« Simon nickte. »Genauso gut hättest du hinter mir die verdammte Zelle zusperren können.«

»Ich wollte nur …«

»Hör auf mit deinem weinerlichen Getue, Simon. Es ist erbärmlich. Was bist du nur für eine Hilfe! Erst lügst du, und schlecht noch dazu, wenn ich das sagen darf, und dann machst du dir noch nicht mal die Mühe, mich zu besuchen.«

»Ich habe mich nur um ein paar Dinge gekümmert, was sollte ich denn tun?«

»Tu nichts, Simon. Hast du das nicht aus unserer Partnerschaft gelernt? Du tust nichts, solange ich es dir nicht sage. So funktioniert das, so hat es immer funktioniert. Verflucht, es geht um so verdammt viel in meinem Leben, und du meinst, improvisieren zu müssen.«

»Wie kannst du es wagen! Ich habe das Geschäft am Laufen gehalten. Du tust ja nichts.«

»Du hättest kein Geschäft, wenn mein Geld nicht wäre.«

Simon sah sie erstaunt an, dann senkte er die Stimme. »Jetzt weiß ich, wie Robert sich fühlen muss.«

»Was willst du damit sagen? Hast du mit ihm gesprochen? Glaubt er, ich hätte seine Tochter umgebracht? Warum hat er mich nicht besucht? Warum hast du mich nicht besucht? Du glaubst doch nicht, dass ich …«

»Natürlich nicht.« Simon fuhr sich durch die Haare. »Ich bin nicht gekommen, um mich mit dir zu streiten. Ich bitte dich, wir sind Freunde. Lass es!«
»Nein, Simon. Freunde lassen einander nicht im Stich.«
»Ich habe dir ein Alibi verschafft.«
»Ich hatte ein Alibi«, schrie Sandie ihn wütend an.
»O ja, Lucy. Tolles Alibi, wie kann man mit einem Hund spazierengehen, der zur gleichen Zeit überfahren wird?«
Sandie starrte ihn finster an. Dann änderte sich ihre Miene. Je mehr sich ihre Aggression verflüchtigte, umso deutlicher trat ihre Müdigkeit hervor. »Ich weiß nicht«, sagte sie leise, mehr zu sich selbst.
Ihre Verletzlichkeit besänftigte ihn. Mit ausgestreckter Hand trat er auf sie zu. »Wirklich, ich wollte dir nur helfen.«
»Danke, aber dafür habe ich Marcus«, sagte sie, den Blick noch immer zu Boden gerichtet.
»Verstehe«, erwiderte Simon und zog die Hand weg.
»Was willst du damit andeuten?« Simon zog eine Augenbraue hoch. »Verschwinde, Simon! Verschwinde aus meinem Haus. Wenn du nicht zu mir hältst, bist du gegen mich. Hier ist für halbe Sachen kein Platz mehr. Einmal in deinem feigen Leben hast du die Wahl, triff um Himmels willen einmal eine Entscheidung.«
»Sandie«, flehte er.
»Verschwinde!«
Simon entfernte sich langsam. Robert hatte ihn rausgeworfen, Sandie hatte ihn noch nicht einmal ins Haus gebeten. Nun, sie wusste nichts über ihn. Nichts. Er würde es ihr zeigen. Es war nicht seine Art, laut herumzuschreien. Ein paar geflüsterte, wohlüberlegte Worte hingegen waren manchmal so mächtig, dass sie sich für immer ins Gedächtnis brannten.

Simon wandte sich zur Anfahrt. Sie hatte ihre Methode. Er die seine.

Marcus führte sie ins Haus und schloss die schwere Holztür. Sandie lief ein Schauer über den Rücken, als sie sie ins Schloss fallen hörte. Jeder, den sie brauchte, ließ sie im Stich. Sie alle hatten jemanden, dem sie sich zuwenden konnten. Fiona hatte die Rolle der trauernden Mutter. Ihr würde es bestimmt nicht an Unterstützung fehlen. Robert hatte Fiona. Simon hatte Robert. Wen zum Teufel hatte sie? Marcus legte ihr den Arm um die Schulter und wies mit einem leichten Nicken zur Treppe; es war die gleiche Geste, die er im Gerichtssaal gegenüber Robert an den Tag gelegt hatte. Eine sehr gebieterische Geste.

»Ins Bett«, sagte er. Sandie nickte nur und ließ sich von ihm die Treppe hinaufführen.

Fiona und Robert saßen in der Kanzlei von Tatham, Henry, Hallifax & Co. Sie hatte zugestimmt, dass er bei ihr bleiben konnte. Schließlich konnte er schlecht nach Cedar Hall zurück, nachdem Sandie jetzt auf Kaution frei war. Sie hatte ihm Janes Schlüssel gegeben, was sie sofort bedauerte. Er hatte ein großes Notizbuch auf dem Schoß, in dem er die Ereignisse aufgelistet hatte, bei denen ihre Tochter misshandelt worden war; Ereignisse, von denen sie beide nichts mitbekommen hatten, solange sie noch am Leben gewesen war. Nicht zum ersten Mal ließ sich Fiona durch den Kopf gehen, wie ein Leben ohne Jane aussah. Nicht zeitweilig, sondern für immer. Was, wenn sie das Kind niemals zur Welt gebracht hätte? Wenn sie wirklich wüssten, wie sie zu ihrer Mutterschaft stand, würden die Leute sie für ebenso verkommen halten wie Sandie. Jeder Frau wurde eine natürliche Mutterliebe unterstellt. Sobald der Ring an ihrem Finger gesteckt hatte, war es die erste Frage, mit der sie von allen gelöchert worden war. Wann? Nicht ob. Also hatte sie sich darauf eingelassen. Dachte, es würde der Beziehung helfen – wie dämlich konnte man eigentlich noch sein? Von Anfang an hatte es sich falsch angefühlt. Sollte sie ihr Kind nicht lieben? Aber Jane war ein so sonderbares Kind gewesen. Sollte sie nicht ihr Leben hingeben für das ihres Kindes? Sie würde ihr helfen, ja, sicher, aber für sie sterben? Das Problem war: Fiona liebte ihr eigenes Leben. Sie wollte nicht stellvertretend das Leben ihres Gatten und ihres Kindes führen. Es hätte sie umgebracht. Also hatte sie sich und ihr Leben gerettet und dabei Jane umgebracht. Sie hatte versucht, ihrer Tochter beizubringen, stark zu sein, unabhängig, tapfer, hinauszugehen und den Garten zu erkunden, Abenteuerlust zu entwickeln. Aber Jane hatte nie wirklich spielen wollen. Stattdessen hatte sie immer still zu Füßen ihrer Mutter gesessen. Die anderen Mütter hatten sie dazu beglückwünscht, wie gut erzogen, wie brav sie sei, Fiona jedoch hatte immer gehofft, Jane würde weniger an ihr klammern. Mit einigem Unbehagen erinnerte sie sich, wie verlegen sie war, wenn sie andere Kinder beobachtete, die stundenlang zufrieden mit anderen Kindern spielten. Nicht so Jane. Immer kam sie zu Mummy zurück. Vielleicht hätte Fiona gelernt, strenger aufzutreten, wenn sie ein zweites Kind gehabt hätten. Aber der Fehler war schon gewesen, überhaupt ein Kind zu haben; ein zweites hätte es wahrlich nicht besser gemacht. Es Jane gegenüber wiedergutzumachen war noch das Beste, was sie tun konnte. Es ihr gegenüber wiedergutzumachen und ihr nicht das Gefühl zu geben, dass sie der Grund für die Scheidung gewesen war.

Also hatte sie zugelassen, dass ihr Kind an ihr klammerte, und sich auf ihr Mutterdasein gestürzt, um das alles zu kompensieren. Alle zusammen hatten sie sich jahrelang was vorgemacht. Sie sah zu ihrem Ex-Mann. Selbst ihm hatte sie was vorgemacht.
»… Wir haben also die Flugtickets nach Portugal, das Tagebuch, den fehlenden Abschiedsbrief …«, fuhr Robert fort, als lese er die Checkliste für Reisevorbereitungen vor. Pass, Geld, Ticket – abhaken. »Ich selbst habe natürlich kein richtiges Alibi, ich war im Wagen unterwegs, zwischen zwei Sitzungen. Hab in einem Pub schnell ein Sandwich gegessen und die Zeitung gelesen, bevor ich ins Büro zurück bin. Irgendjemand wird sich daran erinnern.«
»Wie geht's im Büro? Zeigen die Vorgesetzten Verständnis?«, fragte Fiona.
Ihr Ex-Mann sah sie an. Sie glaubte, er erblasse leicht, aber dann sagte er: »Gut, gut. Alles in Ordnung. Sie sind sehr rücksichtsvoll.«
Fiona nickte und überließ sich wieder ihren Gedanken. Das Wartezimmer erinnerte sie an das Büro von Janes alter Lehrerin, zu der sie anlässlich irgendwelcher kleinerer Probleme gerufen worden waren. Natürlich war es nie Janes Schuld gewesen, stets schien sie sich zur falschen Zeit am falschen Ort aufgehalten zu haben. Nach einem besonders grässlichen Vorfall – jemandem war eine Schere in den Oberschenkel gerammt worden – hatte man sie sogar mitten am Tag hinzitiert. Es hatte sich herausgestellt, dass Jane das Opfer ganz widerlicher Sticheleien geworden war und in ihrer Hilflosigkeit, zur Selbstverteidigung, einfach um sich gestochen hatte. Jane war in Tränen aufgelöst und hatte eine ganze Reihe von Vorfällen aufgezählt, bei denen das andere Mädchen Jane

gewürgt, geschlagen, ihr die Turnsachen geklaut hatte etc. Fiona runzelte die Stirn, wie hatte dieses andere Mädchen noch mal geheißen? Sie hatte kurz danach die Schule verlassen. Tatsächlich hatte sich Fiona damals sehr gewundert, dass dieses Mädchen zu so etwas fähig gewesen war, es war ja noch so klein gewesen.
Verdammt, wie hatte sie denn geheißen? Dass ihre Eltern sie von der Schule genommen hatten, war als Schuldeingeständnis aufgefasst worden, darin waren sich damals alle einig. Sie hatten sogar eine schriftliche Entschuldigung der Lehrerin erhalten. Lottie irgendwas …
»Robert, wie hieß noch die …« Eine Tür ging auf, eine makellos gekleidete junge Frau trat ein. Könnte Jane sein, dachte sich Fiona schmerzlich, wie sie es jedes Mal tat, wenn sie eine Frau im etwa gleichen Alter ihrer Tochter erblickte.
»Mr. und Mrs. Wellby?« Fiona runzelte die Stirn. Warum klang es in ihren Ohren so, als wäre es etwas Schädliches? Robert erhob sich. »Mr. Hallifax ist so weit.« Sie wurden in ein Büro im holzgetäfelten Gang geführt. Mr. Hallifax stand auf und begrüßte sie.
»Robert«, sagte er und streckte die Hand aus, »mein herzliches Beileid.«
»Danke, Thomas, es war für uns alle ein Schock. Das ist Janes Mutter.« Fiona versuchte zu lächeln. Wenigstens hatte er nicht gesagt, das sei meine erste Frau, wie er es sonst gern tat. Warum hatten sie diese Dinge nicht schon früher gestört? Erste Frau. Als wäre es etwas, worauf er stolz war. Robert stupste sie an.
»Was?«, fragte sie verwirrt.
»Thomas fragte, ob du an einer Therapie interessiert seist.« Ihr Stirnrunzeln vertiefte sich. »Wegen der psychischen Be-

lastung«, fuhr ihr Ex-Mann fort. Fiona sah vom einen zum anderen. Beide im Anzug, beide lächelten.

»Ich weiß, es klingt ein wenig seltsam, aber es gehört zu den Gepflogenheiten unserer Kanzlei. Wir haben hier häufig mit Verbrechensopfern zu tun. Wenn Sie jahrelang Ihre Gefühle unterdrücken, kann dies langfristig enormen Schaden anrichten, irgendwann, ohne jede Vorwarnung, brechen sie auf«, sagte Mr. Hallifax. »Wir können Ihnen einige Telefonnummern geben, das ist alles.«

»Pardon?«, sagte Fiona und sah ihn seltsam an.

»Therapeuten, die sich um Ihr Unbewusstes kümmern, man weiß ja nie, was da so vor sich geht.«

Fiona hob den Finger und öffnete den Mund, als wollte sie einen wichtigen Punkt vortragen. Aber sie blieb stumm. Beide Männer lächelten sie mit leerer Miene an. Das Schweigen wurde mit jeder Sekunde drückender.

»Fi«, sagte Robert und legte ihr die Hand auf den Arm. Sie wandte sich ihrem Ex-Mann zu. Dann schloss sie die Augen. Sie war so dumm gewesen.

»Fi?«, erwiderte Robert.

»Was zum Teufel mache ich hier?«, sagte sie, während sie die Augen aufschlug.

»Mrs. Wellby?«

»Lottie Hawk«, kam es von Fiona. »Erinnerst du dich an sie?« Robert schüttelte den Kopf. »Nein«, sagte sie spöttisch, »natürlich nicht. Entschuldigen Sie mich, ich muss los, tut mir leid.«

»Fiona, bitte, ich brauche dich.«

Sie wandte sich zur Tür. »Was *du* brauchst? Ich kann nicht, Robert. Wir sind geschieden. Verstehst du nicht? Ich muss mich um den Tod meiner Tochter kümmern. Du kannst dich um den Tod deiner Tochter kümmern. Aber es geht nicht gemeinsam, wir sind geschieden. Getrennt, es ist annulliert, auseinandergerissen«, sagte sie und klappte die Hände auseinander. »Wenigstens das sollten wir jetzt auf die Reihe kriegen.« Sie öffnete die Tür und rannte aus dem hübschen, ehrfurchtgebietenden Büro.

»Fi?«, rief Robert ihr hinterher. »Fiona?«

Thomas Hallifax hatte eine Menge erlebt, Trauer, Familienstreitigkeiten, Männer und Frauen, die zusammenbrachen; es war zu erwarten gewesen. Ihm wurde mehr als einem Therapeuten gezahlt, also hatte er auch nichts dagegen, wenn er ihnen ein wenig die Arbeit abnahm. Es war an der Zeit, dass er sich der Sache genauer widmete.

»Lassen Sie sie, Robert. Sie ist einer immensen Belastung ausgesetzt. Ich werde meine Sekretärin anweisen, ihr eine Liste von Top-Therapeuten zukommen zu lassen. Außerdem, wenn ich Sie am Telefon richtig verstanden habe, geht es im Grunde doch sowieso nicht um sie.«

Robert wandte sich langsam dem Anwalt zu. »Außer dass sie Jane zur Welt gebracht hat. Auch wenn das in Ihren Augen von nachrangiger Bedeutung sein mag.«

»Ganz recht. Und niemand wird sie wegen irgendwelcher Verfehlungen anklagen. Mrs. Wellby hat es auch nicht auf Ihre Ex-Frau abgesehen, sondern auf Sie.« Er zog theatralisch eine Augenbraue hoch. »Ich halte es sogar für am besten, wenn Fiona sich nicht gar so ostentativ hinter Sie stellt. Sie werden das nicht gemeinsam ausfechten.« Robert schien überrascht. »Sandie wird behaupten, Sie hätten ein Komplott gegen sie geschmiedet, damit sie inhaftiert würde und Sie daraufhin allein über ihre Vermögenswerte verfügen können. Geld ist in der Tat ein starkes Motiv, aber die Liebe ist das, was die Geschworenen am meisten bewegt. Vielleicht haben Sie ja das alles für Fiona getan, damit Sie beide wieder zusammenkommen können. Nur diesmal eben sehr viel wohlhabender.«

»Sind Sie verrückt geworden?«

»Ich könnte Ihnen viele Fälle anführen, in denen es genau darum ging. So wie in *Tod auf dem Nil*, das garantiere ich Ihnen. Sie würden überrascht sein, was Menschen für Geld alles machen.«

»Bringen diese Menschen auch ihre eigenen Kinder um, Thomas? Kommt das so schrecklich häufig vor?« Robert hatte die Stimme erhoben. »Warum dann nicht einfach Sandie um die Ecke bringen, verdammt noch mal?«

»Wäre viel zu offensichtlich«, entgegnete Hallifax, ganz der Anwalt.

»Was?«

»Setzen Sie sich, Robert.«

Robert machte einen Schritt auf den Anwalt zu. »Sie glauben, ich wäre in der Lage, meine eigene Tochter umzubringen? Dass ich ihr mit einem Hammer auf den Kopf schlage? Dass ich … ? Glauben Sie das wirklich?«

»Robert, ich habe nichts dergleichen angedeutet, ich habe lediglich …«

»Fiona hat recht. Ich gehe!«

»Robert, ich selbst nehme überhaupt nichts an«, sagte Hallifax und versuchte seinen Mandanten zu beruhigen, »aber ich bin Anwalt, ich bin geübt darin, gewisse Gedankengänge durchzuspielen. Wenn *mir* diese Gedanken kommen, können Sie Ihr Leben darauf setzen, dass auch Mr. England sie sich durch den Kopf gehen lässt. Also, fangen wir ganz von vorn an und bereiten uns auf alle Eventualitäten vor. Damit Sie bereit sind. Okay?«

Robert nickte, erwiderte aber nichts darauf. Er setzte sich, nachdem seine Wut allmählich verraucht war. Vom Himmel zur Hölle. Wie hatte er nur so weit und so schnell fallen können?

»Gut«, sagte Hallifax und nahm hinter seinem breiten Schreibtisch Platz. »Als Erstes müssen wir uns darum kümmern, dass Ihnen Ihre Post zugestellt wird. Sie sollte Sandie unter keinen Umständen in die Hände fallen. Soll ich sie hierher oder an Ihre Büroadresse zustellen lassen?« Robert schüttelte den Kopf. »An Fiona?« Robert rührte sich nicht, schließlich nickte er. »Gut«, erwiderte Hallifax sachlich. »An Fionas Adresse. Zweitens müssen wir Ihre persönlichen Besitztümer aus Cedar Hall holen. Es ist ihr Haus, sie wird sich dort aufhalten, und sie wird viel Zeit haben, belastendes Material gegen Sie zu finden.«

»Es gibt keines«, sagte er.

»Sind Sie sich dessen sicher? Sie wissen, alles, was Sie mir erzählen, wird strikt vertraulich behandelt. Ich muss alles wissen, damit wir auf alles gefasst sind.« Er zeigte ein dünnes Lächeln.

Robert sah auf. »Meine Tochter ist tot, meinen Sie nicht auch, dass Sie sich auf deren Leben konzentrieren sollten, statt nach belanglosen Ungereimtheiten in meinem Leben zu suchen?«

»Nun, ich …«

»Ich habe meine Tochter nicht umgebracht, Thomas.«

16

Der Journalist und der Fotograf waren pünktlich. Zu pünktlich. Sie saßen in ihrem Wohnzimmer, tranken Kaffee aus einem unvollständigen Service und taten so, als mochten sie sie. Sie hätte sich nicht darauf einlassen sollen. Aber sie war wütend auf Robert, ihren Mann, der sich erneut bei den ersten Anzeichen von Schwierigkeiten gegen sie gestellt hatte. Wenn dieses Mädchen nicht hier gewesen wäre ... Es hatte keinen Sinn. Wenn, wenn, wenn – es änderte nichts an der Tatsache, dass sie wegen Mordes an ihrer Stieftochter angeklagt war und ihr Mann sie für schuldig hielt.

In Freud und Leid? In guten wie in schlechten Tagen? Vergiss es! Aber das alles konnte sie jetzt kaum vorbringen. Es blieb ihr nur, zu lügen. Etwas, worin sie von Tag zu Tag besser wurde.

»Haben Sie Jane wie Ihre eigene Tochter geliebt?«

Was soll die Frage, soll hier irgendwelche Scheiße aufgerührt werden?

»Natürlich, sie war das einzige Kind, das ich kannte.«

»Fiona und Robert waren weiterhin gute Freunde. Hat das zu Problemen geführt, wenn Sie bei der Erziehung von Jane Ihre Autorität geltend machen wollten?«

Jane erziehen? Was für ein Witz! »Fiona und Robert waren meiner Meinung nach berechtigt, ihr Kind so zu erziehen, wie sie es für richtig hielten.«

»Das muss Sie doch schrecklich gestört haben?«

Und wie! Das können Sie sich gar nicht vorstellen. »Nein.« Sandie war gezwungen, sich lächelnd durch dieses Minenfeld an

Fragen zu lavieren, obwohl sie wusste, dass keine ihrer Antworten überzeugend klang.

»Mrs. Wellby, Sie sind sich absolut sicher, dass Sie nicht schuldig sind?«

»Absolut.«

»Wer hat dann Ihrer Meinung nach Ihre Stieftochter getötet?«

Eine vertrackte Frage. Sandie hielt inne. »Ich weiß es wirklich nicht.«

»Ein Liebhaber?«

Bezweifle ich. »Was das anbelangt, war Sie äußerst zurückhaltend.«

»Sie sagen, Robert habe seine Tochter angebetet, sie über alle Maßen geliebt?«

Liebe macht blind, sagt man. »Ja …«

»Ist Ihnen deren Beziehung irgendwie ungewöhnlich vorgekommen?«

Ja, aber nicht so, wie Sie denken. »Nein, auf keinen Fall. Sagen Sie mir nicht, dass Väter heutzutage ihre Töchter nicht mehr lieben dürften.« Ihre Kaffeetasse knallte auf die Marmorplatte des Tisches. Die Fragen waren sinnlos und ärgerlich. »Nur weil ich Jane nicht getötet habe, heißt das noch lange nicht, dass es Robert gewesen ist. Es gibt unzählige andere Möglichkeiten, aber die wird man nicht finden, solange man sich nur auf mich konzentriert. Wenn wir das nun beenden könnten …«

»Mrs. Wellby, eine letzte Frage noch. Hat Jane Sie geliebt?«

Sandie überlegte. »Natürlich nicht. Ich war ihre Stiefmutter. Damit ist ihr eine Feindin auf dem Silbertablett serviert worden.«

»Das muss doch für Probleme für Sie und zwischen Ihnen und Robert gesorgt haben?«

»Robert und mir geht es gut, danke.«
»Wirklich? Man sagte mir, er wäre wieder bei Fiona eingezogen.«
»Was?« Sie erhob sich, ihre Fassade bröckelte wie mürber Sandkuchen. Jetzt hatte sie sich offenbart, sie war verletzlich, leichte Beute. »Na ja, das ist doch normal, natürlich suchen sie beieinander Trost …« Es wurde ihr zu viel, sie musste das Interview abbrechen, bevor sie noch irgendetwas Dummes sagte. Sie hatte den Stress der vergangenen Wochen unterschätzt, allmählich entglitt ihr die Situation. »Wenn Sie mich jetzt entschuldigen wollen, ich bin mit meinem Anwalt zum Essen verabredet, ich kann ihn nicht warten lassen, das würde zu teuer werden.«
»Natürlich, Mrs. Wellby, vielen Dank, dass Sie uns empfangen haben. Wir finden schon den Weg nach draußen.«
Sandie nickte und verließ den Raum, durchquerte den Gang und trat in die Küche. Über die interne Leitung rief sie Marcus an, der in Roberts Arbeitszimmer tätig war. »Marcus, ich muss hier raus, bevor ich durchdrehe. Wie wäre es mit einem Mittagessen im Fox, ich bestell uns einen Tisch. Und ich ruf Bramley an, ich glaube, ich weiß, wie er an meine Fingerabdrücke gekommen ist …«
Der Journalist legte den Hörer auf und trat zum Fotografen am Eingang.
»Ich hab kein Foto von ihr«, sagte dieser.
»Kein Problem, wir bekommen eins im Fox, dort werfen wir einen Blick auf die Schauspielerin, wenn sie nicht schauspielert.«

Als Cat das Büro des Informatikdozenten verließ, sah sie DCI Bramley. Er stieg gerade aus seinem Wagen. Sie verbarg sich hinter einigen Studenten, während er die aus dem College strömende Menge musterte und in kurzer Entfernung an ihr vorüberging, ohne sie zu entdecken. Ihr Haar, das ihr seit kurzem solche Schwierigkeiten eingebrockt hatte, hatte sie unter einer von Dans wollenen Tibetermützen verborgen. Die Instant-Studentin – man musste sich nur mit den pittoresken Stricksachen ethnischer Volksgruppen kleiden, schon fiel man überhaupt nicht mehr auf. Als er nicht den Weg zum Informatikinstitut einschlug, beschloss Cat, ihm zu folgen. Sie hielt Abstand, verlor ihn aber nie aus den Augen, während er durch die Gänge schritt. Schließlich erreichte er einen Notausgang, der zu einem Innenhof hinausführte. Jungs mit nacktem Oberkörper lagen im Gras. Cat war kurz abgelenkt. Es dauerte eine ganze Weile, bis ihr bewusst wurde, dass sie stehengeblieben war und in den Hof starrte. Musste ja schlimm um sie bestellt sein, wenn sie jetzt schon junge Männer beäugte. Sie riss sich von den halbnackten Körpern los und folgte Bramley zu einem Gebäude an der Nordseite des Hofes. Der Gang, in den sie trat, glich jenen, die sie aus den Colleges kannte. Jeder Seminarraum hatte eine in einer scheußlichen Farbe gehaltene Doppeltür mit einem schmalen Fenster. Cat sah, wie Bramley sich drei ernst aussehenden Mädchen in biederer Kleidung näherte, die überhaupt nicht zu dem Haufen draußen auf dem Rasen zu passen schienen. Sie trugen knielange Kleider und Baumwollblusen. So viel zur Frauenpower, dachte sich Cat. Sie saßen mit geradem Rücken, die Füße fest auf dem Boden, auf Holzstühlen neben dem geöffneten Fenster. Das Glück war auf Cats Seite. Leise joggte sie zurück in den Hof und plazierte sich genau unterhalb des offen stehenden Fensters. Wegen des allgemeinen Lärms, der um sie herum herrschte, erfasste sie nicht jedes Wort, aber was sie verstand, kritzelte sie in ihr Notizbuch. Amy? Emily Hasson. Rachel? Gute Freundinnen. Eine davon in Tränen aufgelöst. Fühlte sich verantwortlich. Warum? – Br. (Cats Abkürzung für Bramley). Probleme zu Hause. Mit der Stiefmutter. Ist damit nicht rausgerückt. Jane wollte nicht, dass wir davon erfuhren. Warum? – Br. Angst. Vor der Stiefmutter? – Br. Ja. Nein. Die Mädchen stritten sich über etwas. Was war mit ihrem Dad? – Br.

Cat verstand die Antwort nicht. Die Mädchen schluchzten. Sie versuchte noch näher ans Fenster zu kommen, als ihr ein süßlicher Geruch in die Nase stieg. Marihuana. Nervös sah sie sich um. Es zog direkt durchs offene Fenster. Sie machte sich klein und ließ den Blick schweifen. Sie wollte nicht, dass Bramley einen Grund fand, den Kopf aus dem Fenster zu stecken. Also schob sie sich an der Mauer entlang und bog um die nächste Ecke. Klar, im Schatten des Gebäudes saß ein junger Typ im Schneidersitz und zog sich einen bereits halb abgebrannten, dünn gerollten Joint rein.

»Bist du verrückt?«, sagte Cat.

Lächelnd sah er auf. »Hallo.«

»Im Seminarraum ist ein Polizist«, sagte sie und deutete hektisch auf die Backsteinmauer. Er wirkte verwirrt. »Dein Rauch zieht direkt durchs Fenster.« Noch immer nur Verwirrung in seiner Miene. »Um die Ecke.«

»Scheiße.« Traurig besah er sich seinen Joint, dann knipste er die glühende Spitze ab. »Danke«, sagte er. Sie zuckte mit den Schultern und kroch zu ihrem Platz unter dem Fenster zurück. Kurz darauf erschien er neben ihr. »Warum ist die Polizei da?« Sie legte den Zeigefinger an den Mund. Eifrig machte sie sich ihre Notizen. Kirche? Regelmäßig?? War sie

gläubig? – Br. Und wie! Jane Wellby hatte zu Gott gefunden, schrieb sie und unterstrich den Satz. Noch mehr Tränen von den Mädchen über ihr. Schuldgefühle, schrieb Cat.
»Nie und nimmer«, sagte der Typ, der ihr über die Schulter blickte. Cat zog sich das Notizbuch an die Brust.
»Was dagegen?«
»Nein«, antwortete er, noch immer lächelnd. »Kippe gefällig?« Cat sah ihn an. Er hielt ihr eine Packung Benson and Hedges hin. »Kippe?«, wiederholte er.
Cat schüttelte den Kopf. Er sah sie fragend an. »Rauche nicht«, fügte sie als Erklärung an.
»Wirklich?«, kam es alles andere als sarkastisch von ihm. »Komisch.« Er brach den Filter einer Zigarette ab, schob ihn sich in die Brusttasche und steckte sich den Rest in den Mund. Cat beobachtete ihn. »Brauchen tausend Jahre, bis sie sich abgebaut haben, sehr ungesund«, sagte er und klopfte sich gegen die Brusttasche.
Sprach er von seinem Brustwarzenring, schoss es Cat durch den Kopf. Sie lächelte und hakte ihn als Spinner ab. »Ich heiße Julian«, sagte er lächelnd. »Aber alle nennen mich nur J.J.«
»Ich heiße Catherine«, erwiderte sie flüsternd. »Aber alle nennen mich Cat.«
»Ich mache Fotos. Ich werde mal Fotograf.« Auch er hatte nun seine Stimme etwas gesenkt.
Sie betrachtete ihn. »Ich möchte Journalistin werden, würde es dir also was ausmachen?«
»Was?«
»Den Mund zu halten«, sagte sie und versuchte, nicht die Geduld zu verlieren.
J.J. schien sie gar nicht zu hören. »Es geht da um diese Jane

Wellby, oder? Diese Mädels hatten gegen eine wie die doch überhaupt keine Chance.«

Bramley pfiff vor sich hin, als er an diesem gottlosen Haufen auf dem Rasen vorüberging und die armen Steuerzahler bemitleidete. Unnützes Studentenpack, kein einziger solider Angestellter unter ihnen. Von einem Polizisten ganz zu schweigen. Aber er wollte sich durch ihren Anblick nicht die Laune verderben lassen. Diese Mädchen hatten alles und mehr bestätigt, was er im Tagebuch gelesen hatte. Sandie Wellby würde da nicht mehr rauskommen. Bessere Zeugen hätte er sich nicht wünschen können. Drei Mädchen, ängstlich und schüchtern, so wie Mädchen seiner Meinung nach sein sollten, und alle drei hatten ein schlechtes Gewissen, weil sie ihre Informationen über Jane Wellby nicht schon früher den Behörden mitgeteilt hatten. Aber daraus würden ihnen die Geschworenen keinen Strick drehen, o nein, nicht solch guten, braven Mädchen. Nein, sie würden allein jener Person einen Strick daraus drehen, die für das Leid und den Tod des Mädchens verantwortlich war: Sandie-Ann Surly, der zweitklassigen amerikanischen Schauspielerin, die zur Mörderin geworden war. Jane Wellby, würden die Mädchen schluchzen, unsere geliebte Freundin, vertraute uns ihre Seelenpein und ihren Schmerz an, die sie zu Hause unter ihrer Stiefmutter zu erleiden hatte. Sie würden den Geschworenen klarmachen, warum Jane anscheinend ganz zu Rrecht davon überzeugt war, dass ihr niemand geglaubt hätte. Die Einzigen, denen sie sich hatte anvertrauen können, waren ihre drei College-Freundinnen gewesen und die Seiten ihres Tagebuchs. Die Mädchen würden bezeugen, welche Macht die Schauspielerin über Freunde und Familie ausgeübt hatte, und alle davor warnen, sich von ihr einwickeln zu lassen. Sie würden im Zeugenstand Tränen vergießen, dafür würde Bramley sorgen, genauso, wie sie vor ihm geflennt hatten. Glaubten Sie Jane? O ja, würden sie antworten, aber wer wusste das schon zu sagen? Jane hatte sie darauf eingeschworen, alles geheim zu halten. Warum? Weil sie schreckliche Angst davor hatte, die Liebe ihres Vaters und ihrer Mutter zu verlieren. Alle bewunderten Sandie. Warum sollte irgendjemand ihr glauben? Um das zu vermeiden, hatte sie ihren Freundinnen erzählt, wolle sie alles ertragen, alles, nur nicht den Tod. Hatte Jane Wellby sterben wollen? Nein, Euer Ehren, sie hatte leben, vielleicht Therapeutin werden und andere beraten wollen, die sich in einer ähnlichen Lage wie sie befanden. Bramley lächelte, als er an diese drei perfekten Zeugen der Anklage dachte. Er rief bei der Dienststelle an.

»Mike, bist du das?«, sprach er ins Funkgerät, als er in seinen Wagen stieg.

»Ja, Chef.«

»Sag allen, dass die Mädels am College gewusst haben, was Jane durchmachen musste. Es ist gleich am Anfang des Studienjahrs rausgekommen. Jane hat nicht viel erzählt, aber die drei Mädchen, die sich von ihrer früheren Schule her kennen, haben Mitleid mit ihr gehabt. Und dann haben sie sie mal in der Mittagspause getroffen, sie war ganz in Tränen aufgelöst, und sie haben sie getröstet. Und dabei ist sie damit herausgerückt, dass sie zu Hause Probleme hat, ohne ins Detail zu gehen. Ein paar Wochen lang war dann nichts, bis ihr das nächste Mal die Tränen runtergelaufen sind. Die Mädchen können sich nur vage an das Datum erinnern, aber wenn wir sie in die richtige Richtung schubsen, können wir vielleicht eine Übereinstimmung mit den im Tagebuch genannten Zeitpunkten erzielen. Sie werden am Wochenende reinkommen, um ihre offizielle Aussage abzugeben, ich möchte bis dahin also eine Liste mit den einzelnen Zeitpunkten.«

»Ist sowieso fast fertig.«

»Gut. Sie sind dazu bereit, vor Gericht auszusagen, haben aber Angst, der Familie gegenüberzutreten, vor allem der zweiten Mrs. Wellby. Vielleicht können wir eine Sitzung abhalten, um mit ihnen alles durchzugehen und ein wenig zu üben. Bereite schon mal alles dafür vor. Hat sie sich schon gemeldet?«

»Wer, Chef?«

»Wer, meinst du wohl, du dämlicher Idiot? Die Queen Mum?«

»Tut mir leid, Chef, liegt nichts vor.«

»Sandie Wellby«, sagte Bramley verzweifelt. Er starrte aus dem Fenster und versuchte sich mit der Tatsache abzufinden, dass er nur von Idioten umgeben war.

»Ach, Mrs. Wellby, ja, die war da. Hatte so einen aalglatten Typen bei sich. Der wollte eine Kopie unserer Aufzeichnungen des Verhörs und eine Kopie des ersten Durchsuchungsbefehls und die Fingerabdrücke vom Schlauch, die, hat er gesagt, nicht zulässig sind wegen der Art und Weise, wie wir sie bekommen haben, und …«

»Ich will es nicht wissen, Mike.«

»Aber, Chef, ich soll Sie fragen, ob sie ihre Tasse wiederhaben kann.« Mike klang verwirrt. »Sie sagt, dem Service geht was ab, solange die Tasse nicht da ist. Weiß Gott, was sie damit meint.«

»Sie brabbelt wirres Zeug, mach dir darüber keine Gedanken. Ignorier sie. Ruf stattdessen bei den Calorie Carers an und sag Miss Reed, dass ich gleich bei ihr sein werde.«

Bramley legte auf. Diese beschissenen Anwälte. Bringen immer nur Unruhe rein. Um die Welt würde es um einiges besser stehen, wenn es keine Anwälte gäbe und die Schuldigen in die Gefängnisse gesteckt würden und nicht, wie es viel zu oft geschah, Urlaub mit dem Geld machten, das ihnen die Anwälte verschafft hatten, die verdammt noch mal zu clever waren für die Durchschnitts-Geschworenen. Was wurde aus der Welt nur? Diese beschissene Tasse. Bramley startete den Wagen, und während er aus dem Parkplatz fuhr, ließ er die Scheibe nach unten gleiten. »Tasse? Welche beschissene Tasse?«, sagte er lächelnd. Aus dem Handschuhfach zog er einen nicht gekennzeichneten Beweisbeutel, nahm die Tasse heraus, schob den rechten Zeigefinger in den Henkel und ließ sie aus dem Fenster baumeln. An der Ecke ließ er sie fallen. Sie zersplitterte, während Bramley den Fuß aufs Gaspedal setzte und in den Verkehr einfädelte.
»Huch!«

Cat begann die Kopfhaut zu prickeln. Sie konnte nicht mehr warten, außerdem bog Bramley sowieso bereits aus dem Parkplatz und würde sie nicht mehr sehen. Sie stellte sich mit dem Rücken zum Wagen, riss die Mütze vom Kopf und beugte sich nach vorn, um das Haar auszuschütteln.
»Viel besser so.« Sie ließ ihr Haar nach hinten schnellen und fuhr einige Male mit den Fingern hindurch. Als sie sich wieder umdrehte, war Bramleys Wagen im Verkehr nicht mehr zu sehen. Sie hatte Hunger. Ihr neuer Freund war verschwunden.
»J.J.«, rief sie.
»Ja«, kam es von einer Stimme, die nicht allzu weit entfernt war.

»Wo steckst du?«

J.J. trat hinter einem Baum hervor. »Hier«, sagte er überschwänglich.

»Hast du Lust auf was zu essen?« Sie wollte alles erfahren, was er ihr über Jane Wellby erzählen konnte.

»Am College.«

»Wir können auch woandershin, wenn es dir lieber ist.« J.J. sah sie argwöhnisch an. »Geht auf meine Rechnung«, sagte sie, um ihm auf die Sprünge zu helfen. Er verengte die Augen, konzentrierte sich, überlegte angestrengt, wobei sein Kopf hin und her schwankte. Er wog für sich wohl das Für und Wider ab, falls er mit einer Fremden, die er nie zuvor gesehen hatte, den Polizisten verfolgte und sich für das Leben eines toten Mädchens interessierte. Sie nahm ihm sein Zögern nicht übel. Schließlich streckte er den Rücken durch. »Wenn ich es mir recht überlege, muss ich sagen, dass ich Hunger habe.«

»Toll. Gehen wir.« Sie machten sich auf die Suche nach einem billigen Café. Sie hatte ihm zwar angeboten, die Rechnung zu übernehmen, da sie aber nur noch fünfzehn Pfund hatte, musste es etwas Billiges sein. Und dann fragte sie sich noch, ob sie hier wirklich das Richtige tat. Wenn er schon fünf Minuten brauchte, um sich zu entscheiden, ob er Hunger hatte, konnte es eine äußerst mühsame Angelegenheit werden, ihn über Jane Wellby auszufragen – mühsamer, als sie ertragen konnte. Doch dann beantwortete er von sich aus ihre Frage.

»Wenn du wirklich was über diese Tusse herausfinden willst, solltest du meinen Halbbruder fragen. Er kennt sie wirklich. Die beiden hatten sogar mal was kurz miteinander.« J.J. verzog das Gesicht. »Nicht meine Baustelle, aber was willst du machen, nur weil wir miteinander verwandt sind, heißt das doch noch lange nicht, dass man die gleichen Träume und Wünsche haben muss, oder?« Cat nickte. J.J. wurde ihr immer sympathischer.

»Und wo finde ich deinen Halbbruder?«

»Er leitet so eine piekfeine Bar in Chelmsford – das Madison's, kennst du das?« Cat schüttelte den Kopf. »Nein? Na ja, bist ja wohl auch nicht der Typ dafür. Schrecklicher Laden, aber sie rennen ihnen die Tür ein.«

»Und Jane war regelmäßig dort?«

»Ja, ja. Ganz das kleine Groupie. Hat da mit ihrer Amex-Karte gewedelt«, sagte er, »und so.«

»Wirklich?« Sie dachte an Amy, Emily und Rachel. Es erschien ihr unwahrscheinlich.

»Na, wenn du mir nicht glaubst, dann sprich mit meinem Halbbruder, der wird dir sagen, wer Jane wirklich ist.«

»Ist?«

»Ja, nicht? Würde mir gefallen, wenn du einen Enthüllungsbericht über sie schreibst.«

»J.J., hast du die Nachrichten nicht gehört?«

Er schien überrascht. »Welche Nachrichten?«

»Jane ist letzten Freitag im Wagen ihres Vaters tot aufgefunden worden.«

»Nein.«

Cat nickte.

»Los«, sagte er, »wir müssen sofort zu meinem Halbbruder.« Cat wurde nervös. Chelmsford lag nicht auf ihrem Nachhauseweg. »Bitte, ich hab keinen Wagen, er muss es erfahren.« Plötzlich war ihr unwohl zumute. Woher wusste er, dass sie ein Auto hatte? Ein Hinterhalt? Wenn Jane wirklich ermordet worden war, sollte man es vielleicht eher vermeiden, sich mit einem Fremden in einen Wagen zu setzen.

J.J. fuchtelte mit dem Zeigefinger vor ihrer Nase herum. »Spar dir dieses Schlechte-Karma-Zeug, Cat, solche Gedanken flößen dir nur negative Energie ein. Du musst dir keinerlei Sorgen machen.« Unter seiner Haarmatte hatte er ein engelhaftes Gesicht. »Ich tu dir nichts«, sagte er. »Vertrau mir. Wenn du eine ehrliche Meinung über Jane Wellby hören willst, musst du mit ihm reden.«

»Okay«, sagte sie schließlich. »Dann los, treffen wir uns mit J.J. Senior.«

Sie überquerten die Straße und gingen zu ihrem Wagen. »Eigentlich«, sagte J.J., »heißt er Paul.«

»Also, Miss Reed …«

»Bitte nennen Sie mich Lynne.« Bramley lächelte sie an. »Wollen Sie was trinken? Kaffee? Tee?« Lynne hielt inne, in ihren Augen einen wissenden Blick.

»Nein danke«, erwiderte er.

Lynnes Lächeln ließ nach. »Ich bin ja so froh, dass Sie trotz Ihrer vielen Arbeit Zeit gefunden haben, hier vorbeizukommen. Ich habe Jane schrecklich gut gekannt, müssen Sie wissen«, fuhr Lynne Reed in dramatischem Tonfall fort. »Eine fürchterliche Sache.«

»Ja«, seufzte der Polizist. Frauen, das war ja alles schön und gut, aber sie machten einfach immer viel zu viel Tamtam. Er wartete, hoffte, dass er ihre Aufmerksamkeit hatte, und begann von neuem. Er schlug sein Notizbuch auf. »Also, Miss Re…«

»Ach«, gickelte Lynne, »was sind Sie nur für ein Scherzbold. Für Sie doch Lynne.« Sie hatte einen Artikel über die Attraktivität schüchterner Frauen gelesen. Männer mögen Frauen, die, so die Zeitschrift, sich kleinmädchenhaft geben, dann

waren sie weniger bedrohlich und gaben dem Mann das Gefühl, Gewalt über sie zu haben. Die Idee, dass Detective Chief Inspector Bramley Gewalt über sie hatte, gefiel ihr.
Bramley atmete tief durch. »Lynne«, sagte er. Sie lächelte. »Ich dachte mir, Sie könnten im Fall gegen Mrs. Wellby eine offizielle Aussage machen.«
Kurz blitzte Unsicherheit in ihrem Blick auf.
»Reine Routine. Das bedeutet nur, dass wir Ihre Aussage vor Gericht verwenden können.«
»Na ja, ich …« Sie hielt inne. »Was wird mit ihr passieren, mit Mrs. Wellby?«
»Das muss das Gericht entscheiden. Hören Sie, nichts, was Sie gesagt haben, steht im Widerspruch zu anderen Aussagen, es hat uns sogar sehr weitergeholfen.«
»Ja?«
»Ja.« Bramley zwang sich zu einem vertrauensvollen Lächeln.
»Jane ist also wirklich von Mrs. Wellby tyrannisiert worden?«
Bramley nickte. »Sieht so aus.«
»Na ja, ich würde Ihnen ja gern helfen, aber das ist jetzt meine Mittagspause, und ich bin am Verhungern.«
»Ach, dann machen wir es später.«
»Tut mir leid, ich bin dann für ein dreitägiges Diät-Seminar fort.«
»Es ist wichtig«, sagte Bramley.
»Nun.« Lynne seufzte theatralisch. »Dann bleibt nur eines: Begleiten Sie mich zum Essen.«
»Das wäre nicht angemessen, wenn Sie eine Zeugin sind.«
»Ach, Papperlapapp, doch nur auf ein Sandwich.« Sie stand auf. »Ich hole meinen Mantel.«

Bramley nickte. Er brauchte einen erwachsenen Zeugen wie Lynne Reed.

»Ich sag den Mädels nur mal Bescheid.«

Fünf Minuten später war sie wieder da, hatte frischen Lippenstift aufgetragen, sich das Haar gebürstet, und auch ihre Wangen sahen röter aus als zuvor. »Dann mal los«, sagte sie. »Das Café sieht voll aus, gehen wir ins Pub.«

»Wunderbar.« Er konnte ein Pint vertragen.

»Ich werde fahren.«

»Fahren?«

»Vertrauen Sie mir, Detective Chief Inspector«, sagte Lynne und steuerte ihn zur Tür.

»Ähm, nennen Sie mich Douglas.«

Fast hätte Lynne laut vor sich hin gesungen. Mrs. Douglas Bramley. Würde doch wunderbar passen.

»Hier rechts abbiegen, Cat.«

»Okay.« Eine Viertelstunde lang waren sie der A414 gefolgt und befanden sich mittlerweile in den Vororten von Chelmsford. Cat hatte auf Cedar Hall hingewiesen, als sie daran vorbeigefahren waren, was J.J. mit einem anerkennenden Pfiff quittiert hatte. Kein Wunder, dass Jane es sich hatte leisten können, Paul all die Sachen zu spendieren. Während ihrer viermonatigen Affäre hatte sie ihm anscheinend eine Lederjacke, eine teure Uhr und Designerklamotten geschenkt. Paul war damals, wie J.J. erklärte, nur ein Barkeeper gewesen und damit auf sein Trinkgeld angewiesen.

»Wann ging die Affäre auseinander?«, fragte Cat.

»Vor etwa zwei Jahren. Sie hat eine Klasse wiederholt, glaube ich. Oder auch nicht, wie sich jetzt wohl herausgestellt hat.«

»Wie ist es auseinandergegangen?«

»Sehr abrupt. Paul war völlig fertig.«
»Das tut mir leid.«
»Sie hat ihn fertiggemacht, Cat. Richtig fertiggemacht. Mittlerweile ist er wieder auf den Beinen, aber es hat eine Weile gedauert. Hatte ziemlich lange von den Mädchen die Schnauze voll, dabei hatte er vorher ständig was amLaufen.«
Cat sah zu J.J. »Was ist mit dir?«
Er zeigte ein unschuldiges Lächeln. »Ich schau sie mir lieber durch eine Linse an. Es ist hier auf der linken Seite«, sagte er und zeigte aus dem Fenster. Das Madison's war ein niedriges, cremefarbenes Gebäude mit einem langen Fenster, dessen Rahmen der New Yorker Skyline nachempfunden war. Der Parkplatz reichte locker für sechzig Autos; Turnschuhe und verschmutzte Kleidung verbat man sich. Noch bevor sie eintrat, wusste sie, dass es nicht ihre Kneipe war. Drinnen verzierte eine mit Kreide auf Tafeln geschriebene Liste teurer Cocktails die Wände: HIGHBALL, 5TH AVE., BLOOMINGDALES. Cat und J.J. tauschten einen Blick aus, als sie über den auf Hochglanz polierten Holzboden gingen. Die Bar war nicht voll besetzt, an einem Tisch feierten ein paar Sekretärinnen einen Ausstand und tranken Cocktails aus Krügen, einige wenige Männer standen an der Theke, ansonsten war es leer. Der Barkeeper übte hinter der Theke an seiner Ausstrahlung. J.J. ging zu ihm hinüber. »Hallo, ist Paul da?« Der Barkeeper nickte und griff sich einen Telefonhörer.
»Sie sind?«
»Sein Bruder.« Der Barkeeper gab die Information weiter und wandte sich wieder seiner Arbeit zu. Kurz darauf ging hinten eine Tür auf.
»Hallo, Brüderchen, was führt dich hierher?«
»Cat«, erwiderte er lächelnd.

»J.J., komm mir nicht mit dem spirituellen Scheiß, ich habe zu tun. Wenn du Einflüsterungen von irgendwelchen Katzenfreunden hast, ist es an der Zeit, dass du mal wieder eine Nummer schiebst. Und ich weiß auch schon genau den richtigen Ort dafür.« Paul legte J.J. den Arm um die Schultern. J.J. war es nicht im Geringsten peinlich. Cat schon.

»Außer du meinst damit natürlich hübsche Schnurre…«

»Ich bin Cat«, unterbrach sie schnell. »Kurzform für Catherine.«

Paul sah sie an und zog langsam eine Augenbraue hoch. »In der Tat?« Cat kam sich fünf Zentimeter groß vor. »Nun, Cat, Kurzform für Catherine, was kann ich für dich tun?« Die Typen an der Theke richteten ihre Aufmerksamkeit vom Sky-Sportprogramm auf Cat. Und Paul gefiel sich darin, seinen Kunden eine Show zu bieten. So viel zu dem gedemütigten, zutiefst ins Herz getroffenen Jungen, den J.J. beschrieben hatte. »Du willst hier deinen Spaß haben?« Mit einem Fingerschnalzen signalisierte er dem Barkeeper. »Da bist du hier genau richtig. Wie wär's mit einem Drink?« Cat schüttelte den Kopf. »Komm schon, das lockert die Zunge. Dann lässt du ja auch vielleicht …« *Sag's nicht!* »… die Katze aus dem Sack.« Die Männer kicherten.

»Wie originell«, sagte Cat.

»Danke.« Er zwinkerte ihr zu.

»War nicht so gemeint.«

»Hey, Jungs, wir haben eine in Lebensgröße hier.« Er trat einen Schritt näher, noch immer den Arm auf J.J. Schulter. »Also, Cat, was willst du? Hast du von dem fantastischen Service gehört, den das Madison's zu bieten hat? Kleine Kostprobe gefällig?«

»Nein danke«, erwiderte sie. »Ich weiß, wie Cocktail-Würstchen aussehen.« Die anderen Männern grinsten heimlich. Paul lächelte, hatte die Lippen aber fest geschlossen. »Ich bin nur aus einem einzigen Grund hier: um dir ein paar Fragen über Jane Wellby zu stellen.« Sein Gesichtsausdruck änderte sich schlagartig. Das Lächeln war vollkommen verschwunden.

»Komm mit in mein Büro«, sagte er scharf, gab J.J. aus seiner brüderlichen Umarmung frei und marschierte schnell durch die Tür, aus der er gekommen war. Cat sah nervös zu J.J., der ihr andeutete, ihm zu folgen. Paul hatte die Tür einen Spaltbreit offen gelassen. Sie trat ins Büro. Sofort fiel ihr das große Sofa auf, worauf sie sich unweigerlich fragte, ob hier der fantastische Service des Madison's geboten wurde. Paul stand hinter seinem Schreibtisch. Cat schloss die Tür. Langsam richtete er den Blick zu ihr.

»Du erinnerst dich an sie?«, fragte sie.

»An sie erinnern?« Er lachte. »Ich werde sie nie vergessen«, sagte er und sah wieder zu Boden.

Auch Cat sah auf ihre Füße. Das hatte sie nicht erwartet. »Tut mir leid, ich habe gehört, es war …« Sie hielt inne. Er wusste nichts davon. Scheiße.

»Was? Ich bezweifle, ob *du* es verstehen würdest.«

»Sie war dir offensichtlich sehr nahe. Es tut mir leid.«

Paul schüttelte den Kopf. »Was soll dir daran leid tun? Hat sie dich geschickt, damit du dich über mich lustig machst? Steckt sie dahinter? Sie hat keine Macht mehr über mich, du kannst dich also wieder verziehen.«

Cat biss sich auf die Lippen. »Paul, Jane ist tot.«

Eine Sekunde später war er um den Schreibtisch herum und vor ihr. »Was?«

»Es tut mir wirklich leid, ich dachte, du wüsstest es. Mein

Gott, wie furchtbar, dass ich dir diese schlechten Nachrichten übermitteln muss.«
»Schlechte Nachrichten?«
»Ich meine schreckliche, ganz schreckliche Nachrichten.« Sie versuchte so zerknirscht wie möglich zu klingen. Er hielt sich am Schreibtisch fest, hatte den Blick starr auf sie gerichtet, im Gesicht einen seltsamen Ausdruck. Er sah aus, als könnte er jeden Moment in Tränen ausbrechen. »Es tut mir leid, dass du es auf diese Weise erfahren musst.«
»Sie ist tatsächlich tot?«
»Es tut mir wirklich leid.«
»Warum? Hast du sie umgebracht?«
»Nein!«
»Wie schade«, sagte er und streckte den Rücken durch. »Sonst hätte ich dir für den Rest deines Lebens Drinks ausgegeben.«
»Was?«
»Also, wer hat sie umgebracht?«
»Woher weißt du, dass sie umgebracht wurde?«
»Eine Schlampe wie sie würde irgendwann mal ihr Fett abbekommen. Ich wünschte mir nur, ich hätte den Mumm gehabt, es selbst zu erledigen. Trotzdem, kein Grund, nicht zu feiern. Einen Drink gefällig?«

17

Marcus zog einen Stuhl für Sandie zurecht. Er hatte einen Tisch im Raucher-Bereich des Restaurants bestellt. Das war weniger auffällig. Er wollte nicht den Eindruck erwecken, sie würden hier feiern. Sandie ließ sich schwer auf ihren Platz fallen. »Mein Gott, bin ich erschöpft! Ich brauche einen Drink.« Marcus rief umgehend den Kellner.

»Zwei große Wodka und Tonic«, sagte er.

»Trinkst du nichts?«, erwiderte sie lächelnd.

»Sehr witzig.« Er sah zum Kellner. »Das Essen bestellen wir später.«

»Danke, dass du mitgekommen bist. Ich habe das Gefühl, alle beobachten mich, wenn ich das Haus verlasse. Diese verdammten Spione verfolgen mich auf Schritt und Tritt und warten nur darauf, dass ich einen Fehler mache. Allein, dass ich den Mund halten muss, macht mich ganz verrückt.«

»Wir können von Glück reden, dich überhaupt auf Kaution frei bekommen zu haben, Sandie.«

»Deinem Blick, Lieber, und meinem Geld kann niemand widerstehen.«

Marcus wollte sich mit ihr nicht streiten.

»Diese verfluchte Schlampe«, fuhr Sandie kopfschüttelnd fort.

»Na, komm schon«, sagte Marcus. Er wollte keine Szene.

»Eine verfluchte Schlampe, das war sie jedenfalls. Weißt du, wie erleichtert ich war, als ich gesehen habe, dass sie tot ist? Gott sei Dank, habe ich mir gedacht, jetzt ist es vorbei. Endlich frei!«, sagte sie und hob beide Arme. Der Kellner kam

mit den Getränken. Sandie lächelte ihn an. »Vielen Dank.« Der Junge lächelte zurück. Sandie wartete, bis er wieder fort war, bevor sie weiterredete. »Und jetzt sorgt diese dämliche kleine Unruhestifterin noch immer für Probleme. Weißt du, ich habe sie gehört … Fiona und Robert, mitten in der Nacht haben sie sich über Janes Tod unterhalten. Sie hatten es doch schon auf mich abgesehen, als das beschissene Tagebuch noch gar nicht aufgetaucht war. Wo ist übrigens unsere Kopie? Die Polizei lässt sich doch bewusst Zeit damit.«
»Konzentrier dich auf die Bestellung. Du hast in letzter Zeit abgenommen«, sagte er, um das Thema zu wechseln. Er wollte nicht, dass Sandie das Tagebuch zu Gesicht bekam.
»Mit dieser neuen Wunderdiät könnte ich in Talkshows auftreten. Gewichtsabnahme garantiert, einzige Voraussetzung: ein Mord. Ganz einfach.«
»Psst«, sagte er, als der Kellner mit den Speisekarten erschien und direkt Sandie ansteuerte.
»Was ist das Beste, was das Fox zu bieten hat?«, fragte sie schüchtern und lüstern zugleich. Marcus trat ihr unter dem Tisch gegen das Bein. Sie lächelte.
»Ähm, nun, das, ähm, Steak und auch der Guinness-Pie sind ganz ausgezeichnet.«
»Gibt es auch etwas, das weniger …« Sie hielt inne und musterte ihn von oben bis unten: »… üppig ist?«
»Seezunge aus Dover«, antwortete er und begann zu schwitzen.
»Wunderbar.«
»Für mich auch«, sagte Marcus. »Und noch einmal eine Runde.« Er hob sein Glas.
»Oh, und die Weinkarte, wenn Sie so freundlich wären«, kam es von Sandie.

»Du bist unverbesserlich«, flüsterte er, nachdem der Kellner wieder abgezogen war.
»Hey, ich bin eine verurteilte Frau, ich will meinen Spaß haben, solange es noch möglich ist.«
»Wir bringen das wieder in Ordnung, Sandie, versprochen!«
Sandie wandte den Blick ab und starrte aus dem Fenster. »Ich kann es einfach nicht glauben, dass sie dieses beschissene Tagebuch geschrieben hat«, sagte sie und kippte den Rest ihres Wodkas und Tonic.

Paul kippte einen weiteren Wodka mit Diät Coke, der die Farbe von blassem Ale hatte. Cat konnte seinen Atem riechen, als er an ihr vorbeiging und zum vierten Mal die Herrentoilette aufsuchte. Seine Gefühle für Jane verwirrten sie vollkommen. Die eine Minute sprach er einen Toast auf ihr Ableben aus, in der nächsten zeugte seine Miene von unerträglicher Trauer, während er vollkommen reglos vor sich hin starrte. Dann begann er die Melodie von »The Wicked Witch Is Dead« zu pfeifen und lachte. Allmählich bekam sie es mit der Angst zu tun, aber sie wollte erst gehen, wenn sie irgendwie seine Beziehung zu Jane verstanden hatte. Was sie an Dan denken ließ. Kurz entschlossen griff sie zum Telefon auf Pauls Schreibtisch und wählte seine Nummer.
»Hallo, ich bin's.«
»Cat.« Er schien überrascht. »Wo steckst du?«
Klang das wie ein Vorwurf? »In Essex. Ich dachte mir, wir könnten uns nachher vielleicht sehen.«
»Bei Amelia?«
»Du willst dich mit mir bei meiner Großmutter treffen?«
»Nein. Ich meine, bist du jetzt bei ihr?«

»Warum ist das so wichtig?«, fragte sie. »Was spielt es für eine Rolle, wo ich bin? Willst du dich mit mir treffen oder nicht?«
»Warum weichst du aus?«
»Dan, bitte, ich will mich mit dir nicht mehr streiten. Ich hasse es.«
»Ich auch. Also, tut mir leid, ich weiß nicht, was in mich gefahren ist. Wohl alles meine Schuld.«
»Vielleicht«, sagte Cat und lächelte. In ihrem Bauch flatterten Schmetterlinge.
»Gut, treffen wir uns nachher, nur du und ich?«
Die Bürotür ging auf. Schuldbewusst sah Cat auf. Paul hatte eine Flasche in der Hand. »Das muss mit Champagner begossen werden«, sagte er laut, »bevor wir uns den wirklich heißen Sachen zuwenden.«
»Wer spricht da?«
»Äh …«
»Ich dachte, du seist bei Amelia!«
»Bin ich nicht. Ich bin in einer Bar in Chelmsford. Ich dachte, es würde dich freuen, wenn ich mich bei dir melde.«
»Nicht nur in irgendeiner Bar«, sagte Paul, »sondern in der verdammt noch mal geilsten Bar in ganz Essex mit gut bestücktem sexy Personal.« Paul lachte.
Cat hörte nur noch, wie es am anderen Ende klickte. Kurz starrte sie den Hörer an, dann legte sie auf. »Sorry«, sagte sie, »musste nur mal zu Hause anrufen.«
»Hab ich was Falsches gesagt?« Er reichte ihr ein Glas und lachte noch immer.
»Wo ist J.J.?«
»Hab ihn in einem Taxi nach Hause geschickt.«
Bevor Cat ihre Besorgnis äußern konnte, fuhr er fort: »Du

verstehst, er ist mein kleiner Bruder, ich will nicht, dass er irgendwas über diesen schäbigen Teil meines Lebens erfährt. Und außerdem haben wir hier was zu feiern.«

Bramley fühlte sich so richtig wohl in seiner Haut. Und das mit einer Frau! Sie lachte über seine Witze, ließ ihn von der Arbeit reden, den Schwierigkeiten, die damit einhergingen, ja, sie schien doch sehr einfühlsam zu sein. Ihre offensichtliche Freude, mit ihm auszugehen, hatte etwas so Liebenswertes, dass er beschloss, etwas zu tun, was er seit Jahren nicht mehr getan hatte: Geld auszugeben. Bramley hielt nichts davon, sein sauer Verdientes auf den Kopf zu hauen. Er verabscheute es sogar. Aber Lynne Reed mit ihren rosigen Wangen und ihren sich hebenden und senkenden Brüsten hatte in ihm das Bedürfnis geweckt, mal was lockerzumachen, was nicht seinen Golfplatzgebühren zugutekam. Es war das einzige gute Restaurant außerhalb der Stadt, ein Country-Pub, das Steak und Guinness-Pie servierte, Wildschweinwürste mit Cumberland-Sauce und Eintopf aus Kohl und Kartoffeln. Bramley hatte dem Besitzer ein paar Gefallen erwiesen, als es um die Baugenehmigung für die Erweiterung des Wintergartens ging, in dem sie nun saßen. Es gefiel ihm, dass ihm hier besondere Aufmerksamkeit zu teil wurde. Wie es jemandem in seiner Stellung gebührte. Er dachte, es könnte Miss Reed beeindrucken, und sie sah in der Tat so aus, als hätte sie ihr Vergnügen daran.

Lynne Reed gefiel es so gut, dass sie glaubte, sie müsse gestorben und in den Himmel gekommen sein. Das Horoskop hatte ganz recht gehabt. Ein Mann von hoher Rechtschaffenheit werde in ihr Leben treten, hatte es geheißen. Und wie im Horoskop geraten, hatte sie nach ihm Ausschau gehalten, um ihn ja nicht zu verpassen. Und alles nur wegen Jane Wellby. Als sie ihr Baileys-Glas an den Mund führte, sprach sie einen stillen Toast auf das tote Mädchen aus.

»Worüber lächeln Sie?«, fragte Bramley.

»Ach, nichts, ich dachte mir nur, wie schön es ist, nicht im Büro zu sein. Ich komme mir vor, als würde ich die Schule schwänzen.«

»Na, ich bin mir sicher, dass Sie sich das verdient haben. Es muss doch hart sein, den ganzen Tag zu arbeiten, dann gehen Sie nach Hause und kochen für …« Er hielt inne. Lynne hatte an jedem Finger einen Ring. Ein Verteidigungsmechanismus.

»… für meine Mutter«, beendete sie den Satz für ihn.

»Ja. Ihre Mutter. Ist sie …« Seine Hand kreiste, er suchte nach Worten.

»Behindert?«, bot Lynne an.

Bramley nickte.

»Ja, leider. Sie wird nicht mehr lange leben.«

»Das tut mir furchtbar leid.« Was gelogen war. Er hasste alte Leute.

»Da besteht kein Grund dazu. Es wird ein Segen sein. Sie kann nicht mehr für sich selbst sorgen. Was sehr würdelos ist. Tut mir leid, ich belästige Sie schon wieder mit meinen dummen Problemen, während Sie doch so viel um die Ohren haben. Es muss sehr anstrengend sein bei der Polizei. Ich hoffe, Sie haben jemanden, der sich um Sie kümmert, wenn Sie nach Hause kommen. Zum Beispiel Ihre …«

»Mutter? Sie ist letztes Jahr gestorben. Wie Sie schon sagten, ein Segen.«

»Sind Sie nie einsam?«, fragte Lynne. Kurz sah es aus, als

würde die Frage Bramley erschrecken. »Tut mir leid«, fügte sie an, »das war fürchterlich aufdringlich.«
Doch dann war Bramley über sich selbst überrascht. »Nein, nein. Doch um Ihre Frage zu beantworten, ja, ich bin manchmal einsam, komisch nur, es ist mir noch nie aufgefallen.«
»Oh«, sagte sie ernüchtert.
»Das heißt, bis jetzt.« Lynnes Miene hellte sich auf. Ihr war, als würde der Weihnachtsbaum auf dem Trafalgar Square und die Lichter der Oxford Street alle zusammen aufleuchten.

Sandie kippte einen Drink nach dem anderen. Marcus wurde klar, dass er sie nach Hause schaffen musste, bevor jemand sie in diesem Zustand sah. Das Pub lag zwar etwas abseits, man hatte hier seine Ruhe, aber er wollte es nicht drauf ankommen lassen. Er bat um die Rechnung. Sandie protestierte.
»Ach, komm schon, die Mörderin möchte noch ein wenig ihren Spaß haben.« Sie verschliff die Worte.
»Sandie, bitte, trink dein Wasser aus.«
Sie nahm ihr Weinglas und leerte es in einem Zug. »Ach, das falsche erwischt.«
Missbilligend schüttelte er den Kopf.
»Mein Gott, gönn es mir doch. Wenn ich gewusst hätte, dass du auch noch so ein Partymuffel bist, hätte ich dich nicht gefragt, ob du mitkommen willst.«
»Sandie, bitte!« Er sah sich nervös um. Der Kellner näherte sich. »Die Rechnung bitte«, sagte Marcus.
»Ach, komm doch, lass dir mit der Rechnung Zeit, nur einen noch.« Sie streckte die Arme in die Luft und bog den Rücken durch. Ihr enganliegendes Baumwollkleid spannte sich über ihren Brüsten. Der Kellner starrte sie an. »Bitte?«

»Die Rechnung!«, wiederholte Marcus ungeduldig. Der Kellner entfernte sich.
»Meinst du nicht auch, dass er mit einer alten Dame wie mir vögeln möchte?«, sagte sie und sah ihm nach. Marcus riss die Augen auf, er räusperte sich. »Ach, sei doch nicht so ein Krampfarsch, schade, dass meine Stieftochter nie solche hübschen Jungs angeschleppt hat. Mein Gott, war das eine sauertöpfische Jungfer, ein netter Junge, der hätte sie ein wenig aufheitern können junges, frisches Blut …«
»Sandie!«
»Was?«, äffte sie seinen aufgeschreckten Tonfall nach.
»Mrs. Wellby«, ertönte hinter ihr frohgemut eine vertraute Stimme.
»Scheiße«, sagte sie laut, noch bevor sie sich umdrehte. »Detective Chief Inspector Bramley, das trifft sich ja gut, gerade haben wir von Ihnen gesprochen.«
Marcus erhob sich. »Meine Mandantin steht unter gewaltigem Druck, ich halte es keineswegs für angeraten, uns jetzt zu unterhalten.«
»Sie versuchen Ihren Schmerz zu ertränken, Mrs. Wellby?«, fragte Bramley.
»So in der Art, Detective Chief Inspector«, erwiderte sie. Nur mit Mühe konnte sie die Augen offen halten.
»Nur allzu verständlich«, sagte er, »es ist immer schrecklich, wenn man jemanden verliert.« Sandie nickte. Sie war zu betrunken, um überhaupt noch zu verstehen, was er sagte. »Aber etwas ganz anderes ist es, wenn man die Freiheit verliert.«
Sandies Miene veränderte sich, die Farbe wich aus ihrem Gesicht. Taumelnd erhob sie sich. »Sie können mir das nicht anhängen, nie und nimmer.«

Bramley wich vor ihrem Atem zurück. »Mrs. Wellby, das muss ich auch gar nicht. Das tun Sie schon selbst, und sehr gut noch dazu.«

Sie zeigte mit dem Finger auf ihn. »Das letzte Wort ist noch nicht gesprochen.«

»Sandie«, mischte sich Marcus ein, »wir gehen!«

»Befolgen Sie lieber den Rat Ihres Anwalts und gehen Sie, bevor Sie etwas Belastendes von sich geben.«

»Douglas!«, kam es in diesem Moment von Lynne Reed, die allmählich unruhig wurde. Bramley fuhr herum. »Bin gleich da«, rief er.

»Wo bist du?«, war zu hören.

»Was macht Sie denn so nervös?«, fragte Sandie.

Er warf ihr einen verächtlichen Blick zu und marschierte hinaus, um Lynne Reed fortzuschaffen. Sandie folgte ihm. Lynne, noch ein Trifle-Brösel im Mundwinkel, stand am Eingang und spähte nach drinnen.

»Na, na, na«, sagte Sandie.

»Mrs. Wellby«, kam es erschreckt von Lynne.

»Eine nette kleine Verschwörung! Was haben Sie dem Inspector denn so alles erzählt, *Miss* Reed?«

»Ich, ich …«

»Wenn Sie sich vögeln lassen wollen, dann gibt es doch bestimmt einfachere Möglichkeiten, da müssen Sie gegen mich doch keine Falschaussagen abgeben. Scheiße, ich hätte Ihnen jemanden bezahlen können.«

»Sandie, es reicht«, unterbrach Marcus sie und packte sie am Arm.

»Lass mich los!«

»Sandie, es reicht.« Er zog sie in Richtung Ausgang. Zweimal wäre sie fast gestürzt.

»Das werden Sie noch bereuen«, rief sie den beiden über die Schulter hinweg zu. Erneut zerrte Marcus an ihr, diesmal aber verlor sie wirklich das Gleichgewicht und fiel zu Boden.
»Wie undamenhaft«, kommentierte Lynne und trat um Sandie herum.
Der junge Kellner kam angerannt, zusammen mit Marcus half er ihr auf die Beine und brachte sie über den Parkplatz zum Wagen. Marcus drückte dem Kellner ein Geldbündel in die Hand.
»Der Rest gehört Ihnen«, sagte er, »und halten Sie den Mund.« Der Kellner nickte. Er sah noch dem sich entfernenden Wagen hinterher, bevor er zum Pub zurückkehrte und das Geld zählte. Sie hatten ihm fünfzig Pfund Trinkgeld dagelassen. Der Tag wurde immer profitabler. Halb drehte er sich zum Parkplatz um, entdeckte den Journalisten und reckte den Daumen.

Cat rührte ihr Glas auf Pauls Schreibtisch nicht an, was ihn aber nicht daran hinderte, kräftig weiterzutrinken.
»Ich kann dir gar nicht sagen, wie erleichtert ich bin. Es muss in deinen Ohren schrecklich klingen, aber du hast sie schließlich nicht gekannt.«
»Ich würde gern mehr über sie erfahren.«
»Warum? Nenn mich altmodisch, aber du siehst mir nicht so aus, als wolltest du was mit einer Schlampe wie ihr zu tun haben.«
»Ich habe eher mit ihrer Familie zu tun«, erwiderte Cat. »Es gibt da so ein paar Dinge bei ihrem Tod, die nicht zusammenpassen.«
»Sag mir nicht, dass die Angehörigen nicht verstehen können, warum sie sich mit einem Dildo im Arsch an ihrer

Schlafzimmertür aufgeknüpft hat?« Cat verzog das Gesicht. Paul schien es nicht zu bemerken. »Oder war es schlechtes Ecstasy? Würde mich nicht wundern, wenn ihr es jemand absichtlich untergejubelt hat.«

»Reden wir hier über dieselbe Jane Wellby? Am College galt sie als sehr religiös, sie hat dort ein paar, na ja, eher brave Freundinnen.«

»Ja, ja, es sind immer die Stillen.« Paul stand auf und kam um den Schreibtisch herum. »Du weißt also gar nicht, wie sie wirklich war, oder?«

»Das weiß wohl keiner so richtig. Ihre Stiefmutter wird des Mordes an sie angeklagt. Scheinbar hat sie Jane jahrelang misshandelt.«

»Glaube ich nicht.« Paul lachte verbittert. »Dafür hat sie viel zu viel Befriedigung daraus gezogen. Sie hat auf Schmerzen gestanden.«

»Na ja, es ging wohl eher um psychische, nicht um körperliche Misshandlungen«, sagte sie vorsichtig.

»Ja, wenn es darum ging, dich mental, im Kopf fertigzumachen, da war sie auch ziemlich gut.« Er schüttelte den Kopf, als wollte er es ihr demonstrieren. »Die beiden mussten schon so ein Paar gewesen sein«, sagte er und blickte zu Boden.

»Paul«, versuchte Cat, »kannst du mir sagen, was sie dir angetan hat?« Bedächtig schüttelte er den Kopf. »Ich muss es wissen, verstehst du? Mrs. Wellby wird aufgrund einer Aussage von mir des Mordes verdächtigt, die Polizei nagelt sie fest, und alle glauben, Jane sei ein unschuldiges kleines Ding gewesen. Bitte!«

»Warum sollte ich?«

»Weil sonst niemand erfährt, wer sie wirklich gewesen ist.«

»Tut mir leid, Mädel. Ich will nicht, dass irgendwer weiß, wie sehr mich diese durchgeknallte Schlampe in die Scheiße geritten hat.«

»Dann wird Mrs. Wellby ins Gefängnis wandern, und schuld daran bist du ebenso wie ich. Jane würde wieder gewinnen.«

»Meinst du? Wenn sie meine Stieftochter gewesen wäre, hätte ich sie längst umgebracht, du hast ja keine Ahnung ...«

»Dann erzähl mir von ihr«, flehte Cat.

Paul nahm einen großen Schluck. Er seufzte. »Ich habe meine Einnahmen schon immer recht fröhlich durch reiche Mädchen wie Jane Wellby aufgebessert. Und bevor du mir mit einer Moralpredigt kommst so in der Art, wie kann man Frauen das nur antun, lass dir gesagt sein, dass die Frauen das schon immer so gemacht haben. Essenseinladungen, Drinks, Geld fürs Taxi, such es dir aus. Also, was musste ich dafür tun? Sie alle ficken. Mit ihnen ins Bett steigen.« Er grinste höhnisch. »Also habe ich beschlossen, gegenüber den hochnäsigen Nutten den Spieß umzudrehen. Der Trick liegt darin, sich an die Unsicheren ranzuwerfen. Wenn man jahrelang hinter der Theke arbeitet, lernt man seine Leute ziemlich gut kennen. Du erkennst sie bereits aus ein paar Meilen Entfernung. Die Verzweifelten. Bei Jane bin ich jedoch an die Falsche geraten, o ja, da ging es voll daneben.«

»Was meinst du mit ›aufbessern‹?«

»Ich war der sexy Barkeeper mit einer rührseligen Geschichte und habe mein Palaver kultiviert. Ich habe an ihr überprivilegiertes Gewissen appelliert, sie haben Kohle und Geschenke rausgerückt, bevor ich überhaupt von der harten Zeit in meiner Jugend erzählen konnte. Alles Schwachsinn natürlich. Ich war ihr Projekt, verstehst du. Ihr neues Spielzeug. Ich kann dir gar nicht sagen, zu wie vielen Barbecues ich geschleift und vorgeführt worden bin wie ein Pudel auf einer Hundeschau. In neun von zehn Fällen hat mich ihr Daddy unter die Lupe genommen und mich persönlich verabschiedet. Ich habe meinen Teil dazu beigetragen und gesagt, ich würde seine Tochter lieben, und sie gebeten, mit mir zu kommen, was sie in neun von zehn Fällen auch getan haben. Danach war es leicht. Und das Schöne daran war, ich konnte es mir immer aussuchen, egal, wo ich gearbeitet habe. Angenehm wie …« Er sah zu Cat. »Vor nicht allzu langer Zeit hätte ich das auch mit dir abziehen können.«

»Ich habe keinen reichen Daddy.«

»Ach, bei dir wär's nicht ums Geld gegangen. Ich würde deiner Intelligenz schmeicheln. Dich fragen, warum nicht mehr Frauen wie du wären. Deinem Geist, deinem Sinn für Humor, deinem ganzen Wesen, ich würde dich nicht mehr aus dem Kopf bekommen, ich würde dir sagen, dass ich noch keine wie dich getroffen habe. Ich würde dir so lange schmeicheln, bis du klein beigibst. Du würdest wieder in meine Bar kommen, du könntest gar nicht anders.« Cat sah ihn an. Er sah gut aus, keine Frage. Er gehörte zu der Art von Männern, von denen man wollte, dass sie einen wahrnahmen, auch wenn es nur darum ging, ihm einen Korb zu geben. Was man aber wahrscheinlich nicht tun würde.

»Aber jetzt nicht mehr?«, fragte sie.

Paul schüttelte den Kopf. »Du wärst wahrscheinlich sehr enttäuscht.« Seine Stimme brach.

»Was hat sie dir angetan, Paul?«

Nach einer Weile begann er zu erzählen. »Es fing mit kleinen Dingen an. Ich war beeindruckt, denn normalerweise war ich derjenige, der ihnen was beibrachte. Aber Jane war anders. Es gefiel ihr, anders zu sein.«

»Anders worin? Kleidung, Haare?«
Paul lachte. »Im Sex. Ich rede vom Sex. Viel, und nicht besonders nett. Kapiert?« Cat starrte mit leerer Miene vor sich hin. »Nein, natürlich nicht. Noch niemals gefesselt worden? Ich wette, nein. Du würdest die Polizei rufen, wenn dich dein Typ vertrimmt. Das ist die Art von Sex, von der ich rede. Sie hat mit mir gespielt. Hier hast du eine Lederjacke, gehen wir ins Bett, und ich lass mich von dir in den Arsch ficken. Hier sind die neuen Teile fürs Rad, fessel mich. Nichts Ungewöhnliches am Anfang.«
Nichts Ungewöhnliches? Er stieß sich vom Tisch ab, ging zum Getränkeschrank und nahm sich ein neues Glas sowie eine neue Flasche. »Dann hat es sich geändert«, sagte er und drehte sich ihr wieder zu.
Cat setzte sich. »Warum?«
»Sie wusste, dass es für mich an der Zeit war, weiterzuziehen, aber sie hatte nicht die Absicht, mich einfach so davonkommen zu lassen.«
»Womit davonkommen?«
»Hast du mir nicht zugehört? Sie haben unter meiner Fuchtel gestanden, ich habe bestimmt, was sie getan, gesagt, welche Klamotten sie getragen haben. Ich habe ihr Geld ausgegeben. Alles. Aber Jane hat es nicht gefallen, wenn sie nicht die Kontrolle hatte, verstehst du, das hat sie gebraucht. Also musste ich bestraft werden. Und das hat sie dann getan. Aber nicht auf die einfache Tour, sie hat nicht die Klamotten zerschnitten, die CD-Anlage aus dem Fenster geworfen, o nein, sie war viel erfinderischer. Die Schlampe hat verdammt noch mal mein Leben ruiniert.«
»Was hat sie gemacht?«
»Sie hat mein Vertrauen gewonnen, ich habe mich von ihr

fesseln lassen.« Er schlug sich gegen den Kopf. »Wie habe ich es nur übersehen können, den Wahnsinn, er liegt in den Augen. Wenn man genau hinschaut, sieht man ihn. Ich habe mich fesseln lassen. Und sie geht ins Badezimmer und kommt mit einem beschissenen Messer zurück. Einem Messer!« Paul ging zu Cat, lehnte sich mit beiden Armen auf die Stuhllehnen und beugte sich zu ihr hinunter. Sie roch seinen Wodka-Atem.

»Keine Ausreden mehr, o nein. Sie fängt mit dem religiösen Scheiß an, Leute wie ich gehörten aus dem Königreich Gottes verbannt, als ob ich mit dem Schwachsinn irgendwas zu tun gehabt hätte. Ich sage ihr, ihre Perlentore interessieren mich nicht, wenn ich sterbe, verfaule ich. Punkt. Tolle Sache. Ich bettle sie an, mich gehen zu lassen. Aber sie denkt gar nicht daran, es macht sie wahnsinnig an, mich zu beobachten, wie ich mich krümme. Sie hat Macht über mich. Mein beschissenes Schicksal liegt in ihrer Hand.«

»Das verstehe ich nicht.«

»Na ja, ich auch nicht, bis ich die Bibel gelesen habe. Der Zorn Gottes. Und für solche Fälle hat er, wenn du mich fragst, den Teufel. Der verrichtet seine Arbeit. Man könnte sagen, es hat ja mal so kommen müssen, aber keiner hat das verdient.« Abrupt richtete er sich auf, ging zur Tür und sperrte sie ab. Cat blickte sich nach einem weiteren Ausgang um. Es gab keinen. »Du willst wissen, wer Jane wirklich war?« Nervös nickte Cat. Mit Entsetzen sah sie, wie Paul langsam die Hose auszog.

»Paul, ich, ähm, versteh mich nicht falsch …« Sie wollte sich erheben. Er drückte sie zurück auf den Stuhl.

»Halt den Mund!« Paul zog die Hose und die Boxer-Shorts bis zu den Knien. Cat hätte fast laut aufgeschrien, als sie sah, wer Jane Wellby wirklich gewesen war. Seine Leistengegend war vollständig mit kleinen Narben überzogen, zwanzig oder dreißig davon. Helle, gerunzelte Stellen, die sich von seiner gebräunten Haut abhoben. Die Narben aber waren nichts verglichen mit dem verstümmelten Etwas, das er an Stelle eines Penis hatte.

»Wie du gesagt hast, ein Cocktail-Würstchen«, sagte er und sah sie an. Weinend zog er die Hose hoch. »Deuteronomium, Kapitel dreiundzwanzig, Vers eins«, sagte er. »Kein Entmannter oder Verschnittener soll in die Gemeinde des Herrn kommen.«

Cat schüttelte den Kopf. »Oh, Paul, das kann man doch nicht wörtlich nehmen ...«

»Ich will nicht in die Hölle, Cat, denn da ist sie schon.«

18

Es war ein schmuddeliges Pub in einer der Nebenstraßen der Great Eastern Road, über die man zur East und zur Hackney High Street kommen konnte. Großhändler-Gebiet. Robert saß in seinem Wagen und beobachtete nervös die schwarze Tür des Pubs. Er befingerte die nagelneue Fünfzig-Pfund-Note in seiner Tasche und hoffte, sie würde reichen. Jetzt oder nie. Wenn er nicht bald zu Fiona zurückkehrte, würde sie noch misstrauisch werden. Die Frage war ganz einfach: Würde der Wirt dieses verrufenen Etablissements jedem, der danach fragte, erzählen, dass er sich an dem Freitag, an dem Jane gestorben war, zwischen zwölf und zwei Uhr in diesem Pub aufgehalten hatte? Dabei war es nicht die Polizei, die Robert Sorgen bereitete. Der Wirt mochte die Bullen nicht, er hätte keinerlei Skrupel, sie anzulügen. Nein, es war Marcus England und seine ausgewiesene finanzielle Überzeugungskraft. Der Wirt würde an den mit dem höchsten Gebot verkaufen. Er schuldete Robert keinen Gefallen. Robert zog die Brieftasche heraus und entnahm ihr einen weiteren Fünfzig-Pfund-Schein. Das müsste für seine Kooperation reichen. Er schloss den Wagen ab und ging zur Tür.

»Mr. Wellby«, sagte der Wirt, als Robert eintrat. »Wo haben Sie gesteckt? Ich werde immer nervös, wenn einer meiner Stammgäste nicht mehr auftaucht.«

Robert stellte seine Aktentasche hin und gab dem Wirt die Hand. »Familienangelegenheiten.«

»Sehr wichtig, die Familie. Hoffe, es ist jetzt alles geregelt.«

»Nicht wirklich.«
»Tut mir leid, das zu hören«, sagte der Wirt und wischte sich die Hände an einem rot-weiß karierten Geschirrtuch ab.
»Nun, das hängt von Ihnen ab.«
»Ach wirklich?«
»Vorletzten Freitag war ich mittags über hier.«
Der Wirt nickte. »Fahren Sie fort.«
»Und dann habe ich mich auf den Weg zu einer Sitzung gemacht.«
»Sie waren dort?«
»Aber erst so gegen halb drei. Und dürfte ich Sie freundlicherweise bitten, mir das Übliche einzuschenken, während Sie sich daran zu erinnern versuchen?«
»Sicherlich, Mr. Wellby.« Er nahm ein Glas aus dem Regal hinter sich, stellte es unter den Zapfhahn und betätigte den Hebel. »Vorletzten Freitag. Ja, sicher waren Sie da, als wir aufgemacht haben« – er reichte Robert das Bier – »so wie immer.«
»Danke«, sagte Robert, nahm das Glas in Empfang und griff in seine Hosentasche, um zu zahlen. Er übergab ihm das Geld. Der Wirt betrachtete die Scheine. »Für die Rechnung«, sagte er nervös.
»Ihre Rechnung?«
Robert nickte. »Meine Rechnung.«
Eine Weile lang sah er zu Robert. Dieser setzte das Glas an die Lippen, ließ die warme, bittere Flüssigkeit in den Mund laufen, beobachtete über den Glasrand hinweg den Wirt und betete im Stillen.
»Die Sache ist vom Tisch«, sagte der Wirt. Robert trank hektisch mehrere Schluck. »Jetzt zu diesem Freitag. Ich erinnere mich noch sehr deutlich, weil Sie mir dabei geholfen haben,

ein paar Rotznasen rauszuwerfen, die gestohlene Adidas-Klamotten verkaufen wollten. Ich habe Sie dann zum Dank auf ein paar Räucherlachs-Sandwiches eingeladen, die besten in der ganzen Gegend.«

»Sie haben köstlich geschmeckt«, sagte Robert und kippte sein Bier. »Danke.«

»Gehört zum Service.« Robert tippte sich an die Stirn und verließ das Pub. Ein halbes Adnams und ein Alibi, das Ganze hatte ihn hundert Pfund gekostet. Er stieg in seinen Wagen. Nur eine Frage der Zeit, bis sie ihm dahinterkommen würden. Bis Sandie dahinterkommen würde. Er konnte den Familiennamen nicht mehr schützen. Er sah einen übergewichtigen Mann mittleren Alters das Pub betreten, aus jedem seiner Schritte sprach der Trübsinn. Auch er hatte es darauf abgesehen, ganz unten anzukommen. Robert sah weg. Was hatte er nur getan? Großer Gott, was hatte er getan?

Wie in Trance erreichte Cat ihren Wagen. Nichts, was Paul gesagt hatte, stimmte mit dem überein, was sie bislang über Jane gehört hatte. Immer wieder hatte sie sich ins Gedächtnis rufen müssen, dass es hier um ein und dieselbe Person ging. Wenn man Paul Glauben schenken konnte, dann war Jane völlig durchgeknallt. Aber war das nur phasenweise so gewesen, oder war sie so gestört, dass sie sich selbst umbringen konnte? Cat betrachtete ihre Notizen. Janes Informatiklehrer hatte gemeint, sie hätte unter Depressionen gelitten und/oder Drogen genommen. Camilla Simpson hatte sie für eine Unruhestifterin gehalten, möglicherweise für jemanden, der andere schikanierte, sicherlich aber für sehr intelligent. Für Paul war sie die leibhaftige Teufelin, und trotzdem sprachen ihre drei College-Freundinnen sie beinahe heilig. Und trotz

dieser widersprüchlichen Aussagen sahen ihre Eltern in ihr ein völlig normales, glückliches Kind, obwohl sie angeblich sogar zu Hause wiederholt misshandelt und eingeschüchtert worden war. Das ergab alles keinen Sinn. Sie war doch keine unschuldige Sechsjährige, die sich nicht zur Wehr setzen konnte! Sie konnte das offensichtlich sehr gut, Paul war der beste Beweis dafür. Es sei denn, dachte sich Cat, dass er log. Möglich, dass die Narben Resultat von Sexspielchen waren, bei denen einiges aus dem Ruder gelaufen war. Sie schüttelte den Kopf. Die Narben waren absichtlich zugefügt worden, wie Kreuzstiche. Es musste noch etwas geben; etwas ging ihr noch ab, dann fiel ihr Blick auf das Wort. Calorie Carers. Sie hatte es in ihr Notizbuch gekritzelt. Jane bei den Calorie Carers? Warum sollte eine junge Frau mit genügend Selbstbewusstsein, um sich auf einen Barkeeper und solche Sexpraktiken einzulassen, dorthin gehen? Sie beschloss, der Einrichtung einen Besuch abzustatten.
Sie rief Anna an und hinterließ ihm eine Nachricht auf dem Anrufbeantworter: Sie wolle vor sechs zu Hause sein. Eine halbe Stunde später trat sie, in einen alten Regenmantel gekleidet, durch die Tür der Calorie Carers. Alles war in Rosa gehalten. Die Farbe überschüssiger Pfunde. Instinktiv zog Cat den Bauch ein.
»Hallo, kann ich Ihnen behilflich sein?«
Cat sah zu der großen, sonnengebräunten Frau hinter dem Empfangstresen, die sie freundlich anlächelte. Sie wollte auf jeden Fall vermeiden, für eine potenzielle Kundin gehalten zu werden.
»Nun ja, ich möchte mit jemandem über Jane Wellby sprechen«, sagte sie in ihrer besten *Ich-bin-nicht-zum-Abnehmen-hier-*Stimme.

»Über Jane?«
»Ja, sie war …«
»Ich weiß, wer sie war. Ich dachte, Sie wären schon mal hier gewesen. Lynne sagte, es wäre nicht mehr nötig, dass Sie sich auch noch mit mir unterhalten.« Cat runzelte die Stirn. »Na, wie die Keystone-Cops sehen Sie mir jedenfalls nicht aus.« Cat biss sich auf die Lippen. »Entschuldigung, ich will nicht unhöflich erscheinen. Um ehrlich zu sein, habe ich Sie überhaupt nicht für eine Polizistin gehalten, ich sollte also lieber den Mund halten. Kommen Sie bitte in mein Büro.«
Schon wieder wurde sie für jemand anderes gehalten. Sie sollte die Frau aufklären; sich als eine Polizeibeamtin auszugeben war ein strafrechtliches Vergehen, aber um an Informationen zu kommen … Cat folgte der Frau, vorbei an aufwendig hergestellten Werbebotschaften: »In nur zwölf Wochen zum neuen Selbst. Jetzt Mitglied werden für nur £ 9,95. Abnehmen ohne Waage, Sie brauchen auf Ihr Lieblingsessen nicht zu verzichten!!!« Cat deutete auf das Schild. »Chicken Tikka Masala Balti und Käsekuchen – das ist doch nicht möglich!«
»Ach, Marketing ist eine wunderbare Sache«, erwiderte die Frau, geleitete sie ins Büro und bot ihr einen Platz an. Cat legte ihren Mantel nicht ab, als sie sich setzte, sondern zog nur ihren Notizblock aus der Tasche. Hol dir die Infos, und dann so schnell wie möglich wieder weg.
»Ihr Name?«
»Carla Hammond.«
»Könnten Sie mir Jane Wellby beschreiben?«
»Also, sie hatte jedenfalls kein Übergewicht, so viel stand fest, dunkle lockige Haare …«
Was für Cat nichts Neues war. »Ich dachte eher so an Ihre

Persönlichkeit«, unterbrach sie. »Welchen Eindruck hatten Sie von ihr?«

Carla Hammond runzelte die Stirn. »Na ja, es war ziemlich offensichtlich, dass sie gestört war.«

»Gestört? So, als würde sie unter Misshandlungen leiden?«

»Großer Gott, nein. Gestört im eigentlichen Sinn des Wortes.«

»Fahren Sie fort«, ermutigte Cat sie.

»Ich weiß, Sie wollen das nicht hören, ich weiß, Sie haben Mrs. Wellby verhaftet, und ich bin mir sicher, Sie werden Ihre Gründe dafür haben, aber wenn hier jemand andere an der Nase herumgeführt hat, dann war es meiner Meinung nach Jane.«

So sieht es aus. »Warum glauben Sie das?«

Carla straffte sich, bevor sie fortfuhr. »Jane hat sich sofort auf die Schwachen gestürzt und mit ihnen gemacht, was sie wollte. Auf Lynne zum Beispiel. Lynne hat es nicht bemerkt.«

»Lynne?«

»Lynne Reed, meine Kollegin. Sie haben sich mit ihr bereits unterhalten.«

»Ach, ja, natürlich. Tut mir leid. Was hat sie nicht bemerkt?«

»Dass sie von ihr manipuliert wurde. Dieses Mädchen hat sicherlich weniger an Essstörungen gelitten als die meisten Frauen in diesem Land. Und dabei denke ich nicht an meine Kundinnen. Bei der ersten Gelegenheit hat sie sich nackt ausgezogen. Splitterfasernackt. Ich bin schon lange im Geschäft, aber so was ist mir noch nie untergekommen. Frauen, die von ihren Partnern und Eltern immer nur eingetrichtert bekommen, dass sie fett und hässlich seien, glauben, was man ihnen sagt. Ich muss sie schon dazu überreden, überhaupt ihre Jacken auszuziehen, von anderen Dingen ganz zu schweigen.« Ihr Blick blieb an Cats Mantel hängen, als wollte sie damit etwas zum Ausdruck bringen.

»Warum kam es Ihrer Meinung nach wegen des Besuchs hier zu Spannungen zwischen Janes Stiefmutter und Mr. Wellby?«

Carla zuckte die Achseln. »Wahrscheinlich hat ihm der Gedanke nicht gefallen, dass seine Tochter an Essstörungen leidet.«

Cat betrachtete ihre Notizen. »Aber Sie haben gesagt, Sie hätte mit dem Essen keine Probleme gehabt?«

»Nein, aber immerhin hat sie Mrs. Wellby dazu gebracht, ihr einen Kurs zu bezahlen. Das heißt, sie muss Mrs. Wellby davon überzeugt haben, dass sie Probleme hat. Mrs. Wellby hat es dann ihrem Mann gesagt, der daraufhin wohl ausgeflippt ist.«

»Was, wenn es genau andersherum war? Wenn Sandy Wellby Jane davon überzeugt hat, dass sie ein Problem damit hätte und abnehmen müsste? Aus dem gleichen Grund, warum sie Jane zum Friseur schicken wollte – um ihr Aussehen aufzupeppen. Verstehen Sie, Jane hat ein Tagebuch geführt. Darin ist die Rede davon, dass ihre Stiefmutter sie über sieben Jahre lang systematisch drangsaliert hat«, sagte Cat und überflog ihre Notizen – die Notizen, die sie sich auf der Polizeidienststelle gemacht hatte, bevor aufgeflogen war, dass sie sich für die Tote ausgegeben hatte. Erst für eine Tote, jetzt für eine Polizistin. Was kam als Nächstes?

Carla starrte vor sich hin, schließlich schüttelte sie den Kopf. »Das kauf ich Ihnen nicht ab«, sagte sie. »Sie hat uns gegenüber etwas in dieser Richtung erwähnt, aber ich war so überzeugt, dass das alles nur erfunden ist, dass ich sogar den

Raum verlassen habe. Sie hat sich schrecklich darüber aufgeregt, ja, sicher, deshalb hat sich nachher Lynne um sie gekümmert. Ich habe es einfach nicht ertragen. Und Lynne ist voll auf sie hereingefallen. Im Gegensatz zu mir. Aber sie hat es gewusst, Jane hat gewusst, dass sie mich nicht auf ihrer Seite hat. Dabei hat sie mich angesehen, mit einem Blick, der mir kalte Schauer über den Rücken getrieben hat. Ich sage Ihnen eines: Dieses Mädchen war gestört. Völlig verkorkst. Sie konnte andere so beeinflussen, dass diese dann eine völlig andere, verzerrte Wahrnehmung von ihr hatten. Aber nicht mit mir. Deshalb hat sie sich auf Lynne gestürzt.«

»Um was zu bezwecken?«

»Uns glauben zu machen, dass sie auf die eine oder andere Art misshandelt wurde.«

»Was sprang denn für sie heraus, wenn andere glaubten, sie sei von ihrer Stiefmutter misshandelt worden? Warum die ganze Mühe?« Für Cat ergab das alles noch immer keinen Sinn.

»Aufmerksamkeit?« Carla zuckte mit den Schultern. »Sie würden überrascht sein, was Kids alles für ein wenig Aufmerksamkeit machen.«

»Sie war ein Einzelkind, sie hat, nach allem, was man so hört, Aufmerksamkeit genug bekommen.«

»Hören Sie, ich weiß es nicht, vielleicht war sie geistesgestört, vielleicht liegt es in der Familie, vielleicht gab es eine Affäre mit einem Familienmitglied, und sie hat sie alle bestraft, indem sie jeden davon überzeugt hat, sie würde unter emotionalen Problemen leiden.«

Cat schrieb alles hektisch mit. Carla Hammond war in solchen Dingen besser als sie. Wenn sie, wurde ihr klar, wirklich verstehen wollte, was in Cedar Hall vor sich gegangen

war, dann musste sie ebenfalls so verschroben denken. »Eine Frage noch: Kam sie Ihnen wie eine mögliche Selbstmordkandidatin vor?«
Carla schüttelte den Kopf. »Auf keinen Fall. Dafür hatte sie viel zu viel Spaß an ihren Spielchen.«
Wieder auf Anfang. »Sie meinen also, jemand hat sie umgebracht?«, sagte Cat enttäuscht.
»So langsam habe ich den Eindruck, als würde ich hier in diesem Fall ermitteln.«
»Tut mir leid, ist einfach so meine Art, die Dinge zu durchdenken«, antwortete Cat, als ihr bewusst wurde, dass sie viel zu schnell aus ihrer Rolle fiel.
»Wer könnte von ihrem Tod profitieren? Oder, anders gefragt, wer wollte sie aus dem Weg haben? Haben Sie die Handschrift des Tagebuchs überprüft? Es ist wirklich ihre Schrift?«
»Das hoffe ich doch.«
»Damit würde ich anfangen. Wenn *ich* Polizistin wäre.« Schwang da etwas in ihrem Tonfall mit, oder bildete Cat sich das nur ein? »Haben Sie zum Beispiel das Tagebuch sofort gefunden? Wer hat es gefunden? Könnte es sein, dass es vielleicht nach der Entdeckung der Leiche irgendwo plaziert worden ist? Könnte es eine Fälschung sein?«
Das weiß nur Gott. »Ich danke Ihnen für das Gespräch und Ihre Ratschläge. Ich werde mich auf der Dienststelle sofort um die Handschrift kümmern. Ich bezweifle, dass es bislang jemand überprüft hat«, sagte Cat und dachte an Bramley.
»Vielleicht gehört das zum Plan.«
Cat lachte. »Schon mal dran gedacht, Polizistin zu werden?«
»Ach, das bin ich – in meiner Freizeit.«
»Wirklich?«

»Ja, mittwochs bin ich Inspector Morse, an den meisten Abenden bin ich Poirot oder Holmes. Ich verschlinge Krimis und kann das Ende immer vorhersagen. Wissen Sie, Schriftsteller haben mehr Fantasie als wirkliche Mörder. Denken Sie sich, die Geschichte sei ein Buch, ziehen Sie Ihre Schlüsse und vereinfachen Sie diese dann. Wenn Sie draufkommen wollen, wie ein Buch ausgeht, müssen Sie das Gegenteil machen. Schauen Sie sich alle Möglichkeiten an und bündeln sie Sie. Je unwahrscheinlicher das Szenario, umso wahrscheinlicher haben Sie den richtigen Schluss gefunden.«

Cat sah sie verwirrt an.

»Ist ein Hobby von mir,« erklärte sie.

»Sie sollten wirklich Polizistin werden.«

»Um mich dann mit diesem ganzen Macho-Scheiß rumschlagen zu müssen? Nein danke.«

»Ist Ihnen nicht zu verdenken.«

Lächelnd hielt Carla ihr die Tür auf. »Ich nehme zurück, was ich vorhin gesagt habe. Sie sehen überhaupt nicht wie eine Polizeibeamtin aus.«

Cat lächelte.

»Ich würde sogar so weit gehen«, fuhr sie fort, »dass Sie Journalistin oder Privatdetektivin sind, die sich als Polizistin ausgibt.« Cat wurde blass. »Aber das wäre ja lächerlich, es sei denn, Sie hätten so viel Fantasie wie ein Schriftsteller. In diesem Fall ist alles möglich.«

Cat war, als müsste sie sich gleich vor Carlas Füßen übergeben. In diesem Moment ging bimmelnd die Eingangstür auf. Cat und Carla sahen zur Tür. Was Cat jetzt brauchte, war eine übergewichtige Frau, die sich durch den Eingang mühte und dann weinend noch auf dem Teppich zusammenbrach. Dann hätte sie in der Aufregung unbemerkt entkommen können. Das hätte sie gebraucht. Aber das bekam sie natürlich nicht.

Bramley kehrte zur Dienststelle zurück. Er hatte vorgehabt, Lynne Reed auf dem Weg dorthin abzusetzen, hatte jedoch eine Meldung bekommen, dringend mit dem Rechtsmediziner zu sprechen. Calorie Carers kam nicht mehr in Frage, schließlich wollte er die amerikanische Schlampe so schnell wie möglich festnageln. Der Sessel des Chief Superintendent stand ihm vor Augen. Er befahl Mike, sie zurückzufahren. Worauf sie zu schmollen begann und herumnölte, wie viel Angst sie vor Sandie Wellby habe und sich nicht sicher sei, ob sie wirklich vor Gericht auftreten könne. Also hatte er sich dazu breitschlagen lassen, sie am Abend zu besuchen. Beim Abschied hatte sie gegrinst. Der Preis der Gerechtigkeit, dachte er sich, als er beim Rechtsmediziner anrief.

»Wir haben hier ein Problem«, sagte ihm die Stimme in der Leitung. »Es ist mir sehr peinlich, dass es uns bislang nicht aufgefallen ist.«

»Was ist Ihnen nicht aufgefallen?«, fragte Bramley ungeduldig.

»Wir haben nach Finger- und Handschuhabdrücken gesucht.«

»Das will ich doch stark hoffen.«

»Sie sind nur schwer auszumachen«, sagte der Mann nervös.

»Was?«

»Latex-Handschuhe.«

»Was?«

»Sieht so aus, als ob jemand mit Latex-Handschuhen ebenfalls mit dem Schlauch hantiert hat.« Bramley erwiderte nichts. »Das eröffnet ganz neue Möglichkeiten. Tut uns leid.«

»Wie zum Teufel haben Sie das übersehen können?«

»Ein Praktikant hat den Puder aufgetragen. Ich werde Ihnen den Bericht für die Fallakte sofort zukommen lassen.«

»Sparen Sie sich die Mühe«, antwortete Bramley. »Ich komme selbst vorbei und hole ihn ab. Euch kann man ja nichts mehr anvertrauen.«

Sie hätte früher gehen sollen, dachte sich Cat, als sich im Eingang, vom hellen Sonnenschein gerahmt, Lynne Reeds schwankende Silhouette abzeichnete. Miss Reed machte einige Schritte und drehte sich noch einmal um.

»Vielen Dank, dass Sie mich hierhergefahren haben. Das war sehr freundlich von Ihnen.«

»Schon in Ordnung, Ma'am«, erwiderte DS Chambers.

»Ich habe das alles gar nicht verdient, es freut mich nur, wenn der Gerechtigkeit Genüge getan wird.« Sie hielt inne und strich sich theatralisch mit der Hand über die Stirn. »Es bedeutet mir wirklich sehr viel, dass Sie mich abgesetzt haben, jetzt weiß ich, dass Sie meine Hilfe wertzuschätzen wissen.«

»Wir hätten Sie ja nicht mehr ans Steuer lassen können.«

»Bitte, kommen Sie rein, ich möchte Ihnen einen Drink anbieten – um mich bei Ihnen zu bedanken.«

»Nein«, ertönte hinter ihm eine Stimme. Chambers drehte sich um, so dass nun auch Cat die Krücke zu Gesicht bekam sowie die Frau, die sich darauf stützte.

»Clement?«, entfuhr es Chambers. »Was machen Sie denn hier?« Kurz sah er in den Laden zu Lynne.

»Die Frage könnte ich Ihnen auch stellen«, zischte Clement ihm halblaut zu. Mike zuckte die Achseln. Sie verengte die

Augen. Sie ermittelten in einem Mordfall, und Bramley verschwendete die Arbeitszeit seiner Leute damit, seine Mittagsverabredung nach Hause zu kutschieren. Musste ja ziemlich gut gelaufen sein. Die Frau schwankte, und der Steuerzahler blechte.

»Miss Reed«, sagte Clement und ging an Chambers vorbei, »ich würde gern mit Ihnen einige der Fragen noch einmal durchgehen.«

Lynne wirkte entsetzt. »Ich glaube«, sagte sie und fasste sich an den Kopf, »bei mir ist eine fürchterliche Migräne im Anzug. Und außerdem habe ich schon alles, was ich weiß, Bramley erzählt. Beim Mittagessen.«

Cat, bestürzt, nun ertappt worden zu sein, schluckte die Galle hinunter, die ihr bereits im Mund stand, und drehte sich halb weg. Bramley und Lynne Reed beim Mittagessen?

»Wie steht's dann mit Ihrer Kollegin?« Clement konsultierte ihren Notizblock. »Carla Hammond?« Als sie ihren Blick durch den Laden schweifen ließ, entdeckte sie die Lady im Regenmantel. Carla sah zu Cat, Cat starrte an die Wand.

»Miss Torrant?« Widerstrebend drehte sich Cat zu Clement um.

»Ja?«, sagte sie leise. Clement humpelte in den Laden.

»Was machen Sie hier, Miss Torrant?« Clement klang wütend. Cat bekam es mit der Angst zu tun.

»Ich, äh …« Sie schluckte. »Ich habe ein paar Informationen über, ähm …« Wo zum Teufel war das Loch im Boden?

»Kein Grund, in Verlegenheit zu geraten, Miss Torrant«, sagte Carla, die aufgrund von Clements Tonfall genau zu wissen schien, was hier vor sich ging.

Cat sah zu Carla. »Nein?«, fragte sie.

Carla schüttelte den Kopf. »Nein. Ganz und gar nicht. Die

meisten Frauen wollen vor ihrem dreißigsten Geburtstag noch ein wenig abnehmen. Und wenn Sie an den Mythos glauben, dass das Gewicht einer Frau konstant bleibt, wenn sie erst mal den Dreißigsten überschritten hat, ist jetzt genau der richtige Zeitpunkt dafür.« Cat fiel die Kinnlade herunter. Clement näherte sich ihnen einige Schritte. Es war klar, dass ihnen niemand glaubte.

»Sie, abnehmen?« Clement war mehr als überrascht. »Was Sie nicht sagen!«

»Also, Miss Torrant«, fuhr Carla fort, »nehmen Sie die Unterlagen mit, die ich Ihnen gegeben habe, denken Sie gut darüber nach, ob Sie es wirklich wollen, und wenn Sie weitere Hilfe benötigen, haben Sie ja meine Nummer. Wir können mit dem Programm anfangen, sobald Sie wollen.« Cat stand noch immer mit offenem Mund da. »Gehen Sie schon!« Endlich riss sich Cat aus ihrer Starre und ging zur Tür. Sie war noch nicht dort angekommen, als sie zu lächeln begann.

»Danke. Vielen Dank für Ihre Hilfe.« Sie schob sich an Clement vorbei. »WPC Clement, tut mir leid wegen Ihres Knies. Ich hoffe, es wird bald besser.« Sie spürte, wie alle Blicke auf ihr lagen, dann war sie durch die Tür. Draußen auf der Straße begann sie zu laufen. Sie hatte es geschafft. Sie war frei.

»Cat Torrant!«, ertönte eine laute Stimme. »Einen Moment! Ich würde gern mit Ihnen reden.« Cat musste sich nicht umdrehen. Sie wusste, wem die Stimme gehörte. »Scheiße«, flüsterte sie, drehte sich um und setzte ein Lächeln auf. »WPC Clement, was kann ich für Sie tun?«

19

Misstrauisch musterte Clement Cat.
»Ehrlich«, sagte Cat, klang aber ganz und gar nicht danach, »ich will wirklich ein paar Pfund abnehmen.«
»Ich traue Ihnen ja gewiss einiges zu, Miss Torrant, aber nicht, dass Sie so versessen darauf sind, auf Ihr Gewicht zu achten.«
»Nein, ich bin nur …« Ihr versagte die Stimme.
»Eine Lügnerin.«
Cat riss die Augen auf. »Wie können Sie es wagen …«
»Ich rate Ihnen eindringlich, sich Ihre Entrüstung zu sparen. Bramley mag glauben, Sie seien rein zufällig in diesen Fall geschlittert, aber allmählich sehe ich das anders. Ihre großen Augen, der unschuldige Blick, bei Frauen funktioniert das nicht so gut.« Cat war schockiert. »Nicht wahr?« Cat starrte die Beamtin mit leerem Blick an. »Also, wollen Sie mir nun sagen, was Sie hier gemacht haben, oder muss ich Sie persönlich zur Dienststelle bringen?« Noch immer nichts. »Hat es Ihnen die Sprache verschlagen?« Cat kniff die Augen zusammen.
»Was ich hier tue, geht Sie nichts an. Beratungsgespräche bei den Calorie Carers sind vertraulich.«
»Nichts ist vertraulich, wenn es um Mord geht. Wenn Sie mir nicht helfen wollen, dann kann ich Ihnen auch nicht helfen.« Clement drehte sich um. »Mike«, schrie sie, »fahren Sie den Wagen vor. Miss Torrant wird uns begleiten.«
»Wohin?«, fragte Chambers verwirrt.

»Zur Dienststelle.« Mike nickte, schien verstanden zu haben und stieg ein.
»Wozu?« Panik schlich sich wieder in Cats Stimme, als Clement sie musterte. »Sie können mich nicht grundlos mit zur Dienststelle nehmen.«
»Oh«, kam es von Clement, »ich habe schon einen Grund.« Mike wendete den Wagen und hielt neben den beiden Frauen an. »Na, dann hüpft mal rein.« Clement warf ihm einen müden Blick zu. »Entschuldigung, war nicht so gemeint.« Mike lachte. Clement runzelte die Stirn. Cat begann zu schwitzen.
»Aus welchem Grund?«, fragte sie. Sie erhielt keine Antwort. »Ich fahre nicht mit«, sagte sie kopfschüttelnd. »Nie und nimmer.« Cat drehte sich um und marschierte zu ihrem eigenen Wagen.
»Wegen Amtsanmaßung«, sagte Clement. »Weil Sie sich als Polizistin ausgegeben haben.« Cat geriet beinahe ins Stolpern. »Höchstwahrscheinlich für meine Person.« Cat blieb stehen. »Meiner Meinung nach sollte das sehr wahrscheinlich zutreffen, Sie kennen ja sonst keine Beamtin. Das ist eine Straftat, Miss Torrant. Und deshalb werden Sie, wie gesagt, mit uns zur Dienststelle kommen.«
Cat stand wie angewurzelt auf dem Bürgersteig und starrte auf den grauen Boden. Einer ihrer Füße befand sich mitten auf einem Riss, der die Steinplatte der Länge nach durchzog. Eine Verwerfungslinie. An der es zu Eruptionen kommen kann. Sie hätte etwas vorsichtiger vorgehen sollen. Langsam drehte sie sich um. Clement lehnte auf einer ihrer Krücken. Sie wirkte ausgelaugt.
»Okay, okay.« Cat wusste nicht, was sie sonst hätte sagen sollen. »Aber es war keine Absicht, und ich habe mich nicht

für Sie ausgegeben. Carla Hammond hat es einfach nur angenommen.«
»Und Sie haben sie nicht über ihren Irrtum aufgeklärt.«
Cat schüttelte den Kopf. »Ich weiß, es sieht schlimm aus, die ganze Sache ist außer Kontrolle geraten. Ich wollte doch nur …« Sie ließ den Satz unbeendet. *Ich wollte doch nur eine Story.*
»Sie befinden sich in großen Schwierigkeiten, junge Dame.«
Cat warf den Kopf zurück und schloss die Augen. Dan würde begeistert sein. »Wir sollten zur Dienststelle und ein bisschen miteinander plaudern. Und dann entscheide ich, was ich mit Ihnen mache.«
»Kann ich selbst fahren?«
Clement nickte. »Aber ich komme mit.«

Robert betrachtete den fremden Schlüsselbund, den Fiona ihm gegeben hatte. Es gelang ihm nicht, Fionas Haustür zu öffnen. Drei verdammte Schlösser. In Cedar Hall war die Tür immer auf. Immer war jemand da, die Haushaltshilfe, der Gärtner, Sandie.
Nachdem er einen Schlüssel nach dem anderen durchprobiert hatte, schaffte er es schließlich, den richtigen in das dazupassende Schloss zu schieben und die Tür aufzudrücken. Er suchte nach dem Lichtschalter und fluchte laut, als er ihn nicht finden konnte. Es war dunkel, jemand hatte alle Vorhänge zugezogen. Es dauerte eine Weile, bis er sich an den plötzlichen Lichtwechsel gewöhnt hatte, dann tastete er sich durch den langen, schmalen Flur und in die Küche. Eine Zigarette glühte in der Dunkelheit. Robert blieb fast das Herz stehen. Jetzt kamen sie ihn holen.
»Wer sind Sie?«, schrie er in seiner Panik.

»Hör auf mit dem melodramatischen Scheiß, Robert, ich bin's, Fiona. Wer soll sonst in meinem Haus sein?«
»Warum sitzt du im Dunkeln?«, sagte er, fand endlich einen Lichtschalter und knipste ihn an.
Fiona blinzelte. »Ist mir lieber so. Alles, was ich sehe, erinnert mich an das, was wir getan haben.«
Robert stutzte. »Wir? Wir haben nichts getan.«
»Oh, bitte, hör endlich mit deinem scheinheiligen Getue auf.«
Robert zuckte zusammen. Simon hatte das Gleiche gesagt. Sei nicht so scheinheilig. Sie begriffen ja auch nicht, unter welchem Druck er stand. Es war *seine* Tochter und *seine* Frau. Den wollte er sehen, der damit besser zurechtkommen würde.
»Viel besser so«, sagte Fiona. »Wenn es ruhig ist.«
»Hast du getrunken?«, fragte er, erstaunt über Fionas ungewöhnliche Aggression.
Sie lachte. »Nicht so wie manche, die ich kenne.«
»Was zum Teufel willst du damit …«
»Ich sage«, und dabei wurde ihre Stimme lauter, »hör mit deinem scheinheiligen Getue auf!«
»Okay, okay. Mein Gott, was ist bloß in dich gefahren?«, sagte Robert, der zielsicher den Getränkewagen ansteuerte.
»Was wohl, außer dass wir unsere Tochter umgebracht haben?«
»Hör auf!«, schrie er. »Hör auf damit. Sag so was nie wieder!« Er rannte zu ihr und packte sie an den Schultern. »Hallifax hat recht, du brauchst Hilfe, Medikamente.«
Langsam drehte sie sich zu ihm hin. »So wie es Sandie getan hat? Pump mich mit Drogen voll, damit ich nichts Unüberlegtes mache, damit ich dir nicht in die Quere komme, willst du das?«

»Was ist nur los mit dir, Fiona? Bitte!«
Fiona nahm einen langen Zug von ihrer Zigarette, bevor sie eine neue aus der Packung nahm und sie mit der alten anzündete. Sie warf die Kippe in den Aschenbecher und sah zu, wie sie endgültig niederbrannte. Mit übertrieben verächtlicher Geste drückte er die Kippe aus.
»Du solltest nicht rauchen, Fi, es ist schlecht für dich«, sagte er, als würden sie sich übers Wetter unterhalten. Sie sah ihn an. »Ich dachte, du hättest aufgehört.«
»Nein, Robert, ich habe aufgehört, weil du mich dazu gezwungen hast. Eigentlich war es immer schon meine liebste Freizeitbeschäftigung. Einer der Vorteile des Alleinlebens. Ich kann rauchen, ohne dass du ständig auf mir herumhackst und mir sagst, ich soll aufhören. Und sobald Jane reden konnte, hast du sie dazu angestachelt, auf mir rumzuhacken.«
Robert wirkte verletzt. »Ich wollte nicht, dass du …«
»Ja, ja.« Sie seufzte. »Ich weiß.«
»Es hat Jane gestört.«
»Nein, es hat *dich* gestört. *Du* hast Jane gesagt, dass es sie stört. Mein Gott, konnte sie einem auf die Nerven gehen.«
»Fiona, was sagst du da? Sag so was nie wieder!«
Fiona legte die Hand an die Brust. »Natürlich würde ich so was nie in der Öffentlichkeit sagen. Ich habe lange genug den Mund gehalten. Mach dir keine Sorgen. Wollte nur sehen, ob ich in deiner Gegenwart so reden kann. Ehrlich. Aber wir können nicht darüber reden, Robert, siehst du das nicht? Wir konnten es noch nie.«
»Über was reden?«
Fiona stand auf und schrie ihn an: *»Über Jane!«* Robert trat einen Schritt zurück. Sie verstummte und sah ihn an. »Was machst du hier überhaupt?«

Robert runzelte die Stirn. »Du hast mir die Schlüssel gegeben.«
»Das war dumm von mir. Du solltest nach Cedar Hall zurück.«
»Geht nicht. Sandie ist dort.«
»Und? Was bist du, ein Angsthase? Meinst du, sie holt sich dich? Das Schreckgespenst?«
»Mach dich nicht lächerlich!«
»Wovor hast du Angst? Dass sie die Wahrheit herausfindet?«
Robert verpasste ihr einen Schlag ins Gesicht. Fiona starrte ihn kurz an, dann begann sie zu lachen. »Ich habe fast vergessen, wie gut du das kannst.« Aufgeschreckt musterte er sie, dann griff er sich die nächste Flasche und verließ die Küche. Draußen vor der Haustür war er überrascht, wie hell es war. Einige Kinder rannten weg. Er stellte sich vor, wie er aussehen musste: zerzaustes Haar, blinzelnde Augen, in der Hand eine Flasche, an die er sich klammerte, als würde sein Leben davon abhängen. Er sah sie an. Gin. Er hasste Gin, dachte er, und schraubte den Verschluss auf.

Befragungsraum eins. Sie war schon mal hier gewesen. Clement reichte ihr eine Tasse Tee.
»Gefangene kommen wohl kaum in den Genuss solcher Privilegien wie Tee«, sagte Cat und zog die Untertasse über die Plastiktischdecke.
»Wir sind hier nicht im Tower von London, und bislang sind Sie auch nicht in Haft. Aber das blüht Ihnen, falls Sie mir nicht endlich sagen, warum Sie so an den Wellbys interessiert sind. Ich möchte Sie warnen: Behinderung von polizeilichen Ermittlungen ist ebenfalls eine Straftat.«
Cat starrte auf die konzentrischen Ringe in ihrer Tasse.

»Sie können von Glück reden, dass Bramley nicht da ist. Was also jetzt hier geschieht, bleibt unter uns. Bislang jedenfalls.«

Nervös sah Cat zum Aufnahmegerät an der Wand.

»Es ist nicht eingeschaltet«, sagte Clement.

Cat nickte. »Es wird Ihnen nicht gefallen«, sagte sie.

»Probieren Sie's aus.«

Cat holte tief Luft. *Also.* »Ich bin in meinem letzten Trimester an der London School of Printing und versuche eine investigative Radioreportage zu erstellen.«

»Eine Journalistin?«, sagte Clement und klang dabei weder überzeugt noch beeindruckt.

»Rundfunkjournalistin«, antwortete sie. »Hoffentlich.«

Clement machte sich eine Notiz. »Also, haben Sie mit Ihren Ermittlungen vor oder nach Janes Tod begonnen?«

»Nachher. Ich hatte einige Probleme mit BBC Chelmsford, weil ich einen Beitrag nicht rechtzeitig fertigstellen konnte. Und warum? Weil ich diesen Hund überfahren habe und von Ihren Leuten in Cedar Hall festgehalten worden bin.«

»Geben Sie nicht uns die Schuld.«

»Das tue ich nicht. Ich will nur was Beeindruckendes abliefern, um die Scharte wieder auszuwetzen.«

»Ihre Großmutter wohnt nicht weit von dem Haus, Sie müssen jedes Mal daran vorbeikommen, wenn Sie sie aus London besuchen.«

»Ja, aber …«

»Ziemlich beeindruckend, der Anblick, oder? Sie sagen, Sie hätten sich vor dem Haus umgesehen, bevor Sie auf Jane gestoßen sind. Sie haben dafür exakt eine Stunde gebraucht. Ich würde sagen, das zeugt von einem hohen Maß an Neugier. Ihre Neugier muss doch bereits vorher geweckt worden sein.

Vielleicht waren Sie früher mal im Haus. Haben herumgeschnüffelt und dabei etwas über Jane Wellby herausgefunden, von dem sie nicht wollte, dass andere davon erfahren.«
»Nein.«
»Vielleicht haben Sie sie mit dieser Information bedroht.« Cat schüttelte den Kopf. »Vielleicht ist es zu einem Streit gekommen, Sie haben sie am Kopf getroffen und unbeabsichtigt getötet.«
»Nein, nein … auf keinen Fall«, stammelte Cat.
»Sie setzen sie in den Wagen, verpassen dem Hund mit einem Spaten oder einem anderen Werkzeug einen Schlag, was erklärt, dass wir auf Ihrer Stoßstange keine Hundehaare gefunden haben. Sie legen ihn in Ihren Wagen, fahren zum Pub, erkundigen sich dort nach dem Weg und kehren nach Cedar Hall zurück. Sie warten eine Stunde, weil Sie nicht wissen, wie lange es dauert, bis das Kohlenmonoxid wirkt, in der Zwischenzeit schreiben Sie den Abschiedsbrief, dann laufen Sie ins Haus und rufen die Polizei. Dass Sandie Wellby oben auf der Treppe erscheint, erschreckt Sie, Ihnen war nicht bewusst, dass sie auch noch da ist. Sie geraten in Panik und entschuldigen sich. Das haben wir aufgezeichnet. Daraufhin gehen Sie mit Mrs. Wellby in die Garage, wo sie, wie sie behauptet, den Schlauch anfasst, Ihnen wird klar, dass das Ihre Chance ist, und lassen zufällig im späteren Gespräch mit Bramley fallen, dass Mrs. Wellby den Schlauch nicht ein einziges Mal berührt hat. Können Sie mir noch folgen?« Cat starrte sie unverwandt an. »Dann wird das Tagebuch gefunden, von dem Sie nichts wissen – was für ein Glück aber auch –, weshalb Sie auf der Dienststelle, als Ihnen Ihr Abschiedsbrief vorgelesen wird, behaupten, er stamme von Ihnen und Sie hätten ihn wegen des Hundes geschrieben.

Und Sie haben teuflisches Glück, denn wie durch ein Wunder taucht auch noch der Hund auf. Sie haben Kontakt mit alten Menschen, es ist also nicht ganz unwahrscheinlich, dass Sie das auch noch inszeniert haben.« Clement lehnte sich auf ihrem Stuhl zurück.
Cat wusste nicht, was sie sagen sollte. Sie fühlte sich schon schuldig, überhaupt hier zu sitzen. Jeden von der Beamtin beschriebenen Schritt hatte sie wirklich getan, sie sah sogar richtiggehend vor sich, wie sie Jane eins über den Schädel zog.
»Was für ein Horrorszenarium«, sagte sie.
»Nicht wahr?«, stimmte Clement zu.
»Ich war es aber nicht«, sagte sie. »Ich war nie zuvor in Cedar Hall, ich habe Schuldgefühle, einzig und allein aus dem Grund, weil Mrs. Wellby aufgrund meiner Aussage verhaftet worden ist. Deswegen fühle ich mich ganz schrecklich. Und dann habe ich Janes ehemalige Lehrerin kennengelernt, und plötzlich scheint alles zusammenzupassen. Natürlich habe ich vom Tagebuch nichts gewusst, aber jetzt ist mir wesentlich mehr bekannt. Ich werde Ihnen alles sagen, was ich weiß, und Sie müssen nur noch mit den Leuten reden, von denen ich die Informationen habe, und sie werden Ihnen erzählen, dass ich Jane vor ihrem Tod nie gesehen habe. Okay?«
»Es sei denn, sie stecken alle unter einer Decke.«
Cat sah sich in dem kleinen, kaffeefarbenen Raum um; ihr schauderte. »Lassen Sie mich erst erzählen, dann können Sie entscheiden, ob ich lüge.«
»Sie sind eine gute Lügnerin, Cat, das haben Sie bereits bewiesen.«
Die Sache wurde immer schlimmer. »Bitte, sehen Sie sich

doch meine Notizen an, hören Sie sich an, was ich auf dem Mini-Disc-Recorder aufgezeichnet habe, Datum und Zeit sind automatisch mit drauf.« Sie dachte an Anna bei Camilla Simpson, J.J. am College, die Männer an der Theke des Madison's, die Polizei konnte doch unmöglich annehmen, sie würden alle unter einer Decke stecken.

»Mini-Disc?«

»Ein digitales Aufnahmegerät, damit zeichnen wir Interviews auf.«

Clement musterte Cat eine Weile, dann stand sie auf. »Mal sehen, ob DCI Bramley schon zurück ist.«

»Oh, bitte, nicht er, reicht es nicht, wenn ich es Ihnen erzähle?«

Die Tür fiel zu. »Scheiße.« Sie breitete ihre Papiere auf dem Tisch aus und brachte sie in die richtige chronologische Reihenfolge.

Clement ging durch den Flur zu Bramleys Büro. Sie klopfte an. Seine Sekretärin hing am Telefon, sie sah nervös auf und entspannte sich sichtlich, als sie Clement erkannte. »Oh, hallo, ich dachte, Sie-wissen-schon-wer kommt herein.«

»Wo ist er?«, fragte Clement.

»Beim Augenarzt«, antwortete die junge Frau.

Clement war verwirrt. »Seit wann braucht er einen Augenarzt?«

»Weiß ich nicht, er meinte, er will zum Augenarzt und dabei nicht gestört werden, und sollte die Bude hier abgefackelt werden.«

»Seltsam«, sagte Clement. »Was dagegen, wenn ich ihm eine Notiz auf den Schreibtisch lege?«

»Nein, nein, nur zu … also, jedenfalls, dann sagt er ihr …«

Bevor sie ihre eigene Botschaft schreiben konnte, stach ihr

ein gelbes Post-it ins Auge. Eine Nachricht vom rechtsmedizinischen Labor in Colchester, das dringend um einen Rückruf bat. Als sie das Büro wieder verließ, plauderte die Sekretärin immer noch am Telefon. »… und *sie* sagt ihm …«

»Sie haben mich nicht gesehen«, sagte Clement. Die Sekretärin sah sie fragend an. »Und ich habe Sie nicht gehört«, fuhr Clement fort. Das Mädchen nickte. War nur gerecht. »Gut.« So schnell, wie es ihr verletztes Knie zuließ, kehrte sie zum Befragungsraum zurück. Was hatte der Rechtsmediziner herausgefunden, was so dringend war, und warum war Bramley heute beim Augenarzt, nachdem alle anderen auf Hochtouren liefen und er bereits beim Mittagessen eine Menge Zeit vergeudet hatte? Er war nicht der beste Boss, bei weitem nicht, aber normalerweise hatte er bei einem großen Fall auf alles ein Auge. Den Ruhm, den es einzuheimsen galt, wollte er sich schließlich keinesfalls entgehen lassen. Seine Vorgesetzten bezeichneten das als gründlich, sie unterstellte ihm bloß gesteigertes Eigeninteresse. Als sie den Befragungsraum betrat, war Cat über den Tisch gebeugt und studierte ihre Notizen.

»Sind Sie sicher, dass die Handschrift im Tagebuch wirklich die von Jane ist?«, fragte Cat.

»Wie bitte?«

»Im Tagebuch«, sagte Cat und sah auf.

»Na ja, ihre Mutter hat es gefunden, sie sollte doch die Handschrift ihrer Tochter kennen.«

»Wo hat sie es gefunden?«

»In Janes Zimmer, warum?«

»Es könnte dort von jedem abgelegt worden sein, sogar von Janes Mutter.«

»Möglich«, sagte Clement, in Gedanken bei Bramley.

»Nur so eine Überlegung.«
»Überlassen Sie die Polizeiarbeit lieber mal uns. Mir kommt es nur darauf an, Ihren Namen von der Liste mit den Verdächtigen zu streichen.«
»Dann haben Sie also mehr als einen Verdächtigen?«, fragte Cat.
Clement antwortete nicht. Im Grunde lautete die Antwort nein. Bramley hatte sich ausschließlich auf Sandie Wellby konzentriert, doch das würde sie Cat Torrant nicht auf die Nase binden.
»Meiner Meinung nach«, sagte Cat, »müssten Sie sich mit der Hauptfigur beschäftigen, wenn Sie diesen Fall verstehen wollen.«
»Ich nehme an, aufgrund Ihrer schauspielerischen Einlagen meinen Sie damit Sandie Wellby?«
»Nein. Ich meine die Ursache für das alles: Jane. Wer war sie? Warum ist sie gestorben?«
»Weil ihre Stiefmutter sie umgebracht hat, so die allgemeine Auffassung«, sagte Clement und klang dabei Bramley erschreckend ähnlich.
»Ergibt aber keinen Sinn. Sie war dreiundzwanzig Jahre alt, es gab für sie keinen Grund, in Cedar Hall zu wohnen. Sie hätte ihren Dad auch in London sehen können, er fährt jeden Tag dort zur Arbeit, und Mrs. Wellby wohnt nicht weit von der City entfernt. Ich weiß, Ihr Boss glaubt, Jane sei die blütenreine Unschuld gewesen, aber man hat mir erzählt, sie hätte Ecstasy genommen, auf gewalttätigen Sex gestanden und zu Gott gefunden. Klingt nicht danach, als wäre es ein und dieselbe Person.«
»Sie wollen mir doch nicht weismachen, dass sie schizophren war?«

»Ich weiß nicht, aber das alles ist doch ein paar Ermittlungen wert, meinen Sie nicht auch?« Hoffnungsvoll sah sie zu Clement.
»Die Ermittlungen betreiben immer noch wir, wenn Sie nichts dagegen haben. Amateur-Journalisten haben da nichts verloren.«
Cat ließ sich gegen die Lehne plumpsen. Nach einer Weile sammelte sie die Blätter ein und legte sie zu einem Stoß zusammen. »Selbstmord ist die dritthäufigste Todesursache bei Sechzehn- bis Vierundzwanzigjährigen«, sagte sie.
»Danke, ich kenne die Statistik.«
»Na ja, vielleicht verlässt sich ja jemand darauf.« Sie versuchte zwar nonchalant zu klingen, aber ihre Aufregung war nicht zu überhören. »Und hofft, dass Sie nicht allzu tief nachbohren.«
»Jemand wie Mrs. Wellby?«
»Ich weiß, Ihr Boss hat es auf Sandie abgesehen, aber es gibt doch so vieles, was Sie über Jane nicht wissen. Hören Sie sich doch an, was ich habe! Es könnte doch jeder sein.«
»Warum?«
»Wollen Sie nicht den richtigen Täter schnappen?«
Langsam ließ sich Clement auf dem Stuhl nieder. Sie sollte ihr Knie ruhig halten und nicht ständig einer Möchtegern-Journalistin hinterherrennen. »Sind Sie immer so hartnäckig, wenn es darum geht, die Wahrheit aufzudecken, Cat Torrant?«
Cat dachte an Anna. »Nein«, antwortete sie ehrlich.
»Geben die Wellbys für die Medien ein so tolles Thema ab? Ich meine, warum ausgerechnet sie? Oder ist es das einzige Verbrechen, bei dem Sie das Unglück hatten, mit hineingezogen zu werden?«
Cat verstaute ihre Papiere in der Tasche. Clement schien es

nicht unbedingt eilig zu haben, eine Antwort zu erhalten, aber die Frage brannte ein Loch in Cats Gehirn.

»WPC Clement.« Die Beamtin sah auf. »Wenn ich Ihnen eine Kopie dieser Blätter gebe, würden Sie mir dann einen Gefallen tun?«

»Cat, ich kann diese Blätter an mich nehmen, ohne Ihnen irgendwas schuldig zu sein.«

»Bitte«, sagte Cat leise. Sie hatte Angst, fortzufahren, genauso groß aber war ihre Angst, jetzt einzuknicken.

Clement setzte sich gerade hin. »Fahren Sie fort.«

»Ein Freund von mir ist vergewaltigt worden. Er will es nicht melden, aber ich habe Beweismittel. Wenn ich sie Ihnen gebe, würden Sie der Sache dann nachgehen?«

»Warum hat er es nicht gemeldet?«

Cat sah sie nur an.

»Wer ist vergewaltigt worden?« Als Clement Cats Blick erfasste, sagte sie: »Schon okay, ich werde es niemandem sagen.«

»Mein Mitbewohner, er war mit dabei, als Bramley mich zum ersten Mal hier reingeschleift hat.«

Clement erinnerte sich an den Tag. »Anna Prokton?« Cat nickte. »Natürlich«, sagte Clement. »Groß, blaue Augen, eine Umarmung, als würde Ihr Leben davon abhängen.«

»Wie bitte?«

»Sie sind gesehen worden. Also, was soll ich tun?«

»Ich glaube, ich weiß, wer es war. Aber Anna sagt, der Junge, mit dem er abgezogen ist, hat es nicht getan, er war wohl nur der Köder. Anna ist wütend auf sich, und es ist ihm zu peinlich, damit rauszurücken.«

»Wo ist es geschehen?«

»In Soho, glaube ich, jedenfalls irgendwo im Londoner Zentrum. Wurden da andere Übergriffe gemeldet?«

»Das weiß ich nicht, aber ich kenne dort den Polizeichef, einen ausgezeichneten Mann. Er muss es wissen. Haben Sie die Beweismittel hier?«
»Im Wagen.«
»Holen Sie sie, Miss Torrant. Ich warte hier.«
Cat ging durch die Seitentür hinaus zum Parkplatz und zu ihrem Wagen. Die Sporttasche mit den Sachen war in einen Pappkarton im Kofferraum gequetscht. Gerade als sie sie herausholte, bog ein Wagen zur Dienststelle ein und hielt vor dem Eingang an. Bramley stieg aus und knallte die Wagentür zu. Cat duckte sich. Dann sah sie zur Tasche, die sie in der Hand hielt. Was zum Teufel machte sie hier überhaupt? Annas Vergewaltigung ging die Polizei in Essex nichts an. Was konnte Clement schon tun? Wenn sie die Tasche übergab, mochte sie vielleicht ihr Gewissen beruhigen, aber es würde Anna nicht helfen. Cat warf die Tasche in den Kofferraum zurück, rannte zur Fahrertür und stieg ein. Als sie aus dem Parkplatz bog, sah sie Clement im Rückspiegel.

Wütend sah Clement dem Wagen hinterher. Auf den Leim gegangen.
»Was machen Sie hier, Clement?«, fragte Bramley und sah sich um. Der Wagen war verschwunden.
»Nur frische Luft schnappen«, antwortete sie, während sie sich das Knie rieb.
»Sie sollten zu Hause bleiben, Clement, sich ein bisschen ausruhen.«
Als ob Sie das kümmern würde! »Danke, aber es geht schon. Sir, wissen wir wirklich, dass das Tagebuch auch in Janes Handschrift verfasst ist? Es könnte doch auch von jemandem untergeschoben worden sein.«

In seinen Augen blitzte Wut auf, kurz nur, und verschwand so schnell, wie sie gekommen war, aber Clement war es nicht entgangen. »Clement, ich befehle Ihnen, nach Hause zu gehen. Ihre Verletzung soll ja nicht noch schlimmer werden.« Damit ließ er sie stehen.

Irgendwas ging hier vor sich. »Danke, Sir«, sagte sie freudig. »Wenn Sie nichts dagegen haben. Ach übrigens, wie war's beim Augenarzt?«

Bramley drehte sich halb um. »Wunderbar«, antwortete er, wobei er das Wort in die Länge zog.

»Sind Sie auch bei dieser Praxis in der High Street? Die sind wirklich gut«, sagte sie begeistert. »Ich habe dort selbst einen Termin.«

»Ach ja?« Er schien an ihrem Wohlergehen kein Interesse mehr zu haben.

»Bei wem waren Sie denn?«, fuhr Clement fort.

»Nun, ich habe einen Spezialisten in Colchester aufgesucht. Und ich will eigentlich nicht darüber reden.«

»Nein, natürlich nicht, verstehe«, antwortete Clement. »Entschuldigung.«

»Ich dachte, ich hätte Ihnen gesagt, dass Sie nach Hause gehen sollen.«

»Bin schon fort«, sagte sie und hielt ihr Lächeln aufrecht, bis er das Gebäude betreten hatte. »Colchester«, flüsterte sie. Ein Zufall? »Zufälle gibt es in diesem Gewerbe nicht.«

»Sie sprechen wieder mit sich selbst?«

Clement fuhr herum. »Mike, haben Sie wieder mit der Zeugin geflirtet?«

Es schien ihm peinlich zu sein. »Sie haben davon gehört?«

»Ich liege auf dem Parkplatz im Sterben, und Sie haben nichts Besseres zu tun, als ein Date anzuleiern. Toll.«

Mike lächelte. »Hat ja geklappt.«
»Nehmen Sie Ihre Rätselzeitschrift mit, sonst geht Ihnen nach zwei Minuten der Gesprächsstoff aus.«
»Wer sagt denn, dass wir reden wollen«, entgegnete er, sichtlich mit sich selbst zufrieden.
Clement zog die Augenbrauen hoch. »Männer.«
»Na, wenn der Boss die Zeugen vögeln kann, warum dann ich nicht auch?«
»Bramley und Lynne Reed?« Mike nickte. »Seien Sie nicht so widerlich.« Clement ging langsam die Stufen hinunter, dann drehte sie sich um. »Wirklich?«
»Wäre ja nicht das erste Mal.«
Clement ließ sich das Gehörte kurz durch den Kopf gehen. »Mike, was halten Sie von dem Wellby-Fall?«
»Ich werde nicht dafür bezahlt, mir Gedanken zu machen«, sagte er und ging zur Tür.
»Ich nehme alles zurück«, sagte Clement. »Sie und Suzie werden sehr glücklich werden.«
Allein und niedergeschlagen stand sie daraufhin auf dem Parkplatz. Sie hatte Bramley aus rein persönlichen Gründen nicht gemocht, jetzt traute sie ihm aus professionellen Gründen nicht mehr. Cat Torrant, die Amateur-Journalistin, hatte über die Wellby-Familie mehr Informationen zusammengetragen als ein ganzes Team von Polizeibeamten in zwei Wochen. Clement sah zur Ausfahrt, auf der der Fiesta verschwunden war, dann zu den Doppeltüren der Polizeidienststelle. Sie wussten, wem sie folgen wollte, aber es war nicht ratsam, über Bord zu springen, wenn man keinen Rettungsring angelegt hatte. Langsam humpelte sie die Stufen wieder hinauf.

20

Noch von unterwegs rief Cat Dans Nummer an. Bereits jetzt bedauerte sie, dass sie sich auf diese Weise aus dem Staub gemacht hatte. Clement würde ihr nunmehr nie und nimmer glauben. Aber es gab kein Zurück mehr; mit allem, was sie tat, um sich aus dem Mordfall herauszunehmen, wurde sie nur noch weiter hineingezogen. Hätte sie Clement ihre Informationen gegeben, hätte sie diese gegen sie verwenden können. Sie hatte einiges über Jane, wichtige Informationen, die die Polizei möglicherweise in ihre Bestechungstheorie einbauen konnte. Vielleicht hatte Dan recht, und sie sollte die Finger davon lassen, bevor alles völlig aus dem Ruder lief. Schließlich meldete sich jemand in der Leitung. Aber nicht Dan.

»Ist Dan da?«, fragte sie. Ihre Reaktion auf die Stimme der jungen Frau überraschte sie. Ihr Herz pochte.

»Einen Moment … Dan! Telefon!« Im Hintergrund war Musik zu hören. Dan schien keine Eile zu haben, um ans Telefon zu kommen. »Wer war das?«, fragte sie sofort, obwohl sie sich geschworen hatte, es nicht zu tun.

»Jemand von der Uni.«

»Jemand, den ich kenne?«, fragte sie.

»Nein, keine Doktorandin.«

Jung, blond, mit großen Titten. »Oh.«

»Was willst du, Cat?«

»Das ist nicht sehr nett. Ich brauche deine Hilfe, Dan, wirklich.«

»Sag mir nicht, dass dein Lover ein wenig grob geworden ist.«
»Was?« Cat hielt am Straßenrand an. »Wovon redest du?«
»Cat, schau, warum kannst du nicht einfach sagen, was Sache ist? Warum ziehst du es unnötig in die Länge?«
»Bist du genervt?«
»Ich will nur meinen Spaß haben, Cat. Manche machen das von Zeit zu Zeit.«
Cat wurde übel. »Was soll das heißen – ich will auch meinen Spaß haben.«
»Ja, deswegen läufst du herum und gibst dich als eine Tote aus. Tut mir leid, hab ich ganz vergessen.«
»Was zum Teufel ist bloß in dich gefahren?«
»Cat, wenn du mit der ganzen Sache nicht klarkommst, weiß ich wirklich nicht, warum wir überhaupt noch weitermachen sollen.«
Cat war fassungslos. »Was sagst du, Dan? Ich meine, es war ziemlich kompliziert in letzter Zeit, aber …« Sie hielt inne. Im Hintergrund hörte sie das Mädchen kichern. Es arschte sie an. »Was treibst du da, Dan?«, fragte sie brüsk.
»Ich muss los. Bis dann.«
»Dan?« Die Leitung war tot. Sie starrte auf ihr Handy. Auf die Abwahltaste drücken? Anscheinend. Cat konnte sich nicht erinnern, sich schon einmal so mit ihm gestritten zu haben. Sie fühlte sich ziemlich seltsam – eine Mischung aus Traurigkeit und Nichts. Er musste doch wissen, dass sie ihm nie untreu sein würde. Sie hatten eine tolle Beziehung, hatten immer was zu lachen, nie ging ihnen der Gesprächsstoff aus, sie interessierten sich für die gleichen Dinge. In dieser Hinsicht hatte sie sich sehr glücklich geschätzt, besonders, wenn sie die Horrorgeschichten mancher ihrer Freundinnen zu hö-

ren bekam. Jungs, die mit der Schwester ihrer Freundin schliefen – oder mit deren Mutter, deren Bruder. Sie drückte aufs Gaspedal. Ein weiterer Grund, dankbar zu sein, dass sie das alles nicht hatte. Und Dan würde nicht weit kommen, wenn er versuchen sollte, Amelia zu verführen. Sie brauchten einfach etwas Zeit, dachte sie sich. Trotzdem ... was machte er um fünf Uhr nachmittags mit so einem Püppchen, angearscht, wie er war? Wie lange würde es dauern, bis er sich auf die Suche nach einem Paar synthetischer Brüste machte? Warum sollte sie den Wellby-Fall aufgeben – denn das wollte er doch von ihr –, wenn er sich so leichtfertig aus dem Staub machte? War sie ihm nun wichtig oder nicht? Langsam fuhr sie durch Harlow, mit jeder roten Ampel wurde sie noch wütender. Als sie den Motorway erreichte, hatte sie eine Entscheidung getroffen: Sie würde ihn nicht anrufen, er musste sich schon bei ihr entschuldigen. Und falls er es nicht tat, würde sie wissen, was sie darauf zu antworten hatte. Er war nicht wichtig genug. Ganz und gar nicht.

Der Junge hatte seinen Platz vor dem nur für Mitglieder zugänglichen Club verlassen und machte sich auf den Weg zu einer unlizenzierten Kneipe, wo er sich vor dem Zubettgehen von seinem Verdienst noch einen Drink leisten konnte. Es war eine gute Nacht gewesen, die Freier hatten sich als sehr spendabel erwiesen, vielleicht würde er sich mehr als einen Schlummertrunk gönnen, bevor er sich im Eingang zu einem Herrenausstatter in der Strand Street zur Nacht bettete. Er nahm eine Seitengasse durch den Rotlichtbezirk und ging an der Rückseite der Peepshows und »exotischen« Bars vorbei. Es gab hier einige lohnende Müllcontainer, falls man den Gestank ertragen konnte. Er wühlte sich durch die ersten beiden, nichts als die üblichen Gegenstände, überzogen von den geronnenen Abfallprodukten der Sexindustrie. Weiter zum dritten, ohne große Hoffnungen zu hegen, aber hungrig. Anhand der mit Lippenstift beschmierten Tücher wusste er, dass es der Müll aus der Damentoilette war. Er wühlte sich tiefer hinein. Er ergatterte ein halb verzehrtes Sandwich. Den Deo-Roller konnte er gut gebrauchen, den zermatschten Tampon weniger. Dann befühlte er das Material, dick, gestreift. Anständige Klamotten. Einen Mantel wie diesen konnte er für gutes Geld versetzen. Er zerrte daran, aber das Kleidungsstück wollte sich nicht lösen. Also beugte er sich tiefer in den Container, um festzustellen, was den Mantel festhielt. Er hatte früher schon Betrunkene in solchen Containern gefunden. Aber noch nie einen Toten.

Es fiel schwer, jemanden zu lieben, der einen nicht brauchte. Wegen allem lief sie zu Amelia. Wenn sie Angst hatte, dass er sie im Stich ließ und sich einfach aus dem Staub machte, dann war sie auf dem besten Weg, genau das zu erreichen, was sie am meisten befürchtete. Er wollte ihre Nähe, aber sie ließ es nicht zu. Er hatte gehofft, er könnte sie dazu zwingen, sich zu öffnen, von ihren Gefühlen zu sprechen, einen Streit mit ihm vom Zaun zu brechen, irgendwas. Er hätte es besser wissen sollen. Cat reagierte auf sein Klingeln nicht. Also probierte er es bei Anna.

»Oh«, sagte Anna, als er sah, wer vor ihm stand.

»Na, danke für die herzliche Begrüßung«, erwiderte Dan. »Kann ich reinkommen?«

Anna trat zur Seite. Die Wohnung war ein einziges Chaos. »Sag nichts, ich bin nicht in der Stimmung.«

»Ich kann für dich aufräumen.«

»Ist das deine Macho-Art, dich bei mir für dein Verhalten letzte Woche zu entschuldigen?«
Dan seufzte. »Wir waren alle ziemlich gereizt, Anna, und haben Dinge gesagt, die wir lieber hätten lassen sollen.«
»Ein einfaches ›Entschuldigung‹ reicht auch«, sagte Anna.
Dan sah ihn an, dann ließ er sich mit einem Seufzer aufs Sofa fallen. »Es hängt wirklich überall der Haussegen schief«, sagte er und barg den Kopf zwischen den Händen. Das Bier, das er getrunken hatte, bereitete ihm Kopfschmerzen. Anna setzte sich auf einen Stuhl ihm gegenüber. Er trug einen alten Cambridge-Jogginganzug und betrachtete seinen ehemaligen Zimmergenossen. Warum glauben Männer immer, sie seien es, denen übel mitgespielt wurde, dachte sich Anna und hoffte, Dan würde um Gottes willen nicht in seine Selbstmitleidsnummer verfallen. Dann hätte er sogar noch lieber eine Runde mit dem Staubsauger gedreht.
»Hast du Cat gesehen?«, fragte Dan.
»Sie hat eine Nachricht hinterlassen; sie will um sechs hier sein. Ich habe geschlafen. Wie spät ist es?«
»Zehn«, antwortete Dan.
»Was? Was machst du hier noch so spät?«
»Cat und ich haben uns wieder gestritten.«
»Dann kommst du also nicht mit nach Paris?«
»Paris?«
»Amelia lädt uns ein.«
»Cat hat davon nichts erwähnt.«
»Kein Wunder, so wie du dich aufgeführt hast. Cat kümmert sich ganz wunderbar um mich, daneben arbeitet sie an ihrer Story. Du solltest stolz auf sie sein und ihr deswegen nicht die Hölle heiß machen.«
»Ich hätte es wissen müssen …«, sagte Dan.

»Was hättest du wissen müssen?«
»Ihr beide, ihr steckt unter einer Decke.«
»Was?«
»Na ja, schließlich verbringst du deine Zeit mit ihr, natürlich stehst du auf ihrer Seite.«
»Was uns beiden nicht sonderlich viel Vergnügen macht. Sie wäscht meine Laken und bezieht das Bett, damit ich das Blut nicht sehen muss. Ich wecke sie fast jede Nacht mit meinen Albträumen, und sie bleibt mit mir auf, bis ich wieder einschlafe. Sie hat meinen Agenten abgewimmelt, sie hat mir zuliebe Lügen erzählt, sie hat sich als eine wahre Freundin erwiesen. Ich weiß nicht, was zum Teufel in dich gefahren ist. Für jemanden, der so intelligent ist wie du, benimmst du dich ziemlich dämlich.«
Dan starrte auf seine Füße. Immer wollte er so viel sagen, und immer fiel es ihm so schwer. Cat und Anna hatten sich von Anfang an eine Menge zu erzählen gehabt, vielleicht war er deshalb ein wenig eifersüchtig auf sie.
»Ich weiß, mit Gefühlen tust du dir schwer«, sagte Anna, als könnte er seine Gedanken lesen, »das war schon immer so, seitdem wir uns kennen. Früher dachte ich, es liege daran, weil du dein Schwulsein verdrängst, jetzt ist mir klar, dass alle Hetero-Männer damit geschlagen sind. Emotionale Paralyse.«
»Quatsch!«
»Doch, Dan, und bei dir ist es besonders schlimm. Deshalb habt ihr beide so gut zusammengepasst. Cat ist äußerst reserviert. Für sie ist entweder alles sehr schwarz oder sehr weiß. Das ist ihre Art, sich zu schützen«, sagte Anna, nun etwas versöhnlicher.
»Was meinst du?«

»Amelia hat nicht alles leisten können, oder? Cat war immer das eigenartige Kind ohne Eltern. Ich wette, man hat ihr in der Schule übel mitgespielt. Ich habe viel darüber nachgedacht. Cat hat nur zu wenigen Menschen Vertrauen. Sie hat nicht gelernt, sich mit einer Mutter, einem Vater, mit Brüdern, Schwestern, Cousins auszutauschen. Wenn sie also gibt, dann gibt sie alles, aber das Gleiche erwartet sie auch als Gegenleistung. Und das bekommt sie von dir nicht. Wenn du sie einmal hast fallen lassen, bezweifle ich, dass sie dich wieder aufnimmt.«
»Hat sie das gesagt?«
»Hörst du mir nicht zu? Sie hat nichts davon gesagt, sie würde es auch nie tun. Sie steht unglaublich loyal zu dir. Aber sie verändert sich, was sie wahrscheinlich selbst noch gar nicht weiß. Sie hat dieses Jahr so hart an der Uni gearbeitet, hat sich für die Prüfungen ein Bein ausgerissen, alles perfekt recherchiert und bearbeitet. Sie will eine sichere Karriere, dafür tut sie alles. Um eine gute Basis für ihr späteres Leben zu haben. Amelia wird nicht ewig leben, wie du so einfühlsam deutlich gemacht hast.«
»Sie hat es dir erzählt?«
»Dan, ich war nur oben auf der Treppe. Und unterbrich mich nicht dauernd. Ich glaube, das Verhalten ihrer Mutter jagt ihr Angst ein, so, als würde es auch ihr in den Genen liegen. Deshalb gibt sie sich so beherrscht, obwohl sie es eigentlich gar nicht will. Warum sonst, meinst du, ist sie so fasziniert von dieser Familie? Darauf bist du doch sicherlich auch schon gekommen.«
»Cat sagt immer, sie habe mit Eltern keine Probleme, weil sie keine Eltern hat.«
»Und das glaubst du ihr?«

»Ist für mich eine klare Aussage.«
»Meiner Meinung nach fühlt sie sich allein schon von der Vorstellung einer Familie bedroht. Aber was will sie *wirklich?* Eine Familie. Amelia hat recht, man muss sich um diese Wellby-Geschichte Sorgen machen. Cat ist verwirrt.«
»Ich will ja auch nicht, dass sie die Sache weiterverfolgt«, versuchte Dan sich zu rechtfertigen.
»Aber aus einem anderen Grund. Das zählt nicht.«
Er hätte wissen müssen, dass Anna sich nicht zu leicht zufriedengab.
»Im Grunde«, fuhr Anna fort, »halte ich es für eine gute Idee. Irgendwann muss ihr klar werden, dass das, was man fühlen möchte, und das, was man wirklich fühlt, nicht immer vereinbar ist. Ich hätte es wissen müssen.« Anna drehte sich weg. »Ich wäre ein toller Vater.« Er unterdrückte ein Gähnen.
»Tut mir leid, das ist wohl das Letzte, was du brauchst. Wir sollten dich jetzt lieber ins Bett stecken.«
»Ich bin kein Kleinkind«, erwiderte Anna und riss sich von Dan los.
»Lass mich dir helfen.«
Er sah zu Dan. »Die Krankenschwesterrolle liegt dir nicht besonders, oder?«
Was sollte man von ihm auch anderes erwarten bei einer ziemlich reservierten Freundin und einem extrovertierten besten Kumpel? »Nur aus der Übung«, sagte er.
Lächelnd nahm Anna Dans Hand. »Das Beste, was du tun kannst, ist, zu verschwinden, bevor Cat zurückkommt. Wie gesagt, sie verändert sich, Dan, aber das ist ihr noch nicht bewusst. Du aber musst für dich entscheiden, ob du diese Veränderung willst, ob du sie wirklich willst. Bislang war al-

les ganz einfach. Du bist jung, von ihrer Seite gab es keinen Druck. Aber was, wenn Cat klar wird, dass sie eine große Familie will mit vielen plärrenden Kindern und einem Mann, der immer da ist, die ganze Chose eben? Du siehst blass aus, Dan«, sagte Anna und begleitete Dan zur Tür. »Ich kann mich schon selbst ins Bett stecken.«

DCI Jones studierte die Ergebnisse des Rechtsmediziners. Mann, weiße Hautfarbe, braunes Haar, braune Augen. Alter: 30-40. Größe: 1,83 Meter. Gewicht: 98 Kilogramm. Todesursache: Herzversagen. Verletzungen: Jones las die Fachbegriffe und interpretierte. Windelweich getreten worden. Sexuelle Übergriffe: nicht feststellbar. Zahl der Täter: noch nicht bekannt. Besondere Merkmale: keine. Gegenstände, die bei der Leiche gefunden wurden: keine.

»Der arme Kerl«, sagte Jones. Er war um fünf Uhr morgens gerufen worden, nachdem die Leitstelle einen Anruf entgegengenommen hatte. Er führte zu einer Leiche in einem Müllcontainer hinter einer Bar, die ungemein fantasievoll GIRLS GIRLS GIRLS hieß. Ein 24-Stunden-Laden. Der Besitzer war befragt, die Überwachungsvideos waren überprüft worden, den Mädchen hatte man ein Foto vorgelegt. Niemand, der dem Toten ähnelte, hatte den Laden betreten oder verlassen. Die Befragungen, stellte sich heraus, waren Zeitverschwendung gewesen. Der Mann war bereits seit zwei Tagen tot. Der Container wurde nur jeden dritten geleert. Jones würde noch mehr Zeit verschwenden, wenn er in den anderen Etablissements ermittelte; sie würden nie und nimmer einen Toten vor der eigenen Haustür entsorgen. Leichen aus Soho tauchten gewöhnlich auf dem Brachland unter der M40-Überführung auf, halb versenkt im Wasserkanal, der an den Abstellplatz für abgeschleppte Autos angrenzte, und noch versehen mit allen Identifizierungsmerkmalen. Das half der Polizei und minderte die Wahrscheinlichkeit, dass sie an die Türen klopften. Das mochten die Bumsläden nicht. Soho war ein komischer Ort, um eine Leiche zu deponieren, schwierig, weil rund um die Uhr was los war. Das deutete darauf hin, dass der Tod nicht geplant gewesen war. Ein missglückter Raubüberfall? Was hatte er dann in dem Fall in Soho getan? Vielleicht ein aus dem Ruder gelaufenes Sexspielchen? Jones hasste diese Fälle. Man brach der Ehefrau das Herz, wenn man ihr mitteilte, dass ihr Gatte tot war, und dann brach man es ihr gleich noch einmal, wenn man ihr den Grund dafür nannte.

Robert landete in einem verdreckten, illegalen Club, wo er Dosen mit warmem Tennant Xtra hinunterspülte, um vergeblich die Gefühle von Schuld und Wut und Depression auszulöschen, die ihn schier zu zerreißen drohten. Alles, was er sagte, kam ihm vor, als würde er sich selbst anklagen, und alles, was er für sich behielt, machte ihn krank. Er wusste, er sollte aufhören zu trinken, er hatte schon lange, sehr lange nicht mehr so viel in sich hineingeschüttet, aber er sah keinen anderen Ausweg. Jane war tot. Und egal, wie er es betrachtete, ihr Tod war seine Schuld. Hätte er nur von Anfang an die Wahrheit gesagt. Trinken half nicht, aber er genoss den selbstzerstörerischen Kick. Er genoss das Gefühl, die Beherrschung zu verlieren. In einer Stimmung wie dieser könnte er vor den Zug springen, sich aus einem fahrenden Auto werfen, sich selbst die Birne wegknallen. Sollen die anderen doch die Wahrheit herausfinden. Zu Fuß kehrte er zu Fionas Haus zurück. Er brauchte dafür zwei Stunden, er hatte kein

Geld mehr fürs Taxi, und die Vorstellung, mit der U-Bahn zu fahren, jagte ihm Angst ein. Er kannte Pendler. Er wollte nicht gesehen werden. Es war neun Uhr morgens, als er schließlich den Schlüssel ins Schloss steckte. In seinem Hinterkopf, spürte er, fuhr der Kater seine Krallen aus. Die Vorhänge waren noch zugezogen, das Haus fühlte sich leer an. Gott sei Dank. Er fand eine Eineinhalb-Liter-Flasche Whisky, Safeways Eigenmarke. Billiger Fusel, aber er würde sein Ziel erreichen. Den Kater hinausschieben. Egal wie.

21

Clement hörte jemanden die Treppe herunterkommen. Sie wappnete sich. Die Tür ging auf.

»O Gott«, sagte Cat.

»O Gott, in der Tat«, erwiderte Clement. »Ich möchte mit Ihnen reden. Wieder mal.«

Cat nickte und hielt ihr die Tür auf. Clement, die ihre Krücke gegen einen Spazierstock ausgetauscht hatte, humpelte hinein. Die Tür zu Annas Wohnung ging auf.

»Dan?«

Fragend drehte Cat sich um. Warum erwartete er am Morgen Dan?

»Oh, tut mir leid«, sagte Anna. »Ich war …« Er bemerkte die Frau in Uniform. »Keine Polizei«, sagte er mit zitternder Stimme. »Cat? Keine Polizei!«

»Alles in Ordnung, es geht um Jane Wellby.« Anna sah die beiden nervös an. Anscheinend hatte er eine weitere schlimme Nacht hinter sich. »Bald sind wir in Paris«, versuchte Cat ihn zu besänftigen. »Wir brauchen alle Ferien. Du machst dich ans Packen, okay?«

»Okay«, antwortete Anna leise und schloss die Tür.

Cat begleitete Clement nach oben, was nur langsam vonstatten ging. »Sie sollten nicht so viel rumlaufen«, sagte Cat, während die andere Frau sich die Treppe hinaufmühte.

»Das müsste ich auch nicht, wenn Sie nicht abgehauen wären.«

»Tut mir wirklich sehr leid«, sagte sie, als sie in der Wohnung waren. »Ich habe Bramley gesehen und es mit der Angst zu tun bekommen, wissen Sie …«

»Sie tun sich keinen Gefallen, wenn Sie solche Sachen abziehen, Miss Torrant.«

Schwer ließ sich Clement auf einem Stuhl nieder.

»Alles in Ordnung?«, fragte Cat. Clement nickte. »Wollen Sie was zu trinken? Wasser, Tee?« Clement reagierte nicht. »Tut Ihnen das Knie sehr weh?«

»Ist nicht toll. Bramley hat mich freigestellt. Ich dachte, ich könnte mal einen Blick auf Ihre Aufzeichnungen werfen. Nur um sie mit unseren Erkenntnissen abzugleichen.«

Cat zögerte.

»Ich werde sie niemanden sehen lassen.«

Sie zögerte noch immer.

»Ich dachte, Sie wollen, dass der Fall gelöst wird.«

»Ja. Ich hole sie.«

»Ihr Freund unten«, sagte sie vorsichtig.

»Ich hätte Ihnen nicht davon erzählen sollen.«

»Vielleicht nicht, aber Sie haben es mir erzählt. Und Ihr Freund sieht nicht besonders gut aus. Die werden so was wieder machen, das wissen Sie.«

»Das habe ich ihm auch gesagt«, erwiderte Cat.

»Um die Wahrheit zu sagen, Ihre Beweismittel sind sowieso nichts mehr wert. Achtundvierzig Stunden nach einem Verbrechen ist eine rechtsmedizinische Untersuchung nicht mehr zulässig. Sie könnten der Polizei höchstens einen Hinweis darauf geben, in welche Richtung zu ermitteln wäre. Ich habe in London gearbeitet, ich kenne, wie gesagt, den zuständigen Leiter.«

Cat musterte sie. »Warum jetzt? Gestern war ich noch eine Mörderin.«

»Seien Sie nicht so theatralisch. Ich wollte Sie nur auf die Probe stellen.«
»Dann habe ich wohl bestanden.«
»Cat, abgesehen von Ihren unbezahlten Fernsehgebühren sind Sie so sauber wie Bramleys Golfschläger.«
Cat sah schuldbewusst drein.
»Außerdem sind Ihnen Ihre Gefühle ins Gesicht geschrieben.«
»Ja, das haben mir auch schon andere gesagt.«
»Also, ich schlage Ihnen Folgendes vor: Wir beide helfen uns gegenseitig. Ich werfe einen Blick auf die Vergewaltigungsgeschichte, und wir tauschen unsere Informationen im Wellby-Fall aus.«
Cat ging zum Kühlschrank, holte einen Orangensaft-Karton und schenkte zwei Gläser ein. »Fahren Sie wegen Jane Wellby nach Paris?«, fragte Clement.
»Ja.«
»Werden Sie mir sagen, was Sie herausfinden?«
»Werden Sie es mir sagen?«
Clement nickte. Cat gab ihr den Namen und die Telefonnummer des Hotels.
»Hôtel des Tulipes, klingt romantisch.« Cat wandte den Blick ab. Clement bemerkte es nicht. »Ich lasse Sie jetzt packen.« Sie erhob sich. »Kann ich die Beweismittel haben?«
Cat biss sich auf die Lippe. »Sie werden Anna nicht belästigen?«
»Dann sagen Sie mir, was vorgefallen ist.«
Cat gab ihr die Beschreibung des Jungen im Madame Jojo's. Mehr wusste sie sowieso nicht.
»Hier, meine Karte, meine Telefonnummer, wenn Sie darüber reden wollen. Ich verspreche Ihnen, es ist richtig, was Sie tun.«

»Das hoffe ich«, sagte sie und hatte Dans Stimme im Ohr, der dem allen ganz und gar nicht zustimmen konnte. Langsam gingen sie hinaus auf die Straße. Cat lief zu ihrem Wagen und holte die Sporttasche aus dem Kofferraum. Als sie sie Clement überreichte, kam Anna aus dem Haus. Cat machte einen Satz zurück. Clement winkte ein Taxi heran, das die Straße entlangfuhr.

»West End Central, bitte«, sprach sie leise durch das offene Fahrerfenster.

Sie hielt sich an Cats Arm fest, während sie sich vorsichtig auf der Rückbank des Taxis niederließ.

»Sagen Sie Anna nichts davon, vielleicht kommt gar nichts dabei heraus«, flüsterte sie Cat ins Ohr. Sie schloss die Tür und öffnete das Fenster. »Danke für die Wellby-Sachen, Sie waren mir eine große Hilfe.«

Langsam wandte sich Cat an Anna. Er musterte sie.

»Hast du schon gepackt?«

Ohne etwas darauf zu erwidern, ging er zum Haus zurück. Sie folgte ihm.

»Warum hast du geglaubt, dass Dan kommen würde?«, fragte sie, um so weit wie möglich von der Polizistin abzulenken.

»Einfach so.«

Anna sah sie noch nicht einmal an. *Er weiß es.* Was sollte sie ihm sagen? Anna ging zu einem Stapel schwarzer Müllsäcke.

»Hast du ausgemistet?«, fragte sie.

Etwas verloren sah Anna auf die Säcke und nickte.

»Was hast du mit ihnen vor?«, fragte Cat und nahm einen zur Hand. »Für die Heilsarmee?«

»Gibt es so was?«

Das hoffe ich doch, dachte sich Cat und umarmte ihn. »Darauf kannst du Gift nehmen«, sagte sie, »ich bin deren Generalmajor.«

Clement auf dem Taxirücksitz wünschte den Verkehr zum Teufel. Vor ihnen wurde die Straße ausgebessert. Sie schloss das Fenster, um die Ausdünstungen des heißen Teers nicht abzubekommen. Aber im Wageninneren hing ein unangenehmer Geruch. Sie brauchte nicht lange, um die Quelle des Übels zu lokalisieren. Vorsichtig öffnete sie die Tasche, griff hinein und zog die Ecke einer Plastikplane heraus. »Was zum …?«

»Was haben Sie da denn?«, fragte der Fahrer.

Clement sah zu ihm.

»Hoffentlich keine Leiche! Stinkt jedenfalls so.«

»Könnten Sie mir mal kurz Ihre Autohandschuhe geben?«, sagte sie und schob die Trennscheibe zwischen ihnen auf.

Er verzog das Gesicht.

»Polizeiangelegenheit.«

Er rückte die wertvollen Gegenstände heraus; es war ja nicht sein Taxi, offiziell arbeitete er nur nachts.

Clement wühlte sich tiefer in die Tasche und zog einen rosafarbenen Pelz-String heraus.

»Ich bin verheiratet, Süße«, sagte der Fahrer und drehte sich nach hinten. Eine Hupe ertönte. Clement wurde zur Seite geschleudert, während das Taxi abrupt die Richtung wechselte.

»Ich möchte möglichst schnell und in einem Stück ankommen, wenn Sie nichts dagegen haben.«

»Tut mir leid.« Er verließ die Stauspur und wechselte auf die Gegenfahrbahn, raste durch die Straßen, bog mehrmals auf die Busspur ein, verließ sie wieder und überfuhr zwei rote

Ampeln. Clement sagte nichts. In Rekordzeit waren sie vor der Polizeidienststelle. Er wolle ihr Geld nicht, sagte er. Es sei seine gute Tat heute. Auch seine Handschuhe wollte er nicht wiederhaben.

Als Treffpunkt war zwei Uhr am Check-in ausgemacht. Cat hatte Amelia angeboten, sie abzuholen, rätselhafterweise hatte sie jedoch abgelehnt und gemeint, sie habe sich bereits um eine Fahrgelegenheit gekümmert. Cat hoffte, sie habe nicht wieder beschlossen, im Rollstuhl zum Bahnhof zu rollern. Cat ließ ihren Blick über die geschäftige Menge unter dem Chrom- und Glasdach des Eurostar-Terminals schweifen.

»Sie wird schon kommen«, sagte Anna.

Cat wandte sich ihm zu. »Ich habe nicht nach Gran Ausschau gehalten«, sagte sie traurig. Sie hatte es nie für möglich gehalten, dass er alles so leicht aufgeben würde. Wie hatte ihre Beziehung nur so schnell den Bach runtergehen können? Ein Problem, und weg war er. Cat seufzte.

»Hast du gedacht, er würde kommen?«

Cat zuckte mit den Schultern.

»Es ist alles meine Schuld«, sagte Anna.

»Blödsinn.« Cat legte ihm den Arm um die Schultern. Anna hatte ihr noch nicht das Tête-à-Tête mit Dan gebeichtet.

»Es geht hier nicht mehr um das, was er über dich gesagt hat, Anna. Dafür bist du nicht verantwortlich. Wenn Dan mit mir noch was zu tun haben möchte, dann wäre er jetzt hier. Aber das ist er nicht. Ich habe die Botschaft verstanden.«

»Du verstehst nicht …«

Cat hörte ihn nicht mehr. Ein Taxi fuhr vor, ein junger Mann stieg aus und rannte in ihre Richtung. Aber es war nicht ihr junger Mann. Er stürzte an ihnen vorbei.

»Hast du die Tickets?«, fragte Cat.
»Nein«, antwortete Anna.
»Nein! Dann müssen wir zurück, mein Gott.« Cat sah zur Uhr. »Dafür reicht die Zeit nicht mehr …«
»Ich kann nichts dafür, es war deine Großmutter, die führt was im Schilde. Sie hat mir gesagt, ich soll keine Tickets kaufen. Was sich im Nachhinein als Segen herausgestellt hat, ich hätte Prick-a-dilly Circus nicht ertragen.«
Cat lachte und küsste ihn auf die Wange. »Was sind wir nur für ein trauriges altes Paar, schau uns an, wir fahren nach Paris und tun so, als ob uns dort der Galgen erwartet.«
»Und keine Gallettes, Gallonen göttlichen Weins und Garçons.«
Cat lachte. »Das kannst du nie wissen.«
»Wohl wahr«, sagte Anna.
»Gran bedeutet es sehr viel, also …«
»Setzen wir eine tapfere Miene auf«, sagte Anna zerknirscht.
»Ich weiß. Natürlich können wir das. Solange du auf mich aufpasst, passe ich auf dich auf.«
»Abgemacht.« Cat lehnte sich gegen Anna. Er hatte beängstigend abgenommen. Sie nahm sich vor, ihn in Paris etwas aufzupäppeln.
»Hallo, ihr Lieben«, hörten sie eine vertraute Stimme.
»Wir sind ein wenig spät dran, oder?«, begrüßte Cat sie.
»Unsinn, wir haben noch eine Menge Zeit.«
Ein älterer Herr schob Amelia in ihrem Rollstuhl heran.
»Vielen Dank«, sagte Cat. Er verbeugte sich leicht. Cat erwartete, dass er wieder ging. Aber das tat er nicht. Vielleicht gehörte er zum Eurostar-Service. Oder zu irgendeinem abgefahrenen Chauffeursservice, den Amelia sich gegönnt hatte. Er trug eine sehr außergewöhnliche pinkfarbene Uniform.

»Oh, natürlich«, sagte sie verwirrt und kramte in ihrer Handtasche nach ihrer Geldbörse. Trinkgeld. Er wartete auf ein Trinkgeld. Drei Pfund in Münzen. Reichte das? Na, es musste reichen. Sie holte die Münzen heraus und beugte sich mit ausgestrecktem Arm über ihre Großmutter zu ihm.
»Ich danke Ihnen sehr herzlich«, sagte sie und drückte ihm das Geld in die Hand.
Der Mann brach in schallendes Gelächter aus, in das Amelia mit einfiel. Cat blickte zu Anna. Er zuckte die Achseln.
»Liebes«, sagte Amelia, als sie sich wieder einigermaßen beruhigt hatte, »das ist Mr. Blaine. Camilla Simpsons Vater.«
»Großer Gott!«, entfuhr es Cat und tappte Amelia leicht auf den Oberschenkel. »Warum hast du mir das nicht gesagt. Mein Gott, ist mir das peinlich.«
»Dafür gibt es keinen Grund«, erwiderte Mr. Blaine, »ich wollte für meine Dienstleistungen schon immer mal bezahlt werden.«
»Drei Pfund sind aber ein wenig übertrieben«, sagte Anna und musterte ihn von oben bis unten. Amelia warf ihm einen wütenden Blick zu. Aber Anna hatte gar keine Zeit, darauf einzugehen.
»Sie müssen Anna sein«, sagte Mr. Blaine, noch immer lachend. »Gut, dass man mich vorgewarnt hat.« Cat und Anna sahen sich stirnrunzelnd an. Wer war der Mann in Pink? Zum ersten Mal seit dem Überfall wünschte sich Anna, er würde hochhackige Absätze, Netzstrümpfe und eine riesige blonde Perücke tragen. Er hätte es genossen, sich Mr. Blaines anzunehmen.
»Wir sollten lieber mal los«, sagte Amelia.
Cat wollte Amelias Rollstuhl schieben, wurde von Mr. Blaine allerdings daran gehindert. »Sie erlauben«, sagte er. Cat sah

zu Amelia, die ihr Katzengrinsen aufgesetzt hatte, ihrer Enkeltochter zuzwinkerte und dann mit ausgestrecktem Arm nach vorn wies.
»Auf, auf, Macduff!«, rief sie laut aus, während sie davongeschoben wurde.
Cat und Anna blieben wie ein verknöchertes Ehepaar zurück. Was um alles in der Welt ging hier vor sich? »Kaum lässt man sie allein, dann schau dir an, was passiert?«, sagte Cat schließlich.
»Shakespeare.« Anna lächelte. »Na ja, wenigstens eine hat hier ihren Spaß.«
»Was willst du damit sagen?«
»Na, komm schon, schau sie dir doch an, so was Scharfes bekommt man selten zu Gesicht.«
»Bitte, ein wenig mehr Benimm!«
»Da hat sich aber jemand gehörig Aufputschmittel spritzen lassen ...«
Cat fuhr herum. »Das ist meine Großmutter, von der du sprichst ...« Sie schüttelte den Kopf. »Wenn du nichts dagegen hast.«
»Er jedenfalls sieht recht fit aus ...«
Cat legte Anna die Hand auf den Mund. »Das sollten wir lieber lassen.«
»Kommt schon, ihr beiden Trödler, der Zug wartet nicht ewig!«, rief Amelia vor der Sperre.
»Ich hoffe, du hast die Tickets«, sagte Cat, als sie sich ihrer Großmutter näherte.
»Mr. Blaine hat sie«, antwortete Amelia.
»Ach?« Verstohlen blickte Cat zum Vater der Lehrerin. Er sah aus, als käme er direkt aus *Hallo, Dolly!* Pinkfarbene Hose, cremefarbener Blazer, hell-rosarotes, steifes Baumwoll-

hemd und knall-pinkfarbene Socken. Cat neigte etwas den Kopf. Gucci-Schuhe?
»Sie wohnen in Heaven's Gate?«, äußerte sie ungläubig. Er lächelte nur und reichte ihr einen Hochglanz-Umschlag.
»Camilla Simpsons Vater, haben Sie gesagt?«
Erneut lächelte er. Sie schüttelte nur den Kopf, während Mr. Blaine Amelia durch die Sperre schob. Irgendwie passte es nicht zusammen. Camilla war eine, nun ja, vernünftige Frau. Kaum zu glauben, dass sie von dieser seltsamen Erscheinung abstammte. Vielleicht war er ein Betrüger. Ein dreckiger, verkommener Schurke, der es auf Amelias Millionen abgesehen hatte. Da würde er bitter enttäuscht werden. Das Geld, das da gewesen war, hatte sie in Cats Ausbildung gesteckt, was sich allerdings bislang noch nicht richtig ausgezahlt hatte. Die Gelder von der Versicherung der beiden abgefackelten Häuser ging bald zur Neige, und jetzt war auch noch das Konto ihrer Mutter geplündert worden. Sie zog ihr Ticket aus dem Umschlag und ging durch die elektronische Schranke. Erst jetzt fiel ihr auf, dass es sich um ein Ticket für die erste Klasse handelte. Anna bemerkte es ebenfalls.
»Na, na, na, Amelia erweist sich mal wieder als die Beste.«
»Sie kann sich das nicht leisten«, sagte Cat.
»Wahrscheinlich hat sie Überstunden gemacht.«
»Fang nicht wieder damit an!«
»Du glaubst doch nicht, dass *sie* die Fahrkarten gekauft hat, oder?« Anna verdrehte die Augen. »Wie schrecklich naiv du manchmal bist, Süße.« Cat streckte ihm die Zunge raus. Wenigstens hatte Anna seinen Spaß daran.
»Ich frage mich nur, was er von ihr will«, sagte Cat, als sie auf der Rolltreppe zum Bahnsteig hochfuhren.
»Ich dachte, das wäre ziemlich offensichtlich.« Wenn sich

Anna mal auf eine bestimmte Vorstellung eingeschossen hatte, gab es für ihn kein Halten mehr. »Das wird eine interessante Reise werden. Die emotional lädierten Altjugendlichen und die liebestollen Achtzigjährigen«, sagte Anna.

»Sie ist erst sechsundsiebzig«, erwiderte Cat, »und du bist der einzige Altjugendliche hier.«

»Pedantin.«

»Du hast mir alles beigebracht, was ich weiß, Miss Prokton.«

»Autsch!«

Oben angekommen, schob Mr. Blaine Amelia aus dem Fahrstuhl. »Meinst du, es würde mir stehen?«, fragte Anna auf dem Weg zum Erste-Klasse-Waggon.

»Was?«, fragte Cat, während sie sich ein letztes Mal kurz umdrehte.

»Pink.«

Sie blieb stehen und starrte Anna entgeistert an. Er lächelte sie verschämt an. Der Heilungsprozess hatte eingesetzt. Sie nickte nur. Wenn sie jetzt auch nur ein Wort gesagt hätte, hätte sie aus dem Stand losgeheult. Anna nahm sie an der Hand und führte sie zum Zug.

»Erste Klasse«, sagte Anna. »Mein Gott, anders kann man doch gar nicht reisen.«

Fiona war ins Atelier gegangen, um Roberts Trunkenheit zu entgehen. Sie hatte ihm nicht gesagt, wo sie war, sie würde ihn auch nicht anrufen und ihm sagen, dass sie nicht zurückkehren würde. Je länger er sich bei ihr zu Hause aufhielt, umso schmerzhafter erinnerte sie sich, wie das Zusammenleben mit ihm gewesen war. Sie waren wie zwei negativ geladene Ionen; je stärker sie aufeinanderprallten, desto mehr

Funken flogen. Jane, ihr Bindemittel, hatte sie im Grunde getrennt. In der Trauer über Janes Tod waren sie gezwungen gewesen, sich wieder zu vereinen, und alles hatte von vorn begonnen. Gegenseitige Zufriedenheit erzielten sie nur, wenn Distanz zwischen ihnen herrschte. Sie hatte ihr Leben. Sie hatte jemanden, mit dem sie, falls sie wollte, ihre Zeit verbringen konnte. Robert hatte Sandie und mit ihr das Geld, nach dem ihm immer verlangt hatte, und eine Frau, die ihn wirklich liebte. Jane, hatte sich Fiona immer eingeredet, lebte damit in der besten aller Welten. Zwei glückliche Zuhause statt einem unglücklichen. Eigentlich konnte sie sich nicht vorstellen, dass Sandie ihre Tochter misshandelt hatte, ohne dass sie jemals davon etwas mitbekommen hätte. Zunächst hatte sie geglaubt, Janes Tod sei allein ihre Schuld. Ihr hätte doch etwas auffallen müssen. Dann dämmerte ihr, dass ihr nichts aufgefallen war, weil es nichts gegeben hatte, was ihr hätte auffallen können. Klar hatte Jane ihre Stiefmutter gelegentlich eine Schlampe genannt, aber welche Jugendlichen taten das mit ihren Eltern nicht? Warum hatte Jane nichts dagegen gehabt, in Cedar Hall zu übernachten? Warum hatte sie sich nie über die Verhältnisse dort beschwert? Es ergab keinen Sinn. Fiona hatte viele Fragen, es gab so vieles, was geklärt werden wollte. Sie konnte mit Robert nicht reden, es ging nicht. Ihre Unfähigkeit zur Kommunikation hatte sich am besten darin gezeigt, als er sie geschlagen hatte. Es hatte sie nicht überrascht; erstaunlich war nur, dass sie es vergessen hatte. Zehn Jahre waren eine lange Zeit. Lang genug, um ihrer Erinnerung vorzugaukeln, wie nett ihre Ehe doch gewesen war. Wie dumm von ihr. Gute Ehen enden nicht mit einer Scheidung. Zuneigung und Freundschaft resultieren nicht darin, dass man sich nur noch per Anwalt unterhielt.

Ihre Ehe war nicht gut gewesen. Sondern ein Albtraum. Sie hatte ihre Zeit nicht mit Robert verbracht, das hatte sie nur geglaubt. Klar war er anfangs zu ihr gekommen, um Jane zu sehen, aber sie hatte vergessen, wie sie sich zu diesen Gelegenheiten immer rar gemacht hatte. Sie hatte vergessen, dass sie sich immer nur mit Sandie abgesprochen hatte, wie und wann Jane abzuholen war. Robert hatte sich nie darum gekümmert. Selbst bei den Elternsprechabenden hatten sie sorgfältig darauf geachtet, nie miteinander allein zu sein. Sie kamen zusammen, bildeten für Jane eine gemeinsame Front, konnten dies aber nur vor Publikum. Gingen die Scheinwerfer wieder aus, war es mit der Schauspielerei vorbei. Natürlich wusste sie, was er so trieb, aber nur, weil Jane von kaum etwas anderem gesprochen hatte. Das war der Grund, warum sie *geglaubt* hatte, sie kenne ihn. Aber Robert und sie waren keine Freunde. Sie waren sich völlig fremd. Oder hätten es sein sollen. Der längste Zeitraum, den sie mit ihm verbracht hatte, war der Tag gewesen, an dem Jane gestorben war. Wahrscheinlich hatten sie seit ihrer Geburt nicht mehr so viel Zeit miteinander verbracht. Die arme Jane. Sie war das Kind von zwei Menschen, die es eigentlich hätten besser wissen müssen. Jane war tot; jetzt musste sie sich und anderen nichts mehr vormachen.

Der Herr in Pink war der Charme in Person. Cat meinte zunächst, misstrauisch sein zu müssen, schließlich war es ihre Aufgabe, sich um Amelia zu kümmern. Doch während der Zug durch Südengland fuhr und sich der Küste näherte, war sie nur allzu glücklich, die Zügel abgeben zu können. Sie fühlte sich unendlich müde. Über eine Woche lang hatte sie Anna zuliebe tapfer sein müssen, und jetzt, da sie um ihrer selbst willen tapfer sein sollte, war ihr Akku fast leer. Sie lehnte sich in dem mit Baumwollsamt bezogenen Sitz zurück und sah zu, wie der Zug in den Tunnel einfuhr. Im Erste-Klasse-Waggon, wo es sowieso schon ruhig zugegangen war, wurde es noch ruhiger. Handys hatten unterhalb des schlamm- und schlickbeladenen Meeresbodens keinen Empfang mehr. Auch die Gespräche schienen zu verstummen. Es herrschte eine fast ehrfürchtige Stille. Cat kreuzte unter dem Tisch die Finger, während sie sich vorstellte, wie sich parallel zum Hochgeschwindigkeitszug Risse in der Tunnelwand auftaten. Mit jedem Stoß, mit jedem Ruck weiteten sie sich, bis das Ganze aufbrach und Wasser hereinströmte. Der Zug würde entgleisen, Fahrgäste gerieten in Panik, rissen Türen auf, zerschmetterten Fenster, überall brach Wasser ein, Cat würde ertrinken, während sie noch Amelia über ihren Kopf hochhielt, Dan würde bei der Beerdigung in Tränen ausbrechen und fortgeführt werden … Sie richtete sich auf.

»Liebes, geht es dir nicht gut? Du bist ja plötzlich ganz blass.«

Sie schüttelte den Kopf. »Nein, nein, Gran, mir geht's wunderbar.«

»Doch nicht schon wieder ein Kater«, sagte Amelia. »Ihr seid doch schrecklich. Ich gehe davon aus, dass du dich von Dan verabschiedet hast.«

Cat war überrascht. War doch wohl kaum ein Grund zum Feiern. »Wie bitte?«

»Sein Job, irgendeinen schnellen Wagen durch die Wüste zu steuern.« Sie wandte sich an Mr. Blaine. »Schon erstaunlich, wie viel diese Leute dafür zahlen. Dan bekommt ein Vermögen dafür, dass er auf den Fotos seine Hände ans Lenkrad hält. Wie kann man es nur rechtfertigen, solch obszön hohe Summen für Autowerbung auszugeben?«

»Ein junger Stirling Moss?«
»Nein, ein Model für Hände und zugleich Doktorand.« Amelia richtete ihren Blick auf Cat. »Ein bemerkenswerter junger Mann. Schade, dass er nicht dabei sein kann.«
»Bitte, sag nicht …«
»Amelia«, unterbrach Anna sie, »wann hast du mit Dan gesprochen?«
»Gestern. Ich habe ihn angerufen, um ihm zu sagen, welchen Zug wir nehmen, und er meinte, es tue ihm schrecklich leid, aber er würde es nicht schaffen. Gut, dass wir nicht im Voraus gebucht haben. Sonst hätten wir ja glatt das Geld verschwendet.«
»Wir?«, fragte Cat.
Amelia kicherte und wechselte das Thema. »Also, was werden wir in Paris machen?«
»Um wie viel Uhr hast du mit ihm gesprochen?«, beharrte Cat.
»Liebes, unterbrich doch nicht!«
»Wie bitte?« Cat konnte es nicht fassen. Hatte sie das wirklich soeben von Amelia gehört?
»Wo übernachten wir?«, fragte Anna, um die Spannung abzubauen.
»Im Hôtel des Tulipes«, sagte Cat schnell, bevor sie sich wieder an Amelia wandte.
»Nein. Im Hôtel Mansard«, sagte Mr. Blaine, »einem fantastischen Hotel, gleich um die Ecke der Place Vendôme. Und die Antwort auf deine Frage, Amelia, lautet: Wir werden eine Menge machen.«
»Aber ich habe dort reserviert«, beschwerte sich Cat.
»Und ich habe die Reservierung rückgängig gemacht«, sagte Amelia.

»In der Nähe des Ritz«, rief Anna aus, noch immer bemüht, die Atmosphäre aufzulockern. »Die vielen tollen Läden, Armani, Gucci ...«

Und wer zum Teufel soll das alles zahlen? Cat versuchte Amelias Aufmerksamkeit zu gewinnen, aber diese ließ keinen Blickkontakt mehr zu. Dan hatte sich einfach so ins Ausland abgesetzt, er hatte sie wie eine heiße Kartoffel fallen lassen. Es gärte in ihr, während die anderen drei die Galerien und Plätze aufzählten, die sie alle besichtigen wollten. Den Eiffelturm, klar, den Louvre, den durfte man auf keinen Fall versäumen. Cat beteiligte sich nicht. Schließlich entschuldigte sich Mr. Blaine und ging, um sich »aufzufrischen«. Cat fiel über ihre Großmutter her.

»Warum bezahlt Mr. Blaine für uns den Urlaub, obwohl er uns noch nie gesehen hat und du ihn nie erwähnt hast? *Und warum steckst du mit Dan unter einer Decke? Er hat mich verlassen.*«

»Du solltest eher dankbar sein.«

»Gran!«

»Ich finde ihn wunderbar charmant«, sagte Anna.

»Charmant genug, um sich von anderen ausnehmen zu lassen.«

»Du ähnelst manchmal so sehr deiner Mutter.«

Cat lief ein Schauder über den Rücken, ihr Atem beschleunigte sich. »Meine Mutter hat ihr ganzes Leben lang vom Geld anderer Männer gelebt, also sag nicht, ich sei wie sie.«

»Ich meinte deine spitze Zunge«, erwiderte Amelia ruhig. »Was die Moral anbelangt, da bist du tatsächlich das genaue Gegenteil.«

»Warum bist du so, Gran?«

Amelia schien nicht zu sehen, wie sehr sich Cat über sie aufregte, weshalb Anna meinte, sich einmischen zu müssen. »Ist doch wirklich ein bisschen komisch, Amelia, das musst du zugeben. Erste-Klasse-Tickets, ein vornehmes Hotel … ich verstehe, warum sich Cat Sorgen macht.«

»Ich dachte, wir könnten alle etwas Entspannung und Erholung gebrauchen.«

»Du hast zu viel *M*A*S*H* gesehen«, sagte Anna.

»Aber doch nicht auf Kosten eines anderen, Gran«, flehte Cat, ohne auf Anna einzugehen.

»Er ist ein einsamer älterer Herr, der ein wenig verknallt ist und viel Kohle hat«, antwortete Amelia breit grinsend.

Cat war entsetzt. »Du weißt, es gibt ein Wort für das, was du da tust«, entgegnete sie.

»Catherine Torrant, ich habe dir nicht beigebracht, so mit mir zu reden. Ich dachte, du wüsstest, dass du keine Verleumdungen in den Raum stellen solltest, ohne die Tatsachen zu kennen.«

Cat starrte Amelia an. Manchmal ließ sogar sie sich vom Rollstuhl kriegen. Aber so fragil war Amelia nicht. Sie schoss aus der Hüfte, auch wenn diese steif war.

Mr. Blaine kehrte durch den Gang zurück und blieb vor ihrem Tisch stehen. Er war ein großer Mann mit weißem Haar und blassen Triefaugen.

»Ich habe befürchtet, dass das passiert«, sagte er. »Aber ich konnte es nicht mehr halten, eine der vielen Nachteile des Alters.«

»Du solltest dir einen Plastikbeutel besorgen, macht weniger Scherereien«, sagte Amelia, den Blick noch immer auf ihre Enkelin gerichtet.

»Ich sagte Ihrer Großmutter, sie solle Sie darüber in Kenntnis setzen, aber sie meinte, Sie hätten kein Problem mit mir. Da hat sie sich getäuscht, nicht wahr?«

»Mr. Blaine«, begann Cat, wütend auf Amelia, die sie in eine solche Lage gebracht hatte.

»Schon in Ordnung, ich würde es ja auch sonderbar finden, wenn ein alter Trottel, der sich ganz in Rosa kleidet, meiner Lieblingsfarbe übrigens, mich und meine Familie vom Fleck weg entführt.«

»Es ging gar nicht um Sie«, sagte Cat. »Wirklich.«

»Oh, doch, doch. Ich habe angeboten, alle Kosten zu übernehmen, weil ich viel Geld habe und eine schreckliche Familie, die nur darauf wartet, dass ich sterbe. Ich versuche, alles auszugeben.«

Anna giggelte. Cat war wie vor den Kopf gestoßen. »Camilla hab ich eigentlich sehr nett gefunden.«

»Falsch, sie ist mehr als das. Sie ist wunderbar. Leider ist sie nicht meine richtige Tochter. Mit anderen Worten, sie ist nicht mein Fleisch und Blut, eine Tatsache, der häufig viel zu viel Wert beigemessen wird, meinen Sie nicht auch?« Cat war verwirrt. »Sie ist meine Stieftochter. Ihre Mutter, meine zweite Frau, ist bei einem Autounfall gestorben. Meine Ex-Frau und unser gemeinsamer Nachwuchs sind die Geier, die mich nur besuchen kommen, wenn sie Geld wollen. Ihr Gerede, bevor ich endlich die Brieftasche zücke, ist schlimmer, als Sie sich vorstellen können. Also bin ich in Heavens's Gate eingezogen und habe mich unter die Fittiche von Schwester Cleveland begeben, vor der sie, wie ich mit Freude berichten darf, alle eine Heidenangst haben.«

»Was nicht überrascht«, warf Anna ein.

Mr. Blaine lächelte. »Und um Leute kennenzulernen, um etwas Spaß zu haben. Ich bin lange genug allein durch mein großes alten Haus gegeistert. Camilla hat immer viel zu tun, und irgendwann habe ich gemerkt, wie sehr ich sie unter

Druck setze, damit sie mich besuchen kommt. Mein Gott, wie habe ich mich gelangweilt.« Er hielt inne, rief sich die endlosen Tage ins Gedächtnis, seine kleinen Besorgungen, die er auf Stunden ausgedehnt hatte, den täglichen Spaziergang zum Lebensmittelladen, wo er Milch kaufte, die er schließlich wegwarf.

Er wollte nicht sterben, musste aber feststellen, dass er nur noch auf den Tod wartete. Jetzt machte er sich keine Gedanken mehr, wie viel Zeit ihm noch blieb, solange er sie auskostete. »Außerdem«, sagte er lächelnd, »wie Ihnen Ihre Großmutter sicherlich erzählt hat, habe ich eine gewisse Zuneigung zu ihr entwickelt.«

»Gewisse Zuneigung?«, fiel ihm Amelia ins Wort. »Tritt mir erst wieder unter die Augen, wenn sie lebensbedrohliche Ausmaße angenommen hat.«

»Alles an dir ist lebensbedrohlich, ich bin überrascht, dass Schwester Cleveland dich noch nicht mit einem Kissen erstickt hat«, sagte Cat.

»Oder Schlimmeres«, fügte Anna hinzu.

»Ganz recht«, pflichtete Mr. Blaine bei. »Sie sehen also, Amelia tut nichts Falsches, wenn sie mich bezahlen lässt, obwohl ich darin übereinstimme, dass sie es Ihnen hätte sagen sollen. Sie würden mir also eine große Ehre erweisen, wenn Sie mir erlauben, Sie für einige Tage im fröhlichen Paris einzuladen. Wir werden eine wunderbare Zeit verbringen.«

Cat war so vor den Kopf gestoßen, dass ihr nichts dazu einfiel.

»Kommen Sie, Cat, gönnen Sie mir den Spaß. In meinem Alter passiert das nicht mehr so oft.«

Ihr wurde bewusst, dass alle sie ansahen, dennoch konnte sie nicht darauf antworten. Ihr ging nur noch ein Gedanke

durch den Kopf. Mr. Blaine sah bedauernd zu Amelia und seufzte. Cat starrte ihn an.
»Es tut mir leid, mir war nicht bewusst, dass es Ihnen so schwerfallen würde. Natürlich dränge ich mich in diesen Familienausflug, ich werde …« Er verstummte.
Plötzlich legte Cat ihre Hand auf seine. »Sie nennt Sie Dad«, sagte sie. »Mein alter Dad.«
»Camilla?«, fragte Mr. Blaine etwas perplex. »Na ja, natürlich.«
»Aber das sind Sie doch gar nicht!«, kam es von Cat.
»Cat!«, rief Amelia aus.
»Doch, doch«, sagte er, nicht im Geringsten gerührt. »Das bin ich, absolut. Die Beziehung, die man zueinander hat, hängt nicht immer von der leiblichen Verwandtschaft ab. Nicht alle Stiefeltern sind böse und verkommen. Ich wünschte, mehr Menschen würden das wissen.«

22

Ein Schlüssel war im Schloss zu hören. Die Tür ging auf. Füße streiften über die Matte. Robert hob den Kopf und sah vage in die Richtung der Geräusche. Er blinzelte, wartete, dass sich die Dunkelheit aufhellte, doch das geschah nicht. Er sah aus dem Fenster. Wohin war der Tag entschwunden? Er wusste nicht mehr, wie lange er schon da war. Er konnte sich an überhaupt nichts an diesem Tag erinnern. Seine Tochter war tot, daran konnte er sich erinnern. Wankend kam er auf die Beine und verließ den Raum neben der Küche. Er wollte nicht, dass Fiona glaubte, er käme mit dem Druck nicht zurecht, mein Gott, was hatte er unter Druck gestanden, sein ganzes Leben … Jemand befand sich im dunklen Ende des Flurs.

»Jane«, krächzte er kaum verständlich. Das Wort löste einen Hustenanfall aus.

»Tut mir leid, ich wusste nicht, dass Fiona Besuch hat.« Es war nicht Fionas Stimme. Es war noch nicht einmal die Stimme einer Frau.

»Was?«, keuchte Robert.

»Tut mir leid, ich wollte nicht unhöflich sein. Ist mit Ihnen alles in Ordnung?« Der Fremde ließ die Hand über die Wand streifen und fand den Lichtschalter, der Robert immer entgangen war. Im Flur wurde es hell. Der Fremde zog seinen Mantel aus und warf ihn über das Treppengeländer. Die Ungezwungenheit seiner Bewegungen und seines Tonfalls erschreckte Robert. »Ich nehme an, sie ist nicht zu Hause?« Er sah zu Robert, der wir angewurzelt dastand und die Stirn runzelte. Plötzlich schoss die Hand des Fremden nach oben, und er fuhr sich damit durchs Haar.

»Mein Gott, wie dumm von mir. Sie müssen Robert sein.« Der Fremde trat vor. »Tut mir ja so leid. Was für eine schreckliche Geschichte. Ich kann es immer noch nicht glauben. Ich habe es jetzt erst erfahren, ich war nämlich fort, im Ausland. Sie ist nicht da, oder? Fiona?« Robert schüttelte den Kopf. Wer zum Teufel war diese Person? »Nein. Entschuldigung. War ja schon klar. Ein Drink? Sie sehen aus, als könnten Sie einen gebrauchen.« Er schritt an Robert vorbei direkt zum Schrank über dem Sideboard und holte zwei Gläser heraus. Er kannte sich hier aus. Dann ging er in den angrenzenden Raum. Whisky. Er hielt Robert, der zwei Schritte zurückgetreten war und mittlerweile auf der Schwelle zur Küche stand, die neue Flasche hin. Fiona hatte ihm von dem Schrank nichts gesagt. Er sah seine leere Safeway-Flasche zwischen den Polstern des kleinen Sofas stecken. Schnell ging er hinüber, während der Fremde ihm den Rücken zukehrte, und warf eines von Fionas selbstgemachten Kissen darüber.

»Ihre Medizin, nicht wahr?«, sagte der Fremde, als er sich umdrehte. Robert nickte erneut. »Dachte ich mir doch. Eis und Soda?«

»Nur Eis«, krächzte er, während der Fremde zwei Doppelte einschenkte und Eiswürfel aus dem Kühlschrank dazugab. Er reichte Robert ein Glas.

»Ich weiß, wie schwer es für Sie sein muss.«

»Ach?« Robert klang äußerst misstrauisch.

»Meine Frau, Emily, sie ist an einem Gehirntumor gestorben. Die eine Minute hat sie noch über Kopfweh geklagt, und bis ich ihr Tee gemacht habe, war sie auch schon … der

Schmerz ist noch immer da. Na ja, war ein ziemlicher Schock. Daher weiß ich, wie schwer es für Sie sein muss. Ich verstehe nicht, warum Fiona mich nicht angerufen hat, ich wäre sofort zurückgekommen.« Er sah zum Anrufbeantworter. Dreiundzwanzig Nachrichten. Er deutete auf das Gerät. »Sie haben nicht zufällig die Nachrichten …«
»Entschuldigen Sie«, unterbrach Robert, der sich zum Reden zwingen musste. »Aber würden Sie mir sagen, wer genau Sie sind, was Sie hier machen und warum Sie Schlüssel für dieses Haus haben?« Der Mann wirkte entsetzt. Er versuchte zu lachen, ein nervöses Lachen. »Es ist nur«, fuhr Robert fort, »Sie wissen anscheinend so viel über meine Familie, da wäre es doch höflich, wenn Sie sich vorstellen würden. Verstehen Sie, ich habe verdammt noch mal nicht die geringste Ahnung, wer Sie sind.« Der Fremde war überrascht. »Wirklich! Nicht die geringste Ahnung. Keinen Schimmer. Sie könnten ein Massenmörder ein, was weiß ich? Oder sogar Janes Mörder, warum nicht? Sie haben Schlüssel für das Haus, ich nehme an, Sie haben mit ihr geschlafen. Obwohl Sie – Sie verzeihen – doch ein wenig zu alt für sie sind. Was war sie für Sie? Haben Sie nach dem Tod Ihrer Frau Trost bei ihr gesucht? Damit Sie sich wieder jung fühlen können? Sie müssen um die vierzig sein, um Gottes willen! Halten Sie das für normal? Großer Gott, was hat sich Fiona nur dabei gedacht? Und wo zum Teufel steckt sie überhaupt? Sie hat alles darüber gewusst, nehme ich an. Ich habe schon immer befürchtet, dass ihre allzu liberalen Einstellungen noch mal in einer Katastrophe enden würden. Sie haben sie abserviert, nicht wahr? Hatten genug von ihr? Die Arme, sie war doch noch ein Kind, Herrgott.«
Der Fremde erhob sich. »Das reicht jetzt, Robert.«

»Wie können Sie es wagen, so mit mir zu reden, in meinem eigenen …« Er verstummte.
»In Fionas Haus. Wir sind in Fionas Haus. Ich habe einen Schlüssel, weil Fiona und ich eine Beziehung haben. Ich weiß alles über Ihre Familie, weil Fiona zu meiner Familie gehört. Ich kenne Jane, weil ich viel Zeit mit ihr verbracht habe. Sehr viel Zeit, und trotzdem scheinen Sie nichts über mich zu wissen. In dieser Hinsicht bin ich so überrascht wie Sie.« Er setzte sich und nahm einen Schluck von der dunklen Flüssigkeit. »Fiona und ich haben uns vor sechs Jahren während eines Skiurlaubs kennengelernt. Vor etwa drei Jahren haben wir uns angefreundet und uns dann regelmäßig getroffen.«
»Was? Das glaube ich nicht.«
»Ich heiße Attlewood. Klingelt's bei Ihnen?« Robert schüttelte den Kopf. »Ostern letzten Jahres waren Jane und Fiona auf meinem Boot auf dem Solent. Erinnern Sie sich daran?«
»Jane hat mir von dem Urlaub erzählt. Aber niemals Sie erwähnt.«
»Weihnachten. Jane war bei Ihnen, Fiona und ich sind nach Indien geflogen.«
»Fiona war mit einer Freundin in Indien.«
Attlewood stand auf, ging zum Bücherregal oberhalb des Schranks mit den Alkoholika und zog ein Album heraus. Er blätterte es kurz durch. »Hier. Fiona und ich vor dem Roten Fort in Agra. Dieses Ostern. Wir zwei. Allein.«
»Sie sind Jo?«
Er nickte.
»Jo Attlewood?«
»Abgekürzt für Joseph.«
»Die Reise durch Frankreich vor zwei Jahren?«
»Genau.«

»In Schottland beim Wandern. Letzten Juni.«
»Richtig.«
»Italien. Skifahren im Januar. Jane hat mir alles erzählt, was Fi unternommen hat.«
»Anscheinend nicht alles«, sagte Jo.
Robert setzte sich an den Küchentisch. Er strich sich mit der Hand durchs Haar. »Ich kann es nicht glauben. Jane hat mir gesagt, Sie seien eine Frau.«
Jo brach in Gelächter aus und vergaß sich für einen Augenblick. »Diese Jane!« Robert sah ihn finster an. »Tut mir leid.«
»Vielleicht habe ich auch nur angenommen, dass Sie eine Frau wären. Jane hat immer nur von Jo gesprochen, ich habe es als Abkürzung für Joanna gehalten. Sie hat mir nie gesagt, dass Sie keine Frau sind.« Robert sah zu ihm. »Ich habe nie gedacht, dass es noch einen Mann in Fis Leben geben könnte.«
»Es gibt nicht noch einen Mann, Robert.« Robert war sichtlich verwirrt. »Es gibt nur mich.«

Die ersten Tage in Paris vergingen so schnell, dass Cat kaum Zeit fand, an etwas anderes zu denken als an *pain au chocolat, demi-pression de bière* und ans Sightseeing. Am ersten Abend hatte Bertie sie alle zum Essen im Restaurant auf dem Eiffelturm eingeladen und damit die Stimmung vorgegeben. Eine gute, wofür Cat dankbar war. Erst abends dann, als sie beim Essen zusammensaßen, wurde ihr bewusst, wie bitter nötig sie diese Pause hatte. Sie hatte die letzten Wochen mehr weniger durchgearbeitet und fühlte sich ausgelaugt. In einer Woche würde das letzte Trimester am College beginnen. Daher wollte sie sich von Dan nicht ihre gute Laune verderben lassen. Sie verbannte ihn aus ihren Gedanken und stürzte sich voll und ganz auf Paris. Amelia war in so fantastischer Form, dass Cat sich selbst fast in den alten Herrn verknallt hätte. Er war so weltgewandt und wusste so vieles über scheinbar alles. Einer der Erträge, wenn man Witwer war, wie er meinte. Da bleibe viel Zeit, um sich mit der Geschichte zu beschäftigen. Anna mochte ihn wegen der grellen Farben seiner Kleidung. Und wenn er sich selbst in seinen langweiligen schwarzen Jeans betrachtete, kam er sich wie ein arglistiger Betrüger vor. Für die Drag-Kostümierung war er noch nicht bereit, aber so langsam wuchs in ihm eine Aversion gegen freudlose Klamotten. Cat erzählte er nichts davon, er wollte sehen, ob das, was von Anna Prokton noch da war, sich als stärker erwies als der kalte Terror, der ihn seit der Vergewaltigung in seinen Klauen hielt.

Ihr Hotel war wunderbar. Als Bertie Amelia über den ultraschicken Marmor-Designerboden der Lobby rollte, hätte Cat fast einen Trübsalsanfall bekommen. Aber dann brauchte sie Dan nicht, um sich der romantischen Atmosphäre der Stadt zu überlassen. Bertie pflegte vertrauten Umgang mit dem zuvorkommenden Hotelpersonal und sprach alle mit Vornamen an – auch er und Anna und Cat duzten sich mittlerweile. Es war also offensichtlich, dass er nicht zum ersten Mal hier abstieg.
Am zweiten Tag nahm Cat ihn zur Seite und dankte ihm, dass das Personal Amelia wie eine Königin behandelte. Vorsicht, antwortete er darauf, die Franzosen würden ihren Königinnen den Kopf abhacken. Amelia und Bertie hatten getrennte Zimmer, was Anna zu der Frage inspirierte, ob dies für die restliche Dauer ihres Aufenthalts auch gelten mochte.

Cat ging darauf nicht ein. Cat und Anna jedoch teilten sich ein Zimmer. Nur ungern blieben beide allein. Das Zimmer hatte hohe Decken, zwei Doppeltüren führten zu kleinen Balkonen hinaus, von denen man einen Blick auf die schmale Straße hatte. Alles *vraiment* französisch. Einer ihrer ersten Besichtigungstouren führte zum Louvre, der nicht weit von ihrem Hotel lag.
Sie waren die berüchtigte Glaspyramide hinabgestiegen, und nachdem Anna und Cat einige falsche Abzweigungen erwischt hatten, fanden sie sich in einem verliesähnlichen Raum mit niedrigen Gewölben und einem unangenehmen Geruch wieder. Bertie erklärte ihnen später, sie wären wohl auf die vor kurzem ausgegrabenen Grundmauern der Bastion gestoßen, die einst Paris beschützt hatte, bevor Louis XIV. die herrlichen Tuilerien und den Palast errichtete, zu dem der Louvre nunmehr gehörte. Als sie dort unten waren, hatte es sich jedoch angefühlt, als wären sie in ein Gefängnis geraten. Niemand sonst war zu sehen, die Temperatur war um einige Grad gefallen.
»Sieht wie ein Kerker aus«, hatte Cat gesagt. Ihre Stimme wurde von dem massiven, feuchten Gemäuer verschluckt.
»Ich will gar nicht daran denken, was sich hier unten alles abgespielt haben muss, wenn es wirklich ein Kerker war«, sagte Anna. Beklemmende Gefühle machten sich breit.
»Unvorstellbare Dinge«, sagte Cat. Anna widersprach nicht. Cat nahm ihn am Arm. »Mir läuft es kalt über den Rücken, gehen wir und suchen uns lieber einen hübschen, netten da Vinci zum Anschauen.«
»Einverstanden«, sagte Anna. Er schloss die Augen. *Think Pink.*

Einige Tage später besuchten sie, wie von Bertie versprochen, die Conciergerie, wo die Angehörigen der Aristokratie ihre letzten Tage verbracht hatten, bevor sie auf der Guillotine hingerichtet wurden. Erneut änderte sich die Atmosphäre, als sie in die riesige mittelalterliche Salle des Gardes hinabstiegen. In der dumpfen, schalen Luft standen sie vor den winzigen, nasskalten Zellen, in denen die Gefangenen eingesperrt gewesen waren. Marie Antoinettes Zelle war für die Touristen ausgewiesen. Anna stellte sich auf den Sims, von dem sie abgeholt worden war, bevor man ihr das Haar und den Kragen des Kleides abschnitt, um sie dann hinten auf einen Karren zu werfen und zur Guillotine zu fahren.
»Madame Tussaud ist mit ihren Totenmasken der Enthaupteten berühmt geworden«, sagte Bertie.
»Wirklich?« Cat war fasziniert.
»Das war damals so die Art, darüber Buch zu führen. Sie sind im Musée Grevan ausgestellt – da können wir morgen hingehen.«
»Alles voller Totenmasken, nein danke«, sagte Anna.
»Nein, nein, es gibt alle möglichen Wachsarbeiten dort.«
»Klingt toll«, sagte Cat.
»Klingt eher makaber«, kam es von Amelia.
»Paris kann wie jede Stadt auf eine lange Geschichte des Makabren zurückblicken. Lasst euch nicht von der schönen Fassade blenden, dahinter lauern die Abgründe.«
Cat, den Blick auf Berties im Schatten liegendes Gesicht gerichtet, musste zum ersten Mal seit ihrer Ankunft an Jane Wellby denken. Sie hatte noch nicht einmal bei der Sprachschule angerufen, die Jane besucht hatte.
»Die Übel der Vergangenheit mögen vielleicht hier und da am Nationalstolz nagen, der Tourismusindustrie aber be-

scheren sie ein lohnendes Geschäft«, sagte er lächelnd, während er Amelia die Rollstuhlrampe hinunterfuhr.

»Denkt nur an die vielen Menschen«, sagte Anna auf dem Weg durch den Gang mit den schmalen Zellen, »die hier alle auf den Tod gewartet haben.«

»Erinnert mich an Heaven's Gate«, warf Amelia ein, »nur mit französischem Essen.«

Anna ging darauf nicht ein. Er lauschte auf die Klagerufe der Inhaftierten, er sah ihr weiches, wohlgepflegtes Haar, das auf den verdreckten Boden fiel, spürte den Hass der Wachen, die getrieben waren von Wut und Eifersucht auf ihre Gefangenen, die ein Leben geführt hatten, von dem sie noch nicht einmal träumen konnten. Erst wenn diese ihnen gnadenlos ausgeliefert waren und sie, die einstigen Opfer, ihre ehemaligen Herren zu Opfern gemacht hatten, konnten sie sich als Sieger fühlen. Nicht alle Menschen sind gleich, dachte sich Anna. Und werden es auch niemals sein. Immer wird es Unterschiede geben, und immer wird es Grausamkeiten geben. Anna starrte in die Zelle. Marie Antoinette in ihrem vollen Staat, knicksend, bevor die Zellentür aufging und drei große Wachen sie niederrissen. Marie Antoinette, die Anna anstarrte, während sie zu Boden gezwungen wurde und die Männer sie der Reihe nach bestiegen. Vergewaltigung, dachte sich Anna, natürlich. Die einfachste Art, einen Menschen seiner Würde zu berauben. Er wartete auf das schaudernde Gefühl der Angst, während vor ihm sein Tagtraum ablief.

»Was starrst du so?«, fragte Cat.

Der kalte Schauder stellte sich nicht ein. »Die Geschichte wiederholt sich«, sagte er und nickte. Solange es Menschen gab, würden sich schreckliche Dinge ereignen. Die Menschen waren mit ihren Gefühlen gesegnet und verflucht. Ja, er war freiwillig in die Wohnung eines Fremden gegangen, aber was sich dort ereignet hatte, war nicht ausschließlich seine Schuld gewesen. An einem anderen Tag hätte er in einen Kugelhagel geraten können. Es hätte eine Bombe sein können. Er hätte einem homophoben weißen Schlägertrupp über den Weg laufen können … Die Kontrolle über sein Leben hing in gleichem Maße von ihm wie von anderen ab. Wenn man Glück hatte, neigte sich die Waagschale zu seinen Gunsten; hatte man kein Glück, dann eben nicht. Ihn traf keine Schuld. Es gab keinen Grund, warum dem einen das Leben genommen werden sollte, dem anderen nicht. Gott gibt es, und Gott nimmt es. Schwachsinn. Vielleicht mag er es geben, aber wer es nimmt, das ist der beschissene Autodieb, der dir dein Kind überfährt.

Fiona hatte sich eine Woche lang im Atelier vergraben. Kein Telefon, kein Fernsehen, keine Zeitungen. Die Ruhe tat ihr gut. Den größten Teil des Tages verbrachte sie damit, über Jane nachzugrübeln. Sie versuchte sie zu verstehen. Je mehr sie über ihre Tochter nachdachte, umso weniger wusste sie. Jane war ihr eine Fremde.

Eine zweidimensionale Tochter. Die Frage, die sie am meisten umtrieb, lautete: Hatte sie diese mangelnde Lebendigkeit ihrer Tochter bemerkt und bewusst ignoriert, oder war sie ihr einfach nicht aufgefallen? Und über den stets gnadenlos wiederkehrenden Gedanken schwebte das kleine Mädchen, das ihre Tochter im Alter von neun Jahren geschlagen hatte, ohne dass sie, Fiona, den Grund dafür erfahren hatte. Sie wollte mit Sandie reden. Sie war die einzige Person, mit der sie reden konnte. Es war ihr peinlich, mit Jo zu sprechen, und für Robert war sie zu gereizt. Daher verließ sie die Sicherheit des Ateliers und fuhr nach Cedar Hall. Als sie die Pressemeute erblickte, die das Tor umlagerte, geriet sie kurz in Panik. Einige Journalisten kamen auf sie zu; was zum Teufel hatten die hier verloren? Sie erkannte einige Leute aus dem Dorf. Sie knurrten sie an. Der wütende Mob. Sie ließ sich nicht einschüchtern, sondern drückte auf die Hupe und gab Gas. Die Menge stob auseinander. Sie zog den Kopf ein und fuhr weiter. Sie klopften gegen die Scheiben, machten Fotos, und da sie nicht mehr zurück konnte, betätigte sie weiterhin die Hupe. Sam Clough erschien am Tor, erkannte sie und ließ sie ein. Fiona fuhr hindurch. Die Meute stand an der Schwelle. Sie wussten, dass sie nicht weiterkonnten. Marcus England hatte dafür gesorgt, dass jeder, der seinen Fuß durch das Tor setzte, wegen widerrechtlichen Betretens von Privateigentum verhaftet werden konnte. Sie hielt den Wagen an und wartete auf Sam Clough.

»Was zum Teufel treiben die da bloß?«, fragte Fiona mit brüchiger Stimme. Sie zitterte am ganzen Körper.

»Wilde Tiere sind das«, antwortete der Gärtner.

»Warum sind sie hier?«

»Haben Sie denn nicht die Zeitung gelesen?« Fiona schüttelte den Kopf. »Dann reden Sie am besten Mal mit Mrs. Wellby. Es hat sich leider alles zum Schlimmeren gewendet.«

»Was ist passiert?«, fragte Fiona erschreckt.

»Ihre Tochter stiftet noch aus dem Grab heraus Unheil.«

Fiona blinzelte ihn an. *Sie liegt nicht im Grab, Dummkopf, sondern im Leichenschauhaus.* Er ließ sie stehen und verschwand irgendwo hinter den Zedern. Fiona kurbelte das Fenster hoch, gab Gas, hüllte die Gaffer in Kiesstaub und raste die Anfahrt entlang. Die Aufschrift »Drücken« am Klingelknopf ignorierte sie, sondern schob einfach die schwere Holztür auf.

»Sandie!«, rief sie. Ihre Stimme hallte durch den Raum. Sie erinnerte sich an diesen Schrei. Ihren Schrei. Das Tagebuch. Die Flugtickets. Was zum Teufel machte sie hier? Nichts war klar. Sie durfte nicht die Nerven verlieren. »Sandie!« Noch immer keine Antwort. Die Küche war leer, der Wasserkessel aber hatte vor kurzer Zeit gekocht, sie musste also irgendwo sein.

Fiona durchquerte erneut den Flur und ging in Roberts Arbeitszimmer. Sandie saß hinter dem großen Mahagoni-Schreibtisch. Sie sah fürchterlich aus.

»Sandie?« Sie hatte gerötete Augen, fleckige Wangen und wirkte erschöpft. »Alles in Ordnung?« Fiona ging zu ihr und starrte dann aus dem Fenster zu den Bäumen, die dem Anwesen seinen Namen verliehen. Als sie Sandies Schulter berührte, sackte diese nach vorn. Sie weinte wie ein Kind. Dann setzte sie sich auf, wischte mit einer schnellen Armbewegung alles von Roberts Schreibtisch und erhob sich. Fiona wurde fast umgestoßen.

»Ich bin so verdammt wütend! Alles, wofür ich gearbeitet habe«, schrie sie. »Alles! Ruiniert!«

»Beruhige dich, Sandie, bitte!«

»Ich hoffe, du bist nicht gekommen, um dich an mir zu weiden. Dir wird ja nicht nachgestellt. Ich kann noch nicht mal vor die Tür … Dir bringen sie Mitgefühl entgegen, für mich haben sie nur Hass übrig. Und weshalb? Weil ich versucht habe, mit deiner verdammten Tochter klarzukommen, was bei Gott nicht einfach war, lass dir das gesagt sein. Aber ich habe sie nicht umgebracht, sag das Robert, meinem lieben Gatten, wenn du ihn das nächste Mal siehst.«

Fiona starrte nur erstaunt auf die Frau.

»Mein Geschäft geht den Bach runter, Kunden haben große

Aufträge storniert, sogar Simon hat sich gegen mich gewendet. Egal was ich getan habe, das habe ich nicht verdient, das nicht! Mein Gott, sie war noch nicht mal mein Kind, du solltest die Verantwortung für sie übernehmen, verdammt noch mal, nicht ich! Ich war nur ihre Stiefmutter.«

»Sandie, du hast gedroht, sie zu beschneiden.«

»Sie zu *beschneiden?*«

»Ihre Genitalien zu verstümmeln.«

»Verdammte Scheiße …« Sandie griff zum Telefonhörer und wählte die interne Verbindung. »Marcus, du Arsch, warum hast du mir das nicht gesagt … das interessiert mich einen feuchten Kehricht … Hast du es? … Mein Gott, Marcus, was denkst du dir nur, bring es mir, auf der Stelle!« Sie knallte den Hörer auf. »Das ist alles eine einzige verlogene Scheiße. Du weißt es. Komm schon, Fiona, du bist eine intelligente Frau, was zum Teufel geht hier vor sich?«

Fiona wusste nicht, wie sie darauf reagieren sollte.

»Geht es ums Geld? Scheiß drauf, ich stell dir einen beschissenen Scheck aus, aber nimm die Hunde an die Leine.«

»Ich bin hier, um mit dir zu reden. Ich habe nicht gewusst, dass die Zeitungen Wind davon bekommen haben, und ich will dein Geld nicht.«

»Reden? Mein Gott, ich bin ja so dumm gewesen. Ich bin reingeritten worden. Das solltest du wissen, bevor du die Zeitung aufschlägst.«

»Was steht in dem Artikel?«

»In den Artikeln!«

»Was?«

»Wo warst du, Fiona? Mit deinem Liebhaber auf Tour?«

Fiona war erstaunt. »Jo?«

»Ach, nein, natürlich nicht. Er hat hier angerufen und nach

dir gefragt. Ich sagte ihm, was für ein Schwachsinn, sie würde nie wagen, hierherzukommen.«
Fiona ging auf die Herausforderung nicht ein. »Er ist wieder da?«
»Ich habe anderes im Kopf gehabt«, antwortete Sandie schneidend, »als den Aufenthaltsort deines Liebhabers.«
Fiona zuckte zusammen. Sie war viel zu britisch, um offen über ihr Liebesleben zu reden. »Wann hat er angerufen?«
Sandie sah sie an. »Was machst du hier?«
»Ich will Antworten!« Fiona hob die Stimme. So viel zur friedlichen Tour.
»Okay, hier ist deine Antwort: Deine Tochter war ein eitles, durchgeknalltes, psychotisches Miststück.« Fiona gingen die Augen über. »Ich habe gewusst, dass dir das nicht gefallen wird.« Sandie drehte sich wieder zum Fenster hin. »Warum hast du das Tagebuch der Polizei geben müssen, Fi?«, fragte sie traurig.
»Jetzt werden wir nie erfahren, was geschehen ist. Du meinst, sie würden die Sache eingehend untersuchen, einen Scheißdreck tun sie. Bramley, der offensichtlich von hohen Stellen gedeckt wird, hat in aller Eile den Gerichtstermin festlegen lassen. Ziemlich clever, meinst du nicht auch, für ein Arschloch wie ihn, Informationen an die Presse durchsickern zu lassen, damit die Einheimischen nach Rache schreien, ein paar hochheilige Schulfreundinnen beteuern, welche Schlampe ich sei, und, schwuppdiwupp, schon haben wir einen Gerichtstermin.«
Fiona ging zum Bücherregal, das bis unter die Decke reichte. Ihre nächste Frage kam ihr zufällig in den Sinn.
»Warum hast du der Polizei erzählt, dass Jane sich über Monate hinweg seltsam aufgeführt hat?«

»Weil sie das getan hat. Sie hat nachts nicht geschlafen. Und tagsüber getrunken. Sie hatte nie Freunde hier. Hältst du das für normal?«

»So war sie zu Hause nicht.«

Sandie strich sich das Haar nach hinten und flocht es mit einem Gummiband zusammen. »Denke ich mir.« Sie drehte sich zu Fiona um. »Schau mich an, Fiona, ich bin am Ende. Ich habe deine Tochter nicht getötet. Und ich kann mich selbst nicht mehr verteidigen. Ich brauche deine Hilfe. Robert ist …« Sandie schüttelte den Kopf. »Ich werde ihm nie verzeihen.«

»Er hat seine Tochter verloren, Sandie«, sagte sie flehend.

»Er musste nicht auch noch seine Frau verlieren.«

»Das Tagebuch?«

»Eine Fälschung. Kennst du Janes Handschrift so gut? Du hattest es doch keine fünf Minuten in der Hand, bevor du die Polizei gerufen hast. Keine Sekunde lang hast du geglaubt, dass du hinters Licht geführt worden bist. Was immer da drin stehen mag, ich habe nichts davon getan. Wenn Robert mich liebt, wenn er mich jemals geliebt hat, dann sollte er das wissen. Das jagt mir am meisten Angst ein. Du kennst mich ebenfalls, Fiona, und meinst, ich wäre zu so etwas fähig: sie zu beschneiden. Stell dir vor, was die Geschworenen sich denken. Klinge ich wütend? Ja, verdammt noch mal, ich bin stinkwütend. Du, mein Mann, Simon.«

Sie schnippte mit den Fingern. »Alle fort. Ich habe keine Chance.«

»Vielleicht war es ein Unfall, sie ist hingefallen, du bist in Panik geraten …«

»Verschwinde aus meinem Haus, Fiona. Geh zu Robert zurück, ich hoffe, du bist glücklich mit ihm. Sag ihm, er wird

von mir keinen Penny bekommen, das kannst du ihm ausrichten. Es ist an der Zeit, dass auch mal andere außer mir leiden.«
Sie schritt auf Fiona zu und drängte sie zur Tür.
»Ich will Robert nicht.«
»Zu spät.« In Sandies Blick loderte Wut.
»Ich denke, er sollte hierher zurückkommen.«
Sandie lachte. »Na, vielen Dank. Ein Betrunkener, der glaubt, ich hätte seine Tochter umgebracht. Ich ziehe eine Scheidung vor. Ich bin mir sicher, ihr werdet sehr glücklich miteinander sein.«
»Wie gesagt«, kam es von Fiona, während sie langsam rückwärts aus dem Zimmer ging, »ich will Robert nicht.«
Sandie verpasste ihr einen letzten Stoß. »Du kannst mit ihm machen, was du willst, nur habt bitte keine Kinder mehr miteinander. Es ist schon genug Unheil in dieser Welt, da müsst ihr beide nicht auch noch glückliche Familie spielen«, sagte sie und schloss die Tür.
Fiona fühlte sich, als hätte sie einen Schlag in den Magen bekommen. Rückwärts taumelnd entfernte sie sich vom Arbeitszimmer und hoffte, aufzuwachen und einen klaren Kopf zu haben, nicht noch verwirrter zu sein als vor ihrer Ankunft. In ihrem Kopf drehte sich alles. Jo, sie wollte zu Jo.
Auf dem Tisch im Flur lag eine Zeitung. Sie nahm sie zur Hand.
Das Blatt war zwei Tage alt, auf Seite drei war ein Foto von Sandie abgedruckt, wie ihr von ihrem Anwalt in einen Wagen geholfen wurde. Die Überschrift lautete: »DIE BÖSE STIEFMUTTER. Nur wenige Tage nachdem man ihre Stieftochter im Wagen ihres Ehemanns tot aufgefunden hatte, wurde Sandie Wellby in Begleitung eines Mannes bei

einem Saufgelage beobachtet. Im Speisesaal des Fox in der Nähe des Dorfes Thuckley äußerte sie laut Zeugenaussagen, auch eine Mörderin müsse hin und wieder ein wenig ihren Spaß haben …« Fiona packte die Zeitung und rannte zu ihrem Wagen.

23

Anna und Cat lagen nach ihrem fulminanten Steak mit Pommes auf den Betten. Cat rieb sich stöhnend den Bauch. Die *tarte tartin* war vielleicht ein Fehler gewesen.
»Wow, wie attraktiv!«
»Das war viel zu viel.«
»Was du nicht sagst, Shylock.«
»Sherlock, du Idiot«, antwortete Cat lachend.
»Wollte nur sehen, ob du noch da bist. Ich habe dich dreimal nach der Uhrzeit gefragt, und du hast nicht geantwortet.«
Cat stützte sich auf dem Ellbogen auf. »Wirklich?«, fragte sie verwundert.
Anna nickte.
»Ich musste an Jane Wellby denken, an das, was Bertie gesagt hat …«
»Ist er nicht schnuckelig?«
»Hände weg, er ist schon vergeben.« Cat hob warnend den Zeigefinger.
»Außerdem ist er nicht schwul, was nicht viel heißen mag, mir aber trotzdem erwähnenswert erscheint.«
»Ja, aber was seine Bekehrung anbelangt, bist du so schlimm wie die Jesuiten.«
»Meinst du nicht auch, dass …«
»Vergiss es. Willst du nun über Jane Wellby reden oder nicht?«, fragte Cat, während sie versuchsweise einen Knopf an ihrer Jeans öffnete.
»Ich würde lieber über Dan reden.«

»Über Dan? Warum?« Cat verschwand im Badezimmer und betrachtete sich im Spiegel. Anna ließ sich davon nicht stören.

»Na ja, seitdem wir hier sind, hast du kaum von ihm gesprochen, also gehe ich davon aus, dass du ununterbrochen an ihn denkst.« Er setzte sich auf seinem Bett auf.

»Nein.«

»Wirklich nicht?«

»Mir geht's gut, solange ich nicht an ihn denke.«

»Hmm«, sagte Anna. »Ich glaube, du hast zu viele männliche Hormone.«

»In dem Fall«, antwortete Cat, als sie aus dem Badezimmer wieder auftauchte, »geben wir das ideale Paar ab. Bauen wir uns ein Häuschen, adoptieren wir Kinder …«

»Ha, ha. Ich meine es aber ernst. Normalerweise sind es die Jungs, die ihre Gefühle einfach so abschalten können, nicht die Mädchen. Willst du meine Meinung dazu hören?«

»Nein«, sagte Cat, auch wenn sie wusste, dass es zwecklos war.

»Ich glaube, es würde dir guttun, wenn du dich nicht so sehr auf dich selbst verlassen würdest. Du hast keine Brüder, keine Schwestern, du bist damit aufgewachsen, nur dir selbst zu trauen …«

»Ich höre gar nicht hin …«

»… und hast dir dabei angewöhnt, dich zu deinem eigenen Schutz als jemanden zu sehen, dem es nichts ausmacht, eine nutzlose Mutter und ein Arschloch von Vater zu haben …«

»Ich hatte nie einen Vater, vor dem ich mich hätte schützen müssen.« Sie hasste es, wenn andere von ihm sprachen.

»Siehst du! Nach außen hin hältst du dieses Bild aufrecht, tust so, als könntest du mit dieser, na, seien wir ehrlich, ziemlich verkorksten Situation klarkommen. Insgeheim glaubst du das bestimmt auch. Und daher klinkst du dich einfach aus, wenn du nicht über Dinge nachdenken willst, die dir zu emotional sind. Wie zum Beispiel Dan. Allerdings glaube ich, dass du eigentlich sehr wohl über ihn nachdenken willst, und ich glaube, dass er das auch will. Er ist vor unserer Abreise zu mir gekommen, weil er dich sehen wollte, und ich habe ihm gesagt, er soll sich verziehen. Es ist meine Schuld, dass er nicht da ist, ich fühle mich ganz schrecklich …« Anna sah zu ihr und wartete auf eine Reaktion. Sie starrte ihn mit offenem Mund an, sagte aber nichts. Dann drehte sie sich weg, ging zur Balkontür und trat hinaus. Anna verfluchte sich selbst und erhob sich vom Bett. Er hatte nicht vorgehabt, das alles auf einmal auf ihr abzuladen. Er ging auf den zweiten Balkon hinaus. Cat war viel zu weit über das Geländer gebeugt.

»Cat«, sagte er leise, »es tut mir wirklich leid, ich wollte nicht …«

Langsam drehte sich Cat zu ihm hin. »Anna, du bist verdammt noch mal ein Genie. Du hast recht, natürlich!« Sie richtete sich auf, ging hinein und lief im Zimmer auf und ab. Anna beobachtete sie und fürchtete, etwas losgetreten zu haben, was keiner von ihnen mehr stoppen konnte. Nahm man den Deckel ab, unter dem sich, psychologisch gesehen, einiges angestaut hatte, war nicht mehr vorhersehbar, welche Scheiße herausquellen würde.

Cat schlug sich wie ein Pitcher beim Baseball die Faust in die Handinnenfläche. »Es passt zusammen«, sagte sie. »Sie schützt sich vor der Situation ihrer Eltern, indem sie so tut, als wäre zu Hause alles in Ordnung. Und das macht sie so lange und so gut, bis sie am Ende selbst daran glaubt.«

Mein Gott, jetzt redet sie von sich schon in der dritten Person. »Willst du dich nicht setzen, Cat«, fragte Anna. »Vielleicht was trinken?«

»Nein. Aber … nicht zu Hause. Zu Hause geht das nicht. Zu Hause ist sie die perfekte Tochter. Alles Teil des Plans. Brav sein. Um Mummy und Daddy wieder zusammenzubringen. Um wieder eine glückliche Familie zu werden.«

»Cat«, sagte Anna, bestürzt über die Folgen seiner Worte, »das werden deine Eltern nie tun. Wir sollten lieber darüber reden, ich kann dir helfen.«

»Mir? Was hat das mit meinen Eltern zu tun? Halt den Mund, Anna!«

»Es ist wegen Dan. Die biologische Uhr. Ich habe ihn verschreckt.«

Cat blieb stehen. »Anna, wovon sprichst du?«

Anna runzelte die Stirn. »Wovon sprichst *du*?«

»Von Jane Wellby, natürlich. Was du gesagt hast. Wenn das Bewusstsein das Unbewusste kontrolliert.«

Anna war völlig perplex.

»Janes widerstreitende Erinnerungen. Gegenüber den einen Personen wie ihrer Mutter war sie das eine, gegenüber anderen wie ihren Lehrern oder Carla Hammond war sie etwas ganz anderes. Kannst du mir folgen?«

Anna schüttelte den Kopf.

»Es fing früh an, als sie noch ein Kind war, okay? In der Schule vermittelt sie das Bild eines glücklichen Kindes mit zwei sich liebenden Eltern. Was nicht stimmt. Die Eltern sind geschieden. Gerüchte von gewalttätigen Übergriffen werden ignoriert, sie wird deswegen nicht zur Rechenschaft gezogen. Dann wird es kompliziert. Ihre Persönlichkeit spaltet sich noch einmal auf. Camilla sagt, Fiona und Robert seien immer gemeinsam zur Schule gekommen, weshalb sie automatisch angenommen hat, sie würden auch wieder gemeinsam nach Hause fahren. Aber dann taucht Sandie auf. Die Feindin. Die Janes virtuelle Familie zerstört. Je älter Jane wird, umso stärker prägt sich ihre gespaltene Persönlichkeit aus.«

»Willst du mir sagen, dass sie schizophren war?«

»Nein. Schizophrene können nicht kontrollieren, wo oder wann sich ihre Persönlichkeit spaltet oder wieder zusammenfügt. Jane war gegenüber den unterschiedlichen Kontaktpersonen immer dieselbe. Zu Hause war sie immer die brave Tochter. Bei ihren Lehrern hat sie immer für Probleme gesorgt. Für ihre Collegefreundinnen war sie immer die Verletzliche und Heilige, und bei Paul Hound war sie immer der durchgeknallte Sex-Maniac.« Cat atmete tief durch. »Kannst du mir jetzt folgen?«

»Hmm, ja, hmm.«

Cat sah zur Decke. »Lasst euch nicht von der schönen Fassade blenden, dahinter lauern immer die Abgründe. Das hat Bertie gesagt. Sie hat sie gut verborgen, ihre Abgründe. Ihre Bosheit, Anna. Deshalb ist sie umgebracht worden.«

»Von Sandie?«

Cat seufzte. »Das weiß ich nicht, aber ich werde es herausfinden.« Sie griff sofort zum Telefonhörer.

»Okay, Shylock.«

»Sherlock.«

»Hab ich doch gesagt, oder?«

Darren schloss die Tür und lehnte sich dagegen. Der Schweiß lief ihm in Strömen übers Gesicht, sein Herz pochte wie verrückt. Er hatte nicht gedacht, dass die beschissenen Bullen die Leiche so schnell finden würden. Und noch einmal, nur um es festzuhalten: Er hatte geglaubt, der Tote würde überhaupt nicht gefunden werden. Okay, es war vielleicht nicht gerade der intelligenteste Ort, wo er ihn abgelegt hatte, aber schließlich war er auch ein so sperriges Gepäckstück, dieser Typ, er hatte ihn ganz allein durch Soho schleppen müssen. Nach allem, was in letzter Zeit geschehen war, hatte er sein Programm im Fitnessstudio nicht mehr durchziehen können. Also hatte er den Dicken so weit durch die Gassen geschleift, wie er konnte, und dabei gehofft, es würde so aussehen, als helfe er einem Kumpel, der sich einiges hinter die Binde gekippt hatte. Gleich am ersten Müllcontainer hatte er ihn entsorgt. Die Leiche war nackt gefunden worden. Er hatte den armen Typen nicht nackt abgelegt; irgendein beschissener Penner musste ihn ausgezogen und ihm die Sachen geklaut haben. Die Polizei hatte in den Bordellen rumgeschnüffelt, erst da war ihm klar geworden, wie verdammt nah der Müllcontainer war. Darren starrte auf die Stelle, wo der Tote gelegen hatte, und fragte sich, was um alles in der Welt er getan hatte, um das verdient zu haben. Vor Jahren hatte er auf der Tyne-Brücke gestanden und daran gedacht, Schluss zu machen, aber trotz der ganzen Scheiße hatte er gewusst, dass das Leben ein Privileg war. Jetzt hatte er einem Typen dieses Privileg geraubt, hatte seinen Leichnam in einen Müllcontainer geworfen und sich wieder an die Arbeit gemacht. Weil die Männer, die gern sahen, wie andere Männer und Frauen vergewaltigt und ihrer Würde beraubt wurden, mehr wollten. Diesmal musste es ein Mädchen sein. Ein junges Mädchen. Das hieß, dass er in Parks herumhängen musste. Es gab einen Kindergarten in Soho, normalerweise hätte er sich dort postiert und sich eine ausgesucht. Das war der Trick: Bring sie immer dazu, dass sie von allein kommen. Dann hatten sie nicht nur das Gefühl, vergewaltigt worden und ihr Leben lang total am Arsch zu sein, sie würden auch nie zur Polizei gehen. Warum nicht? Weil es ihre Schuld gewesen war. Weil sie freiwillig mitgekommen waren. Sie hatten ein schlechtes Gewissen, und so würde sich das Böse unendlich fortpflanzen, immer weiter, immer weiter. Darren hatte einen Menschen getötet. An seinen Händen klebte Blut. Sein ganzes Leben lang hatte er versucht, nicht so zu werden wie sie. Wie seine Eltern, die Typen auf den Toiletten, die Männer in den Heimen, sein Boss, aber jetzt hatte er einen Menschen getötet, und das änderte alles, man konnte es drehen und wenden, wie man wollte. Quälte ihn sein schlechtes Gewissen? *Ja.* Ihn quälte sein Gewissen. Seine Fingerabdrücke waren überall auf der Leiche, irgendwann würde die Polizei ihn finden. Sie würden ihn festnehmen, und er würde nicht mehr rauskommen. Die staatlichen Institutionen. Nein danke. Das kannte er von früher. Er stand in der leeren Wohnung und beschloss, dass es an der Zeit war, dem allen ein Ende zu setzen. Er erinnerte sich, wie er hoch über dem verdreckten Fluss gestanden und auf den Müll hinuntergeblickt hatte. Frei. So wollte er sich wieder fühlen. Er wollte frei sein von seinem beschissenen, kleinen Leben. Diesmal würde er springen. Aber nicht allein.

Cat hielt die Tür zur Sprachenschule auf, durch die englischsprechende Jugendliche strömten. Keiner von ihnen bedankte sich.

»Sie könnten wenigstens Trinkgeld geben«, sagte Anna und ließ den Blick über die blonden Köpfe mit ihren aufgesteckten Sonnenbrillen schweifen.

»American Express nehme ich nicht«, erwiderte Cat. Keines

der Euro-Babys nahm von ihr Notiz. In Gedanken waren sie bei ihren Cafés, in die sie zu gehen hatten, und bei den Marlboro Lights mit weißem Filter, die es zu rauchen galt.

»Ich wünschte mir, ich hätte mich in Schale geworfen, dann könnte ich ihnen ein oder zwei Dinge beibringen.«

»Wir können jederzeit noch mal kommen«, stellte Cat ihn auf die Probe.

Anna schüttelte den Kopf. »Das soll mal ein anderer machen, diese hübschen Jüngelchen zu bekehren.« Cat und Anna beäugten die in 501 steckenden Hintern der jungen Männer.

»Und ich wundere mich, warum meine Freundinnen alle single sind.«

»Du eingeschlossen.«

»Miststück«, sagte Cat. »Lang lebe Andrew.«

»Dann also los, frag doch mal, wo dieser Typ zu finden ist«, kam es ungeduldig von Anna. Große Klappe, nicht so viel dahinter.

Sie gingen durch den Eingangsbereich, in dem Schüler lässig an den Wänden lehnten.

»Wow«, rief Anna aus, als wäre er gegen eine unsichtbare Wand gelaufen. »Spürst du das? Die Jungs sind Profis.«

Cat lachte. »Ich bin sehr froh, dass mich das alles nicht mehr interessiert. Ich habe es immer ziemlich anstrengend empfunden, so cool aussehen zu müssen.«

Anna spitzte die Lippen. »Cat, du warst nie cool. Du hast dein Leben lang Jeans und T-Shirt getragen.«

»Und?«

»Und? Das ist nicht cool, das ist langweilig.«

»Unsinn.«

»Okay, dann lass mich dich heute Abend ausstaffieren.«

»Nein.«

»Siehst du! Wie langweilig.«

Cat verengte die Augen zu dünnen Schlitzen. Anna wollte schon fortfahren, als auf der gegenüberliegenden Gangseite eine Tür aufging. Ein Typ, der wie Jack Nicholson aussah, kam heraus. Cat und Anna starrten ihn an.

»Sie müssen Cat Torrant sein?« Er lächelte sie an. Cat sah auf seinen Ringfinger. Ein Goldring. *Bien sûr.*

»Ja?« Cat, noch immer sprachlos, nickte. »Kommen Sie herein. Ich bin Monsieur Tillier, der Leiter der Schule.« Er wandte ihnen den Rücken zu, während er um seinen Schreibtisch herumging. Anna streckte die Zunge raus und tat so, als liefe ihm der Geifer aus dem Mund. Cat hätte fast laut aufgelacht. Zwei Stühle standen für sie bereit. Sie nahmen Platz. Cat wünschte sich, nur einmal etwas Leichtes, Knappes mit dünnen Trägern angezogen zu haben, doch als sie das Familienfoto auf dem Schreibtisch entdeckte, verwarf sie den Gedanken.

»Ich danke Ihnen, dass Sie sich bereit erklärt haben, uns zu empfangen. Wie schon am Telefon gesagt, würde ich das Gespräch gern aufzeichnen, wenn Sie nichts dagegen haben.«

»Für Ihre College-Arbeit?«

»Ja. London College of Printing.«

»Bien.«

Cat machte an ihrem Recorder herum, stellte ihn zwischen sich und den Schulleiter und wickelte sich das Mikrokabel um den Arm. Sie führte einen Lautstärketest durch und nickte, als sie so weit war. Doch noch bevor sie eine Frage stellen konnte, begann Monsieur Tillier bereits zu reden. »Also, Jane Wellby.« Er seufzte. »Eine sehr schwierige junge Dame.«

»Sie scheint eine sehr komplizierte Persönlichkeit gewesen zu sein.«

Monsieur Tillier nickte. »Möglich. Wie traurig, dass sie tot ist. Leider hat ihre Familie nicht auf das gehört, was ich ihr gesagt habe.«
»Was haben Sie denn gesagt?«
»Nun, sie wurde der Schule verwiesen, wie Sie wissen.« Anna und Cat schüttelten den Kopf. »O ja, *les drogues.*«
»Ach? Was hat sie denn genommen?«
»Das kann ich Ihnen nicht genau sagen, aber sie hat Ecstasy mit an die Schule gebracht.«
»Hat sie gedealt?«
Der Franzose lehnte sich in seinem Sessel zurück. »Das weiß ich nicht, vielleicht war es nur für ihren persönlichen Gebrauch, es war jedenfalls eine ganze Menge. Ihr Umgang war definitiv nicht der beste. Sie war häufig abwesend, und sie war sehr, wie sagt man, labil.«
»Haben Sie das auch der Polizei erzählt?«
»Natürlich.«
»Ohne ihr die Möglichkeit einzuräumen, sich zu erklären?«, fragte Anna schockiert.
»Ich habe versucht, mit ihr zu reden. Ihre Augen waren zwei schwarze Löcher, ihre Haut wie Seidenpapier, und sie hat sich so fest auf die Lippen gebissen, dass sie gar nicht gemerkt hat, wie sie bluteten. Was sie gesagt hat? ›Drogen, Monsieur Tillier? Ich nehme keine Drogen.‹ Wir haben hier sehr viele junge Schüler, von denen viele noch sehr unerfahren sind.«
»Aber Sie haben die Polizei verständigt?«
»Nein, nein. Die Polizei ist zu mir gekommen. Die Beamten haben mir Fotos gezeigt von den illegalen Rave-Veranstaltungen in den Katakomben. Sie haben befürchtet, dass Schüler gezielt darauf angesprochen werden.«

»Und was ist dann geschehen?«

»Wir haben die Schränke aller Schüler inspiziert, die unter Verdacht standen, Drogen zu nehmen. Leider haben sich in dem von Jane Wellby Drogen und Flyer gefunden. Daraufhin ist sie nicht mehr an der Schule aufgetaucht. Vielleicht hat es jemand mitbekommen, sie hatte hier eine kleine Gefolgschaft, *toujours les mêmes.* Schwache, unbeliebte Schüler. Ich habe mit ihrer Mutter telefoniert.« Er lachte. »Jane war nicht dumm, sie hat jede Woche mit ihr telefoniert und ihr gesagt, wie unglücklich sie sei, wie sehr sie Heimweh habe. Als sie daher wieder zu Hause auftauchte, *voilà*, kein Problem. Sie sagte mir, Jane sehe fürchterlich aus, sie würde die Behörden informieren. Ich sagte ihr, die Behörden wüssten bereits Bescheid. Darauf habe ich von ihr nichts mehr gehört.«

»Sie sind der Sache nicht nachgegangen?«

»Warum sollte ich? Ich musste mich um das Chaos hier kümmern. Sie war nicht mehr mein Problem.«

Anna zog die Augenbrauen hoch. »Anscheinend hat ihr jeder den Rücken zugekehrt, wenn sie Probleme hatte.«

»Ja, ja, die hatte sie.« Monsieur Tillier klopfte sich mit dem Finger gegen die Schläfe. »Hier oben. Ernsthafte Probleme.«

»Es konnte doch nicht das erste Mal gewesen sein, dass ein Schüler oder eine Schülerin mit Drogen zu tun hatte! Meinen Sie nicht, dass Ihre Maßnahmen ein bisschen überzogen waren?«, fragte Anna, dem das Mädchen leidtat.

»Es ging nicht nur um Drogen. Obwohl die alles wahrscheinlich noch schlimmer gemacht haben.«

»Was meinen Sie?«

»Stellen Sie den Recorder aus?«

Cat nickte und drückte auf die Pausentaste.

»Damit nichts Vertrauliches an die Öffentlichkeit gelangt?«, fragte Anna gereizt.
Monsieur Tillier schien sich von Annas Feindseligkeit nicht aus der Ruhe bringen zu lassen. »Ich verstehe, warum Sie wütend sind. Sie meinen, ich hätte mehr tun sollen, als Lehrer? Hm? Sie können Menschen nicht helfen, die sich nicht helfen lassen wollen. Deren Familien die Notwendigkeit dazu nicht einsehen. Ich muss Ihnen das sagen, damit Sie verstehen, wozu Jane Wellby in der Lage sein konnte. Als die Polizei ihr Apartment inspizierte, fanden sie dort zwei Personen. Nackt.« Cat zuckte mit den Achseln. Sie hatte schon Schlimmeres gehört. »Ein Junge und ein Mädchen.«
»Na«, mischte sich Anna ein, »etwas Abwechslung kann nicht schaden.«
»Sie waren gefesselt.« Anna klappte der Mund auf. »Gegen ihren Willen. Jane war zurückgekehrt, hatte eine Reisetasche gepackt, ein Messer mit ins Zimmer gebracht und ihnen damit eine Heidenangst eingejagt, dann hatte sie das Messer auf den Boden außerhalb ihrer Reichweite abgelegt und war gegangen. Die beiden wollten keine Anzeige erstatten, sie hatten Angst vor ihr. Beide sind mittlerweile in ihre Heimatländer zurückgekehrt. Ich wollte nicht, dass der Vorfall sie, ähm …« Er breitete die Arme aus. »… weiterhin verfolgt. Verstehen Sie mich?«
Cat nickte. »Sie hat in England Ähnliches gemacht.«
»Na, dann wissen Sie ja Bescheid.«
»Das hat sie wirklich getan?« Anna war verwirrt.
Cat legte ihm kurz die Hand auf den Arm. »Ich wollte es dir nicht erzählen.« Anna erwiderte nichts.
»Hier ist übrigens der Flyer«, sagte Monsieur Tillier und öffnete eine Schublade. »Ich habe ein paar aufgehoben.«

»Danke«, sagte Cat, als sie ihn entgegennahm. »Wir werden Sie nicht weiter stören. Danke für alles.«

»Ich hoffe, Ihr Beitrag ist erhellend. Vielleicht hilft er anderen.«

»Ich weiß nicht, ob er gesendet wird«, sagte Cat und betrachtete den Flyer. Eine Frau in einem Käfig, der über dem Wort »LaBase« schwebte.

»S&M«, sagte Anna. »Anscheinend in Paris sehr populär.«

»Dazu kann ich nichts sagen, ich habe Familie.« Der Lehrer lächelte.

Anna stieß ein trauriges Lachen aus. »Ich hätte gern ein Pfund für jedes Mal, wenn ich diesen Spruch gehört habe.«

Monsieur Tillier sah Anna eine Weile lang an. *»Comme c'est triste«*, sagte er. Cat und Anna nickten. *»Bon chance«*, sagte er noch, als sie sich die Hand gaben. Cat hatte das Gefühl, sie würden es brauchen.

WPC Clement beantragte Krankenurlaub, der ihr unverzüglich gewährt wurde. Sie hatte mit dem rechtsmedizinischen Labor in Colchester telefoniert und dabei erfahren, dass alle Ergebnisse zum Wellby-Fall an die Polizei in Harlow weitergeleitet worden waren. Da sie unweigerlich Aufmerksamkeit erregt hätte, wenn sie die Fallakte in der Dienststelle einsah, beschloss sie, unter einem Vorwand selbst nach Colchester zu fahren. Sie wussten ja nicht, dass sie im Urlaub war. Bereits im Empfangsbereich erfuhr sie, wonach sie gesucht hatte. An dem fraglichen Nachmittag, an dem Bramley angeblich beim Augenarzt gewesen war, hatten drei Besucher im Labor vorgesprochen. Ein Dr. Guillard von der Universität Cambridge, eine Mrs. Sarah Norton, um die Habseligkeiten ihres Sohnes zu identifizieren, und ein Michael Evans.

Clement notierte sich die Adressen. Ein Grund für Michael Evans' Besuch war nicht verzeichnet. Sie überprüfte die ersten beiden Adressen, die sich als richtig herausstellten. Die dritte war es nicht.
Sie führte zu einer Reinigungsfirma, die noch nie von einem Michael Evans gehört hatte. Der Name ließ ihr keine Ruhe. Irgendwo war er ihr schon mal untergekommen, sie konnte ihn allerdings nicht einordnen. Kaum zu Hause, klingelte ihr Telefon.
»Clement?«
»Jones.«
»Sie werden es nicht glauben, aber wir haben bei den Spuren auf der Plane und dem Toten einige Übereinstimmungen gefunden«, sagte Jones.
»Großartig!«, entfuhr es ihr. Sie kreuzte die Finger. »Worum handelt es sich.«
»Fingerabdrücke.«
»Gibt's einen Namen dazu?«
»Ja, ein Junge namens Darren White. Ist vor ein paar Monaten dem staatlichen Sozialdienst ausgebüxt, die Polizei sucht ihn im Zusammenhang mit einer laufenden Ermittlung.«
»Ein Gewalttäter?«
»Nicht ganz. Ist eine lange Geschichte. Wir haben nur das Problem, dass keiner weiß, wo er sich aufhält. Es hat ziemlich lange gedauert, bis die Plane untersucht war. Die meisten Abdrücke waren mit Blut, Sperma und seltsamen Substanzen wie Klebstoffen, Lösungsmitteln, Essensresten verschmiert, wirklich seltsamen Sachen. Wir haben lediglich einen brauchbaren Abdruck bekommen.«
»Wie reizend«, sagte Clement und versuchte sich vorzustellen, was auf der Plane alles stattgefunden hatte.

»Daneben fanden sich eine Menge Abdrücke von Latexhandschuhen. Sehr viel mehr als die Fingerabdrücke.«
»Was heißt das?«
»Nun, offensichtlich hat Darren White keine Handschuhe getragen, er ist nicht um seine Sicherheit besorgt, der andere oder die anderen dagegen schon. Das heißt, dass mehr als nur einer dahinterstecken muss.«
»Das passt zu dem, was meine Informantin mir mitgeteilt hat. Das Opfer wurde von einem jungen Mann, wahrscheinlich Darren White, abgeschleppt, von ihm aber nicht tätlich angegriffen.«
»Ich muss mit beiden reden«, kam Jones unumwunden auf den Punkt.
»Ähm«, antwortete Clement und zögerte kurz, »das dürfte nicht ganz einfach werden.«
»Clement, eine Gruppe von Männern betreibt hier zur sexuellen Befriedigung systematische Folter. Sie benutzen einen jungen Mann, um die Beute anzulocken. Denken Sie nur, was auf dieser Plane alles ist: Lösungsmittel, Klebstoff, Hundekot, Kotze. Kommen Sie schon, Clement!«
»Sie sind im Moment in Paris«, sagte Clement. Sie spielte auf Zeit; noch war der rechte Moment nicht gekommen.
»Wissen Sie, wo?«
Clement klemmte sich den Hörer für einen Moment unters Kinn und sandte ein Stoßgebet zum Himmel. Sie musste auf Risiko gehen.
»Ich brauche ebenfalls Ihre Hilfe«, sagte sie.
»Schießen Sie los.«
»Der Wellby-Fall.«
»Der seit Tagen in den Zeitungen ausgebreitet wird?«
»Ja.«

»Was ist damit?«, fragte er vorsichtig. Sie hatte ganz vergessen, welch argwöhnischer Schweinepriester er sein konnte. Sie spürte ihre Anspannung.
»Er ist manipuliert worden.«
»Was?«
Sie hatte gehofft, Jones würde weniger erstaunt sein. »Bramley, Sir, er hat das Gerichtsverfahren manipuliert.«
»Detective Chief Inspector Douglas Bramley?«
»Ja, Sir.«
»Sind Sie sich sicher? Nach allem, was ich gelesen habe, liegen gegen die Frau eindeutige Beweise vor sowie schriftliche Aufzeichnungen über ihr kaltblütiges Verhalten.«
»Sie glauben doch nicht alles, was Sie in der Presse lesen …«
»Aber die Zeugen sind wasserdicht. Drei Studienfreundinnen, oder? Ein Tagebuch?«
»Was bequemerweise alles an die Presse durchgesickert ist.«
»Sie wissen, dass wir, wenn es sein muss, die Presse für unsere Zwecke einspannen.«
»Diesmal hatte es einzig und allein den Zweck, eine Hexenjagd in die Wege zu leiten. Wobei Jagd nicht das richtige Wort ist. Jeder kennt sie und weiß, wo sie wohnt. Ich brauche nur Zugang zu Ihren Computern und Informationen. Ich bin krankgeschrieben.«
»Was nicht weiter verdächtig ist. Schließlich haben Sie eine Knieverletzung.«
»Ich könnte die Adresse in Paris verlieren.«
Jones verstummte. Clement hielt den Atem an. »Sie arrangieren für mich die Befragung«, sagte er schließlich.
»Sir.«
»Okay, Clement, Sie haben Ihren Deal. Obwohl ich sagen

muss, dass ich Sie nicht als jemanden eingeschätzt habe, der so etwas tun würde.«

»Wen der Teufel treibt, Sir, der muss …«

»Ja, ja. Wo fangen wir an?«

Clement spürte eine gewisse Traurigkeit; er schien von ihr enttäuscht zu sein. »Michael Evans«, sagte sie. »Er hat irgendwas mit Bramley zu tun. Ich vermute, er benutzt ihn, um Beweise verschwinden zu lassen, die ihm ungelegen kommen.«

»Okay. Was noch?«

»Das reicht für den Anfang. Aber ich habe noch wesentlich mehr über ihn.«

»WPC Clement«, sagte Jones ernst, »ich hoffe, Sie ziehen mich da nicht in etwas hinein, bei dem es nur um eine persönliche Abrechnung geht.«

Männer, sie halten immer zusammen. »Schade, dass Sie meinen, mich das fragen zu müssen, Sir.«

»Sie bitten mich, Ermittlungen gegen jemanden im gleichen Dienstrang in die Wege zu leiten, Clement. Ich muss mich vergewissern, dass an der Sache was dran ist.«

»Das ist es.«

Sie ließ sich in ihrem alten Armsessel nieder und betrachtete die Familienfotos auf dem Kaminsims. Sie war im Begriff, ihren Ruf und ihren Job aufs Spiel zu setzen für eine Familie, über die sie nichts wusste. Sie hatte häufig mit Familien zu tun und war immer wieder aufs Neue überrascht. Von außen betrachtet konnten sie einen ganz normalen Eindruck erwecken, bis man herausfand, dass einer der Familienangehörigen Waffengeschäfte betrieb oder in Pornographie oder Drogendeals verstrickt war. Manche Familien waren darüber völlig geschockt und wollten es nicht glauben, selbst wenn man ihnen die Beweise vorlegte. Andere wussten genau, was der Bruder, der Vater, die Schwester oder die Mutter so trieben. Aber Familie ist Familie. Ist es nicht so? Und Geheimnisse sind Geheimnisse. Jane Wellby hätte sicherlich ein Lied davon singen können. Was würde Mr. Wellby tun, um den Namen seiner Familie zu schützen? Würde er lügen? Einen Meineid schwören? Morden? Am Tag zuvor hatte sie alle aufgesucht, mit denen Cat bereits gesprochen hatte. Der Einzige, der nichts herausgerückt hatte, war Paul Hound. Er hatte ihr gesagt, sie solle sich verpissen. Wenn es stimmte, was Cat aufgeschrieben hatte, konnte sie es ihm nicht verdenken.

Sie hatte ihm Literatur und einige Broschüren über Verstümmelungen im Genitalbereich zukommen lassen. Fälle wie seiner kamen überraschend häufig vor. Sicherlich ging Bramley äußerst gezielt vor, ging ihr als Nächstes durch den Kopf, aber es war riskant, Jones ins Spiel zu bringen. Sie traute ihm, sicher, aber ein Handschlag war ein Handschlag, vor allem bei der Polizei. Gegenseitiges Vertrauen zählte mehr als das Dienstabzeichen. Wie Blut, es war dicker als gesetzliche Verpflichtungen. Clement hoffte inständig, bei Jane Wellby oder Jones keinen Fehler begangen, keinen Pakt mit dem Teufel geschlossen zu haben. Sie griff sich die Nummer, die Cat ihr gegeben hatte, und wählte. Der lange internationale Ton klang fremd in ihrem Ohr.

»Hôtel Tulipes?«

»Sprechen Sie Englisch?«

»Oui.«

»Cat Torrant, kann ich mit ihr sprechen?«

»Ähm, tut mir leid, sie ist nicht da.«

»Kann ich ihr eine Nachricht hinterlassen?«

»*Mais non*, ich meine, sie hat die Zimmerreservierung wieder abgesagt. Sie ist nicht hier. Tut mir leid.«

Clement legte den Hörer auf. Sie versuchte es mit der Nummer von Cats Wohnung. Niemand ging ran. »Scheiße«, sagte sie laut. »Scheiße.« Sie pokerte, ohne irgendwas in der Hand zu haben.

24

Während Amelia und Bertie in aller Ruhe das Erdgeschoss des Musée Grevan besichtigten, stiegen Cat und Anna in den Raum des Schreckens hinab. Es war Annas Idee gewesen. Mitten im nur teilweise beleuchteten Raum hing ein Käfig von der Decke. Cat sah nach oben und glaubte für den Bruchteil einer Sekunde, dass Jane Wellby sie anlächelte.

»Alles in Ordnung?«, fragte Anna.

»Ja, ja. Wer ist das?« Sie verbannte das Bild aus ihren Gedanken.

Anna las die englische Übersetzung vor. »Kardinal Jean La Balue, von Louis XI., genannt die ›Spinne‹, wegen Hochverrats von 1469 bis 1480 inhaftiert. In dem 120 cm hohen Käfig konnte er weder liegen, sitzen oder stehen.«

Cat sah zu der blassen, verzerrten Wachsfigur, die über ihr hing. Sie griff in ihre Tasche und zog den Flyer heraus, den Monsieur Tillier ihr gegeben hatte. Einer der Vorteile, wenn man immer das Gleiche trug. Sorgfältig faltete sie ihn auseinander.

»Und jetzt macht man es zum Spaß«, sagte Cat, während sie beide Bilder verglich. »Anna«, sagte sie, »wir sollten gehen.«

»Du bist aber leicht zu erschrecken.«

»Nein, ich meine, ich will *da* hin«, sagte sie und tippte auf den Flyer.

»Ist uns das nicht zu hoch?«, fragte er und sah zum Kardinal hinter den Gittern.

»Jetzt weiß ich, warum du dir deine Skripts schreiben lässt.«

»Transe.«

Cat ging zum Ausgang.

»Bist du dir sicher, dass du wirklich keine bist?«, rief Anna ihr hinterher.

»Reiß dich am Riemen!«, sagte Cat, ohne sich umzudrehen.

»Jedenfalls hast du das liederliche Mundwerk einer Transe.«

»Geht's dir jetzt besser?«, sagte sie und hielt ihm die Tür auf.

Lächelnd zwinkerte er ihr zu. »Von der Gesichtsbehaarung mal ganz abgesehen.« Cat holte zu einem Schlag aus und verpasste ihn; lachend stürzten sie daraufhin hinaus ins Sonnenlicht. Während sie auf Amelia und Bertie warteten, begann ein Straßenmusiker auf seiner Geige zu spielen. Anna, von der traurigen Melodie angezogen, trat näher. Auch andere blieben stehen und hörten fasziniert der schwermütigen Musik zu. Plötzlich brach Anna in schallendes Gelächter aus.

»Das muss der Totentanz sein«, sagte er.

»Alles in Ordnung bei dir?«, fragte Cat besorgt.

»Absolut«, erwiderte er lächelnd. »Bei mir ist alles in Ordnung.«

Marcus England betrachtete seine Mandantin, die aus dem Fenster starrte. Sie war für ihn mehr als eine Mandantin, aber daran durfte er jetzt nicht denken. Es kam jetzt darauf an, sie aus der Sache rauszuholen. Was nicht leicht werden würde. Er hatte eine Spur, einen Weg, um genügend Zweifel zu säen, damit die Geschworenen gezwungen waren, sie freizusprechen. Das erste Hindernis auf diesem Weg aber würde Sandie selbst sein – ob sie bereit war, sich darauf einzulassen.

»Es gibt keine guten Neuigkeiten«, sagte sie und drehte sich zu ihm um.

»Woher weißt du das?«, fragte Marcus.

»Wegen deiner schrecklichen Miene. Sag mir nicht, dass Jane irgendwo einen Camcorder installiert hat und sie jetzt alles auf Video haben.«

»Nein«, antwortete er nervös. »Sag bitte solche Sachen nicht. Du hast uns damit schon genug Schwierigkeiten eingebrockt.«

»Quatsch. Jane hat uns diese Schwierigkeiten eingebrockt. Also, was gibt's Neues?«

»Es geht um Robert«, antwortete er. »Er ist pleite. Wahrscheinlich völlig bankrott.«

»Was? Unsinn. Er arbeitet die ganze Zeit, wann soll er denn das Geld ausgegeben haben, das er verdient? Shoppen geht er jedenfalls nicht.«

»So einfach ist es nicht«, sagte Marcus.

»Das ist es nie«, erwiderte Sandie. »Spielschulden? Vielleicht war er deshalb in den letzten Monaten immer so gereizt?«

»Schlimmer noch. Sandie, er ist entlassen worden.«

»Klar, die Dreckskerle. Er sollte sie verklagen. Er hat so lange als unschuldig zu gelten, bis die Schuld bewiesen ist.«

»Du verstehst nicht, Sandie. Er hat vor sechs Monaten seine Arbeit verloren. Sie haben ihn vor einem halben Jahr gefeuert.«

»Mach dich nicht lächerlich, er steht jeden Morgen auf und fährt zur Arbeit …« Sie senkte den Kopf, ihr blondes Haar fiel ihr ins Gesicht. »Natürlich«, flüsterte sie, »ich war ja so blöd!« Sie schüttelte den Kopf. »Ich wusste, dass etwas im Schwange ist. Und ich dachte schon, er hätte eine Affäre. Wir haben uns gestritten, das ist sonst nie passiert. Jane war begeistert. Deshalb war sie wahrscheinlich auch so oft hier. Ist immer gleich zu Daddy gelaufen, wenn wir einen Streit hatten. Ich muss zugeben, ich bin ziemlich paranoid geworden und habe sogar geglaubt, sie würde was aushecken, um mich loszuwerden. Glücklicherweise ist ihr jemand zuvorgekommen und hat sie um die Ecke gebracht.«

»Zurück zu Robert! Ich habe dir gesagt, du sollst dir solche Kommentare sparen.«

Sandie setzte sich Marcus gegenüber aufs Sofa. »Entschuldigung. Also, wie können wir seinen Bankrott zu unseren Gunsten nutzen?«

»Nun …« Marcus hielt inne. Sandie hatte immer behauptet, ihren Mann zu lieben, egal, was geschah. Klar hatte sie vor Wut geschäumt, als er sie verließ, aber wer würde das nicht tun. Hier aber lag der Fall anders. Was er herausgefunden hatte, könnte sie direkt ins Irrenhaus befördern.

»Ich weiß«, sagte Sandie, »man könnte argumentieren, zu Hause sei alles schlimmer geworden, nachdem er seine Arbeit verloren hat. Für mich jedenfalls war es so. Man könnte aber auch sagen, er hätte von da an auch seine Tochter links liegen lassen. Jane war ständig um Aufmerksamkeit bemüht, dieser ganze depressive pubertäre Scheiß, wer weiß, was sonst noch alles abgelaufen ist, und dann stell dir vor, von heute auf morgen schenkt ihr kostbarer Daddy ihr plötzlich nicht mehr seine ungeteilte Aufmerksamkeit. Das war der letzte Tropfen. Ihre Depression – denn wenn wir ehrlich sind, weisen sämtliche ihrer Verhaltensmuster auf eine Depression hin – lässt sie nun völlig abdrehen. Sie bringt sich in Daddys Auto um. Eine symbolische Tat, daher auch kein Abschiedsbrief. Klar, das ist es! Du bist brillant! Eine brillante Verteidigung.« Sie sprang auf, lief zu ihm, küsste ihn auf die Wange

und setzte sich neben ihn. »Ich habe gewusst, du würdest es schaffen.«
»Dein Szenarium beruht zu sehr auf Indizien. Es steht dein Wort gegen das von Robert. Und irgendwie habe ich das Gefühl, dass er dich vor Gericht nicht unterstützen wird. Was ist mit dem Tagebuch?«
Kurz überkam sie die Verzweiflung, dann riss sie sich zusammen. »Ich habe dir doch gesagt, es ist von der ersten bis zur letzten Zeile erfunden. Vielleicht sollte Robert kommen, dann könnten wir miteinander reden.« In ihren Worten schwang leise Hoffnung mit.
»Sandie, hör mir zu! Als ich sagte, er sei pleite, meinte ich, dass er verschuldet ist, er hat richtige Schulden.«
»Noch besser. Dann war er von seinen Geldproblemen völlig besessen.«
»Schulden in Höhe von 750 000 Pfund.«
Sandie stieß einen Pfiff aus, dann nickte sie. »Das ist viel, aber ich könnte es wahrscheinlich ausgleichen.«
»Vielleicht ist das das Problem?«
»Was soll das heißen?«
»Sandie«, sagte er, ohne darauf einzugehen, »er hat mit deinem Geld eine Lebensversicherung für die ganze Familie abgeschlossen.«
»Und? Er kümmerte sich eben um die Familie.«
»Sollte einer von euch sterben, würde der oder die Überlebenden 750 000 Pfund ausbezahlt bekommen.«
»Ich dachte, bei einem Selbstmord würde nichts ausgezahlt«, sagte Sandie.
»Genau.«
Sandie starrte ihn an. »Marcus, du glaubst doch nicht im Ernst, dass Robert dahintersteckt? Dass er seine eigene Toch-

ter umbringt und den Mord seiner Frau in die Schuhe schiebt? Nein.«

»Wo war er zum Zeitpunkt von Janes Tod, Sandie?«

»In der Ar…« Sandie starrte ihn an. »Oh, Scheiße.«

Nichts hätte Cat auf den Anblick der Katakomben vorbereiten können. Die dunklen, feuchten Gänge zogen sich kilometerweit hin, bogen um Kurven, kreuzten sich mit kleineren unterirdischen Wegen. Die ungemauerten Wände wurden durch das Gewicht der Stadt zusammengedrückt, die auf ihnen lastete, von unten stieg der Geruch der Abflusskanäle auf. Anna und Cat hatten sich zwei alte Mäntel ausgeliehen, auf denen sonst die Hunde des Hotelbesitzers schliefen. Anna hatte erklärt, es gäbe zwei Wege in das Ganglabyrinth. Eine S&M-Route und die Route der Penner. Da es ihnen an Glamour-Klamotten fehlte, entschieden sie sich für die Penner-Route. Die Katakomben waren Tummelplatz für Stadtstreicher und Drogendealer. Anna mit seinem Faible für das Theatralische hatte Cat zu einer Lady des Morasts ausstaffiert. Der Hundegeruch verursachte bei ihr Niesreiz, laut Anna verlieh ihr das Kostüm allerdings den netten Touch einer Aussätzigen. Keiner der beiden hatte jemals so hässlich ausgesehen, unten in den Gängen aber kamen sie sich wie fürstliche Persönlichkeiten vor. Das dreckstarrende Aussehen der Penner, auf die sie bei ihrer Suche nach dem Hintereingang zur LaBase immer wieder stießen, war durch nichts nachzuahmen. Cat packte Anna an der Hand. Sie hörten die Musik, die unterirdischen Gänge aber erwiesen sich als trügerisch. Jedes Mal, wenn sie glaubten, sich zu nähern, verklangen die pulsierenden Rave-Rhythmen wieder.

»Ist vielleicht doch keine so gute Idee, Anna. Kaum vorstellbar, dass ein so gut situiertes Mädchen wie Jane so weit vom Pfad der Tugend abgewichen ist. Selbst wenn sie ihren Spaß daran hatte, Männern die Genitalien zu verstümmeln. Außerdem hatte sie danach zu Gott gefunden.«

»Würde mir auch so ergehen, wenn man sich hier unten zu lange aufhält. Wie soll man nicht gläubig werden, wenn man sich ins Fegefeuer verirrt?«

Aus den Schatten tauchte eine junge Frau auf. Anna zog Cat zur Seite, während die Frau sich übergab und zitternd auf dem Boden zusammenbrach.

»Mein Gott!« Cats Herzschlag beschleunigte sich.

»Lass sie in Ruhe«, sagte Anna.

»Aber …«

»Lass sie!«

Sie liefen in den Gang hinein, kamen an eine Kreuzung, bogen nach links ab, und plötzlich waren sie da. Sie spähten über die Kante. Fünfzehn Meter unten ihnen erblickten sie die Menschenmenge, ausgemergelte, sich windende Leiber, die mit hoch erhobenen Armen nach oben stierten. Cat trat zurück und lehnte sich an die Wand.

»Wir können da nicht runter«, sagte sie. »Was machen sie?«

»So was habe ich noch nie gesehen«, sagte Anna wie gebannt.

»Ich kann mir nicht vorstellen, dass sie damit was zu tun hatte. Ich meine, Drogen, ja, aber das? Das ist völlig abgedreht.«

»Genau.«

»Komm, Anna, gehen wir.«

»Jetzt sind wir so weit gekommen, Cat. Nein, zieh deinen Mantel aus und lass ihn hier.« Sie trugen darunter schwarze Jeans und schwarze T-Shirts. »Bleib dicht an der Wand, da ist es am dunkelsten. Irgendwo muss es so was wie einen VIP-Posten geben. Wenn Jane sich hier häufiger rumgetrieben hat, müssen sie sie kennen. Bereit?«

Cat nickte, fühlte sich aber überhaupt nicht so.

In die Wand war eine schmale Treppe geschlagen, dazu Hunderte von gewölbten Vertiefungen, in denen jeweils eine Bleikiste stand.

»Särge«, sagte Anna.

»Scheiße«, entfuhr es Cat. Sie hielt den Blick gesenkt. Unten angekommen, richtete sie den Blick in die Höhe. Sie hatten den höhlenartigen Saal an der rechten Wandseite, etwa auf drei viertel Höhe der Wand betreten. Noch oberhalb ihres Eingangs hingen die von Scheinwerfern angestrahlten Käfige. In jedem befand sich eine in Ketten gelegte nackte Gestalt mit gespreizten Armen und Beinen. Cat starrte sie an. »Wachsfiguren?«, schrie sie Anna ins Ohr. Er schüttelte den Kopf. Erneut sah sie nach oben. Eine Frau ließ rhythmisch den Kopf vor und zurück fallen, ein Mann urinierte auf die Menge unten. Cat stieß einen Schrei aus. Der Lärm der Musik war ohrenbetäubend, halbnackte Leiber, bekleidet mit Latexstreifen, seltsamem Körperschmuck, Metalldornen, Harnischen, drängten sich gegen sie, während sie sich an der Wand entlang zu einer beleuchteten Tür schoben. Cat sah jemanden, der einem Mann eine Rasierklinge über den Körper zog und dann das Blut ableckte. Sie glaubte, sie müsse sich übergeben. Sie griff nach Annas Hand, die eiskalt war. Als sie sie drückte, erwiderte er die Geste. Plötzlich warf sich ein Mann in einem mit Dornen besetzten schwarzen Leder-G-String auf Anna, in rhythmischen Bewegungen stieß er seinen Unterleib gegen den von Anna. Entsetzt sah Cat, wie sich die scharfen Metalldornen in Annas Jeans gruben. Anna schrie auf, er rief um Hilfe, aber alles wurde von der Musik verschluckt. Wutentbrannt ging Cat auf den anderen los, verpasste ihm einen Schlag gegen die rechte Schläfe und stieß ihn zu Boden. Vergeblich trat der andere nach ihr. Eine Frau mit Metallklammern an den Brustwarzen lächelte sie an. Der Mann am Boden sprang auf alle viere und packte sie am T-Shirt. Die Frau fiel mit ein, die beiden schlugen sich gegenseitig und zerrten an ihrer Kleidung. Cat zog den Kopf ein, streckte die Arme, schlüpfte aus dem T-Shirt und rannte zu Anna. Hinter ihr rissen der Mann und die Frau das Kleidungsstück in Fetzen.

Cat hakte sich bei Anna unter. »Lauf!«, brüllte sie ihm ins Ohr. Hände zerrten an ihnen, aus den Schatten erschienen Gestalten und zogen an ihrem Haar. Es blieb ihnen nur ein Ausweg: mitten hinein in die Menge der sich windenden Leiber. Die anderen standen zu sehr unter Drogen, um zu bemerken, dass Anna und Cat zwischen ihren Beinen zur anderen Seite krochen. Cat entdeckte einen weiteren Eingang. Beide liefen los, sie stieß Anna in den Gang, der sich vor ihnen auftat, dann liefen sie so lange, bis sie an eine Wand kamen, wo sie zu Boden glitten und nach Luft rangen.

»Was sind das für Leute?«

»Ärzte, Anwälte, Sekretärinnen, Staatssekretäre …« Es war nicht witzig gemeint. Aber er hatte sich nicht in seine Embryonalstellung zusammengerollt.

Es war dunkler hier, und sie waren, zumindest auf den ersten Blick, allein. »Ich bring dich hier wieder raus«, sagte sie, griff in ihre Hosentasche und zog eine kleine Taschenlampe heraus. Sie schaltete sie an und richtete sie in den Gang. Dort ging es nicht weiter.

»Scheiße.«

Sie leuchtete die Wand des schmalen Durchgangs ab und suchte nach einem weiteren Ausgang. Was sie allerdings entdeckte, waren Bilder. Nichts als Bilder. Sie waren in einer Sackgasse gelandet, die als Fotogalerie diente. Cat erhob sich und ging auf die Fotografien zu. Von draußen kam dröhnend die stampfende Musik. Langsam ging sie an den Werken vorbei, sadomasochistischen, erotischen Kunstwerken. Dann blieb sie stehen. Das abgelichtete Mädchen befand sich in einem Käfig. Es musste sich um ein Mädchen handeln, denn ihre Genitalien waren hell beleuchtet zur Schau gestellt. Cat betrachtete das Bild näher. Die Schamlippen waren mit Klammern weit geöffnet, die Klitoris an eine Kette geheftet, die an der Oberseite des Käfigs befestigt war. Aber die Kette war nicht lang genug. Das Mädchen musste auf den Zehenspitzen balancieren, die Knie gestreckt, den ganzen Körper gekrümmt, während sie sich mit den Händen an die Gitterstäbe klammerte. Der Kopf hing nach hinten zwischen den Schulterblättern, ihr gespannter Hals war deutlich auf dem körnigen Film zu erkennen. Das Haar hing ihr nach unten. Dunkles, zerzaustes Haar. Cat nahm das Bild von der Wand und stellte es auf den Kopf. Sie starrte auf das Gesicht. Ein groteskes, lächelndes Gesicht. »Mein Gott.« Sie schnappte nach Luft. Wenn sie es nicht mit eigenen Augen gesehen hätte, hätte sie es nicht geglaubt.

»Anna«, sagte sie, »wir haben sie gefunden. Wir haben Jane.«

Cat zerschmetterte den Rahmen an der Wand und griff sich das Foto. »Wir müssen zur Treppe zurück«, sagte sie zu Anna. »Komm, nimm meine Hand, sieh nicht auf, einfach immer vorwärtsgehen, okay?«

Anna nickte. An der Schwelle zum Saal begaben sie sich auf

die Knie. Der Treppeabsatz war fünfzehn Meter entfernt. Alle in der Menge sahen nach oben und huldigten der gefolterten Seelen in den Käfigen. Solange niemand den Blick nach unten wandte, würde ihnen nichts passieren. Sie schlängelten sich zwischen den Beinen hindurch und näherten sich langsam der Treppe. Einmal fiel jemand auf Anna. Cat stieß ihn weg, schlug ihm das Knie in die Eier und kroch schnell weiter. Schmerz war Freude, sie hatte keine Schuldgefühle. Schließlich eilten sie die schmale Treppe hinauf. Ihre Mäntel lagen noch dort, wo sie sie zurückgelassen hatten. Cat warf sich ihren Mantel über den BH, fasste Anna an der Hand und rannte los.

25

Robert war eine Woche nüchtern gewesen. Es war ihm nichts anderes übrig geblieben. Jo beobachtete ihn wie ein Habicht. Die Wolke hatte sich verzogen. Er sah die Dinge wieder klarer.

Fiona war zurückgekehrt, sie sagte nicht, wo sie gewesen war, und er fragte nicht nach. Er wusste, sie wollten ihn aus dem Haus haben. Fiona kam auf ihn zu, als er Kaffee machte. Er versteifte sich am ganzen Leib, als sie ihn an der Schulter berührte. »Ich bin froh, dass du …« Sie sprach nicht weiter. Wenn sie ihn früher auf sein Trinken angesprochen hatte, war alles wieder von vorn losgegangen.

»Ich ziehe aus, ich will euch nicht zur Last fallen …«

»Du fällst nicht zur Last, es ist nur …« *Du fällst zur Last. Sogar ziemlich.* »Jo und ich überlegen, für ein paar Tage London zu verlassen, es geht um Jane, eigentlich. Ich würde dir gern davon erzählen. Ich glaube nämlich, sie war sehr …«

»Ich muss los, Fiona. Sprechen wir darüber, wenn ich zurückkomme.«

»Zur Arbeit, oder?«

Robert betrachtete ihr Gesicht. *Ist das eine Falle, du selbstgefälliges Miststück?* Er lächelte und nickte.

»Ich habe mich nur gefragt«, sagte sie skeptisch, »na ja, du warst schon eine ganze Weile nicht mehr dort.«

»Meine Tochter ist gestorben, Fiona. Ich vermute, sie werden Verständnis dafür haben.«

Es war auch meine Tochter. »Ja, natürlich. Wir werden vor deiner

Rückkehr nicht fahren. Ich würde dir gern sagen, was mir so durch den Kopf gegangen ist.«
»Ihr müsst auf mich nicht warten …«
»Robert!« Fiona seufzte. »Es ist wichtig. Es geht um Sandie und Jane.«
»Ich bin spät dran«, sagte er und verließ die Küche. Fiona sah ihm hinterher. Dann drehte sie sich um und sah zur Kaffeemaschine. Die schwarze Flüssigkeit tropfte in die Kanne. Geduldig daneben warteten seine Tasse und sein Löffel. Die Tür wurde zugeknallt. *Zu spät! Dass ich nicht lache!* Kurz darauf hörte sie Schritte auf der Treppe.
»Er ist fort?«, fragte Jo, der zur Kaffeemaschine ging und sich die dampfende Flüssigkeit in die Tasse schenkte, die Robert zurückgelassen hatte.
»O ja«, antwortete Fiona.
»Hast du dich mit ihm über Lottie Hawk unterhalten?«
Fiona schüttelte den Kopf. »Er konnte gar nicht schnell genug zur Tür raus. Ich weiß nicht, was es ist – vielleicht hat es mit mir zu tun. Ich wollte mit ihm reden, aber ich habe keinen vernünftigen Satz herausgebracht … wie ein erbärmliches kleines Frauchen. Entweder brülle ich ihn an, oder ich führe in seiner Gegenwart immer einen Eiertanz auf. Vielleicht sollte ich so lange warten, bis ich mich mit diesem Mädchen unterhalten habe, bevor ich ihm erzähle, dass mit unserer Tochter anscheinend eine ganze Menge im Argen war.«
Jo legte den Arm um sie. »Sie dürfte mittlerweile erwachsen sein.«
»Ja, ist anzunehmen. Aber ich sehe immer noch das Gesicht des kleinen Mädchens vor mir. Jo, sie hatte Angst, und ich habe es ignoriert. Wie ich immer alle Probleme ignoriert habe, in die Jane geraten ist.«

»Wie in Paris?«
Fiona sah zu ihm auf. »Du bist wütend mit mir, nicht wahr? Weil ich es nicht gesehen habe.«
Er schüttelte den Kopf.
»Warum hast du mir nicht gesagt, dass sich Jane dir gegenüber immer so widerlich benommen hat, wenn ich nicht zu Hause war?«
Er küsste sie auf die Stirn. »Ich hab's versucht, Fiona.«
Sie seufzte, rang mit ihrer Blindheit, weigerte sich aber nach wie vor, zu sehen. Sie setzte sich an den Küchentisch und ging die aufgeschlagenen Kondolenzschreiben durch. »Das hier, das macht mir wirklich zu schaffen. Das Mädchen, das immer zum Babysitten kam, ist von Jane terrorisiert worden. Sie schreibt, kein Wunder, wenn Jane von Sandie so misshandelt worden ist, das erkläre alles. Aber damals, glaube ich, war Sandie noch gar nicht da.«
»Du solltest dich auf jeden Fall mit Lottie Hawk treffen. Und wenn du nichts dagegen hast, komme ich mit.«
»Warum?«
»Weil der Vorfall vor eurer Scheidung lag. Wenn Jane frühe Anzeichen einer Persönlichkeitsstörung gezeigt hat, dann musst du nicht mehr dir oder der Scheidung oder Sandie die Schuld zuschreiben.«
»Was ist mit Robert?«, sagte Fiona, als er sie aus der Küche führte.
»Was ist mit ihm?«
»Er ist ihr Vater, Jo.« Es klang wie eine Entschuldigung.
»Wann werdet ihr beide endlich einsehen, dass das Beste, was ihr jemals erreicht habt, das ist, was jeder für sich allein getan hat? Mach es allein, ohne Robert, und erzähl ihm davon später, dann, wenn du mehr weißt.«

Cat fuhr Amelia und Bertie zu Camilla Simpson. Nach den Katakomben waren sie bereit gewesen für die Heimfahrt. Das heißt, alle außer Amelia. Wütend hatte sie gegen die Zwangsrückkehr nach Heaven's Gate protestiert. Cat hatte nichts davon hören wollen, dass Amelia ohne sie in Paris zurückbleiben wolle. Cat war bestrebt, den Beweis von Janes Verirrungen nach England zu bringen. Aber Amelia war voller Zorn. Und Cat aufgebracht. Anna hatte zu vermitteln versucht, aber nur die erhitzte Stimmung der beiden Torrant-Frauen zu spüren bekommen. Es war Bertie, der Ritter in pastellfarbener Rüstung, der ihnen zur Rettung eilte. Er erklärte, er wolle sein Haus wieder öffnen. Falls Amelia nichts dagegen habe und Cat zustimme, würde es ihn freuen, wenn Amelia in Brook House einziehe, bis es an der Zeit war, durch die Perlentore in den Himmel zu rollern. Amelia hatte lediglich einzuwenden, dass sie nicht rollend, sondern walzertanzend durch die Tore ziehen würde, wenn sie einen bestechlichen Engel dazu bringen könnte, ihren Rollstuhl aus den luftigen Höhen der Ewigkeit Schwester Cleveland auf den Kopf zu knallen. Cat hatte sofort eingewilligt. Bertie hatte Camilla angerufen, die sich einverstanden erklärte, sich unverzüglich an die staubige Arbeit zu machen, damit das Haus wieder bewohnbar wurde. Bei ihrer Rückkehr würden sie es beziehen können. Cat wollte auch Schwester Cleveland anrufen, was ihr Amelia aber verbot. Nach den vielen Jahren herzlichster Pflege gehe es doch nicht an, dass sie ihr das nicht persönlich mitteile. Cat machte sich Sorgen um die gute Frau.

Camilla wartete bereits mit ihren Kindern am Tor zum Haus. Als Bertie ausstieg, gab es für die Kinder kein Halten mehr. Cat hielt sich die Ohren zu, Amelia lachte nur.

»Wie entzückend«, sagte sie. Cat half ihr in den Rollstuhl und schob sie zu Camilla. Amelia reichte ihr die Hand. »Wie schön, dich wiederzusehen, dein Vater spricht von kaum was anderem als dir und deinen herrlichen Kindern.«

»Von historischen Themen natürlich abgesehen«, antwortete Camilla und drückte gleichzeitig Bertie einen Kuss auf die Wange.

»O ja, das ist mir auch aufgefallen«, stimmte Amelia lächelnd zu.

»Wem fällt das nicht auf?«

»Wie reizend«, erwiderte Bertie. »In Ordnung«, sagte er, »also, Zeit für Geschenke.« Womit er das nächste Tohuwabohu auslöste.

»Nun sieh dir an, was du wieder angerichtet hast.«

Cat wollte eigentlich gleich weiter, um Clement das Bild zu zeigen, das sie im LaBase gefunden hatte. Die familiäre Atmosphäre erschien ihr jedoch so einladend, dass sie sich von Camilla sanft dazu drängen ließ, noch zum Essen zu bleiben. Den Grund dafür erfuhr sie erst danach.

»Cat, das hier wirst du wohl noch nicht gesehen haben«, sagte sie und reichte ihr einen Ordner. »Ich habe die Zeitungsartikel ausgeschnitten und aufgehoben.«

Cat blätterte sie durch. »Oh, wie dumm«, sagte sie, als sie auf das Bild der volltrunkenen, zu Boden gestürzten Sandie stieß.

»Sie hat ein Interview gegeben. Aber der Schuss ist nach hinten losgegangen.«

»Natürlich. In jedem Artikel wird Jane als die ideale Tochter beschrieben. Nun, wir wissen, dass das alles verlogene Scheiße ist.« Cat sah zur Lehrerin. »Pardon.«

»Dann hast du also was herausgefunden, über Jane?«

Cat nickte. »Sie war eine ziemlich kaputte junge Dame.« Camilla schien die Aussage mit einem gewissen Bedauern aufzunehmen. »Ich habe sehr gehofft, dass du das nicht sagen würdest.«

»Verstehe ich nicht.«

»Ich muss dir etwas zeigen.« Sie reichte Cat einen Brief. »Ich bin mir sicher, du weißt, was du damit zu tun hast.« Cat runzelte die Stirn. Der Brief war an Camilla adressiert, der Poststempel war von zwei Tagen zuvor. »Lies ihn.«

Mrs. Simpson,
jetzt wissen Sie es, nicht wahr? Vierzehn Jahre lang habe ich darauf gewartet. Eigentlich sollte es nicht nötig sein, mich vorzustellen, ich mache es aber trotzdem: Mrs. Hawk – auch nachdem mich mein Mann nach Lotties Tod verlassen hat. O ja, Mrs. Simpson, sie ist gestorben. Wussten Sie das nicht? Sie war vierzehn Jahre alt. Warum hat das irgendwas mit mir zu tun, werden Sie sich fragen. Erinnern Sie sich noch an sie, an das kleine, dunkelhaarige Mädchen, die kleine Lottie Hawk? Mit Zöpfen, sie liebte Zöpfe. Das tun sie alle in diesem Alter. Sie war neun Jahre alt. Ein Kind. Aber ihr Leben war von einer Ihrer Schülerinnen unwiderruflich ruiniert worden. Und das Schlimmste war damals: Sie haben diesem kleinen verzogenen Miststück geglaubt, nicht aber meiner Tochter. Lottie war nur aufgrund einer staatlichen Beihilfe an der Schule, wir hatten also keine Chance. Danach wollte sie nicht mehr hin. Sie hatte zu große Angst. Also schickten wir sie auf die örtliche Schule, aber es war zu spät. Der Schaden war bereits angerichtet. Lottie hatte

entsetzliche Angst. Sie war ein leichtes Opfer. Und wurde immer und immer wieder gehänselt, bis sie nur noch ein Wrack war und nicht einmal mehr ihr Zimmer verlassen wollte. Im Alter von zwölf Jahren wurde sie als schwer depressiv eingestuft. Mit fünfzehn sprang sie von unserem Dach und brachte sich um. Sie hatte einen Abschiedsbrief hinterlassen.
Natürlich schiebe ich Ihnen nicht allein die Schuld zu, aber mit Ihnen hat es begonnen, direkt vor Ihren Augen. Sie sind als Lehrerin nicht geeignet.
Jetzt habe ich nur einen Trost. Jane Wellby ist tot. Soll sie in der Hölle schmoren. Sie wird leiden, wie Lottie gelitten hat. Wie ich leide. Nur wird ihr Leiden bis in alle Ewigkeit andauern. Und meines nur bis zu meinem letzten Atemzug. Die Ruchlosen werden keinen Frieden finden.

Mrs. Hawk

Camilla war in Tränen aufgelöst.
»Du hättest mir das nicht zeigen müssen«, sagte Cat.
»Ja, aber ich hab's getan. Ich fürchte, wir haben alle unseren Teil dazu beigetragen. Mrs. Hawk hat recht, ich habe einen Blick auf Fiona und Robert Wellby geworfen und mir gedacht, na ja …« Camilla sah zu ihren eigenen Kindern. »… na ja, sie haben ein so inniges Bild abgegeben. Und dann ist Jane in meinem Büro in Tränen ausgebrochen, es war einfach brillant, ich habe ihr jedes Wort geglaubt. Natürlich habe ich auch Lottie befragt und sie … sie hat so verängstigt ausgesehen. Weil sie erwischt worden war, habe ich mir gedacht. Als ich dann Jane erzählt habe, dass Lottie nicht mehr

in die Schule kommt, hat sie mich nur angelächelt. Das habe ich nie vergessen. Dieses Lächeln.«

Cat wusste nicht, was sie sagen sollte. Sie faltete den Brief und hielt ihn Camilla hin.

Camilla wies ihn zurück. »Tut mir leid«, sagte sie zu Cat.

»Du musst dich nicht bei mir entschuldigen.« Cat war verwirrt.

»Ich hätte es dir von Anfang an sagen sollen.«

»Du hast es erwähnt, erinnerst du dich?«

»Genau«, antwortete sie, »ich habe es nur erwähnt.«

Cat ging zu ihrem Wagen, wo Amelia und Bertie bereits warteten. Cat küsste ihn.

»Danke, dass du dich um Gran kümmerst. Du hast meine Handy-Nummer?«

Bertie nickte.

»Und die des Arztes?«

»Ja.«

»Und die meiner Wohnung.«

»Cat, es wird ihr gut gehen hier.« Bertie deutete auf den Brief, den Cat noch immer in der Hand hielt. »Hast du nicht ein paar Dinge zu erledigen, die etwas dringlicher sind?«

Cat sah auf den Brief. »Ja, natürlich.«

Er legte Camilla den Arm um die Schulter. »Vergiss nicht, Miss Torrant, nur weil es keine Blutsbande sind, heißt es noch lange nicht, dass es schlecht ist.«

»Ich werde es nicht vergessen.«

»Dann hab ich für meinen Teil alles getan.« Bertie lächelte.

»Einen Moment«, sagte Camilla, »was ist mit den vielen Staubdecken über den Möbeln, die wir noch entfernen müssen, die Rampe für Amelia, Cats Zimmer …«

»Mein Zimmer?«

»Natürlich«, sagte Bertie, »der perfekte Ort, um dich von deinen Schäkereien mit dem Teufel zu erholen.«
»Und was ist mit Anna?«, fragte Amelia.
»Gran!«
»Anna auch. Jeder ist willkommen. Und jetzt los, und überlass deine impertinente Großmutter ruhig uns.«
»Danke«, sagte Cat und umarmte ihn plötzlich. »Und dir auch, Camilla«, fügte sie hinzu. »Nicht für den Brief, aber für alles andere.«
Amelia und Camilla, ihr Stiefvater und ihre Kinder winkten ihr nach, als sie losfuhr. Am Ende der Straße musste sie anhalten. Aus dem Nichts heraus – na ja, vielleicht nicht unbedingt aus dem Nichts – waren ihr Tränen in die Augen getreten.

26

Cat warf ihre Reisetasche in den Flur und trat die Tür hinter sich zu. Sie fand eine Suppendose, erwärmte sie und ließ sich auf dem Sofa nieder. Auf dem Anrufbeantworter waren zwanzig Nachrichten.

Die erste Stunde beachtete sie sie nicht, aber das aufblinkende grüne Licht schickte Impulse in ihr Unbewusstes. Schließlich drückte sie auf »Play« und hörte, wie das Band zurückspulte. Es dauerte ewig, bis das vertraute Klicken kam. Sie griff sich einen Block und wartete. Als Erstes Amelia am Tag ihrer Abreise, die ihr grinsend mitteilte, dass sich ihre Pläne geändert hätten. Verdammt noch mal, ja, sie hatten sich geändert. Ein paar Anrufe von Freunden, nichts von Dan. Dann fünf Nachrichten von WPC Clement. Ihre Mitteilungen wurden zunehmend verzweifelter, dann nichts mehr von ihr. In den letzten Tagen nur Anrufe von Freunden, immer noch nichts von Dan.

»Scheiße«, sagte Cat laut. Sie hatte ihr nichts von dem Hotelwechsel erzählt. Sie wählte die Nummer, die Clement auf dem Anrufbeantworter hinterlassen hatte.

»Hallo?«

»Clement?«

»Miss Torrant, wo zum Teufel haben Sie gesteckt?«

»Tut mir leid, wir haben ein anderes Hotel bezogen, ich hätte Sie anrufen sollen.«

»Ja, das hätten Sie in der Tat.«

»Ich habe ein paar erstaunliche Dinge über Jane Wellby her-

ausgefunden«, versuchte sie die aufgebrachte Polizeibeamtin zu besänftigen.
»Das ist jetzt nicht wichtig. Wählen Sie sofort folgende Nummer und reden Sie mit DCI Jones.« Cat schrieb sich die Nummer auf, während Clement bereits von dem Toten im Müllcontainer erzählte. »Weitere Menschen können sterben. Es ist wichtig.«
»Aber …«
»Kein Aber. Sie können es sich nicht aussuchen, wenn es um Recht und Gesetz geht. Rufen Sie ihn an!«
»Aber Anna geht es so viel besser, ich kann ihn in dieser Sache nicht …«
»Es hängt mehr dran, als Sie wissen. Sie haben keine Wahl. Anna hat keine Wahl. Sie müssen Jones anrufen. Wir unterhalten uns morgen um elf Uhr.«
»Scheiße«, sagte sie, als sie den Hörer auflegte. Sie konnte den Polizisten nicht anrufen, solange sie nicht wenigstens Anna darüber in Kenntnis setzte, was sie getan hatte.

Sacht klopfte Cat an Annas Tür. Er summte Melodien seiner Show. Ein gutes Zeichen.
»Amelia ist gut untergebracht?«
Cat nickte.
»Bist du ein bisschen beunruhigt, du weißt schon, wegen Amelia und Bertie?«
»Nein.«
»Du bist so …« Er verstummte. »Hat Dan angerufen?«
»Ich werde ihn anrufen, schon gut. Anna, bitte setz dich. Ich muss mit dir über was reden.«
»O Gott, das klingt ja ernst«, antwortete Anna. »Erst einen Drink.« Er ging zur Küche. »Hast du deine Freundin bei den

Bullen angerufen und dich auf den neuesten Stand bringen lassen? Sandie wurde noch nicht aufgeknöpft, oder?« Cat hörte den Korken ploppen. Roséfarbener Champagner. Ein weiteres gutes Zeichen. Und jetzt kam sie und würde alles wieder zunichtemachen. Anne kehrte zurück und reichte ihr ein Glas.

»Auf uns«, sagte er.

»Auf uns«, wiederholte sie leise.

»Okay, schieß los!«

Cat stellte das Glas auf den Tisch, ohne einen Schluck genommen zu haben. »Ich habe leider was getan, wofür du mich hassen wirst.«

»Liebes, ich werde dich nie hassen können.«

»Vor ein paar Tagen ist jemand umgebracht worden.«

»Wie du deine Freizeit verbringst, geht nur dich was an«, sagte er fröhlich.

»Er war mit Handschellen gefesselt, nackt ausgezogen, geschlagen und dann in einem Müllcontainer entsorgt worden.«

»Oh.«

»Anna, die Polizei geht davon aus, dass die Opfer von einer Gruppe von Leuten ausgesucht werden, die …« Sie suchte nach einem Wort. Ihr fiel keines ein. Aber Anna. Er starrte sie an.

»Ich habe die Plastikplane der Polizei übergeben, die Fingerabdrücke und die DNS darauf stimmen mit denen überein, die man auch auf der Leiche gefunden hat. Sie müssen mit dir reden, Anna.«

»Du hast ihnen dieses Ding gegeben …?«

Cat biss sich auf die Lippen. Sie fühlte sich wie gepfählt. Ja, das hatte sie. Sie hatte es der Polizei gegeben, um anderen zu helfen. Sie würde nie erfahren, wen sie damit gerettet hatte, und diese würden nie erfahren, dass sie gerettet wurden. Dafür hatte sie ihren engsten Freund hintergangen. Anna stand auf. Er ging zur Treppe und stand mit dem Rücken zu ihr. Cat hielt sich den Kopf und betete darum, er möge ihr verzeihen. Langsam stieg Anna die ersten vier Stufen hoch, dann blieb er stehen. Langsam drehte er sich zu ihr um und sah sie an. Cat konnte nichts sagen.

»Cat?«, kam es von Anna. Cat nickte. »Ich glaube, ich möchte mich ankleiden.«

Cat musste husten, der Speichel, der sich in ihrem Mund angesammelt hatte, war ihr in die Luftröhre gerutscht.

»Willst du mir dabei helfen?«

»Natürlich, Anna«, keuchte sie. »Natürlich.«

Cat folgte ihm am Badezimmer vorbei in seine Ankleide.

»Bevor wir anfangen, ist erst gründliches Abschaben angesagt. Nach dem Schrubben kommt die Reinigung und Tönung, und wenn wir Glück haben, kram ich noch eine feuchtigkeitsspendende Gesichtsmaske raus.«

»Anna?«

»Psst, Liebes. Ich weiß schon, was ich tue.«

Cat und Anna saßen nebeneinander vor dem Spiegel, klatschten sich Creme ins Gesicht, wischten sie weg. Jedes Mal, wenn Cat etwas zu sagen versuchte, wurde sie von Anna zum Schweigen verurteilt.

»Schon okay«, sagte er. Nach dem Scheuern und Polieren trug Anna bei beiden Make-up auf und begann sich auszuziehen. Cat starrte ihn nur an, als er die Jeans ablegte, die er seit Tagen getragen hatte, das langärmelige T-Shirt und die Nike-Turnschuhe. Er schnalzte mit den Fingern. »Du auch.«

Gehorsam zog sich Cat aus. Nur mit Höschen und BH bekleidet, stand sie mitten im Raum.
»Du hast eine tolle Figur, du kleines Biest, es wird an der Zeit, dass du was daraus machst.«
Cat setzte sich verunsichert. Den großen Auftritt würde sie liebend gern Anna überlassen. Oder vielleicht auch nicht.
»Anna?«
»Jetzt nicht, Kätzchen. Ich denke nach.« Er deutete mit dem Finger auf sie. »Es ist an der Zeit, Cat. Höchste Zeit. Ich hätte es schon vor Jahren machen sollen.« Er verschwand im begehbaren Schrank, in dem seine besten Drag-Outfits untergebracht waren. Cat wartete geschlagene fünf Minuten. Einmal stand sie auf, als die beruhigenden Geräusche der Kleiderbügel verstummten, und schob den Kopf hinein.
»Nicht linsen«, schrie er.
Schließlich kam er heraus. Er sah aus wie eine mit Federn, Quasten und Perlen geschmückte Frau aus den Zwanzigern. »Männer sehen in diesen Kleidern einfach viel besser aus, kein Busen, verstehst du?« Er trug eine silbrig-blonde Bob-Perücke, deren Krone von einer Perlenkette umwickelt war.
»Du siehst fantastisch aus«, rief Cat. »Einfach fantastisch.«
Anna begann einen Charleston zu tanzen. Cat fiel mit ein, bis sie sich selbst in Unterwäsche auf und ab springen sah. Lachend ließ sie sich auf die Chaiselongue fallen.
»Jetzt kommst du dran«, sagte Anna.
»Nein, ich will nicht …«
Anna hob die Hand. »Sag nichts«, wies er sie theatralisch zurecht. »Du tust, was ich dir sage. So, und jetzt ziehst du das hier an.« Er reichte ihr ein Kleid aus hellem silberfarbenen Satin. Sie war hin und weg.
»Wow«, entfuhr es, als sie das Material befühlte.

»Zieh es an.«
Cat trat in das Kleid und zog es hoch.
»Havanna, in den Vierzigern«, sagte er. »Passt zu deinen Kurven und deinem dunklen Teint.«
Wieder lachte sie. »Klingt ja fast, als wäre ich eine Piratin.«
Er schloss ihr die dreißig kleinen Knöpfe an der Rückseite. »Nie und nimmer.« Er ließ sie Schuhe anprobieren, fummelte an der Halskrause und zog über ihrer Hüfte den Stoff straff. Es passte perfekt und bauschte sich unterhalb der Knie.
»Jetzt sieh dich an!«
Cat drehte sich vor dem Spiegel und starrte auf eine Person, die sie nicht kannte. Sie fuhr herum. Der Stoff knisterte. »Es ist toll«, sagte sie.
»Nicht ›es‹. *Du* bist toll.«
Cat sah zu Anna. »Aber …?«
»Ich bin jetzt bereit. So, und jetzt plaudern wir.« Er schenkte Champagner nach, dimmte die Lichter in der Ankleide und streckte sich auf der Chaiselongue aus.
»Ich werde es dir erzählen, Cat. Dir gegenüber fühle ich mich stark genug, aber nicht der Polizei. Ich werde dir alles erzählen. Und du sagst es ihnen. Ich weiß, wie dein Verstand funktioniert. Ich weiß, dass du ein fabelhaftes Erinnerungsvermögen hast. Erzähl du es ihnen.«
»Es tut mir so leid, dass es so weit gekommen ist. Ich weiß, du wolltest das alles nicht.«
»Cat, meinst du wirklich, ich hätte nicht gewusst, dass du die Plane der Polizei gegeben hast.« Er lachte kurz auf. »Insgeheim habe ich mich auf deinen Starrkopf verlassen. Du bist ein seltsames Mädchen, Cat. Das ist sicher. Moralisch nimmst du es sehr genau. Bei deinen Gefühlen tickst du ebenso. Gut und böse. Richtig und falsch. Schwarz und weiß. So siehst

du die Welt. In dieser Hinsicht gleichst du in vielem den Männern. Du lässt dich nicht auf ein Gefühlsmischmasch ein. Das bewundere ich an dir, andererseits hoffe ich auch, dass sich das ändern wird. Ich kann nicht zur Polizei, es würde mir zu nahe gehen. Ich kann es dir erzählen. Aber nicht ihnen. Für mich ist es ein Gefühlsmischmasch. Eine dicke, breiige, klebrige Masse, durch die man nur schwer durchkommt. Verstehst du?«

»Absolut.«

Wieder lachte er. »Genau was ich gesagt habe.«

»Was?«

»Vergiss es. Bringen wir es hinter uns. Wir hatten uns noch länger im Club aufgehalten …«

»Mädels«, sagt Anna, »was haltet ihr von diesem göttlichen Wesen?«

Die Transvestiten sehen ihn von oben bis unten an. Er ist ein gutaussehender Junge. Ein bisschen dünn. Aber darauf sind sie nur neidisch. Der Barkeeper schenkt weitere Drinks ein. Der Junge scharwenzelt um Anna herum, der jeden Augenblick genießt. Wann wird man in dieser egoistischen Welt noch bewundert? Anna trifft eine Entscheidung: Er wird mit ihm gehen. Was er nicht mehr so häufig tut. Zu riskant. Aber der Junge ist anders, so eifrig darauf bedacht … ihm zu gefallen.

»Klar«, sagte Anna. »Er hat es ja darauf angelegt, mich in dieses Höllenloch zu schaffen.«

Trinkt euch zusammen, ihr Mösen, Zeit für den Schönheitsschlaf«, ruft der Barkeeper.

»Halt den Mund!«

»Als ob wir das nicht selber wüssten.«

»Verpiss dich, du Arsch.«

So die Mädels im Chor. Anna ist froh, dass sie aufbrechen. Er ist, vom Alkohol befeuert, gut drauf. Er ist Marlene Dietrich, er ist Mae West, er ist Lana Turner, alles in einer Person. Er hakt sich bei dem Jungen ein. »Bring mich in deinen Freudenpalast.«

Anna zitterte und verstummte eine Weile lang. Cat sagte nichts.

Anna und der Junge wenden sich draußen vor dem Club nach rechts. Sie gehen durch die Brewer Street und biegen nach links in die Lexington. Anna schwankt inzwischen ein wenig. Er sieht jemanden, den er kennt, vor der Tür zu einem Club, in den er manchmal nach einer flauen, deprimierenden Nacht geht. Sie winken sich zu. Anna versucht mit seinem Fang anzugeben. Der Junge wendet sich ab und treibt ihn zur Eile an. Relativ schnell hintereinander biegen sie zweimal nach rechts ab. Anna verliert etwas die Orientierung. Er hat das Gefühl, dass sie den gleichen Weg zweimal gehen. Er sieht einen Laden, den er vorhin schon gesehen hat. Dort werden Videos verkauft. Er muss betrunken sein. Willig lässt er sich führen. Die Wirkung des Tequila erreicht ihren Höhepunkt.

Auf der Straße liegt eine Menge Müll. Braune Papiertüten. Zerquetschte Kirschen. Dann erreichen sie eine schmale Sackgasse mit drei bogenförmigen Hauseingängen. Anna wird durch den mittleren hineingeführt. Ihm fällt die zerbrochene Fensterscheibe oberhalb der Tür auf.

»Du solltest den Hausmeister mal darauf aufmerksam machen«, sagt Anna. Der Junge erwidert nichts. Er sieht sich nervös um. Anna will es ihm gleichtun, sieht aber alles doppelt. Hat er wirklich so viel getrunken? Drinnen liegt ein strenger Geruch. »Penner«, sagt der Junge. Die Treppe zieht sich ewig hin. Immer weiter hinauf, immer weiter. Anna schmerzen die Füße. Schließlich kommen sie an eine Tür, eine weitere schmale Treppenflucht, et voilà. Verdammt exklusive Bude für die Umgebung. Auf dem Boden liegt ein Läufer. Weiße Wände. Möbel aus Chrom und Glas. Anna setzt sich auf ein schwarzes Ledersofa. Kunstleder. Anna runzelt die Stirn. Der Junge reicht ihm einen Drink. Anna will ihn eigentlich nicht, fühlt sich aber dazu genötigt. Der Junge stößt mit ihm an und kippt seinen hinunter. Anna macht es ebenso. Der Junge ist von seltsamer Schönheit. In dem grellen Licht scheint seine Haut fast durchschimmernd. Anna will ihm über die Wange streicheln. Der Junge schiebt ihn weg. Ein erster Angstschauer. Er verdrängt ihn, als der Junge mit ihm erneut anstößt. Der Vorgang wird noch dreimal wiederholt. Der Drink schmeckt komisch. Salzig. Pappig.

»Was ist das für ein Zeug?«

Der Junge lacht. »Nimm noch einen«, sagt er. Anna kann kaum noch das Glas halten, geschweige denn trinken. Der Junge hilft ihm. Er hat es schon oft getan.

»Ich wollte weg, Cat, er hat mich eine Schwuchtel genannt, da wusste ich, dass ich in Schwierigkeiten stecke. Weiß Gott, was in diesem Drink war. Er schmeckte wie Sperma. Er war auf jeden Fall mit Betäubungsmitteln versetzt. Es knallte mir in den Kopf, ich wollte noch zur Treppe, konnte aber nicht mehr. Da hab ich ihn gesehen, den Perlenvorhang. Er führte mich hindurch. Sie haben schon gewartet, die Drecksäcke.«

Anna fällt auf die Knie, er kippt nach vorn auf Hände und Knie. Er will sich übergeben, aber es kommt nichts. Was im Drink gewesen ist, pocht jetzt in seinem Herzen. Er ballt die Fäuste, es sind die einzigen Muskeln, die noch einigermaßen zu funktionieren scheinen. Es sind drei. Schwarz gekleidet. Sie tragen Kapuzen. Keine S&M-Kapuzen. Auch wenn Handschellen an der Wand befestigt sind. Die Kapuzen gleichen denen der Henker im Mittelalter. Anna glaubt, dass er sterben werde. Er spricht es laut aus. Um sich zu vergewissern, dass alles wahr ist. »Ich werde sterben.«
»Nein«, sagt eine Stimme. »Aber du würdest dir wünschen, du wärst tot.«
Anna will sie anflehen. Sie schlagen ihm auf den Kopf. Sein ganzer Körper zittert unter der Erschütterung. Sein Herz schlägt schneller. Sie zerren ihn auf die Plastikplane und ziehen ihm seine Sachen aus. Es geschieht ganz langsam. Präzise. Alles, seine Uhr, sein Schmuck, der Umschlag mit seiner Gage wird dem Jungen gegeben. Anna sieht zum Jungen, als er nackt vom Boden hochgeschafft wird. Der Junge zuckt mit den Achseln und geht. Sie legen Anna über einen Tisch und binden seine Hände und Füße an den Tischbeinen fest. Die Demütigung beginnt. Stundenlang. Immer wieder fällt er in Ohnmacht. Wacht wieder auf. Er ist an die Wand

gefesselt. Sie jagen ihm mit Folterinstrumenten Angst ein. Gegenständen mit Dornen. Rasierklingen. Es gibt einen Spiegel. Er sieht nicht, was sie mit ihm anstellen. Er schwebt zwischen der Hölle und seinen eigenen Wahnvorstellungen. Wieder wird er ohnmächtig. Als er aufwacht, ist er auf allen vieren. Sein Körper schmerzt an manchen Stellen. Brennt. Pocht. Sie wollen, dass er sie anbettelt. Sie wollen, dass er weint. Sie stopfen ihm Drogen in den Mund, wieder fällt er in Ohnmacht.

»Das war der Zeitpunkt, als sie mich vergewaltigt haben«, sagte er. »Es war das letzte Mal, dass ich ohnmächtig wurde. Ihre Gesichter bekam ich nie zu sehen. Ich wachte erst wieder auf, als du über mir standst. Sie sprachen mit aufgesetztem amerikanischen Akzent, damit wollten sie ihre Stimmen verstellen. Einer war etwa eins fünfundachtzig groß, die anderen waren kleiner, so an die eins fünfundsiebzig. Gebildet, wahrscheinlich ziemlich reich. Einmal, erinnere ich mich, glitzerte eine goldene Armbanduhr. Auch die Socken, sie hatten ein Emblem – Armani, glaube ich. Es ging nicht darum, mich zu vergewaltigen. Sie wollten mich auslöschen, zu einem Nichts machen. Bestrafung, darum ging es ihnen. Was oder warum, weiß ich nicht. Die Vergewaltigung war nur zweitrangig.
Was sie anmachte, war der Gedanke an Vergeltung, sie machten mich fertig, aber ich hätte genauso gut das Mädchen nebenan sein können. Das interessiert sie nicht. Und warum legten sie mich vor der Haustür ab? Ich habe lange darüber nachgedacht und bin zu der Schlussfolgerung gekommen: Sie wollten mir zu verstehen geben, dass sie wissen, wo ich wohne. Was ich mache. Wo ich mich rumtreibe.

Mit wem ich rede. Kein Wunder, dass keiner der anderen armen Schweine zur Polizei gegangen ist.«
»Was ist mit dem Jungen geschehen?«, fragte Cat.
»Ich habe ihn nicht mehr gesehen. Ein Junkie. Irgendwann ist es mir aufgefallen, das muss gewesen sein, bevor er mich in seine Wohnung abgeschleppt hat. Er macht es, um sich den nächsten Schuss besorgen zu können. Er sieht gut aus, du hast ihn ja gesehen, natürlich verkleidet, bestimmt nicht schwul, aus dem Norden, sein Londoner Akzent ist zum Schluss verschwunden. Wahrscheinlich schicken sie ihn los, damit er auch weibliche Opfer heranschafft. Sag das deinem Polizisten. Das hier ist keine schwule Sache, Cat.«
Sie atmete aus. »Du hast viel darüber nachgedacht«, sagte sie und spielte am Stoff ihres Kleides.
»Vor Paris habe ich fast an nichts anderes gedacht. Warum ich … den ganzen Scheiß eben … Was habe ich getan, um das verdient zu haben? Paris hat mich kuriert. Darum will ich nicht zur Polizei. Weil ich davon kuriert bin und der Polizei nicht traue. Weil in ihren Fragen uneingestanden Schuldzuweisungen mitschwingen werden. Ich habe keine Schuldgefühle mehr, mit in die Wohnung gegangen zu sein – es würde einen sonst fertigmachen. Denk an die Kerker, den Typen im Käfig, die Guillotine. Denk an die vielen Ungerechtigkeiten. Das ist die harte Tour, aber sie hat geholfen.«
»Wie?«
»Erinnerst du dich noch an den Straßenmusiker und das Stück, das er gespielt hat?«
»Den Totentanz«, antwortete Cat.
»Genau. Einen solchen habe ich auch aufgeführt. Einen Tanz durch Paris und die schrecklichen Dinge, die die Menschen im Lauf der Zeit einander angetan haben. Solche Dinge wer-

den immer geschehen. Ich habe nur Pech gehabt, dass es mir passiert ist.«

Eine seltsame Einstellung, aber wenn es half, wollte sie nichts dagegen einwenden. »Wirst du wieder im Madame JoJo's auftreten?«

Anna erhob sich, tanzte wieder den Charleston und seufzte. »Ich bin so vieles mehr als nur eine Drag Queen«, sagte er, »aber umgekehrt gilt, dass es auch ein großer Teil von mir ist. Ich sollte diesen Teil in mir nicht begraben, nur weil mich ein paar durchgeknallte, niederträchtige Menschen durch die Hölle haben gehen lassen. Würde ich das tun, hätten sie gewonnen. Aber das haben sie nicht verdient, Cat. Deshalb freut es mich, dass du zur Polizei gegangen bist. Im Ernst.«

»Als ich gehört habe, dass der Mann tot war …« Cats Blick schweifte über die Wände. Fotos von Anna in seiner Aufmachung.

»Cat, du hast das Richtige getan, also, bitte, mach dir keine Gedanken mehr darüber.«

»Du bist faszinierend, Anna, weißt du das?«

»Das sind wir beide.« Sie stießen an.

»Auf unser Einverständnis«, sagte Cat.

»Auf dich, weil du endlich mal wie eine Frau aussiehst.«

Cat lächelte.

27

Zum ersten Mal seit geraumer Zeit träumte Cat nicht von Jane Wellby. Sie wachte in ihrem Bett auf und sah am Kleiderbügel das Kleid hängen, das Anna ihr gegeben hatte. Havanna, vierziger Jahre. Ihre Jeans starrte sie wütend vom Lehnstuhl aus an. Sie schob die Decke zurück, sprang aus dem Bett, griff sich das beleidigende Kleidungsstück und stopfte es in den Wäschekorb. Hinten in ihrem Schrank fand sie ein Kleid, zog dazu weiße Turnschuhe an und ließ ihr Haar, wie es war. Sie packte sich die Briefe, die sich unter dem Schlitz in der Haustür angesammelt hatten, und ging in die Küche, um sich Kaffee zu machen. Rechnungen, Rechnungen, ein Kontoauszug, ein Scheck für einen Beitrag, den sie vor Wochen erstellt hatte. Er reichte noch nicht mal für die Hälfte der Rechnungen. Ein großer, steifer brauner Umschlag. Der Wasserkocher schaltete sich mit einem Klicken aus. Kurz darauf kehrte sie mit einer Tasse Kaffee zum Umschlag zurück und riss ihn auf. Darin fand sie ein A4-Blatt mit einer hingekritzelten Mitteilung.

Liebe Cat,
also doch nicht das Mädel mit der Geheimnummer, für das ich dich gehalten habe. Ich habe versucht, dich anzurufen, aber es ging immer nur der Anrufbeantworter ran. Ich hasse diese Dinger. Sie klauen und verzerren dir deine Stimme.

»J.J.«, sagte Cat und sah ganz nach unten auf die Seite, um sich zu vergewissern. Sie lächelte. Es konnte nicht anders sein.

Ich weiß nicht, was in meinen Bruder gefahren ist, jedenfalls ist die Polizei aufgetaucht, und er wurde erst ziemlich wütend und dann ziemlich traurig. Er hat sich eine Auszeit bei seinem Job genommen und eine Spezialklinik aufgesucht. Und er hat mir erzählt, was geschehen ist. Er wird sich operieren lassen. Die Polizistin hat ihm dafür eine Broschüre gegeben. Er will sich bei ihr bedanken und sich entschuldigen, kennt aber ihren Namen nicht. Ich habe an dem Tag, an dem wir uns am College kennengelernt haben, von dir ein paar Fotos gemacht. Du hast davon nichts mitbekommen, die Ergebnisse haben sogar mich überrascht. Sie sind sehr schön, obwohl dir in dieser Hinsicht so jedes Selbstvertrauen fehlt. Oder hast du nur geblufft? Jedenfalls habe ich sie entwickelt. Das ist meine Art, dir zu danken. Ich habe fünf Abzüge beigelegt, dazu die dezente Erinnerung, dass ich jederzeit für Hochzeiten, Beerdigungen und Bar-Mizwas zur Verfügung stehe. Würde mich freuen, wenn wir uns bald wiedersehen würden.
Dein freundlicher Hexenmeister mit der Linse
JJ

Cat lachte und schüttelte die Bilder auf den Küchentisch. Es waren alles Schwarzweiß-Aufnahmen. Alle waren leicht unscharf, das Motiv war leicht nach rechts verschoben. Der Lichteinfall auf ihrem Gesicht verlieh ihren Augen etwas Dunkles, Mysteriöses, ihr Haar schien um ihren Kopf zu schweben. Sie wirkte äußerst konzentriert, ihr breiter Mund war leicht geöffnet, eine Hand war halb hinter dem Kopf, die Bewegung noch nicht abgeschlossen. Sie drehte die anderen Bilder um. Sie stellten die ganze Bewegungssequenz dar. Wie sie die tibetische Mütze abnahm, die sie im College getragen hatte, ihren Kopf nach hinten schnellen ließ, das Haar ausschüttelte. Cat starrte sie an. Sie nahm eines der Bilder zur Hand und betrachtete es genauer. Das Gleiche tat sie daraufhin mit allen anderen. Sie konnte nicht glauben, was sie sah.

»Das nenn ich eine echte Schönheit«, rief sie aus und erhob sich. »J.J.«, sagte sie und küsste den Brief, »du bist ein Genie, durch und durch ein Genie.«

Das Telefon klingelte. Sie sah zur Küchenuhr. Punktgenau.

»Clement«, sagte sie, als sie den Hörer aufnahm.

»Ich gehe davon aus, dass Sie nicht allzu viele Anrufe erhalten.«

»Bramley hat mich reingelegt, er hat mich zu der Aussage verleitet, dass Sandie den Schlauch nicht angefasst hat.«

»Wie bitte?«, kam es von Clement.

»Die Fingerabdrücke auf dem Schlauch, er muss gewusst haben, dass sie von Sandie stammen.«

Clement war verwirrt. Das konnte Cat unmöglich wissen.

»In der Tat beschuldigt Mrs. Wellby ihn, aus Cedar Hall einen Gegenstand gestohlen und illegal die Abdrücke abgenommen zu haben. Ihr Anwalt hat auf die Einstellung des Verfahrens aufgrund eines Formfehlers plädiert. Der Richter aber hat es abgelehnt. Er spielt mit Bramley Golf, wenn Sie verstehen, was ich meine.«

»Eine Kaffeetasse?«, fragte Cat.

»Ja, genau«, antwortete Clement.

»Dann haben Sie ihn jetzt, Clement. Sie können ihm den Fall entziehen, ihn feuern, was Sie wollen …« Cat war ganz aus dem Häuschen.
»Was meinen Sie?«
»Mir sind gerade ganz faszinierende Fotos geschickt worden.« Cat nahm eines zur Hand und lachte.
»Cat?«
»Eigentlich bin ich darauf abgebildet …«
»Schön für Sie, dann wissen Sie ja, was Sie tun können, wenn alles andere nicht klappt.«
Cat ging darauf nicht ein. »Aber im Hintergrund ist Bramley zu erkennen, der gerade eine Tasse aus seinem Autofenster wirft. Kein Zweifel.«
»Sie machen Witze!«
»Ich habe die Tassen in Cedar Hall gesehen. Alle ordentlich im Küchenschrank aufgereiht. Sie sieht genauso aus, so in Tulpenform. Und ich glaube, ich weiß, wie sie getickt hat.«
»Sandie?«
»Nein, Jane Wellby.«
Clement reagierte nicht sofort. »Cat, die Geschichte ist an die Öffentlichkeit gelangt, während Sie weg waren.«
»Ich weiß, aber darum geht es nicht.«
»Sie wollen sich mit mir also treffen?«
»So schnell wie möglich.«
»Wunderbar. Wissen Sie noch, wo die Calorie Carers sind?«
»Wie sollte ich das vergessen?«
»Nebenan ist ein Café, wir treffen uns dort. In einer Stunde, ist das okay?«
»Perfekt«, sagte sie. Erst würde sie mit Clement sprechen. Und dann mit Jones.

Cat rannte die Treppe ins Erdgeschoss hinunter. Ein gefütterter Umschlag lag auf der Matte. Cat hob ihn auf. Er war einfach reingeschoben worden und an Anna Prokton adressiert. Drinnen lag ein Videoband. Cat spürte es durch den braunen Umschlag und die Luftpolster-Fütterung hindurch. Unwillkürlich öffnete sie die Haustür und sah hinaus. Niemand war auf der Straße zu sehen. Unsicher schlug sie sich mit dem Umschlag gegen die Handinnenfläche, was in ihr ein eigenartiges Gefühl der Spannung auslöste. Sie überlegte noch, was sie damit tun sollte, als Anna auftauchte. Er trug weiße Leinenhosen und ein türkisfarbenes Hemd.
»Na, was für ein Fortschritt«, sagte sie.
»Gleichfalls«, entgegnete Anna. »Dreh dich mal um!« Cat tat es. »Ach, du hast ja auch wirklich Beine. Was ist das?«
Cat sah an sich hinab.
»Was du in der Hand hältst, Dummchen.«
»Ach, ein Video. Für dich.«
Achselzuckend nahm Anna es entgegen. »Entweder ein Schwuler, der ganz verzweifelt in meine Show möchte«, sagte Anna und schob Cat in seine Wohnung, »oder ein deutsches Promo-Video, so in der Art, wir machen dich zum Star, zum Porno-Star natürlich.«
»Bekommst du viele davon?«
»Hunderte. Die schlimmsten verkaufe ich.«
Cat spielte die Schockierte. »Wie geht's dir heute so?«
»Fabelhaft. Ich fühle mich wie neugeboren. Ich weiß genau, was ich mit meinem Leben anfangen möchte.«
»Toll.«
»Und wohin bist du unterwegs, in diesem unschuldig-naiven Aufzug?«
»Zu einem Treffen mit der Polizistin.« Cat sah auf ihre Uhr.

»Oh.«
»Du bist immer noch damit einverstanden?«
»Ja, klar. Mach es.«
»Ich muss ihr alles erzählen, was wir in Paris herausgefunden haben«, sagte Cat.
»Zwei Fliegen mit einer Klappe.«
»So in der Art.«
Anna lächelte. »Danke, Cat. Wenn ich eine Frau wäre, würde ich gern genauso sein wie du.«
»Gleichfalls«, antwortete Cat.
Anna riss den Umschlag auf und entnahm ihm eine schwarze VHS-Kassette. Er drehte sie um. Ein Aufkleber befand sich darauf.
»Schau mich an«, las Anna vor.
»Von wem ist es?« Ihre Anspannung kehrte zurück, als ihr Blick auf den Aufkleber fiel.
»Werde ich wohl erst erfahren, wenn ich es mir ansehe. Guter Trick, meine Neugier zu wecken. Normalerweise kommen sie immer mit großem Tamtam daher.« Anna schob das Band in den Recorder, nahm die Fernbedienung zur Hand und trat zurück. Beide warteten auf das Bild. Zunächst war es unscharf. Sich kräuselnde Schlieren. Nicht fokussiert. Verwackelt. Dann wurde das Bild schärfer. Cat hielt den Atem an. Anna war zu sehen. Betrunken, aber er flirtete mit der Kamera. Er trug das Outfit seiner letzten Show. Anna sah zu Cat.
»Stell es aus, Anna!« Sie versuchte an die Fernbedienung zu kommen, aber er riss sie ihr weg. »Mach es aus, mach es aus!« Anna ging näher an den Fernseher heran, starrte auf das Bild, auf dem er zu sehen war, wie er lachte, flirtete, sich nach vorn beugte und die Person, die die Kamera hielt, zu streicheln versuche. Cat schob sich an ihm vorbei und wollte

den Fernseher abstellen. Als sie kurz davor war, auf den Knopf zu drücken, schrie Anna:
»Rühr ihn nicht an!«
»Anna, bitte, bitte …« Sie sah auf das Fernsehbild. »Tu dir das nicht an!«
»Ich erinnere mich nicht mehr, dass er mich gefilmt hat. Daran erinnere ich mich nicht mehr«, rief er und deutete auf den Fernseher. »Cat, ich erinnere mich nicht …«
»Mach ihn aus!« Cat rannte zum Netzstecker.
Anna schrie sie an, sie solle es lassen. Sie riss den Stecker raus. Knisternd wurde der Fernseher schwarz.
»Schlampe!«
Sie fuhr herum. »Es ist nur zu deinem Besten, Anna, bitte, ich will doch nur …«
»Kleine miese Schlampe!«
Die Worte hallten durch den Raum. Aber sie kamen nicht von Anna.
»Dafür wirst du büßen!«
Jemand hämmerte gegen die Haustür. Cat und Anna sahen aus dem Fenster. Ein Mann in einer Lederjacke brüllte durch den Briefkastenschlitz.
»Ich weiß, dass du da bist!«
»Das Video«, sagte Anna leise. »Sie wollen verhindern, dass ich zur Polizei gehe.«
Cat zog Anna vom Fenster weg.
»Keiner wird dich daran hindern. Hör mir zu, ruf diese Nummer an. Frag nach einem DCI Jones.«
»Mach die Tür auf!«
Cat ging in Richtung Flur.
»Was hast du vor?«, fragte Anna.
»Ihn so lange festhalten, bis die Polizei eintrifft.«

Das Pochen an der Tür setzte wieder ein.
»Nein, Cat.«
»Anna, es ist meine Schuld, dass er da ist. Ich werde nicht zulassen, dass er dir was antut. Ruf die Polizei«, flüsterte sie ihm zu, bevor sie Annas Wohnungstür öffnete, durch den Gang lief und die Haustür aufriss.
»Die Polizei ist schon unterwegs, du miese Ratte!«, schrie sie, während sie ihn zu Boden stieß und auf ihn fiel.
»Was zum Teufel soll das?«, brüllte der Mann und drückte Cat den Kopf so weit wie möglich nach hinten, damit sie gezwungen war, ihn anzusehen. Kurz schien alles auszusetzen, sie sah, hörte, spürte, roch nichts mehr. Aber genauso schnell kehrte alles wieder zurück.
»Simon Proudlove?«
»Gehen Sie von mir runter, Sie durchgeknalltes Miststück! Was ist bloß los mit Ihnen?«
Cat war so verdattert, dass sie ihn losließ. Simon rappelte sich auf und rieb sich den Hinterkopf, mit dem er auf den Boden geknallt war. Cat schmerzte der Nacken. Sie kam auf die Knie.
»Scheiße, mir tut der Kopf weg«, sagte Simon, nun weniger aggressiv.
»Was zum Teufel machen Sie hier?«
Simon sah sie wütend an. »Ich will wissen, was Sie vorhaben, Cat Torrant. Sandie wäre nicht in der beschissenen Lage, in der sie ist, wenn Sie nicht gewesen wären. Tag und Nacht lungern die Leute vor Cedar Hall herum und stoßen Drohungen aus. Warum haben Sie sie nicht in Ruhe lassen können? Alles wäre in Ordnung gewesen.«
»Sie haben sich lange genug hinter ihren imposanten Toren versteckt«, sagte Cat und musste an die Löwen denken.

»Sie sind ja nur neidisch. Dafür werden Sie in der Hölle schmoren.«
Cat stand auf. »Ich muss mir diesen Scheiß nicht anhören! Was haben Sie …«
Simon ließ sie nicht ausreden. »Der Hund, die Fingerabdrücke, Sie haben von Anfang an gelogen.«
»Sie gehören doch zu denen, die nur Lügen erzählt haben, Mr. Proudlove. Ich bin da gewesen, wenn Sie sich erinnern mögen!«
»O ja, ich erinnere mich, Sie haben den verdammten Abschiedsbrief gefälscht … Ich möchte nur wissen, warum!«
»Wollen wir das nicht alle wissen?«
Simon grinste höhnisch. »Sie haben nicht die geringste Vorstellung, wer Sandie Wellby wirklich ist. Sie verfolgen die falsche Person. Sie hat es nicht verdient, von Ihnen so bestraft zu werden.«
»Aber Jane hat es verdient?«
»Was wollen Sie damit sagen?«
»Ich weiß, wer Jane wirklich gewesen ist, Mr. Proudlove.«
Simon sah aus, als hätte er einen Schlag in den Magen bekommen. »Damit kann man Ihre Aufmerksamkeit erregen, nicht wahr? Ich habe damit doch nicht etwa einen Nerv getroffen?«
»Ich weiß nicht, wovon Sie reden«, zischte er.
»Von Sex, Mr. Proudlove, einer Menge Sex, und nicht besonders nettem …«
»Wie wunderbar, es reicht Ihnen nicht, dass Sie Sandies Leben zerstören, nein, jetzt bringen Sie auch noch wilde Anschuldigungen gegen mich vor …«
Sie hatte ihn gar nicht gemeint, seine Reaktion allerdings eröffnete plötzlich diese Möglichkeit. »Haben Sie mit ihr ge-

schlafen? Fühlen Sie sich deshalb so in die Enge getrieben? Wollen Sie deshalb nicht, dass die liebe Sandie davon erfährt? Oder haben Sie gar mit beiden geschlafen?«
Simon Proudlove sah sie mit abgrundtiefer Verachtung an. »Wie können Sie es wagen? Sie ist die einzige Frau, die ich jemals wirklich geliebt habe.«
»Und Jane hat herausgefunden, dass Sie eine Affäre hatten, ging es darum?«
Proudlove antwortete nicht. Was Cat stattdessen hörte, war ein Schrei von drinnen.
»Anna!« Sie stürzte ins Haus zurück. Anna war aus dem Wohnzimmer geflohen. Sie sah zum Fernsehgerät. Er hatte es wieder angestellt. Das Bild flimmerte. Schwarz und weiß. Gut und böse. Richtig und falsch. Anna war mit dem Kopf nach unten an die Wand gefesselt. Blut rann über seinen Rücken. Auf der Wand stand »HIV +«.
»O nein, bitte, Gott.« Cat sah die Treppe hoch. Das Badezimmer lag im ersten Stock. *»Anna!«*, schrie sie, rannte die Treppe hinauf und pochte gegen die Tür, die keinen Millimeter nachgab. »Anna, mach die Tür auf, mach die Tür auf. Bitte!« Ein weiterer Knall war zu hören. Tränen traten ihr in die Augen, als sie mit den Fäusten gegen die Tür hämmerte. Was zum Teufel hatte sie sich bloß dabei gedacht, ihn allein zu lassen? Würde sie es denn nie lernen? »Bitte, Anna, lass mich rein!« Sie trat dagegen.
Die Tür ließ sich nicht öffnen. »Anna, mach die Tür auf, es tut mir leid, dass ich dich allein gelassen habe, mach jetzt keine Dummheiten …« Eine Hand legte sich auf ihre Schulter. Sie fuhr herum, wollte erneut auf Simon Proudlove losgehen, aber er packte ihre Hände und hielt sie fest.
»Beruhigen Sie sich.«

Cat zitterte mit vor Schreck geweiteten Augen und brachte nichts heraus.
»Beruhigen Sie sich.«
Ihr Freund wollte sich umbringen, und alles war ihre Schuld.
»Helfen Sie mir!«, sagte sie leise. »Bitte!« Proudlove nickte. Er schob sie zur Seite und warf sich gegen die Tür. Krachend flog sie auf. Er stürzte hinein und packte Anna am rechten Arm, als sich dieser gerade eine Rasierklinge über den Unterarm ziehen wollte. Proudlove riss Annas Hand weg. Anna war nur leicht verletzt, ein dünner Schnitt, der sich sofort mit leuchtend rotem Blut füllte. Cat blieb die Luft weg. »Alles okay, er hat die Arterie nicht erwischt«, sagte Proudlove und hielt Anna, der auf den Boden gesunken war, in den Armen. Anna selbst schien nichts mehr wahrzunehmen, er starrte nur auf das hervorsickernde Blut.
»Seien Sie vorsichtig«, sagte Cat leise.
»Schon okay«, antwortete Proudlove. »Ich weiß, was ich tue.«
Langsam drehte Anna den Kopf und sah Proudlove an. Cat kniete sich neben ihn.
»Anna?«, sagte sie leise.
»Alles in Ordnung«, sagte Proudlove, »überlassen Sie ihn mir. Wirklich, ich weiß, was ich tue.« Er streichelte Anna über den Kopf. Anna schloss die Augen und zog sich wieder in die Embryonalstellung zusammen wie nach der Nacht, in der er angegriffen worden war. Cat wusste nicht, was sie tun sollte.
»Wir sollten ihn in ein Krankenhaus bringen«, sagte sie, starrte die beiden an und kam sich überflüssig vor. Nutzlos. Proudlove sagte nichts, streichelte nur weiterhin Annas Kopf, wie Amelia es bei ihr getan hatte, wenn sie aus einem Alb-

traum aufgeschreckt war. Cat starrte auf das Blut, das Proudlove regelmäßig wegtupfte.

»Ich muss jemanden anrufen, eine Verabredung absagen, können Sie sich kurz um ihn kümmern? Dann fahren wir ins Krankenhaus.«

»Geh schon!« Es war Anna, der das sagte.

»Anna?« Cat kauerte sich neben ihn und hielt ihm die Hand.

»Geh«, wiederholte er.

»Aber ich will dich nicht allein lassen.«

»Ich bin hier«, sagte Proudlove. »Ich kümmere mich um ihn. Ich schwöre es.«

»Aber …«

»Geh schon!«, beharrte Anna.

»Wohin wollen Sie?«, fragte Proudlove.

Cat sah ihn an. »Wenn Sie es wirklich wissen wollen – ich habe eine Menge Beweise, die ausreichen sollten, um Sandie freizusprechen. Darum habe ich mich nämlich gekümmert, auf Kosten von allem anderen …«

»Keine Sorge«, sagte er. »Anna wird hier nichts geschehen, vertrauen Sie mir … Ich bringe ihn in ein Krankenhaus. Ich habe einen Wagen. Bitte, gehen Sie und helfen Sie Sandie.«

Tausend Gedanken schossen Cat durch den Kopf. Sie kannte diesen Mann überhaupt nicht. Sie sollte Anna nicht allein lassen. Sie sollte zu Clement. Sie sollte die Polizei rufen.

»Hören Sie«, sagte Proudlove, »ich werde die Polizei verständigen, sie soll einen Blick auf dieses Video werfen. Ich bringe Anna in ein Krankenhaus, damit er getestet wird. Und jetzt gehen Sie. Er ist in sicheren Händen.«

Cat zögerte.

»Sie kümmern sich um Sandie, ich kümmere mich um Anna. Abgemacht?«

Was blieb ihr anderes übrig? »Hier«, sagte sie und reichte Proudlove einen Zettel. »Rufen Sie dort an und verlangen Sie nach einem gewissen Jones. Lassen Sie ihm so schnell wie möglich das Video zukommen.« Er nickte. »Vielleicht sollte ich ihn gleich selbst anrufen.« Cat sah die Treppe hinunter zum Telefon.

»Cat, ich werde es machen. Sofort. Versprochen.«

»Aber lassen Sie die Polizisten nicht in Annas Nähe. Versprechen Sie mir, dass Sie keinen von denen an ihn ranlassen.«

»Ich verspreche es«, sagte Proudlove.

Cat drückte Anna einen Kuss auf die Stirn. »Ruf mich auf meinem Handy an«, sagte sie.

Anna packte sie am Handgelenk und starrte sie an. »Zwei Fliegen«, sagte er, ließ sie los und schloss die Augen. Cat rannte die Treppe hinunter, aus dem Haus und auf die Straße.

Die dumme kleine Kuh, dachte sich Darren, er hätte ihr doch gar nichts getan. Bei ihm wäre sie doch sicher gewesen. Es hatte den Anschein gehabt, als würde sie auf seine Tour hereinfallen. Einige Tage lang hatte er sich vor den Toren der Soho Parish School herumgetrieben. Das Mädchen wurde immer von einem Chauffeur abgeholt. Er hatte also nur ein bisschen früher da sein müssen, gekleidet wie ein Chauffeur, zerknitterter Anzug, Bart, er war nicht so weit gegangen, dass er sich auch noch eine Chauffeursmütze aufgesetzt hatte. Sie war mit ihm mitgegangen, die Straße entlang, dann um eine Ecke, und dann hatte sie gefragt, wo der Wagen sei. Bevor er darauf antworten konnte, war sie ausgebüxt. Er konnte ihr nicht nachlaufen, es waren zu viele Passanten unterwegs. Also musste er wieder von vorn anfangen. Entweder würde er ein anderes kleines Mädchen finden, oder er müsste Plan B einleiten, doch der war sehr riskant. Eilig kehrte er in sein Studio zurück. Bettler und Penner säumten den Weg. Er hasste sie alle. Sie erinnerten ihn daran, wie abhängig er mittlerweile von den Drecksäcken war, die hinter dieser miesen Sache steckten. Oft ging ihm durch den Kopf, was diesen privilegierten Männern widerfahren war, dass sie sich in solche Ungeheuer verwandelt hatten. Übermäßige Genusssucht? Zu viel von allem? Niemand, der ihnen was ausschlug? Nun, die Zeit dafür war gekommen. Alles, was er brauchte, war ein Mädchen. So wie ein Angler einen Wurm brauchte. Die Schulferien standen an. Es würde viele von ihnen geben. Wenn man wusste, wo man zu suchen hatte.

»Tut mir leid, dass ich zu spät komme …«, sagte Cat völlig außer Atem.
»Setzen Sie sich«, herrschte Clement sie an.
Cat legte ihr Handy auf den Tisch. Sie wollte Annas Anruf auf keinen Fall verpassen. »Heute Morgen ist was sehr Seltsames passiert …«
»Die Fotos, lassen Sie mal sehen.«
»Fotos?«
»Bramley?«
»Ah, ja, hier.« Sie holte den Umschlag aus der Tasche und breitete die Fotos der Reihe nach auf dem Tisch aus.
»Ist ja irre«, sagte die Polizeibeamtin. »Sie sagten, Sie hätten gar nicht gewusst, dass sie gemacht wurden?« Cat schüttelte den Kopf. »Die Wahrscheinlichkeit dafür muss bei einer Milliarde zu eins liegen. Oder haben Sie jemanden dort oben, der für Sie die Fäden zieht?«, fragte die Polizistin und deutete zur Decke.

Cat sah hinauf. »Nur Glück«, erwiderte sei beim Anblick der von Fettausdünstungen überzogenen Decke.
»Das ist nicht Glück«, sagte Clement, »das ist ein Wunder. Aber es wird Sandie nicht entlasten.«
»Aber Bramleys Ermittlungen unterminieren. Was hat er noch verschwinden lassen oder zerstört?«
»Eine ganze Menge wahrscheinlich.«
»Was heißt das?«
Clement antwortete nicht sofort. Es gab keinen Grund, Cat Torrant nicht zu trauen, dennoch zögerte sie. »Ich war mir sicher, dass Bramley was im Schilde führt. Also habe ich dem rechtsmedizinischen Labor in Colchester einen Besuch abgestattet, die arbeiten am Wellby-Fall. Sie hatten einen registrierten Besucher namens Michael Evans. So heißt der erste, den Bramley hinter Schloss und Riegel gebracht hat.«
Cat runzelte die Stirn.
»Erst dachte ich, Evans mache für Bramley die Drecksarbeit, aber der Typ ist wieder hinter Gittern, weshalb ich annehme, dass es Bramleys Pseudonym ist. Das heißt, er hat bei den Laborergebnissen definitiv was vertuscht.«
»Worauf warten Sie dann noch?«
»Ich kann nicht einfach reinstürmen, dazu bräuchte ich mehr Beweise und mehr Zeit. Ich muss meine Vorgesetzten davon überzeugen, dass sie den Fall wieder neu aufrollen. Das kann ich nicht allein tun.«
»Das hier wird jedenfalls helfen«, sagte Cat und deutete auf die Fotos. »Und das hier auch.« Cat zog das Glanzstück ihrer Recherchen heraus: Das Bild, auf dem Jane im Käfig zu sehen war.
»Großer Gott!«, rief Clement laut aus, bedeckte dann schnell das Foto und sah sich um, ob sie nicht Anstoß erregt hatten.

»Sie war auf Drogen, harte Sachen, und in die S&M-Szene verstrickt. Und ich rede hier nicht von irgendwelchen Brustwarzenpiercings, sondern von sexuellen Perversionen. Sie ist ziemlich weit vom rechten Weg abgekommen.«

»Es reicht trotzdem nicht.«

»Wer ist dieser Jones? Kann er nicht helfen?«

»Er ist im West End Central. Er untersucht den Todesfall in Soho.«

Cat war überrascht. »Todesfall?«

Clement antwortete nicht.

»Sie meinen den Mordfall, oder?«

Clement blinzelte einige Male, bevor sie etwas erwiderte. »Der Mann ist nicht umgebracht worden, sondern hat wahrscheinlich, während er festgehalten wurde, einen Herzinfarkt erlitten.«

»Einen Herzinfarkt?«

»Sie haben ihn trotzdem umgebracht.«

»Aber es war nicht beabsichtigt gewesen. Er hätte jederzeit einen Herzinfarkt erleiden können. Sie haben gesagt, es sei ein Mord.«

»Ist es auch.«

»Nein.« Cat spürte, wie sie wütend wurde. »Es ist nicht das Gleiche. Sie haben mir weismachen wollen, dass ohne Annas Hilfe noch mehr Menschen sterben würden.«

»Miss Torrant«, fuhr Clement entschieden dazwischen, »Sie wissen doch, wie es läuft. Suzie, Carla, soll ich fortfahren?«

»Das ist nicht zu vergleichen. Sie machen es für Ihre Karriere. Sie helfen Jones bei seinem Fall, Jones hilft Ihnen bei Ihrem. Sie machen es, um Bramley abzusägen.«

»Denken Sie sich, was Sie wollen. Jedenfalls habe ich Jones versprochen, dass Anna mit ihm reden wird.«

»Das wird er nicht mehr«, sagte Cat. Das Gleiche galt jetzt auch für sie.
»Er hat die Sache mit Michael Evans für mich herausgefunden. Er hat sich ziemlich weit aus dem Fenster lehnen müssen.«
»Quatsch. Er hätte es so oder so machen sollen, Bramley ist korrupt, das allein sollte als Grund reichen. Gab es überhaupt Übereinstimmungen zwischen den Spuren auf der Plastikplane und dem Toten?«
»Natürlich. Anna ist unsere einzige Hoffnung.«
»Lassen Sie ihn in Ruhe«, warnte Cat. »Wenn ihm auch nur einer zu nahe kommt, werde ich …« Sie spürte, wie in ihr der Zorn hochkochte. »Sie sind doch alle gleich.« Sie stand auf. Sie hätte ihn nicht allein lassen dürfen. Anna hatte soeben versucht, sich die Pulsadern aufzuschlitzen, und sie hatte ihn in der Obhut eines Fremden zurückgelassen.
»Sie haben sich für ein totes Mädchen ausgegeben, um Ihre Karriere voranzutreiben. Es ist exakt das Gleiche, Miss Torrant.«
»Legen Sie eine andere Platte auf, Clement.« Cat griff nach ihrer Jacke.
»Es tut mir leid, wenn Anna eine schwere Zeit hinter sich hat, aber es ist nicht meine Schuld. Schuld daran sind die Leute, die ihm das angetan haben. Und wenn Anna uns nicht hilft, wird es jemand anderen erwischen.«
»Sie haben mich reingelegt.«
»Sie haben sich selbst reingelegt. Es handelt sich um einen schweren Fall von sexuellem Missbrauch, Freiheitsberaubung und Vergewaltigung. Sie haben *gewusst*, dass Anna früher oder später aussagen muss. Sie haben es gewusst.«
Trotz der Wärme im Café zitterte Cat.

»Kommen Sie, Miss Torrant, irgendwann erwischt es einen Vater, den Freund, den Bruder von jemandem. Ist Ihnen das wirklich so egal?«

»Es könnte genauso gut die Schwester sein«, sagte Cat leise.

»Er wird also aussagen?«

Cat sah sich im Café um. Normale Leute, die ganz normale Dinge taten. Seit ihrem Unfall mit dem Hund hatte sie das Gefühl, dass sie nichts Normales mehr getan hatte. »Anna sagt, es hat nichts mit Schwulen zu tun. Es geht um Bestrafung. Das Opfer kann jeder X-Beliebige sein.«

»Es tut mir leid …«

Clement hatte recht. Ihre Handlungsweise unterschied sich kein bisschen von der der Polizistin. In beiden Fällen hatte sich alles um Informationen gedreht. Sie setzte sich wieder, öffnete ihre Tasche und holte den Brief heraus, den ihr Camilla am Tag zuvor gegeben hatte. Sie reichte ihn Clement, sackte auf dem Stuhl in sich zusammen und sah aus dem Fenster. Jane hatte Lottie Hawk in den Tod getrieben. Nicht direkt, aber auf sehr wirkungsvolle Weise. Die drei Männer, deren Opfer Anna geworden war, hatten mit dem Toten im Leichenschauhaus das Gleiche getan. Hatten ihm Todesangst eingejagt, bis er wirklich gestorben war. Einfach, weil sie ihren Spaß daran hatten. Jane war erst zehn Jahre alt gewesen, als sie damit angefangen hatte. Cat würde mit Jones reden, sie würde ihm alles sagen, was Anna ihr erzählt hatte. Um diesen Kerlen das Handwerk zu legen, ohne allerdings die Welt zu verbessern. Am liebsten hätte sie Amelia und Anna, Bertie, sogar Camilla und ihre Kinder eingepackt und sie irgendwohin geschafft, wo sie sicher wären. Auch Dan würde sie mitnehmen, wenn er sie lassen würde. Ihre Familie mochte auf den ersten Blick nicht viel hermachen, aber innerlich war sie sehr gefestigt. Bertie hatte recht. Die gegenseitigen Beziehungen waren wichtiger als irgendwelche Blutsbande. Sandie Wellby war Opfer dieses Vorurteils geworden. Jane Wellby war sehr clever gewesen. Wirklich sehr clever. Erneut stand Cat auf.

»Wo wollen Sie hin?«

»Ich will Mrs. Hawk interviewen, ihre Adresse steht oben auf dem Brief.«

»Was ist mit Jones?«

»Ich werde mich nachher mit ihm treffen.«

»Miss Torrant«, sagte Clement, »kommen Sie doch nach Cedar Hall, wir treffen uns dort und fahren dann gemeinsam. Das macht es leichter für Sie.«

»Helfen Sie mir, wenn ich Anna erzähle, dass ich hinter seinem Rücken gehandelt habe und er jetzt von der Polizei befragt werden soll?«

Clement antwortete nicht. *Nein, ich glaube nicht.*

DCI Jones las die beiden Klingelschilder. Torrant und Indenarsch. Er klingelte erst oben, es wäre ihm lieber gewesen, wenn Cat Torrant anwesend war. Niemand meldete sich, weshalb er auf die andere Klingel drückte. Immer noch keine Antwort. Er hatte keine Zeit dafür, weshalb er gegen die Tür hämmerte und erschreckt feststellte, dass sie einfach aufschwang.

»Vielleicht ist er ja nur kurz einkaufen?«, sagte einer der Beamten.

Jones ließ ihm einen vernichtenden Blick zukommen. »Der Typ ist vergewaltigt worden. Glaube kaum, dass er so drauf ist und seine Haustür offen lässt.« Er drückte die Tür ganz auf. »Mr. Prokton!«

Jones trat in den gekachelten Flur. Eine schmale Treppe führte zur oben liegenden Wohnung und zu einer Tür rechts. Er bedeutete zwei seiner Beamten, oben nachzusehen. Lautlos ging er zur bemalten Holztür der Erdgeschosswohnung. Sie stand weit offen. Ihm rutschte das Herz in die Hose. Er war zu spät gekommen. Er hatte darauf gewartet, dass Cat Torrant mit ihm Kontakt aufnehmen würde. Das hätte er lieber bleiben lassen. DCI Jones setzte nicht gern seine Waffe ein, aber in Fällen wie diesem war es besser, auf Nummer sicher zu gehen. Er wollte keinen aus seinem Team verlieren. Er zog sie aus dem Halfter und entsicherte sie, langsam tastete er sich daraufhin in den Raum vor.

Jemand hatte hier gewütet. Das Sofa war umgekippt, Bilder hingen schief an der Wand, die Scherben einer Porzellankanne lagen verstreut auf dem Boden. Er trat zur Treppe. Sie knarrte. Er richtete die Waffe nach oben. Nichts. Vorsichtig stieg er hinauf. Auf dem Treppenabsatz war ein Badezimmer untergebracht. Alle Flaschen waren zerschmettert, die Scherben des Spiegels lagen auf den weißen Bodenkacheln, daneben ausgelaufenes Shampoo, zerbrochene Cremedöschen und Blut.

»Scheiße.« Weiter nach oben. Als er das Schlafzimmer erreichte, rief einer seiner Jungs von unten. »Chef, kommen Sie mal und sehen Sie sich das an!«

Jones rannte nach unten. Einer seiner Männer deutete auf den Fernseher. Anna Prokton war zu sehen, nackt, mit einer Binde vor den Augen, an einen Holztisch gefesselt. Zwei Hände kamen ins Blickfeld.

»Latex-Handschuhe«, sagte Jones. »Bringen Sie das sofort ins Labor. John, Sie warten hier, und Sie auch«, sagte er zu einem weiteren Beamten.

»Sir«, kam es von einem anderen. »Werfen Sie mal einen Blick darauf.« Das Telefon war auf den Boden geworfen worden. Daneben lag ein zerknüllter, blutverschmierter Zettel. Darauf Jones' Nummer. »Sieht so aus, als hatte er Sie noch anrufen wollen, bevor er entführt wurde.«

28

Cat stand vor der pflaumenfarbenen Tür, von der die Farbe blätterte. Sie überprüfte die Adresse. Sie war richtig. Über dem Briefkasten war ein leichter Türklopfer befestigt, den sie dreimal betätigte. Er leierte in den Scharnieren. Sie hörte, wie eine Kette gelöst wurde, dann ging die Tür einen Spaltbreit auf.

»Entschuldigen Sie die Störung …«

»Wir sind nicht interessiert, danke. Verschwenden Sie nicht Ihre Zeit.« Die Frau wollte die Tür bereits wieder schließen.

»Mrs. Hawk«, sagte Cat schnell.

Die Frau war erstaunt. »Wer sind Sie?«

Cat streckte ihre Hand durch den Spalt. »Ich bin Cat Torrant, eine Freundin von Camilla Simpson.«

»Von wem?«

Cat runzelte die Stirn. »Ich würde gern mit Mrs. Hawk sprechen.«

»Die steht vor Ihnen.«

»Bei allem Respekt, aber ich glaube nicht, dass Mrs. Hawk Camilla Simpson vergessen würde.«

Misstrauisch beäugte die Frau Cat, bevor sie hörbar ausatmete. »Natürlich weiß ich, wer sie ist. Lotties Lehrerin.«

»Und die von Jane. Mrs. Simpson hat Ihren Brief erhalten. Er war eine große Hilfe beim Aufdecken der Wahrheit, das sollten Sie wissen. Sie hatten recht, Mrs. Simpson hat Jane sehr gut gekannt und wird seitdem von ihrem schlechten Gewissen geplagt. Es tut ihr sehr leid. Sie hat versucht, es Janes

Eltern klarzumachen. Aber die haben davon nichts wissen wollen.«

»Weil Jane zu Hause keine Probleme gemacht hat.«

»Genau. Kann ich reinkommen und mit Ihnen reden?«

»Nein. Bitte gehen Sie.«

»Mrs. Hawk«, sagte Cat, ohne auf ihren Kommentar einzugehen, »Jane hatte viele Facetten, davon einige höchst unsoziale. Wenn das an die Öffentlichkeit dringt, wird man Sandie Wellby die Schuld dafür geben. Ist doch klar, das Kind ist von der Schwiegermutter misshandelt worden, deshalb hat sie in der Schule andere Kinder schikaniert. Aber *Sie* wissen, dass es schon lange vor Sandie Wellby damit angefangen hat. Sie sind die Einzige, die beweisen könnte, wozu Jane in der Lage war und was sie mit ihren Opfer anstellen konnte. Geben Sie nicht Mrs. Simpson die Schuld, sondern Jane.«

»Wer sind Sie, woher wissen Sie das alles?«

»Ich habe Jane gefunden …«

»Sie! Ich weiß alles über Sie. Verschwinden Sie! Lassen Sie uns allein.«

»Ich stehe auf Ihrer Seite, Mrs. Hawk«, rief Cat, als die Tür zufiel. Sie pochte dagegen. Unter ihren Fäusten blätterte die Farbe ab. Dann ließ sie es sein. »Ich weiß, dass Jane andere misshandelt hat. Aber das war bei weitem nicht alles. Sie hat andere sexuell gefoltert, sie hat Drogen genommen, wahrscheinlich stand sie am Rand der Paranoia und litt unter Depressionsschüben. Das konnte sie alles nach Belieben an- und ausstellen. Ihre Eltern hatten davon nicht die geringste Ahnung. Wahrscheinlich war Sandie die Einzige, die es gesehen hat.« Sie lehnte sich mit dem Kopf gegen die Tür. »Sandie Wellby hat Jane nicht umgebracht, sehen Sie das denn nicht, Jane hat sich selbst getötet.« Die Tür öffnete sich nicht mehr. Cat ging langsam auf dem Pfad zurück. Brennnesseln wucherten zu beiden Seiten. Sie sah zum Dach hoch. Ein Mädchen fiel ihr entgegen. Cat zuckte zusammen. Eine Taube flog vorüber. Sie schnappte nach Luft. Die Sache machte sie allmählich fertig.

Fiona Wellby beobachtete sie am Fenster von Mrs. Hawks Haus.

Die Geier umkreisten noch immer die Peripherie von Cedar Hall. Die Presse kannte kein Erbarmen. Alle belastenden Indizien waren von Bramley weitergegeben worden. Und alle waren falsch. Cat fuhr durch die Journalistenmeute auf das Tor zu. Sam Clough öffnete es für sie. Sie wurde erwartet. Vorbei an den Löwenstatuen und dem Gärtner. Sandies Verteidigungsschutz. Sie betrat den Flur und wurde von der Hausherrin selbst empfangen.

»Ich habe bei einigen Personen gedacht, sie würden mir eines Tages vielleicht glauben, von Ihnen aber habe ich es am wenigsten erwartet. WPC Clement ist vor kurzem eingetroffen. Sie sagte mir, was Sie geleistet haben, würde die örtliche Polizei beschämen. Danke.«

Cat schüttelte ihr die Hand. »Es war nicht einfach. Die Indizien sind hübsch gegen Sie in Stellung gebracht worden.«

»Nicht wahr? Wobei ich mir bei manchen Dingen selbst keinen Gefallen getan habe. Mein betrunkener Auftritt … das war leider nicht sehr würdevoll.« Sie wirkte hagerer als an dem Tag, an dem sie sie zum ersten Mal gesehen hatte. Aber auch wacher, aufgeräumter. Sandie führte sie ins Wohnzimmer, wo WPC Clement saß.

»Ich kann gar nicht erwarten, zu erfahren, was Sie über Jane herausgefunden haben.«

»Ich will nicht behaupten, dass ich weiß, was genau vor sich gegangen ist, aber ich kann beweisen, dass Jane schon im Alter von neun Jahren Probleme gehabt hat. Dass sie so lange unentdeckt blieben, zeugt entweder von himmelschreiender elterlicher Ignoranz oder von einem Geisteszustand, in dem sie sich mehr von der Welt abgeschottet hat, als man sich überhaupt vorstellen kann.«

»Sie hat sich stundenlang in ihr Zimmer eingeschlossen. Wenn Robert geschäftlich fort war und sie sich im Haus aufhielt, war es furchtbar. Sie schlief nicht, aß nichts und redete nicht mit mir. Weiß Gott, was sie da drin getrieben haben mochte. Aber wenn Daddy zurückkehrte, dann kam sie die Treppe heruntergehopst und war der eitel Sonnenschein selbst. Ich habe mit ihm darüber zu reden versucht, aber sie stritt alles nur ab, so vehement, dass ich selbst das Gefühl hatte, ich würde verrückt werden.«

»Haben Sie gewusst, dass Ihre Stieftochter drogen- und sexsüchtig war?«, fragte WPC Clement.

»Nein.«

»Noch nicht mal die leiseste Ahnung?« Cat war überrascht.

»Meine Stieftochter, müssen Sie wissen, war eine ausgebuffte Schauspielerin. Jedenfalls eine viel bessere als ich selbst. Ich habe mir allerdings über Drogen so meine Gedanken gemacht. Fiona erzählte nämlich, sie habe bei ihr Tabletten gefunden. Natürlich behauptete Jane, sie hätte sie von *mir* bekommen. Kleine gelbe Tabletten, sollen laut ihrer Aussage angeblich Melatonin gewesen sein. Ich bin allergisch gegen Melatonin, ich bekomme schreckliche Migräne davon. Und außerdem sind Melatonin-Tabletten weiß. Fiona hat nichts dagegen unternommen.«

»Sie sind der Sache nicht auf den Grund gegangen?«

»Ich habe davon gar nichts gewusst. Und selbst wenn?« Sandie schenkte in die tulpenförmigen Tassen Kaffee ein. Cat und Clement tauschten einen Blick aus.
»Ich hätte nichts dagegen tun können. Für mich als Stiefmutter war es schwierig, schwieriger noch, weil ich Amerikanerin war. Immer noch bin. Anfangs habe ich ihr meine Liebe entgegenzubringen versucht. Ich liebe Robert, warum soll ich nicht auch sie lieben, die ein Teil von ihm ist? Aber wenn ich ihr zu nahe gekommen bin, waren es Fiona und Robert, die wieder ihre Besitzansprüche angemeldet und ihre Unsere-liebe-Tochter-Nummer abgezogen haben. Die Elternabende, die Theateraufführungen, die Sportveranstaltungen. Ich glaube nicht, dass ihnen klar war, was sie da anrichteten, wahrscheinlich meinten sie nur, sie würden zeigen, wie sehr sie sich um sie kümmerten. Ich habe mich lange mit Fiona unterhalten, sie wollte nicht, dass Jane zwischen ihnen beiden hin und her gerissen wurde, also lebte sie neben ihnen her, ohne wirklich von ihnen getrennt zu sein. Im Grunde aber verbrachten sie sehr wenig Zeit mit ihr. Drücke ich mich verständlich aus? Sie sollten mit ihr reden, sie macht eine schreckliche Zeit durch, aber sie ist eine kluge Frau, sie wird darüber hinwegkommen.«
»Ich habe sie nie kennengelernt«, sagte Cat. »Aber ich würde gern mit ihr reden.«
Clement zog eine Augenbraue hoch, was Cat nicht entging.
»Ich weiß bis heute nicht, warum Sie sich in dieser Sache engagiert haben«, fuhr Sandie fort. »Außer dass Sie fast meinen Hund überfahren hätten, dem es übrigens bei diesen beiden lieben Männern wieder ganz gut geht. Wahrscheinlich wäre Lucy jetzt ganz verschreckt bei diesen Verbrechern da draußen, die Blut sehen wollen. Sie demonstrieren gegen

Fuchsjagden, aber bei einer öffentlichen Hinrichtung wollen sie auf jeden Fall dabei sein, dessen bin ich mir sicher.«

Cat lächelte. »Sie machen einen bemerkenswert ruhigen Eindruck, Mrs. Wellby.«

»Nennen Sie mich Sandie. Und danke, aber eigentlich bin ich ein Wrack. Ihre Neuigkeiten haben mir gutgetan.«

Cat beschlichen Schuldgefühle beim Anblick der Amerikanerin. »Ich will eine Radioreportage über Sie, die Familie, die böse Stiefmutter etc. machen. Wahrscheinlich sind mir große Familien nicht ganz geheuer. Wenn Sie mich besser kennen würden, könnten Sie meine einseitige Sicht der Dinge verstehen. Obwohl ich sagen muss, dass Sie sich, als ich das erste Mal in Ihrem Haus war, durchaus seltsam benommen haben.«

»Ich kann mich an den Tag kaum noch erinnern. Vielleicht war ich wirklich krank und habe es aufgrund der folgenden Ereignisse ignoriert. Es ging mir fürchterlich, ich hatte Kopfschmerzen, die einen umbringen konnten.« Alle sahen sie an. »Tut mir leid, keine besonders glückliche Wortwahl.«

»Ich würde mich gern mit Ihnen über jenen Tag unterhalten. Um herauszufinden, was sich genau ereignet hat.«

»Für die Radioreportage?«

Cat schüttelte den Kopf. »In erster Linie, um das alles wieder richtigzustellen. Ich habe die Zeitungen gelesen, für die Presse sind Sie die neue Rosemary West und das Aushängeschild für jene, die wieder die Todesstrafe fordern. Was Sie im Pub so launig dahergesagt haben, wird als volles Geständnis interpretiert. Der Kellner im Fox muss sich mittlerweile auf Teneriffa längst zur Ruhe gesetzt haben.«

»Der Scheißkerl.«

»Es war nicht alles seine Schuld, Sandie«, sagte Marcus England, der den Raum betrat.

»Ja, ja, solange sie am Boden liegt, kann man getrost auf sie eintreten.« England wirkte verletzt. »Tut mir leid, mein Lieber.«

Erneut sahen sich Cat und Clement an. Und Clements Augenbraue ging erneut ein kleines Stück nach oben.

»Ich habe Beweise für Janes labile psychische Verfassung, Sie können sie alle haben, aber jeder Anwalt wird Ihnen sagen, dass sie nichts weiter als Indizien sind. Sie beweisen nicht, dass Sie sie nicht umgebracht haben. Das Tagebuch ist noch immer ein großes Problem.«

»Es geht hier nicht darum, dass Sie ihr einen gelegentlichen Klaps angedroht haben, Mrs. Wellby«, sagte Clement.

»Das weiß ich jetzt«, sagte sie und musterte Marcus. »Und nichts davon ist wahr. Es sind die Fantasien eines kranken Mädchens. Sie hat mir alles angehängt.«

»Und hat Sie dabei in eine Position gebracht, in der Sie sich nicht verteidigen können. Kein Alibi, eine Menge Motive. Sie müssen sich an jedes noch so kleine Detail an diesem Tag erinnern. Sie muss irgendwelche Spuren hinterlassen haben. Suzie zum Beispiel hat mir erzählt, dass es Jane war, die Ihren Friseurtermin abgesagt hat. Offensichtlich wollte sie nicht, dass sie gestört wurde.«

Sandie sah zu Marcus. Er nickte. »Am Morgen von Janes Tod fuhr Robert zur Arbeit, na ja, jedenfalls irgendwohin …«

»Sandie«, unterbrach sie Marcus.

»Entschuldigung, wie unhöflich von mir, ich habe Sie noch gar nicht vorgestellt. WPC Clement kennen Sie bereits, Cat, das ist mein übervorsichtiger Anwalt Marcus England.« Sie gaben sich die Hand. Er sah ziemlich gut aus.

»Warum meinen Sie, Ihr Mann sei nicht zur Arbeit gefahren, Mrs. Wellby?«, fragte Clement.

»Er ist entlassen worden. Vor einem halben Jahr. Er hat mir die ganze Zeit was vorgegaukelt. Ich dachte, es könnte meiner Verteidigung nützen, aber, na ja, wie auch immer … Es überrascht mich, dass Sie das nicht wissen.«
»Bramleys Ermittlungen konzentrieren sich auf ganz bestimmte Bereiche«, erwiderte sie knapp.
»Wie diplomatisch von Ihnen, WPC Clement«, antwortete Sandie und lachte fast auf. »Damit Sie es gleich wissen, ich werde ihm das Leben zur Hölle machen und nicht eher ruhen, bis er aus dem Polizeidienst entfernt ist. Von Ihrem Polizeigriff mal abgesehen, haben Sie mich immer anständig behandelt. Ich möchte nicht, dass Sie mit ihm untergehen.«
»Ich kann schon auf mich selbst aufpassen, Mrs. Wellby.«
Sie lächelte. »Ich erinnere mich, ich habe noch immer eine Abschürfung davon.«
»Sandie kann sich wirklich nicht mehr an viel erinnern, was an diesem Tag geschehen ist, Miss Torrant …«, unterbrach Marcus die beiden Frauen.
»Nennen Sie mich Cat. Sie muss es versuchen.«
»Ich weiß nicht, ob es hilft, wenn man noch mal die Ereignisse durchgeht«, sagte er.
Cat schüttelte den Kopf. »Ein Freund von mir hat vor kurzem eine sehr traumatische Erfahrung wieder durchlebt. Er konnte sich erst an die Einzelheiten erinnern, als er bereit war, sich erneut in die Situation zu versetzen. Es ist schwierig, Ihr Gedächtnis ist überlagert von den nachfolgenden Ereignissen. Versetzen Sie sich wieder in die Situation an jenem Morgen und durchleben Sie ihn, als würde er sich jetzt, in dieser Sekunde, ereignen. Lassen Sie sich Zeit, und reden Sie erst, wenn Sie sich erinnern, wie Sie sich beim Aufwachen gefühlt haben.«

Sandie nickte, lehnte sich auf dem blumengemusterten Sofa zurück und schloss die Augen.

Jane läuft den ganzen Morgen auf der Treppe auf und ab. Sandie hört sie in ihrem Arbeitszimmer. Es regt sie auf. Zum wiederholten Mal fragt sie sich, wann sie endlich wieder zu ihrer Mutter zurückkehren wird. Sie hat sich an ihre düstere, schmollende Anwesenheit im Haus gewöhnt. Aber dieses aufgekratzte Wesen mit seinem Ich-weiß-etwas-was-du-nicht-weißt-Getue geht ihr schrecklich auf die Nerven. Sie hat Robert nichts sagen können, da er selbst in einer komischen Stimmung ist. Wenn sie sie bittet, ein wenig ruhiger zu sein, wird sie ihrem Vater irgendeine entstellte Version davon zum Besten geben. Und ihr Wort stünde dann gegen das von Jane.

Sie hat bei diesen Spielchen schon zu oft verloren, um es überhaupt noch zu versuchen. Jane klopft an Sandies Tür.

»Willst du einen Kaffee?«, fragt sie. »Ich mach welchen.«

Die Uhr an der Wand schlägt halb eins. »Das kann doch nicht stimmen, wo zum Teufel bleibt Suzie bloß? Ich habe sie um elf erwartet.«

Jane zuckt die Achseln. »Hat den Termin wahrscheinlich vergessen.«

»Das sieht ihr gar nicht ähnlich …«

»Also, Kaffee? Wenn du willst, mach ich uns auch ein paar Sandwiches.«

»Ja, das wäre toll.«

»Wenn ich zurückdenke«, sagte Sandie und öffnete die Augen, »passte das überhaupt nicht zu Jane. Ich glaube, sie hat mir in den ganzen acht Jahren nicht ein einziges Mal eine Tasse Kaffee gemacht.«

Sie trinken Kaffee. Jane hat doch keine Sandwiches gemacht. Sandie erwähnt es nicht, sie hat sowieso keinen Hunger. Lucy scharrt an Sandies Füßen, läuft zur Tür, scharrt wieder. »Warst du noch nicht draußen, Kleine? Jane, war Lucy heute schon mal draußen?« Sie zuckt mit den Schultern. »Meine Schuld, die Zeit ist so schnell vergangen, ich kann es gar nicht glauben. Na, komm, Lucy, Gassi gehen.«

Sandie zieht sich nicht um, sondern schlüpft nur in eine Trainingshose. Sie schlagen direkt den Weg zu den Wiesen ein. Keine Straßen. Ein kurzer Spaziergang nur, sie hat viel Zeit mit Papierkram verschwendet. Bald darauf spürt sie die Schmerzen hinter den Lidern. Sie weiß sofort, was sie erwartet. Der Beginn einer Migräne. Sie ruft nach Lucy, selbst der Laut der eigenen Stimme tut ihr weh. Das helle Mittagslicht brennt sich durch ihre Pupillen und prallt von ihrem Hinterkopf zurück. Sie bedeckt die Augen und stolpert über ein Kaninchenloch. »Scheiße«, sagt sie, was sie sofort bedauert, während der Klang ihrer Stimme ihr durch und durch geht. Die Schmerzen werden schnell schlimmer. Sie kommt kaum noch über den Zauntritt.

»Ich kann mich nicht erinnern, Lucy darüber geholfen zu haben, sie ist zu klein, um über die Steinmauer zu springen, man muss ihr helfen. Das arme Tier, es muss völlig verängs-

tigt gewesen sein. Ich habe sie einfach zurückgelassen. Sie muss durch die Hecke an der Straße gekrochen sein. Straßen kennt sie eigentlich nicht.« Sandie wirkte beunruhigt. »Ich kann mich nicht mehr erinnern, wie ich nach Hause gekommen bin, ich war einfach da. Kennen Sie das, wenn man Migräne hat?«
Cat schüttelte den Kopf.
»Dann können Sie es nicht nachvollziehen.«

Die Uhr schlägt ein Uhr fünfundvierzig. Es fühlt sich an, als stünde sie im Glockenturm des Big Ben. Sie sackt am Tisch im Flur zusammen und entdeckt den Zettel, liest ihn: Jane, Videoladen. Gott sei Dank, kein Getrampel mehr auf der Treppe. Sandie hält sich am Treppengeländer fest und zieht sich nach oben. Sie schafft es nur noch, die Jogginghose auszuziehen. Sie fällt aufs Bett, kramt in der Schublade des Nachtkästchens und findet ihre Kopfschmerztabletten. Normalerweise soll sie nur zwei davon nehmen.
Sie nimmt drei. Sie stellt sich darauf ein, nur dazuliegen, völlig regungslos, und darauf zu warten, dass die Migräne nachlässt. Die Tabletten zeigen nicht die erhoffte Wirkung. Sie fühlt sich, als würde sie immer schwerer werden.
Die Schmerzen lassen nicht nach, ihre Muskeln allerdings entspannen sich. Ihr Kopf scheint nicht mehr zu ihrem Körper zu gehören. Sie ist am Rand einer Ohnmacht. Jemand kommt ins Zimmer, Sandie kann nicht mehr die Augen öffnen, sie verliert das Bewusstsein.

»Ich bin nicht eingeschlafen«, sagte sie erschreckt. »Ich bin ohnmächtig geworden. Jemand war in meinem Zimmer.« Ihr schauderte. »Ich habe nicht gesehen, wer es war, ich habe es nur gespürt. Warum hat sie mich nicht einfach erstickt, mich von der Bildfläche verschwinden lassen, statt sich diesen verwickelten Plan zurechtzulegen, von dem sie sowieso nicht profitiert?« Keiner antwortete darauf. Über diesen Aspekt hatte Cat noch nicht nachgedacht. »Das Nächste, was ich weiß, ist, dass ich oben auf der Treppe stand.«

»Sie haben hochhackige Schuhe getragen. Erinnern Sie sich, sie angezogen zu haben?«

»Nein. Ich erinnere mich, dass ich mich wie der Tod gefühlt habe. Und dann Sie am Telefon. Ich erinnere mich, Sie sagten, Jane sei tot. Ich meine, Jane und ich hatten unsere Auseinandersetzungen, sie war eine Nervensäge, aber so gar nichts zu fühlen, verstehen Sie, das war seltsam. Selbst als ich mit Ihnen zur Garage ging, fühlte es sich ganz unwirklich an. Ich hatte später Schuldgefühle deswegen.«

»Sie haben den Schlauch nicht berührt, oder, Sandie?«

Sandie sah zu Marcus. »Nein, ich habe ihn nicht berührt.«

»Warum haben Sie das Gegenteil behauptet, Mrs. Wellby?«, fragte Clement.

»Zu diesem Zeitpunkt hat alles gegen mich gesprochen, es war meine einzige Hoffnung, mein Wort gegen das von Cat. Wenn sie das behaupten und damit durchkommen konnte, warum sollte ich dann nicht auch damit durchkommen? Ich habe den Schlauch nicht angefasst, aber ich kann Ihnen nicht sagen, wann ich ihn zum letzten Mal in der Hand gehabt habe. Sam ist für den Garten zuständig.

Ich beschränke mich auf das Trocknen von Blumen, ich wasche auch nicht die Autos. Ich weiß nicht, wie meine Fingerabdrücke auf den Schlauch gekommen sind, das ist die traurige Wahrheit.«

»Welche Tabletten nehmen Sie gegen Migräne, Sandie?«

»Imigran.«

»Das wissen hier alle, oder?«

»Keine Ahnung, aber ich habe zwei Fläschchen am Bett stehen, Imigran und Valium. Und kommen Sie mir nicht mit irgendwelchen Belehrungen über Valium, ich bin Amerikanerin, ich habe das Zeug schon über die Muttermilch eingesogen.«

»Immer zwei Fläschchen?«

»Ja, ich nehme nicht gern Medikamente.«

Cat lachte verwirrt.

»Ich weiß, Valium, jeder hat so seine Schwächen, wenigstens nehme ich keine Drogen und hänge mich gefesselt an Wände …«

»Warum sagen Sie das?«, fragte Cat und stand auf.

»Gut, dann eben Gras oder …«

»Ja, aber warum das?«

»Einfach so als Beispiel.«

»Ziemlich seltsames Beispiel, meinen Sie nicht auch?«, sagte Cat und sah in Clements Richtung.

»Mrs. Wellby«, sagte Clement, »Sie haben Hausangestellte. Wo waren diese am Freitag?«

»Es ist ihr freier Tag. Einkaufen fürs Wochenende.« Sie wandte sich wieder zu Cat. »Ich wollte Sie nicht kränken …«

»Ist nicht so wichtig.« Cat setzte sich wieder. »Die Fläschchen müssen vertauscht worden sein, oder jedenfalls ihr Inhalt.«

Marcus und Sandie sahen sich an. »Woher wollen Sie das wissen?«

»Na, wie Sie doch sagen, Sie haben sich das Fläschchen gegriffen, Sie haben schreckliche Schmerzen gehabt ...«

»Es war definitiv das richtige Fläschchen, ich würde sie nie durcheinanderbringen.«

»Aber Sie haben vielleicht nicht gewusst, was Sie geschluckt haben. Sie sagen, die Tabletten haben nicht so wie sonst gewirkt. Ihre Muskeln haben sich entspannt, Valium hat diese Wirkung. Drei davon würden Sie relativ schnell flachlegen. Wahrscheinlich hat Jane das Zimmer betreten, um sich zu vergewissern. Könnten wir beide Fläschchen haben?«

»Klar, ich hole sie.«

Clement erhob sich. »Ich komme mit.«

Sandie lächelte traurig. »Ich bin noch nicht ganz aus der Schusslinie, oder?«

Clement erwiderte das Lächeln. »Im Gegensatz zu meinem Boss, Mrs. Wellby, bin ich gern gründlich.«

Sie verließen den Raum. Cat wandte sich an Marcus. »Wie lange kennen Sie Sandie schon?«, fragte sie ihn.

»Mein ganzes Leben. Wir sind Vetter und Kusine.«

»Wirklich? Was für eine gutaussehende Familie.« Cat schluckte. So hätte sie das nicht sagen sollen.

»Danke.«

»Eines macht mir zu schaffen«, sagte sie und kehrte auf sicheres Terrain zurück, »der zeitliche Ablauf. Sandie ist um Viertel vor zwei zurückgekommen, ich aber war um Viertel nach zwei hier. Wenn es Jane war, die ins Zimmer kam – und davon bin ich überzeugt –, muss es so gegen zwei Uhr gewesen sein. Dann aber blieb ihr nicht mehr genügend Zeit. Vielleicht hat sie von Sandie die Fingerabdrücke genommen, als diese außer Gefecht gesetzt war. Dann hat sie den Schlauch ins Auspuffrohr stecken müssen, was einige Zeit gedauert haben dürfte. Aber hier war alles sehr ruhig, ich hätte etwas hören müssen. Und warum trinkt Sandie am Morgen mit Jane Kaffee, was sie nie zuvor getan hat?«

»Na ja, sie hat doch gesagt, der Morgen ist wie im Flug vergangen«, erwiderte Marcus. »Vielleicht hat Jane die Uhr im Flur verstellt. Es ist die Einzige, auf die sich dieses verrückte Weib verlässt.«

»Ja?«

»Ja, auf die Uhr lässt sie absolut nichts kommen. Die Faszination der Amerikaner für alte Sachen. Sandie liebt so was. Bereits mit dem ersten eigenen Geld, das sie verdient hat, fing sie an, Antiquitäten zu kaufen.«

Clement kehrte mit den beiden Fläschchen in einem transparenten Gefrierbeutel zurück.

»Könnten Sie die Uhr im Flur auf Fingerabdrücke untersuchen lassen?«, sagte Cat.

»Ja, Inspector Torrant«, flüsterte Clement Cat ins Ohr. Cat sah sich nervös um. Sandies Vetter lächelte sie nur an. Sie spürte, wie sie errötete.

»Werfen wir einen Blick auf diese Uhr«, sagte Cat und griff nach Clements Arm. Sie gingen in den Flur. »Was für eine Geschichte«, flüsterte Cat. »Ich meine, mir war klar, dass Jane etwas seltsam ist …«

»So kann man es auch nennen«, erwiderte Clement.

»Aber dass sie sich selbst umbringen würde, um Sandie eins reinzuwürgen? Das ist extrem.«

»Es sei denn, ihr Drogenkonsum hat sie vollends ausklinken lassen. Schon mal was von Paranoia aufgrund von Ecstasyeinnahme gehört?«

»Irgendwie.«

»Ist in Essex ein großes Problem. Sonst völlig normale Kids

sperren sich plötzlich in ihr Zimmer ein, kommen nicht mehr mit anderen zurecht, in Extremfällen kann es zu Selbstmord führen. Jeder Fall geht auf Ecstasykonsum zurück. Seit gut zehn Jahren hat die Rave-Kultur in Essex Fuß gefasst. Und nichts deutet darauf hin, dass es abebbt. Ich war unzählige Male auf Raves und habe diese Kids zu warnen versucht. Aber keiner glaubt, dass ihm das passieren kann. An die langfristigen Folgen denken sie nicht, geschweige denn, dass bereits eine Tablette sie töten kann. Jeden Freitag und Samstag zwei bis drei Tabletten, und das über einen Zeitraum von zwei bis drei Monaten, und man hat irreversible Schädigungen im Gehirn.«

»Paris?«, sagte Cat.

Clement nickte. »Da war sie bereits ziemlich labil. Wir werden es nie mit Sicherheit erfahren, aber das könnte allem zugrunde liegen. Wie die Lehrerin sagte, nach dem Aufenthalt in Paris war sie nicht mehr dieselbe.«

»Und was ist mit ihrem Vater?«, flüsterte Cat. »Wenn er nicht im Büro war, wo dann? Vielleicht hat er herausgefunden, was sie in Paris außerhalb des Lehrplans getrieben hat. Er hat vorgegeben, in die Arbeit zu fahren, um seinen Ruf zu wahren, wie weit würde er da im Fall seiner Tochter gehen?«

»Dazu hab ich mir ebenfalls bereits meine Gedanken gemacht. Ich werde ihn überprüfen. Jedenfalls hat er bisher nichts dazu beigetragen, die Unschuld seiner Frau zu verteidigen.«

»Genau.« Cat sah über die Schulter, als sie Sandie und Marcus hörte.

»Also«, sagte Clement und drehte sich um, »ich werde die beiden Fläschchen zum Labor in Colchester bringen. Wenn wir morgen früh die Ergebnisse haben wollen, sollten wir uns beeilen.« Clement ging zur Tür. Cat sah ihr nach, wie sie in den Wagen stieg und wegfuhr, sie winkte ihr sogar von der Tür aus hinterher. Erst dann drehte sie sich um und sah Sandie und Marcus hinter sich. Sie fühlte sich peinlich berührt: Schließlich war Clement nicht ihr Gast gewesen, es war nicht ihr Haus.

»Ich werde mich auch auf den Weg machen«, sagte Cat unsicher.

»Warum bleiben Sie nicht einfach?«, kam es von Sandie. »Sie wollen doch nicht den weiten Weg nach London zurück, nur um morgen wiederzukommen?«

»Genau, warum nicht?«, pflichtete Marcus bei. »Sandie und ich haben uns lange genug in diesem alten Kasten verbarrikadiert.«

»Jetzt komm aber«, tadelte Sandie ihn. »Was ist denn mit den vielen Partys, zu denen wir eingeladen worden sind, ständig sind Gäste hier, eine einzige Nonstop-Fete, sie nimmt überhaupt kein Ende.«

»Sehr witzig.« Er wandte sich an Cat. »Wir sind gesellschaftliche Aussätzige. Aber ich bin zu jung, um mich im Haus meiner Kusine einsperren zu lassen. Bitte bleiben Sie, ich mache auch ziemlich scheußliche Spaghetti Bolognese.«

Cat verzog das Gesicht.

»Ich kann Ihnen eine Zahnbürste und was zum Anziehen leihen«, sagte Sandie. »Übrigens, es ist nett, Sie mal ohne Jeans zu sehen.«

Cat lächelte verlegen.

»Also, werden Sie bleiben?«, fragte Marcus.

Cats Handy klingelte. Sie zuckte zusammen.

»Hallo?«

»Cat, ich bin's.«
»Anna«, antwortete Cat und wandte sich von den anderen ab. Kaum der rechte Ort für eine vertrauliche Unterhaltung.
»Wo bist du?«
»Daheim.«
Cat sah auf die Nummer.
»Es ist aber eine andere Nummer.«
»Ich rufe von einer Telefonzelle aus an.«
»Warum?«
»Kann ich dir jetzt nicht erklären.«
Er klang seltsam. »Ich komm sofort zurück«, sagte Cat.
»Nein, Cat, es geht mir gut.«
»Bitte bleiben Sie doch!«, mischte sich hinter ihr Sandie deutlich hörbar ein.
»Ja, bleib«, sagte Anna, der die Stimme der Frau wohl gehört haben musste. »Man kümmert sich um mich.«
»Ist er noch bei dir?«
»Ja.«
»Ist das in Ordnung?«
»Ja.«
»Anna, du klingst so …«
»Es ist alles in Ordnung.«
»Aber?«
»Bitte. Du musst auf mich nicht aufpassen. Bleib. Ich muss jetzt los. Bis dann, Cat.«
Cat beendete das Gespräch. Der Akku wurde schwach. Sie starrte auf das kleine Gerät in der Hand und schaltete es aus. Sie fühlte sich ebenso verbraucht wie das Handy.
»Sie sehen erschöpft aus«, sagte Marcus.
»Danke.«
»Attraktiv, aber erschöpft.«

»Kommt jetzt, ihr beiden«, sagte Sandie. »Trinken wir was.« Cat nickte und ließ sich in die Küche führen.

Dan hatte viel nachgedacht. Er hatte Amelia wegen des Jobs angelogen und war zu Freunden nach Wales gefahren. Die ganze Woche über hatte er sich als Scheißkerl aufgeführt, um schließlich zum Kern des Problems vorzustoßen: Er liebte sie. Er konnte sich ein Leben ohne sie nicht vorstellen. Cat jedoch war nicht der Schwamm-drüber-vergessen-wir's-Typ. Sie brauchte ihn nicht, wie er sie brauchte, was ihn ziemlich nervte. Anna sagte, sie würde sich verändern, aber was, wenn er mit seiner sogenannten weiblichen Intuition danebenlag? Mit einem flauen Gefühl im Magen näherte er sich dem Eingang und hoffte, Anna würde Lust auf einen Plausch unter Männern haben. Anna würde wissen, was er zu tun hatte. Er betrat das Haus und wollte soeben an Annas Tür klopfen, als diese aufflog, zwei Polizeibeamte sich auf ihn stürzten, ihn zu Boden drückten und ihm Handschellen anlegten.
»Name?«
»Daniel Starling.«
»Adresse?«
»Hören Sie, ich wollte hier nicht einbrechen ...«
»Adresse?« Einer von ihnen tastete vorn in seiner Hosentasche nach einer Brieftasche.
»He«, schrie Dan. »Das ist nah genug, sie steckt in der hinteren Tasche.«
»Adresse!«, schrie der Uniformierte.
»Wer sind Sie eigentlich?«
»Was machen Sie hier zu dieser Nachtzeit, Daniel Starling?«
»Meine Freundin ... meine Ex-Freundin wohnt hier. Und mein ehemaliger Zimmergenosse aus Cambridge.« Er deute-

te zur Tür. Die beiden Beamten sahen sich an. Dan befiel ein panisches Gefühl. »Was ist los? Warum sind Sie hier?«
»Sind Sie schwul?«
»Was?«, fragte Dan und drehte sich um.
»Ist deine Freundin diejenige, die vergewaltigt worden ist?«
Dan drehte sich der Magen um. Cat? Vergewaltigt worden?
»Ist ja keine so richtige Vergewaltigung, wenn man sowieso darauf steht, dass man es in den Arsch geschoben bekommt.«
»Was sagen Sie da?«
»Sie haben mich gehört.«
Dan vergrub das Gesicht zwischen den Handschellen. »Oh, nein«, murmelte er, »nein.«
»Alles in Ordnung?«, fragte der zweite Beamte in Zivil.
Dan schüttelte den Kopf. Er hörte seine eigene Stimme wieder: *Irgendwie finde ich es schlimmer, wenn Typen andere Typen vergewaltigen.* Er sah noch Cats Miene vor sich, als er das gesagt hatte. Ihre dunklen, enttäuschten Augen. Ihr erschreckter Blick. Den gleichen Blick hatte er nun dem Polizisten zugeworfen. Und er hasste den Polizisten genau so, wie wahrscheinlich sie ihn gehasst hatte. *So eine Sache versaut dir die Psyche.* Kein Wunder, dass sie nicht angerufen hatte. Er hatte sich ja noch nicht mal entschuldigt. *Versuch doch nur, es intellektuell anzugehen. Die Penetration?* Er war von sich selbst angewidert. Dieser Polizist hatte ihn angewidert. Er hatte Cat angewidert.
»Du scheinheiliger Idiot«, sagte er zu sich selbst.
»So, das reicht jetzt«, kam es vom uniformierten Beamten.
Dan schloss die Augen und wartete auf den Tritt, den Faustschlag, den Schlagstock, die er gleich zu spüren bekommen würde.

»Vergessen Sie das mal ganz schnell!«, sagte der Zivilbeamte zum Uniformierten. »Drehen Sie eine Runde um den Block, kommen Sie runter!« Die beiden Polizisten starrten sich an. Der Uniformierte verzog sich schließlich nach draußen, während der andere Dan die Handschellen löste.

»Danke«, sagte er.

»Nennen Sie mich John, ich bin beim CID. Meinem Beamten fehlt es leider ein wenig an Feingefühl für …« Er machte eine vielsagende Handbewegung.

»Habe ich bemerkt. Also, was tun Sie hier?«

»Wer sind Sie noch mal?«

»Anna war mein Zimmergenosse, Cat meine Freundin. Ich wollte nur vorbeischauen … Na ja.«

John nickte. »Er ist vor ein paar Wochen überfallen worden.«

»Ich weiß. Ich war hier, als er abgeladen wurde.«

»Abgeladen?«

»Ja, Cat ist aufgewacht. Hat sie Ihnen das nicht erzählt?«

»Wir haben leider keinen Kontakt mit ihr aufnehmen können.«

Was Dan erstaunte. »Tut mir leid, wenn ich etwas begriffsstutzig bin, aber wovon reden Sie?«

»Die Fingerabdrücke eines der Täter, die Ihren Freund angegriffen haben, sind auch bei einem Toten aufgetaucht, der in einem Müllcontainer gefunden wurde.«

»Woher wissen Sie das?«, fragte Dan verwirrt.

»Von der Autopsie.«

»Ich meine, woher wissen Sie das über Anna?«

»Die Plastikplane, in der er zurückgebracht wurde«, sagte John. Er meinte, Dans Gedächtnis müsse man nur etwas auf die Sprünge helfen. Doch dem war nicht so.

»Ja, aber wie haben Sie die bekommen, die Plastikplane?«
»Ihre Freundin …«
»Das darf doch nicht wahr sein«, entfuhr es Dan wütend. Nach allem, was Anna gesagt hatte. Sie hatten ihm versprochen, nicht zur Polizei zu gehen.
»Sie hat richtig gehandelt«, sagte der Polizist. »Sie hätten schon viel früher Meldung erstatten sollen.«
»Wenn ein Freund einen darum bittet …« Dan fuhr sich durchs Haar. »Es ist schwierig.«
»Schon klar, doch genau darauf bauen diese Typen. Jemand ist ums Leben gekommen. Und dieser Jemand ist nicht mehr nach Hause zurückgekehrt, um sich von seinen Freunden wieder hochpäppeln zu lassen. Er ist nackt in einem Müllcontainer in Soho gelandet. Ihre Ex-Freundin hat genau das Richtige getan. Ich wünsche mir nur, wir wären früher hierhergekommen. Sie können das Gesetz nicht in die eigenen Hände nehmen, so läuft das nicht.«
Dan sah ihn an. »Ich hab keine Ahnung, was Sie meinen.«
Der andere zog fragend die Augenbrauen hoch. »Glauben Sie mir, Anna will in Ruhe gelassen werden.«
»Wenn das so ist, warum sind die Täter dann das Risiko eingegangen und haben das hier angerichtet?« John schob die Tür zu Annas Wohnung ganz auf. »Das allein reicht eigentlich schon als Aufforderung, klein beizugeben, das Video wäre gar nicht mehr nötig gewesen.«
Dan starrte in den Raum. »Welches Video?«
»Das Video von Annas Vergewaltigung.«
Dan drehte sich ihm mit entsetzter Miene zu. Dann schritt er wie in Trance durch die Wohnung. Jemand hatte alles auf den Kopf gestellt. Anna träumte immer davon, in einer schlechten Fernsehserie mitzuspielen. Das Zimmer sah aus

wie in einer Szene aus »Drei Engel für Charlie«. Es fehlte nur, dass Anna zur Tür reinmarschierte, gekleidet in einem einteiligen Hosenanzug aus den Siebzigern mit Schlapphut, und sagte: »Sie müssen danach gesucht haben«, wobei er aus seinem grellen Ohrclip einen Mikrofilm zog. Die Mädchen würden ihm daraufhin um den Hals fallen, und schließlich würde sein Wunsch erfüllt werden: Charlie zu treffen.

Endlich hatte Dan die Sprache wiedergefunden. »Und wo ist Anna jetzt?«

»Genau das ist das Problem«, erwiderte John. »Das weiß niemand.«

Dan sah sich noch mal im Zimmer um, dann ging er die Treppe hoch. »Scheiße«, entfuhr es ihm, als er das Badezimmer sah.

»Es sieht jetzt schlimmer aus als vorher, die Spurensicherung war schon da. Wirklich.«

Dan glaubte ihm nicht, rannte die Treppe hinunter und wählte Cats Nummer und dann, als sich dort niemand meldete, ihr Handy.

»Die von Ihnen gewünschte Nummer ist im Moment nicht erreichbar. Bitte versuchen Sie es zu einem späteren Zeitpunkt noch einmal.«

»Scheiße!«

29

Dan rief jeden an, der ihm einfiel, aber keiner hatte Cat oder Anna gesehen. Selbst Amelia war verschwunden. Sie hatte Heaven's Gate unerwartet verlassen und war nicht mehr zurückgekehrt. Schwester Cleveland erwies sich als so nützlich oder nutzlos wie immer. Wenn Amelia in Schwierigkeiten stecke, so sei dies ganz allein ihre Schuld. Und die von Anna. Und die von Cat. In der Morgendämmerung erschien Johns Ablösung, sie gaben sich die Hand und gestanden sich die Hoffnungslosigkeit ihres Tuns ein. Dan war wütend auf sich, weil er so lange fortgeblieben war. Nur allzu gern hätte er Cat klarmachen wollen, dass es nicht so schlimm sei, wenn man jemanden brauchte; sie hätte dazu nur anzurufen müssen. Aber das war alles erbärmlicher, kindischer Schwachsinn. Hatte er das nicht längst hinter sich gelassen? Insgeheim musste er sich eingestehen, dass es ihn verletzte, wenn Cat auch ohne ihn ziemlich gut zurechtkam; dass sie sich auf etwas einlassen und es dann auch bis zum Schluss durchziehen konnte; dass sie das Richtige tat, auch wenn es hieß, sich gegen Anna zu stellen. Er wusste nicht zu sagen, ob sie damit immer Erfolg hatte, aber sie versuchte es zumindest. Und was hatte er getan? Scheiße. Und jetzt war Anna verschwunden und mit ihm Cat und Amelia. Was würde er darum geben, wenn sie in diesem Augenblick allesamt unversehrt durch die Tür marschiert kämen?

»Denk nach, Dan«, redete er sich ein. »Es muss doch was geben, was ich tun kann, hilf mir, Gott …« Er dachte an jenen Abend zurück. Er hatte Anna den Scheißkerlen mehr oder minder in die Arme geworfen. Auch da hatte Cat recht gehabt. Zu der Zeit hatte sie noch Albträume wegen des toten Mädchens. Sie war aus dem Schlaf geschreckt, hatte mitbekommen, wie die Welt erwachte, und dabei den Wagen gesehen … Dan stand auf. Der Wagen. Er nahm den Zettel mit der Telefonnummer, den John ihm gegeben hatte, und rief bei der Polizei an.

»Ich möchte mit einem gewissen Jones sprechen.«

»Wer ruft an?«

»Dan Starling. Ich bin ein Freund von Cat Torrant und Anna Prokton.«

»Ich stelle Sie durch …« Die Einzelheiten traten ihm wieder vor Augen, er rasselte sie dem Beamten herunter, der in der Leitung war.

»… tut mir leid, dass ich so früh anrufe, ich habe mich nicht mehr erinnern können, der Schock, Cat hat ihn gesehen, wir waren aus, Anna kenne ich schon seit …«

»Mr. Starling«, unterbrach ihn Jones, »was hat Cat gesehen?«

»Entschuldigung.« Er atmete tief durch und versuchte sich zu beruhigen. »Eine schwarze Limousine, sie ist am Morgen nach dem Überfall auf Anna vor dem Haus weggefahren. Cat hat sich nichts dabei gedacht, sie hat den Wagen für ein Taxi oder so was gehalten. Aber ein Taxi würde doch keinen nackten Bewusstlosen vor dem Hauseingang ablegen, ihm eine Plastikplane um den Leib wickeln und ihm einen rosaroten Fell-String in die Hand stopfen, oder? Ich weiß, das sind alles nur Spekulationen, aber ich dachte, es könnte vielleicht weiterhelfen.«

Jones hörte ihm gar nicht mehr richtig zu. Er war aufgestan-

den und blätterte hektisch in seinen Notizen, bis er das Gesuchte schließlich gefunden hatte.
»Können Sie sich an die Automarke erinnern?«
»Nein. Cat hat da nichts gesagt.«
»An das Nummernschild, irgendwelche Besonderheiten?«
»Nur dass er gut in Schuss war. Ein schicker Wagen, hat sie gesagt.«
Jones ließ sich auf seinen Stuhl fallen und presste sich den Hörer gegen das Ohr. »Hat vielleicht nichts zu bedeuten ...«
»Was hat nichts zu bedeuten?«
Jones hörte die Panik in Dans Stimme, aber er wollte keine falschen Hoffnungen wecken. Anna Prokton steckte mit hoher Wahrscheinlichkeit in ziemlich großen Schwierigkeiten.
»Dan, würden Sie Miss Laing von nebenan als glaubwürdige Zeugin einschätzen?«
»Gaby? Ja, eine nette Frau.«
»Sie hat einem meiner Beamten erzählt, sie sei aufgeschreckt worden, weil sie auf der Straße Schreie gehört hat. Dann hat sie noch gesehen, wie Anna in einen schwarzen Rover geschafft wurde, am Steuer aber hat ein anderer gesessen, ein ›schicker Mann‹.«
»Zufall«, sagte Dan. »Er würde doch nie mit dem Typen in einen Wagen steigen, der ihn angegriffen hat!«
»Miss Laings Aussage zufolge ist er in den Wagen ›getaumelt‹. Als wäre er betrunken gewesen«, las Jones von seinen Notizen ab.
»O nein, das kann nicht sein. Wo war Cat?«
»Keine Ahnung. Ich warte selbst auf einen Anruf von ihr. Wir wissen nur eines: Sie ist nicht bei Anna.«
Dan schwieg einen Augenblick, bevor er fragte: »Sie meinen, es könnte der gleiche Wagen gewesen sein?«

»Möglich.«
»Ihm wird doch nichts geschehen, oder?«
Jones wusste nicht, was er darauf antworten sollte. Die Wahrscheinlichkeit, dass Anna noch am Leben war, dürfte ziemlich hoch sein. Bis jetzt zumindest. Clement hatte recht: In ihrem Metier gab es keine Zufälle.
»Ich weiß es nicht, aber im Moment sieht es nicht gut aus.«
Jones legte den Hörer auf, nachdem er sich Dans Nummer notiert und ihm versichert hatte, sofort anzurufen, falls er Neues über Anna erfuhr. Mit der Kaffeetasse in der Hand ging er hinaus zu seiner Sekretärin Trudi.
»Geben Sie einen Fahndungsaufruf raus. Es sollen alle schwarzen Rover im Großraum London angehalten werden. Gesucht wird nach einem männlichen Weißen, gut gekleidet.« Jones hielt inne. Es war sinnlos. »Ich will die amtliche Zulassung, Name und Adresse der Fahrer …« Wieder verstummte er. Genauso gut konnte er nach allen Personen suchen, die allergisch auf Austern reagierten – in einer Stadt, in der diese gar nicht serviert wurden. Man würde ihn nur fassen, wenn er irgendwo irgendjemandem zufällig vor die Füße fiel.

Keiner in Cedar Hall hatte sonderlich gut geschlafen. Die Ereignisse schienen sich gerade zu überschlagen. Cat hatte Sandie kurz erzählt, was sich mit Simon Proudlove zugetragen hatte, ohne zu viel über Anna preiszugeben. Sie wollte seine Privatsphäre respektieren. Auch wenn sie der Polizei alles darüber erzählen würde, sobald sich die Möglichkeit dazu ergab. Sie zog wieder ihr Kleid an und machte sich auf die Suche nach einem Kaffee. Bereits auf der Treppe stieg ihr der Duft in die Nase. Marcus war in der Küche, bekleidet mit nichts anderem als einem Handtuch, das er sich um die Hüfte geschlungen hatte.

»Oh, Verzeihung«, sagte Cat.

»War nur schwimmen«, sagte er. »Sollten Sie auch machen, ist toll.«

»Ist das Kaffee?«, fragte Cat, was aufgrund des starken Dufts völlig überflüssig war.

»Ja, wollen Sie welchen?«

»Ja, bitte. Hat Clement schon angerufen?«

»Cat, es ist halb neun Uhr morgens, ich glaube nicht, dass das Labor schon besetzt ist.« Er reichte ihr eine Tasse, wobei er kurz ihre Hand streifte. Sie sah nicht auf. Sie wusste nicht recht, wie sie die Situation interpretieren sollte. Flirtete er mit ihr? Um diese Zeit am Morgen? Cat setzte sich an den Küchentisch und tat so, als würde sie die Zeitung durchblättern. Der Wellby-Fall wurde nicht erwähnt. Vielleicht waren Sandies fünfzehn Minuten vorüber. Vielleicht würde sie einen festen Sendeplatz im Frühstücksfernsehen bekommen, wenn das alles hier vorbei war. Cat seufzte. Was machte sie hier eigentlich? Es war nicht ausgeschlossen, dass Sandie selbst die Tabletten vertauscht, die Kopfschmerzen vorgetäuscht, sich Suzie gegenüber am Telefon als Jane ausgegeben hatte … Nein, woher sollte sie wissen, dass eine Wichtigtuerin wie sie hier aufkreuzen, herumschnüffeln und der Spur bis nach Paris folgen sollte? Es wäre viel zu riskant gewesen, oder? Aber da war noch das Tagebuch … Stimmte, was darin stand, oder waren auch das nur Janes durchgeknallte Fantasien?

»Machen Sie immer so ein Gesicht, wenn Sie nachdenken?«

Nervös blickte Cat auf. Hatte er sie beobachtet?

»Ich habe mich nur gefragt«, begann sie zögernd, »was Sie

vorhaben, falls die Tabletten wirklich vertauscht und die Uhr umgestellt worden ist. Warten Sie dann, bis es zur Verhandlung kommt?«

»Nein. Sandies Geschäft muss von Tag zu Tag größere Verluste hinnehmen, der Ruf ist in ihrer Branche alles. Ich werde mich mit den Indizien an die Staatsanwaltschaft wenden und hoffen, dass die Anklage fallengelassen wird. Sie wissen, Robert ist pleite, Sandie will nicht, dass es bekannt wird, weiß Gott, warum sie den Trottel schützen will, nach allem, wie er sie behandelt hat. Seine erste Ehe war ein Fiasko. Warum sie unbedingt meint, mit ihr ginge es jetzt besser …«

Plötzlich schweifte sein Blick zur Tür. »Tut mir leid, ich wollte nicht …«

Cat drehte sich um. Sie erwartete, dort Sandie zu sehen, doch im Türrahmen stand Mrs. Hawk.

»Einen Moment«, sagte sie. Ihre Gedanken rasten. War sie ebenfalls irgendwie beteiligt? War das hier so eine Art *Mord im Orientexpress?* Nein, nein. Cat stand auf. Marcus schob sich an Lottie Hawks Mutter vorbei und sagte, er wolle Sandie holen. Cat brachte kein Wort heraus, sie starrte nur die Frau an. Diese rührte sich nicht, sondern sah mit unergründlicher Miene zu Cat. Irgendwas stimmte nicht. Woher sollte Marcus wissen, wer sie war? Er hatte sie nicht nach ihrem Namen gefragt. Wieder dachte sie an ihren Besuch bei der Frau. Sie hatte nicht gewusst, wer Camilla Simpson war. Sie hatte Janes Verhalten zu Hause verteidigt. Woher hatte sie das gewusst? *Lassen Sie uns in Ruhe.* Wer ist ›uns‹? Ihr Akzent hatte nicht zu dem verfallenen Haus gepasst, der abblätternden Farbe. Wie konnte sie nur so dämlich gewesen sein, natürlich …

Cat erhob sich. Hinter der Frau erschien Sandie.

»Fiona«, sagten beide gleichzeitig.
»Was machst du hier?«, fragte Sandie.
»Warum haben Sie mir nicht gesagt, wer Sie sind?«, fragte Cat.
»Weil ich Angst hatte«, erwiderte Fiona und trat, gefolgt von Sandie, in die Küche. »Und ich bin Ihretwegen hier, wegen dem, was Sie gesagt haben.«
»Ich dachte, ich würde mit Lotties Mutter reden. Ich hätte das alles nie gesagt, wenn ich gewusst hätte …«
Fiona hob die Hand. »Ich bin froh, dass Sie es getan haben. Ich habe lange genug die Augen davor verschlossen, meinen Sie nicht auch?«
»Wenn ich gewusst hätte …«, wiederholte Cat.
Fiona drehte sich zu Sandie um und ergriff ihre Hände. »Ich muss mich bei dir entschuldigen«, sagte sie. »Wir alle müssen das.«
»Ich verstehe nicht«, sagte Sandie. »Wer ist Lottie? Warum der plötzliche Meinungsumschwung?«
»Ich werde alles erklären. Ich habe mich selbst auf die Suche nach einigen Antworten gemacht. Dinge sind zum Vorschein gekommen, die nicht zusammenpassen. Sie hat sich Jo gegenüber widerlich benommen, sie hat ihrem Vater gesagt, dass Jo eine *Freundin* von mir sei. Ich habe ihren Pass gefunden, er ist abgelaufen, trotzdem hat sie eine Reise nach Portugal gebucht. Sie hatte nie vor, dorthin zu fliegen, Sandie. Das alles war geplant. In ihrem Zeugnis hat sie die denkbar schlechtesten Noten. Sie hat das Schuljahr nie wiederholen wollen, sondern hat das alles geplant.«
»Was? Mich ins Gefängnis zu bringen?«
»Nein, Robert und mich wieder zusammenzubringen. Liegt das nicht auf der Hand?« Sandie runzelte die Stirn. Es war

doch lächerlich, nichts auf der Welt konnte die beiden wieder vereinen. »Wie«, fuhr Fiona fort, »hätte Robert dich noch lieben können, wenn du seine Tochter umgebracht hättest? Aber genau das tut er, er liebt dich noch immer. Deshalb hat er auch wieder zu trinken begonnen … weil er sich selbst dafür hasst, dich zu lieben. In eurer Ehe hat er das Zeug kaum angefasst. Solange er mit mir verheiratet war, hat er ständig getrunken. Er hat sich damals gehasst, er hasst sich auch jetzt wieder dafür.«

Sandie setzte sich auf einen Stuhl. »Du überschätzt ihn. Er trinkt, weil er entlassen worden ist und sich schämt, es mir zu erzählen – mir, seiner Frau. Er ist dumm, egoistisch und arrogant. Das Zusammenleben mit ihm im letzten halben Jahr war die Hölle deswegen, wie kann er es wagen, mir das alles anzutun?«

»Ihr werdet es wieder auf die Reihe bekommen.«

»Nein, ohne mich. Es ist alles seine Schuld. Hätte er zu mir gestanden. Hätte er sich nur gelegentlich seine Tochter zur Brust genommen. Hätte er nur einmal zu mir gehalten, einmal nur.«

»Es ist nicht alles seine Schuld, Sandie, ich war auch beteiligt. Jane hatte einen völlig verzerrten Blick auf unsere Ehe, und wir haben es zugelassen. Sie will im Friedhof der Kirche begraben sein, in der wir geheiratet haben, schreibt sie in ihrem Tagebuch. Es gibt keine Kirche. Und sie hat sich auf den Tag genau zehn Jahre nach dem Tag umgebracht, an dem wir ihr erzählt haben, dass wir uns trennen würden. Aber das alles ist nichts verglichen mit dem hier.« Damit warf Fiona einen Stapel Briefe auf den Küchentisch. Sandie sah auf. Es waren an die dreißig Briefe, alle an Lottie Hawk adressiert. Cat starrte auf die Handschrift.

»Von wem stammen sie?«, fragte sie, während sie sie durchsah.
»Von Jane«, antwortete Fiona.
»Alle?« Cat sah zu Fiona. »Die Handschrift ist doch nicht dieselbe.«
»Genau.« Seufzend ließ sich Fiona neben Sandie nieder.
»Das verstehe ich nicht«, sagte Sandie.
Cat sortierte die Briefe nach dem Datum. Der letzte war etwa zwei Monate zuvor verfasst worden. »Jane hat nicht gewusst, dass Lottie tot ist.«
»Jane hat Lottie jahrelang verfolgt. Es hat mir das Herz gebrochen, als ich sie gelesen habe.«
»Sind Sie sich wirklich sicher, dass sie alle von Jane stammen?« Cat haderte noch immer mit den unterschiedlichen Handschriften.
»Ich habe heute Morgen Camilla Simpson einen Besuch abgestattet, Janes und Lotties Lehrerin, wie Sie ja wissen. Übrigens, Cat, Ihre Großmutter ist eine Perle.« Cat lächelte dankbar. »Dabei sind wir Janes Unterlagen durchgegangen. Janes Handschrift hat im Lauf ihrer Schul- und Collegeausbildung ganz enorm variiert.«
»Und?«, sagte Sandie.
Plötzlich dämmerte es Cat. »Das Tagebuch«, sagte sie.
Fiona nickte. »Die Handschrift im Tagebuch ist wie aus einem Guss. Denn das war es, womit sie sich beschäftigt hat, als sie das Schuljahr wiederholen sollte. Sie hat die vergangenen acht Jahre umgeschrieben. Vielleicht hat es als krankhafte Fantasie begonnen, die unter dem Einfluss von Drogen immer realer wurde. Vielleicht war ich auch nur blind und wollte nicht sehen, was doch so offensichtlich war. Wir waren fürchterliche Eltern, wir hatten eine fürchterliche Ehe,

und du, Sandie, warst das Beste, was uns allen passieren konnte. Es tut mir alles so leid …« Fiona begann zu weinen.
»Es war nicht Ihre Schuld«, sagte Cat leise. »Ich habe meinen Vater nie kennengelernt, meine Mutter hat sich nach meiner Geburt auf und davon gemacht – und trotzdem laufe ich nicht rum und gehe auf die ganze Welt los, nur weil meine Eltern Versager waren. Jeder ist für sein Leben selbst verantwortlich. Jane war krank. Sie können nichts dafür.«
»Sie hat recht«, erwiderte Sandie. »Keiner von uns hat gewusst, wie schlimm es wirklich um sie stand, keiner von uns wollte es wissen. Aber letztendlich hat Jane es getan, sonst niemand.«
»Sie war so entschlossen, Sandie mit hineinzuziehen, dass sie sich sogar gegen den Kopf geschlagen hat, um den Verdacht auf sie zu lenken«, fuhr Cat fort.
»Ich kann es nicht glauben«, sagte Fiona. »Es muss schrecklich wehgetan haben. Sie hat Schmerzen gehasst.«
Cat sah zu Sandie. Es war an der Zeit, Fiona darüber aufzuklären, was ihre Tochter für ein Mensch war. Cat erhob sich und wollte die beiden allein lassen. Dabei bemerkte sie den Jaguar, der in diesem Moment in die leere Garage gegenüber fuhr. Sie ging in den Flur und lehnte sich gegen den runden Tisch. Getrocknete Blumen. Sie war wieder am Ausgangspunkt.

Als Erstes fuhr Clement am Morgen ins Labor. Die Ergebnisse, sagte man ihr, lägen in Kürze vor – wenn sie sich noch ein wenig gedulden mochte. Man führte sie in ein Büro, in der der Bericht abgetippt wurde. Hinter einer der Glastüren sah sie das Archiv, in dem die alten Fallunterlagen aufbewahrt wurden. Die Sekretärin saß mit dem Rücken zu ihr, über den Ohren einen Kopfhörer, und tippte von einem Tonband ab. Clement sah von der Frau zur Tür ins Archiv. Wenn sie es vorsichtig anstellte, könnte es klappen. Sie stand auf, vergewisserte sich, dass sich niemand im Gang aufhielt, und öffnete leise die Tür. Die Sekretärin tippte weiter vor sich hin. Clement drückte sich an die Rückwand des Raums, bemüht, nicht ins Gesichtsfeld der Sekretärin zu geraten, und achtete auf ihre Schritte. Jedes Mal, wenn die Frau den Fuß vom Pedal nahm, verharrte Clement regungslos. Wenn das Getippe wieder anfing, bewegte sie sich weiter hin zur Tür. Als die Frau sich nach unten beugte und sich an der Wade kratzte, schlüpfte Clement in den Archivraum. Sie machte sich sofort über den Buchstaben E her, E für Evans, und zog Michael Evans' Akte heraus. Als sie jemanden in den Raum kommen hörte, sah sie sich nervös um und suchte nach einem Versteck, ihr Herzschlag beschleunigte sich. Sie ging weiter in den Raum hinein. Und dann lächelte sie. Sie hatte es gefunden. Alle forensischen Beweise, die Bramley im Geheimen sichergestellt oder versteckt oder zufällig verloren hatte. Sie erkannte einige der Namen. Sie hatte ihn. Endlich konnte sie ihn dingfest machen. Sie blätterte die Seiten durch, bis sie das Gesuchte fand: eine Porzellantasse, darauf Fingerabdrücke, verschmierter Lippenstift und Speichel. Kaffeereste mit Spuren eines Medikaments, dessen Handelsname gewöhnlich Melatonin lautete. Sie schlich sich zum Aktenschrank zurück und legte den Ordner wieder an seine Stelle. Dann spähte sie um die Ecke der Tür. Die Götter waren auf ihrer Seite. Die Sekretärin musste eine Pause eingelegt haben. Clement konnte sie nirgends entdecken. Sie stürzte zur Tür und öffnete sie. In diesem Moment ging die gegenüberliegende Tür auf. Die Sekretärin starrte sie stirnrunzelnd an.

»Ich habe Sie gesucht«, sagte sie.
»Ich Sie auch«, erwiderte Clement. »Ich musste aufs Klo, und als ich zurückkam, waren Sie nicht mehr da. Es eilt wirklich mit den Ergebnissen.«
Die Sekretärin drückte sich einen braunen Umschlag gegen die Brust.
»Ich mach nur noch eine Kopie für die Wellby-Akte«, sagte sie.
Clement hatte ihr nicht gesagt, an welchem Fall sie arbeitete.
»Woher wissen Sie, dass es für den Wellby-Fall ist?«
Die Sekretärin rollte mit den Augen ob so vieler Dummheit.
»Na, es geht doch um verschreibungspflichtige Medikamente, der Name der Frau steht überall drauf.«
»Natürlich.« Clement seufzte erleichtert. Langsam wurde sie auch schon paranoid.
»Also, ich mach nur noch eine Kopie für die Akte.«
»Ja, nur zu. Danke.«
Die Sekretärin kehrte zu ihrem Schreibtisch zurück, öffnete den Umschlag und schob die Blätter in eine seltsame Maschine, die aussah wie eine Kreuzung aus PC und Faxgerät. Auf dem Bildschirm erschienen einige Fenster. Die Sekretärin berührte eines davon. Weitere Fenster tauchten auf.
»Wow. Was ist das?«
»Toll, was? Das ist mein Baby. Keiner außer mir kann es bedienen. Ich liebe es. Wir heben die Originaldokumente natürlich weiterhin auf, klar, aber das Archivieren ist damit die reinste Freude.« Langsam verschwand die getippte Seite in der Maschine. »Das Blatt wird jetzt gescannt. Wenn ich es wieder haben will, muss ich nur den Ordner öffnen, auf Drucken gehen, und schon haben Sie's. Keine abgebrochenen Fingernägel mehr oder Rückenschmerzen, weil man

schwere Kisten herumwuchten muss. Jetzt ist alles hier drin.« Sie klopfte auf die Maschine.

»Und das ist die Wellby-Akte?«

»Ich wäre hier fehl am Platz, wenn sie das nicht wäre.«

»Könnten Sie mir einen Anhang ausdrucken?«

»Anhang zu was?«

»Dem Bericht zu den Fingerabdrücken auf dem Schlauch.«

»Klar.«

Clement blickte sich nervös um.

Kurz darauf spuckte die Maschine den Bericht über die Tablettenfläschchen sowie den dazugehörigen Anhang aus. Die Sekretärin reichte Clement die Blätter, die sie sofort überflog. Restbestände von Valium fanden sich in dem Fläschchen mit Imigran und umgekehrt. Schlussfolgerung: Der Inhalt der beiden Fläschchen war vertauscht worden. Außerdem fanden sich Handschuhabdrücke auf den Behältern. Latex. Clement hätte die Frau am liebsten geküsst.

»Ist das alles, was Sie brauchen?«, fragte die Sekretärin.

»Mehr als das«, antwortete Clement und verabschiedete sich. »Danke.«

Robert hatte den Jaguar neben dem leeren Platz gestellt, wo zuvor der BMW gestanden hatte, der mittlerweile beschlagnahmt worden war. Er starrte auf die Lücke. Sie war nichts verglichen mit einem Leben ohne Sandie. Einem Leben ohne Jane. Die Fehler, die er mit seiner Tochter gemacht hatte, waren nicht wiedergutzumachen. Die Fehler gegenüber seiner Frau …

»Robert?« Fiona klopfte an die Scheibe. »Was machst du hier?« Sie sah zum Haus.

Robert stieg aus.

»Ich habe Jane umgebracht.«
»Was?«
»Du hast mich gehört …«
»Ich verstehe nicht …«
»Robert?« Sandie stand in der Tür zur Küche. Er rannte zu ihr. Fiona rief ihm hinterher, aber er ignorierte sie.
»Verzeihst du mir?«, wandte er sich an Sandie. »Bitte?«
»Robert«, brachte Sandie ihn zum Schweigen, »du kannst nicht einfach so aufkreuzen …« Unwillkürlich kamen ihr die Tränen. »Du glaubst, alles würde wieder …«
»Robert!«
»Fiona, bitte«, sagte Sandie. »Das geht nur mich und ihn etwas an.«
»Ich will wissen, was du damit gemeint hast, Robert? Um Gottes willen …«
Robert drehte sich zu Fiona um. »Ich habe Jane umgebracht.« Wieder sah er zu Sandie. »Es tut mir leid, dass ich dir das alles zugemutet habe.«
Sandie machte einen Schritt zurück. »Jane hat sich selbst umgebracht.«
»Ja, aber ich hätte hier sein sollen, um es zu verhindern. Ich habe ihr gesagt, ich würde nach Hause kommen, damit wir Tennis spielen können.«
»Sie hat gewusst, dass deine Arbeit das nicht zulässt«, erwiderte Fiona.
Robert und Sandie sahen sich an. »Wo warst du, als es passiert ist?«, fragte Sandie.
Robert senkte den Kopf.
»Du warst in einer Kneipe, du hast getrunken?«
Er nickte.
»Oh, Robert …«

»Was?«, unterbrach Fiona.
»Ich bin entlassen worden. Ich war seit Monaten nicht mehr im Büro. Das Pub war der einzige Ort, wohin ich konnte. Ich hätte am Freitag zu Hause sein können.«
»Robert, Jane wollte nicht, dass du es verhinderst. Sie wollte, dass du sie findest. Dass du dieses Bild nie vergessen würdest und wir beide uns trennen. Jane hat das Ganze inszeniert.«
»Sie hat recht«, stimmte Fiona ihr zu.
»Aber ich habe ihr gesagt, ich würde früher zurück sein.«
»Liebling, sie war um ein Uhr tot. Du solltest sie tot im Wagen finden, während ich im Bett lag und schlief. Kein Abschiedsbrief, nur das Tagebuch, und meine Fingerabdrücke auf dem Schlauch. Wäre Cat Torrant nicht aufgetaucht, wäre der Fall nahezu hieb- und stichfest gewesen. Wir hätten nie die Wahrheit über Jane herausgefunden, und unser Leben wäre zerstört gewesen.«
»Ich will noch immer nicht glauben, dass sie sterben wollte.«
»Wahrscheinlich war es für sie kein Sterben. Wer weiß, in welchem Geisteszustand sie sich befunden hat.«
»Verzeih mir, Sandie, ich hätte wissen müssen, dass das Tagebuch ein …« Er suchte nach dem angemessenen Wort.
»Die Ausgeburt eines kranken Geistes war«, sagte Fiona.
Robert ging zum Aufsitzblock und ließ sich darauf nieder.
»Was ist aus meinem kleinen Mädchen nur geworden?«
Fiona und Sandie sahen sich an. Fiona bedeutete ihr, zu ihm zu gehen. Sandie zögerte.

Clement stürzte aus dem Labor auf den Parkplatz und wählte sofort die Nummer der Polizeidienststelle West End Central.

»Trudi, hier ist WPC Clement, kann ich mit …« Es klickte, und Jones war in der Leitung.
»Wo zum Teufel haben Sie gesteckt?«
»Was?«
»Wo ist Anna?«
»Wer?«, fragte Clement, die sich erst orientieren musste.
»Anna Prokton, wo steckt er?«
Clement stieß einen Fluch aus. »Ich wollte anrufen, er wird nicht mit Ihnen reden. Cat hat, verstehen Sie, er ist …«
»Verschwunden! Wo ist Cat?«
»Was soll das heißen – verschwunden?«
»Ein kleines Mädchen ist vor der Soho Parish School von einem Mann angesprochen worden. Gut aussehend, teurer Anzug, gab sich als der Chauffeur aus, der sie abholen sollte. Das Mädchen hatte so viel Verstand, davonzulaufen und die Polizei zu verständigen. Und Anna ist verschwunden. Es besteht da eine Verbindung, ich weiß es. Die Scheißkerle haben es als Nächstes auf ein Mädchen abgesehen.«
»Das hat Cat auch gesagt.«
»Also, wo ist sie?«
»Tut mir leid …«
»Ich konnte nicht so lange warten, deshalb habe ich ihnen gestern um drei Uhr nachmittags einen Besuch abgestattet. Die Tür hing mehr oder minder aus den Angeln, die Wohnung war auf den Kopf gestellt, überall Blut. Und was finde ich? Meine Nummer auf einem blutverschmierten Zettel und ein Video von der Folterkammer, für die ein Mädchen als Nächstes auf der Liste steht! Wo zum Teufel haben Sie bloß gesteckt?«
Clements Hochgefühl war mit einem Schlag verflogen. »In Colchester«, antwortete sie leise.

»Bramley!« Jones klang genervt.
»Ja«, sagte Clement.
»Ich habe Ihnen doch gesagt, ich würde in der Sache ermitteln. Aber hier steht ein Menschenleben auf dem Spiel, seien Sie sich um Himmels willen über Ihre Prioritäten im Klaren. Wo ist Cat?«
»In Cedar Hall.«
»Mein Gott, was haben Sie beide vor? Wie lautet ihre Nummer?«
»Ich werde sie anrufen«, sagte sie. »Bitte!«
»Sagen Sie ihr, man hat Anna gesehen, wie er in einem schwarzen Wagen, einem Rover, fortgeschafft wurde. Und, Clement, fragen Sie sie, ob ihr der Name Darren White was sagt. Rufen Sie mich sofort zurück.« Die Leitung war tot. Clement starrte auf ihr Handy. Dann wählte sie die Nummer von Cedar Hall.

Das Telefon auf dem Tisch im Flur klingelte. Cat starrte darauf. Alle drei Wellbys waren draußen. Sie nahm ab. Die Geschichte vollendete sich. Sie sah zur Treppe hinauf, auf der sie Sandie Wellby zum ersten Mal gesehen hatte. Es war eine Ewigkeit her.
»Cedar Hall?«
»Cat, Gott sei Dank.«
»Was! Haben Sie die Ergebnisse?«
»Darum geht es jetzt nicht, Cat. Es geht um Anna.«
»Was ist mit ihm?« Cat beschlich ein ungutes Gefühl.
»Wo ist er?«
»Zu Hause, warum?«
»Die Wohnung ist verwüstet, seit gestern Nachmittag um drei Uhr ist die Polizei dort.«

»Was! Unmöglich. Er hat mich angerufen, kurz nachdem Sie von hier losgefahren sind ...« Sie verstummte. Die Telefonzelle. Sein Beharren darauf, dass sie nicht nach Hause kommen solle.

»Simon Proudlove ...?«, flüsterte sie, während ihr ein kalter Schauer über den Rücken lief.

»Cat, sie sind in einem großen schwarzen Wagen weggefahren.« Clement wartete.

»Wohin?«

»Sie hören nicht zu. Einer schwarzen Limousine. Der Wagen, den Sie damals am Morgen gesehen haben, könnte es sich dabei um einen Rover gehandelt haben?«

»O mein Gott ...«

»Cat, sagt Ihnen der Name Darren White etwas?«

»Was?«

»Darren White.«

»Nein!«, brüllte sie wütend.

»Bleiben Sie, wo Sie sind, rühren Sie sich nicht von der Stelle. Ich bin unterwegs ...« Aber Cat hörte nicht mehr zu. Sie lief durch den Gang und durch die Küche hinaus in den Hof.

»Sim ... on ... Proud ... love«, rief sie mit heiserer Stimme.

Sandie löste sich von Robert und eilte zu ihr. »Was ist los? Fiona!«, rief sie, »hol ein Glas Wasser! Was ist los, Cat, was ist passiert?«

»Schwar ... zer Ro ... ver.« Sie japste nach Luft.

»Ja«, bestätigte Sandie, »das ist Simons Wagen.«

Cat glaubte, das Herz müsse ihr aussetzen. Dann stieß sie Sandie weg und rannte zurück in den Flur, warf den Tisch um, die Trockenblumen und das Telefon krachten zu Boden, sie riss die schwere hölzerne Eingangstür auf, stürzte nach draußen und stieg in ihren Wagen. Die Tore waren geschlossen. Quietschend kam sie zum Stehen, stieg aus, die nach wie vor versammelte Menge jubelte, Cat kreischte auf, ihr entfuhr ein unkontrollierter zorniger Schrei, worauf die Menge zurückwich. Sie öffnete die Tore, stieg wieder ein und raste davon.

Sandie hob das Telefon vom Boden auf.
»Hallo?«
»Mrs. Wellby?«
»Was zum Teufel …«
»Wo wohnt Simon Proudlove, Mrs. Wellby?«
»Was geht hier vor sich?«
»Beantworten Sie die Frage!«, schrie Clement. Sandie gab ihr die Adresse. Dann rief sie bei Simon zu Hause an. Seine Putzfrau nahm ab.
»Ist Simon zu sprechen?«
»Nein, Mrs. Wellby, er ist seit ein paar Tagen nicht mehr da gewesen. Aber keine Sorge, das macht er hin und wieder.«
Sandie legte den Hörer auf.
Robert und Fiona erschienen. »Was ist los?«
Sandie zuckte mit den Schultern. »Ich habe absolut keine Ahnung.«

30

Cat stand mit dem Rücken zum Eingang des Madame Jojo's. Ihr Mund bewegte sich, aber kein Laut kam über ihre Lippen. Kurz schloss sie die Augen. Ihre Panik blockierte sie. Sie konnte sich nicht an ein Wort dessen erinnern, was Anna ihr erzählt hatte. Sie schüttelte den Kopf. *Konzentrier dich!* Sie wartete mit geschlossenen Augen, bis sie seine Worte wieder hörte.

> *»Wir sind draußen vor dem Madame JoJo's nach rechts abgebogen und durch die Brewer Street gegangen.«*

Cat entfernte sich von der Tür und ging den Bürgersteig entlang. Anna war betrunken gewesen, aber er kannte Soho gut, sie konnte nur darum beten, dass ihn seine Erinnerung nicht im Stich gelassen hatte. Vor sich sah sie die Lexington Street. Cat bog in sie ein. Auf der linken Seite entdeckte sie den Club, genau dort, wo er sein sollte. Es war nur eine einfache, verriegelte Tür, aber sie wusste, was dahinter lag. Es war viel los. Später Nachmittag. Überall Passanten, was es ihr erschwerte, sich zu konzentrieren. Zweimal nach rechts. Anna hatte sich dazu nicht genauer geäußert. Sie bog in die erste Seitenstraße ein. Eine Sackgasse. Fluchend kehrte sie zur Lexington Street zurück. Die zweite hatte ewig keine Abzweigung. Sie beschloss, es mit der dritten zu versuchen. So viel Zeit, die sie verschwendete, all die falschen Abzweigungen, während Anna vielleicht im Sterben lag. Irgendwie musste Proudlove herausgefunden haben, dass Anna bereit war zu reden und Cat sich an die Polizei gewandt hatte. Warum sonst hätte er ihm das Video zukommen lassen sollen, wenn nicht, um ihn einzuschüchtern? Warum sonst hatten sie ihn entführt? Simon Proudlove. Cat wurde kotzübel. Sie hatte Anna bei ihm gelassen. Er musste es von Anfang an darauf abgesehen haben. Wusste Sandie davon? Hatte sie sie deshalb darum gebeten, die Nacht in Cedar Hall zu verbringen? Annas Anruf war gerade rechtzeitig gekommen, auffällig rechtzeitig. In der dritten Abzweigung folgte gleich wieder eine Abzweigung nach rechts. Anna war klarer bei Verstand gewesen, als er selbst geglaubt hatte. Der Typ im rosafarbenen String hatte ihn tatsächlich wieder zur Lexington Street zurückgeführt. Sie erkannte den Videoladen, den sie schon zuvor gesehen hatte. Hoffnung keimte in ihr auf. Sie würde Anna finden, um jeden Preis. Vor ihr lag der Markt. An einer Seite Obststände, auf der anderen billige gefälschte Markenkleidung. *Zerquetschte Kirschen und braune Papiertüten.* Im Zickzack ging sie durch die Stände, bis sie die Sackgasse gefunden hatte. Drei bogenförmige Hauseingänge, beim mittleren war das Fenster zerbrochen. Cat starrte darauf. Sie hatte es gefunden. Annas Stimme in ihrem Kopf verklang.

Trotz des Gewühls auf dem Markt und des anstehenden vorabendlichen Trubels war in der schmalen, dreckübersäten Straße nichts los. Cat sah sich um, dann ließ sie den Blick nach oben schweifen. Hier war noch nie renoviert worden. Sie ging auf die Tür zu. Es gab keine Klingelschilder, keine Namen, nichts.

»Scheiße«, sagte sie und trommelte dagegen.

Unter ihr klapperte etwas. Sie sah zum Kellergeschoss hinunter. Eine Tür schwang in ihren Angeln hin und her. Wollte sie nach unten, musste sie erst über ein mit einem Vorhängeschloss gesichertes Tor steigen. Warum zum Teufel trug sie keine Jeans? Sie sprang vom Tor und lief die Stufen hinunter. Der Raum unten war feucht und dunkel, die warme Luft drang nicht herein. Der Gestank war beißend. Sie hielt sich die Nase zu und ging hinein. In der Dunkelheit waren Geräusche zu hören. Penner, hatte der Junge Anna erklärt. Hier unten versammelten sie sich.

»Wer verdammt noch mal bist du?«, schrie jemand.

»Ich will nicht stören, ich muss nur noch nach oben«, sagte Cat und versuchte sich ihre Angst nicht anmerken zu lassen.

Im Lichtschein eines verdreckten Fensters tauchte eine Frau mit einem Kind auf. Sie zeigte zu einer Tür.

»Danke«, sagte Cat.

»Sie sagen ihnen nicht, wo wir sind, oder?«

Cat antwortete nicht. Sie rannte die Treppe zum Erdgeschoss hinauf.

»Die Treppe hat sich ewig hingezogen, mir haben die Füße wehgetan«, sagte Anna.

»Entschuldigung?«, hörte Cat eine Stimme. Sie fuhr herum. »Kann ich Ihnen helfen?« Ihr Herz pochte so laut, dass sie glaubte, nichts anderes mehr zu hören. »Nein danke.«

»Junge Frau, ich will mich ja nicht einmischen, aber das hier ist kein Ort, an dem Sie sich aufhalten sollten.« Er sprach mit Birminghamer Akzent.

Cat wollte die Treppe hinauf. »Danke, ich finde mich schon zurecht.« Er lief ihr nach. Als er ihren Arm berührte, fuhr sie herum.

»Hey«, rief er und griff nach dem rostigen Metallgeländer. »Haben Sie da Geld drin?«

Cat sah auf ihre Tasche. Toll, jetzt würde sie auch noch beraubt werden. »Ja«, erwiderte sie, »nehmen Sie es.«

Der Mann lachte. »Ich will es nicht, ich pass auf diese Bruchbude nur auf, es ist ein Rehabilitationszentrum, Sie wissen schon, für Junkies. Eigentlich haben Sie hier nichts verloren, na ja, Sie werden schon wissen, was Sie machen.«

Cat musterte ihn. Er hatte einen Vollbart, eine Brille und einen schlechten Haarschnitt. Sein billiger grauer Anzug schlotterte ihm am Leib. Er entfernte sich. »Ich suche hier jemanden«, rief sie ihm nach.

»Na, dann hoffe ich, dass Sie ihn hier nicht finden«, sagte er über die Schulter und winkte ihr mit seinem Klemmbrett zu.

»Ich glaube, hier wird jemand gegen seinen Willen festgehalten. Haben Sie die Schlüssel?«

Der Mann drehte sich um. »Da liegen Sie auf jeden Fall richtig, jeder hier ist gegen seinen Willen da, aber für die ist es die einzige Möglichkeit, um vom Staat die Drogen zu bekommen. Methadon und solche Sachen …«

»Eine Wohnung im obersten Stock«, sagte sie und hatte das Gefühl, dass er seinen Spruch schon mehrmals aufgesagt hatte.

Er sah an ihr vorbei nach oben. »Die ist vermietet, sie gehört nicht zum Programm. Wahrscheinlich kommen ihm die Mieteinnahmen zugute. Aber ich kann mir nicht vorstellen, dass die Miete sehr hoch ist.«

»Das ist es, ich muss da rein.«

Der Mann sah sich nervös um. »Ich kann Sie da nicht reinlassen, tut mir leid.«

»Bitte!« Sie rannte zu ihm hinunter. »Bitte, mein Freund ist in großen Schwierigkeiten.« Er sah sie eine Weile lang an, seufzte und zog die Augenbrauen hoch. »Also gut.«
»Danke«, rief Cat und rannte bereits wieder hoch, »ich danke Ihnen.«
Oben war eine Tür, genau wie Anna sie beschrieben hatte. Der Mann zog einen Schlüsselbund heraus und ging die Schlüssel einzeln durch. Es kam ihr nicht seltsam vor, dass er einen Schlüssel für die Wohnung besaß. Sie wollte nur rein und Anna finden. Die Tür wurde aufgesperrt. Leise stieg sie die schmale Treppenflucht hinauf und spähte um das Geländer in die Wohnung. Der Läufer. Glas- und Chrommöbel. Das Kunstledersofa. Alles war da. Sie drehte sich zu dem Mann um, legte den Finger an die Lippen, überwand die letzten Stufen und lauschte. Nichts war zu hören. Erst als sie weiter in den Raum schritt, sah sie ihn: den Perlenvorhang. Es war die Wohnung. Auf jeden Fall. Cat griff sich vom Küchen-Sideboard ein Messer und tastete sich an den Vorhang heran, zählte in Gedanken bis drei und brach durch den Vorhang. Drehte sich nach links, nach rechts, suchte die Ecken ab, erkannte die Folterinstrumente, drehte sich erneut um und begann von vorn. Linke Wand: Handschellen. Rechte Wand: Zangen, die zum Glühen gebracht werden konnten. Darunter: eine Plastikplane. Darüber: weitere Handschellen. Der Raum war leer. Kein Anna.
»Wir müssen die Polizei rufen«, sagte Cat, als sie durch den Vorhang zurückging und zum Telefon in der Ecke wollte. »Es ist auf jeden Fall die Wohnung.« Abrupt blieb sie mitten im Zimmer stehen. Ein oder zwei Sekunden lang brachte sie keinen Ton heraus, dann ließ sie den Kopf hängen. »Scheiße«, flüsterte sie wütend. »Scheiße.«

»Lass das Messer fallen«, sagte die Stimme.
Cat warf das Messer auf den Boden.
»Braves Mädchen.«
Schließlich drehte sie sich zu der Gestalt um, die sie vorhin lediglich aus den Augenwinkeln heraus kurz wahrgenommen hatte. Er lächelte sie an. Er hatte eine Waffe.
»Ich habe zwar eine jüngere gesucht«, sagte er, noch immer lächelnd. »Aber mit dir geht es auch.« Er nahm sich Bart und Brille ab.
»Du Scheißkerl«, flüsterte sie voller Angst.
»Du erinnerst dich an mich?«, fragte er mit fröhlichem Geordie-Akzent.
Cat schloss die Augen und nickte.

Clements Knie schmerzte nach den vielen Autofahrten und den Wegen, die sie zu Fuß zurückgelegt hatte. Sie hielt vor Cedar Hall an und betrat das Haus. Fiona, Sandie und Robert erwarteten sie bereits.
»Was um alles in der Welt ist hier los?«, fragte Sandie. »Cat ist wie von der Tarantel gestochen davongestürmt, sie hat dabei ganz fürchterlich ausgesehen, und warum hat sie nach Simon Proudlove gefragt?«
»Mrs. Wellby, können wir uns bitte setzen«, sagte Clement. Sie lehnte am wieder aufgerichteten Tisch im Flur. Die Schale mit den Trockenblumen war, wie sie bemerkte, verschwunden.
»Cat steckt in Schwierigkeiten, nicht wahr?«
»Das hängt von Simon Proudlove ab. Er ist gestern in Cats Wohnung eingedrungen und hat ein ziemliches Durcheinander angerichtet – können Sie mir sagen, warum?«
Sandie nickte. »Wir hatten eine schreckliche Auseinanderset-

zung. Eigentlich wollten wir unseren vorherigen Streit begraben, aber alles, was ich sagte, schien es nur noch schlimmer zu machen. Ich war wütend, ich konnte nicht anders.«

Clement nickte. Sie hatte Sandies Wut ebenfalls zu spüren bekommen.

»Mir war, als würde die ganze Welt über mich herfallen, also habe ich blind um mich geschlagen. Ständig hat er mich gefragt, ob ich mich an was erinnere, irgendwas. Natürlich nicht, nicht zu dem Zeitpunkt, aber er hat nicht lockergelassen. Dann bin ich einfach ausgeflippt.«

»Warum hat es ihn so interessiert, ob Sie sich an irgendwas erinnern, Mrs. Wellby?«

»Um mir zu helfen, natürlich«, antwortete sie aufgebracht.

»Sind Sie sich dessen sicher? Verstehen Sie, ich habe soeben mit meinem alten Chef in London telefoniert, sie fahnden nach einem gutgekleideten Mann, der einen schwarzen Wagen fährt. Ihm werden eine Reihe von Entführungen mit anschließender Folter und möglicherweise Mord zur Last gelegt. Er ist Fetischist, es macht ihn an, mit anzusehen, wie andere bestraft werden.

Der gleiche Täter hat Cats Mitbewohner in seine Gewalt gebracht und gestern am Morgen in der Wohnung ein Video hinterlassen, auf dem die Folterungen aufgezeichnet sind. Und jetzt ist die Wohnung verwüstet und Cats Mitbewohner ist verschwunden. Das Video ist bereits im Labor. Man hat darauf Spuren von Handschuhabdrücken gefunden. Aus Latex. Die gleichen Abdrücke wie auf den Tablettenfläschchen …«

»Sie haben die Ergebnisse?«, fiel ihr Sandie ins Wort. »Sind die Tabletten vertauscht worden?«

»Ja, von jemandem mit Latex-Handschuhen. Wahrscheinlich

die gleichen Handschuhe, mit denen der Schlauch in den Auspuff gesteckt wurde.«

»Aber ich dachte, es wären nur …«

Clement gebot ihr Einhalt. »Die gleichen Handschuhe, die bei den Überfällen in London verwendet wurden – sowohl bei dem Toten als auch bei den Beweismitteln, die Cat vom Überfall auf ihren Freund hatte. Also«, wurde Clement lauter, »wenn ich Sie frage, ob Sie sich sicher sind, dass Simon Proudlove Sie nur gefragt hat, weil er Ihnen helfen wollte, dann meine ich, ob Sie sich *wirklich* sicher sind!«

Sandie blinzelte sie mit offenem Mund an. »Was wollen Sie damit sagen?«

»Cat hat Anna in Gegenwart von Proudlove zurückgelassen, und jetzt ist er verschwunden. In einem schwarzen Rover. Als Anna nach dem Überfall zurückgebracht wurde, geschah es in einem teuren schwarzen Wagen. Als ich Mr. Proudlove das erste Mal sah, fuhr er eine Mercedes-Limousine.« Clement rieb sich das Knie.

»Der Mercedes ist ein Firmenwagen. Der Rover gehört ihm.«

»An dem Tag, an dem Mrs. Wellby das Tagebuch gefunden hat …«

»Nennen Sie mich bitte Fiona«, sagte Fiona, die Hände im Schoß verschränkt.

»Ist Mr. Proudlove aufgetaucht. Er war in Cumbria wandern.«

»Hmm …«

»Sie scheinen darüber ziemlich überrascht gewesen zu sein.«

»War ich das?«

Clement nickte. »Mrs. Wellby, ich weiß, er ist Ihr Geschäftspartner, aber Cat Torrant haben Sie es zu verdanken, dass

Sie nicht ins Gefängnis müssen. Ich bezweifle sogar, dass es überhaupt zu einem Verfahren kommt nach den Beweisen, die Cat gefunden hat. Cat hat mit Anna gesprochen und wollte der Polizei alles mitteilen, was er zu dem Überfall sagen kann, und jetzt ist sie verschwunden und versucht Anna zu finden. Also beantworten Sie bitte meine Fragen. War Mr. Proudlove häufiger übers Wochenende fort, war er auf Reisen, hat er sich manchmal freigenommen?«

»Na ja, ähm … manchmal. Aber ich kann nicht glauben, dass er irgendetwas damit zu tun hat …«

»Hat er in London eine Wohnung?«

»Ähm.« Sandie fuhr sich durch die Haare. »Ich glaube, er übernachtet dort immer bei Freunden.«

»Welchen Freunden?«

In Sandies Stimme schlich sich ein Anflug von Panik. »Ich weiß es nicht.«

»Er ist Ihr Geschäftspartner, und Sie wissen nicht, wer seine Freunde sind?«

»Er kann sehr geheimnistuerisch sein …«

»Geheimnistuerisch«, wiederholte Clement.

»Er spricht nicht viel über sich selbst.«

»Er spricht nicht viel über sich selbst«, wiederholte Clement erneut.

»Warum wiederholen Sie alles«, fragte Sandie verzweifelt.

»Damit Sie hören, wie Sie selbst klingen. Geheimnistuerisch, was seine Person anbelangt, haben Sie gesagt, Mrs. Wellby. Wie gut kennen Sie ihn wirklich?«

»Sehr gut.«

»Mrs. Wellby, Ihre Stieftochter hat sich mit ziemlich gewalttätigen Sexpraktiken ausgekannt, und von denen haben Sie auch nichts gewusst.«

»Was?«, kam es von Robert. Er erhob sich. »Was sagen Sie da?«
Clement ging auf ihn nicht ein. »Könnte doch sein, dass dies auf Simon ebenfalls zutrifft. Handschellen. Latex-Handschuhe. Denken Sie mal nach, Mrs. Wellby, vielleicht war Simon verantwortlich für Janes Verhalten, oder die beiden sind sich dabei zufällig über den Weg gelaufen, vielleicht hat sie ihm gedroht, es allen zu erzählen, worauf er vielleicht in Panik geraten ist und sie umgebracht hat. Und da er weiß, dass Janes erfundenes Tagebuch den Verdacht auf Sie lenken würde, hat er alles so hingedreht.«
»Würde mir mal jemand sagen, wovon hier eigentlich die Rede ist«, schrie Robert.
Clement beachtete ihn noch immer nicht. »Also, Mrs. Wellby, noch einmal: Warum meinen Sie, hat Simon Sie gefragt, ob Sie sich an irgendwas erinnern können? Könnte es sein, dass die Person, die in Ihr Schlafzimmer kam, nicht Jane war, sondern Simon?«
»Nein.«
»Warum ist er zu Cats Haus gekommen und hat herumgebrüllt, dies alles sei ihre Schuld? Sie sei schuld daran, dass er aufgedeckt werden würde?«
»Nein!«
»Hat Simon noch irgendeine andere Wohnung?«
»Nein. Warten Sie … ähm … verdammt, ich glaube kein Wort von dem, was Sie …«
»Wo ist diese andere Wohnung, Mrs. Wellby?«
»Er hat keine andere Wohnung.«
»Sie sind sich sicher, Mrs. Wellby?«
»Er hatte mal ein Haus in Norfolk, aber das ist mittlerweile verkauft.«

»Wo?«
»Das weiß ich nicht.«
Clement starrte Sandie an, dann stand sie auf, ging zum Telefon und wählte, ohne um Erlaubnis zu fragen, eine Nummer.
»Suchen Sie nach einer Adresse in Norfolk, er hat vielleicht noch ein Haus dort«, sprach sie in die Leitung.
»Das kann nicht sein«, antwortete Jones.
»Warum nicht?«
»Man hat Cats Wagen gefunden, Clement.«
»O nein!«
»Niemand drin, er hat im Halteverbot in der Glasshouse Street in Soho gestanden. Wird gerade reingebracht, die Spurensuche ist bereits verständigt.«
»Scheiße«, entfuhr es Clement.
»Ich habe auch eine Streife vor Proudloves Haus postiert, ich schicke sie rein, vielleicht finden sie ja was über dieses zweite Haus in Norfolk. Aber ich glaube es nicht.«
Clement legte den Hörer auf.
»Ich will wissen, was Sie mit Fetisch gemeint haben?«, fragte Robert, der sich vor ihr aufgebaut hatte. Clement sah zu Fiona und Sandie.
Sandie erhob sich und nahm Robert am Arm.
»Sandie?«, kam es von Robert mit brüchiger Stimme. »Worum geht es hier eigentlich?«
Clement griff erneut zum Hörer und rief bei der Polizeidienststelle in Harlow an.
»Mike, hier ist Clement …«
»Wie geht's dem Knie?«
»Fahren Sie so schnell wie möglich nach Cedar Hall.«
»Aber …«

»Machen Sie, was ich Ihnen sage. Und nichts davon zu Bramley!«

»Wo ist Anna?«, fragte Cat.
»Schnauze, Schlampe!«, schrie Darren. Er hatte ihr Beine und Handgelenke mit Klebeband gefesselt. Sie hatte, seitdem sie das Messer hatte fallen lassen, keinen Ton mehr von sich gegeben; andernfalls, wusste sie, würde er ihr auch den Mund zukleben, womit ihre Überlebenschancen auf null gesunken wären. Sie saß nun kreuzbrav seit drei Stunden hier. Die ersten Minuten waren die schlimmsten gewesen. Sie hatte sich bereits tot gesehen. Amelia würde wütend auf sie sein. Würde Dan es kümmern? Und Anna? Er könnte bereits tot sein. Aber der Junge hatte sie nicht umgebracht, er hatte nicht versucht, sie zu berühren, er hatte niemanden angerufen, um kundzutun, dass er eine neue Beute hatte, er hatte überhaupt nichts getan, außer sie zu fesseln. Das ließ sie hoffen. Nicht viel, aber immerhin. Sie hatte ihn beobachtet. Er bereitete etwas vor, verschob Möbel, rückte sie an eine Stelle, die von der Treppe aus einsehbar war. Er hatte sogar den Perlenvorhang zurückgebunden, als würde er jemanden erwarten. Ihr blieb also wahrscheinlich viel Zeit, bis jemand auftauchte.
»Darren?«, sagte sie vorsichtig. Er sprang auf und verpasste ihr eine Ohrfeige. Cat richtete sich wieder auf. »Ich muss das über Simon wissen. Wo ist er?« Darren hob erneut die Hand. Cat starrte ihn an. »Ich will es einfach nur wissen«, flehte sie. »Bitte.«
»Was wissen? Ich habe keine Ahnung, was du von mir willst.« Er ließ den Arm sinken.
»Simon …«
»Ja«, sagte er. *»Simple Simon met a pieman going to the fair.«*

Cat runzelte die Stirn. »Sehr witzig«, sagte sie. »Du magst Kinderreime, was? Hat sie dir deine Mutter oft vorgesungen? Ich bin mir sicher, sie wäre sehr stolz auf dich, wenn sie dich jetzt sehen könnte.«

Darren starrte sie an. »Lass die Hure aus dem Spiel, ich bin nicht wie sie, überhaupt nicht.« Wutentbrannt entfernte er sich und zog in der Küche eine Schublade auf.

»Sag mir bitte, wo Anna Prokton ist. Der Typ, den du im Madame JoJo's abgeschleppt hast.«

»Die verdammte Schwuchtel. Hat nur bekommen, was er verdient hat. Solche Typen vergreifen sich an kleinen Jungs, denen sollte man allen das Handwerk legen. Das nächste Mal wird er's sich überlegen, wenn er wieder ein Kleinkind anbaggern will.«

»Anna ist als Kind misshandelt und sexuell missbraucht worden. Er hat es damals nicht verdient, er hat es in jener Nacht nicht verdient und jetzt auch nicht«, sagte sie leise.

»Und? Er mag es doch, wenn man ihn in den Arsch fickt, die verdammte Schwuchtel. Was beschwert er sich denn?«

»Das gibt dir trotzdem kein Recht. Er hat dir nie was getan, er hat überhaupt nie jemandem wehgetan. Nie.«

»Ist nicht meine Schuld, also halt die Klappe!«

»Doch, es ist auch deine Schuld. Du hast ihn hierhergebracht. Lass ihn gehen, oder du bist genau wie die anderen. Die mit den Kapuzen.«

Darren trat von der offenen Schublade weg, breitete lachend die Arme aus, ging zu den Handschellen an der Wand und tat so, als würde er sie lösen.

»Gut, Kleine, weil du mich so nett darum gebeten hast.« Er ergriff die imaginäre Hand seines imaginären Gefangenen. »Ich erkläre dich hiermit zu einer freien Schwuchtel, möge

Gott mit dir sein.« Er drehte sich um und verbeugte sich vor Cat. »Noch was, was ich für Sie tun kann, Ma'am?«

»Du bist Darren, oder? Darren White.«

Das Lächeln verschwand. »Jetzt reicht es mit deinem Gelaber, kapiert?« Er stürmte zu ihr. »Du solltest mich anbetteln, damit ich dich freilasse, nicht an mir herumnörgeln wie eine alte Hure.«

»Wie all die anderen, die du gekidnappt und hierhergebracht hast?«

»Die sind gekommen, weil sie kommen wollten. Dein Freund, der hat's verdammt noch mal kaum erwarten können, mir an die Wäsche zu gehen. Die Schlampe hat's verdient.«

»Er wollte nicht gefesselt, vergewaltigt, gedemütigt werden …«

»Er ist noch am Leben, oder etwa nicht?«

»Ist er das? Was ist mit dem Typen im Müllcontainer?«

»Was?«

»Darren, die Polizei hat deinen Namen. Anna hat ausgesagt, dass du ihn nur hierhergebracht, aber dich nicht an ihm vergangen hast. Sie werden es verstehen, sag mir nur, wo er ist.«

»Blödsinn. Wer bist du eigentlich?«

»Ich heiße Cat. Ich bin achtundzwanzig Jahre alt, Single, ich will Rundfunkjournalistin werden, aber dessen bin ich mir jetzt nicht mehr so sicher.«

»Die wirkliche Welt gefällt dir nicht, was, Kleine? Tut mir leid, dass ich es bin, der sie dir nahebringt, aber das Leben ist ein großer Scheißhaufen. War es schon immer.«

»Wo ist Anna?«, wiederholte Cat, nun überzeugt, dass sie ihn dazu bringen konnte, es ihr zu sagen. Er antwortete nicht.

»Warum solltest du für was verantwortlich gemacht werden,

was Simon Proudlove dir aufzwingt? Lass dich von ihm nicht zum Opfer machen.«

»Wer verdammt noch mal ist Simon Proudlove?« Darren lachte. »Du meinst, du könntest dich hier rausquatschen, indem du mir erfundene Namen an den Kopf schmeißt? Glaubst du wirklich, ich weiß, wie sie heißen? Ich hatte Männer hier, Frauen, die mich angefleht, mir Geld geboten haben, Autos, Schmuck, und du meinst, du kannst dich rausquatschen und ich würde dich laufen lassen? Keiner macht mich zum Opfer. Jetzt nicht mehr. Und du, du hübsche Kleine, meinst, du kannst mir helfen. Na, dann hast du Pech gehabt, du kommst hier erst raus, wenn ich abkratze.«

Cat sah ihn an. »Was meinst du damit?«

»Halt verdammt noch mal den Mund.«

»Ich habe dich gefunden, sie werden dich auch finden.«

»Meinst du? Keiner hat sich bislang einen Dreck um mich geschert, du meinst, das wird sich jetzt ändern? Keiner weiß, wo ich bin, und du, du dumme Kuh, bist mir über den Weg gelaufen. Also spar dir deine Drohungen. Du bist gefesselt«, sagte er und ging zur offenen Küchenschublade, »und ich bin derjenige mit der Kanone. Also halt verdammt noch mal die Klappe.«

Cat sagte nichts mehr. Wieder stellte er die Möbel um, als würde er eine Bühne vorbereiten. Dann setzte er sich und schrieb etwas auf einen linierten Block. Es war deutlich zu erkennen, wie sehr es ihn frustrierte und verärgerte. Er stand auf und ging zum kleinen Kühlschrank, aus dem er eine Flasche Billig-Wodka holte. Er nahm einen Schluck und setzte sich wieder an seinen Schreibblock. Und er sah auf die Uhr. Cat konnte die Uhrzeit nicht erkennen, aber es musste spät sein, draußen wurde es bereits dunkel. Sie hoffte, dass man ihren Wagen gefunden hatte, auch wenn es nicht reichte, um ihren Aufenthaltsort ausfindig zu machen. Wenn nur Anna hier wäre, dann hätte sie wenigstens gewusst, dass er noch am Leben war. Darren hatte drei Seiten vollgekritzelt, bevor er sie zusammenfaltete und in einen Umschlag steckte. Sie musste an Janes Briefe an Lottie Hawk denken. Sie starrte auf die Handschellen. Jane hatte alles gehabt. Allem Anschein nach hatte Darren White nicht besonders viel. Doch der Schein konnte trügen. Das wusste sie mittlerweile. Doch ob man privilegiert war oder nicht, keiner hatte das Recht, anderen Qualen zuzufügen.

Darren White kam zu ihr und zerrte sie auf die Beine. »Zeit zum Spielen«, sagte er lächelnd. Sie versuchte sich zu wehren, was aufgrund ihrer gefesselten Beine und Hände sinnlos war. Er packte sie unter den Achseln und zog sie über die Holzdielen zur Wand mit den daran befestigten Handschellen. Verzweifelt wand sie sich in seinen Armen.

»Nein!«, schrie sie. »Bitte, Gott, ich mach alles …«

Darren lächelte. »Wenn ich jedes Mal ein Pfund bekommen hätte, wenn ich das gehört hab, wäre ich jetzt reich. Sehr reich.«

»Hilfe«, schrie Cat aus Leibeskräften. »Hilfe!« Sie versuchte ihre Stimme auf das schmale Fenster zu richten, das sich fast über die gesamte Länge der angrenzenden Wand zog.

»Oh, Gott«, sagte er, »ich habe dich eigentlich für schlauer gehalten.«

»Bitte, Darren, bitte tu mir nichts.« Ihr Atem ging schwer, sie war bemüht, nicht zu weinen, wusste aber nicht, wie lange sie noch durchhielt. Er klemmte eines ihrer gefesselten Handgelenke in eine Handschelle an der Wand, löste das Handgelenk und legte das andere in die zweite Handschelle. Das Gleiche machte er mit ihren Beinen. Sie hatte noch nicht mal die Möglichkeit, nach ihm zu treten. Er war zu vorsichtig. Er hatte Übung darin.

»Meine Großmutter sitzt im Rollstuhl, sie braucht mich.« Cat biss sich auf die Lippen, aber sie konnte die Tränen nicht stoppen. Darren trat zurück und bewunderte sein Werk.

»Perfekt«, sagte er. Er ging zur Küchenschublade.

»Hilfe!«, schrie Cat. »Hilft mir doch jemand! Bitte, Gott!«

»Bringt nichts, wenn du um Hilfe schreist«, sagte Darren, als er mit einer Rolle Klebeband zurückkam. Er riss ein Stück ab und ging zur ihr.

»Darren, egal, was passiert ist, es wird dir nicht …« Sie konnte den Satz nicht vollenden. Er presste ihr einen Finger auf den Mund.

»Doch, wird es«, sagte er.

»Aber …«

»Vertrau mir.« Dann drückte er ihr das Klebeband über den Mund. Cat konnte den Kiefer nicht mehr bewegen. Sie konnte sich überhaupt nicht mehr bewegen. Darren ging wieder zur Küchenschublade und holte die Waffe heraus. Er öffnete die Kammer und nahm die Patronen heraus, eine nach der anderen. Dann sah er zu Cat, die ihn nicht aus den Augen ließ. Den Blick fest auf sie gerichtet, ließ er die Waffe in seine Hosentasche gleiten und ging zu ihr. Volle fünf Minuten lang starrte er sie an. Cat versuchte, ihn mit den Augen anzuflehen, aber es war zwecklos. Sein Blick schien verschleiert. Dann fuhr er mit dem Zeigefinger am Kragen ihres Kleides entlang. Cat schloss die Augen und betete. Er öffnete den obersten Knopf, dann den zweiten, dann den dritten. Cat begann zu weinen. Als er ihr die Träne wegwischte, schlug sie die Augen auf und sah, wie er den Umschlag aus seiner Tasche zog und ihr unters Kleid schob und am BH-Träger einklemmte. Dann knöpfte er ihr das Kleid zu. Wieder starrte er sie an und strich ihr eine Strähne aus dem Gesicht. Sie wollte ihm bereits die Wange gegen die Hand drücken, als er sie plötzlich zurückzog. Er ging zum Telefon und wählte. »Hab eine«, sagte er. »O ja.« Er lächelte ganz seltsam. »Sie ist sehr hübsch.«

31

Sandie zerstörte Roberts letzte Illusionen über seine Tochter. Er und Fiona weinten. Sandie setzte eine mitfühlende Miene auf und plante dabei bereits ihre Flucht. Schließlich sagte sie dem eingetroffenen Polizisten, sie wolle ein wenig spazieren gehen. Er hielt sie weder davon ab noch folgte er ihr. Stundenlang hatte sie sich von diesem Idioten beaufsichtigen lassen, und dann hatte er noch nicht einmal geblinzelt. WPC Clement sollte lernen, dass man die Dinge schon selbst in die Hand nehmen musste, wenn man wollte, dass sie vernünftig ausgeführt wurden. In einer Schublade fand sie die Ersatzschlüssel und ging durch die Hintertür nach draußen. Eine Hand berührte sie an der Schulter, sie fuhr herum und seufzte erleichtert. Sam Clough stand vor ihr.

»Sam, können Sie mir einen Gefallen tun?«

»Klar.«

»Ich muss raus, aber ohne dass der verdammte Beamte hier was mitbekommt. Können Sie den Rasenmäher anwerfen, dann hört man das Auto nicht.«

Er nickte und entfernte sich. Als der Rasenmäher zu dröhnen begann, stieß sie rückwärts aus der Garage, fuhr an Sam Cloughs Cottage vorbei und über den Weg zur Straße. Mit etwas Glück würde sie bereits auf dem Motorway sein, bis man ihr Verschwinden bemerkte. Sie nahm einen Nebenweg und hielt immer den Rückspiegel im Auge. Erst als sie auf den M11 einbog und nach Norden fuhr, entspannte sie sich.

Ein Streifenwagen auf der Überführung bemerkte den Jaguar, der auf die Überholspur ging, und schickte einen Funkspruch an die Dienststelle.

Clement erhielt die Meldung in Jones' Büro. Die besten Neuigkeiten seit Stunden. Ein dunkelblauer Jaguar, amtliches Kennzeichen WWW 33, fuhr auf dem M11 nach Norden. Clement hatte sich schon Sorgen gemacht, sie könnte Sandie falsch eingeschätzt haben, aber der Wagen hielt gleichmäßige 170 Kilometer die Stunde; sie hatte es augenscheinlich ziemlich eilig, irgendwo hinzukommen. Der Streifenwagen, der sie verfolgte, war angewiesen, sie nicht wegen überhöhter Geschwindigkeit zu stoppen und sich selbst in sicherer Entfernung zu halten. Sie konnte stolz sein auf Mike.

»Ich habe gewusst, dass sie etwas weiß – die blöde Kuh, nach allem, was Cat für sie getan hat. Es gibt wirklich kein Haus an der Küste, das einem Proudlove gehört?«

Jones schüttelte den Kopf. »Vielleicht ist sie doch die böse Stiefmutter.«

Clement verzog das Gesicht. Na, hoffentlich nicht. Sonst würde Bramley ihr nicht nur ihren Dienstausweis abnehmen, sondern Cat Torrant würde sich auch noch für alles verantwortlich fühlen. Falls sie überleben sollte. Clement starrte aus dem Fenster. Es würde bald dunkel werden.

»Sie hat Ihnen nicht irgendwas gesagt?«, fragte Jones.

Clement sah ihn voller Verzweiflung an. »Meinen Sie nicht auch, dass ich Ihnen das schon längst mitgeteilt hätte?« Worauf sie sich entschuldigte. Es war nicht sein Fehler, sondern ihrer. Sie hätte wissen müssen, dass Cat irgendwas unternehmen würde. Auch Dan war mittlerweile auf der Polizeidienststelle eingetroffen. Er hatte es in der verwüsteten Wohnung nicht mehr ausgehalten, war hier aufgetaucht und hatte seine Hilfe angeboten. Jones hatte versucht, ihn nach Hause zu schicken, aber er wollte nicht.

»Was wissen Sie alles über Darren White?«, fragte Clement.

»Hat ein schreckliches Leben hinter sich. Das ist alles.«

»Erzählen Sie«, beharrte Clement.

»Seine Mutter war eine Prostituierte, sein Vater ist wegen schwerer Körperverletzung im Knast. Hat es einige Male auch an ihm ausgelassen. Er hat, was kaum verwunderlich ist, seit einigen Jahren keinen Kontakt mehr zu dem Jungen. Darren wurde den Eltern weggenommen, als bekannt wurde, dass seine Mutter ihn, na ja, bei ihren Kunden eingesetzt hat. Alles andere habe ich Ihnen schon erzählt. Der Junge ist von allen, mit denen er jemals zu tun hatte, im Stich gelassen worden. Er hatte bislang nichts in seinem Leben. Er braucht wirkliche Hilfe.«

»Er hat sich Cat geschnappt, er hat Anna vergewaltigt, ich habe wirklich Mitleid mit dem Typen«, warf Dan ein.

»Sir!« John steckte den Kopf ins Zimmer. »Ich glaube, ich hab was.« Dan, Clement und Jones erhoben sich sofort.

»Sie bleiben hier, Dan«, sagte Jones und folgte John durch den Gang in den Technikraum.

»Ich hab mir noch mal das Band angesehen«, sagte John und blickte über die Schulter, »und hab dabei Folgendes entdeckt.« Er öffnete die blaue Schwingtür zu dem kleinen, überhitzten, mit TV- und Videogeräten vollgestellten Raum. Auf dem Monitor flackerte das Bild des an die Wand geketteten Anna.

Jones musste es bereits an die zehn Mal gesehen haben, noch immer wurde ihm schlecht dabei. »Passen Sie auf«, sagte John. Er zoomte an das Fenster heran, das sich hoch oben an der Wand befand; es war etwa zwanzig Zentimeter hoch, knapp zwei Meter lang und gekippt.

»Schauen Sie auf das Fenster.« Clement und Jones beugten sich vor. John deutete auf die schwachen rosafarbenen Farbstreifen, die im Glas zu erkennen waren. »Es war die Farbe, die mich auf die Idee brachte, dass es sich dabei um eine Reflexion handeln könnte.«

Clement und Jones sahen fragend zu John.

»Ein Neonschild draußen. Was anderes kann es nicht sein. Sehen Sie!« Er zog ein Blatt heran, übertrug das Farbmuster der Scheibe auf das Papier und zeigte es Jones. Es sah aus wie ein C. Ein rechter Winkel, ein gleichschenkeliges Dreieck. Ein kurzes I. Und eine Sichel. Jones schüttelte den Kopf.

»Okay, angenommen, es ist eine Reflexion, dann müssen wir es spiegeln. Das eigentliche Zeichen sieht dann wie ein umgedrehtes C aus«, sagte er und zeichnete es aufs Papier. »Ein kurzes L, ein gleichschenkeliges Dreieck, bei dem die linke Seite senkrecht verläuft, ein großes I und schließlich eine umgedrehte Sichel.«

»John?«, sagte Jones hilflos.

»Okay, und jetzt kommt der wirklich knifflige Teil. Das Muster wiederholt sich zwei weitere Mal, jedes Mal getrennt durch eine Lücke. Es muss für etwas stehen, das dreimal vorkommt. Das Fenster ist sehr schmal. Es kann sich nicht um die obere Hälfte eines Wortes handeln, ich hab's ausprobiert. Es gibt keine Buchstaben, die diesem Muster entsprechen würden. Aber wenn man sich vorstellt, dass es der untere Teil eines Wortes ist, was bekommt man dann?«

Jones betrachtete es. »Die untere Hälfte eines S, ein L.« Er studierte die dritte Form. »Ein K?«

John schüttelte den Kopf.

»Ein R«, kam es von Clement.

Jones fuhr fort. »Okay, dann ein I. Und weiß der Himmel, wofür diese umgedrehte Sichel steht.«

»Ein G«, rief John triumphierend aus. »Mit einem irgendwie ungewöhnlichen Abstrich.« Sein Lächeln verschwand. »Das Problem ist nur«, sagte er und fuhr sich durchs Haar, »dass ich keine Ahnung habe, wofür S-L-R-I-G steht.«

Jones klappte der Mund auf. »Girls«, sagte er leise. Dann schrie er: »GIRLS, GIRLS, GIRLS!« Er fiel über John fast her. »Sie haben es geschafft!«

Trudi öffnete die Tür. »Entschuldigung, wenn ich das Geschrei unterbreche, aber es ist soeben ein anonymer Anruf eingegangen. Jemand hat Hilfeschreie aus einer Wohnung im obersten Stockwerk am Ingestre Place gehört.«

Jones ließ John los, stürzte an Trudi vorbei und stürmte in den Gang. »In welcher Straße?«, rief er aus seinem Büro.

Trudi, gefolgt von Clement und John, folgte Jones in sein Büro, wo er bereits über einer Karte von Soho gebeugt war. Sein Revier. Trudi wiederholte den Straßennamen. »Schaut!«, rief er aufgeregt. »Die Hilferufe wurden hier gemeldet, und GIRLS GIRLS GIRLS liegt hier.« Er deutete auf die Seitenstraße. »Alle verfügbaren Wagen alarmieren! Sofort!«

Dan schob sich in den Raum. »Was ist los?«, fragte er und sah sich verwirrt um.

»Wir haben sie gefunden«, sagte Jones.

Darren wartete im Zimmer, als würde er auf einen Bus warten. Cat betrachtete sein Profil, während er zur Tür starrte. Er hatte die Waffe jetzt in seiner Hosentasche. Die ungeladene Waffe. Cat hatte versucht, ihm durch das Klebeband etwas zuzuschreien, aber sie brachte lediglich ein ersticktes

Stöhnen hervor. Plötzlich war ihr alles klar. Sie wusste, was er vorhatte. Nach dem ersten Telefonat hatte sie gedacht, es sei alles aus. Alles, was Anna widerfahren war, würde nun auch ihr widerfahren. Nur dass sie sie am Ende nicht davonkommen lassen würden. Sie wusste, wer sie waren, wer Darren war, sie konnte sie identifizieren. Sie würde sterben. Sie hatte sich gewünscht, sie wäre bereits tot. Aber dann kam das zweite Telefonat. Und das hatte sie verwirrt. Und plötzlich war ihr aufgegangen, was es zu bedeuten hatte. Sie wusste, was er tun würde. Mit dem ersten Telefonat hatte er die Männer gerufen, mit dem zweiten die Polizei. Darren wollte aus der Sache raus, er wollte allem ein Ende setzen. Er hatte sie in den vierzig Minuten, die seitdem vergangen waren, kein einziges Mal mehr angesehen. Erst dann, als die Studiotür geöffnet wurde, drehte er sich kurz um und sah zu ihr. Nur einmal. Für den Bruchteil einer Sekunde. Es brach ihr das Herz.

Die Männer kamen gemächlich die Treppe hoch, wodurch Cat wusste, dass es nicht die Polizei war. Sie reckte den Kopf, um sie zu sehen. Nadelstreifenanzüge. Scheißkerle. Beschissene, durchgeknallte, privilegierte Scheißkerle. Wenn Cat dazu in der Lage gewesen wäre, hätte sie sie alle getötet.
»Warum verdammt noch mal steht der offen?«, schrie der erste und größte der Männer und deutete auf den Perlenvorhang.
»Um Himmels willen, Darren, sie kann uns sehen.«
Der dritte trat durch den Vorhang. »Sie ist nicht jung. Was soll das?«
Die anderen beiden folgten.
»Sie kann uns sehen!« Cat musterte die drei und ließ erneut

den Blick schweifen. Ihre Schultern sackten ein, sie ließ den Kopf nach vorn fallen. Kein Simon Proudlove.
»Ich verschwinde«, sagte einer der Männer.
»Tut mir leid«, entgegnete Darren, »aber das geht nicht.« Cat sah auf. Darren zog die Waffe und richtete sie auf die Männer.
Einer hob die Arme. »Darren, jetzt aber …«
»Halt verdammt noch mal das Maul!«
Die Männer stellten sich an die Wand. Er hielt sie mit der Waffe in Schach, bis die Polizei ins Zimmer stürmte. Und dann richtete er die Waffe auf Cat. Und schließlich wusste sie es. Darrens Plan. Nein, sie würde es nicht zulassen, dass noch jemand starb.

Sie schrie durch das Klebeband. »Nicht schießen, nicht schießen, bitte nicht schießen!« Aber wie zuvor kam nur ein erstickter Laut, den niemand hörte. Alle anderen brüllten.
»Waffe fallen lassen!«
»Auf den Boden!«
Die Männer gingen zu Boden. Die Waffe nicht.
Darren hatte nicht die geringste Absicht, die Waffe abzulegen. Cat wusste es. Sie war seine Fahrkarte, um hier rauszukommen. Die Männer brüllten, Darren brüllte und fuchtelte mit der Waffe, die Polizisten brüllten. Der Lärm war ohrenbetäubend. Dann richtete Darren die Waffe wieder auf Cat.
»Polizei!«
»Lass die Waffe fallen!«
»Ich schieße.«
»Lass die Waffe fallen!«
»Wichser!«
»Unten bleiben!«

»Nicht schießen!«
»Fallen lassen!«
»Hilfe!«
»Lass die Waffe fallen, Darren!«
»Verpisst euch!«
»Hör auf!«
»Lass die Waffe fallen, Darren!«
»Großer Gott!«
Cat sah, wie Darren langsam den Abzug durchdrückte. Dann entdeckte sie Clement. Clement sah zu ihr, sah ihren Blick und schrie »Nein!«. In diesem Moment ertönte der erste Schuss.
»Nicht schießen!«, schrie Clement, während Darren zu Boden fiel. Jones hatte ihn im Bein getroffen. Die Polizisten tasteten sich in den Raum hinein. Noch immer brüllten alle durcheinander. Die Männer jammerten, Darren schrie vor Schmerzen. Cat starrte nach wie vor auf Clement, die den Beamten befahl, nicht zu schießen. Sie lief vor den Waffen der Polizisten auf und ab und versuchte die Situation zu beruhigen. Fast sah es aus, als würde es funktionieren. Darren verstummte, die Polizisten verstummten, einer der Männer beteuerte seine Unschuld. Clement beruhigte sich, die Polizisten ließen die Waffen sinken, ein Mann jammerte. Der Lärm ließ nach. Aber es war noch nicht vorbei. Als sich Clement zu Jones umdrehte, hob Darren erneut die Waffe und richtete sie auf Cat. Nur sie hörte das leere Klicken, im gleichen Augenblick traf ihn eine Kugel mitten in der Brust. Darrens ungeladene Waffe entglitt seinen Fingern, Clement stürzte nach vorn, beförderte sie mit einem Fußtritt außer Reichweite und riss Cat das Klebeband vom Mund.
»Sie war nicht geladen!«, schrie sie. »Löst mich von den

Handschellen! Sie war nicht geladen!« Cat fiel aus den Fesseln und rannte zu Darren. Er lag im Sterben. Sie kniete sich neben ihn. »Du Idiot!« Sie hob seinen Kopf an und sah zu Jones auf. »Sie war nicht geladen«, wiederholte sie.

Clement sah zu Jones. »Ruft den Notarzt«, schrie sie die Polizisten an der Tür an.

Cat sah zu Darren, der kurz die Augen aufschlug. Sie lächelte ihn an.

»Wasser, überall Wasser«, sagte er ruhig.

»Es wird alles gut«, sagte sie, aber seine Augen schlossen sich nicht mehr, und sie wusste, dass es nie mehr gut werden würde. Jones fühlte seinen Puls. Dann schüttelte er den Kopf. Plötzlich war es still. Cat starrte weiterhin auf Darren. Clements Funkgerät knarrte und unterbrach schließlich die Stille. Eilig verließ sie den Raum. Einige Minuten später kam sie zurück und ging zu Cat, die sich nach wie vor an den toten Darren klammerte.

»Cat«, flüsterte sie. Cat sah nicht auf. »Man hat Anna gefunden. Es geht ihm gut. Er ist bei Simon in dessen Haus in Norfolk, es geht ihm gut, es geht ihm wirklich gut.« Cat reagierte nicht. Clement versuchte es ein weiteres Mal. »Die Polizei ist bei ihm, Simon hat sich um Anna gekümmert, nachdem er in der Wohnung einen Anfall bekommen hat, einen Anfall, Cat, und dabei alles zertrümmert hat.« Clement legte Cat die Hand auf den Arm. »Sie können für Darren nichts mehr tun, Cat, es ist vorbei.«

Darren lag in Cats Armen. Ein Junge. Ein kleiner Junge. Hübsch. Hübsch tot, verdammt noch mal. Schrecklich tot. Mit seinen starren Augen blickte er sie an. Jones kniete sich neben sie. Cat sah ihn an. Sie wusste, wer er war. Er nahm ihre Hand. »Es tut mir leid«, sagte er kopfschüttelnd, »ich dachte, er würde …« Er war leichenblass. »Ich wollte nicht, dass es ein solches Ende nimmt.«

»Er hat sich selbst umgebracht«, sagte sie. »Es ist nicht Ihre Schuld.«

»Aber …«

»Er hat sich selbst umgebracht und einen Abschiedsbrief hinterlassen.« Cat zog den Umschlag aus ihrem Kleid. Jones betrachtete ihn, dann stand er auf und ging zu den drei Männern, die, mittlerweile in Handschellen, an der Wand standen.

»Name?«, fragte Jones den größten.

Der Angesprochene rümpfte die Nase, bog den Rücken durch, fuhr sich über seinen Nadelstreifenanzug und hob den Kopf.

»Name?«, wiederholte Jones ungeduldig.

»Ich will meinen Anwalt sprechen«, sagte er im besten Oxford-Englisch.

»Schafft sie auf die Dienststelle«, sagte Jones mit Verachtung in der Stimme. »Und holt den Arzt, ich will, dass sie alle getestet werden.«

Cat drehte sich um und starrte auf die Männer. In ihren Augen brannten Tränen. Sie wusste nicht, ob es eine Sekunde dauerte oder eine geschlagene Stunde, bis sie losrannte. Sie wusste nur, dass sie rannte.

Epilog

Cat legte in ihrem Zimmer den Hörer auf und vollführte einen kleinen Freudentanz. Als sie sich selbst im Spiegel sah, musste sie lachen. Sie hatte so sehnlich auf den Anruf gewartet, dass sie ganz vergessen hatte, dass sie nichts anhatte. Sie betrachtete ihren nackten Körper, der sie aus dem Spiegel heraus anlächelte. Ihre Eltern würden von dieser lebenden Skulptur nie erfahren. Aber das spielte keine Rolle mehr. Es war besser so. Nur allzu gut wusste sie um die Gefahr der Illusionen. Eltern waren Menschen, die Kinder aufzogen. Sie zu zeugen war einfach. Jeder Idiot konnte das. Aber sich dann um sie zu kümmern, ein Leben lang, das war das harte Stück Arbeit. Darren White und Jane Wellby hatten es aufs eindringlichste bewiesen. Jane war wahrscheinlich schon seit frühester Kindheit aus dem Gleichgewicht geraten und hatte mit ziemlicher Sicherheit unter psychischen Problemen gelitten. Tragisch war nur, dass beide Eltern es nicht wahrgenommen hatten. Und Darren? Darren hätte nur einmal in seinem Leben eine Chance bekommen müssen.

Cat betrachtete ihr Spiegelbild. Ihr Körper kam ihr fremd vor. Sie hatte ihn noch nie richtig wahrgenommen. Sie hatte nicht die weiblichen Rundungen ihrer Mutter oder die olivbraune Haut ihres Vaters sehen wollen. Aber jetzt sah sie sich mit anderen Augen. Sie gehörte einer Familie an, sie hatte einen Anfang, eine Mitte, ein Ende. Das gefiel ihr. Sie öffnete den Schrank, fand ein blassgrünes Kleid mit aufgedruckten Blumen und zog es schnell an.

Sie rannte die Treppe hinunter, nahm zwei Stufen auf einmal, ihr Baumwollkleid bauschte sich um die Oberschenkel. Die letzten drei Stufen übersprang sie und landete auf den Holzdielen des Flurs. Sie durchquerte die weiträumige Diele, klopfte an eine Tür und öffnete sie, ohne auf eine Antwort zu warten. Der Mann am Schreibtisch drehte sich um und lächelte, er legte den Stift weg und breitete die Arme aus. Cat rannte zu ihm, umarmte Bertie Blaine und küsste ihn auf die Wange.

»Ich nehme an, es gibt gute Neuigkeiten?«, fragte er.

Cat nickte.

»Du hast die Stelle?«

»Noch besser. Bei Annas Bluttest ist nichts gefunden worden, genau wie bei den anderen. Jones sagt, jeden Tag würden sich neue Opfer melden, die bereit sind, auszusagen. Sie werden verurteilt werden.«

»Und alles deinetwegen«, sagte Bertie.

Cat schüttelte den Kopf.

»Also nichts Neues vom Job?«

Cats Lächeln wurde breiter. »Ich werde in zwei Wochen bei BBC Cambridge anfangen. Die Wellby-Reportage hat ihnen so gut gefallen, dass sie mir sofort eine Stelle in der Nachrichtenredaktion angeboten haben. Eine bezahlte Stelle.«

Bertie klatschte in die Hände. »Fantastisch. Aber leider werden wir dich dann nicht mehr hier haben.«

»Nein. Ich werde hin und her pendeln wie ein Jo-Jo.«

»Gut, dieses Haus ist nämlich ohne dich zu groß.«

»Unsinn, es ist kaum Platz für uns alle.«

Bertie lächelte und rückte seine Brille zurecht. So wie er es gern tat.

»Wo steckt Gran?«

»Sie ist vor Stunden im Garten verschwunden. Ich meine

von ihr gehört zu haben, sie wolle noch weiß Gott was stutzen, es gibt ja sowieso kaum noch Pflanzen, die noch nicht zurechtgeschnitten sind.«

»Hast du was dagegen, wenn Anna und Simon übers Wochenende kommen?«

»Um zu feiern?«

Cat lächelte. »So in der Art.«

»Ein oder zwei Zimmer?«, fragte Bertie.

»Bertie!«

»Gran«, entfuhr es Cat, die sich beim Klang der vertrauten Stimme umdrehte. »Klopfst du nicht mehr an?«

»Wie drollig, Liebes, überlass die Witze und diesen prachtvollen Kerl mir. Du hast ja selber einen, oder?«

»Ich weiß nicht, wovon du sprichst«, antwortete Cat. Amelia verengte die Augen, unmerklich nur, aber wer sie kannte, dem entging es nicht.

»Amelia …«, begann Bertie.

»Gran …«, sagte Cat.

Amelia gebot beiden zu schweigen. »Du hast doch nicht im Ernst geglaubt, wir würden es dir abnehmen, dass du wirklich zum Yoga gehen würdest? Warum dieses Versteckspiel? Du hättest ihn doch einfach mitbringen können.«

Alle Blicke waren auf die Schuldige gerichtet. »Ich wollte nur sichergehen, dass wir auch das Richtige tun. Ohne dass du herumgluckst und alle bemutterst.«

»Das reicht mit den Unverfrorenheiten«, erwiderte Amelia. »Schaut, ich habe die Zeitung mit reingebracht, dachte mir, das könnte dich interessieren.«

Cat nahm das Blatt entgegen und las die Überschrift der Titelseite. »Bramley ist zurückgetreten, er hat sich in den vorzeitigen Ruhestand versetzen lassen.«

»Ja, der arme Teufel, aber sieh mal, wer befördert worden ist.«

Cat überflog die Seite. »Wunderbar.« Sie legte die Zeitung zusammen. »Wir müssen den neuen Detective Constable auf einen Drink einladen.«

»Warum lädst du sie nicht zum Essen am Samstag ein? Ruf sie doch gleich an«, sagte Amelia. »Ich würde mich gern mit Bertie allein unterhalten.«

»Du hast nicht wieder die elektrische Heizdecke angelassen?«, tadelte Cat sie und wurde daraufhin von ihr zur Tür gewiesen. »Ich geh ja schon.« Sie gab ihrer Großmutter einen Kuss.

»Übrigens«, sagte Amelia. »Camilla und die Kinder kommen am Wochenende auch.«

Cat nickte. »Weiß ich schon, ich gehe mit den Kindern schwimmen.« Cat schloss hinter sich die Tür und rannte durch den Flur. Dann blieb sie stehen. Amelia lauschte, bis ihre Schritte verklungen waren, bevor sie sich an Bertie wandte.

»Dan ist heute in aller Herrgottsfrüh aufgetaucht«, flüsterte sie.

Cat schlich sich an die Tür zum Arbeitszimmer zurück.

»Er hat mich um meine Zustimmung gefragt.«

»Wofür?«

»Oh, Bertie, das weißt du sehr genau.«

»Hast du sie ihm gegeben?«

»Meinst du, ich sollte es tun? Was ist mit Cat?«

»Ich bin mir sicher, dass sie davon weiß. Sie hopst doch schon den ganzen Morgen wie ein Impala herum.«

Amelia zog eine Augenbraue hoch. »Meinst du wirklich?«

»Anna, Simon, Camilla, die Kinder, sie alle kommen am Wochenende. Ich würde sagen, die ganze Familie weiß davon.«

Amelia lächelte. »Na gut, dann sage ich ja.«
»Wo steckt er denn?«
»Im Schuppen im Garten.«
»Oh, Amelia, ich hole ihn.« Bertie gab ihr einen sachten Kuss auf die Lippen und verließ den Raum. Einige Minuten später rollte Amelia ihm nach. Abrupt tauchte Cat vor ihr auf.
»Cat!« Amelia fasste sich ans Herz. »Deinetwegen trifft mich noch der Schlag!«
Cat zwinkerte ihr zu, rannte die Treppe hinauf, nahm zwei Stufen auf einmal und verschwand oben. Amelia konnte das Lächeln auf dem Gesicht ihrer Enkeltochter nicht sehen. Aber sie spürte es.

Danksagung

Lydia, meine Großmutter väterlicherseits, starb, als ich drei Jahre alt war, weshalb ich mich nachher mit meinen Cousins und Cousinen um die Besitzansprüche auf ihre noch lebende Schwester kabbeln musste. Großtante Vava Van Stolk Basilewitch ist für alle, die sie kennen, ein Quell der Inspiration; von hoher Intelligenz, attraktiv und witzig, erfreut sie sich noch immer einer robusten Gesundheit.

Meine Großmutter mütterlicherseits, Judith Randal Roberts, starb im Herbst 1998. Ihren siebzehn Enkelkindern war sie eine wundervolle Großmutter, und von allen hatte sie den Namen und das Geburtsdatum an ihrem Bettelarmband hängen. Kurz nach der Taufe ihres ersten Urenkels starb sie – wahrscheinlich war an ihrem Bettelarmband kein Platz mehr.

Das zweite Buch, sagt man, ist das schwerste. Ich hoffe, dem ist so. Denn schlimmer hätte es nicht kommen können. Ich möchte allen danken, die sich geduldiger, verständnisvoller und bestärkender erwiesen haben als eine Amme. Stephanie Cabot und Eugenie Furniss von der William Morris Agency: Niemand sollte ein Buch so oft lesen müssen wie ihr beide. Entschuldigen muss ich mich bei Philip Adler für die ungewöhnlich hohen Spesen von Stephanie – schließlich war das Buch von der ersten bis zur letzten Seite ein Notfall. Arabella Stein, Mari Evans, Clare Harington, Lucy Henson: Danke, dass ihr euch auf mich eingelassen habt. Mein herzlicher und besonderer Dank geht an Felicity Gillespie: Trotz

Krankheit und Überarbeitung hat sie sich die Zeit genommen, *Am Anfang war die Täuschung* zu lesen und den Text mit mir Seite für Seite durchzugehen, um mir ihre konstruktive Kritik zuteilwerden zu lassen. Besonderer Dank gebührt ebenfalls Dee Poku: Wo wäre ich ohne dich?

Für alle medizinischen Belange danke ich Dr. Caroline Foster, einer Kinderärztin, die sich durch nichts aus der Ruhe bringen lässt. Für die pharmazeutischen Stellen und für unzählige andere Gefallen danke ich Dan Patel, dem unbestrittenen König von Pimlico. Für die Auskünfte über die Polizei möchte ich Chief Superintendent Paul Scotney danken. Milly Pack gehört mein Dank, nachdem sie mich durch das Rechtssystem gelotst hat. Madame Maurin danke ich für alles, was mit Paris zu tun hat, mit Ausnahme der S&M-Szenen, die ganz allein auf das Konto von Conti und Doon gehen. Stille Wasser …

Mein besonderer Dank gebührt meiner Mutter. Die beste Zuhörerin, die eine verwirrte Schriftstellerin finden kann.

Zuletzt möchte ich den Redaktionskünsten des Oben-ohne-Trios am Strand danken – Stephanie Longworth, Princess Poku und Thalia Murray. Nie vergessen werde ich ihre verzweifelten Ausrufe: »Gib mir doch mal die Sonnencreme!« – »Wo sind die Fluppen?« – »Wer hat Kapitel fünf?«

Karen Rose

Eiskalt ist die Zärtlichkeit

Roman

Perfekt spielt Grace Winters die glückliche Ehefrau – doch in Wahrheit ist ihr Leben die Hölle. Ihr Ehemann Robb ist ein unberechenbarer Psychopath. Schließlich setzt die junge Frau alles auf eine Karte: Sie täuscht ihren eigenen Tod vor, um endlich frei zu sein. Und der Plan geht zunächst auch auf. Doch während Grace sich in ihrem neuen Leben einrichtet und sich schließlich sogar einer neuen Liebe zu öffnen wagt, hat Robb ihre Spur aufgenommen. Er will sich zurückholen, was ihm gehört …

»So packend wie eine kalte Hand am Nacken – und doch zugleich auch eine bewegende Liebesgeschichte.«

Publishers Weekly

Knaur Taschenbuch Verlag